（典藏版）

百部国学传世经典

中华国学经典盛宴／获取先贤核心智慧

狄公案

【清】佚　名／著
林宇宸／主编

漓江出版社

图书在版编目(CIP)数据

狄公案 / (清) 佚名著；林宇宸主编. -- 桂林：漓江出版社，2020.10
(百部国学传世经典)
ISBN 978-7-5407-8663-2

Ⅰ. ①狄… Ⅱ. ①佚… ②林… Ⅲ. ①侠义小说-中国-清代 Ⅳ. ①I242.4

中国版本图书馆 CIP 数据核字(2019)第 040107 号

狄公案 DIGONG AN

作　　者 【清】佚名　著
主　　编 林宇宸

出 版 人 刘迪才
出 品 人 张　谦
策划编辑 陈植武　林晓鸿
责任编辑 林晓鸿
装帧设计 林晓鸿　宋双成
责任监印 杨　东

出版发行 漓江出版社有限公司
社　　址 广西桂林市南环路 22 号
邮　　编 541002
发行电话 010-65699511　0773-2583322
传　　真 010-85891290　0773-2582200
邮购热线 0773-2582200
电子信箱 ljcbs@163.com
微信公众号 lijiangpress

印　　制 北京飞达印刷有限责任公司
开　　本 710mm×1000mm　1/16
印　　张 30
字　　数 500 千字
版　　次 2021 年 3 月第 1 版
印　　次 2023 年 8 月第 2 次印刷
书　　号 ISBN 978-7-5407-8663-2
定　　价 45.00 元

前言

中华民族是一个充满智慧的民族，中华文化处处闪烁着智慧的光芒。中华五千年文明史为人类的智慧宝库留下了极其珍贵的财富。在世界文学发展的长河中，中国古典小说在经历了漫长的发展过程后，直到元明清时期才形成了高潮，一大批白话和文言、长篇和短篇名著相继问世，从而在世界文坛上奠定了非凡的地位。

这些作品有的以形象苍凉的笔墨，描写了农民起义的悲壮和惨烈；有的粗线勾勒，展示出朝代更迭的历史沧桑；有的诙谐机智，从神话故事中折射出世俗的好恶；有的尽力渲染，将时代的感慨融入民族的兴衰；有的严肃谨慎，从各个案件中体现出正义的力量……题材涉及讲史、侠义、友情、断案及灵怪、神仙等等，广泛描写了宋、元、明、清时代的社会生活，真实地反映了当时人民群众的思想感情、生活愿望和审美情趣。无论从思想内容还是从艺术技巧来看，都达到了相当高的水平，积淀了中华民族独具魅力且博大精深的文化。

中国古典小说是举世公认的在文学史上极有影响、杰出、艺术成就极高、极具欣赏价值、流传极广的传世之作，是文学艺术长河中的瑰宝。它们拥有广泛的阅读群和绵长的阅读量，其作品中的深刻内涵，无一不给人以美的享受和思想启迪。

阅读好书由此开卷，完善人生由此开始。

目录

狄公案

绿牡丹

狄公案

第一回 入官阶昌平为令 升公堂百姓呼冤

诗曰：

世人但喜作高官，执法无难断案难。
宽猛相平思吕杜，严苛尚是恶申韩。
一心清正千家福，两字公平百姓安。
惟有昌平旧令尹，留传案牍后人看。

自来奸盗邪淫，无所逃其王法，是非冤抑，必待白于官家，故官清则民安，民安则俗美。举凡游手好闲之辈，造言生事之人，一扫而空之。无论平民之乐事生业，即间有不肖之徒显干法纪，而见其刑罚难容，罪恶难恕，耳闻目睹，皆赏善罚恶之言，宜无不革面洗心，改除积习。所以欲民更化，必待宰官清正，未有官不清正，而能化民者也。然官之清，不仅在不伤财不害民而已，要能上保国家，为人所不能为、不敢为之事；下治百姓，雪人所不能雪、不易雪之冤。无论民间细故，即宫闱细事，亦静心审察，有精明之气，有果决之才，而后官声好，官位正，一清而无不清也。故一代之立国，必有一代之刑官，尧舜之时有皋陶，汉高之时有萧何，其申不害、韩非子，则固历代刑名家所祖宗者也。若不察案之由来，事之初起，徒以桁杨刀锯，一味刑求，则虽称快一时，必至沉冤没世，昭昭天报，不爽丝毫。若再因赂而行，为贪起见，辄自动以五木，断以片言，是则身不修，而可治国治民，上清宫闱，下安百姓，岂可得哉！间尝旷览古今，博稽野史，有不能断其无，并不能信其有者。如此书中所编之审案之明，做案之奇，访案之细，破案之神，或因秽乱春宫，或为全其晚节，或图财以害命，或因奸以成仇，或误服毒猝至身亡，或出戏言疑为祸首，莫不无辜牵涉，备受苦刑。使非得一人以平反之，变言易服，细访微行，阳以为官，阴以为鬼，率至得其情，定其案，白其冤，雪其辟，而至奇至怪之狱，终不能明。春风倦人，日闲无事，故特将此书之原原本本，以备录之,以供众览。非敢谓警世醒俗,亦聊供阅者之寂寥云尔。

诗曰:

备载离奇事,钦心往代人。

廉明公正者,千古大冤伸。

话说这部书,出自唐朝中宗年间,其时武后临朝,四方多事。当朝有一位大臣,姓狄名仁杰,号德英,山西太原县人。其人耿直非常,忠心报国,身居侍郎平章之职,一时在朝诸臣,如姚崇、张柬之等人,皆是他所荐。只因武三思倡乱朝纲,太后欲废中宗立他为嗣,狄仁杰犯颜立争,奏上一本,说陛下立太子,千秋万岁配食太庙。若立武三思,自古及今,未闻有内侄为天子,姑母可祀于太庙的道理,因此才恍然大悟,除了这个念头,退政与中宗皇帝,就称仁杰为国老,迁为幽州都督。及至中宗即位,又加封梁国公的爵位。此皆一生的事节,由唐朝以来,无不人人敬服,说他是个忠臣。殊不知这时多事,皆载在历代史书上,所以后人易于知道。还有未载在国史,而传流在野史上的那些事,说出来更令人敬服,不但是个忠臣,而且是个循吏,而且是个聪明精细、仁义长厚的君子。所以武后自僭位以来,举凡近狎邪僻,残害忠良,杀姊屠兄,弑君鸩母,下至民间奇怪案件,皆由狄公剖断明白。

狄仁杰自从父母生下他来,六七岁上,就天生的聪明。攻书上学,目视十行,自不必说。到了十八岁时节,已是学富五车,才高八斗。并州官府,闻了他的文名,先举了明经,后调为汴州参军,又升授并州法曹。那朝廷因他居官清正,就迁他为昌平令尹。到任来,为地方上除暴安良,清理词讼,自是他的余事。

手下有四个亲随,一个姓乔叫乔太,一个姓马叫马荣,这两人乃是绿林的豪客。这日他进京公干,遇了他两人要劫他的衣囊行李,仁杰见马荣、乔太,皆是英雄气派,而且武艺高明,心下想道:“我何不收服他们,将来代皇家出力,做了一番事业,他两人也可相助为理,方不埋没了这身本领。”当时不但不去躲避,反而挺身出来,招呼他两人站下,历劝了一番。哪知马荣同乔太,十分感激,说:“我等为此盗贼,皆因天下纷纷,乱臣当道,徒有这身本领,无奈不遇识者,所以落草为寇,出此下策。既是尊公如此厚义,情愿随鞭执镫,报效尊公。”当时仁杰就将两人,收为亲随。其余一人姓洪,叫洪亮,即是并州人氏,自幼在狄家使唤。其人虽没有那用武的本事,却是一个胆大心细的人,无论何事,皆肯前去,到了办事的时候,又能见机揣度,不至鲁莽。此人随他最久。又有一人,姓陶叫陶干,也是江湖上的朋友,后来改邪归正,当了公门的差役。奈因仇家太多,时常有人来报复,所以他投在狄公麾下,与马荣等人,结为至友。从昌平到任之后,这四人皆代他私行暗访,结了许多疑难案件。

这一日正在后堂,看那些往来的公事,忽听大堂上面,有人击鼓,知道是出了案件,赶着穿了冠带,升坐公堂。两班皂吏齐集在下面。只见有个四五十岁的百姓,形色仓皇,汗流满面,在那堂口不住的呼冤。狄仁杰随令差人把他带上,在案前跪下,问道:“你这人姓甚名谁,有何冤抑,不等堂期控告,此时击鼓何为耶?”那人道:“小人姓孔,名叫万德,就在昌平县南门外六里墩居住。家有数间房屋,只因人少房多,故此开了客店,数十年来,安然无事。昨日向晚时节,有两个贩丝的客人,说是湖州人氏,因在外路办货,路过此地,因天色将晚,要在这店中住宿。小人见是路过的客人,当时就将他住下。晚间饮酒谈笑,众人皆知。今早天色将明,他俩就起身而去,到了辰牌时分,忽然地甲胡德前来报信,说:‘镇口有两个尸首,杀死地下,乃是你家投店的客人,准是你图财害命,将他治死,把尸首拖在镇口,贻害别人。’不容小人分辩,复将这两个尸骸,拖到小人家门前,大言恐吓,令我出五百银两,方肯遮掩此事。‘不然这两人,是由你店中出去,何以就在这镇上出了奇案?这不是你移尸灭迹!’因此小人情急,特来求大老爷伸冤。”

狄仁杰听他这番言语,将他这人上下一望——实不是个行凶的模样。无奈是人命巨案,不能听他一面之辞,就将他放去,乃道:“你既然说是本地的良民,为何这地甲不说他人,单说是你呢?想见你也不是良善之辈,本县终难凭信。且将地甲带来核夺。”

下面差役一声答应,早见一个三十余岁的人,走上前来,满脸的邪纹,斜穿着一件青衣,到了案前跪下道:“小人乃六里墩地甲胡德,见太爷请安。此案乃是在小人管下,今早见这两具尸骸,杀死镇口,当时并不知是何处客人。后来合镇人家,前来观看,皆说是昨晚投在孔家店内的客人,小人因此向他盘问。若不是他图财害命,何以两人皆杀死在镇上?而且孔万德说是动身时,天色将明,彼时镇上也该早有人行路,即使在路,遇见强人,岂无一人过此看见?问镇上店家,又未听见喊救的声音。这是显见的情节,分明是他夜间动手,将两人杀死,然后拖到镇口,移尸灭迹。此乃小人的承任,凶手既已在此,求太爷审讯便是了。”

狄仁杰听胡德这番话,甚是在理,回头望着孔万德实不是个图财害命的凶人,乃道:“你两人供词各一,本县未经相验,也不能就此定夺。且待登场之后,再为审讯。”说着,他两人交差带去。随即传令伺候,预备前去相验。不知后事如何,且看下回分解。

第二回 胡地甲诬良害己 洪都头借语知情

话说狄仁杰将胡德同孔万德两人,交差带去,预备前往相验。自己退堂,令人传了验尸官,发过三梆,穿了元服,当时带了差役人证,直向六里墩而来。所有那一路居民,听说出了命案,皆知道狄公是个清官,必能伸冤理枉,一个个成群结队,跟在他轿后前来观看。到了下昼时分,已至镇上。早有胡德的伙计赵三,并镇上的乡董郭礼文备了公馆,前来迎接。狄公先问了两句寻常的言语,然后下轿说道:"本县且到孔家察勘一回,然后登场开验。"说着,先到了客店门首,果见两个尸身,倒在下面,委是刀伤身死。随即传胡德问道:"这尸首,本是倒在此地的么?"胡德见狄公先问这话,赶着回禀:"太爷恩典,此乃孔万德有意害人,故将杀死尸骸,抛弃在镇口,以便随后抵赖。小人不能牵涉无辜,故仍然搬移在他家门前。求太爷明察。"狄公不等他说完,当时喝道:"你这狗头,本县且不问谁是凶手,你既是在公人役,岂能知法犯法,可知道移尸该当何罪?无论孔万德是有意害人,既经他将尸骸抛弃在镇口,你当先行报县,说明原故,等本县相验之后,方能请示标封。你为何藐视王法,敢将这两口尸骸移置此处!这有心索诈,已可概见;不然即与他通同谋害,因分赃不平,先行出首。本县先将你重责一顿,再严刑拷问。"着令差役,重打了二百刑杖。登时喊叫连天,皮开肉绽。所有那镇上的百姓,明知孔万德是个冤枉,被胡德诬害,无奈是人命案件,不敢掺入里面,此时见狄公如此办法,众人已是钦服,说道:"果然名不虚传,好一个精明的清官!"

当时将胡德打毕,他仍是矢口不移,狄公也不过为苛求,带着众人到孔家里面,向着孔万德问道:"你家虽是十数间房屋,但是昨日客人,住在哪间屋内,你且说明。"孔万德道:"只后进三间,是小人夫妇同我那女儿居住。东边两间是厨房,这五间房屋,从不住客,唯有前进同中进,让客居住。昨日那两个客人前来,小人因他是贩丝货的客，不免总有银钱，在前进不甚妥帖，因此请他在中进居住。”说着领了狄公到了中进，指着上首那间房屋。狄公与众人进去细看，果见桌上尚有残肴酒迹，未曾除去，床面前还摆着两个夜壶，看了一遍，实无形迹。恐他所供不实，问道：“你在这地既开了数十年客店，往来的过客，自必多住此处，难道昨日只有他两人，以外别无一客么？”孔万德道：“此外尚有三个客人，一是往山西贩卖皮货的；那两个是主仆两人，由河南至此，现因抱病在此，尚在前进睡卧呢！”狄公当时先将那个皮货客人带来询问，说是：“姓高名叫清源，历年做此生理，皆在此处投寓。昨日那两个客人，确系天色将明的时节出去，夜间并未听有喊叫，至他为何身死，我等实不知情。”复将那个仆人提来，也是如此说法，且言主人有病，一夜未曾安眠，若是出有别故，岂能绝无动静。狄公听众人异口同声，皆说非孔万德杀害，心下更是疑惑，只得复往里面，各处细看了一回，仍然无一点痕迹，心下说道：“这案明是在外面身死，若是在这屋内，就是那三人帮同抵赖，岂能一点形影没有？”自己疑惑不定，只得出来。到了镇口，果见原杀的地方，鲜血汪汪，冒散在四处，左右一带，并无人家居住，只得将镇里就近的居民，提来审问。皆说不知情节。因早见过路人来，知道出了这案，因此唤了地甲，细细查访，方知是孔家店内客人。

狄公心想道：“莫非就是这地甲所为？此时天色已晚，谅也不能相验，我先且细访一夜，看是如何，明早验复再议。”想罢，向着那乡董说道：“本县素来案件，随到随问，随问随结，故此今日得报，随即前来察勘。但这命案重大，非日间相验，不能妥当，本县且在此处暂住一宵，明日再行开验。”吩咐差役，小心看管，自己到了公馆，与那乡董郭礼文谈论一番。招呼众人退去，随将洪亮喊来说道：“此案定非孔万德所为，本县唯恐这胡德做了这事，反来自己出首，牵害旁人。你且去细访一会，速速回报。”

洪亮当即领命出来，找了那地甲的伙计赵三，并见个值日的差役，说道：“我是随着太爷来办这案件，又没有苦主家，又没有事主，眼见得孔老儿是个冤抑，我们虽是公门口吃饭的人，也不能无辜罗唣好人，到此时腹中已是饥饿，胡德是此地地甲，难道一杯酒也不预备？我等也不是白扰的，大爷的清正，谁不晓得，明日回衙之后，总要散给工食，那时我们也要照还，此时当真令我们挨饿不成？”赵三听见洪亮发话，赶着上来招呼道：“洪都头不必生气，这是我们地甲，为案缠手，忘却叫人预备。既是都头与众位饿了，我小人奉请一杯。就在镇上东街酒楼上，胡乱吃一顿罢。”说着另外派了两人看守尸首，自己与大众来到酒楼。那些小二，见是县里的公差，知是为命案来此，赶着上来问长问短，摆上许多酒肴。

洪亮道："我等不比寻常差役，遇了一件案子，就大吃大喝，拿着事主用钱，然后还索诈些银两走路。你且将寻常的饭菜，端两件上来，吃两杯酒，就算了。共计多少饭银，随后一总给你。"说着大家坐下。

洪亮明知胡德被打之后，为乔太、马荣两人押在孔家，当时向着赵三说道："你家头儿，也太疏忽了，怎么昨日一夜不在家，今日回来，知道这案件，就想孔老儿这许多银两，人家不肯，就生出这个毒计，移尸在他家门首，岂不是心太辣了么？究竟他昨夜到何处去呢，此乃眼面前地方，怎么连你巡更，皆梭巡不到？现在太爷打了他二百刑杖，明日还要着他交出凶手呢，你看这不是自讨苦吃么。"赵三道："都头你不知内里情节，因诸位头翁不是外人，故敢说出这话。我们这个地甲，因与孔老儿有仇，凡到年节，他只肯给那几个铜钱，平时想同他挪一文，他皆不行。昨夜胡德正在李小六子家赌钱，输了一身的欠账。到了天亮之时，正是不得脱身，忽然镇上哄闹起来，说出了命案。他访知是孔家出来的人，因此起了这个念头，想报这仇。这事原晓得不是万德，不过想讹诈他，自己却被责骂了一顿，岂不是害人不成，反害自己么？但这案件，也真奇怪，明明是天明出的事，我打过正更之后，方才由彼处回来，一觉未醒，就有了这事。孔老儿虽是个悭吝的人，我看这件事，他决不敢做。"

洪亮听了这番话，也是含糊答应，想道照他说来，这事也不是胡德了，不过想讹诈他几两银子。现在所欲未遂，重责了二百大板，也算得抵了责罪，但是凶手不知是谁，此事倒不易办。当即狼吞虎咽，吃完酒饭，算明账目，招呼他明日在公馆收取，自己别了大众，来到狄公面前，将方才的话说了一遍。狄公道："此案甚是奇异，若不是万德所为，必是这两人先在别处露了银钱，被歹人看见尾随到此，今早等他起行时节，措手不及，伤了性命。不然，何以两人皆杀死在镇口。本县既为民父母，务必为死者伸了冤情，方能上对君王，下对百姓。且待明日验后如何，再行核夺便了。"当时洪亮退了出来，专等明早开验。不知后事如何，且看下回分解。

第三回 孔万德验尸呼错 狄仁杰卖药微行

却说狄公听洪亮一番言语,知不是胡德所为,只得等明日验后再核,一宿无话。次日一早就起身梳洗,用了早点,命人在尸场伺候。所有那些差役,早已纷纷到了孔家门口。不多一会,狄公步出公馆登场,在公案坐下。先命将孔老儿带上来,说道:"此案你虽不知情节,既是由你寓内出去,也不能置身事外。且将这两人姓名说来,以便按名开验。"孔老儿道:"这两人前晚投店时,小人也曾问他,一个说是姓徐,那一个说是姓邵。当时因匆匆卸那行李,未暇问着名字。"狄公点点头,用朱笔批了"徐姓男子"四字,命验尸官先验这口尸首。

只见验尸官领了朱批到场,场上先把左边那尸身,与赵三及值日的皂役,抬到当中,向着狄公禀道:"此人是否姓徐,请领孔万德前来看视。"狄公即叫孔老儿场上去看。老儿虽骇怕,只得战战兢兢走到场上。即见一个鲜血人头,牵连在尸首上面,那五官已被血同泥土污满。勉强看了说道:"此果是前晚住的客人。"验尸官听报已毕,随即取了六七扇芦席铺列地下,将尸身仰放在上面,先将热水将全身血迹洗去,细细验了一回。只听报道:"男尸一具,肩背刀伤一处,径二寸八分,宽四分。左肋跌伤一处,深五分,宽五寸等。咽喉刀伤一处,径三寸一分,宽六分,深与径等,治命。"报毕,刑房填了尸格,呈在案上。狄公看了一回,然后下了公座,自己在尸身上下看视一周,与所报无异,随即标封发下,令人取棺暂厝,出示招认。复又入座,用朱笔点了邵姓。验尸官仍照前次的做法,将批领下,把第二个尸身抬到上面,禀令孔老儿去看。孔老儿到了场上,低头才看,不禁一个筋斗,吓倒在地,眼珠直向上渺,口中喃喃的,直说不出来。

狄公在上面见了这样,知道有了别故,赶着令洪亮将他扶起,等他苏醒过来,说明了再验。尸场上面,皆寂静无声,望着孔老儿等他醒来,究为何事。此时洪亮将他扶坐在地下,忙令他媳妇取了一盏糖茶。那许多闲人,团团围住,恨不立刻验毕,好回转城去,忽见孔老儿栽倒地下,一见了也是猜疑不定。隔了一会儿,好容易才转过气来,嘴里只说道:“不,不,不好了! 错,错了!”洪亮赶着问道:“老儿,你定一定神,太爷现在上面等你禀明,是谁错了?”老儿道:“这尸首错了。前晚那个姓邵的,乃是个少年男子,此人已有胡须,哪里是住店的客人? 这人明明的是错了,赶快求太爷伸冤呀。”验尸官同洪亮听了这话,已是吓得猜疑不定,随即回了狄公。狄公道:“哪里有此事! 这两口尸首,昨日已在此一天,他为何未曾认明,此时临验,忽然更换,岂不是他胡言搪塞!”说着将孔老儿提到案前,怒问了一番。孔老儿直急得磕头大哭,说道:“小人自己被胡德牵害,见两口尸骸,移在门口,已是心急万分,忙忙进城报案,哪里敢再细看尸身。且这人系倒在那姓徐的身下,见姓徐的不错,以为他也不错了,岂料出这个疑案。小人实是无辜,总求大爷恩典。”

狄公见他如此说法,心下想道:“我昨日前来见尸骸,却是一上一下倒在这面前,即是他说讹错,亦在情理之中,但这事难了。且带胡德来细问。”当时招呼带地甲。胡德听见传他,也就带着刑伤,同乔太两人走上前来。狄公道:“你这狗头,移尸诬害,既说这两人为孔万德杀害,昨日由镇口移来,这尸身面目自必亲见过了,究竟这两人是何形样,赶快供来!”此时胡德已听见,说是讹错,现在狄公问他这话,深恐在自己身上追寻凶手,赶着禀道:“小人因由他店中出去,且近在咫尺,故而说他杀害。至那尸身确是一个少年,那一个已有胡须,因孔万德不依小人停放两人,匆匆进城,以至并在一处。至是否讹错,小人前晚未曾遇面,不敢胡说。”狄公当时又将胡德打了一百,说他报案不清,反来牵涉百姓。随即又将那三个客人传来问讯,皆说前晚两人,俱是少年,这个有胡须的,实未投店,不知何处人氏,因何身死。狄公道:“既是如此,本县已明白了。”随即复传验尸官开验。只得如法行事,将血迹洗去,向上报道:“无名男尸一具,左手争夺伤一处,宽径二寸八分。后背跌一处,径三寸宽五寸一分。肋下刀伤一处,宽一寸二分,径五寸六分,深二寸二分,治命。死后,胸前刀伤一处,宽径各二寸八分。”报毕,刑房填了尸格。狄公道:“这口尸棺,且置在此处,这人的家属,恐离此不远,本县先行标封,出示招认,候凶手缉获,再行定案。孔万德交保释回,临案对质,胡德先行收禁。”

吩咐已毕,随即离了六里墩一路进城,先到县庙拈香,然后回到衙门,升了公座,各役排衙已毕,退入后堂。一面出了公文,将原案的尸身尺寸形像录明,移文到湖州本地,令他访问家属,随后又请邻封缉获。这许多公事办毕,方将乔太、马荣传来说道:“此案本县已有眉目,必是这邵姓所为,务必将此人缉获,此案方可得破。你两人立刻前去探访，一经拿获，速来回禀。”两人领命前去。复又将洪亮喊来说道：“那口无名的尸骸，恐即是此地人氏，你且到四乡左近访察。且恐那凶手，未必远扬，匿迹在乡下一带，候风声稍息，然后逃行，也未可知。”洪亮领命去后，一连数日，皆访不出来。狄公心下急道：“本县莅任以来，已结了许多疑案，这事明明的有了眉目，难道竟如此难破。且待本县亲访一番，再行定夺。”想罢，过了一夜。

次日一早，换了微行衣服，装成卖药医生，带了许多药草，出了衙署。先到那南乡官路一带大镇市上，走了半日，全无一人理问。心下想道：“我且找一个宽阔的店铺，下这药草，看是有人来否。”想着，前面到了个集镇，虽不比城市间热闹，却也是官塘大路，客商仕宦，凑集其间。见东北角有个牌坊，上写着“皇华镇”三字。走进牌坊，对门一个大的高墙，中间现出一座门楼，门前竖着一块方牌，上写着“代当”两字。狄公道：“原来是个典当，我看此地倒甚宽阔，且将药包打开，看有人来医治。”想罢依着高墙站下，将药草取出，先把那块布包铺在地下，然后将所有的药，铺列上面，站定身躯，高声唱道：“南来北往休便休，只知欢喜不知愁。世间缺少神仙术，疾病来时不自由。在下姓仁名下杰，山西太原人氏，自幼博采奇书，精求医理。虽非华佗转世，也有扁鹊遗风。无论男女方脉，内外各科，以及疑难杂症，只要在下面前，就可一望而知，对症发药。轻者当面见效，重者三日病除。今因访友到此，救世扬名，哪位有病症的，前来请教。”喊说了一会，早拥下了一班闲人，围成一个圈子。狄公细看一回，皆是乡间民户，你言我语，在那里议论。内有一个中年妇人，曲着腰，挤在人丛里面，望着狄公说毕，上前问道：“先生如此说，想必老病症皆能医了。”狄公道：“然也。若无这样手段，何能东奔西走，出此大言？你有何病，可明说来，为你医病。”那妇人道：“先生说一望而知，我这病却在这心内，不知先生可能医么？”狄公道：“有何不能？你有心病，我有心药。你且转过面来，让我细望。”说着那妇人果脸向外面。狄公因她是个妇女，自己究竟是个官长，虽然为访案起见，在这人众之间，殊不雅相，当即望了一眼，说道：“你这病，我知道了，见你脸色干黄，青筋外露，此乃肝脏神虚之象，从前受了郁闷，以致日久引动肝气，饮食不调，时常心痛。你可是心痛么？”那妇人见他说出病原，连忙说道：“先生真是神仙，我这病，已有三四年之久，从未有人看出这原故，先生既是知道，不知可有医药么？”

狄公见她已是相信，想就此探听口气。不知这妇人说出什么，且看下回分解。

第四回 设医科入门治病 见幼女得哑生疑

却说狄公见那妇人相信他医理,欲解探她的口气,问道:“你这病既有数年,你难道没有丈夫儿子,代你请人医治,就叫你带病延年么?”那妇人见问,叹了一口气道:“说来也是伤心,我丈夫早年久经亡过,留下一个儿子,今年二十八岁,向来在这镇上开个小小绒线店面,娶了儿媳,已有八年。去年五月端阳,午后带着媳妇,同我那个孙女出去,看闹龙舟。傍晚我儿子还是如平时一样,到了晚饭以后,忽然腹中疼痛。我以为他是受暑所致,就叫媳妇侍他睡下。哪知到了二鼓,忽听他大叫一声,我媳妇就哭喊起来,说他身死了。可怜我婆媳二人,如同天塌下来一般,眼见得绝了宗嗣。虽然开了小店,又没有许多本钱,哪里有现钱办事。好容易东挪西欠,将我儿子收殓去了。但见他临殓时节,两只眼睛,如灯珠大小,露出外面。可怜我伤心,日夜痛哭,得了这心痛的病。”

狄公听他所说,心下疑道:“虽然五月天暖时节炎热不正,为何临死喊叫,收殓时节又为什么两眼露出,莫非其中又有别故么?我今日为访案而来,或者这邵姓未曾访到,反代这人伸了冤情,也未可知。”乃道:“照此讲来,你这病更厉害了。若单是郁结所致,虽是病,尚可易治,此乃骨肉伤心,由心内怨苦出来,岂能暂时就好?我此时虽有药可治,但须要自己煎药配水,给你服下,方有效验。现在这街道上面,焉能如此费事。不知你可定要医治?如果要这病除根,只好到你家中煎这药,方能妥当。”那妇人听他如此说法,踌躇了半晌,说道:“先生如此肯前去,该应我这病是要离身?但是有一件事,要与先生说明。自从我儿子死后,我媳妇苦心守节,轻易不见外人,到了下午时分,就将房门紧闭。凡有外人进来,她就吵闹不休。她说:‘青年妇道,为什么婆婆让这班人来家?’所以我家那些亲戚,皆知她这个原故,从没有男人上门。近来连女眷皆不来了,家中只有我婆媳两个,午前还在一处,午后就各在各的房内。先生如去,仅在堂屋内煎药，煎药之后，请即出去方好。不然她又要同我吵闹。”

狄公听毕，心下更是疑惑，想道：“世上节烈的人也有，她却过分太甚，男人前来不与她交言，固是正理，为何连女眷也不上她门，而且午后就将房门紧闭？这就是个疑案，我且答应她前去，看她媳妇是何举动。”想毕说道：“难得你媳妇如此守节，真是令人敬重。我此去不过为你治病，只要煎药之后，随即出来便了。”那妇人见他答应，更是欢喜非常，说道：“我且回去，先说一声，再来请你。”狄公怕她回去为媳妇阻挡，赶着道：“此事殊可不必，早点煎药毕了，我还要赶路进城，做点生意。谅你这苦人，也没有许多钱酬谢我，不过是借你扬名，就此同你去罢。”说着将药包打起，别了众人，跟着那妇人前去。

过了三四条狭巷，前面有一所小小房屋，朝北一个矮门，门前站着一个女孩子，约有六七岁光景，远远见那妇人前来，欢喜非常，赶着跑来迎接。到了面前，抓住那妇人衣袖，口中直是乱叫，说不出一句话来。那个手指东画西，不知为着何事。狄公见她是个哑子，乃道：“这个小孩子，是你何人，为何不能言语？难道她出生下来，就是这样么？”说着已到了门首，那妇人先推门进去，似到里面报信。狄公恐她媳妇躲避，急着也进了大门，果是三间房屋。下首房门一响，只见一妇人半截身躯向外一望，却巧狄公对面，狄公也就望了一眼。但见那个媳妇，年纪也在三十以内，虽是素装打扮，无奈那一副淫眼，露出光芒，实令人魂魄消散。眉梢上起，雪白的面孔，两颊上微微的晕出那淡红的颜色——却是生于自然。见有生人进来，即将身子向后一缩，噗咚的一声，将房门紧闭。只听在里面骂道：“老贱妇，连这卖药的郎中，也带上门来了。才能清净了几天，今日又要吵闹一晚，也不知是哪里的晦气！”

狄公见了这样的神情，已是猜着了八分：“这个女子必不是个好人，其中总有原故。我既到此，无论如何毁骂，也要访个根由。”当时坐下说道：“在下初次到府，还不知府上尊姓，方才这位女孩子，谅必是令孙女了。”那妇人见问，只得答道：“我家姓毕，我儿子学名叫毕顺。可怜他身死之后，只留下这八岁的孙女。”说着将那女孩拖到面前，不禁两眼滚下泪来。

狄公道：“现在天色不早，你可将火炉引好，预备煎药。但是你孙女这个哑子，究竟是怎么起的？”毕老妇道：“皆是家门不幸，自幼生她下来，真是百般伶俐，五六岁时，口齿爽快得非常。就是他父亲死后，未有两个月光景，那日早间起来，就变成这样。无论再有什么要事，虽是心里明白，嘴里只说不出来。一个好好的孩子，成了废物，岂不是家门不幸么？”狄公道：“当时她同何人睡歇，莫非有人药哑吗？你也不根究，如果有人药哑，我倒可以设法帮助。”

那妇人还未答言，只听她媳妇在房内骂道："青天白日，无影无形的混说鬼话。骗人家钱财，也不是这样做的。我的女儿终日随在我一处，有谁药她？从古及今，只听见人医兽医，从未见能医哑子的人。这老贱妇，只顾一时高兴，带这人来医病，也不问他是何人，听他如此混说。儿子死了，也不伤心，还看不得寡妇媳妇清静，唠唠叨叨说个不了。"那妇人听她媳妇在房叫骂，只是不敢开口。狄公想道："这个女子必是有个外路，皆因老妇不能识人，以为她真心守节，在我看来，她儿子必是她害死。天下节妇，未有不是孝妇，既然以丈夫为重，丈夫的母亲有病，岂有不让她医治之理？这个女孩子，既是她亲生所养，虽然变了哑子，未有不想她病好之理。听见有人能医，就当欢喜非常，出来动问，怎么全不关心，反而骂人不止？即此两端，明明的是个破绽。我且不必惊动，回到衙中，再行细访。"当时起身说道："我虽是走江湖的朋友，也要人家信服，方好为人医治。你家这女人无故伤人，我也不想你许多医金，何必作此闲气，你再请别人医罢。"说着起身出了大门。那妇人也不敢挽留，只得随他而去。

狄公到了镇上，见天色已晚，此时进城已来不及了。"我不如今晚在此权住一夜，将此案访明白了，以便明日回衙办事。"想罢，见前面有个大大的客店，走进门去。早有小二前来问道："你这郎中先生，还是要张草铺暂住一夜，还是包个客店居住？"狄公见里面许多房屋车辆客载，摆满在里面，便说道："我是单身过客，想在这镇上做两日生意，得点盘川。若有单房最好。"小二见他要做买卖，当时答应有有，随即将他带入中进，走到那下首房间，安排住下。知他没有行李，当时又在掌柜的那里租了铺盖。

布置已毕，问了酒饭。狄公道："你且将上等小菜，端两件来下酒。"小二应毕，先去泡了一壶热茶，然后一件一件送了进来。狄公在房中吃毕，想道，这店中客人甚多，莫要那个凶手也混在里面？此时无事，何不出去查看查看。自己一人出了房门，过了中进，先到店门外面，望了一回，已交上灯时候，但见往来客商，仍然络绎不绝。

正在出神之际，忽见对面来了一个人，望见狄公在此，赶着站下，要来招呼，见他旁边有两三个闲人，又不敢上前问。狄公早已看见，不等他开口，说道："洪大爷，从何到此？今日真是巧遇，就在这店内歇吧，两人也有个陪伴。"那人见他这样，就走上前来。不知此人是谁，且看下回分解。

第五回 入浴室多言露情节 寻坟墓默祷显灵魂

却说狄公在客店门首，见对面来了一人，当时招呼他里面安歇。那人不是别人，正是洪亮，奉了狄公的差遣，令他在昌平四乡左近，访那六里墩的凶手。访了数日，绝无消息，今日午后，也到了镇上。此时见天色已晚，打算前来住店，不料狄公先在这里，故而想上前招呼，又怕旁人识破，现在见狄公命他进去，当即走上前来说道："不料先生也来此地，现在里面哪间房里，好让小人伺候。"狄公道："就在前进，过去中进那间，下首房屋。你且随我来吧。"

当时两人一同进内，到了里面，洪亮先将房门掩上，向狄公道："太爷几时来此？"狄公即忙止道："此乃客店所住，耳目要紧，你且改了称呼。但是那案件，究竟如何了？"洪亮摇头道："小人奉命已细访了数天，这左近没有一点形影，怕这姓邵的已去远了。不知乔太同马荣，可曾缉获？"狄公道："这案虽未能破，我今日在此又得了一件疑案，今晚须要访问明白，明日方可行事。"当时就将卖药，遇见那毕奶奶的话，说了一遍。洪亮道："照此看来，是在可疑之列。但是他既未告发，又没有实在形迹，怎么办法？"狄公道："本县就因这上面，所以要访问。今日定更之后，你可到那狭巷里面巡视一番，究竟看有无动静。再在左近访她丈夫身死时，是何景况，现在坟墓葬在哪里，细细问明前来回报。"洪亮当时领命。先叫小二取了酒饭，在房中吃毕，等到定更之后，约离二鼓不远，故意高声喊道："小二你再泡壶茶来，服侍先生睡下，我此去会个朋友，立刻就来。"说着出了房门而去。小二见他如此招呼，也不知他是县里的公差，赶着应声，让他前去。

洪亮到了街上，依着狄公所说的路径，转弯抹角，到了狭巷，果见一座小小矮屋，先在巷内两头走了数次，也不见有人来往，想道："此时莫非尚早，我且到镇上闲游一回，然后再来。"想罢复出了巷口，向东到了街口。虽然是乡镇地方，因是南北要道，所有的店面，此时尚未关门，远远见前面有个浴堂，洪亮道："何不此时就沐浴一次,如有闲人,也可搭着机锋问问话头。”当时走到里面,但见前后屋内,已是坐得满满,只得在左边坑上寻了个地方坐下,向着那堂倌问道:“此地离昌平还有多远,这镇上共有几家浴堂?”

那个堂倌见他是个外路口音,就说:“此地离城只有六十里官道。客人要进城么?”洪亮道:“我因有个亲戚住在此处,故要前去探亲。你们这地方,想必是昌平的管辖了。现在那县令,姓甚名谁,哪里的人氏,目下左近有什么新闻?”那个堂倌道:“我们这位县太爷,真是天下没有的,自他到任以来,不知结了多少疑难的案件。姓狄名叫仁杰,乃是并州太原人氏。你客人到迟了,若早来数日,离此有十数里,有个六里墩集镇,出了个命案,甚是奇怪:这客人五更天才由客店内起身,天亮的时节,倒被人杀死在镇口。不知怎样又将尸首讹错,少年人变做有胡须的。你道奇也不奇?现在狄太爷已相验过了,标封出示,招人认领呢。不知这凶手究竟是谁,出了几班公差在外访问,至今还未缉获人犯。”洪亮道:“原来如此,这是我迟到了数天了,不然也可瞧看这热闹。”

说着,将衣服脱完,入池洗了一会,然后出来,又向那人说道:“我昨日到此,听说此地龙舟甚好,到了端阳,就可瞧看,怎么去岁大闹瘟疫,看了龙舟,就会身死的道理。”那个堂倌笑道:“你这个客人岂不是取笑,我在此地生长,也没有听见过这个奇话,你是过路的客人,自哪里听来?”洪亮道:“我初听的时节,也是疑惑,后来那人确有证据,说前面狭巷那个毕家,他是看龙舟之后死的。你们是左近人家,究竟是有这事没有呢?”那个堂倌还未开言,旁边有一个十数岁的后生说道:“这事是有的,他不是因看龙舟身死,听说是夜间腹痛死的。”他两人正在这里闲谈,前面又有一人,向着那堂倌说道:“袁五呀,这件事,最令人奇怪,毕顺那个人那样结壮,怎么回家尚是如常,夜间喊叫一声,就会死了,临殓时还张着两眼。真是可怕,听说他坟上还是常作怪呢,这事岂不是个疑案。他那下面儿,你可见过么?”袁五道:“你也不要混说,人家青年守节,现在连房门不常出,若是有个别故,岂能这样耐守?至说坟上作怪,高家洼那个地方,尽是坟冢,何以见得就是他呢?”那人道:“我不过在此闲谈罢了。可见人生在世,如浮云过眼,一口气不来,人就死了。毕顺死过之后,他的女儿又变做哑子,岂不是可叹。”说着穿好衣服,望外而去。

洪亮听了这话,知这人晓得底细,复向袁五问道:“此人姓什么?倒是个口快心直的朋友呢。”袁五道:“他就是镇上铺户,从前那毕顺绒线店,就在他家间壁。他姓王,我们见他从小长大的,所以皆喊他小王。也是少不更事,只顾信口开河,不知利害的人。”洪亮当时也说笑了一声,给了浴钱出来,已是三鼓光景,想道，这事虽有些眉眼，但无一点实证，何能办去？一路想着，已到了狭巷，又进去走了两趟，仍然不见动静。只得回转寓中，将方才的话禀知狄公。狄公道："既是如此，明日先到高家洼看视一番，再为访察。"

一夜已过，次日一早，狄公起身，叫小二送进点心，两人饮食已毕，向着小二说道："今日还要来此居住，此时出去寻些生意，午前必定回来。现有这银两在此，权且收下，明日再算便了。"当时在身后，取出一锭碎银，交与小二，取了药包，出门而去。

到了镇口，见有个老者在那里闲游，洪亮上前问道："请问老丈，此地到高家洼由哪条路去？离此有多少路程？"那老者用手指道："此去向东至三叉路口转弯，再向南约有里半路，就可到了。"洪亮就道了谢。两人顺着他的指示，一路前去，果见前面有条三叉路口，向南走不多远，看见荒烟蔓草，白骨垒垒，许多坟地，列在前面。洪亮道："太爷来是来了，就看这一望无际的坟墓，晓得哪个坟墓是毕家的呢？"狄公道："本县此来，专为他理冤枉。阴阳虽有隔别，以我这诚心，岂无一点灵验？若果毕顺是因病身死，自然寻不着他的坟墓；若是受屈而死，死者有知，自来显灵。"说着就向坟堂一带，四面默祷了一遍。

此时已是午正时候，忽然日光惨淡，当地起了一阵狂风，将沙灰刮起，有一丈高下，当中凝结一个黑团，直向狄公面前扑来。洪亮见了这光景已吓得面如土色，浑身的汗毛竖立起来，紧紧地站在狄公后面。狄公见黑团子飞起，又说道："狄某虽知你的冤抑，但这荒冢如云，岂能知你尸骸所在，还不就此在前引路！"

说毕，只见阴风瑟瑟，渐飞渐远，过了几条小路，远远见有个孤坟堆在前面，那风吹到彼处，忽然不见。狄公与洪亮也就到了坟前，四面细望，虽不是新葬的形象，却非多年的旧墓。狄公道："既是如此显灵，你且前去，找个当地乡民，问这坟墓究竟是否毕家所葬，我且在此等你。"洪亮心里虽怕，到了此时，也只得领命前去。约有顿饭时候，带了一个白发的老翁，到了面前，向着狄公说道："你这郎中先生，也太走时了。乡镇无人买药，来到这鬼门关做生意么？老汉正在田内做生活，被你这伙计纠缠了一会，说你有话问我。你且说来，究为何事？"不知狄公如何说法，且看下回分解。

第六回 老土工出言无状 贤令尹问案升堂

却说狄公见那老汉前来，说道："你这太无礼了。我虽是江湖朋友，没有什么名声，也不至如此糊涂，到此地来卖药。只因有个原故，要前来问你。我看这座坟地，地运颇佳，不过十年，子孙必然大发，因此问你，可晓得这地主何人，此地肯卖与不卖？"老汉听毕，冷笑了一声，转身就走。洪亮赶上一步揪着他怒道："因你年纪长了，不肯与人斗气，若在十年前，先将你这厮恶打一顿，问你可睬人不睬。你也不是个哑子，我先生问你这话，为什么没有回音？"那人被他揪住，不得脱身，只得向洪亮说道："非是我不同他谈论，说话也有点谱子，他说这坟地子孙高发，现在这人家后代已绝嗣了。自从葬在此处，我们土工从未见他家有人来上坟，连女儿都变哑子，这坟的风水，还有什么好处？岂不是信口胡言？"洪亮故意说道："你莫非认错不成？我虽非此地人民，这个所在，也常到此，那个变哑子的人家姓毕，这葬坟的人家，哪里也是姓毕么？"那老汉笑道："幸亏你还说知道，他不姓毕难道你代他改姓么？老汉田内有事，没工夫与你闲谈，你不相信，到六里墩问去，就知道了。"说着将洪亮的手一拨，匆匆而去。狄公等他去远，说道："这必是冤杀无疑了，不然何以竟如此奇验，我且同你回城再说。"当时洪亮在前引路，出了几条小路，直向大道行去。到了下昼时节，腹中已见饥饿，两人择了个饭店，饱餐一顿，复往前行，约至上灯时分，已至昌平城内。

主仆到了衙门，到书房坐下，此时所有的公差，见本官这两日未曾升堂，已是疑惑不定，说道："莫非因命案未破，在里面烦闷不成，不然想必又私访去了。"你言我语，正在私下议论，狄公已到了署内，先问乔太、马荣可曾回来。早有家人回道："前晚两人已回来一趟，因太爷不在署中，故次日一早又去办公。但是那邵姓仍未访出，不知怎样？"狄公点了点首，随即传命值日差进来问话。当时洪亮招呼出去，约有半杯茶时之久，差人已走了进来，向狄公请安站下。狄公道："本县有朱签在此，明早天明，速赴皇华镇高家洼两处，将土工地甲，一并传来，早堂问话。"

差人领了朱签，到了班房，向着众人道："我们安静了两天，没有听什么新闻，此时这没来由的事，又出来了。不知太爷又听何事，忽然令我到皇华镇去呢。你晓得那处地甲是谁？"众人道："今日何恺还在城内，怎么你倒忘却了？去岁上卯时节，还请我们大众在他镇上吃酒，你哪如此善忘？明日早去，必碰得见他。这位老爷迟不得的，清是清极了，地方上虽有了这个好官，只苦了我们拖下许多累来，终日坐在这里，找不到一文。"那个差人听他说是何恺，当日回到家中，安息了一夜，次日五更就忙忙的起身。

到了皇华镇上，先到何恺家内，将公事丢下，叫他伙计到高家洼传那土工，自己就在镇上。吃了午饭，那人已将土工带来，三人一齐到了县内。

差人禀到已毕，狄公随即坐了公堂，先将何恺带上问道："你是皇华镇地甲么？哪年上卯到坊，一向境内有何案件，为何误公懒惰，不来禀报？"何恺见狄公开口，就说出这几句话来，知他又访出什么事件，赶着回道："小人是去岁三月上卯，四月初一上坊，一向皆小心办公，不敢误事。自从太爷到任以来，官清民安，镇上实无案件可报。小人蒙恩上卯，何敢偷懒，求太爷恩典。"狄公道："既是四月到坊，为何去岁五月出了谋害的命案，全不知道呢？"何恺听了这话，如同一盆冷水，浇在身上，心内直是乱跳，忙道："小人在坊，昼夜梭巡，实没有这案。若是有了这案，太爷近在咫尺，岂敢匿案不报？"狄公道："本县此时也不究罪，但是那镇上毕顺如何身死？你既是地甲，未有不知此理，赶快从实招来！"何恺见他问了这话，知道其中必有原故，当时回道："小人虽在镇上当差，有应问的事件，也有不应问的事件。镇上共计有上数千人家，无一天没有婚丧善事，毕顺身死，也是泛常之事。他家属既未报案，邻舍又未具控。小人但知他是去年端阳后死的。至如何身死之处，小人实不知情，不敢胡说。"狄公喝道："你这狗头倒辩得清楚，本县现已知悉，你还如此搪塞，平日误公，已可概见。"说着，又命带土工上来。

那个老汉，听见县太爷传他，已吓得如死的一般，战战兢兢地跪在案前道："小人高家洼的土工，见太爷请安。"狄公见老汉这形样，回想昨日他跑的时节，心下甚是发笑。当时问道："你叫什么，当土工几年了？"那人道："老汉姓陶，叫陶大喜……"这话还未说完，两旁差人喝道："你这老狗头，好大胆量，太爷面前，敢称老汉，打你二百刑杖，看你说老不老了！"土工见差人吆喝，已吓得面如土色，赶着改口道："小人该死！小人当土工，有三十年了，太爷今日有何吩咐？"狄公道："你抬起头来，此地可是鬼门关了么？你看一看，可认得本县？"陶大喜一听这话，早又将舌头吓短，心下说道："我昨日是同那郎中先生说的此话，难道这话就犯法了？这位太爷，不比旁人。"眼见得尊臀上要露丑了，急了半晌，方才说出话道："太爷在上，小人不敢抬头。小人昨日鲁莽，与那卖药的郎中，偶尔戏言，求太爷宽恕一次。"狄公道："你既知罪，且免追究。你但望一望，本县与那人如何？"

老汉抬头一看，早已魂飞天外，赶着在下面磕头说道："小人该死！小人不知是太爷，小人下次无论何人，再不敢如此了。"众差看见这样，方知狄公又出去察访案件。只见上面说道："你既知道那个坟冢是毕家所葬，他来葬的时节，是何形像，有何人送来，为何你知道他女儿变了哑子，可从实供来。"老汉道："小人做这土工，凡有人来葬坟，皆给小人二百青钱，代他包冢堆土等事。去岁端阳后三日，忽见抬了一个棺柩前来，两个女人哭声不止，说是镇上毕家的小官。送的两人，一个是他妻子，那一个就是他生母。小人本想葬在乱冢里面，才到棺柩面前，忽那里面咯咋咯咋响了两声，小人就吓个不止。当时向他母亲说道：'你这儿子身死不服，现在还是响动呢。莫非你们入殓早了，究竟是何病身死？'他母亲还未开口，他妻子反将小人哭骂了一顿，说我把持公地不许埋葬。那个老妇人，见她如此说法，也就与小人吵闹起来了。

"当时因她是两个女流，不便与她们争论。又恐这死者是身死不明，随后破案之时，必来相验，若是依着乱冢，岂不带累别人？因此小人方将他另埋在那个地方。谁知葬了下去，每日深夜，就鬼叫不止，百般不得安静。昨日太爷在那里的时候，非是小人大胆，实因不敢在那里耽搁。这是小人耳闻目见的情形，至这死者果否身死不明，小人实不知情，求太爷的恩典。"狄公听毕说道："既是如此，本县且释你回去，明日在那里伺候便了。"说罢，陶大喜退了下来。随即传了堂谕："洪亮协同快差，当晚赶抵皇华镇上，明早将毕顺的妻子带案午讯。"吩咐已毕，自己退入后堂。

那些快差，一个个摇头鼓舌，说："我们在这镇上，每月至少也要来往五六次，从未听见有这件事，怎么太爷如此耳长？六里墩的命案还未缉获，又寻出这个案子来了，岂不是自寻烦恼！你看这事平空而来，叫我们向谁要钱？"彼时你言我语，谈论了一会，只得同洪亮一齐前去。不知后事如何，且看下回分解。

第七回 老妇人苦言求免 狄县令初次问供

却说洪亮领了堂谕，同快差当日赶到皇华镇上，次日就到了毕顺家门。敲了两下大门，听里面有个老妇人答道："谁人敲门，这般清早就来吵闹。你是哪里来的？"说着到了门口，将门开了，见三四个大汉，拥在巷内，赶将两手叉着两个门扇，问道："你们也该晓得，我家无男客在内，两代孀居，已是苦不可言，你这几个人，究为何事，这一早来敲门打户？"洪亮正要开言，那个差人先说道："我们也是上命差遣，概不由己，不然在家中正睡呢，无故的谁来还这路头债。只因我们县太爷，有堂谕在此，令我们这洪都头一同前来，叫你同你家媳妇，立刻进城，午堂回话。你莫要如此阻拦在门口，这不是说话所在。"说着就将毕顺的母亲一推，众人一拥而进，到了堂屋坐下。看那下首房门，还未开下，洪亮当时取出堂谕，说道："公事在此，这是迟不得的。你媳妇现在何处，可令出来，一齐前去见太爷。说过三言五句，就不关我们大众的事了。"

毕顺的母亲见是公差到此，吓得浑身抖战，说道："我家也未曾为匪作歹，这么要我们婆媳到堂，难道有欠户告了我家，说我们欠钱不还么？可怜我儿子身死之后，家中已度日为难，哪里有钱还人。我虽是小户人家，从未见官到府现丑，这事如何是好？求你们公差看些情面，做些好事，代我到太爷面前，先回一声，我这里变卖了物件，赶紧清理是了。今日先放了宽限，免得我们到堂。"说着，两眼早流下泪来。洪亮见她实是忠厚无用的妇人，说道："你且放心，并非有债家告你，只因太爷欲提你媳妇前去问话，你且将她交出，或者做些人情，不带你前去。"洪亮还未说完，毕顺的母亲早就嚷起来，哭道："我道你们真是县里差来，原来是狐假虎威，来恐吓我们百姓！他既是个官长，无人控告，为何单要提我媳妇？可见得你们不是好人，见我媳妇是个孀居，我两人无人无势，故想出这坏主见，将她骗去，不是强奸，就是卖了为娼，岂不是做梦么？你既如此，祖奶奶且同你拼了这老命,然后再揪你进城,看你那县太爷问也不问!”说着一面哭,一面奔上来,就揪洪亮。旁边那两个差役,忍耐不住,将毕顺的母亲推了坐下喝道:“你这老婆子好不知事,这是洪都头格外成全,免得你抛头露面,故说单将你媳妇带去。你看错了差人,反误我们是假的,堂谕是太爷亲笔写来的,难道也是假的么?我看你也太糊涂了,怪不得为媳妇蒙混。不是遇见这位青天太爷,恐你死在临头,还不知道。”

众人正在这里揪闹,下首房内门扇一响,她媳妇早站出来了,向着外面喊道:“婆婆且站起来,让我有话问他。一不是你们罗唣,二不是有人具控,我们婆媳在这家中,没有做那犯法事件,古话说得好,钢刀虽快,不斩无罪之人。他虽是个地方官,也要讲个情理。皇上家里见有守节的妇人,还立祠旌表,着官府春秋祭祀。从未有两代孀居,地方官出差罗唣的道理。他要提我不难,只要他将这情说明,我两人犯了何法,那时我也不怕到堂,辨个明白。若是这样提人,我婆媳不能遵提。即便前去,那时难请我回来,可不要说我得罪官长。”众差听她这番言语,如刀削的一般,伶牙俐齿,说个不了,众人此时反被她封住,直望着洪亮。洪亮笑道:“你这小妇人,年纪虽轻,口舌倒来得伶俐,怪不得干出那惊人的事件。你要问案情,提你何事,我们不是昌平县,但知道凭票提人。你要问,你到堂上去问,这番话前来吓谁?”当时丢个眼色,众人会意,一拥上前,将她揪住,也不容她分辩,推推拥拥,出门而去。毕顺的母亲,见媳妇为人揪去了,自己虽要赶来,无奈是一个孤身,怎经得这班如狼似虎的公差阻挡,当时只得哭喊连天,在地下乱滚了一阵。众人也无暇理问。到了镇上,那些居家铺户,见毕家出了此事,不知为着何故,皆拥上来观看。洪亮怕闲人吵杂,亮声说道:“我们是昌平县狄太爷差来的,立即到堂讯问,你们这左右邻舍的,此时在此阻着去路,随后提觅邻舍,可不要躲避。这案件却不是寻常案子。”那些人恐牵涉到身上,也就纷纷过去,洪亮趁此一路而来。

约至午正时分,到了署内,当即进去禀知了狄公。传命大堂伺候。自己穿了官带,暖阁门开,升起公案。各班书吏,齐列两旁,当即命带人犯。两边威喝一声,毕顺的妻子,跪在阶下。

狄公还未开口,只见她已先问道:“小妇人周氏叩见太爷。不知太爷有何见谕,特令公差到镇提讯,求太爷从速判明。我乃少年孀妇,不能久跪公堂。”狄公听了这话,已是不由不动怒,冷笑道:“你好个‘孀妇’两字,你只能欺那老妇糊涂,本县岂能为你蒙混!你且抬起头来,看本县是谁?”周氏听说,即向上面一望——这一惊不小,心下想道:“这明是前日卖药的郎中先生,怎么做了这昌平知县,怪不得我连日心慌意乱,原来出了这事。设若为他盘出,那时如何是好?"心内虽是十分恐怕,外面却不敢过形于色,反而高声回道:"小妇人前日不知是太爷前来,以致出言冒犯。虽是小妇人过失,但不知不罪,太爷是个清官,岂为这事迁怒?"狄公喝道:"你这淫妇,你不认得本县!你丈夫正是少年,理应夫妇同心,百年偕好,为什么存心不善,与人通奸,反将亲夫害死!你且从实招来,本县或可施法外之仁,减等问罪。若竟游词抵赖,这三尺法堂,当叫你立刻受苦!你道本县昨日改装,是为何事?只因你丈夫身死不明,阴灵未散,日前在本衙告了阴状,故而前来探访。谁知你目无法纪,毁谤翁姑,这'忤逆'两字,已是罪不可逃。你且从实供来,当日如何将丈夫害死,奸夫何人?"周氏听说她谋杀亲夫,真是当头一棒,打入脑心,自己的真魂,早已飞出神窍。赶着回道:"太爷是百姓的父母,小妇人前日实是无心冒犯,何能为这小事,想出这罪名诬害?此乃人命攸关之事,太爷总要开恩,不能任意的冤屈呢。"狄公喝道:"本县知你这淫妇是个利口,不将证据还你,谅你也不肯招。你丈夫阴状上面写明你的罪名,他说身死之后,你恐他女儿长大,随后露了机关,败坏你事,因此与奸夫通同谋害,用药将女儿药哑。昨日本县已亲眼见着,你还有何赖?再不从实供明,本县就用刑拷问了。"此时周氏哪里肯招,只管呼冤呼屈,说道:"小妇人从何说起,有影无形的,起了这风波。三尺之下,何求不得!虽至用刑拷死,也不能胡乱承认的。"狄公听了怒道:"你这淫妇,胆敢当堂挺撞,本县拼着这一顶乌纱不要,认了那残酷的罪名,看你可熬刑抵赖!左右,先将她拖下鞭背四十!"一声招呼,早上来许多差役,拖下丹墀,将周氏身上的衣服撕去,吆五喝六,直向脊背打下。不知周氏究竟肯招否,且看下回分解。

第八回 审奸情利口如流 提老妇痴人可悯

却说周氏被打了四十鞭背，哪里就肯招认，当时呼冤不止，向着堂上说道："太爷是一县的父母，这样无凭案件，就想害人性命，还做什么官府！今日小妇人愿打死在此，要想用刑招认，除非三更梦话。'钢刀虽快，不斩无罪之人'，你说我丈夫身死不明，告了阴状，这是谁人作证，他的状呈现在何处？可知道天外有天，你今为着私仇，前来诬害，上司官门，未曾封闭。即使官官相护，告仍不准，阳间受了你的刑辱，阴间也要告你一状。诬良为盗，尚有那反坐的罪名，何况我是青年的孀妇，我拼了一命，你这乌纱也莫想戴稳了。"当时在堂上哭骂不止。狄公见她如此利口，随又叫人抬夹棍伺候，两旁一声威吓，"噗咚"一声，早将刑具摔下。周氏见了，此时仍是矢口不移，呼冤不止。狄公道："本县也知道你既淫且泼，谅你这周身皮肤，终不是生铁浇成。一日不招，本县一天不松刑具。"说着又命左右动手。此时那些差役，望见周氏如此辩白，彼此皆目中会意，不肯上前。内有一个快头，见洪亮也在堂上，赶着丢了个眼色，两人走到暖阁后面，向他问道："都头，昨日同太爷究竟访出什么破绽，此时在堂上且又叫人用刑。设若将她夹死，太爷的功名，我们的性命……怎么说告阴状起来，这不是无中生有？平时甚是清正，今日何以这样糊涂？即是她谋害亲夫，也要情正事确。开棺验后，方能拷问。都头此时可上去，先回一声，还是先行退堂，访明再问，还是就此任意用刑？你看这妇人一张利口，也不是恐吓的道理。若照太爷这样，怕功名有碍。"洪亮听了这话，虽是与狄公同去访察，总因这事相隔一年，纵无有人告发，不能因那哑子就作为证据，心内也是委决不下，只得走到狄公身边，低声回了两句。狄公当时怒道："此案乃是本县自己访得，如待有人告发，令这死者冤抑也莫能伸了，本县还在此地做什么县官！既然你等不敢用刑，本县明日必开棺揭验，那时如无有伤痕，我也情甘反坐，这案终不能因此不办。"说着向周氏道："你这淫妇仍是如此强辩，本县所说，你该聪明，临时验出治命，谅你也无可抵赖了。"当时先命差役将周氏收禁，一面出签提毕顺的母亲到案，然后令值日差到高家洼安排尸场，预备明日开棺。这差票一出，所有昌平的差役无不代狄公担惊受怕，说这事不比儿戏，虽然是有可疑，也不能这样办法，设若验不出来，岂不是白送了性命。

不说众人在私下窃议，只说那个公差，到了皇华镇上，一直来到毕顺家门首，已是上灯时分，但见许多闲人，纷纷扰扰，在那巷口站住说道："前日原来狄太爷在这镇上，我说他虽是个清官，耳风也不能灵通，现在既被他看出破绽，自然彻底根究了。那个老糊涂，还在地上哭呢，这不是天网恢恢，疏而不漏？但是狄太爷也不能因这疑案，就拷了口供。照此看来，随后总有大发作的时节。"彼此正在那里闲谈，差人已到巷口，高声喝道："诸位人可分开了！我们数十里跑来，为了这件公事，此时拥在这里，也无意味，要看热闹的，明日到高家洼去。"说着分开众人，到了里面，果见那老妇人嘴里哭道："这不是天落下的祸！昨日他来，他要起这风波何事？我明日也不要命了，进署同他拼了这条老命。"那个差人走了上去喝道："你这老人，好不知事，太爷为你好，代你儿子伸冤，你反如此说！你既要去拼命，可巧极了，太爷现在堂上立等回话，就此同你前去，免得你媳妇一人在监内。"说着将她拖去，要进城去。毕顺的母亲，见又有差人前来，正是伤心时节，也不问青红皂白，揪着他的衣领，哭个不止，说道："我这家产物件，也不要了，横竖你这狗官会造言生事，准备一命同他控告，老娘不同你前去，也对不起我的媳妇。"当时就出了大门同走。那个差人见他遭了这事，赶着向何恺说道："我们虽为她带累，跑了这许多路径，但见她这样，也实不忍，这个小小户门，也不容易来的，哪样物件，不用钱置？你可派两个伙计，代她看管一夜，也是你我好事。"何恺当时也就答应下来，见他两人，趁着月色，连夜的前去。

到了三更以后，已至城下，所幸守门将士均是熟人，听说县里的公差，赶紧将门开了，放了两人进去，此时狄公已经安歇。差人先将毕顺的母亲带入班房，暂住一夜。次日一早，等狄公起身，禀报已毕，随即又升坐大堂，将人带上。狄公问道："你这妇人虽是姓毕，娘家究是何姓？本县前日到你镇上，可知为你儿子的事件？只因他身死不明，为你媳妇害死，因本县在此是清官，专代人家伸冤理枉，因此你儿子告了阴状，求我为他伸冤。今日带你前来，非为别事，可恨你的媳妇坚不承认，反说本县有意诬她，若非开棺相验，此事断不能分辨。死者是你的儿子，故此提你到案。"毕顺的母亲听见这话，哪里答应，当时回道："我儿子已死有一年，为何要翻看尸骨？他死的那日晚上，我还见他在家，临入殓之时，又众目所见。太爷说代我儿子伸冤，我儿子无冤可伸，为何乱将我媳妇拷打？这事无凭无证，你既是个父母官，就该访问明白，这样害人，是何道理！我娘家姓唐，在这本地已有几代，哪个不知道是良善百姓。你要问他则甚，莫非又要拖累别人么？今日在此同你说明，不将我媳妇放出来，我也不想回去了。拼我一命，死在这里，也不能听你胡言胡语，害了活的又寻我那死的。”说着在堂上哭闹不止。

狄公见她真是无用老实的人，一味为媳妇说话，心里甚是着急，说道：“你这妇人，如此糊涂，怪不得你儿子死后，深信不疑，连本县这样判说，你还是不能明白。可知本县是为你起见，若是开棺验不出伤痕，本县也要反坐。只因那死者阴魂不服，前来告状，你今不肯开验，难道那冤枉就不伸了？本县既为这地方官府，不能明知故昧，准备毁了这乌纱，也要办个水落石出。这开验是行定了！”说着令人将她带下，传令明早辰时前往，未时登场。当即退堂，到下书房里面，备设详文，申详上宪。所有外面那些差役人等，俱是猜疑不定，说狄公鲁莽。无奈不敢上去回阻，只得各人预备相验的用物，过了一夜。

次日天色将明，众差役已陆续前来，先发了三梆，到大堂伺候。到了辰时，狄公升了公堂，先传原差并承验的验尸官说道：“这事比那寻常案件不同，设若无伤，本县毁了这功名是小，你等众人也不能无事。今日务将伤痕验明，方好定案治罪，为死者伸冤。”众差领命已毕，随即将唐氏周氏二人，带到堂上。狄公又向周氏说道：“你这淫妇，昨日情愿受刑，只是不肯招认，不知你欺害得别人，本县不容你蒙混。今日带同你婆媳，前往开验，看你再有何辩。”周氏见狄公如此厉害，心下暗说道：“不料这样认真，但是此去，未必就验得出来，不如也咬他一下，叫他知道我的厉害。”当时回道：“小妇人冤深如海，太爷挟仇诬害，与死者何干。我丈夫死有一年，忽然开棺翻乱，这又是何意见？如有伤痕，妇人自当认罪，设若未曾伤害，太爷虽是个印官，律例上有何处分，也要自己承认的，不能拿着国法为儿戏，一味的诬害平人。”狄公冷笑一声，不知说出什么，且看下回分解。

第九回 陶土工具结无辞 狄仁杰开棺大验

却说狄公见周氏问他开棺无伤，诬害良民，律例上是何处分，狄公冷笑一声道："本县无此胆量，也不敢穷追此案。昨已向你婆婆说明，若死者没有伤痕，本县先行自己革职治罪。此时若想用言恐吓，就此了结这案件，在别人或可为你蒙混，本县面前也莫生此妄想。"传令将唐氏周氏先行带往尸场。一声招呼，那些差役也不由她辩白，早已将她二人拖下，推推拥拥，上了差轿，直向高家洼而去。狄公随即也就带着一干刑人，坐轿而去。一路之上那些百姓，听着开棺揭验，皆说轻易不见的事情，无不携老扶幼，随着轿子同去看望。约有午初时分，已到皇华镇上。早有何恺同土工陶大喜前来迎接，说道："尸场已布置停妥，请太爷示下。"狄公招呼他两人退下，向着洪亮道："你前日在浴堂里面，听那袁五说，那个洗澡的后生，就开店在毕家左近，你此刻且去访一访，是何姓名，到高家洼回报。本县今日谅来不及回城，开验之后，就在前日那客店内暂作公馆。"吩咐已毕，复行起轿前行，没有一会时节，早已到了前面。

只见坟冢左首，搭了个芦席棚子，里面设了公案，所有听差人众，皆在右首。芦席棚下，挖土的器具已放在坟墓面前。狄公下轿，先到坟前，细看了一遍，然后入了公座，将陶大喜同周氏带上问道："前日本县在此，你说这坟墓是毕家所葬，此话可实在么？此事非比平常，设若开棺揭验，不是毕顺，这罪名不小，那时后悔就迟了。"陶大喜道："小人何敢撒谎，现在他母亲妻子，全在此地，岂有讹错之理。"狄公道："非是本县拘执，奈周氏百般奸恶，她与本县还问那诬害良民的处分呢。若不是毕顺的坟冢，不但阻碍这场相验，连本县总有了罪名了。你且具了结状，若不是毕顺，将你照例惩办。"随向周氏说道："你可听见么？本县向为百姓理案，从无袒护自己的意见。可知这一开棺，那尸骸骨就百般苦恼，你是他结发的夫妻，无论谋杀这样，此时也该祭拜一番，以尽生前的情意。"说着就命陶大喜领她前去。毕顺的母亲见狄公同她媳妇说了这话，眼见得儿子翻尸倒骨，一阵心酸，忍不住嚎啕大哭，揪住周氏说道："我的儿啊，我毕家就如此败坏！儿子身死，已是家门不幸，死了之后还要遭这祸事。遇见这个狗官，叫我怎不伤心。"只见周氏高声的说道："我看你不必哭了，平时在家，容不得我安静，无辜带人回来，找出这场事来，现在哭也无益。既要开棺揭验，等他验不出伤来，那时也不怕他是官是府。皇上立法，叫他来治百姓的，未曾叫他害人，那个反坐的罪名，也不容他不受。叫我祭拜我就祭拜便了。"当时将她婆婆推了过去，自己走在坟前，拜了两拜，不但没有伤心的样子，反而现出那淫泼的气象，向着陶大喜骂道："你这老狗头，多言多语，此时在他面前讨好，开验之后，谅也走不去。你动手罢，祖奶奶拜祭过了。"陶大喜被她骂了一顿，真是无辜受屈的，因她是个苦家，在尸场上面，不敢与她争论，只得转身来回狄公。狄公见周氏如此撒泼，心下想道："我虽欲为毕顺伸冤，究竟不能十分相信，因是死者的妻子，此时开棺翻骨，就该悲伤不已，故令她前去祭拜，见她的动静，哪知她全不悲苦，反现出这凶恶的形象，还有什么疑惑，必是谋杀无疑了。"随即命土工开挖。

陶大喜一声领命，早与那许多伙计，铲挖起来，没有半个时辰，已将那棺柩现出。众人上前，将浮土拂了去，回禀了狄公，抬至验场上面。此时唐氏见棺柩已被人挖出，早哭得死去活来，昏晕在地。狄公只得令人搀扶过去，起身来至场上，先命何恺同差役去开棺盖。众人领命上前，才将盖子掀下，不由得一齐倒退了几步，一个个吓个吐舌摇唇，说道："这是真奇怪了，即便身死不明，绝不至一年有余，两只眼睛犹如此睁着。你看这形象，岂不可怕！"狄公听见，也就到了棺柩旁边，向里一看，果见两眼与核桃相似，露出外面，一点光芒没有，但见那种灰色的样子，实是骇异，乃道："毕顺，毕顺，今日本县特来为你伸冤，你若有灵，赶将两眼闭去，好让众人近前，无论如何，总将你这案讯问明白便了。"哪知人虽身死，阴灵实是不散，狄公此话方才说完，眼望着闭了下去。所有那班差役，以及闲杂人等，无不惊叹异常，说这人谋死无疑了，不然何以这样灵验。当即狄公转身过来，内有几个胆大差役先动手，将毕顺抬出了棺木，放在尸场上面，先用芦席遮了阳光。验尸官上来禀道："尸身入土已久，就此开验，恐难现出。须先洗刷一番，方可依法行事。求太爷示下。"狄公道："本县已知这原故，但是他衣服未烂，四体尚全，还可从简相验，免令死者再受洗刷之苦。"验尸官见狄公如此说，只得将尸身的衣服轻轻脱去，那身上的皮肤，已是朽烂不堪，许多碎布，粘在上面，欲想就此开验，无奈那皮色如同灰土，仿佛不用酒喷，则不明伤痕所在，只得复行回明了。狄公令陶大喜择了一方宽展的闲地，挖了深塘，左近人家，取来一口铁锅,就在那荒地上,与众人烧出一锅热水,先用软布浸湿,将碎布揩去,复用热水在浑身上下,洗了一次,然后验尸官取了一斗碗高粱烧酒,四处喷了半会,用布将尸者盖好。

此时尸场上面,已经人山人海,男女皆挨挤一团,望那验尸官开验。只见他自头脸两阳验起,一步一步到下腹为止,仍不见他禀报伤痕,众人已是疑惑。复见他与差役,将尸身搬起翻过,脊背后头,顶上验至谷道,仍与先前一般,又不见报出何伤。狄公此时也就着急,下了公案,在场望着众人动手。现在上身已经验过,只得来验下半部腿脚,所有的皮肤骨节,全行验到,现不出一点伤痕。验尸官只得来禀狄公,说:"小人当这差使,历来验法,皆分正面阴面,此两处无伤,方用银签入口,验那服毒药害。毕顺外体上下无伤,求太爷示下。"狄公还未开口,早有那周氏揪着了验尸官怒道:"我丈夫身死已一年,太爷无故诬害,说他身死不明,开棺揭验,现在浑身无伤,又要银签入口,岂不是无话搪塞,想出这来害人!无论是暴病身亡,即使被这狗官看出破绽,是将他那腹内的毒气,这一年之久,也该发作,岂有周身无伤无毒,腹内有毒之理?他不知情理,你是有传授的,当这差役,非止一年,为何顺他的旨令,令死者吃苦?这事断不可行!"说着揪了验尸官,哭闹不休。

狄公道:"本县与你已言定在前,若是死者无伤,情甘反坐。这项公事,昨日已申详上宪,岂能有心搪塞?但是历来验尸,外体无伤须验内腹,此是定律,你何故揪着公差,肆行撒泼,难道不知王法么?还不从速放下,让他再验腹内。若果仍无伤,本县定甘反坐便了,此时休得无礼。"周氏说道:"我看太爷也不必认真,此刻虽是无伤,还可假词说项,若是与死者作对,验毕之后,仍无毒物,恐你反坐的罪名,太爷就掩饰不来了。"一番话,说得验尸官不敢动手。不知狄公当时如何,且看下回分解。

第十回 恶淫妇阻挡收棺 狄太爷诚心宿庙

却说周氏一番话，欲想狄公不用银签入口，狄公哪里能行，道："本县验不出伤痕，理该认罪，岂有以人命为儿戏，反想掩过之理！正面阴面，既是无伤，须将内部验毕，方能完事。"当时也不容周氏再说，命验尸官照例再验。众人只见先用热水，由口中灌进，轻轻从胸口揉了两下，复又从口内吐出两三次，以后取出一根细银签子，约有八寸上下，由喉中穿入进去，停了一会，请狄公起签。

狄公到了尸身前面，见那验尸官将签子拔出，依然颜色不变，向着狄公道："这事实令人奇怪，所有伤痕致命的所在，这样验过，也该现出。现在没有伤痕，小人不敢承任这事，请太爷先行标封，再请邻封相验，或另差老年验尸官前来复验。"狄公到了此时，也不免着急，说道："本县此举，虽觉孟浪，奈何因死者前来显灵？方才那两眼紧闭，即是明证。若不是谋杀含冤，焉能如此灵验？"当即向周氏说道："此时既无伤痕，只得依例申详，自行请罪。但死者已经受苦，不能再抛尸露骨，弃在此间，先行将他收棺标封暂厝便了。"周氏不等他说完，早将原殓的那口棺木，打得纷散，哭道："先前说是病死，你这狗官定要开验，现在没有伤痕，又想收殓，做官就这样做的么？我等虽是百姓，未犯法总不能这样无辜拷打。昨日用刑逼供，今又草菅人命，这事如何行得？既然开棺，就不能再殓，我等百姓也不能这样欺罔，一日这案不结，一日不能收棺。验不出伤来，拼得那侮辱官长的罪名，同你拼了这命。"说着就走上来揪着狄公撒泼。唐氏见媳妇如此，也就接着前来，两人并在一处，闹骂不止。狄公到了此时，也只得听她缠扰。所有那些闲人，见狄公在此受窘，知他是个好官，皆上来向周氏说道："你这妇人，也太不明白，你丈夫已受了这洗刷的苦楚，此时再不收殓，难道就听他暴露？太爷既允你申详请罪，谅也不是谎你。且这事谁人不知，欲想遮掩，也不能行。我看你在此胡闹，也是无用，不如将尸身先殓起来，随他一同进城，到衙门候信，方是正理。"周氏见众人异口同词,心想我不过这样一闹,阻他下次再验,难得他收棺,随后也可无事了。周氏说道:"非是我令丈夫受苦,奈这狗官无辜寻隙,既是他自行首告,我就在他衙门坐守便了。此刻虽然入殓,那时不肯认罪,莫怪我哄闹公堂。"说着放手下来,让众人布置。无奈那口旧棺,已为她打散,只得赶令差役奔到皇华镇上,买了一口薄棺,下晚时节,方才抬来。当即草草殓毕,厝在原处,标了存记,然后带领人众,向皇华镇而来,就在前次那个客店住下。唐氏先行释回,周氏仍然管押。各事吩咐已毕,已是上灯多时。

狄公见众人散后,心下实是疑虑,只见洪亮由外面进来,向着狄公道:"小人奉命访查那个后生,姓陈名瑞朋,就在这镇上开设店铺,因与毕顺生前邻舍,故他死后不免可惜。至于案情,也未必知道,但知周氏于毕顺在日,时常在街前嬉笑,殊非妇人道理,毕顺虽经管束几次,只是吵闹不休,至他死后,反终日不出大门,甚至连外人俱不肯见。就此一端,所以令人疑惑。此时既验无实证,这事如何处置?以死者看来,必是冤抑无疑,若论无伤,又不好严刑拷问,太爷还要设法。而且那六里墩之案,已有半月,乔太、马荣,俱未访得凶手。接连两案,皆是平空而起,一时何能了结。太爷虽不是以功名为重,但是人命关天,也要打点打点……"

两人正在客店谈论,忽听外面人声鼎沸,一片哭声,到了里面,洪亮疑是唐氏前来胡闹,早听外面喊道:"你问狄太爷,现在中进呢,虽是人命案件,也不能这样紧急,太爷又不是不代你伸冤。好好歇一歇,说明白了,我们替你回。怎么知道就是你的丈夫?"洪亮知是出了别事,赶了前来访问,哪知是六里墩被杀死那无名男子家属前来喊冤。洪亮当时回了狄公,吩咐差人将他带进。狄公见是个四十开外的妇人,蓬头垢面,满面的泪痕,方走进来,即大哭不止,跪在地下,直呼太爷伸冤。狄公问道:"你这人是何门氏?何以知道,那人是你丈夫?从实说来,本县好加差捕缉。"那个妇人道:"小妇人姓汪,娘家仇氏,丈夫名叫汪宏,专以推车为业,家住治下流水沟地方,离六里墩相隔有三四十里。那日因邻家有病,叫我丈夫到曲阜报信,往来有百里之遥,要一日赶回,是以三更时节就起身前去。谁知到了晚间,不见回来。初时疑惑他有了耽搁,后来等了数日,曲阜的人已回来,问起情由,说及我丈夫未曾前去。小妇人听了这话,就惊疑不定,只得又等了数日,仍不回来,唯有亲自前去寻找。哪知走到六里墩地方,见有一口棺柩,招人认领,小妇人就请人将告示念了一遍,那所开的身材年岁,以及所穿的衣裳,是我丈夫汪宏。不知何故被人杀死,这样冤枉,总要求太爷理清楚呢。"说着在地下痛哭不止。狄公听她说得真切,只得解劝了一番,允她刻期缉获,复又赏给了十吊钱,令她将尸柩领去,汪仇氏方才退去。

狄公一人闷闷不已,想道:“我到此间,原是为国为民,清理积案,此时接连出这无头疑案,不将这事判明,何以对得起百姓?六里墩那案,尚有眉目,只要邵姓获到,一审便可清楚,惟毕顺这事,验不出伤来,却是如何能了结?看那周氏如此凶恶,无论她不容我含糊了事,就是我见毕顺两次显灵,也不能为自己的功名,不代他追问。唯有回衙默祷阴官,求暗中指示,或可破了这两案。”当时烦恼了一会,小二送进酒饭,勉强吃了些饮食。复与洪亮二人出去,私访了一次,仍然不见端倪,只得胡乱回转店中,安歇了一夜,次日一早乘轿回衙。先绕道六里墩见汪仇氏,将尸柩领去,方才回到衙中。先具了自请议处的公事,升坐大堂,将周氏带至案前,与她说了一遍,道:“本县先行请罪,但这案一日不明,一日不离此地。你丈夫既来告你阴状,今晚且待本县出了阴差,将他提来询问明白,再为讯断。”

周氏哪里相信,明知他用话欺人,说道:“太爷不必如此做作,即使劳神问鬼,他既无伤痕,还敢再来对质么?太爷是堂堂阳官,反而为鬼所算,岂不令人可笑!既是详文缮好,小妇人在此候信便了。”当时狄公听她这派讥讽的话头,明知是当面骂他,无奈此时不好用刑惩治,只得命原差仍然带去,自己退入后堂,具了节略,将那表写好。然后斋戒沐浴,令洪亮先到县庙招呼,说今晚前来宿庙,所有闲杂人等,概行驱逐出去。自己行礼已毕,将表章跪诵一遍,在炉内焚去。命洪亮在下首伺候,一人在左边,将行李铺好,先在蒲团上静坐了一会,约至定更以后,复至神前祷告一番,无非谓:“阴阳虽隔,司理则同。官有俸禄,神有香火。既有此职,应问此事。叩我冥司,明明指示。”这几句话祷毕,方到铺上坐定,闭目凝神,以待鬼神显灵。

不知狄公此次宿庙,将这两案可否破获,且看下回分解。

第十一回 求灵签隐隐相合 详梦境凿凿而谈

却说狄公在郡庙祷告已毕,坐在蒲团上,闭目凝神,满想朦胧睡去,得了梦验,便可为死者伸冤,哪知日来为毕顺之事,过于烦恼,加了开棺揭验,周氏吵闹,汪仇氏呼冤,许多事件,团结在心中,以致心神不定。此时在蒲团上面,坐了好一会工夫,虽想安心合眼,无奈不想这件事来,就是那一件触动,胡思乱想,直至二鼓时分,依然未曾闭眼。狄公自己着急说道:“我今日原为宿庙而来,到了此刻,尚未睡去,何时得神灵指示。”自己无奈,只得站起身来,走到下首,但见洪亮早经熟睡,也不去惊动于他,一人在殿上,闲步了几趟,转眼见神桌上摆着一本书。狄公道:“常言‘观书引睡魔’,我此时正睡不着,何不将它消遣?或者看了困倦起来,也未可知。”想着走到面前,取来一看,谁知并不是书卷,乃是郡庙内一本求签的签本。

狄公暗喜道:“我不能安睡,深恐没有应验,现在既有签本在此,何不先求一签,然后再为细看。若能神明有感,借此指示,岂不更好。”随即将签本在神案上复行供好,剔去蜡花,添了香火,自己在蒲团上,拜了几拜,又祷告了一回,伸手在上面,取了签筒,嗦落嗦落,摇了几下,里面早穿出一条竹签。狄公赶着起身,将签条拾起一看,上面写着五字,乃是第二十四签。随即来至案前,将签本取过,挨次翻去,到了本签部位,写着“中平”二字,按下有古人名,却是骊姬。狄公暗想道:此人乃春秋时人,晋献公为她所惑,将太子申生杀死,后来国破家亡,晋文公出奔,受了许多苦难,想来这人,也要算个淫恶的妇人。复又望下面看去,只见有四句道:

不见司晨有牝鸡,为何晋主宠骊姬。
妇人心术由来险,床笫私情不足题。

狄公看毕,心下犹疑不决,说道:“这四句,大概与毕顺案情相仿,但以骊姬比于周氏虽是暗合，无奈只说出起案的原因，却未把破案的情节叙出。毕顺与她本是夫妇，自然有床笫私情了。至于头一句，不见司晨有牝鸡，他想前日私访到她家中之时，她就恶言厉声，骂个不了，不但骂我，而且骂她婆婆，这明明的牝鸡司晨了。第二句，说是毕顺不应娶她为妻。若第三句，只是不要讲的，她将亲夫害死，心术岂不危毒。签句虽然暗合，但是不能破案，如何是好？自己在烛光之下，又细看得两回，竟想不出别的解说来，只得将签本放下。听见外面已转二鼓，就此一来，已觉得自己困倦，转身来至上首床上，安心安意，和衣睡下。

约有顿饭时刻，朦胧之间，见一个白发老者，走至面前向他喊道："贵人日来辛苦了，此间寂寞，何不至茶坊品茗，听那来往的新闻？"狄公将他一看，好似个极熟的人，一时想不出名姓，也忘却自己在庙中，不禁起身，随他前去。到了街坊上面，果见三教九流，热闹非常。走过两条大街，东边角上，有一座大大的茶坊，门前悬了一面金字招牌，上写"问津楼"三字。狄公到了门口，那老者邀他进内，过了前堂一方天井中间，有一六角亭子，内里设了许多桌位。两人进了亭内，拣着空桌坐下，抬头见上面一副黑漆对联是：

寻孺子遗踪，下榻传为千古事。

问尧夫究竟，卜圭难觅四川人。

狄公看罢，问那老者道："此地乃是茶坊，为何不用那卢仝、李白这派俗典，反用这孺子、尧夫，又什么卜圭下榻，岂不是文不对题。而且下联又不贯串，尧夫又不是蜀人，何说四川两字，看来实实不雅。"那老者笑道："贵人批驳，虽然不错，可知他命意遣词，并非为这茶坊起见，日后贵人自然晓得。"狄公见他如此说法，也不再问。忽然自坐的地方，并不是个茶坊，乃变了一个要戏场子，敲锣击鼓，满耳咚咚，不下有数百人围了一个人。圈子里面，也有舞枪的，也有砍刀，也有跑马卖线，破肚栽瓜的，种种把戏不一而足。中间有个女子，年约三十上下，睡在方桌上，两脚高起，将一个头号坛子，打得滚圆。但是她两只脚，一上一下，如车轮相似。正要之时，对面出来一个后生，生得面如傅粉，唇红齿白，见了那妇人，不禁嬉嬉一笑。那妇人见他前来，也就欢喜非常，两足一蹬，将坛子踢起半空，身躯一拗，竖立起来，伸去右手，将坛底接住。只听一声喊叫："我的爷呀，你又来了。"忽然坛口里面，跳出一个十二三岁的女孩子，阻住那男孩子的去路，不准与那女子说笑。两人正闹之际，突然看把戏的人众，纷纷散去。顷刻之间，不见一人。所有那个坛子，以及男女孩子，均不知去向。

狄公正然诧异，方才同来的老者，复又站在门前说道："你看了下半截，上截还未看呢，从速随我来吧。"狄公也不解他究是何意，不由信步前去。走了许多荒烟蔓草地方，但见些奇禽怪兽，盘了许多死人，在那里咬吃。狄公到了此时，不觉得心中恍惚，惧怕起来，瞥见一个人，身睡地下，自头至足，如白纸仿佛，忽然有条火赤炼的毒蛇，由他鼻孔穿出，直至自己身前。狄公吓了一跳，直听那老者说了一声："切记！"不觉一身冷汗，惊醒过来，自己原来仍在那庙里面，听听外边更鼓正交三更。爬坐起来，在床边上定了一定神，觉得口内作渴，将洪亮喊醒，将茶壶桶揭开，倒了一盏茶，递与狄公，等他饮毕，然后问道："大人在此半夜，可曾睡着么？"狄公道："睡是睡着了，但是精神觉得恍惚。你睡在那边，可曾见什么形影不成？"洪亮道："小人连日访这案件，东奔西走，已是辛苦万分，加之为大人办毕顺的案，茫无头绪，满想在此住宿一宵，得点梦兆，好为大人出力，谁知心地糊涂，倒身下去，就睡熟了。不是大人喊叫，此时还未醒呢。小人实未曾梦见什么，不知大人可得梦？"狄公道："说也奇怪，我先前也是心烦意乱，直至二更时分，依然未曾合眼。然后无法，只得起身走了两趟，谁知见神案上，有一个签本……"就将求签，对洪亮说了一遍。说着又将签本破解与他听。

洪亮道："从来签句，隐而不露，照这样签条，已是很明白了。小人虽不懂得文理，我看不在什么古人推敲上面。首句就有'牝鸡司晨'四字，或者天明时节，有什么动静。从来奸情案子，大都是明来暗去，鸡子叫的时节，正是奸夫偷走时节。第二句，是个空论。第三句，妇人之心险，这明是夜间与奸夫将人害死，到了天明，方装腔作势地哭喊起来。你看那日毕顺，看闹龙舟之后，来家已是上灯时分，再等厨下备酒饭，同他母亲等人吃酒，酒后已到了定更时分。虽不能随他吃就遂去睡觉的道理，不无还要谈些话，极早到进房之时，已有二鼓。再等熟睡，然后周氏再与奸夫计议，彼此下手谋害，几次耽搁，岂不是四五更天方能办完此事？唐氏老奶奶，说她儿子身死，不过是个约计之时，二更是夜间，四更五更也是夜间。这是小人胡想，怕这周氏害毕之后，正合'牝鸡司晨'四字。如正在此时谋害，这案容易办了。"狄公见他如此说法，乃道："据你说来，也觉在理。姑作他在此时，你有如何办法？"洪亮道："这句话题显而易见，有何

难解。我们多派几个伙计，日间不去惊动，大人回衙，仍将周氏交唐氏领回。她既到家，若没有外路则已，如有别情，那奸夫连日必在镇上，或衙门打听，见她回去，岂有不去动问之理？我们就派人在他巷口左右，通夜的梭巡，唯独鸡鸣时节，格外留神。我看如此办法，未有不破案之理。"

狄公见他言之凿凿，细看这形影，倒有几分着落，乃道："这签句你破解得不错了，可知是我求签之后，身上已自困倦，睡梦之间，所见的事情，更是离奇，我且说来，大家参详。"洪亮道："大人所做何梦？签句虽有点影像，能梦中再一指示，这事就有八分可破了。不知大人还是单为毕顺这一案宿庙，还是连六里墩的案一起前来？"狄公道："我是一齐来的，但是这梦甚难破解。不知什么，又吃起茶来，随后又看玩把戏的，这不是前后不应么？"当时又将梦中事复说了一遍。洪亮道："这梦小人也猜详不出，请问大人，这'孺子'两字怎讲，为何下面又有下榻的字面？难道孺子就是小孩子么？"

狄公见他不知这典，故胡乱的破解，乃笑道："你不知这两字原由，所以分别不出。我且将原本说与你听。"不知狄公所说如何，且看下回分解。

第十二回 说对联猜疑徐姓 得形影巧遇马荣

却说狄公见洪亮不知道"孺子"典故，乃道："这孺子不是作小孩子讲，乃是人的名字。从前有个姓徐的，叫作徐孺子，是地方上贤人。后来有位陈蕃专好结识名士，别人皆不来往，唯有同这徐孺子相好。因闻他的贤名，故一到任时，即置备一张床榻，以便这徐孺子前来居住，旁人欲想住在这榻上，就如登天向日之难。这不过器重贤人意思，不知与这案件有何关合？"洪亮不等他说完，连忙答道："大人不必疑惑了，这案必是有一姓徐在内，不然，那奸夫必是姓徐，唯恐这人逃走了。"狄公道："虽如此说，你何以见得他逃走了？"洪亮道："小人也是就梦猜梦。上联头一句乃是'寻孺子遗踪'，岂不是要追寻这姓徐的么？这一联有了眉目，且请大人将'尧夫'原典与小人听。"

狄公道："下联甚是清楚，'尧夫'也是个人名，此人姓邵叫康节，'尧夫'两字乃是他的外号。此乃暗指六里墩之案。这姓邵的，本是要犯，现在访寻不着，不知他是逃至四川去了，不知他本籍四川人。在湖州买卖以后，你们访案，若遇四川口音，你们须要留心盘问。"洪亮当时答应："大人破解的不差，但是玩坛子女人，以及那个女孩，阻挡那个男人去路，并后来见着许多死人，这派境界，皆是似是而非，这样解也可，那样解也可。总之这两案，总有点端倪了。"两人谈论一番，早见窗外现出亮光，知是天已发白。狄公也无心再睡，站起身，将衣服检理一回。外面住持，一早已在窗外问候，听见里面起身，赶着进来，请了早安。在神案前敬神已毕，随即出去呼唤司祝，烧了面水，送进茶来，请狄公净面漱口。狄公梳洗已毕，洪亮已将行李包裹起来，交与住持，以便派人来取，然后又招呼他，不许在外走露风声，住持一一遵命，这才与狄公两人，回衙而来。

到了书房，早有陶干前来动问。洪亮就将宿庙的话说了一遍，当即叫他厨下取了点心，请狄公进了饮食，两人在书房院落内伺候。到了辰牌时分，狄公传出话来，着洪亮协同值日差，先将皇华镇地甲提来问话。洪亮领命出去，下昼时分，何恺已到了衙中。狄公并不升堂，将他带至签押房内。何恺叩头毕，站立一边。狄公道："毕顺这案件，要是身死不明，本县为他伸冤起见，反招了这反坐处分。你是他本镇地甲，难道就置身事外，为何这两日不加意访察，仍是如此延宕，岂不是故意藐视？"何恺见狄公如此说法，连忙跪在地下，叩头不止，说道："小人日夜细访，不敢偷懒懈怠，无奈没有形影，以致不能破案，还请求大人开恩。"狄公道："暂时不能破案，此时也不能强你所难，但你所管辖界内，共有多少人家，镇上有几家姓徐的么？"何恺见问，禀道："小人这地方上面，不下有二三千人家，姓徐的也有十数家。不知大人问的哪一个，求大人明示。小人便去访问。"狄公道："你这人也太糊涂，本县若知这人，早已出签提质，还要问你么？只因这案情重大，略闻有一徐姓男子，通同谋害。若能将此人寻获，便可破了这案，因此命你前来。你平时在镇上，可曾见什么姓徐的人家与毕顺来往？若看见有一二人在内，且从实说来，以便提县审讯。"

何恺沉吟了一会，就望着上面说道："小人是上年四月间才应差的，访这案件，是五月出的，不过一个月之久，小人虽小心办公，实未知毕顺平时交结的何人，不敢在大人面前胡讲。好在这姓徐的不多，小人回去，挨次访查，也可得了踪迹的。"狄公道："你这个拙主见，虽想的不差，可知走露风声，即难寻觅。且这人既做这大案，岂有不远避之理。你此去务必不得声张，先从左近访起，俟有形影，赶紧前来报信，本县再派役前去。"何恺遵命，退下来，回转镇上不提。

这里狄公又命洪亮、陶干两人，等到上灯时候，挨城门而出，径至毕顺家巷口探听一回，当夜不必回来，一面暗暗的跟着何恺，看他如何访缉。你道狄公为何不叫他两人与何恺同去，皆因前日开棺之时，洪亮在皇华镇上住了数日，彼处人民大半认得，怕他日间去被人看见，反将正凶逃走。何恺是地方上的地甲，纵有的问张问李，这是他分内之事，旁人也不疑惑。又恐何恺一个得了凶手，独力难支，又拿他不住，因此令洪亮同陶干晚间前去。一则访访案情，二则何恺在坊上，还是勤力，还是懒惰，也可知道。这狄公的用意当日布置已毕，家人掌上灯来，一人在书房内，将连日积压的公事，看了一回。

用过晚饭，正拟安息，忽然窗外噗咚、噗咚跳下两人，把狄公吃了一惊。抬头一见，乃是马荣、乔太。当时请安已毕，狄公问道："二位壮士，这几日辛苦，但不知所访之事如何？"马荣道："小人这数日虽访了些形影，只是不敢深信，恐前途有了错讹，或是寡众不敌，反为不美，因此回来禀明大人。"狄公道："壮士何处看出破绽,赶快说来,好大家商量。”

乔太道:“小人奉命之后,他向东北角上,小人就在西南角上,各分地段,私下访查。前日走到西乡跨水桥地方天色已晚,在集上拣了个客店住下,且听同寓的客人闲谈。说高家洼这事,多半是自家害的自家人。小的听他们说得有因,也就答话上去,问道:‘你们这班人,所说何事?可是谈的孔家客店的案么?’那人道:‘何尝不是。看你也非此地口音,何以知道这事,莫非在此地做什么生意?’小人见他问了这话,只得答着机锋道:‘我乃山西贩皮货客人,日前相验之时,我们有个乡亲,也是来此地买卖,却巧那日就住在这店内,后来碰着谈论起来,方才晓得。闻说县里访拿得很紧,还有赏格在外,你们既晓得自家人所杀,何不将此人捉住,送往县内?一则为死者伸冤,是莫大功德,二则多少得几百银子,落得快活。你我皆是做买卖的朋友,东奔西走,受了多少风霜,赚钱蚀本还不知道,有这美事,落得寻点外水,岂不是好?’那班人笑道:‘你

这客人,说得虽是,我们也不是傻子,难道不知钱好?只因有个缘故在内,我们是贩卖北货的,日前离此有三四站地方,见有一个大汉,约在三十上下,自己推着一辆小车,车上极大的两个包裹,行色仓皇,忙忙的直往前走。谁知他心忙脚乱,对面的人,未尝留心,咚的一声,那车轮正碰着我们大车之上,登时车轴震断,将包裹撞落在地下。我当他总要发急,不是揪打,定要大骂一番,哪知他并不言语跳下车,将车轴安好,忙将包裹在地下拾起。趁此错乱之际,散了一个包裹,里面露出许多湖丝。他亦不问怎样,并入大包裹内,上好车轴,仓皇失措,推车向前奔去,听那口音,却是湖州人氏。后来到了此地,听说出了这案,这人岂不是正凶?明是他杀了车夫,匆匆逃走了,这不是自家害的自家人?若不然,焉有这样巧,偏遇这人,也是湖州人氏。只怕他去远了,若早得了消息,岂不是个大大的财路。’这派话,皆是小人听那客店人说,当时就问了路径,以便次日前去追赶。却好马荣也来这店中住宿,彼此说了一遍。次早天还未明,就起身顺着路径,一路赶去。走了三四日光景,却到邻境地方。有一所极大的村庄,见许多

人围着一辆车儿，阻住他的去路。小人们就远远的瞧看，果见有一个少年大汉，高声骂道：'咱老子走了无限的关隘，由南到北，从不惧怕何人，天大的事，也做过了。什么希奇的事，损坏你的田稻，也不值几吊大钱，竟敢约众拦住？若是好好讲说，老子虽无钱，给你一包丝货，抵得你们苦上几年。现在既然撒野，就莫怪老子动手。'说着两手放下车子，举起拳头，东三西四，打得那班人抱头鼠窜，跑了回去。后来庄内又有四五十个好汉，各执锄头农器，前来报复。哪知他不但不肯逃走，反赶上前去，夺了一把铁铲，就摔倒几个人。小人看见那人并非善类，欲想上去擒拿，又恐寡不敌众，只得等他将众人打退，向前走去。两人跟到个大镇市上，叫什么双土寨，他就在客寓内住下。访知他欲在那里卖货，有几日耽搁，因此紧赶回来，禀知大人。究竟若何办法？"

狄公听了这话，心中甚是欢喜。眉头一皱，计上心来，且先派人捉拿凶手。不知后事如何，且看下回分解。

第十三回 双土寨狄公访案 老丝行赵客闻风

却说狄公听马荣说出双土寨来，心下触机，不禁喜道："此案有几分可破了，你们果曾访这人姓甚名谁，果否在寨内有几天耽搁？若是访实，本县倒有一计在此，无须动那手脚，即可缉获此人。"乔太见狄公喜形于色，忙道："小人访是访实了，至于他姓名，因匆匆寻他卖货的根底，一时疏忽，未曾问知。不知大人何以晓得此案可破？"狄公就将宿庙得的梦，告诉于他，说卜圭的圭字，也是个双土，这贩丝的人，就在双土寨内出货，而且又是个湖州人，岂非应了这梦？"你二人可换了服色，同本县一齐前去，拣一个极大的客寓住下。访明那里谁家丝行，你即住在他行中，只说我是北京出来的庄客，本欲到湖州收买蚕茧，回京织卖京缎。只因半途得病，误了日期，恐来往已过了蚕时，闻你家代客买卖，特来相投。若有客人贩丝，无论多少，皆可收买。他见我们如此说法，自然将这人带出，那时本县自有道理。"马荣、乔太二人领命下来，专等狄公起身。狄公知此处有几日耽搁，当时备了公出的文书申详上宪，然后将捕厅传来，说明此意，着他暂管此印，一应公事，代拆代行，外面一概莫露风声，少则十天，多则半月，即可回来。捕厅遵命而行，不在话下。

狄公此时见天色不早，即在书房安歇了一会，约至五更时分，即起身换了便服，带了银两，复又备了邻县移文，藏于身边，以便临时投递。诸事已毕，与马荣、乔太二人，暗暗出了衙署，真是人不知鬼不觉，直向双土寨而来。夜宿晓行，不到三四日光景，已到了寨内。马荣知这西寨口，有个张六房是个极大的老客店，水陆的客人，皆住在他家，当时将狄公所坐的车辆，在寨外歇下，自己同乔太进了寨里，来到客店门首，高声问道："里面可有人？我们由北京到此，借你这地方住下一半天。咱家爷乃是办丝货的客商，若有房屋可随咱来。"店内堂倌儿见有客人来住居，听说又是大买卖，赶着就应道："里面上等的房屋，爷喜哪里住，听便便了。”当时出来两人问他行李车辆。马荣道:“那寨口一辆轻快的车辆,就是咱家爷的。你同我这伙伴前去,我到里面瞧一瞧。”说着命乔太同堂倌前去,自己进内,早有掌柜的带他到里面,拣了一间洁净的单房,命人打扫已毕,复行出店门。见狄公车辆已歇在门口,正在那里解卸行李,当时搬入房内,开发了车价。早有小二送进茶水。

众人净面已毕,掌柜进来问道:“这位客人尊姓?由北京而来,到何处去做买卖?小店信实通商,来往客人,皆蒙照顾,后面厨下点心酒饭,各色齐备,客人招呼便了。”狄公道:“咱们是京城缎行的庄客,前月由京动身,准备由此经过,一路赶到湖州收些蚕茧,不料在路得病,误了日期,以至今日才至贵处。这里是南北通衢的,不知今年的丝价,较往常如何?”掌柜道:“敝地离湖州尚远,彼处的行情,也听得人说。春间天气晴和,蚕市大旺,每百两不过三十四五两的关叙。前日有几个贩丝的客人,投在南街上薛广大家行内,请他代卖,闻开盘不过要三十八九两码子。比较起来,由此地到湖州不下有月余的路程,途费算在里面,比在当地收买倒还廉许多。”狄公听了这话,故作迟疑道:“不料今年丝价如此大减,只抵往常三分之二,看来虽然为病耽搁,尚未误正事。你们这地方丝行,想必向来是做这项生意的了,行情还是听客人定价,抑是行家做价,行用几分,可肯放期取银?”掌柜的说道:“我们虽住在咫尺,每年到了此时,但听见他们议论,也有卖的,也有买的。老放庄客的人,由此经过,皆知道这里的规矩。俗言道:‘隔行如隔山。’其中细情,因此未能晓得。客人想必初来此地,还不知尊姓大名。”狄公见他动问,乃道:“在下姓梁名狄公,皆因时运不佳,向来在京皆做这本行的买卖,从未到外路去过。今年咱们行内,老庄客故了,承东家的意思,叫咱们前来,哪知在路就得了病症。现在你们这里行情既廉,少停请你带咱们前去一趟,打听打听是哪路的卖客。如果此地可收,咱也不去别处了。”掌柜见他是个大本钱的客人,难得他肯在此地,不但图下次主顾,即以现在而论,多住一日,即赚他许多房金,心下岂不愿意?连忙满口应承,招呼堂倌,办点心,送酒饭,照应得十分周到。

到了下昼时分,狄公饮食已毕,令乔太在店中看守门户,自己同马荣步出外面,向着掌柜说道:“张老板,此刻有暇,你我同去走走。”掌柜见他邀约,赶紧答应,出了柜台说道:“小人在前引道。离此过了大街三两个弯子,就是南寨口,那就到了。”说着三人一同去。

果然一个好大的寨子,两边铺户十分整齐,走了一会,离前面不远,掌柜请狄公站下,自己先抢一步,到那人家门首,向里问道:“吴二爷,你家管事的可在家？我家店内有一缎行庄客，从北京到此，预备往南路收的，听说此地丝价倒廉，故此命我引荐来投宝行。客人现在门首呢。”里面那人，听他如此说法，忙答道：“张六爷，且请客人里面坐。我们管事的，到西寨会款子去了，顷刻就回来的。”狄公在外面见他们彼此答话说管事的不在行内，心下正合其意，可以探得这小官的口气，忙向张六说道：“老板，咱们回去也无别事，既然管事的不在这里，进去少待便了。”当时领马荣到了行内。见朝南的三间屋，并无柜台等物，上首一间设的座位，下首一间堆了许多客货，门前白粉墙上写了几排大字：“陆永顺老丝行，专办南北客商买卖。”

狄公看毕，在上首一间坐定。小官送上茶来，彼此通过名姓，叙了套话，然后狄公问道：“方才张老板说，宝号开设有年，驰名远近，令东不知是哪里人氏，是何名号，现在买卖可多？”吴小官道：“敝东是本地人氏，住在寨内，已有几代，名叫陆长波。不知尊家在北京哪家宝号？”狄公见他问这话，心下笑道：“我本是访案而来，哪知道京内的店号。曾记早年中进士时节，吏部带领引见，那时欲置办鞋帽，好像姚家胡同，有一缎号，代卖各色京货，叫什么‘威仪’两字，我且取来搪塞搪塞。”乃道：“小号是北京威仪。”那小官听他说了“威仪”二字，赶忙起着笑道：“原来是头等庄客，失敬失敬！先前老敝东在时，与宝号也有往来。后因京中生意兴旺，单此一处，转运不来，因此每年放庄到湖州收卖。今年尊驾何以不去？”狄公见他信以为真，心下好不欢喜，就将方才对张掌柜的那派谎言，说了一遍。

正谈之间，门下走进一人，约在四五十岁的光景，见了张六在此，笑嘻嘻的问道：“张老板何以有暇光顾？”张六回头一看，也忙起身笑道：“执事回来了，我们这北京客人，正盼望呢。”当时吴小官又将来意告诉了陆长波，狄公复又叙了寒暄，问现在客货多寡，市价如何。陆长波道：“尊驾来得正巧，新近有一湖州客人，投在小行。此人姓赵，也是多年的老客丝货，现在此处，尊驾先看一看。如若合意，那价银格外克己便了。”说着起身邀狄公到下首一间，打开丝包看了一会。只见包上盖了戳记，乃是“刘长发”三字，内有几包斑斑点点，现出那紫色的颜色，无奈为土泥护在上面，辨不清楚。狄公看在眼内，已是明白，转身向马荣道：“李三，你往常随胡大爷办货，谅也有点颜色。我看这一点丝货，不十分清爽，光彩混沌，怕的是做茧子时蚕子受伤了。你过来也看一看。”马荣会意。到了里面，先将别的包皮打开，约略看了几包，然后指着有斑点的说道：“丝货却是道地，恐这客人，一路上受了潮湿，因此光芒不好。若这一包，虽被泥土护满，本来的颜色，还看得出，见了外面就知里面了。不知这客人可在此处？他虽脱货求财，我们倒要斟酌斟酌。”狄公见马荣暗中有话，也就说道：“准是在下定价买了，好在小号用得甚多，就有几包不去，也可勉强收用。但将这赵客人请来，凭着宝行讲明银价，立即可银货两交，免得彼此牵延在此。”陆长波见他如此说法，难得这样买卖，随向吴小官道：“赵客人今日在店内打牌，你去请他即刻过来，有人要收全包呢。”小官答应一声，匆匆而去。张掌柜也就起身向狄公说道：“此时天色已晚，过路客人正欲下店，小人不能奉陪了。”复又对陆长波说了两句客气话，一人先行。狄公见小官走后，心下甚是踌躇，深恐此人前来，不是凶手，那就白用了这心计，又恐此人本领高强，拿他不住，格外为难。只得向马荣递话道：“凡事不能粗鲁，若我因有了耽搁，不肯在这寨内停留，岂不失了机会？所幸有赵客人在此卖货，真是天从人愿。临见面时，让我同他开盘，你们不必多言。要紧要紧！”马荣知他用意，当时答应遵命，坐在院落内，专候小官回来。不多时，果然前日半路上那个大汉一同进门。不知此人如何，且看下回分解。

第十四回 请庄客马荣交手 遇乡亲蒋忠谈心

却说狄公在陆家行内，等吴小官去请赵客人前来，不多一会马荣已看见前日在路上推车的那个大汉，一同进门，当时不敢鲁莽，望着狄公丢个眼色。狄公会意，便将那人一望，只见他身长一丈，生来黑漆面庞。两道浓眉，一双虎眼，足穿薄底靴儿，身穿短襟窄袖，玄色小袄，丢裆叉裤。那种神气，倒像绿林中朋友。狄公上下打量一番，暗暗想道：此人明是个匪头，哪里是什么贩丝的客人，而且浙湖的人形，皆是气格温柔，衣衫齐整，你看他这种行为神情，明是咱们北方气概。且等他一等，看他如何。只见陆长波见他进来，当时起身来笑道："常言买鸡找不到卖鸡人，你客人投在小行，恨不得立刻将货脱去，得了丝价，好回贵处，一向要卖，无这项售户，今日有人来买，你又打牌去了。这位梁客人，是北京威仪缎庄上的。往年皆到你们贵处坐庄，今因中途抱病，听说小行有货，故此在这里收买。所有存下的货物，皆一齐要买，但不过要价码克己。小行怕买卖不成，疑惑我等中间作梗，因此将你请来，对面开盘，我们单取行用便了。"那人听了陆长波这番话，转眼将狄公上下望了一回，坐下笑道："我的货，卖是要卖，怕的这客人有点欺人。我即便肯卖与他，他也未必真买。"陆长波见他这番话，说得诧异，忙道："赵客人你休要取笑，难道我骗你不成？人家很远的路程来投小行，而且威仪这缎号牌子，谁人不知。莫说你这点丝，即便加几倍，他也能售。你何以反说他欺人？倒是你奇货可居了。"

狄公见了这大汉说了这两句话，心下反吃了一惊，说道："此人眼力，何以如此厉害？又未与他同在一处，何以知我不是客商？莫非他看出什么破绽？如果为他识破，这人本事就可想而知了。虽有马荣在此，也未必能将他获住。"当时还故示周旋，起身作了揖，说："赵客人请了。"大汉见他起身，也忙还了一揖道："大人请坐，小人见谒来迟，望祈恕罪。"这一句，更令狄公吃惊不小，分明是他知道自己的位分，复又故作惊异道："尊兄何出此言，咱们皆是贸易中人，为何如此称呼？莫非有意外见么？还不识尊兄台甫何名，排行几位？"大汉道："在下姓赵名万全，自幼兄弟三人，第三序齿。不知大人来此何干，有事但说不妨。若这样露头藏尾，殊非英雄本色。俺虽是贸易中人，南北省份，也走过许多码头，做了几件惊人出色的事件，今日为朋友所托，到此买卖，不期遇尊公。究竟尊姓何名，现官居何职，俺这两眼相法，从来百不失一。尊公后福方长，正是国家栋梁，现在莫非做哪里县丞么？"狄公被他这番话，说得哑口无言，反而深愧不是，停了半晌，乃道："赵兄，你我是为买卖起见，又不同你谈相，何故说出这派话来？你既知我来历，应该倾心吐胆，道出真言，完结你的案件。难道你说了这派大话，便将俺哄吓不成？"说着望马荣丢了个眼色，起身站在陆长波背后。

马荣到了此时，也由不得再不动手，当即跳出门外，高声喝道："狗强盗，做了案件，想往哪里逃走！今日俺家太爷亲来捉你，应该束手受缚，归案讯办。可知那高家洼的事，不容你逃遁了。"说着两手摆了架落，将门挡住，专等他出来动手。陆长波看见言语不对，忽然动起手来，如同做梦一般，不知是素来有仇，也不知无故起衅，摸不着头脑，只呆呆的在那里呼喊说："你们可不要动气，生意场中，以和平为贵，何以还未交易，就说出这尴尬话来，莫非平时有难过么？"还未说完，见大汉掀去短袄，露出紧身小衣，袖头高卷，伸开两手，一个箭步，跃出门外，向马荣骂道："你这厮也不打听打听，来至太岁头上动土。俺立志要除尽这班贪官污吏，垄断奸商，你竟敢来寻死！不要走，送你到老家去！"只见左手一抬，用个猛虎擒羊的架落，对定马荣胸口一拳打来。狄公见了这样，吓得面如土色，深恐马荣招架不住。只见他将身向左边一偏，用了个调虎下山的形势，右手伸出两指，在大汉手寸上面一按，望下一沉，果然赵万全将手一缩回，不敢前去。原来马荣也是会手，这一下撞在他血道上面，因此全膀酥麻，不能再进。马荣见他中了一下，还不就此进步？登时调转身子，起势在他肋下一拳打去。赵万全见他手足灵便，就不敢轻视，一手护定周身，一手向前刁他的手掌。马荣哪里容他得手，随即改了个鹏鸟展翅的格式，将身一纵，约有一二尺的高下，提起左足欲想踢他的左眼。谁知道一来正中赵万全之计，但见他往下一蹲，两手高起，说声："下来吧！"早将马荣的腿兜住，但听"咕咚"一声，摔在地下。

狄公这一惊不小，深恐他就此逃走。里面陆长波也吓得面面相觑，唯恐打杀人命，赶着出来喊道："赵三爷，你是我家老主顾客人，向来未曾卤莽，何以今日一言不合，就动手动脚起来？设若有个险错，小行担受不起。有话进来好说。”众人正闹之间，街坊上面早已围着许多人来，言三语四，在那里乱说。

忽然人丛里面，有一个二三十岁的汉子，身材高大，虎背熊腰，见马荣落在地下，赶着分开众人，高声喊道：“赵三爷不要胡乱，都是家里人！”随即到了马荣面前叫道：“马二哥，你几时来此，为何与我们兄弟斗气？这几年未曾见面，令咱家想得好苦。听说你洗手不干那事了，怎么会到这里来？”说着即将马荣扶起。马荣将他一望，心中好不欢喜，说道：“大哥你也在此，俺们这里再谈，千万莫放这厮走了，他乃人命要犯。”说着那人果将赵万全邀入行内，招呼闲人散开，然后向马荣说道：“这是我自幼的朋友，虽是生意中人，与俺们很有来往。二哥何故与他交手，现在何处安身，且将别后之事说来。谁人不是，俺与你俩赔礼。”

原来此人也是绿林中朋友，与马荣一师传授，姓蒋名忠，虽然落身为盗，却也很有义气，此时已经去邪改正，在这个土寨当个地甲。赵万全本是山东沂水县人氏，因幼父母双亡，跟蒋忠的父亲，学了一身本领，所有医卜星相件件皆精。到了十八岁时，见本乡无可依靠亲戚，本家皆已亡过，因想湖州有个姑母，很有钱财，因而将家产变去，做了盘缠，到湖州探亲。他姑母见他如此手段，就收他在家中，过了数月，然后荐至丝行里面，学了这项生意。后来日渐长大，那年回家祭祖，访知这双土寨是南北的通衢，可以在此买卖，他就回到湖州，向姑母说明，凑了几千银本，每年春夏之交，由湖州贩丝来卖。却值蒋忠洗手，在曲阜县上卯，为了这寨内的地甲，彼此聚在一处，更觉得十分亲热。今日赵万全正在他家摸牌，忽然吴小官去喊他做生意，去了好久不见回来，蒋忠因此前来探望，不意却与马荣交手。此时马荣见他问别后之事，连忙说道：“大哥有所不知，自从你我在山东王家寨做案之后，小弟东奔西走，受了许多辛苦。后来一人思想，人生在世，不过百年，转眼之间，就成了废物。若不在中年做出一番事业，落了好名，岂不枉为人世。而且这绿林之事，皆是丧心害理的钱，今日得手，不过数日之内，依然两手空空，徒然杀人害命，造下无穷的罪孽。到了恶贯满盈的时节，自己也免不得一刀之苦，所以一心不干。却好这年在昌平界内，遇见这位狄大人做了县令，真是一清如水，一明似镜，因而与乔二哥投在他麾下，做个长随。数年以来,也办了许多案件,只因前日高家洼出了命案,甚是希奇,直至前日,始寻出一点形影,故而到此寻拿。"说着就将孔万德客店如何起案,如何相验,如何换了尸的原由,说了一遍。然后又指狄公道:"这就是俺县主太爷,姓狄名仁杰,你们这里也是邻境地方,昌平县官声应该听见。"

蒋忠听了这番话,掉转头来望着狄公纳头便拜,说道:"小人迎接来迟,求大人恕罪。"狄公忙扶起说道:"刚才的事,马荣已经说明,还望壮士将这人犯交本县带回讯办。"蒋忠还未开口,赵万全忙道:"这是小人受人之愚了,此案实非小人所干,如有见委之处,万死不辞。且待小人禀明,大人便可明白了。方才马二哥说那凶手姓邵,是四川人氏,小人乃是姓赵,本省人氏,这一件就不相合。但是这人现在何处,叫什么名号,小人却甚清楚。大人在此且住一宵,明日前去,定可缉获。"狄公听了此言,不知如何办法,且看下回分解。

第十五回 赵万全明言知盗首 狄梁公故意释奸淫

却说赵万全说他不是正凶，那个犯事之人，地方名姓，他皆知道，狄公听了此言，心下甚是疑惑，暗道："看他这身材膂力，实不是个善类，莫非他故意诳言，希冀逃走，那可就费事了。"当时一个人对答不来。马荣知道他的意思，乃道："大人不必疑惑，既然蒋大哥说出这原故，想必他不是这案内人犯。既他口称知道，但请他说明，同小的前去便了。"蒋忠也就说道："赵三哥，你就在大人前言明，何以知道案件。你我行事，也须光明正大的方好。若照这姓邵的丧心害理，无论官法不容，即使你我碰见这厮，也不能饶了他的狗命。究竟现在何处，你若碍于交情，不便动手，我这管下与昌平是邻对，同去捉获，也是分内之事。"赵三道："说来也是可恼，连我都为所骗了。这人姓邵名礼怀，是湖南土著人氏，一向与他来往。每年新春蚕见市，他也带着丝货到各处跑码头，只要谁地方价好，他就前去卖货，虽无一定的地方，总不出这山东山西两省。前月我在湖州，他是在我先动身的，并同了一个邻行的小官一并前来，日前在半途上碰见，但见他一人推着一轮车儿，在路上行走。我见他是孤客年轻，不知行道规矩，故上前问道：'你怎么一个人在此，徐相公到何处去？'他向我大哭不止，说：'那伙伴在路途暴病身亡，费了许多周折，方才买棺收殓，现在暂厝在一个地方。就此一来，货又误了日期，未能卖出，自己身旁路费又完，正是为难之际，总是为朋友起见，不然早已回去了。'我见情真语切，问他到何处去，他说暂时不能转杭州，怕徐家家属问他要人，那就费事了。当时就同我借了三百银子，将姓徐的丝货交我代卖，他说到别处码头售货去了。谁知他做了这没良心的坏事，岂不是连我受他之愚吗？"

狄公听了此言，忙道："照你如此说法，他已是远走去了，你焉能知他的所在？"赵万全道："大人有所不知，这人有个师兄，先前以为礼怀是个诚实的后生，将女儿就他为妻，谁知过门之后，夫妻不睦，就将这妻子气死。后来听说，他又在外路结识了一个有夫之女，住在这左近一带，叫作什么齐团菜地方。彼时因不关我事，故而未曾追求，现在他既犯了这案，只要将这地方访出来，那就好办了。虽说他跟我师兄学了数年棍棒，纵有点本领，谅也平常，只要我去寻获，无不获之理。”狄公听他所言，也就深信不疑，向着众人说道：“本县到任以来，也私访过许多地方，这齐团菜地名从未听人说过，你们可曾晓得么？”此时陆长波见他们各道真言，知狄公是地方上父母官，真是意想不到，赶忙过来叩头，说道：“小人有眼不识泰山，冒犯虎威，统求恕罪。”狄公道：“你乃贸易之人，与本县本无大小，生意场中，理应如此，何得谓之冒犯？但你是土著的人氏，方才赵壮士所说这个地名，你可知道么？”陆长波细想不出来，说道：“大人要知这地段，除非移文到各处府州县，将府县志查看，或者可知。不然这偌大的山东省，从何处访问？”此时天已黑暗，小官掌上灯来，马荣道：“大人现在也不必久坐了，沿途受了风霜，也该安歇安歇，既有赵万全同小人在此，还怕日后这案不破么？我看乔太在寓内，也是望得心焦，不如前去店中吃了晚饭，大众计议个章程，以便分头办事。或者张老板知道齐团菜地名，也未可知。”狄公见他说得在理，当即起身，向赵万全说道：“壮士且至敝寓，共饮一杯，以便彼此谈论。”赵三也不推辞，当时也就起身一同出了陆长波家的门，来至张六房店内。

蒋忠就将狄公前来访案的话，向张六说明。大众直吓得鼓舌摇唇，说道：“我等在寨内，听往来人说，昌平县狄太爷，是个好官，真是名不虚传。由彼处到此，也有数百里路程，居然不辞劳苦，前来访案，实不愧民之父母了。”当时也就入里面，复又叩头已毕。当晚备了酒肴，众人也不分什么主仆，上下一齐入席饮酒。乔太见赵万全帮同捉案，更是欢喜非常，向着狄公道：“大人在此，虽得了一位壮士，依小人愚见，还是明早一同回去，暗暗的访问这地方，方可有益于事。若要在此地将人缉获，恐暂时未必如愿。就此一来，这案内正是人人知道，若再耽搁数日，南北往来的客商，传到别处，露了捉拿要犯的风声，反而令他得信。而且毕顺家那案，不知访缉得如何。那人胆量又小，即使有了事件，一人也未必能动手，岂不是顾此失彼？不如回去，两件事皆可兼顾得到。”狄公也以为然，当时上了几件美肴，撤去残杯，大众安歇，一宿无话。

次日一早马荣先起身，雇上车辆，然后进来将狄公喊醒。梳洗已毕，用过早点，给了房饭钱，与赵三、乔太一路出了客店，别了蒋忠、张六等人，坐了车头。只听鞭响一声，催动马匹，拖着车子，直奔小路而去。在路非止一日，闯关过寨，一路打听，皆不知齐团菜究竟是何地名。到了第五日上，已到昌平城下，狄公到城外就将车价给过，命乔太、马荣背着包裹，先到衙门报信，自己同赵万全，慢慢的信步来至城内。到了本衙里面，先到书院坐下，命人到捕厅内送信，顿时过来回明了公事,将印卷交还。狄公敷衍了几句,然后告辞出去。这里家人送进茶水,替狄公拂去灰尘。净面已毕,随口道:“洪亮、陶干自大人去后,已回来过两次,说何恺连日十分严查,所有那些管下姓徐的户口,皆是当地良民,无什么形迹可疑地方,因此不敢乱拿。每日早晚,他二人又在巷口昼夜巡查,但是唐氏一人出入,不时在家还啼哭叫骂。昨日陶干回衙,问大人可曾回来,若回来时节,务必将周氏交保释回,方好见她的动静。若这样,实寻不出。”狄公点点头,当下传命大堂伺候。当时门役一声高唤,所有书差皂役各自前来伺候。不多一回,狄公穿了冠带,暖阁门开,一声威武,狄公当中坐下。书办将连日的案卷捧上,狄公手披目诵,约有顿饭时节,已将连日的公事办清,然后标了监签,命值日差将周氏带堂讯问,两边齐声答应,早将监牌接下。转眼之间,已将周氏带至堂上。狄公还未开口,先听淫妇问道:“你这狗官,请我出监为何,莫非上宪来了文书,将你革职么?你且将公事从头至尾,念与我听,好令堂下百姓,知道个无辜受屈,不能诬害好人。”狄公道:“你这贱货,休要逞言,本县自己请处,此件不关你事。是否革职,随后自有人知晓。只因你婆婆在家痛哭,无人服侍,免不得一人受苦,因此提你出来,交保释去,好好服侍翁姑。日后将正犯缉获,那时再捕提到案,彼此辨个清白。”周氏不等他说完,乃道:“太爷如此恩典,小妇人岂不情愿。但是我丈夫死后,遭那苦楚,至今凶手未获,又验不出伤来,这谋害二字,小妇人实担受不起。若这样含糊了事,个个人皆可冤枉了,横竖也不遵王法。若说我婆婆在家,疼苦儿子死后验尸,媳妇又身在牢狱,岂有不哭之理!这总是生来命苦,遇见了你狗官,寻出这无中生有的事来。前日小妇人坐在家中,太爷一定命公差将我捉了,行刑拷问,此时小妇人安心在案,专等上宪来文,太爷又无故放我回去。这事非小妇人抗命,但一日此案不结,一日不能回家!不但这谋害性命难忍,恐我丈夫也不甘心,还求太爷将我收监罢。”狄公听她一派言词,说得半晌无言,还是马荣在旁答道:“你这妇人,何不知好歹,可知太爷居官,为代我百姓抑冤理枉,你这案虽未判白,太爷也自行请处了,难道这公事还谎你不成?凶手也是要缉获的,此时放你回去,太爷的意思,不过一点仁恩,你反胡言唐突,岂非不知好歹也?我看你就此令婆婆保去,落得个婆媳相聚。”

周氏听了这番话,早已喜出望外,只因在堂上,不能一说就行,怕被人疑惑,既然马荣说了这话,乃道:“论这案情,我是不能走,既你们说我婆婆苦恼,也只得勉强从事。但是太爷还要照公事办的。至于觅保一层,只好请你们同我回去,令我婆婆画了保押。”狄公见她答应,当时令人开了刑具,雇了一乘小轿,差马荣押送皇华镇而去。不知后事如何,且看下回分解。

第十六回 聋差役以讹错讹 贤令尹将盗缉盗

却说狄公见周氏答应回去，当时令人开去刑具，差马荣押送皇华镇而去。周氏回转家中，与唐氏自有一番言语，不在话下。单说狄公自她走后，退入后堂，将多年老差役，传了数名进来，将齐团菜地名问他们，可曾知道，众人皆言莫说未曾去过，连听都未曾听过。狄公见了这样，自是心中纳闷。内中忽有一七八十岁老差役，白发婆娑，语言不便，见狄公问众人的言语，他尚听不明白，说道："蒲萁菜，八月才有呢。太爷要这样菜吃，现在虽未到时候，我家孙子专好淘气，栽了数缸蒲萁，现在苗芽已长得好高的了。外面虽然未有，太爷若要，小人回去，掩点来，为太爷进鲜。"众人见他耳聋胡闹，唯恐狄公见责，忙代他遮饰道："此人有点重听，因此言语不对，所幸当差尚是谨慎，求太爷宽恕。"狄公见他牵涉的好笑，乃道："你这人下去罢，我不要这物件。"哪知这差役听狄公说不要，疑惑他爱惜新苗，掩了芽子，随后不长蒲萁，乃道："太爷不必如此，小人家中此物甚多，而且不是此地的，原是四川寨来的。"狄公听了此话，不觉触目惊心，诧异道："我那梦中看见指迷亭上对联，有句卜圭，须问四川人，上两字已经应了，乃是暗暗的双土寨，下三字忽然在这老差役口中说出，莫非有点意思。从来无头的难案，类皆无意而破，我问的齐团菜地名，他就牵蒲萁菜的吃物，此刻又由蒲萁菜引出四川寨来。你看这菜呀寨呀，口音不是仿佛么？莫以为他是个聋子，倒要细问细问。"当时对众差役说道："你等权且退去，这人本县有话问他。"众人见本官如此，虽是心下暗笑，说他与聋子谈心，当面却不敢再说，各人只得打了千儿，退了出去。

这里狄公问道："你这人姓什么，卯名是哪个字，在此衙门当差现有几年了？"那人道："小人姓应，卯名叫应奇，当差已四五十年了。"狄公道："你方才说的蒲萁菜，不是此地的原种，是什么四川寨来的。本县好此物，你可将这地名说与我听,离此究有多远?”应奇道:“太爷问这地方,除了小的,别人也不知道。他们说我耳聋,办事不甚清楚,我看他们手明眼快的人,反不如我晓得道地。这是太爷恩典,待我们宽厚,唯有了小过,并不责罪小人,不过是念我年老的意思,他们就心中不服,人前背后,说小的坏话。幸亏太爷做了这县令,若换别人来此,小人这卯名,定被他们用坏话夺去了。”狄公见他所答非所问,噜噜苏苏的说个不了,乃高声说道:“本县问你这四川寨,离此多远,你怎么牵到别项去了?也不与你谈家常,你可从快说来,本县还有话问你。”应奇道:“非是小人胡闹,实是气他们不过。这四川寨乃是这莱州府地方一个寨名,前朝有四川客人,贩货到此,得了利息,每年就在这地方买卖。后来日渐起色,开了店铺,不到一二十年,居然成了一个大富户。到他儿孙手里,格外比先前更富贵,那一带人家,推他是首户,因此起了这一座寨名。皆为他上代是四川人氏,故命名为四川寨。后来时运已过,人家败坏,不甚有名,当地人氏,以讹传讹,改名为蒲萁寨,因那个地方蒲萁又大,味口又厚。小人早年,还未耳聋,也是奉差出境访案,从那里经过,同本地老年人闲谈,方才知道这细底。办案之后就带了许多蒲萁菜回来,历年栽种,故此比外面的胜美许多。太爷要吃,小人就此回去送来便了。”狄公听了,心下大喜:“原来‘四川人’三字,有如此转折在内。照此看来,这邵礼怀必在那个地方了。”随向应奇说道:“你说这四川寨,曾经去过,本县现有一案在此,意欲差你帮同前去,你可吃这苦么?”应奇道:“小人在卯,为的是当差,两耳虽聋,手足甚便。只因为众人说了坏话,故近两任太爷,皆不差小人办事。太爷如有差遣,岂有不去之理。而且地方虽是在外府,也不过八九天路程,就可以来往的。太爷派谁同去,即请将公文备好,明日动身便了。”狄公当时甚是欢喜,先令他退去,明日早堂领文。然后到了书房内,把方才的话对赵万全说明。万全道:“既有这差役知道,也是天网恢恢,疏而不漏。此去务要将这厮擒获回来,分个水落石出,好与死者伸冤。”当时议论妥当。傍晚时节,马荣由皇华镇已回来,大众又谈说一回,当夜收拾了包裹,取了盘川,次日一早,狄公当堂批了公文,应奇在前引路,赵万全与马荣、乔太三人,一同起身。在路行程,非止一日。

这日过了登州地界,来至莱州府城,应奇道:“三位壮士,连日辛苦,可在府内安歇一宵吧。四川寨离此只有六七十里了,明日早则午前,迟则下昼时分,就可抵寨。到了那里就要办案,恐早晚不能安睡。”马荣听他说得有理,当即命他先进城去,找个僻静寓所,然后三人一同进城。先到莱州府衙门,投了公文,等了回批回来,已是向晚时节。却好应奇已在衙前等候,说西门大街,有个客店可居住的,明日起早出城,又甚顺便。马荣当时叫他引路,来至客寓门首,店小二将包裹接了进去，在后进房间住下，净面饮食，自不必言。

马荣恐应奇耳聋牵话，露出马脚，当时向小二道："我们这位伙伴，有点重听，你有何话，但对我说便了。此地离蒲萁寨还有多远，那里买卖可好否？"小二道："从此西门出去，不上七十里路，就抵东寨。"马荣道："过了东寨呢？"小二道："那里就中寨了。"马荣心下疑惑，忙问道："究竟这寨子共有多远，难道不在一处么？"小二道："客人是初到此地，故不知这地方缘故。这蒲萁寨共有三处，分东西中，中寨最为热闹，油坊典当，绸缎钱庄，无行不备。西寨专住的居民户口，各店的家眷。东寨极其冷淡，虽是个水陆码头，不过几家吃食店客寓而已。一带有八九百练兵，扎住在内，是为保护寨子设的。你客人还是赶路到别处有事，还是到寨中招客买卖？"马荣道："我们是过路的，听说这个地方是个有名的所在，相巧在那里办点丝货，不知哪家行号出名？"小二道："客人要办湖丝么，在此地收买不上算了。这里没有道地的好货，即使有两家代卖，也是由贩丝的客人转来的，价钱总不得划廉。前日立大缎号，听说有个客人，住在他家托销，每百两约银五十四五两呢，比较起来，在当地买不止双倍。客人何不在我们本地买点土丝用呢？虽然光彩不佳，织出那山东绸来，也还看得过去。"马荣也不再问，当时含糊答应，闭了房门，听那小二出去，向着赵万全道："这立大缎号，不知在中寨何处？你明日前去作何话说？虽他本事平常，总之是个会手，若不动手，恐不能就缚的。"赵万全道："这事情有何难办，你我明日到了寨内，叫乔太、应奇找个客店住下，姑作不认识样子，暗下接应。我一人到立大号问明这厮，见了他面，乃以丝上的话头起见。只要将他引到寓所，那就不怕他插翅飞去了。"

二人计议已定，次日一早给了房饭钱两，直出西门而去。一路之上，果见车驮骡载，络绎不绝，到了午后，已离东寨不远。抬头见前面有一土围，如同城墙仿佛，上面也竖立许多旗号，随风飘荡，射日光昌。围子外有一条通江的大河，往来船只，却也不少。四人渐走渐近西寨出头，尽是旱道，与青州交界那条路上，甚是难行。应奇边走边道："现在六七月天气，高粱正长得丛茂，不但有强人截住，两边还有野草遮盖，暖就暖煞了，因此这道儿上，行人甚少,大都绕别处大路而行。我们此去,倒要留心,姓邵的如得好手段,若不然他向西逃走,那可就费事了。这青州道,不是玩的。”赵万全听了笑道:“俺虽生长这省内,但听得青州常有强人,今日到此,倒要见识见识。我想马、乔二位哥,也未必惧怕吧。”马荣笑道:“虽如此说,也是他小心的好处。若要办得顺手,我们也不去寻事做了。若他看反了味,拿着这条路,欺吓我们,谁还未见识过?事到临时,也只得较量较量。”正走之间,已至中寨,当时赵万全与他三人分开,招呼晚间在寨口等候。应奇虽听不清切,见乔太同马荣令他分路走开,也就会意,随他两人进寨,找寻客店去。

这里赵万全在前行走,进寨约有十多个铺面,见有一个大大的布店,向前欠身问道,借问一声:“此地有个立大缎号,在哪地方?”不知里面有人答应如何,且看下回分解。

第十七回 问路径小官无礼 见凶犯旧友谎言

却说赵万全见有个大大的布店，高声问道："借问贵地，有个立大缎号，在哪地方？"里面坐了个中年伙计，见他来问，忙忙的起身指道："前去四叉路，向南转弯一带，有几家楼房，那可就到了。"赵万全谢一声，转身依着指引，走了前去。果见前面铺户林立，虽然路道是土块筑成，却也平坦非常。到了四叉口，早有一派楼房，列在前面，过两三家店面，当中悬着一个招牌，上写"立大缎庄"四字。赵万全背着包裹，匆匆走入里面，向那伙计问道："借问这坊地，可是立大缎庄？"里面那人气冲冲的骂道："现有招牌在外，你这厮难道目不识丁，前来乱问？"赵万全虽贸易中人，恃着自己一身本领，哪里忍得下去，登时怒道："你这厮何太无理，咱老子若认得字，还问你何用？你也不是害起病来，不能开口，问你一句，就如此冲撞么？"谁知那人也是个暴烈性子，不容他破口，跳出柜台，高声喝道："你是何处杂种？也不打听打听，敢到这里来撒野吗？不要走，吃我一拳！"说着举手就对着万全腰下打来。万全见了笑道："这人岂不是个冒失鬼，问问路径就动起手来。不叫他在此丢丑，随后何能再擒小邵！"当时并不着忙，将包裹顺在右边，提起左腿，对定那人寸关，就是一脚，只听"咕咚"一声，一个筋斗横于街上。万全哈哈大笑道："你这人如此手段，也在老子面前动手，今日姑且饶你性命，向后若遇人问路，可不要再讨苦吃了。"那人被他踢了一脚，爬起身来仍要动手，店中早拥出数人，将那人阻住说道："小王，你真讨的什么，人家不来寻你，已是难得事件。你做错了事，还不晓得，为何拿个过路的使气？"当时又上两人向赵万全赔礼说："客人且请息怒，此人方才错了一笔交易，约有四五两银子，被小号执事呼斥了几句。正自心下懊恼，却巧贵客前来问路，以致无故冒犯，且看在下薄面,进内奉茶。"万全见众人赔礼,也就随了大众,到店堂坐下,果见前后有四五进楼房,山架上各货齐备。因说道:"在下到底非为别故,只因有位同行契友,一向在贵处贩卖湖丝。近有要事与他面谈,访了许多日期,方知在宝寨立大庄内。特恐店号相同,生意各别,因此借问一句,不料这人无礼太甚,岂不令人可恼。还来请教尊兄贵姓大名,宝庄除绸缎而外,可别售蚕丝么?"那人见问,忙道:"在下姓李名生,小号虽是缎庄,那湖丝也还兼售,不知令友何人,尊兄高姓?"万全道:"敝友姓邵名礼怀,浙江湖州人氏,与小可是同乡至好,如在宝号,请出一见。"哪知这话还未说完,里面早跳出一人,高声喊道:"我说何人有此手段,原来是赵三哥来了。且请客厅叙话吧。"

万全抬头一看,不禁喜出望外,正是邵礼怀出来招呼,当时便故作欢容,随他进内。到了客厅坐下,邵礼怀问道:"三哥在曲阜坐庄,何以知小弟在此,此来有何见谕?"万全道:"一言难尽,愚兄身负奇冤,此仇不能不报。无如这地方,虽是家乡故里,奈因举目无亲,以致被人欺负。欲想回转湖州请人报复,又因路途遥远,往返为难。因思吾弟是个英雄,特来相投,望助一臂之力。"邵礼怀听他这番言语,也就信以为真,诧异:"老哥何出此言,且请讲明,小弟自当为力。"万全就此做成一派谎话,说陆长波人面兽心,如何吞吃他丝价,如何不肯付银,如何请了好手,将他打伤,说得个千真万确。邵礼怀不禁起身怒道:"不料那厮欺人太甚,老哥在那里买卖,已非一日,他赚了银钱,也不知多少。此时他既反脸无情,小弟岂有不助之理。"说着又命打水送茶,忙个不了。

万全心下骂道:"你这丧心的狗贼,反说人家反脸无情,少时也叫你现了本相。"当时说道:"兄弟可无须照应,愚兄还有朋友,现在街坊,寻找下落。只因俺知你在这山东省内,一个蒲萁寨地方,却不知哪一府州县,多巧遇了几个旧友,从前也是绿林中人,知道这个所在,故而一同前来寻见贤弟。你此时也无须招呼,且同你出去,将他三人寻到。谅你这寄寓也不便我等众人居住,不如在客店安顿下来,还有事商议。"邵礼怀也不知细底,只得同他出了店堂,向着柜上说道:"我与这朋友上街有事,多半今晚不能回来,若执事问我,你等告诉他便了。"说毕同万全出了店,先到大街上,走了一回未能遇见。因问道:"你这朋友可曾到此来过?这寨内不下有数里宽阔,市面林立,若这样寻找,怕到晚上也不能碰头。你们可曾约在什么地方伺候么?"万全道:"我来找你,临别时节,匆匆叫他在寨口等候。此时天已不早,或者已到那里,我们再回转去吧。"两人转身正向东走,却巧对面遇见马荣,深恐他骤然来问,乃道:"马大哥你待久了。只因我们这小弟苦苦扳谈,因此耽搁了工夫。现在他二人曾寻到寓么?”马荣见邵礼怀与他同来,心下暗暗欢喜,也就上前招呼,说:“客店即在前面,此时可去一歇吧。”说着在前示路。三人到了前街,走进里面,早有店主认得礼怀,乃道:“这客人,是大爷的朋友么?”礼怀道:“皆是我的乡亲,你们务必照应周到,随后房金,照我一共算给。”店主连声答应,叫小二取了钥匙,将房开下。乔太、应奇也由外面走进来,众人一同坐下,彼此通名道姓。

说了一会,马荣、乔太顺着万全口气,报了履历,无非说从前在绿林买卖,专好结交好汉英雄,因赵三哥受了委屈,故此同来奉约相助一臂。邵礼怀见他们言语爽快,也就高谈阔论,命小二备了酒肴,代大众接风。彼此欢呼畅饮,约至三更以后,方才散席。赵万全道:“愚兄的情节,贤弟是尽知的了,但此事迫不及待,三位还有要事要办。究定何日动身,你这里丝货可曾脱清?愚兄的意思,明日在此耽搁一天,可将款项完办,一路前去。干了此事,也好回转家乡。”邵礼怀听他这话,当时忙说道:“同去,报复这狗头便了。诸位初到此地,也该稍息两日。今日已过,准于大后日动身如何?”马荣怕万全过于催促,反令他生疑惑,忙在旁插言道:“赵三哥也不必过急,迟早这口气总要出的,也不拘在这一二日上。就停两日动身何妨?”邵礼怀笑道:“还是马大哥圆通。此时已是夜深,我还要回转店去,你们且请安歇吧。”说着令小二点了提灯,别了大众,出门而去。

这里马荣将门格扇关上,灭了灯光,即将房门关好,低声向赵万全言道:“人是碰着了,但是这地方管下是他,即便动手,未必能听我们如愿。你这调虎离山的计策虽好,可知这一路上,难免不得风声,设若为他听见,

说高家洼出了命案,缉获凶手,那时再将我们形迹一看,他也是惯走江湖的人,岂有不知道理?若在半路为他逃走,岂不可惜!”应奇道:“你们还久当差事的,难道这点尴尬不知。昨日曲阜县已投了公文,好在邵礼怀有两日耽搁,明日无论谁人进城一趟,请县派差在半路接应。我们将他诱出寨门,在半路摆布,还怕

他逃到何处去呢?"众人议论已定,各自安歇不提。

次日一早,邵礼怀已着人来请,说昨日匆匆,店内未曾接风,今早执事奉请诸位过去一叙。一则为大众接风,二则专诚赔礼。赵万全听了这话,向着来人道:"我们本拟今日前去拜谒,稍停一会,当即过去。"那人答应而去。这里马荣道:"你们此时自然到他那里,我是要进城办事的。他若问我,就说我访友去了,大约明午方可回来。"万全答应,先是马荣出去,方才同应奇、乔太来到缎庄里面。邵礼怀与执事人,已在门口观望,见他们已至面前,随即邀入客厅,叙了一回寒温。用了早点,谈论些南北风景,已有午时中节。当中设了酒席,执事人向赵万全道:"昨日邵客人道及尊意,约他同去曲阜,此事本应遵命,唯款项一节,一时难清,小庄当此青黄不接之时,又难吩咐,是以去后,还须回来。如尊驾不弃,何妨俟尊事平复,同来一游,稍尽地主之谊。"万全知他是敷衍的套话,当时谦恭了一会儿,与礼怀约定了后日动身。酒过数巡,大家散席。不知万全果能拿获邵礼怀,且看下回分解。

第十八回 蒲萁寨半路获凶人 昌平县大堂审要犯

却说赵万全席散之后，约定后日一准动身。午后在寨内各街游玩一会，到了上灯时节，马荣已经回来。乔太心下疑惑，暗道："他往来也有一百余里，何以如此快速，莫非身有别故么？"奈邵礼怀同在一处，不便过问，因说道："马大哥，可有什么朋友遇见？邵兄正在惦念呢，谓今日杯酒盘桓，少一尊驾。"马荣也就答话说道："小弟今日未能奉陪，抱罪之至。"邵礼怀也是谦恭了两句，彼此分手，来至寓中。万全见礼怀已走，忙道："马哥何以此刻即回，莫非未到衙门么？"马荣道："应该这厮逃走不了，去未多远，巧遇从前在昌平差快，现在这莱州当个门总。我将来意告知于他，他令我们只管照办，临时他招呼各快头，在半途等候。此人与我办几件案子，凡事甚为可靠，此去谅无虚言。好在只有明日一天，后日就要动身的，即使他误事，将他押至本地衙门，也可逃走不去。"万全更是欢喜。

光阴易过，已至三天。这日五更时候，邵礼怀先命人送来一个包袱，另外一百两银，随后本人到了店内，将房饭开发清楚，五人到缎庄内告辞。由此起身出了东寨，直向曲阜大道而来。走至巳正光景，离寨已有二三十里路径。万全不走了，礼怀笑道："老哥虽生长是北方人氏，这行道儿的径儿，还比不得小弟呢。"万全也不开口，又走了一二里路径，见来往的行人比先前少了许多，站定身躯，向着邵礼怀说道："愚兄有句话动问贤弟。"邵礼怀道："老哥何事？你快说来，你我二人计议。"万全方要向下说去，马荣与乔太早已随过来，高声说道："赵三哥，你既领我们到此，此事也不关你问了，俟我们同他扳谈。请问你由湖州到此，有一贩丝姓徐的，可是与你同行的么？高家洼死两人，夺了车辆，你可知与不知？常言道，杀人抵命，天理昭彰。你若明白一点，咱们还有好交情，留点面情与姓邵的，你讲吧！"

邵礼怀见他三人说了这话，如同冷水浇人满身，不由的心中乱跳，面皮改色,知道事觉,赶着退一步,到了大路道口,向着赵万全骂道:“狗头,咱只道你受人欺负,特去为你报仇,谁知你用暗计伤人!小徐是俺杀的,你能令我怎样!”说着掀去长衫,露出紧身短袄,排门密扣,紧封当中。万全冷笑道:“你这厮到了此时,还这样强横,可知小徐阴灵不散!他与你今日无冤,往日无仇,背井离乡,不过为寻点买卖,你便图财害命,丧尽良心。可知阴有阎罗,阳有官府,现在昌平县狄太爷,登场相验,缉获正凶。你若是个好汉,与他们一同投案,在堂上辩个三长四短,放释回来,免得连累别人。若思在此逃走,你也休生妄想。”话未毕,只见马荣迈步进前,用了个独手擒王势,左手直向喉下截来。邵礼怀知遇了对头,还敢怠慢?忙将身子一偏,伸手来分他那手,马荣也就将手收转,用了个五鬼打门势,两腿分开,照定他色囊踢去。邵礼怀见他来得凶猛,随即运气功,将两卵提上去,反将两腿支开,预备他裆下踢来,用道士封门法,将他夹起,摔他个筋斗。乔太在旁看得清楚,深恐马荣敌他不过,忙由背后一拳打来,邵礼怀晓得不好,只得将身子一窜,到了圈外,迈步想望东奔走。赵万全哈哈笑道:“俺知道,就有这鬼计。为你逃走,也不来此一趟了。”说着动身如飞,扑到面前,当头将他挡住。邵礼怀心下焦急,高声说道:“万全老哥,也不必追人追急了,此事虽小弟一时之错,与老哥面上从无半点差池,何故今日苦苦相逼!你道我真逃走了么?”当时两手舞动猴拳,上下翻腾,如雪舞梨花相似,紧对万全身上没命打来,把个马荣与乔太倒吓得不敢上前,不知他有多大本领。赵三见了笑道:“你这伎俩,前来哄谁!你师父也比不得我,况你这无能之辈。欲想在俺前逃走,岂非登天向日之难。”当时就将两袖高卷,前后高下,打着一团。众人在旁看得如两个蜻蜓一样,你去我来,不知是谁胜谁负。约有一时之久,忽然赵万全两手一分,说声:“去罢!”邵礼怀早已一个筋斗,跌出圈外。马荣眼明手快,跳上前去,将他按住,乔太身边取出个竹管吹叫,两下远远来了许多差快,木拐铁尺蜂拥而来——乃是马荣昨日遇见那个门总,约在此地埋伏,此时走到前来,见凶犯已获,赶着代礼怀将刑具套上。一干人众,推推拥拥,直向莱州城而来。

到了州衙,天已将黑,随即请本官过堂,也不审问口供,饬令借监收禁。哪知就此一来,赵万全虽是负义出头,代死者伸冤,找到这蒲萁寨内,谁知倒令莱州府的差快,骚扰了许多钱财。俟他们去后,请官出了拘票,说立大缎庄与邵礼怀同谋害,是他的窝家。这日差役下去,把个执事人吓得魂飞天外,叫屈连天,花了许多使用,复又命合寨公保,方才把这事了结。此是闲话,暂且不提。

且说马荣在莱州府照墙后,寻了客店,住宿一宵,次日清早,由官府出了文书,加差押送。当时在监内提出凶犯,上路而行,过府穿州,不到十日光景,已到昌平界内。马荣先命应奇前去禀到,报知狄公。到了下昼之时,抵了衙署。狄公见天色已晚,传命姑且收禁,当时将马荣等人传了进去,问了擒获的原因,又将赵万全称赞一番,令他各自安歇。一宿无话,次日早晨,狄公升堂,将邵礼怀提出,此时早惊动左近的百姓,说高家洼命案已破,无不拥至衙前,群来听审。只见邵礼怀当堂跪下,狄公命人开了刑具,向下问道:“你这人姓甚名谁,何方人氏,向来作何生理?”但听下面答道:“小人姓邵名礼怀,浙江湖州人氏,自幼贩湖丝为业。近日因山东行家缺货,特由本籍贩运前来借叨利益。不知何故公差前去,将小人捉拿来署,受此窘辱,心实不甘,求大人理楚。”狄公冷笑道:“你这厮无须巧饰了,可知本县不受你欺骗的。你为生意中人,岂不知道个守望相助,为何高家洼地方,将徐姓伙伴杀死,复又夺取车辆,杀死路人?此案情由,还不快快供来!”邵礼怀听了这话,虽是自己所干,无奈痴心妄想,欲求活命,不得不矢口抵赖,说:“大人的恩典!此皆赵万全与小人有仇,无辜牵涉。小人数千里外贸易为生,正思想多一乡亲,便多一照应,岂有无辜杀人之理。这是小人冤枉,求大人开恩。”狄公道:“你这人还在此搪塞,既有赵万全在此,你从何处抵赖!”随即传命万全对供。万全答应,在案前侍立。狄公道:“你这狗头,在公堂上面,还不招认!你且将他托售丝货的原由,在本县前诉说一遍。”万全就将当时,原原本本驳诘了一番,说他托售之时,言下姓徐暴病身死,此时何以改了言语。邵礼怀哪肯招供,直是呼冤不止。

狄公将惊堂一拍,喝道:“大胆的狗头,有人证在此,还是一派胡言。不用大刑,谅你不肯招认。”两旁一声吆喝,早将夹棍摔下堂来,上来数人,将邵礼怀按住行刑。差役早将他拖出左腿,撕去鞋袜,套上绒绳,只听狄公在上喝收绳,众差威武一声,将绳一紧,只见邵礼怀脸色一苦,“呀吓”一响,鲜血交流,半天未曾开口。狄公见他如此熬刑,不禁赫然大怒,复又命人取过小小锤头对定棒头,猛力敲打,邵礼怀虽学过数年棍棒,有点运功,究竟禁不住如此非刑,登时大叫一声,昏晕过去。执行差役赶上来,即回禀,取了一碗阴阳冷水,打开命门对面喷去,不到半刻光景,礼怀方渐渐醒来。狄公喝道:“你这狗头是招与不招?可知你为了几百银子,杀死两人,累得两家老小。以一人去抵两命,已是死有余辜,在此任意熬刑,岂非是自寻苦恼。”邵礼怀仍然不肯招认。

狄公道:“本县不与你个对证,你皆是一派游供。赵万全姑作诬救,孔客店你曾住过。明日令孔万德前来对质,看你尚有何辩!”当时拂袖退堂,仍将邵礼怀收监,补提孔万德到堂对质。欲知后事如何,且看下回分解。

第十九回 邵礼怀认供结案 华国祥投县呼冤

却说狄公见邵礼怀不肯招认，仍命收入监内，随即差马荣到六里墩，提孔万德到案。马荣领命去后，次日将胡德并汪仇氏一干原告，与孔万德一同进城。狄公随即升堂，先带孔万德问道："本县为你这命案，费了许多周折，始将凶手缉获。唯是他忍苦挨刑，坚不吐实，以此难以定案，但此人果否是正凶不是，此时也不能遽定，特提你前来。究竟当日那姓邵同姓徐两人，到你店中投宿时，你应该与他见过面了，规模形像，谅皆晓得。这姓邵的约有多大年纪，身材长短，你且供来。"孔万德听了这话，战战兢兢地禀道："此事已隔有数日，虽十分记忆不清，但他身形年貌，却还记得。此人约有三十上下的年纪，中等身材，黑面长瘦。最记得一件，那天晚间，令小人的伙计出去沽酒回来，在灯光之下，见他饮食，他口中牙齿，好像是黑色。大人昨日公差，将他缉获来案，小人并不知道在先，又未与他见，并非有意诬栽，请大人提出，当堂验看。如果是个黑齿，这人不必问供，那是一定无疑了。且小人还记得了那形样，一看未有不知的。"狄公见他指出实在证据，暗说："天下事，可以谎说的，这牙齿是他生成的样子，且将他提出看视。"

当时在堂上，标了监签，禁子提牌，将邵礼怀带到案前当中跪下。狄公道："你这厮昨日苦苦不肯招认，今有一人在此，你可认得他么？"说着用手指着孔万德令他记识。邵礼怀一惊，复又心头一横，道："你与我未曾识面，何故串通赵万全挟仇害我？"孔万德不等他说完，一见了面，不禁放声哭道："邵客人你害得我好苦呀！老汉在六里墩开设有数十年客店，来往客人，无不信实，被你害了这事，几乎送了性命。不是这青天太爷，哪里还想活么？当时进店时节，可是你命我接那包裹的，晚间又饮酒的么。次日天明，给我房钱，皆是你一人干的，临走又招呼我开门。哪知你心地不良，出了镇门，就将那徐相公害死。一个不足，又添上一个车夫。我看你不必抵赖了，这青天太爷，也不知断了许多疑难案件，你想搪塞，也是徒然。”后向狄公道：“小人方才说他牙齿是黑色，请太爷看视，他还从哪里辩白！”狄公听了此言，抬头将邵礼怀一望，果与他所说无疑，当时拍案叫道：“你这狗头，分明确有证据，还敢如此乱言，不用重刑，谅难定案。”随即命左右取了一条铁索，用火烧得飞红，在丹墀下铺好，左右两人将凶犯提起，走到下面，将磕膝露出，对定那通红的练子纳了跪下。只听“哎哟”一声，一阵清烟，痴痴地作响，真是痛入骨髓，把个邵礼怀早已昏迷过去，再将他两腿一望，皮肉已是焦枯，腥味四起。只见执刑的差役将火炉移到阶下，命人取过一碗酒醋，向炉中一泼，登时醋烟四起，透入脑门。约有半盏茶时，邵礼怀沉吟一声，渐渐地苏醒。

狄公道：“你是招与不招？若再迟延，本县就另换了刑法了。”邵礼怀到了此时，实是受刑不过，只得向上禀道：“小人自幼在湖州县行生理，每年在此坐庄，只因去年结识了一个女人，花费了许多本钱，回乡之后，负债累累。今年有一徐姓小官，名叫光启，也是当地的同行，约同到此买卖。小人见他有二三百金现银外，七八百两丝货，不觉陡起歹意，想将他治死，得了钱财，与这妇女安居乐业。一路之间虽有此意，只是未逢其便。这日路过治下六里墩地方，见该处行人尚少，因此投在孔家客店。晚间用酒将他灌醉，次日五更动身，彼时他还未醒，勉强催他行路，走出了镇门，背后一刀，将他砍倒。正拟取他身边银两，突来过路的车夫，瞥眼看见，说我拦街劫盗，当时就欲声张。小人唯恐惊动民居，也就将他砍死，得了他的车辆，推着包裹物件，得路奔逃。谁知心下越走越怕，过了两站路程，却巧遇了这赵万全，谎言请他售货，得了他几百银子，将车子与他推载。此皆小人一派实供，小人情知罪重，只求大人开恩，我尚有老母！”狄公冷笑道：“你还记得念着家乡，徐光启难道没有老小吗？”说着命那刑房，录了口供，入监羁禁，以便申详上宪。当时书役将口供录好，高声诵念一遍，命邵礼怀盖了指印，收下监牢。

狄公方要退堂，忽然衙前一片哭声，许多妇女男幼，揪着二十四五岁的后生，由头门喊起，直叫伸冤，后面跟着个四五十岁的妇人，哭得更是悲苦。见狄公正坐堂，当时一齐跪下案前，各人哭诉。狄公不解其意，只得令赵万全先行退下，然后向值差言道：“你去问这干人，为何而来。不许多人，单叫原告上来问话。其余暂且退下，免得审听不清。”值日差领命，将一群人推到班房外面，将狄公吩咐的话说了一遍，当时有两个原告，跟他进来。狄公向下一望，一个中年妇人，一个是白发老者，两人到了案前，左右分开跪下。狄公问道："你两人是何姓名，有什么冤抑，前来扭控？"只听那妇人先开口道："小妇人姓李，娘家王氏，丈夫名唤在工，本是县学增生，只因早年已亡故，小妇人苦守柏舟，食贫茹苦。膝下只有一女，名唤黎姑，今年十九岁，去年经同邑史清来为媒，聘本地孝廉华国祥之子文俊为妻，前日彩舆吉日，甫咏于归，未及三朝，昨日忽然身死。小妇人得信，如同天塌一般，赶着前去观望，哪知我女儿全身青肿，七孔流血，眼见身死不明，为他家谋害。可怜小妇人，只此一女，满望半子收成，似此苦楚，求青天伸雪呢！"说毕放声大哭，在堂下乱滚不止。狄公忙命媒婆，将她扶起，然后向那老者问道："你这人可是华国祥么？"老者禀道："便是国祥。"狄公道："佳儿佳妇，本是人生乐事，为何娶媳三朝，即行谋害？还是你等翁姑凌虐，抑是你家教不严，儿子做出这非礼之事？从实供来，本县好前去登场相验。"

狄公还未说毕，国祥已是泪流满面，说道："举人乃诗礼之家，岂敢肆行凌虐。儿子文俊，虽未功名上达，也是应试的童生，而且新婚燕尔，夫妇和谐，何忍下此毒手！只因前日佳期，晚间儿媳交拜之后，那时正宾客盈堂，有许多少年亲友，欲闹新房，举人因他们取笑之事，不便过于相阻。谁知内中有一胡作宾，乃是县学生员，与小儿同窗契友，平日最喜嬉戏，当时见儿媳有几分姿色，生了妒忌之心，评脚论头，闹个不了。举人见夜静更深，恐误了吉时，便请他们到书房饮酒，无奈众人异口同声，定欲在新房取闹。后来有人转圜，命新人饮酒三杯，以此讨饶。众人俱已首肯，唯他执意不从，后来举人怒斥他几句，他就恼羞成怒，说取闹新房，古来不禁，你这老头似此可恼，三朝内定叫你知我的厉害便了。众人当时以为他是戏言，次日并复行请酒，谁料他心地窄狭，怀恨前仇，不知怎样，将毒药放在新房茶壶里面，昨晚文俊幸而未曾饮喝，故而未曾同死，媳妇不知何时饮茶，服下毒药，未及三鼓，便腹痛非常。登时合家起身看视，连忙请医来救，约有四鼓，一命呜呼。可怜一个如花似玉的美人，竟为这胡作宾害死。举人身列缙绅，遽遭此祸，务求父台伸雪。"说着也是痛哭不止。

狄公听他们各执一词，乃道："据你两造所言，这命案明是胡作宾肇祸，此人但不知可曾逃逸？"华国祥道："现已扭禀来辕，在衙前伺候。"狄公当时命带胡作宾到案，一声传命，早见仪门外也是个四五十岁的妇人，领着一个后生，哭喊连声，到案跪下。狄公问道："你就是胡作宾么？"下面答道："生员是胡作宾。"狄公向他高声喝道："还亏你自称生员，你既身列胶庠，岂不达周公之事，冠婚丧祭，事有定义，为何越分而行，无理取闹？华文俊又与你同窗契友，夫妇乃人之大伦,为何见美生嫌,因嫌生妒,暗中遗害?人命关天,看你这一领青衫,也是辜负了。今日他两造具控,本县明察如神,你当日为何起意,如何下毒,从速供来。本县或可略分言情,从轻拟罪;若为你是黉门秀士,恃为护符,不能得刑拷问,那就是自寻苦恼了。莫说本县也是科第出身,十载寒窗,做了这地方官宰,即是那不肖贪婪之子,遇了这重大的案件,也有个国法人情,不容袒护,而且本县是言出法随的!"狄公说了一番,不知胡作宾如何,且看下回分解。

第二十回 胡秀士戏言召祸 狄县令度情审案

却说狄公将胡作宾申斥一番，命他从实供来，只见他含泪供言，匐伏在地，口称："父台暂息雷霆，容生员细禀。前日闹房之事，虽有生员从中取闹，也不过少年豪气，随众笑言。那时诸亲友在他家中，不下有三四十人，生员见华国祥独不与旁人求免，唯向我一人拦阻，因恐当时便允，扫众人之兴，是以未答应。谁知忽然长者面斥生员，因一时面面相觑，遭其驳斥，似乎难以为情，因此无意说了一句戏言，教他三日内防备，不知借此转圜之法。而且次日，华国祥复设酒相请，即有嫌隙，已言归于好，岂肯为此不法之事，谋毒人命。生员身列士林，岂不知国法昭彰，疏而不漏？况家中现有老母妻儿，皆赖生员舌耕度日，何忍作此非礼之事，累及一家？如谓生员有妒忌之心，他人妻室虽妒，亦何济于事？即使妒忌，应该谋占谋奸，方是不法的人奸计，断不至将她毒死。若说生员不应嬉戏，越礼犯规，生员受责无辞；若说生员谋害人命，生员是冤枉。求父台还要明察。"说毕，那个妇人直是叩头呼冤，痛哭不已。狄公问她两句，乃是胡作宾的母亲，自幼孀居，抚养这儿子成立，今因戏言，遭了这横事，生怕在堂上受苦，因此同来，求太爷体察。

狄公听了三人言词，心下狐疑不定，暗道："华、李两家见女儿身死，自然是情急具控，唯是牵涉这胡作宾在内，说他因妒谋害，这事大有疑惑。莫说从来闹新房之人，断无害新人性命之理，即以他为人论，那种风度儒雅，不是谋害命的人，而且他方才所禀的言词，甚是入情入理。此事倒不可造次，误信供词。"停了一晌，乃问李王氏道："你女儿出嫁，未及三朝，速尔身死，虽则身死不明，据华国祥所言，也非他家所害；若因闹新房所见，胡作宾下毒伤人，这是何人为凭？本县也不能听一面之词，信为定谳。你等姑且退回具禀补词，明日亲临相验，那时方辨得真假。胡作宾无端起哄，指为祸首，着发看管，明日验毕再核。"李王氏本是世家妇女，知道公门的规矩，理应验后拷供，当时与国祥退下堂来，乘轿回去，专等明日相验。唯有胡作宾的母亲赵氏，见儿子发交县学，不由得一阵心酸，嚎啕大哭起来，无奈是本官吩咐的，直待望他走去，方才回家。预备临场判白，这也不在话下。

但说华国祥回家之后，知道相验之事，闲人拥挤，只得含着眼泪，命人将厅堂及前后的物件搬运一空，新房门前搭了芦席，虽知房屋遭其损坏，无奈这案情重大，不得不如此办法。所幸他尚是一榜人员，地方上差役不敢罗唣，当时忙了一夜，唯有他儿子见了这个美貌娇妻，两夜恩情，忽遭大故，直哭得死去活来。李王氏痛女情深，也是前来痛哭，这一场祸事真叫神鬼不安。

到了次日，当坊地甲，先同值日差前来布置，在庭前设了公案，将屏门大开，以便在上房院落验尸，好与公案相对，所有那动用物件，无不备式齐全。华国祥当时又请了一妥实的亲戚备了一口棺木，以及装殓的服饰，预备验后收尸。各事办毕，已到巳正时候。只听门外锣声响亮，知是狄公登场，华国祥赶急具了衣冠，同儿子出去迎接。李王氏也就哭向后堂。狄公在福祠下轿，步入厅前，国祥邀了坐下，家人送上茶来。文俊上前叩礼已毕，狄公知是他儿子，上下打量了一番，也是个读书儒雅的士子，心下实实委决不下，只得向他问道："你妻子到家，甫经三天，你前晚是何时进房的呢？进房之时，她是若何模样，随后何以知茶壶有毒，她误服身亡？"文俊道："童生因喜期诸亲前来拜贺，因奉家父之命，往各家走谢。一路回来，已是身子困倦，适值家中补请众客，复命之后，不得不与周旋。客散之后，已是时交二鼓，当即又至父母膝前，稍事定省，然后方至房中。彼时妻子正在床沿下面坐，见童生回来，特命伴姑倒了两杯浓茶，彼此饮吃。童生因酒后已在书房同父母房中饮过，故而未曾入口。妻子即将那一杯吃下，然后入寝。不料时交三鼓，童生正要熟睡，听她隐隐的呼痛，童生方疑她是积寒所致，谁知越痛越紧，叫喊不止，正欲命人请医生，到了四鼓之时，已是魂归地下。后来追本寻源，方知她腹痛的原由，乃是吃茶所致，随将茶壶看视，已变成赤黑的颜色，岂非下毒所致？"狄公道："照此说来，那胡作宾前日吵闹之时，可曾进房么？"文俊道："童生午前即出门谢客，未能知悉。"华国祥随即说道："此人是午前与大众进房的。"狄公道："既是午前进房的，这茶壶设于何地，午后你媳妇可曾吃茶么，泡茶又是谁人？"华国祥被狄公问了这两句，一时反回答不来，直急得跌足哭道："举人早知道有这祸事，那时就各事留心了。且是新娶的媳妇，这琐屑事，也不必过问，哪里知道的清楚？总之这胡作宾素来嬉戏，前日一天，也是时出时进的，他有心毒害，自然不把人看见了。况他至二更时候，方与众人回去,难保午后灯前背人下毒。这事但求父台拷问他,自然招认了。”狄公道:“此事非比儿戏,人命重案,岂可据一己偏见,深信不疑?即今胡作宾素来嬉戏,这两日有伴姑在旁,他亦岂能下手?这事另有别故,且请将伴站交出,让本县问她一问。”

华国祥见他代胡作宾辩驳,疑他有心袒护,不禁作急起来,说道:“父台乃民之父母,居官食禄,理应为民伸冤,难道举人有心牵害这胡作宾不成?即如父台所言,不定是他毒害,就此含糊了事么?举人身尚在缙绅,出了这案,尚且如此怠慢,那百姓岂不是冤沉海底么?若照这样,平日也尽是虚名了。”狄公见他说起浑话,因他是苦家,当时也不便发作,只得说道:“本县也不是不办这案,此时追寻,正为代你媳妇伸冤的意思。若听你一面之词,将胡作宾问抵,设若他也是个冤枉,又谁人代他伸这冤呢?凡事俱有个理解,而此时尚未问验,何以就如此焦急?这伴姑本县是要讯问的。”当时命差役入内提人。华国祥被他一番话,也是无言可对,只得听他所为。转眼之间,伴姑已俯伏在地。

狄公道:“你便是伴姑么?还是李府陪嫁过来,还是此地年老仆妇?连日新房里面出入人多,你为何不小心照应呢?”那妇人见狄公一派恶言厉声的话,吓得战战兢兢,低头禀道:“老奴姓高,娘家陈氏,自幼蒙李夫人恩典,叫留养在家,作为婢女。后来蒙恩发嫁,与高起为妻,历来夫妇皆在李家为役。近来因老夫人与老爷相继物故,夫人以小姐出嫁,见老奴是个旧仆,特命前来为伴,不意前晚即出了这祸事了。小姐身死不明,叩求太爷将胡作宾拷问。”

狄公初时疑惑是伴姑作弊,因她是贴身的用人,又恐是华国祥嫌贫爱富,另有别项情事,命伴姑从中暗害,故立意要提伴姑审问。此时听她所说,乃是李家的旧仆人,而且是她携大的小姐,断无忽然毒害之理,心下反没了主意,只得向她问道:“你既由李府陪嫁过来,这连日泡茶取水,皆是你一人照应的了。临晚那茶壶,是何时泡的呢?”高陈氏道:“午后泡了一次,上灯以后,又泡了一次,夜间所吃,是第二次泡的。”狄公又道:“泡茶之后,你可离房没有,那时书房曾开酒席?”伴姑道:“老奴就吃夜饭出来一次,余下并未出来。那时书房酒席,姑少爷同胡少爷,也在那里吃酒。但是胡少爷认真,晚间忿忿而走,且说下狠言,这药肯定是他下的。”狄公道:“据你说来,也不过是疑猜的意思,但问你午后所泡的一壶可有人吃么?”伴姑想了一会,也是记忆不清,狄公只得入内相验尸骸。不知后事如何,且看下回分解。

第二十一回 善言开导免验尸骸 二审口供升堂讯问

却说狄公听了高陈氏之言,更是委决不下,向华国祥说道:“据你众人之言,皆是独挟己见。茶是饭后泡的,其时胡作宾又在书房饮酒;伴姑除了吃晚饭,又未出来,不能新人自下毒物,即可就伴姑身上追寻了。午后有无人进房,她又记忆不清,这案何能臆断?且待本县勘验之后,再为审断罢。”说着即起身到了里面。此时李王氏以及华家大小眷口,无不哭声震耳,说好个温柔美貌的新娘,忽然遭此惨变。狄公来至上房院落,先命女眷暂避一避,在各处看视一遭,然后与华国祥走到房内,见箱笼物件,俱已搬去,唯有那把茶壶并一个红漆筒子,放在一扇四仙桌子上,许多仆妇,在床前看守。狄公问道:“这茶壶可是本在这桌上的么?你们取了碗来,待本县试它一试。”说着当差的早已递过一个茶杯,狄公亲自取在手中,将壶内的茶倒了一杯,果见颜色与众不同,紫黑色如同那糖水相似,一阵阵还闻得那派腥气。狄公看了一回,命人唤了一只狗来,复着人放了些食物在内,将它泼在地下,那狗也是送死:低头哼了一两声,一气吃下,霎时之间,乱咬乱叫,约有顿饭时节,那狗已一命呜呼。狄公更是诧异,先命差役上了封标,以免闲人误食,随即走到床前,看视一遍。只见死者口内,漫漫的流血,浑身上下青肿非常,知是毒气无疑。转身到院落站下,命人将李王氏带来,向着华国祥与她说道:“此人身死,是中毒无疑,但你等男女两家,皆是书香门第,今日遭了这事,已是不幸之至,既具控请本县究办,断无不来相验之理。但是死者因毒身亡,已非意料所及,若再翻尸相验,就更苦不堪言了。此乃本县怜惜之意,特地命你两造前来说明缘故,若不忍死者吃苦,便具免验结来,以免日后反悔。”

华国祥还未开言,李王氏向狄公哭道:“青天老爷,小妇人只此一女,因她身死不明,故而据情报控。既老爷如此定案,免得她死后受苦,小妇人情愿免验了。”华文俊见岳母如此,总因夫妇情深,不忍她遭众人摆布,也就向国祥说道:

“父亲且免了这事吧，孩儿见媳妇死了太惨，难得老父台成全其事，以中毒定案。此时且依他收殓。”华国祥见儿子与死尸的母亲，皆如此说，也不过于苛求，只得退下，同李王氏具了免验的首结，然后与狄公说道：“父台令举人免验，虽是顾恤体面之意，但儿媳中毒身亡，此事皆众目所见，唯求父台总要拷问这胡作宾，照例惩办。若以盖棺之后，具有甘结，一味收殓，那时老父台反为不美了。”狄公点点首，将结取过，命刑役皂隶退出堂后，心下实是踌躇，一时不便回去，坐在上房，专看他们出去之时，有什么动静。

此时里里外外，自然闹个不清，仆众亲朋俱在那里办事，所幸棺木一切，昨日俱已办齐。李王氏与华文俊自然痛入酸肠，泪流不止。狄公等外面棺木设好，欲代死者穿衣，他也随着众人来到房内，但闻床前一阵阵腥气，吹入脑髓，心下直是悟不出个理来，暗道：“古来奇案甚多，即便中毒所致，这茶壶之内，无非被那砒霜信石服在腹中，纵然七孔流血，立时毙命，何以有这腥秽之气？你看尸身虽然青肿，皮肤却未破烂，而且胸前膨胀如瓜，显见另有别故。莫非床下有什么毒物么？”一人暗自揣度，忽有一人喊道：“不好了，怎么死了两日，腹中还是掀动？莫非作怪么？”说着登时跑下床来，吓得颜色都改变了。观看那些人，见他如此说，有大着胆子，到他那地方观看，复又没有动静，以致众人俱说他疑心。当时七上八下，赶将衣服穿齐，只听阴阳先生招呼入殓，众人一拥下床，将尸升起，抬出房间入殡。唯有狄公，等众人出去之后，自己走到床前，细细观看一回，复又在地下瞧了一瞧，见有许多血水点子，里面带着些黑丝，好像活动的样子。狄公看在眼内，出了后堂，在厅前坐下，心下想：“此事定非胡作宾所为，内中必有奇怪的事件，华国祥虽一口咬定，不肯放松，若不如此办法，他必不能依断。”主意想定，却好收殓已毕。狄公命人将华国祥请出说道：“此事似有可疑，本县断无不办之理。胡作宾虽是个被告，高陈氏乃是伴姑，也不能置身事外，请即交出，一齐归案讯办，以昭公允。若一味在胡作宾身上苛求，岂不致招物议？本县决不刻待尊仆便了。”华国祥见他如此说法，总因他是地方上的父母官，案件要他判断，只得命高陈氏出来，当堂申辩，狄公随即起身乘轿回衙。此时唯胡作宾的母亲，感激万分，知道狄公另有一番美意，暗中买属差役，传信与她儿子，不在话下。

单说狄公回到署中，也不升堂理事，但转命将高陈氏交官媒看管，其余案件，全行不问，一连数日，皆是如此。华国祥这日发急起来，向着儿子怨道：“此事皆你畜生误事，你岳母答应免验，她乃是个女流，不知公事的利弊。从来作官的人，皆是省事为是，只求将他自己的脚步站稳，别人的冤抑，他便不问了。前日你定要请我免验，你看这狗官，至今未曾发落。他所恃者，我们已具甘结，虽然中毒是真,那胡作宾毒害是无凭无据,他就借此迟延,意在袒护那狗头,岂不是为你所误!我今日倒要前去催审,看他如何对我,不然上控的状子,是免不了的。"说着命人带了冠带,径向昌平县而来。

你道狄公为何不将这事审问,奈他是个好官,从不肯诬害平人。他看这案件,非胡作宾所为,也非高陈氏陷害,虽然知道这缘故,只是思不出个原由,毒物是何时下入,因此不便发落。这日午后正与马荣将赵万全送走,给了他一百两路费,说他心地明直,于邵礼怀这案勇于为力,赵万全称谢一番,将银两璧还,分手而去。然后向马荣说道:"六里墩那案,本县起初就知易办,但须将姓邵的缉获就可断结。惟是毕顺验不出伤痕,自己已经检举,哪知一波未平,一波又起,华国祥媳妇又出了这件疑案。若要注意在胡作宾身上,未免于心不忍,前日你在他家,也曾看见各样案情,皆是不能拟定。虽将高陈氏带来,也不过是阻饰华国祥催案的意思。你手下办的案件,已是不少,可帮着本县想想,再访邻封地方,有什么好验尸官,前去问他,或者得些眉目。"

两人正在书房议论,执贴上进来回道:"华举人现在堂上,要面见太爷,问太爷那案子是如何办法。"狄公道:"本县知他必来催案,你且出去请会,一面招呼大堂伺候。"那人答应退去,顷刻之间,果见华国祥衣冠整齐,走了进来。狄公只得迎出书房,分宾主坐下。华国祥开言问道:"前日老父台将女仆带来,这数日之间,想必这案情判白了,究竟谁人下毒,请父台示下,感激非浅。"狄公答道:"本县于此事思之已久,乃一时未得其由,故未曾审问。今尊驾来得甚巧,且请稍坐,待本县究问如何。"说着外堂已伺候齐备,狄公随即更衣升堂问案。先命将胡作宾带来,原差答应一声,到了堂口,将他传入。胡作宾在案前跪下。

狄公道:"华文俊之妻,本县已登场验毕,显系中毒身亡。众口一词,皆谓你一人毒害,你且从实招来,这毒物是何时下入?"胡作宾道:"生员前日已经申明,嬉戏则有之,毒害实是冤枉,使生员从何招起?"狄公道:"你也不必抵赖,现有他家伴姑为证。当日请酒之时,华文俊出门谢客,你与众人时常出入新房,乘隙将毒投下。你还巧言辩赖么?"胡作宾听毕忙道:"父台的明见。既她说与众人时常出入,显见非生员一人进房,既非一人进房,则众目昭彰,又从何时乘隙?即使生员下入,则一日之中,为何甚久,岂无一人向茶壶倒茶?何以别人皆未身死,独新人吃下,就有毒物?此茶是何人倒给,何时所泡,求父台总要寻这根底。生员虽不明指其人,但伴姑责有攸归,除亲友进房外,家中妇女仆妇,并无一人进去,若父台不在这上面追问,虽将生员详革用刑拷死,也是无口供招认。叩求父台明察!"未知狄公如何办理,且看下回分解。

第二十二回 想案情猛然省悟 听哑语细观行踪

却说狄公听胡作宾一番申辩,故意怒道:"你这无知劣生,自己心地不良,酿成人命,已是情法难容,到了这赫赫公堂,便应据实陈词,好好供说,何故又牵涉他人,望图开脱?可知本县是明见万里的官员,岂容你巧言置辩!若再游词抵赖,国法俱在,便借夏楚施威了。"胡作宾听了这些话,不禁叩头禀道:"生员实是冤枉,父台如不将华家女仆提案,虽将生员治死,这事也不能明白。且父台从来审案,断无偏听一面的道理,若国祥抗不遵提,其中显有别故,还求父台三思。"狄公听罢,向他喊道:"胡作宾,本县见你是个县学生员,不忍苦苦刻责于你,今日如此巧辩,本县若不将他女仆提质,谅你心也不甘。"随即命人提高陈氏。两旁威武一声,早将伴姑提到,在案前跪下。狄公言道:"本县据你家主所控,实系胡作宾毒害人命,奈他矢口不认。你且将此前日如何在新房取闹,何时乘隙下毒,一一供来,与他对质。"高陈氏道:"喜期吉日,那晚间所闹之事,家主已声明在前,总因家主面斥恶言,以致他心怀不善,临走之时,令我等三日之内,小心提防。当时尚以为戏言,谁知那日前来,乘间便下了毒物,约计其时,总在上灯前后。那时里外正摆酒席,老奴虽在房中,黄昏之际,也辨不出来,而且出入的人又多。即以他一人来往,由午时至午后,已不下数次,多半那时借倒茶为名,来此放下。只求青天老爷先将他功名详革,用刑拷问,那就不怕他不供认了。"

狄公还未开言,胡作宾向他辩道:"你这老狗才,岂非信口雌黄,害我性命!前日新房取闹,也非我一人之事,只因你家老爷独向我申斥,故说了一句戏话,关顾面目,以便好出来回去,岂能便以此为凭证?若说我在上灯前后到来下毒,此话便是诬陷。从午前与众亲朋在新房说笑了一回,随后不独我不曾进去,即别人也未曾进去;上灯前后,正你公子谢客回家之后,连他皆未至上房,同大众在书房饮酒。这岂不是无中生有,有意害人!彼时而况离睡觉尚远,那时岂无别人倒茶,何以他人不死,单是你家小姐身死?此必是你等平时嫌小姐夫人刻薄,或心头不遂,因此下这些毒手,害她性命,一则报了前仇,二则想趁仓猝之时,掳掠些财物。不然即是华家父子通向谋害,以便另娶高门。这事无论如何皆不关我事!你且想来,由午前与众人进房去后,你就是陪嫁的伴姑,自不能离她左右,曾见我复进房去过么?"

高陈氏被他这一番辩驳,回想那日,实未留意,不知那毒物从何时而来;况且晚间那壶茶,既自己去泡,想来心下实在害怕,到了此时,难以强词辩白,全推倒在胡作宾身上,无奈为他这番穷辩。又见狄公在上那样威严,一时畏怯,说不出来。狄公见了这样情形,乃道:"你说胡作宾午后进房,他说未曾进去,而且你先前所供,你出来吃晚饭时,胡作宾正同你家少爷在书房饮酒,你家老爷也说胡作宾是午前进房,据此看来,这显见非他所害。你若不从实招来,定用大刑伺候。"高陈氏见了这样,不敢开言。狄公又道:"你既是多年仆妇,便皆各事留心,而且那壶茶又是你自己所泡,岂能诬害与他!本县度理准情,此案皆从你所干出来,早早供来,免得受刑。"高陈氏跪在堂下,闻狄公所言,吓得战战兢兢,叩头不止,说道:"青天大老爷息怒,老奴何敢生此坏心,有负李家老夫人大德,而且这小姐是老奴携抱长大的,何忍一朝下此毒手。这事总要青天大老爷究寻根底。"狄公见高陈氏说毕,心中想道:这案甚是奇怪,他两造如此供说,连本县皆为他迷惑。一个是儒雅书生,一个是多年的老仆,断无谋害之理。此案不能判结,还算什么为民之父母!照此看来,只好在这茶壶上面追究了。一人坐在堂上,寂静无声,思想不出个道理。

忽然值堂的家人,送上一碗茶来,家人因他审案的时候已久,恐他口中作渴。狄公见他献上,当时盖子掀开,只见上面有几点黑灰浮于茶上,狄公向那人问道:"你等何以如此粗心?茶房献茶,也不用洁净水来煎饮,这上面许多黑灰,是哪里来的?"那家人赶着回道:"此事与茶夫无涉,小的在旁边看到,正泡茶时,那檐口屋上忽飘一块灰尘下来,落于里面,以致未能清楚。"狄公听了这话,猛然省悟,向着高陈氏说道:"你既说到那茶壶内茶是你所泡,这茶水还是在外面茶坊内买来,还是家中烹烧的呢?"高陈氏道:"华老爷因连日喜事,众客纷纷,恐外面买水不能应用,自那日喜事起,皆自家中亲烧的。"狄公道:"既是自家烧的,可是你烧的么?"高陈氏道:"老奴是用现成开水,另有别人专管此事。"狄公道:"你既未烧,这烧水的地方,是在何处呢?"高陈氏道:"在厨房下首闲屋内。"狄公一一听毕,向着下面说道:"此案本县已知道了,你两人权且退下,分别看管,本县明日揭了此案,再行释放。"当时起身,退入后堂。

此时华国祥在后面听他审问,在先见他专代胡作宾说话,恨不得挺身到堂,向他辱骂一番,只因是国家的法堂,不敢造次;此时又听他假想沉吟,分不出个皂白,忽然令两造退下,心下更是不悦。见狄公进来,怒颜问道:"父台从来听案,就如此审事的么?不敢用刑拷问,何以连申斥驳诘,皆不肯开口呢?照此看来,到明年此日,也不能断明白了。不知这里州府衙门,未曾封闭,天外有天,到那时莫怪举人越控。"说着大气不止,即要起身出去。狄公见了笑道:"尊府之事,本县现已明白,且请稍安毋躁,明日午后,定在尊府分个明白。此乃本县分内之事,何劳上宪控告?若明日不能明白,那时不必尊驾上控,本县自己也无颜做这官宰了。此时且请回去吧。"华国祥听他如此说来,也是疑信参半,只得答道:"非是举人如此焦急,实因案出多日,死者含冤,于心不忍。既老父台看出端倪来,明日在家定当恭候了。"说完起身告辞,回到家内。

这里狄公来至书房,马荣向前问道:"太爷今日升堂,何以定明日判结?"狄公道:"凡事无非是个理字,你看胡作宾那人,可是个害人的奸匪么?无非是少年豪气,一味嬉戏,误说了那句戏言。却巧次日生出这件祸事,便一口咬定于他。若本县再附和随声,详革拷问,他乃是世家子弟,现已遭了此事,母子二人,已是痛苦非常,若竟深信不疑,令他供认,那时不等本县究办,他母子此时必寻短见,岂非此案未结,又出一冤枉案件?至于高陈氏,听她那个言语,这李家乃是她的恩人,更不忍为害。所以本县这数日,思前想后,寻不出这条案情原由,故此不肯升堂。今日华国祥特来催审,本县也只得敷衍其事,总知道这茶壶为害。不料今日坐堂时候,本县正在思索此案,无法可破,忽值茶房献茶与本县,上面有许多浮灰,乃是屋上落下。他家那烧茶的地方,却在厨下木屋里面,如此这般的推求,这案岂不可明白么?"马荣听毕,说:"这太爷的神鉴,真是无微不至。但是如此追求,若再不能

断结，则案情比那皇华镇毕顺的事，更难办了。”

正说之间，洪亮同陶干也由外面进来，向狄公面前请安已毕，站立一边。狄公问道：“你等已去多日，究竟看出什么破绽，早晚查访如何？”洪亮道：“小人奉命之后，日间在何恺那里居住，每至定更以后，以及五更时间，即到毕家察访，一连数日，皆无形影。昨晚小人着急，同陶干两人施展夜行工夫，跳在那房上细听。但闻周氏先在外面，向那婆婆叫骂了一回，抱怨她将太爷带至家中医病，小人以为是她的惯伎，后来那哑子忽然在房中叫了一声，周氏听了骂道：‘小贱货，又造反了，老鼠吵闹，有什么大惊小怪！’说着只听扑通一声，将门关起。当时小人就有点疑惑，她女儿虽是个哑子，不能见老鼠就会叫起来。小人只得伏在屋上细听，好像里面有男人说话，欲想下去，又未明见进出的地方，不敢造次。后来陶干将瓦屋揭去，望下细看，又不见什么形迹。因此小人回来禀明太爷，请太爷示下。”

狄公听毕问道：“何恺这连日查访那姓徐的，想已清楚。他家左近可有这个人么？”不知洪亮如何回答，且看下回分解。

第二十三回 访凶人闻声报信 见毒蛇开释无辜

却说洪亮见狄公问何恺这连日访查那姓徐的,可有着落,洪亮道:"何恺俱已访竣了,皆是本地良民,虽管下有十六家姓徐,离镇的倒有大半,其余不是年老之人,在镇开张店面,便是些小孩子,与这案皆牵涉不来,是以未曾具禀。"狄公道:"据你两人意见,现在若何办法呢?"洪亮道:"小人虽听有声音,因不见进出的所在,是以未敢冒昧下去。此时禀明太爷,欲想在那邻居家披缉披缉。因毕家那后墙,与间壁的人家公共的,或此墙内有什么缘故。这人家小人已查访明白,虽在乡村居住,却是本地有名的人家,姓汤名叫汤得忠。他父亲曾做过江西万载县,自己也是个落第举子,目下闲居在家课读,小人见他是个绅衿,不敢冒昧从事前去。"狄公听了想道:"这事也未必不的确,这墙岂是出入地方?"当时也不开口,想了一会,复又问道:"你说这墙是公共之墙,还是在她床后,还是在两边呢?"洪亮道:"小人当时揭屋细看,因两边全是空空的,只有床后靠着那墙,却为床帐遮盖,看不清楚。除却在这上面推求,再无别项破绽。"狄公拍案叫道:"此事得了,你且持我名帖,赶今晚到皇华镇上,明早同何恺到这汤家,说我因地方上公事,请汤举人前来相商。看他是何形景言语,前来回禀,本县明早同差役,到华家办案。"洪亮答应一声下来,当时领了名帖,转身退去,不在话下。

次日一早,狄公青衣小帽,带了两名值日差役,并马荣、乔太,行至华国祥家内,一径来至厅前。彼时华国祥正令人在厅上打扫,见县官狄公已进里面,只得逊同入坐,命人取自己的冠带。狄公笑道:"本县尚不拘形迹,尊驾何必劳动。但是令媳之事,今日总可分明。且请命那烧茶的仆妇前来,本县有话动问。"华国祥不解何意,见他绝早而来,不便相阻,只得将那烧茶的丫头唤出。狄公见是一个十八九岁的丫头,走到前面,叩头跪下。狄公说道:"这处也不是公堂,何须如此。你叫什么名字,向来是专烧火的么?"那个丫头禀道:"小女子名叫彩姑,向来伏伺夫人。只因近日娶少奶奶,便命专司茶水。”狄公道:“那日高陈氏午后倒茶,你可在厨房里面么?”彩姑说道:“正在那里烧水。后来上灯时分,回到上房,因有事情,高奶奶来了去泡茶,却未看见。及小女子有事之后,回到那烧茶的处在,炉内的茶水已泼在地下。随后小女子进来,询问其事,方知高奶奶泡茶时,炉子已没有开水,她将炉子取下,放在檐口,后加火炭,用火烧了一壶开水,只用了一半,那一半正拟到院落添加冷水,不料左脚绊了一跤,以致将水泼于地下。随后小女子另行添水,她方走去。此是那日泡茶的原委,至别项事件,小女子一概不知。”

狄公听毕,随即命马荣回衙,立将高陈氏带上来。狄公一见,大声喝道:“你这女狗头,如此狡猾行为!前日当堂口供,说那日向晚泡茶,取的是现成开水,今日彩姑供说,乃是你将火炉移在檐口,将冷水烧开,只倒了一半,那水又在檐前泼去一半,显见你所供真正不实,你尚有何辩?”高陈氏被这番驳斥,吓得叩头不止,但说:“求太爷开恩,老奴因在堂上惧怕,一时心乱,胡口所供,以太爷恐有它问,其实老奴毫无别项缘故。”狄公怒道:“可知你只图一时狡猾,你那小姐的冤枉,为你耽搁了许多时日了,若非本县明白,岂不又冤枉那胡作宾?早能如此实供,何致令本县费心索虑,这总想不出个缘故。此时暂缓掌颊,候这案明白后,定行责罚。”当时起身向华国祥道:“本县且同尊驾到厨房一行,以便令人办事。”华国祥到了此时,也只得随他而去。

当时狄公到了里面,见朝东三间正屋,是锅灶的所在,南北两边,共是四个厢房。狄公问彩姑道:“你等那日烧茶,可是这朝北厢房里么?”彩姑道:“正是这个厢房,现在泥炉子还在里面呢。”狄公走进里面,果然不错,但见那厨房的房屋,古旧不堪,瓦木已多半朽坏,随向高陈氏问道:“你那晚将火炉子移在何处檐口?”高陈氏向前指道:“便在这青石上面。”狄公依着她指点的所在,细心向檐口望去,只见那椽子已坍下半截,瓦檐俱已破损,随向高陈氏说道:“你前所供不实,本应掌你两颊,姑念你年老昏愦,罚你仍在原处烧一天开水,以便本县在此饮茶。”华国祥见狄公看了一回,也说不出这个道理,此时忽然命高陈氏烧茶,实不是审案的道理,不禁暗怒起来,向着狄公说道:“父台到此踏勘,理应敬备茶点,若等这老狗才烧水,恐已迟迟不及。既她所供不实,理合带回严惩,以便水落石出。若这样胡闹,岂不反成戏谑么?”狄公冷笑道:“在尊驾看来似近戏谑,可知本县正要在这上寻究此事。自有本县专主,阁下且勿多言。”随即命人取了两张桌椅,在厨房内坐下,与那些厨子仆妇混说些闲话,停一会,便催高陈氏添火,或而掀扇,或而倒茶,闹个不了。及至将水烧开,泡了茶来,他又不吃,如此有十数次光景。

高陈氏正在那里烧火，忽然檐口落下几点碎泥，在她颈头上面，赶紧用手在上面拂去。狄公早已经看见，随即喊道："你且过来！"高陈氏见他叫唤，也只得走过，到了他面前。狄公道："你且在此稍等一等，那害你小姐的毒物，顷刻便见了。"高陈氏直是不敢开口，华国祥更不以为然，起身反向上房而去。狄公也不阻他，坐在那椅上，两眼直望着檐口。又过了有盏茶时，果然见那落泥的地方露出一线红光，闪闪的在那檐口，或现或隐，但不知是什么物件。狄公心下已是大喜，赶着向马荣道："你们看见什么？"马荣道："看是看见了，还是就趁此时取出如何？"狄公忙道："且勿动手，既有这个物件，先将他主人请来，一同观看，究竟那毒物是怎么样下人，方令他信服。从来本县断案，不肯冤屈于人。若不彻底根究，岂得为民之父母？"当时彩姑见了这样，赶紧跑到上房，报于华国祥知道。里面众人一听，真是意外之事，无不惊服狄公的神明。狄公也着华家家人去请华国祥出来观看，华国祥也随即出来瞧望。狄公道："这案庶可明白了，且请稍坐片刻，看这物究竟怎样。"

当时华国祥抬头细瞧，但见火炉内一股热气冲入上面，那条红光被烟抽得蠕蠕欲动，忽然伸出一个蛇头，四下观望，口中流着浓涎，对火炉内滴下。那蛇见有人在此，顷刻又缩进里去。此时众人无不凝神屏气，吓得口不敢开。狄公向华国祥道："原来令媳之故，是为这毒物所伤，这是尊驾亲目所见，非是本县袒护胡作宾了。尊处房屋既坏，历久不修，已至生此毒物，不如趁此将它拆毁。"说完命那些闲杂人等，一概走开，令马荣与值日的差人，以及华家打杂的人，各执器具，先拥入室内，将檐口所有的椽子拖下。只见上面响了一声，砖瓦连泥滚下，内有二尺多长的一条火赤炼，由泥瓦中游出，窜入院落巷里，要想逃走，早被马荣看见，正欲上前去提，乔太手内早取了一把火叉，对定那蛇头打了一下，那蛇登时不得走动，复又一叉将它打死。众人还恐里面仍有小蛇，一齐上前把那一间房子拆毁了，干干净净。狄公命人将蛇带着到了厅前。此时里面得信，早将李王氏接来。

狄公坐下向华国祥言道："此案本县初来相验，便知令媳非人毒害。无论胡作宾是个儒雅书生，断不致干这非礼之事。惟进房之前，闻有一派骚腥气，那时便好生疑惑。后来临验之时，又有人说他肚内掀动。本县思想，用毒害人，无非是砒霜信石，即便服下，但七窍流血而已，岂有腥秽的气味？因此本县未敢速断。日来思虑万分，审讯高陈氏的口供，她但说茶是自己所泡，泡茶之后，胡作宾又未进房；除她吃晚饭出来，其余又未离原处；又见无别人进去，难道新人自已毒害？今日听彩姑之言，这明是当日高陈氏烧茶之时，在檐口添火，那烟冲入上面，蛇涎滴下。其时高陈氏未曾知觉，便将开水倒入茶壶，其余一半，却巧为她泼去，以致未害别人。缘由知端，乃是高陈氏自不小心，以致令媳误服其毒，理应将她治罪。惟是她事出无心，老年可悯，且从轻办理。令媳无端身死，亦属天命使然，仍请尊驾延唤高僧诵经忏悔，超度亡魂。胡作宾无辜受屈，本应释放，奈他嬉戏性成，殊非士林的正品，着发学派老师戒饬，以儆下次。”说完又向李王氏道：“你女儿身死的原由，今已明白，本县如此断结，你等可服么？”李王氏哭道：“照此看来，却是误毒所致，这皆是我女儿命苦，太爷如此讯结，也是秉公而论，还有何说呢？”狄公见李王氏应允，当即命众人销案具结。不知后事如何，且看下回分解。

第二十四回 探消息假言请客 为盗贼大意惊人

却说狄公见众人应允,命他们结具销案。华国祥自无话说,唯有李王氏见那条毒蛇,在狄公面前,不禁放声大哭。狄公又命人将蛇烧灰,以作治罪。就此一来,已是午后,当即起身回衙,将胡作宾由学内提来申斥一番,令他下次务要诚实谨言,免召外祸。此时胡作宾母子自然感激万分,申冤活命,在堂上叩头不止。狄公发落已毕,退入后堂。

且说洪亮昨日领了名片,赶到皇华镇与何恺说明缘故,次日一早,便来到汤家门首。先命何恺进去,向里面问道:"汤先生在家么?"里面见有人询问,出来一个老头子,答道:"你是哪里来的,问我家先生何干?"何恺笑道:"原来是宋老爷。地方上的公食人,皆不认得了?"那人将何恺一望,也就笑道:"你问他何事,现在还未起身呢。"何恺听了这句话,转身就向洪亮丢个眼色,两人信步到了里面。在书房门口站定,洪亮向何恺道:"你办事何以这懈怠,既然汤先生在家,现在何处睡觉,好请他起来讲话。"那老家人见洪亮是公门中的打扮,赶着问道:"你这公差有何话说,可告知我,进去通知他。"何恺答道:"他是县太爷差来的,现有名片在此。因地方上事,请你家先生,进太爷衙门有事相商,不能稍缓。"那老人在洪亮手内将名片接过,进了书房,穿过了一小小天井,朝南正宅三间两厢。此时何恺也跟那人到了里面,心下想道:如他住在这上首房内,便是毕家那墙相连了。正想之间,忽见那人走到下首房门。何恺心下好不自在,暗道:"这个想头又完了,人尚不在房内居住,墙上还有何说?"

一人暗暗的说话,忽然上首房内出来一人,年约二十五六岁,生得眉目清秀,仪表非凡,好个极美的男子。见老家人一进来,赶着问道:"是谁来请先生?"老人道:"这事也奇怪,我们先生虽是个举子,平日除在家课读,外面的事,一概不管。不知县里狄太爷为着何事,命人前来请他?说地方上有公事,同他商酌,你看这不是奇怪么？恐先生也未必肯前去。”那少年人听他说狄太爷，不禁面色一变，神情慌张，说道：“你何不回却他，说先生不与外事便了，为何将人领入里面来呢？”何恺听了这话，将那人上下一看，却巧这人的房间，便在毕家的墙后，心下甚是疑惑，赶紧接话问道：“你公子尊姓，可是在这里寄馆的么？我们太爷，非为别事，因有一处善举，没有人办，访闻汤先生是个用心公正的君子，故命差人持片来请。”说着，见老人已走到房内，高声喊了两声。只听里头那人醒来，问道：“我昨日一夜带众学生清理积课，直至天明方睡，你难道未曾知道，何故此时便来叫喊？”只听老者回答道：“非是我等不知，因知县太爷差人来请，现有公差立等回话。”汤得忠道：“你为什么不代我回报他？此时且去将我名片取来，向来人传说，拜上他贵县太爷，说我是牖下书生，闭户授徒，不理闲事。虽属善举，地方上绅士甚多，请他太爷另请别人办公罢。”老人听了这话，只得出来对何恺回复了一遍。

当时洪亮在书房，早已听见了，见何恺出来说道：“汤先生不肯进城，在我看来，唯有回去禀太爷，请太爷自己前来吧。此事倒不可懈怠，莫要误事方好。你此时照原话赶速进城去吧。”说着两人出了大门，那老人将门关上。彼此到了街上，何恺向洪亮说道：“你可看见那人没有？”洪亮道：“这事也是徒然，汤得忠是在那边房间居住，有什么看见？”何恺说道：“你还不知道呢，这头房内有人，同老者说话的，你未看见么？是个少年男子，见我们说县里差来的，他那脸上神色就不如先前。我所以出来，叫你赶速回去，这句话乃是看他的动静的。他如惧怕，你我出门，他必到别处去了。你此时便可赶速回城，禀明太爷，请太爷自己前来，姑作拜汤先生的话说到了里面，借话问话，再为察看。我此时便在这左近等候，看他可出来否，顺便打听他姓甚名谁。”彼此计议停当，已是辰牌时候。洪亮随即来至城中，将方才的话禀了。狄太爷心下甚是欢喜，当时传齐差役，带同马荣、乔太、陶干三人，乘轿而来，一路之上，不敢怠慢。到了上灯时分，方至镇上，先命马荣仍在从前那个客寓内住下，所有衙役，皆不许出去走露风声，说本县到此客寓；主人也是如此吩咐。众人自领命而行，当时将行李卸下，净面用茶。

饮食已毕，狄公向马荣道：“你们四人，今夜分班前去，洪亮同你在毕家屋上等候，若有动静，便可即喊拿贼，看他下面如何；乔太同陶干在汤家门前守候，若有人夜半出来，便将他拿获住。本县此时不去，正恐夜晚办事不成，令凶人走去。”四人领命下来，各自前去不提。

且说马荣同洪亮两人，出了店门，洪亮道：“我近来为这事吃了许多辛苦，方有这点眉目，今夜若再不破案，随后更难办了。我想你这身本事，何事不可行？现有一计在此，不知你肯行不肯行？”马荣道：“你我皆是为主人办事，只要能做，何处不可去？你且说与我听。”洪亮道：“汤家那个后生，实是令人可疑，为恐识破机关于他，一连数日安分守己，不与那周氏往来，我们虽在屋上，再听数日，也不能下去。莫若你扮作窃贼，由房上蹿入他里面，在他房中偷看动静，是不比外面，较有把握？恐你早经洗手，不干此事，现在请你做这买卖，怕你见怪，故尔不便说出。你意下究竟如何？”马荣笑说道：“我道何事，不过由来是我旧业，此计甚是高明，今夜便去如何？”说着二人到了何恺家内，坐谈了一会。

约有二鼓之后，街上行人已静，马荣命洪亮竟在毕家巷口等候，自己一人先到了汤家门口，脱去外衣，蹿身上屋，顺着那屋脊，过了书房将身倒挂在檐口，身向里面观望。见书房内灯光明亮，当中坐着一个四十多岁的先生，两旁约有五六个门徒，在那里讲说。马荣暗道：“这样人家岂是个提案的地方？我且到后边住宅内再瞧一瞧。”照样运动蛇行法，转过小院落，挨着墙头，到了朝南的屋上。举头见毕家那里，也伏着一人，猛然吃了一惊，再定神一看，却是洪亮，两人打了一个暗哨，马荣依旧伏在檐口。见上首房内，也有一盏灯，里面果然有个二十余岁的后生，面貌与洪亮所说一点不错，但见那人不言不语，一人坐在那椅上，若有所思的神情。停了一会，起身向书房望了一望，然后又望望墙屋，好像一人自言自语的神情。马荣正在偷看，忽听前面格扇一响，出来一人，向房内喊道：“徐师兄，先生有话问你。”马荣在上面听见一个徐字，心下好不欢喜，赶即将身躯收转，只在檐瓦上面伏定。但见那少年也就应了一声，低低说道：“你怎么今夜偏偏乱喊乱叫的！”说着出了房门，到书屋而去。马荣见他已去，知这房内无人，赶着用了个蝴蝶穿花形势，由檐口飞身下来，到了院落，由院落直蹿到正宅中间，四下一望，见有一个老者，伏在桌上，打盹睡的模样。马荣趁此时候，到了房内，先将那张灯吹熄，然后顺着墙壁，细听了一回，直是没有响动，心下委

决不下,复用指头敲了一阵,声音也是着实的样子。

马荣着急起来,将身子一横,走到那张客床前面,将帐幔掀起,攒身到了床下,两脚在地下蹬了两下,却是个空洞的声音。马荣道:“分明是这地下的尴尬了。”当时将几块方砖,全行试过,只有当中的两块与众不同,因在黑暗之中,瞧不清楚,只得将两手在地下摸了一摸,却是一踏平阳,绝无一点高下。心下想道:“就要将这方砖取起,下面的门路,方可知道。它这样牢固,教我如何想法?”正在为难之际,两手一摸,忽然一条绳子,系于床柱上。马荣以为它扣着什么铁器,以便撬那方砖,当时以为得计,顺手将绳一拖,只听“豁啦”一声,早将床帐拖倒了下来。当时马荣这一惊不小,正想逃走,书房里头,早来数人,高喊有贼。走到院落,忽见灯光已灭,众人恐有暗算,不敢进去,唯有叫喊,绝无一人上前捉拿。马荣此时跳在房上,见已脱身,索性也不回去,伏在屋瓦脊上,细听下面动静,如何举止。不知那少年公子,如何进房,且看下回分解。

第二十五回 以假弄真何恺捉贼 依计行事马荣擒人

却说马荣躲在屋上,听下面的动静,只听得那少年跑到书房,忙忙的点了个烛台,转身到了正宅,向着那老人喊道:“你也不是死人,有贼人走你面前经过,一点也不知道,难道睡死过去了?”那老人被他骂了两句,直是不敢开口。众人拥进房中,唯听那少年人,走到床前,高声说道:“这瘟贼,也不过将床帐拖倒下来,我道你偷取不计外,还见什么要紧地方呢。”众人说道:“你的物件未曾偷去,已是幸事,还说什么戏谑话。现在先生尚坐在书房,吓得不敢出来,我们且去告知他一声。”说着,大众在里面照了一番,又回书房而去。马荣在屋上,听得清楚,随即心生一计,爬过墙头,招呼洪亮,两人蹿身下来,来至何恺家内,三人一齐到了客寓,将以上的话禀明了狄公。如此如此,议论了一会,狄公心下大喜,随命何恺依计而行。

三人复行到了汤家门口,何恺敲门喊道:“里面朱老爷快来开门,你家可是闹贼么?现在已被我们捉住,快来帮我捆他。”里面听了这话,正是贼走之后,未曾睡觉,听是何恺敲门,众学生甚是得意,也不告知汤得忠,早将大门开了。

只见何恺揪着一人骂道:“你这厮也不访问,这地方是谁人的管下,他家是何等之人?不是为我看见,你得手走去,明日汤先生报官究治,我便为你吃苦了。今朝县里狄太爷还来请他老人家办地方的善举,汤先生方且不去,明日早上太爷便亲自来此。若是知道这窃案,我这屁股还不是板子山倒下来么?”何恺在门外揪骂,众学生不知是计,赶着里面报与汤得忠知道。汤得忠随即出来,果见何恺还揪那人在门口乱骂,见了汤先生出来,连忙说道:“其人现在已获到了,你先生如何发落?这是我们的责任,明早县太爷还要到此,请你老人家要方便一句,小人这行当方站得稳。”汤得忠见何恺如此说项,也是信以为真,取了烛台,将马荣周身一看,骂道:“你这狗强盗,看你这身材高大,相貌魁梧,便该做出一番事业，何事不可吃饭，偏要做这偷儿，岂不可恨。我今积点阴功，放你去吧。"何恺见汤得忠如此说项，乃道："你老人家是个好心，将他放走，他又随即到别处去做案了，这事断不能。若要放这贼，等县太爷来放，今夜权且扭在这门口，以见我们做保甲的，平时尚不松懈。但有一件，方才在哪里惊走的地方，请你们带我进去看一看。"说着向马荣道："你且跟我进来，好好实说，由什么地方进门，走哪里出去的？"一面说，一面扭着马荣，向门里走来。他的意思，就想趁此混进里面，好寻那床下的着落。

哪知道里面听了这话，赶着出来一个少年人，马荣将他一看，正是那个姓徐的，向着何恺阻道："你这人，也太固执了，我们先生尚且叫你放他，你那不行这方便，一定要惊官动府，以见你的能为。若说县太爷明日前来，我家又未报案，要他县太爷来踏勘何事。若说你的责任，汤先生已知道了，即便在县太爷面前保举你两次，也不过得点儿犒赏，这贼人就吃了大亏，何必如此！我同先生说，譬如为他偷去，失了钱财，给你二两银子，吃酒去。这事可以算罢了。"马荣听了暗暗骂道："你这狗头，不是你有欺心之事，你肯这样慷慨！"只见何恺问道："你这位相公尊姓，还是在此宿馆，还是府上的住宅？请汤先生在家教读呢？"这人还未开口，旁边学生笑道："你这毛贼，倒会捉当地人家，还不知他姓徐，这房子便是他家的，近因家眷不在此，故请本地汤先生来此教馆。他一人在此附从，所以门口单帖汤家板条。此时既徐相公如此说项，你们可便将这人放去了吧。"何恺笑道："原来他相公姓徐，这就是了。听说县里出了一条人命案子，也是姓徐的。今日无论是与不是，且请你同我去一趟。"说着脸色一变，向汤得忠说道："汤先生，我实对你说，你道他真是窃贼，我真是送贼来的么？你老人家虽是个举子，何以育化不严，令学生做出这非礼之事？间壁巷内，毕顺的案子至今未曾明白，官今自己请到上宪的处分，现已摘去顶戴，我们为这事，也不知受了多少苦楚。日前太爷宿庙，说凶手是个姓徐的，密令我们访查，方知在你家内。请你二人前去一见，辩个明白，便不关我们的事了。"说毕，将马荣一松，向前一把，将那少年相公，上前揪住，马荣一同也就上去，拖了汤得忠。那先生汤得忠，正欲分辩，只见何恺高喊一声，外面早有乔太、洪亮二人，一齐进来迎接，不由分说，簇拥着汤先生、徐相公二人，向街前走去。到了客店，狄公正恐他二人维持不住，已带着许多差役执着灯球，前来接应。见已将人拿到，随命差役，同洪亮分身前往，将毕周氏立刻提来，以免她逃走。洪亮领命而去，暂且不提。

单说何恺揪着那个少年，前来见了狄公，回禀了各节，狄公即道："此人乃是要犯，你同乔太、马荣，先行将他管押，明早俟踏勘之后，再行拷问。"何恺答应下来，马荣、乔太随即取出刑具，将他套上。汤得忠是一榜人员，不敢遽然上刑，狄公命将他一人，带入店内，先行询问。马荣只得将汤得忠交与值日原差，自己与乔太到何恺家内管押正凶。狄公就趁此到了汤得忠家，在书房坐下。所有众学生，见先生皆被地甲捉去，以免牵涉在案内，留下几个远处寄馆的学生，一时未能逃走，只得坐在里面，心胆悬悬。不知竟为何故，忽然见许多高竿的灯笼，走了进来，一个个穿的号衣，嘴里说道："我们太爷来了，你等可要直说，他如何同周氏同谋？"众人也不知何事，听了这话，俱皆哑口无声。但见一人当中坐下，青衣小帽，儒服儒巾，向着上首那个学生问道："你姓甚么，从汤先生有几年了？那个姓徐何方人氏，叫什么名字？你等从实说来，不关你事。"那学生道："我姓杜，名叫杜俊夫，是今岁春间方来的。那姓徐的名叫德泰，乃是这里的学长，先生最欢喜他，与先生对书房住。我等就住在这书房旁边那间屋内。"狄公当时点点首，起身说道："既为本县将他捉下，你等且同我到他房内看视一番，好作凭证。"众人不敢有违，当即在前引路。到了房内，狄公命差人将床架子移到别处，低身向前一看，果是方砖砌成。在地下，床下四角有四条麻绳，扣于下面。狄公有意将绳子一绊，早见床前两根床柱，应手而倒，"噗咚"一声，磕在地下。再仔细一看，方知那绳子系在柱脚之上，柱脚平摆在床架上面，以至将绳子轻轻一绊，便倒了下来。狄公看毕，复取了烛台命人找觅了一柄铁扒，对着中间那两块方砖，拼力地撬起。忽听下面铜铃一响，早已现出一方洞，如地穴相仿。再向下面望去，向着陶干道："里头黑漆漆的，辨不出个道理，本县恐下面另有埋伏，不敢命人下去。地下既有这个暗道，这人犯就是不错了。你且在此看守，待天明再来察看。"说毕将所有的学生，开了名单。只见众学生无不目瞪口呆，彼此呆望，不知房内何以有这个所在。狄公一一问毕，命众学生兼服侍人等："与你们无涉。"吩咐之后，回转店内。

此时已转四鼓，乔太上前禀道："太爷走了片时，小人将汤得忠盘问了一番，他实不知此事。看他那样，倒是个古道君子。此刻已是夜深，太爷请安歇一会。好在奸人已缉获，拿齐再问不迟。"狄公说道："本县已知道了，但是洪亮已去多时，毕周氏何以仍未提来？莫非毕周氏闻风逃走不成？"两人正在客店闲谈，早听门外人声喧哗，洪亮匆忙进来说道："毕周氏已是提到。请太爷示下，还是暂交官媒，还是小人带回衙门？"不知狄太爷后来如何发落，且看下回分解。

第二十六回 见县官书生迂腐 揭地窖邑宰精明

却说狄公听得毕周氏已是提到，命洪亮先在客店内看押，俟明早带回衙内，讯问奸情。洪亮领命下来。狄公已是困倦，当时进房，和衣而睡。次日辰牌时分，起身净面。诸事已毕，先令陶干，将汤得忠带来。狄公将他一看，却是一个迂腐拘谨之人，因为他是一个举人，不敢过于怠慢，当时起身问道："先生可是姓汤名叫得忠么？"汤得忠说道："举人正是姓汤名叫得忠，不知父台深夜差提，究竟为何缘故？举人自乡荐之后，闭户读书，授徒乐业，虽不敢自谓非礼勿言、非礼勿动，那逾矩犯规之事，从不敢开试其端。若举人之为人，仍欲公差提押、官吏入门，正不知那刁监劣生，流氓奸宄，更何以处治？举人不明其故，尚求父台明示。"狄公听他说了这派迂腐之言，确是个诚实的举子。乃道："你先生品学兼优，久为本处钦敬。可知薰莸异类，玉石殊形，教化不齐，便是自己的过失。先生所授的门生，其品学行为，也与先生一样么？"汤得忠听道："父台之言，虽是合理，但所教之学生，俱属世家子弟，日无暇暮，夜读尤严，功课之深，无过于此。且从来足不出户，哪里有意外之事？莫非是父台误听人言么？"狄公笑道："本县莅任以来，皆实事求是，若不访有确证，从不鲁莽从事。你先生说所授门徒，皆世家弟子，难道世家的子弟，就是循规蹈矩的么？且问你姓徐的学生从你先生几载了？他的所做所为，皆关系人命案件，那等行为，不法已极点了，你先生可否知道么？"汤得忠回说道："这更奇了，别人或者可疑，唯徐学生断无此事，不能因他姓徐便说他是命案的凶手。方才贵差说那姓徐的命案，父台宿庙，有一姓徐的在内，此乃梦幻离奇之事，何足为凭？而且此事实是父台孟浪，绝无形影之案。遽行开棺检验，以至身遭反坐，误了前程，此时不能够顾全自己，便指姓徐的，就为凶手。莫说他父台是在籍的缙绅，即以举子而论，地方有此殃民之官，也不能置之不理了。"狄公见汤得忠矢口不移，代那徐德泰抵赖，不禁大怒道：

“本县因你是个举子,究竟是诗文骨肉,不肯牵涉无辜,你还不知,自己糊涂,疏于防察,反敢挺撞本县。若不指明实证,教你这昏愦的腐儒岂能心服!”说完,命人仍将他看管,即带徐德泰奸夫上来审问。陶干答应一声,随命值日差人,到何恺家内,将人犯带来。差人奉命前去,不多一刻,人已带到。

狄公见他跪在地下,细细将他一看,那副面目,却是一个极美的好男子,心下思道:“无怪那淫妇看中于他。可恨他这人,一表人材,不归于正,做了这犯罪之事,本县也只得尽法惩治了。”当即大声喝道:“你就是徐德泰么?本县访得你已久,今日既已缉获,你且将如何同毕周氏通奸,如何谋害毕顺,一一从实供来,免致受刑吃苦。可知本县立法最严,既已前次开棺,自行请处,若不将这事水落石出,于心也不肯罢休!你且细细供来,本县或可施法外之恩,超豁你命;如若不然,那真凭实证,也不容你抵赖的!”徐德泰见狄公正言厉色,虽是心下惧怕,当此一时审问,总不肯承认,乃回答说道:“学生乃世家子弟,先祖生父,皆作外官。家法森严,岂敢越礼?而况有汤先生朝夕相处,饮食同居,此便是学生的明证。父台无故黑夜提质,牵涉奸情,这事无论不敢胡行。连目观耳闻,皆未经过。还求父台再为明察侦访,开释无辜,实为德便。”狄公笑道:“你这派巧语胡供,只能欺你那个昏愦的先生,本县明察秋毫,岂容你饰词狡赖?此案若不用刑拷问,定难供认。且同你前去,将窖揭起,究竟通于何处,那时众目昭彰,虽你百喙千言,也不容你辩赖。”说完即忙起身,令马荣同众差役,带回汤得忠,并徐德泰两人,前去起案。

众人出去之后,忽然外面哭喊连声,一路骂入里头,只听那妇人言道:“你这狗官,将我媳妇儿放回,还未曾有多日,果曾是缉获凶手,提来对质,倒也罢了,忽又无影无形的,牵设好人,半夜更深,有许多男子,拥入家内来。这是什么缘故?提人是你,放人也是你!今日不将这此事办明,莫说我年老无用之人,定与你到兖州扭控,预备耽这忤逆官长的罪名,横竖也不能活命了。”一面哭着向里面走来。狄公知是唐氏,赶着说道:“你来的正好,可将你一起带去,免致你不知这暗昧的地方。”又命人役,到何恺家中,将毕周氏提来。吩咐已毕,然后众人出了店门,来至汤得忠家内。此时皇华镇上无不知道这事,前来看破此案,纷纷拥挤,站在门前。狄公先走进去,在书房坐定,等群人到齐,随后来至徐德泰房中,指着那个窖问道:“你既是读书世家子弟,理应安分守己,为何在卧房床架之下,挖这一个地窖,有何用处?下面还有什么害人之物么?”徐德泰到了此时,全不开口。马荣上前禀道:“太爷既已将那方砖挖起,下面无非是个暗门,通于别处。

小人且再去探一探。”说着向乔太手中取了烛台,到里面一照。只见有二三尺深,一个深塘直通那墙壁,上下皆是木板砌成,并无泥土。见那个铜铃悬在空中,知是个暗号,便将铃绳一抽,响亮一声。见前面有块木板,忽然开下,却是一个小小的圆洞,有四五层坡台。马荣举步由坡台上去,约有四尺见方一个所在。四面俱看不出门路,不知由何处通着隔壁。正在各处观看,将头一抬,早见上面有块方砖为头顶起,心下好不欢喜。随将烛台递与乔太,两手举过头顶,将那方砖取过。隐隐的上面射进亮光,再伸头向洞外看去,正是那毕顺房中床柱之上。马荣见案已破,自己站在房内,命乔太开了房门,由毕家大门,绕至街上,到了汤家大门口。

众人见他由外面进来,心下无不诧异,只见他向唐氏说道:“尊府的后门,已经瞻仰了。请你前来观看吧。”狄公正在房中,等下面的消息,正在静坐之时,忽听乔太在前进说话,知已通到间壁,有意如此,特使众人观望。当即问道:“乔太上来,可是通到那边?”乔太回道:“正在那床脚之下,且请太爷下去一看。”狄公道:“你且将汤先生同毕唐氏带来,陪本县一齐下去,方令他两人心下折服。”说着众差人役,已将两人提到,陆续地由床脚原处,到了毕家房中。此时汤得忠直急得目瞪口呆,恨不能立刻身死。狄公向他说道:“这事是你先生亲目所观见,不必出门,可是干了那人命案件,岂不是你知道故昧,教化不严?”复向毕唐氏道:“你儿子仇人,今已拿获,这个所在是你媳妇房中寻出,怪不得她终日在家,闭门不出,却是另有道路。岂非你二人心地糊涂,使毕顺遭了弥天大害?”毕唐氏到了此时,方知为媳妇蒙混,回想儿子身死,不由痛入骨髓,大叫一声,昏于地下。汤得忠见徐德泰这个学生,做出不法极顶之事,自己终日同处,不知这件隐情,明知罪无可诿,也是急得两眼流泪,向着狄公说道:“此事举人实在不知,若早知有此事件,断不能有意酿成。现在既经父台揭晓,举人教化无方,也只得甘心认罪,请父台将徐德泰究办就是了。”狄公见他这样情景,反去安慰两句，然后命人用姜汤将唐氏灌醒。见她咬牙切齿，爬起身来要去寻她媳妇找徐德泰拼命，狄公连忙阻道："你这人何以如此昏昧，从前本县为你儿子伸冤，那样向你解说，你竟执迷不悟，此案现已揭晓，人已获到，正是你儿子报仇之日，便该静候本县拷问明白，然后治刑抵罪，为何又无理取闹，有误本县的正事。"毕唐氏听了这句话，只得向狄太爷面前哭说道："非是老妇人当太爷面前取闹，只因被这贱货害得我儿子太毒。先前不知道，还以为太爷是仇人，现在彰明昭著，恨不得食她淫货之肉。若非太爷明察秋毫，是个清官，我儿子的冤孽，真是深沉海底。"说话未完，当见眼泪直流，痛哭不已。狄公命差人将毕唐氏扶出，吩咐汤得忠将所有的学生，概行解馆，房屋暂行发封，地窖命人填塞，毕唐氏无须带案，候审明定罪后，再行到堂。

吩咐已完，早有马荣、何恺，将闲人等一概驱逐出去，所有的人犯，俱皆提来，将奸妇交与官媒看押，奸夫收监。不知后事如何，且看下回分解。

第二十七回 少年郎供认不讳 淫泼妇忍辱熬刑

却说狄公将地窖填满，将一干人犯带回衙门，到了下昼，已至城内。众差人投进衙，狄公先命将汤得忠交捕厅看管，奸夫淫妇分别监禁，以便明早升堂拷问，自己到了书房静心歇息。一心想道：我前日那梦，前半截俱灵验了，上联是“寻孺子遗踪，下榻空传千古谊”，哪知这凶手便是姓徐，破案的缘由，又在这“榻下”二字上，若不是马荣扮贼进房，到他床下搜寻，哪里知道？还隔着墙壁，就是通奸之理，由这个地窖，确是在他床柱之下，此真所谓神灵有感应了。一人思想了一会，然后安寝。

到了次日，一早升堂，知毕周氏是个狡猾的妇人，暂时必不肯承认，先命人将徐德泰提出。众差答应一声，即将徐德泰提来，当堂跪下。狄公问道：“本县昨日已将那通奸的地方搜出，看你是年幼书生，不能受那匪刑的器具。这事从何时起意，是何物害死了毕顺的，你且照实供来，本县或可网开三面，罪拟从轻，格外施恩。”徐德泰道：“此事学生实未知情，不知道这地窖从何而有，推原其故，或者是从前地主为埋藏金银起见，以致遗留至今。只因学生先祖出仕为官，告老回家，便在这镇上居住，买下这房屋。其初毕家的房子，同这里房子，是一时共起，皆为上首房主赵姓执业。自从先祖买来，以人少屋多，复又转卖了数间，将偏宅与毕家居住，这地窖之门，因将此而有，亦未可知。若说学生为通奸之所，学生实冤枉，叩求父台格外施恩。”狄公听了冷笑道：“看你这少年后生人，竟有如此的巧辩，众目所睹的事件，你偏洗得干干净净，归罪在前人身上。无怪你有此本领，不出大门，便将人害死了，可知本县也是个精明的官吏！你说这地窖是从前埋藏金银，这数十年来，里面应该尘垢堆满，晦气难闻，为何里面木板一块未损，灰尘也一处没有呢？”徐德泰道：“从前既用木板砌于四面，后来又无人开用，自然未能损坏。”狄公道：“便算作他是为埋藏金银，何以又用那响铃呢？

这种事情,不用大刑,谅你断不招认。吩咐左右,用藤鞭笞背!"两旁一声吆喝,早将他衣服褫去,一五一十直望背脊打下,未有五六十下,已是皮开肉绽,鲜血直流,喊叫不止。狄公见他仍不招认,命人住手,推他上来,勃然怒道:"这也是天网恢恢,疏而不漏,备受刑惨。你既如此狡猾,且令你受了大刑,方知国法森严,不可以人命为儿戏。"随即命人将天平架子移来。顷刻之间,众差人已安排妥当。只见众人将徐德泰发辫扭于横木上面,两手背绑在背后,前面有两个圆洞,里面接好的碗底,将徐德泰的两个膝头直对在那碗底上跪下,脚尖在地脚根朝上,等他跪好,另用一根极粗极圆的木棍,在两腿押定,一头一个公差,站定两头,向下的乱踩。可怜徐德泰也是一个世家子弟,哪里受得这个苦楚,初跪之时,还可咬牙忍痛,此刻直听得喊叫连声,汗流不止,没有一盏茶时,即渐渐的忍不住疼痛,两眼一昏,晕迷过去。狄公命手下差人止刑,用火醋慢慢地抽醒,将徐德泰搀扶起来,在堂上走了数次,渐渐的可以言语,然后复到狄公台前跪下。狄公问道:"本县这三尺法堂,虽江洋大盗,也不能熬这酷刑逃过,况你是年少书生,岂能受此苦楚。可知害人性命,天理难容,据实供来,免致受苦。本县准情酌理,或非你一人起意,你且细细供来,避重就轻,未为不可。"

徐德泰到了此时,已知抵赖不去,只得向上禀道:"学生悔不当初,生了邪念。只因毕顺在时日子,开了一个绒线店面,学生那日至他店中买货,他妻子周氏坐在里面,见了学生进去,不禁眉目送情。初时尚不在意,数次之后,凡学生前去买货,她便喜笑颜开,自己交易,因此趁毕顺那日出去,彼此苟合其事。后来周氏设法命毕顺居住店中,自己移住家内,心想学生可以时常前去。谁知他母亲终日在家,并无漏空,以此命学生趁先生年终放学之后,暗赂一匠人,开了这一个地道,由此便可时常往来,除匠人外,无一人知觉。无奈毕周氏心地太毒,常说这暗去暗来,终非长久之计,一心要谋害她的丈夫。学生屡屡执意不肯,不料那日端阳之后,不知如何将她丈夫害死。其时学生并不知,到次日这边哭闹起来,方才知道,虽晓得是她害死,哪里还敢开口。迨毕顺棺柩埋后,她见学生数日未至,那日夜间忽然前来,向学生道:'你这冤家,奴将结发丈夫结果,你反将我置之脑后,不如我趁此时出首,说你主谋行事。你若依我主见,做了长久夫妻,只要一两年后,便可设法明嫁与你。'学生那时成了骑虎之势,只得满口应允,从此无夜不到她那里。至前父台到门首破案,开棺检验,学生已吓得日夜不安。不料开棺检验无伤,复将周氏释放。连日正同学生算计,要择日逃走,不意父台访问明白,将学生提案。以上所供,实无虚词半句。至周氏如何将毕顺害死,学生虽屡次问她,毕周氏终不肯说,只好请求父台再行拷问。此皆学生一时之误,致遭此祸,只求父台破格施恩,苟全性命。”说完在地下叩头不止。

狄公命刑房录了口供,命他在堂上对质,随即又提毕周氏,差人取监牌,在女监将毕周氏提出,当堂跪下。狄公向周氏说道:“你前说你丈夫毕顺暴病身亡,丈夫死后,足不出户,可见你是个节烈女人,但是这地窖直通你床下,奸夫已供认在此,你还有何辩说呢?今日若再不招供,本县就不像前日摆布你了。”毕周氏见徐德泰背脊流红,皮开肉绽,两腿亦是流血不止,知是受了大刑,乃道:“小妇人的丈夫身死,谁人不知暴病,又经太爷开棺检验,未有伤痕,已经自行请处。现在上宪来文,摘去顶戴,反又爱惜自己前程,忽思平反,岂不是以人命为儿戏?若说以地窖为凭,本是毕家向徐家所买,徐姓挖下这个所在,后人岂能得知?从来屈打成招,本非信谳,徐德泰是个读书子弟,何曾受过这些重刑?鞭背踩棍,两件齐施,他岂有不信口胡言之理。此事小妇人实是冤枉。若太爷爱惜前程,但求延请高僧,将我先生超度,以赎那开棺之咎,小妇人或可看点情面,不到上宪衙门控告;太爷的公事,也可从轻禀复,彼此含糊了事。如想故意苛求,便行残害,莫说德泰是世家子弟,不肯干休,即小妇人受了血海冤仇,亦难瞑目。生不能寝你之皮,死必欲食你之肉,这事曲直,全凭太爷自主,小妇人已置生死于度外不问了。”狄公听毕周氏这番话头,不禁怒气冲天,大声喝道:“你这贱淫妇,现已天地昭彰,还敢在这法堂上巧辩,本县如无把握,何已知这徐德泰是你奸夫!可知本县日作阳官,夜为阴官,日前神明指示,方得了这段隐情。你既任意游词,本县也不能姑惜于你了。”说毕,命人照前次上了夹棒,登时将她拖下,两腿套入眼内,绳子一抽,横木插上,只听得“哎哟”一声,两眼一翻,昏了过去。狄公在上面看见,向着徐德泰说道:“此乃她罪恶多端,刑狱未满,以故矢口不移,受此国法。当日毕周氏究竟如何谋害,你且代她说出。即便你未同谋,事后未有不与你言及,你岂有不知之理。”徐德泰到了此时,已是受苦不住,见狄公又来追问,深恐复用大刑,不禁流下泪来,向狄公说道:“学生此事实不知情,现已悔之无及,若果同谋置害,这法堂上面,也不敢不供,何敢再肯以身试法?求父台再向毕周氏拷问,就明白了。”狄公见徐德泰如此模样,知非有意做作,只得命人将周氏松下,用凉水当头喷醒。过了好一会的工夫,方才转过来,瘫卧地下,两腿的鲜血,已是淌满脚面。

徐德泰站立旁边,心下实是不忍,只得开言说道:“我看你如此苦刑,不如实供吧。虽是你为我,若当日听信我的言语,虽然不能长久,也不至今日遭此大祸。你既将他害死,这也是冤冤相报,免不得个将命抵偿,何必又熬刑受苦?”周氏听他言语,恨不得向前将他恶打一番:“足见得男子情意刻薄,到了此时,反来逼我招认,你既要我性命,我就要你肝肠,也怪不得,反言栽害你了。”当时“哼”了一声,开言骂道:“你这无谋的死狗,你诬我同你通奸,毕顺身死之时,你应该全行知道,何以此时又说不知呢?若说你未同谋,既言苟合在先,事后岂有不问不知的道理?显见你受刑不过,任意胡言,以图目前免受酷刑。不然便受此狗官的买托,有意诬害我了。若问我的口供,如何谋害丈夫身死,是半句也没有的。”这番言语,不知狄公如何审问,且看下回分解。

第二十八回　真县令扮作阎王　假阴官审明奸妇

却说周氏在堂上任意熬刑，反将徐德泰骂了一回，说他受了狄公买托，有意诬害，这番言词，说得狄公怒不可遏，即命差人当下打了数十嘴掌，仍是一味胡言。狄公心下想道："这淫妇如此熬刑，不肯招认，现已受了多少夹棒，如再用非刑处治，仍恐无济于事，不若如此恐吓一番，看她怎样。想毕，向着毕周氏道："本县今日苦苦问你，你竟矢口不移，若再用刑，深恐目前送你狗命，特念你丈夫毕顺已死，不能复生，且有老母在堂，若竟将你抵偿，你那老人无依无靠。你若将实情说出，虽是罪无可逃，本县或援亲老留差之例，苟全你的性命。你且仔细思量，是与不是，今日权且监禁，明日早堂，再为供说。"言毕，命人仍将奸夫淫妇带去，各自收入监禁，然后退入后堂。

到了书房坐定，传唤马荣、乔太等四人，一齐进来。当时到了里面，狄公向马荣等说道："这案久不得供，开验又无伤痕之处，望着奸夫淫妇，一时不能定案，岂不令人可恼。现有一计在此，必须如此如此，这般这般，方可行事。唯有毕顺在日的身影，你等未经见过，不知是何模样，若能访问清楚，到了那时，也不怕她不肯招认。"马荣道："这事何难，虽然未曾见过，那日开棺之日，面孔也曾看见。若照样寻貌，不过难十分酷肖，若依样葫芦，这倒是一条好计。"狄公道："你既说不难，此时可便寻找，虽不十分恰肖，那一时更深之际，也可冒充得来。"马荣等答应下去，自来办理。狄公又命乔太、陶干、洪亮三人，分头办事，二更之后一律办齐，以便狄公审讯，众人各自前去不提。

且说毕周氏在堂上，见狄公无理可谕，复用这几句骗言，以便退堂，心下暗想道："可恨这徐德泰无情无义，为他受了多少苦刑，未曾将他半字提出，他今日初次到堂，便直认不讳，而且还教我招供，岂非我误做这场春梦么？"又道："你虽不是有心害我，因为熬刑不过，心悔起来，拼作一死以便抵命，不知你的罪轻，我的罪重;你既招出我来,横竖那动手之时,你不知道,无论他如何用刑,没有实供,没有伤处,他总不能治定我何罪。"一人在牢禁中胡思乱想。

哪知到了二鼓之后,忽然听得鬼叫一声,一阵阴风飒飒吹到里面来,周氏不禁地毛发倒竖,抖战起来,心下实在害怕。谁知正怕之间,忽然牢门一开,进来一个蓬头黑面的恶鬼,到了前面,将周氏头一把揪住,高声骂道:"你这淫妇将丈夫害死,拼受苦刑,不肯招认,可知你丈夫告了阴状,现在立等你到阎王台前对质,赶速随我前去。"说着伸出极冷极冰的手来,拖着就走。周氏到了此时,已吓得魂魄出窍,昏昏沉沉,不由自己的,随那恶鬼前去。只见走了些黑暗的所在,到了个有些殿阁的地方,许多青面獠牙的人站在阶下,堂口设了多少刑具,刀山油锅炮烙铁磨,无件没有。当中设了一张大大的公案,中间也无高照等物,唯有一对烛台上点着绿豆大的绿蜡烛,光芒隐隐,实在怕人。周氏到了此时,知是森罗殿上,不可翻供,心下一阵阵地同小鹿一般,目瞪口呆,半句皆不敢言语。再将上面一望,见当中坐着一个青面的阎王,纱帽黄须,满脸怒色;上首一人,左手执着一本案卷,右手执定一枝笔,眼似铜铃,面如黑漆,直对自己观望;下面侍立着许多牛头马面,各执刀枪棍棒,周氏只得在堂口跪下。见那提她的阴差走上去,到案前便落膝禀道:"奉阎王差遣,因毕顺身死不明,冤仇未报,特在案下控告他妻周氏女谋害身亡。今奉命差提被告,现在周氏已经到案,特请阎王究办。"只见中间那个阎王开言怒道:"这淫妇既已提到前来,且将她叉下油锅受熬阴刑,再与她丈夫毕顺对质。"话犹未了,那些牛头马面,舞刀动枪,直从下面跑来,到了周氏面前,一阵阴风忽然又过,周氏才要叫喊,肩背上早已中了一枪,顷刻之间,血流不止。两旁正要齐来动手,忽听那执笔的官吏喊道:"大王且请息怒,周氏纵难逃阴谴,且将毕顺提来,到案问讯一番,再为定罪。"那阎王听完,遂向下面喊道:"毕顺何在?将他带来!"两旁一声答应,但见阴风飒飒,灯火昏昏,殿后走出一个少年恶鬼,面目狰狞,七孔流血,走到周氏面前,一手将周氏拖住,吼叫两声:"还我命来!"周氏即抬头一望,正是她的丈夫毕顺前来,不禁向后一栽,跌倒在地下,复听上面喊道:"毕顺你且过来。你妻子既已在此,这森罗殿上,还怕她不肯招认么,为何在殿前索命?你且将当日临死时,是何景象,复述一遍,以便向周氏质证。"

毕顺听了这话,伏于案前,将头一摔,两眼如铜铃大,口中伸出那舌头,有一尺多长,直向上面禀道:"王爷不必再问,说起更是凄凉,那犯词上面尽是实情,求王爷照状词上面问她便了。"那阎王听了这话,随在案上翻了一会,寻出一个呈状,展开看了一会,不禁拍案怒道:"天下有如此淫妇,谋害计策,真是想入非非,设非她丈夫前来控告,何能晓得她的这恶计?左右,与我引油锅伺候!若是周氏有半句迟疑,心想狡赖,即将周氏叉入油锅里面,令她永世不转轮回。”两旁答应一声,早有许多恶鬼阴差,纷纷而下,加油的加油,添火的添火,专等周氏说了口供,即将她叉入。

周氏看了这样光景,心下自分必死,唯有不顾性命,自认谋害事情,上前供道:“我丈夫平日在皇华镇上开设绒线店面,自从小妇人进门后,生意日渐淡薄,终日三餐,饮食维艰。加之婆婆日夜不安,无端吵闹,小妇人不该因此生了邪念,想别嫁他人。这日徐德泰忽至店内买物,见他年少美貌,一时淫念忽生,遂有爱他之意。后来又访知他家财产富有,尚未娶妻,以至他每次前来,尽情挑引,遂至乘间苟合。且搬至家中之后,却巧与徐家仅隔一墙,复又生出地窖心思,以便时常出入。总之日甚一日,情意坚深。但觉不是长久之计,平日只可处暂,未克处常,以此生了毒害之心,想置毕顺于死地。却巧那日端阳佳节,大闹龙舟,他带女儿玩耍回来,晚饭之后,又带了几分酒意。当时小妇人变了心肠,等他昏然睡熟之后,用了一根纳鞋底的钢针,直对他头心下去,他便一声大叫,气绝而亡。以上是小妇人一派实供,实无半句虚言。”只见上面喝道:“你这狠心淫妇,为何不害他的别处,独用这个钢针钉在他的头心上呢?”周氏道:“小妇人因别处伤痕治命,皆显而易见,这针乃是极细之物,针入里面,外有头发蒙护,死后再有灰泥堆积,难再开棺检验,一时检验不出伤痕。此乃恐日后破案的意思。”上面复又喝道:“你丈夫说你与徐德泰同谋,你为何不将他吐出,而且又同他将你女儿药哑,这状呈上,写得清清楚楚,你为何不据实供来?显见你在我森罗殿上,尚敢如此狡猾!”

周氏见了阎罗王如此动怒,深恐又一声吆喝,要下油锅,赶紧在下面叩头道:“此事徐德泰实不知情,因他屡次问我,皆未同他说明。至将女儿药哑,此乃那日徐德泰来房时,为她看见,恐她在外旁混说,此事露了风声。因此想出主意,用耳屎将她药哑。别事一概不有,求王爷饶命。”周氏供罢,只听上面喝道:“你一妇人,也不能逃这阴曹刑具。今且将你仍然放还阳世,待禀了十殿阎王,那时且将要你命来,受那刀山油锅之苦。”说毕,仍然有两个蓬头散发的恶鬼,将她提起,下了殿前,如风走相似,提入牢内,复代她将刑具套好。周氏等那恶鬼走后,吓出一身冷汗,抖战非常,心下糊糊涂涂,疑惑不止:若说是阴曹地府,何以两眼圆睁,又未熟睡,哪里便会鬼迷?若说不是,这些牛头马面恶鬼阴差,又从哪里而来?一人心思,心下实是害怕,遥想这性命难保。

看官你道这阎王是谁人做的,真是个阴曹地府么?乃是狄公因这案件审不出口供,难再用刑,无奈验不出伤痕,终是不能定谳,以故想出这条计来,命马荣在各差里面,找了一人有点与毕顺相同,便令他装作死鬼毕顺。马荣装了判官,乔太同洪亮装了牛头马面,陶干同值日差,装了阴差,其余那些刀山油锅,皆是纸扎而成。狄公在上面,又用黑烟将脸涂黑,半夜三更,又无月色,上面又别无灯光,只有一点绿豆似的蜡烛,那种凄惨的样子,岂不像个阴曹地府么?此时狄公既得了口供,心下甚是欢悦,当时退入后堂,以便明日复审。不知后事如何,且看下回分解。

第二十九回 狄梁公审明奸案 阎立本保奏贤臣

却说狄公扮作阎罗天子，将周氏口供吓出，得了实情，然后退入后堂，向马荣道："此事可算明白，唯恐她仍是不承认，便又要开棺检验，那时岂不又多此周折？你明日天明，骑马出城，将唐氏同那哑子，一并带来。本县曾记得古本医方，有耳屎药哑子，用黄连三钱、人黄钱五分，可以治哑。因此二物乃是凉性，耳屎乃是热性，以凉治热，故能见效。且将她女儿治好，方令她心下惧怕，信以为真，日间在堂下供认。"马荣答应下来，便在街中安歇一会，等至天明，便出城而去。狄公当时也不坐堂，先将夜间周氏的口供，看了一会。

直至下昼时分，马荣将唐氏同她孙女二人带回，来至后堂。狄公先向毕顺的母亲说道："你儿子的伤处治命，皆知道了，你且在此稍等一刻，先将这孩子哑病治好，再升堂对质。唯恨你这老妇，是个糊涂人，儿子在日，终日里无端吵闹，儿子死后，又不知其中隐情，反说你媳妇是个好人。"当时便命刑房，将徐德泰的口供，念与她听。老妇人听完，不禁痛哭起来："媳妇终日静坐闺房，是件好事，谁知她有此事多月，另有出入的暗门呢。若非太爷清正，我儿子虽一百世也无人代他伸之冤仇。"狄公道："此时既然知道，则不必噜苏了。"随即命人去买药煎好，命那哑子服了。约有一二个时辰，只见那哑子作呕非凡，大吐不止，一连数次，吐出许多淡红鲜血在地下。狄公又令人将她扶睡在炕，此时如同害病相似，只是吁喘。睡了一会，旁边差人送上一杯浓茶，使她吃下，那女孩如梦初醒，向着唐氏哭道："奶奶，我们何以来至此地？把我急坏了！"老妇人见孙女能开言说话，正是悲喜交集，反而说不出话来。狄公走到她面前，向女孩说道："你不许害怕，是我命你来的。我且问你，那个徐德泰徐相公，你可认得他么？"女孩见问这话，不禁大哭起来，说道："自从我爹死后，他天天晚间前来。先前我妈令我莫告诉我奶奶，后来我说不出话来，她也不瞒我了。你们这近来的事，虽是心里明白,却是不能分辨。现在我妈到哪里去了?我要找妈去呢。"狄公听了这话,究竟是个小孩子,也不同她说什么,但道:"你既要见你妈,我带你去。"随即取出衣冠,传命:"大堂伺候!"

当时传令出去,顷刻之间,差役俱已齐备。狄公升了公堂,将周氏提出,才到堂口跪下,那个小女孩早已看见,不无总有天性,上前喊道:"妈呀,我几天不见你了!"周氏忽见她女儿前来,能够言语,就这一惊,实是不小,暗道昨夜阎罗王审问口供,今日她何以便会说话?这事我今日不能抵赖了。只见狄公问道:"周氏,你女儿本是一个哑子,你道本县何能将她治好?"周氏故意说道:"此乃太老爷的功德。毕顺只有一女,能令她言语通灵,不成残废,不但小妇人感激,谅毕顺在九泉之下,也是感激的。"狄公听了笑道:"你这利口,甚是灵敏,可知非本县的功劳,乃是神灵指示。因你丈夫身死不安,控了阴状,阎罗天子,准了阴状,审得你女儿为耳屎所哑,故指示本县,用药医治。照此看来,还是你丈夫的灵验。但是他遭你所害,你既在阴曹吐了口供,阳官堂上,自然无从辩赖。既有阴府牒文在此,你且从实供来,免得再用刑拷问。"

周氏到了此时,心下已是如冷水一般,向着上面禀道:"太爷又用这无稽之言,前来哄骗。女儿本不是生来就哑,此时能会说话,也是意中之事。或说我阴曹认供,我又未曾死去,焉能得到阴间?"狄公听毕,不禁连声喝叫,拍案骂道:"掌嘴!"众差役答应一声,当时数一数十打毕,狄公复又怒道:"本县一秉至公,神明感应,已将细情明白指示。难道你独怕阎王,当殿供认,到了这县官堂上,便任意胡言么?我且将实据说来,看你尚有何说!你丈夫身死伤处,是头顶上面;女儿药哑,可是用的耳屎?这二件本县何从知道?皆是阴曹来的移文,申明上面,故本县依法行事,将这小女孩子治好。你若再不承认,则目下要用官刑,恐不能半夜三更,难逃那阴谴了。不如此时照前供认,本县或可从轻治罚。"这派话早已将周氏吓得魂飞天外,自分抵赖不过,只得将如何谋害,如何起意,如何成奸,以及如何药哑女儿的话头,前后在堂上供认了一遍。狄公命刑房将口供录就,盖了手印,仍命入监收禁。

当时将汤得忠由捕厅内提出,申斥一番,说他固执不通,疏于访察:"因你是个一榜,不忍株连,着仍回家中教读。徐德泰虽未与周氏同谋,究属因奸起见,拟定徐德泰绞监候的罪名。毕顺的母亲,同那个小女孩子,赏了五十千钱,以资度活。"吩咐已完,然后退堂,令他三人回去,这也不在话下。

单表狄公回转书房,备了四柱公文,将原案的情节,以及各犯人的口供,申文上宪。毕周氏拟了凌迟的重罪,直等回批下来,便明正典刑。

谁知这案件讯明，一个昌平县内无不议论纷纷，街谈巷议，说："这位县太爷，真是自古及今，有一无二，这样疑难的案情，竟被他审出真供，把死鬼伸了冤枉。此乃是我们的福气，地方上有这如此的好清正官。"那一个说："毕顺的事，你可晓得么？"这一个说："胡作宾为华国祥一口咬定，说他毒害新人，那件事，格外难呢！若是别的个县官，在这姓胡的身上，必要用刑拷问，狄太爷便知道不是他，岂不是有先见之明么？而且六里墩那案，宿庙烧香，得了梦兆，就把那个姓邵的寻获，诸如这几件疑案，断得毫发无讹。听说等公文下来，这毕周氏还要凌迟呢，那时我们倒要往法场去看。"谁知这百姓私自议论，从此便你传我，我传你，不到半月之久，狄公的公文未到山东，那山东巡抚已知这事。此人乃姓阎名立本，生平正直无私，自莅任以来，专门访问民情，观察僚吏。一月之前，狄公因开棺验毕顺的身尸，未得毕顺的治命伤处，当时自请处分，这件事上去，阎公展看之后心下想道："此案甚属离奇，岂能无影无踪地便开棺相验，无非他苛索平民，所欲不遂，找出这事，恐吓那百姓的钱财。后来遇到地方上的绅士，逼令开棺，以致弄巧成拙，只得自请处分。"正拟用批申斥，饬令革职离任，复又想道："纵或他是因贪起见，若无把握，虽有人唆使，他亦何敢开棺相验，岂不知道开验无伤，罪干反坐？照此看来，倒是令人可疑，或者是个好官，实心为民理事雪冤。你看，他来文上面，说私访知情，因而开棺相验。究或闻风有什么事件，要实事求是办理的，以致反缠扰在自己身上。这一件公事，这人一生好丑，便可在这上分辨。我且批：'革职留任，务穷根底，以便水落石出。俟凶手缉获，讯出案件，仍复具情禀复。'"这批批毕，回文到了昌平，狄公遂日夜私访，得了实情，现已列供实情详复。

这日阎立本得了这件公事，将前后的口供推鞫一番，不禁拍案叫道："天下真有如此的好官，不能为朝廷大用，但在这偏州小县，做个邑宰，岂不可惜！我阎某不知便罢，今日既然晓得，若是知而不举，岂非我蔽塞贤路！"随起了一道保举奏稿，八百里马递，先将案情叙上，然后保举狄公乃宰相之才，不可屈于下位。

此时当今天子乃是唐高宗晏驾之后，中宗接位，被贬房州，武则天娘娘坐朝理政。这武后乃是太宗的才人，赐号武媚，太宗驾崩，大放宫娥，她便削发为尼，做了佛门弟子。谁知性情阴险，品貌颇佳，及高宗即位之后，这日出外拈香，见了这个女尼，心上甚是喜悦。其时王皇后知道高宗之意，阴令她复行蓄发，纳入后宫，不上数年，高宗宠信，封为昭仪。由此她便生不良之心，反将王皇后同萧皇后害死，她居了正宫之位。以后便宣淫无道，秽乱春宫。高宗崩后，她便将中宗贬至房州，降为卢陵王，不称天子。所有武则天娘娘家中的内侄，如承嗣、三思等人，皆封为极品之职，执掌朝政；而将前头先皇的旧臣诸人，即如徐敬业、骆宾王这一班顾命的诸大臣子，托孤的元老三公，皆置之不用。其时武则天娘娘，日夜荒淫无道，中外骚然，把一个唐室的江山，几乎改为姓武。而且武则天娘娘，自立国号，称为后周……种种恶迹，一笔总难尽述。所幸者有一好处，凡是在朝有才有学之人，她还肯敬重十分。阎立本知道这武后娘娘为人敬贤爱士，虽想欲整理朝纲，无奈一人力薄，此时见昌平县知县狄仁杰如此清正，兼有才学，随即具了一奏本，申奏朝廷之上。特请武则天娘娘，不问资格，升狄仁杰的官职。不知武则天可听所奏，且看下回分解。

第三十回 赴杀场三犯受刑 入山东二臣议事

话说阎立本将狄仁杰的人才,并一切的案件,具本申奏。这日武后娘娘临朝,启事官将山东巡抚阎立本原折呈上,武后娘娘展开看毕,乃说道:"狄仁杰乃是山西太原人氏,高宗在位,曾举明经。此人本是先皇臣子,应该早经大用,此时既已阎立本保奏,着升汴州参军之职。邵礼怀、毕周氏两案,分别斩首凌迟。俟此案完结,立赴新任。"这圣旨一下,未到一月,已由山东巡抚转饬到昌平。狄公得着这信,当即在大堂上设了香案,望阙谢恩。

次日传齐合县的差役,置了一架异样的物件,名叫木驴——此乃狄公创造之始,独出其奇,后来许多官吏,凡是谋杀亲夫的案件,屡用这套刑具,以儆百姓中的妇人。你道狄公置这样的器具,是何用意?为这毕周氏将毕顺害死了,乃是极隐微极秘密之事,除去奸夫徐德泰、淫妇毕周氏二人外,并无一人知道,尚且天网恢恢,疏而不漏,将无作有,审出真情,可见世上的男子妇人,皆不可生了邪念。狄公要警戒世俗,怕的合城百姓不得周知,虽然听人传说,总不若目见为真,因此想出这主意,置出这个木驴。其形有三尺多高,矮如同板凳相仿,四只脚向下,脚下有四个滚路的车轮,上面有四尺多长、六寸宽一个横木。面子中间,造有一个柳木驴鞍,上系了一根圆头的木杵,却是可上可下,只要车轮一走,这杵就鼓动起来。前后两头造了一个驴头驴尾,差人领了式样,连夜打造成了。等到了第三日上,狄公绝早起来,换了元服,披了大红披肩,传齐了差役,以及刽子手等,皆在大堂伺候。然后发了三梆,升了公堂。标毕监牌,捆绑手先进监内,将那邵礼怀提出,当堂验明正身,赐了斩酒杀肉,捆绑已毕,插好标旗,命人四下围护。随即又将徐德泰由监内提出,可怜他本是一个世家子弟,日前在堂上受刑,已是万分痛苦,此日坐在监内,忽见两个公差,一个执了牌,一人上前,将他肩头一拍说道:"恭喜你喜日到了!"说着两手一分,早将红衣撕去,随即揪着发辫，拖出监来。徐德泰到了此时，知是要身首异处，回想父母坐在家中，无人侍奉，只为一时顿生邪念，遂至今日正法典刑，一阵心酸，悔之已晚，不禁大哭连天。到了堂上，狄公也就命捆绑起来，标了“绞犯”二字，着人看守。然后方标明女犯，到了女监，将毕周氏提出，两手绑于背后，插了标子，两人将木驴牵过，在堂口将她抬上去，和好鞍缰，两腿紧缚在凳上，将木杵向下。此时周氏已是神魂出窍，吓得如死人一般，雪白的面目，变作了灰黑的骷髅，听人摆布。

狄公见她上木驴之上，先命两人执着拖绳在前，旁边两人，左右照应，然后命城守营守备兵卒，并本衙门的小队，排齐队伍，在前面开路，随后众差役执着破锣破鼓，敲打向前而行。狄公等这许多人去后，方命人先将邵礼怀推走，中间便是徐德泰，末后是那只木驴，两人牵着出了衙门。狄公坐在轿内，押着众犯，刽子手举着大刀，排立轿前，后面许多武官，骑马前进。此事城里城外，无论老少妇女，皆拥挤得满街满巷，争先观看，无不恨这周氏说：“你这淫恶的妇人，也有今日。这样的出丑，我料她提出监时，已经吓死；那日谋害之时，何以忍心下手！到了此时，依然落空，受了凌迟的重罪。你看这面无人色的样子，如死一般，若是有气，被这木驴子一阵乱拖，木杵一阵乱顶，岂不将尿屎全行撒下。”旁边一人听他们这话，不禁哈哈大笑起来，说道：“你们倒说得好，真是她今日极快活煞了，不知她此时即便欲撒尿屎，也撒不出来了。不然那旁边的两个人，岂不遭污秽么？”他两人正是谈笑，此时后面有一个老者说道：“他们已是悔之不及了，你们还是取笑呢。古人说得好：‘天作孽，犹可违；自作孽，不可活。’她这个人，也是自找的死门。可知人生在世，无论富贵贫贱，皆不可犯法。她如安分守己，同毕顺耐心劳苦，虽是一时穷困，却是一夫一妻的同偕到老呢，安见得不转贫为富？她偏生出这一个邪念，不但害了毕顺，而且害了那徐德泰，不独害了那徐德泰，竟是害了自己。这就说个祸恶到头终有报，只争来早与来迟。你们只可以她为戒，不可以她取笑。”众人在此议论，早见三个犯人，已走过去，内中有多少些豪兴的人，跟他们在后面，看他们三犯人临刑，纷纷拥挤不堪，直至西门城外。

到了法场之中，所有的兵丁列排四面，当中设了两个公案，上首知县狄公，下首城守营守备。狄公下轿入坐，只见刽子手先将邵礼怀推倒于地下，向那两块土堆跪好，前面一人，拖了头发，旁边刽子手执了大刀，只听阴阳生到了案前，报了午时，四面炮声一响，人头早已落地。刽子手随即一腿推倒尸首，提起人头，到了狄公案前，请县太爷验头。狄公用朱笔点了一下，然后将那颗人头，摔去多远。复行到了徐德泰面前，也照着那样跪下，取出一条绵软的麻绳，打了一个圈子，在徐德泰头颈上套好，前后各一人，用两根小木棍，系在绳上，彼此对绞起来。可怜一个世家子弟，又兼文人书生，只因误入邪途，遂至遭此刑死。只见三绞三放，他早已身死过去，那个舌头伸出，倒有五六寸长，拖于外面，至于眼睛突出，实令人可怕。刽子手见他气绝，方才住手放下。这才许多人将周氏推于地下，先割去首级，依着凌迟处治。此时法场上面，那片声音，犹如人山人海相似，枪炮之声，不绝于耳。约有半个时辰，方才完事。除邵礼怀外，皆有人来收尸，那两家的家属，俱备了棺木，预备入殓，唯有德泰的父母，同汤得忠先生，乃痛哭不已。

狄公见施刑完竣，同城守营守备回城中，到郡庙拈香后，回至署中。升堂座，门役进来报道："现到有抚院差官，在大堂伺候，说道：奉抚宪台命，特奉圣旨前来，请太爷到大堂接旨。"狄公听了这话，心中甚是诧异，不知是何缘故，只得命人摆设了香案，自己换了朝服，来至大堂，行了三跪九拜礼。那个差官站立在一旁，打开一黄布包袱，里面有个黄皮匣子，内中请出圣旨一道，在案前供奉，等他行礼已毕，方才请出开读。乃是武则天娘娘，爱才器使，不等狄公赴并州新任，便升为河南巡抚，转同平章事。狄公接了此旨，当时望阙谢恩，即将圣旨在大堂上供好，然后邀那差官，到书房入座，献茶已毕，安歇一宵。

次日早晨，新任已到，当即交代印绶，择了日子起行。所有合郡的绅士，以及男女父老，无不攀辕遮道，涕泪交流，狄公安慰了一番，方才出城而去。

在路上非止一日，这一日到了山东，禀知卸任。阎立本巡抚见他前来，随即命人开了中门，迎于阶下，狄公连忙上前见礼。已毕，向阎立本言道："大人乃上宪衙门，何劳迎接！如此谦逊待下，令卑职狄某殊抱不安。"阎立本道："阁下乃宰相之才，他日施转乾坤，当在我辈之上。且在官言官，日前分为僚属，今日是河南抚台，已是政体平行，岂容稍失礼貌。"狄公谦逊了一回，然后入座献茶。叙了一会寒暄，狄公方才问道："下官自举明经之后，放了昌平县宰，只因官卑职小，不敢妄言，现虽受国

厚恩，当此重任，不知目今朝政如何，在廷诸臣谁邪谁正？”阎立本见他问了这话，不禁长叹一声，见左右无人，当即垂泪言道：“目今武后临朝，秽乱春宫，不可言喻。中宗遭贬，远谪房州，天子之尊，降为王爵。武承嗣、武三思，皆是出身微贱之人，居然言听计从，干预朝政，还有那张昌宗等这班狐群狗党，伤天逆理，出入宫闱，丑迹秽言，非我等为臣下所敢言，亦非我等为臣下所敢禁。目前如骆宾王、张柬之这班老臣宿将，皆是心欲效忠，无能为力之人。眼见得唐室江山，送与这妇人之手，下官前日思前想后，唯有大人可以立朝廷，故因此竭力保举，唯望同心合力，补弊救偏，保得江山一统。那时不独先皇感激，即普天百姓，也是感激的。”说着眼睛眶里不禁流下泪来。狄公听完言道：“大人暂且放心，古人有言：‘君辱臣死。’目前武后临朝，中宗贬谪，既迁下官为平章之职，正我尽忠报国之秋。此去不将那武三思、张昌宗等人，尽治施行，也不能对皇天后土。”说着，也不是从前颜色，闷闷不已。

谁知狄公存了此意，入京之前，适值张昌宗出了一件祸事，他便照例而行，受了一番窘辱。未知后事如何，且看下回分解。

第三十一回 大巡抚访问恶棍 小黄门贪索赃银

却说狄公听了阎立本一番言语，心下也是不平，当时在巡抚衙门，住宿一宵，杯酒谈心，自必格外许多亲近。次日狄公一早起程，辞别阎公，只带了马荣诸人，几个随身的仆众，长亭一揖，径直登程。渡过黄河，已到河南境内。只因唐朝承晋隋之后，建都在汴梁，河南一省，乃畿辅要地。武后虽荒淫无道，也知都城一带，非有一个人才出众、德望素著的人，不能坐镇，因此命狄公仁杰为河南巡抚。这一日，狄公车马行李已到境内，当时不便声张，深恐沿路的各官郊劳迎送，那时不但供应耗费，且各地知新巡抚前来，那些奸宄流氓、土豪恶棍，以及贪官污吏，反而敛迹藏形，访问不出。因此只带有仆众数人，在客店中住下。当时住宿一宵，次日命众人在寓所守候，自己只带了马荣一人，出门而去，沿乡各镇，私访一回。

一日来至清河县内，此县在汉朝时名为孟津县，晋朝改为富平县，唐朝改为清河县。这县地界在洛阳偃师，两县毗连，皆是河南府属下。当时清河县令姓周，名卜成，乃是张昌宗家的家奴，平日作奸犯科，迎合主人的意思，谋了这县令的实缺，到任之后，无恶不作。平日专与那地方上的劣绅、刁监狼狈为奸。百姓遭他的横暴，恨不能寝其皮，食其肉，虽经列名具禀，到上宪衙门控告，总以他朝内有人，不敢理论，反而苛求责备，批驳了不准。

狄公到了境内，正自察访，忽到一个乡庄地方，许多人拥着一个五十余岁的老人，在那里谈论。当时不知何故，同马荣到了，只听众人说道："你这个人，也不知其利害，前月王小三子，为妻子的事件，被他家的人打了个半死，后来还是不得不回来。胡大经的女儿，现在被他抢去，连寻死也不得漏空。你这媳妇，被他抢去，谅你这人，有多大的本领，能将这个瘟官告动了？这不是鸡蛋向石卵上碰么！我们劝你省一点力气，直当没有这个媳妇罢了。横竖你儿子又没了，你这小儿子还小，即使你不顾这老命，又有谁人问你？”狄公听了这话，心下已知大半，乃向前问道：“你这老头儿姓甚名谁，何故如此短见，哭得这样如此厉害？”旁边一人说道：“你先生是个过路的客人，听你这口音，不是本地人氏，故不妨告诉你听听，谅你们听了，也是要呕气的。这县内有个富户人家，姓曾，名叫有才，虽是出身微贱，却是很有门路……”随低声问道：“你们想该听见现在武后荒淫，把张昌宗做了散骑常侍，张易之做了司卫少卿。因他二人少年美貌，太平公主荐入宫中，武后十分喜悦，每日令他二人更衣傅粉，封作东宫，这武承嗣、武三思诸人，皆听他的指挥，代他执鞭牵镫。现在只听见称张易之为张五郎，张昌宗为张六郎，皆是承顺武后的意旨。因此文武大臣，恭维为王子王孙，还胜十倍。这个姓曾的乃是张家的三等丫头的儿子，不知怎样，得了许多钱财，来这地方居住。加之这县官周卜成，又是张家的出身，故此首尾相应，以故曾有才便目无法纪，平日霸占田产，抢夺妇女，也说不尽的恶迹。这位老人家姓郝名干庭，乃是本地良民，生有两个儿子，长子名叫有霖，次子名叫有霁。这有霖于去年七月间病故，留下那吴明川之女。这郝吴氏，虽是乡户人家，倒还申明大义，立志在家，侍养翁姑，清贫守节。谁知曾有才前日到东庄收租，走此经过，见她有几分姿色，喝令佃户将她抢去，现在已两日。虽经他到县里喊冤，反说他无理诬栽，砌词控诉。他知道这县官同他一样，还欲去告府状。若是别人做出这不法事来，纵然他老而无能，我们这邻舍人家也要代他公禀伸冤，无奈此时世道朝纲，俱已大变，即便到府衙去告状，吃苦花钱，告了还是个不准。虽控了京控，有张昌宗在武后面前，一言之下，无论你的血海冤仇，也是无用。现在中宗太子尚且无辜的遭贬谪呢，何况这些百姓，自然受这班狐群狗党的祸害了。你客人虽是外路的人，当今时事，未有不知道理的。我们不能报复此事，也只好劝他息事，落得过两天安静日子，以终余年，免得再自寻苦吃。所以我们这合村的人，在此苦劝。”狄公听了此话，不由的忿气填胸，心下道：“国家无道，一至于此，民不聊生，小人在朝，君子失位。你听这班人的言语，虽是纯民的口吻，心中已是恨如切骨了。我狄某不知此事便罢，既然亲目所观，亲耳所闻，何能置之不问？”乃向那老人说道：“你既受了这冤枉，地方官又如此狼狈，朋比为奸，我指你一条明路，目下且忍耐几天，可知道本省的巡抚，现在放的狄大人了？此人脾气，惯同这班奸臣作对，专代百姓伸冤，特为国家除害。目下他已经由昌平到山东，渡黄河到京，不过半月光景，便可到任。那时你可到他衙门控告，包你将这状子告准，一定不疑。方才听你众人所言，还有两个人家，也受了他的害处，一个女儿，一个儿子，也为他抢去，你最好约同这两人，一齐前去，包你有济。我不过是行路的人，见你们如此苦恼，故告知你们听听。”众人忙问道：“这个人可是叫狄仁杰么？他乃是先皇帝的老臣，听说在昌平任上，断了不少疑难案件。若果是他前来，真是地方上的福气了。”狄公当时又叮嘱了一番，同马荣走去。沿路上又访出无限的案情，皆是张昌宗这党类居多。当时一一记在心上，然后回到客寓，歇了一日，这才到京。

先到了那黄门官那里挂号，预备宫门请安，听候召见。谁知各官自武后坐朝以来，无不贪淫背法。这黄门官乃是武三思的妻舅，姓朱名叫利人，也是武三思在武后面前极力保奏。武则天因是娘家的亲戚，便令他做了这个差使，一则顺了武三思的意思，二则张昌宗这班人出入，便无阻隔。谁知朱利人莅事以来，无论在京在外，大小官员，若是启奏朝廷，入见武后，皆非送他的例银不可。自巡抚节度使起，以及道府州县，他皆有一定的例银。此时见狄公前来上号，知他是新简的巡抚，疑惑他也知道这个规矩，送些钱财与他。当时见门公前来禀过，随即命人去请见。狄公因他是朝廷的官员，定制虽是品级卑小，也只得进去，同他相见。

彼此见礼坐下，朱利人开言说道：“日前武后传旨，命大人特授这个河南巡抚，此乃不次之拔擢，特别之恩典。莫非大人托舍亲保奏么？”狄公一听，心下早已不悦，明知他是武三思的妻舅，故意问道：“足下令亲是谁，下官还求示知。”朱利人笑道：“原来大人是初供京职，故尔未知。本官虽当这个黄门差使，也忝在国戚之列，武三思乃是本官的姐丈，在京大员，无人不知，照此看来，岂不是国戚么？大人是几时有信到京，请他为力？”狄公听说，将脸色一变，乃道：“下官乃是先皇的旧臣，由举明经授了昌平知县，虽然官卑职小，只知道尽忠效力，爱国为民，决不能同这一班误国的奸臣，欺君的贼子为伍。莫说书信贿赂，是下官切齿之恨，连与这类奸徒见了面，恨不能食其肉，寝其皮，治以国法，以报先皇于九泉之下。至于升任原由，乃是圣上的恩典，岂你等这班小人所知！”朱利人见狄公这番正言厉色，知道是个冰炭不入的，心下暗想道：“你也不访访，现在何人当国，说这派恶言，岂不是故意骂我么？可知你虽然公正，我这个规矩，是少不了的。”当时冷笑说道：“大人原来是圣上简放，怪不得如此小视。下官这差使，也是朝廷所命，虽然有俸有禄，无奈所入甚少，不得不取润于诸官。大人外任多年，一旦膺此重任，不知本官的例银，可曾带来？”狄公听了此言，不禁大声喝道：“你这该死的匹夫，平日贪赃枉法，已是恶迹多端，本院因初入京中，未便骤然参奏，你道本院也同你们一类么？可知食君之禄，当报君恩，本院乃清廉忠正的大臣，哪有这银与你？你若稍知进退，从此革面洗心，乃心君国，本院或可宽其既往，免其追究。若以武三思为护符，可知本院只知道唐朝的国法，不知道误国的奸臣，无论他是太后的内侄，也要尽法惩治的，而况你等这班狗党乎？”

朱利人为狄公大骂一顿，彼一时转不过脸来，不禁恼羞成怒，乃道：“我道你是个现在的巡抚，掌管天下的平章，故尔与你相见，谁知你目无国戚，信口雌黄。这黄门官，也不是为你而设，受你的指挥的！你虽是个清正大员，也走不过我这条门径，你有本领去见太后便了。”说着怒气冲冲，两袖一拂而起，转入后堂而去。狄公此时哪里容得下去，高声大骂了一番，乃即说道：“本院因你这地方乃是皇家的定制，故尔前来，难道有了你阻隔，我便不能入见太后么？明日本院在金殿上，定与你这个狗畜生辨个是非！”说毕后，正是怒气不止，也是两袖一拂，冲冲出门而去，以便明日五鼓上朝见驾。不知后事如何，且看下回分解。

第三十二回 元行冲奏参小吏 武三思怀恨大臣

话说狄公为朱利人抢白,口角了一番,家丁马荣上前问道:"大人何故如此动怒?"狄公说道:"罢了罢了,我狄某受国厚恩,升了这个封疆大臣,今日初次入京,便见了这许多不法的狗徒,贪婪无礼。无怪乎四方扰乱,朝政日非,将一统江山,败坏在女子妇人之手,原来这班无耻的匹夫,也要认皇恩国戚,岂不令人苦恼!"当时命马荣择了寓所,先将众人行李安排停妥,然后想道:"目今先王驾崩,女后临朝,所有年老的旧臣,不是罢职归田,便是依附权贵。明日若不能入朝见驾,不但被这狗头见笑,他必谎奏于我,陷害大臣。"自己想了一会,唯有通事舍人元行冲,这人尚在京中,不与这班狗党为伍,此时何不前去访拜一回,同他商议个良策,以便将朱利人惩治。想毕仍然带了马荣,问明路径,直到元行冲衙门里来。到了前面,先命马荣递进名帖,家人见是新简放的巡抚,平日又闻他的名,不敢怠慢,进内禀明主人。

元行冲这连日正是为国忧勤,恨不能将张昌宗、武三思罢职出朝,复了中宗的正位,无奈势孤力薄,少个同力之人,因此在书房纳闷,长吁短叹。忽见家人来呈上名帖说道,现新任巡抚来拜。元行冲抬头一看,见是狄公仁杰名字,心下好不欢喜,随命人开了中门,自己迎接出来。彼此见礼已毕,携手同行,到了厅堂,相邀入座。元行冲开言说道:"自从尊兄授了县令,至今倏忽光阴,已有数载。近日公车到此,访闻德政,真乃为国为民,古今良吏,莫及我兄。目下圣心优渥,不次遴选,放了畿辅大臣,此乃君民之福,国家之幸。谁知这数年之内,先皇驾崩,母后临朝,国事日非,荒淫日甚,凡先皇的老成硕望,大半凋零。我等生不逢辰,遇了无道之世,虽欲除奸去佞,启悟后心,无奈职卑言轻,也只好腼颜人世了。"说到此处,不禁声悲呜咽,直流下泪来。狄公见他如此情形,乃说道:"下官今日虽受了这重任,可知职分愈大,则报效愈难。武后荒淫,皆由这一班小人在朝煽惑,下官此来奉拜,正有一事相商。不知大人果可能为力否?”当时就将朱利人的话,说了一遍。

元行冲听毕,说道:“此人就是武三思的妻舅,可恨在廷诸臣子,谄媚求荣,承顺他的命令。平时觐见不有一千,便有八百,日复一日,竟成了牢不可破之例。不然便谎君欺臣,阻挽觐见。前番虽有据实参奏,皆为武三思将本章抽下,由此各官,竟畏其权力,争相贿赂。京中除了下官、张柬之等四五人,没有这陋规赃款,其余诸人,无不奉承。我兄既欲除此弊端,下官无不欲成,必待下官明日入朝,然后大人如此如此,这般这般,方可令朝廷得悉其情,自后这狗头也可稍知敛迹。”当下商酌已定,便留狄公在衙内饮酒,杯盘肴馔,备极殷勤。席中谈论,无非些乱臣贼子。到了二鼓之后,方才席散回寓,一宿无话。

到了次日五鼓起来,具了朝服,也不问朱利人代他启奏与否,公然到了朝房,专待入朝见驾。此时文武大臣,见他是新任的巡抚,无不欲同他接见。方未见完,忽然朱利人的小黄门进来一望,然后高声大叫:“今日太后有旨,诸臣入朝启奏,俱各按名而进。若无名次,不准擅入。违者斩首,以示将来。”说毕,当时在袖内取出一道旨意,上面写了许多人名,高声朗诵,从头至尾,念了一遍,其中独没有狄公的名字。狄公知他是假传圣旨,随上前问道:“你这小黄门,既然在此当差,本院昨日前来挂号,为何不奏知圣上,宣命朝见?”那个小黄门将他一望,冷笑道:“这事你问我么?也不是我不令你进去,等有一日,你见了圣驾,那时在金殿上询问,方可明白。这旨意是朱国戚奏的,圣上谕的,你来问我,干我甚事!”狄公听了如此言语,恨不能立刻治死,只因圣驾尚未临朝,不便预先争论,但说道:“此话是你讲的,恐你看错了,本院那时在圣驾面前,可不许抵赖。”说着,元行冲也来了朝房,众人也不言语。不多一会,忽听景阳钟一响,武后临朝,众大臣皆起身入内。

狄公候众人走毕,然后也起身,出了朝房,直向午门而去。那个小黄门看见,赶着上前喝道:“你是个新任的巡抚,难道朝廷统制,都不知道么?现有圣旨在此,若未名列,不准入见,何故忤逆圣旨,有意欺君!我等做此官儿,不能听你做主,还不为我出去!”说着抢上一步,伸手揪着狄公的衣衿,拖他出去。当时狄公大怒不止,举起朝笏对小黄门手掌上,猛力一下,高声喝道:“你这狗头,本院乃是朝廷的重臣,封疆大吏。圣上升官授职,理应入朝奏事,昨日前来挂号,那个朱狗头滥索例规,贪赃枉法,已是罪无可逭,今又假传圣旨,欺罔大臣,该当何罪!本院预备领违旨之罪,先同你这狗头入朝见驾,然后同那个狗头朱利人分辩。”说着举起朝笏,直望小黄门打来。小黄门本朱利人命他前来,见狄公如此动怒，不禁有意诬栽，高声喝道："此乃朝廷上的朝房，你这如此无礼，岂不欲前来行刺么！"里面值日的太监，听见外面喧嚷，不知为着何事，随即命人奏知武后，一面许多人出来询问。

此时元行冲与众大臣，正是山呼万岁已毕，侍立两旁，见武后在御案上观各大臣的奏本。忽有值殿官上前奏道："启奏我主万岁，不知何人紊乱朝纲，目无法纪，竟敢在朝房向小黄门揪打。似此欺君不法，理合查明议罪。请圣上旨下！"武后正要开言，早有元行冲俯伏金阶，向武后奏道："请陛下先将朱利人斩首，然后再传旨查办。"武后道："卿家何出此言？他乃黄门官之职，有人不法，闯入朝门，他岂有不阻之理，为何反欲将他斩首？"元行冲道："臣奏陛下，新任河南巡抚，现是何人？封疆大吏入京陛见，可准其见驾么？"武后道："孤家正思念此人，前山东巡抚阎立本保奏狄仁杰，在昌平县任内，慈道惠民，尽心为国，颇有宰相之才。朕思此人，虽为县令，乃是先皇旧臣，因此准奏。先授并州参军，未及至任，便越级升用，简了这河南巡抚同平章事。此旨传谕已久，计日此人也应到京。卿家为何询问？至于大臣由职进京，凡要宫门请安的人，皆须在黄门官处挂号，先日奏知，以便召见，此乃国家定例，卿家难道尚不知道么？"元行冲道："臣因晓得，所以请陛下将朱利人斩首。此时朝房喧嚷，正是简命大臣狄仁杰。因昨日往黄门官处挂号，朱利人滥索例规，挟仇阻挡，不许狄仁杰入朝，以故狄仁杰同他争论。朱利人乃是宫门小吏，便尔欺君枉法，侮辱大臣。倘在廷诸臣，皆相效尤，将置国法于何地？臣所以请陛下先斩朱利人首级，以警将来臣僚，然后追问从前保奏不实之人，尽法惩治，庶几朝政清而臣职尽。唯陛下察之。"

武后听元行冲之言，心下想道："朱利人乃武三思妻舅，即是我娘家的国戚。前次三思保奏，方将他派这件差事，此时若准他所奏，不但武三思颜面有失，孤家也觉得无什么体面，且令三思出去查问，好令他私下调处。"当即向下面说道："卿家所奏，虽属确实，朱利人乃当今的国戚，何至如此贪鄙？且令武三思往朝房查核。若果是狄卿家入朝见孤，就此带他引见。"武三思知道武后的意思，当时出班领旨，下了金阶，心下骂道："元行冲你这匹夫，朱利人同狄仁杰索规要费，干你甚事！你同张柬之诸人，平日一毛不拔，已算你们是个狠手，为什么还帮着别人，不交银两？众人全不开口，你偏要奏一本，不独参他，还要参我。若非这天子是我的姑母，见顾亲戚情分，我两人的性命，岂不为你送去！你既如此可恶，便不能怪我等心狠了。早迟定有一日，总要摘你短处，严参一本，方教你知道我的手段，随后不敢藐视于我。"一人心下思想，走了一会，已到朝房，果见一小黄门同一大员朝服朝冠，在那里争论。一个说道："我是钦命的大臣，理应带领引见，为何所欲不遂，便假传圣旨，使我为大臣的不得陛见？”一个说道：“你要想见天子，必须先交例规，方可走这条门路，得见圣上。如不有这个例规交来，纵要欲面圣上，也是如登天向日之难。我不妨说与你听听，你有本领，你见了圣上，我家老爷也不当这个差使了。你若不有银子孝敬，还如此在这里威武么，纵有天大的胆，终不能越此范围。”向前把狄公揪住。狄公只是举朝笏乱打，口中大叫大骂不止。此时武三思正来看见，连忙只得上前来问。不知后事究竟如何了局，且看下回分解。

第三十三回 狄仁杰奏参污吏 洪如珍接见大员

却说武三思来至朝房，果见小黄门与狄仁杰喧嚷，走到面前，向着狄公奉了一个揖，乃说道："大人乃朝廷大臣，何故同朝廷的小吏争论，岂不失了大人的体面？若这班人，有什么过失，尽可据实奏闻呢，若这样胡闹，还算什么封疆大吏？现在太后有旨，召你入见，你且随我进来。"狄公对他一看，年纪甚是幼小，绿袍玉带，头戴乌纱，就知是武三思前来。当时故作不知，高声言道："我说朝廷主子，甚是清明，岂有新简放的大臣，不能朝观之礼！可恨被这班小人，欺君误国，将一统江山，败坏于小人之手。朱利人那厮以武三思为护符，此乃是狗党狐群，贪赃枉法，算什么皇家国戚？既然太后命你宣旨，还不知尊姓大名，现居何职？"

武三思听他骂了这一番，哪里还敢开口，心下暗道："此人非比寻常，若令他久在朝中，与我等甚为不便。此时当我的面，尚敢作不知，指桑骂槐，如此，背后更可想见了。"复又见问他的姓名，更不敢说出，乃即道："太后现在金殿上，立等观见，大人赶速前去见驾罢。你我同为一殿之臣，此时不知我的姓名，后来总可知道。"说着喝令小黄门退去，自己在前引路，狄公随后穿了几个偏殿，来至午门。武三思先命狄公在此稍待，自己进去，先在御驾前回奏，然后值殿官出来喊道："太后有旨，传河南巡抚狄仁杰朝见。"狄公随即趋进午门，俯伏金殿，向上奏道："臣河南巡抚狄仁杰见驾，愿吾皇万岁万万岁！"

武后在御案上，龙目观看，只见他跪拜从容，实是相臣的气度，当即问道："卿家何日由昌平起程，沿途风俗，年成可否丰足？前者山东巡抚阎立本，保奏卿家，政声卓著，孤家怜才甚笃，故此越级而升。既然到了京中，何不先至黄门官处挂号，以便入朝见朕？"狄公当即奏道："臣愚昧之才，毫无知识，蒙恩拔擢，深惧不称其职，只以圣眷优隆，唯有竭力报效。臣于前月由昌平赴京，沿途年岁，可卜丰收，唯贪官污吏太多，百姓自不聊生，诚为可虑。"武后听了这话，连忙问道："孤家御极以来，屡下明诏，命地方官，各爱民勤慎。卿家见谁如此，且据实奏来。"狄公跪奏说道："现有河南府清河县周卜成，便贪赃枉法，害虐民生，平日专同恶棍土豪鱼肉百姓，境内有富户曾有才，霸占民田，奸占民女，诸般恶迹，道路喧传。百姓控告衙门，反说小民的不是。推其原故，皆这两个人是张昌宗的家奴，张昌宗是皇上的宠臣，以故目无法纪。若此贪官污吏，如不尽法惩治，则日甚一日，百姓受害无穷，必至激成大变，此乃外官的恶习。京官的弊窦，臣入京都未能尽悉。但以黄门官朱利人而言，臣是奉命的重臣，简放的巡抚，进京陛见，理合先赴该处挂号。黄门官朱利人，谓臣升任巡抚，是因请托武三思贿赂而来。他乃武三思的妻舅，自称是皇亲国戚，勒令臣下送他一千两例规，方肯带领引见。臣乃由县令荐升，平日清正廉明，除应得的俸禄，余皆一尘不染，哪里有这赃银送他？谁知他阻挠入觐，令黄门假传圣旨，不准微臣入朝。设非陛下厚恩，传诏宣见，恐再迟一年，也难得再见圣上。这班小人，居官当国，皆是全仗武三思、张昌宗等人之力，若不将此等人罢斥，驱逐出京，恐官方不能整饬，百姓受害日深，天下大局，不堪设想！臣受国厚恩，故冒死渎奏，伏乞我主施行。"

武后听他奏毕，暗道："此人好大的胆量，张昌宗、武三思，皆我宠爱之人，他初入京中见朕便如此参奏他们，可见他平日是为民为国，不避权贵的人了。虽则此事你可奏明，教孤家如何发落？将他两人革职，于心实是不忍，况且宫中以后无人陪伴了；若是不问，狄仁杰乃是先皇的旧臣，百官更是不服了。"想了一会，乃说道："卿家所奏，足见革除弊政，殊堪嘉尚。着朱利人降二级调用，撤去黄门官的差使；周卜成误国殃民，着即行撤任。与曾有才并被害百姓，俟卿家赴任后，一并归案讯办，具奏治罪。张昌宗、武三思姑念事朕有功，可着毋庸置议。"狄公见有这道旨下，随即叩头谢恩。武后命他赴新任，然后卷帘退朝，百官分散。

元行冲出了朝房，向狄公说道："大人今日这番口奏，也算得出人意表，虽不能将那两个狗贼处治其罪，从此谅也不敢小视你我了。但是一日不去，皆是国家的大患，还望大人竭力访察，互相究办，方得谓无负厥职。"狄公说道："请大人但放宽心，我狄某不是那求荣慕富的小人，依附这班奸臣，到任之后，哪怕这武后有了过失，也要参她一本！"说着两个人分手而别。狄公到了客寓，进了饮茶，因有圣命在身，不敢久留京中。午后出门，拜了一天的客，择了第五日接印。好在这巡抚衙门即在河南府境内，唐朝建都，在河南名为外任，仍与京官一般，每日也要上朝奏事，加之狄公又兼有同平章事这个官职，如同御史相仿，凡应奏事件又多，所以每日皆须见驾。自从朱利人降级之后，所有这班奸臣，皆知道这狄公的厉害，不敢小视于他。众人私下议道："武、张这两人如此的权势，尚且被他进京头一次陛见便奏他的不法，圣上虽未准奏，已将三思的妻舅撤差。你我不是依草附木的人，设若为他参奏一本，也要同周卜成一样了。"

不说众人心里畏惧，单说狄公次日，先颁发红帖谕示，择定本月十三日辰刻接印，一面命马荣前去投递，一面自己先到巡抚衙门里，拜会旧任的巡抚。此时旧任的巡抚正是洪如珍，此人乃是个市侩，同僧人怀义自幼交好，因怀义生得美貌超群，有一日被武后看见，便命他为白马寺的住持，凡武后到寺里拈香，皆住在寺里，淫乱之风，笔难尽述。僧人怀义得幸之后，更是骄贵非常，敌尊王位，出入俱乘舆马，凡当朝臣子，皆匍匐道途，卑躬尽礼。武承嗣、武三思见武后宠爱于他，皆以童仆礼相见，呼他为师父。僧人怀义因一人力薄，恐武后不能尽其意中之欢悦，又聚了许多市井无赖之徒，度为僧徒，终日在白马寺里传了些秘法，然后送进宫中。这洪如珍知道这门径，他有个儿子，长得甚好，也就送在寺内，拜怀义为师父。此子生来灵巧，所传的秘法，比群人格外的活动。因此怀义非常喜欢他，进于太后，太后大为宠爱。由此在武后面前，求之再四，将洪如珍放了巡抚。这许多秽迹，狄公还未曾知道。当时到了衙门，将名帖投进号房，见是新任巡抚大人，赶紧送与执帖的家人到里头通报。此时洪如珍已经得他儿子的信息，说新任的巡抚到了，十分刚直，连武、张诸人，皆为他严参，朱利人已经撤差。如到衙门拜见，不可大意。洪如珍看了这封书信后，心下笑道："张昌宗这厮，平日专妒忌怀义，说他占了他的地位，无奈他没有怀义许多的秘法，不过老实行事，现在仁杰再参了一本，格外要失宠了。那时我的儿子，能大得幸任，虽有这姓狄的在京，还怕什么？"当见家人来回，也只得命跟随家人，开了中门，花厅请会，自己也是换了冠带，在阶下候立。抬头见外面引进一人，纱帽乌靴，腰束玉带，年数五十以外，堂堂一表，人材颇觉威严，当即赶紧上前一步，高声说道："下官不知大人枉顾，有接来迟，望祈见谅。"狄公见他如此谦厚，也就言道："大人乃前任大员，何敢劳接！"说着彼此到了花厅，见礼已毕，分宾主坐下。家人送上茶来，寒温叙毕，各吐其怀抱。

洪如珍先问道："大人由县令升阶，卓授此任，圣上优眷，可谓隆极了。但不知大人何时接印，尚祈示知，以便迁让衙门？"狄公道："下官知识毫无，深恐负此大任，只以圣上厚恩，命授封疆。昨日觐见之时，圣命甚为匆促，现已择定本月十三日辰刻接印，红谕已经颁发，故特前来奉拜，藉达鄙忱。至地方上一切公牍，还望大人不吝箴言，授以针指。"哪知洪如珍见狄公如此谦卑，疑惑儿子所写的书信不实，此时反不以狄仁杰为意，乃道："大人是钦命的大臣，理合早为接印。至下官手里公牍案件，自莅任以来，无不整理有方，地方上无不官清民顺。纵有那寻常案件，皆无关紧要，俟下官交卸时，自然交代清楚的，此时无烦大人过虑。”狄公见他言谈目中无人的气象，心下笑道：“我只知道你是个我辈，谁知你也是个狂妄不经的小人，你既如此托大居傲，本院今日倒要当面驳你一驳。”乃即说道：“照此说来，大人在任上数年，真乃是小人之福了。但不知目下属下各员，可与大人所言相合否？下官自昌平由山东渡黄河，至清河县内，那个周卜成甚是殃民害国，下官昨日陛见圣上，在殿前一一据实参奏他的罪案。蒙圣上准奏，将他革职，不知大人耳目，可知道这班贪官污吏么？大人既自谓官清民顺，何以这等人员，姑容尚未究办呢？莫非是大人口不应心，察访不明的处在么？”

当时洪如珍听狄公的一番言语，明知有意讥讽，因当他说了大话，即乃说道：“大人但知一面，可知周卜成是谁处出身？他的功名，乃是张昌宗所保奏，武后放的这县令，现在虽然革职，恐也是掩人耳目，常言道：识时务者为俊杰。大人虽有此直道，恐于此言不合呢，岂不有误自己的前程？”这一番的言语，说得狄公火从心起，大怒不止。不知后事如何，且看下回分解。

第三十四回 接印绶旧任受辱 发公文老民伸冤

却说洪如珍这一番话，说得狄公大怒不止，乃即说道："我道你是个正人君子，谁知你也与这班狗徒鼠辈视同一类，但有一言问你，你这个官儿，是做的当今皇家里的官呢，还是做的张昌宗家的官呢？先皇升驾，虽为这一班奸党，弄得朝政不清，弊端百出，若是你忠心报国，理合不避权贵，面折廷诤，才是为大臣的正理。而且这个周卜成乃是你的属下，若不知情，这防范不严的罪名，还可稍恕；你竟明明知道他害虐百姓，设若将民心激变，酿成大祸，那时张昌宗还能代你为力么？你识时务，乃是如此耶，岂不是欺君误国的奸臣么？有何面目，尚与本院抗礼相见？可知做官，只知为国治民，不避艰险，即使为奸臣暗害，随后自有公论，何必贪这区区富贵，遗留万世骂名乎？本院今日苦口劝你，以后务使革面洗心，致身君国，方是为大臣的气度，百年后史策流传，亦令人可敬。"这一派话，说得洪如珍哑口无言，两耳飞红，过了一会，只得自己认错说道："下官明知不能胜任，因此屡经呈请开缺。目下大人前来，此乃万民之福也，下官岂有不遵之理？"狄公见洪如珍面有惭色，彼时也就起身告辞，上轿而去。

回至客寓，却巧元行冲前来回拜。狄仁杰便将方才这番言语，说了一回，乃即道："洪如珍这厮，不知自何出身，何以数年之间，便做了这个封疆大吏？看他举止动静，实是不学无术模样。"元行冲长叹了一声，说道："目今是绿衣变黄裳，瓦缶胜金玉了。你道洪如珍是何等人物，说来也是可耻之甚。你我若非受先皇的厚恩，定要罢职归田，不问时局，落得个清白留遗，免得同这一班市侩为伍了。"当时就将洪如珍儿子拜那僧人怀义为师，送入宫中，以及僧人怀义为白马寺的住持，圣驾常常临幸的话头，说了一遍。狄仁杰听说后，也就长叹不止，说道："我狄某若早在京数年，这一班狗群鼠党，何能容他等鸥张如此！其初以为只张昌宗数人而已，谁知武后又有僧人邪道。但不知此人，现在宫中，还在寺内呢?”元行冲说道:“现在尚在寺中,若日久下来,难保不潜入宫内了。”狄公当时又谈论了一会,元行冲方才拜别,坐轿而去。

到了第十三日,这天狄公先入朝,请了圣恩,回至寓中,已是卯正之后。因自己的仆众无多,又无公馆,当时在寓中穿了朝服,乘坐大轿,遮前拥后,来至巡抚衙门,卸在大堂,升了公座,命巡抚差官,到里面请印。所有合署的书差,以及属下的各官员,如此见大人轻减非常,一个个也就具了冠带,在堂口两旁侍立。洪如珍见巡抚差官进来请印,知是狄公已到,随即将王命旗牌,以及书卷案牍,同印一并送出去。只听得三声炮响,音乐齐鸣,暖阁门开,巡抚差官披着大红,将印放在公案桌上设好,狄公当时行了拜印礼,然后在堂下设了香案,谨敬叩头,三拜九叩首,望阙谢恩。升堂公坐,标了朱笔,写了“上任大吉”四个字,用印盖好,贴于暖阁上面,方才堂下各官,廷参礼毕,众书役叩贺任喜。

狄公随即在堂上起了公文,用六百里牌单,加紧命清河县周卜成迅速来省。所有遗缺,着该县县丞暂行代理,并传知郝干庭同胡大经、王小三子,并被告曾有才,着派差押解来辕,以便讯办。书办将案稿接过,心下甚是恐怕,各书吏暗道:“真是狄巡抚大人,名不虚传,算得个有胆量的人,从未见过,方才接印,便动公事。”提人之事,当即在堂上誊清已毕,盖了官印,由驿递去。这里狄公又阅城盘库,查狱点卯,一连数日,将这许多公文例行公事办毕。此时洪如珍已迁出衙门,入朝复命,这也不在话下。

且说周卜成自夤缘了这清河县缺,心下好不欢喜,一人时常言道:“古人说得好,将相本无种,男儿当自强。我看古时这两句话,或者有用;若在此时,无论你如何自强,也不能为官。我若非在张昌宗家作役,巴结了这许多年月,哪里能为一县之主?我倒要将这两句的话,记挂方好,又好改换了这两句话:将相本无种,其权在武张。你看今日做官的人,无论京官外官,俱是这两家的党类居多。我现在既做了这个官儿,若不得些钱财,作些威福,岂不辜负了这个县令么?”他平日如此想法,到任以后,却巧又见曾有才居住在此地,更是喜出望外,两人表里为奸,凡自己不好出面的事情,皆令曾有才去。无论霸占田地,抢夺妇女,皆让他得个先分,等到有人来告控,皆是驳个不准。外人但知道他与曾有才一类,殊不知他比曾有才还坏更甚。那日将郝干庭的媳妇抢来,便与曾有才说道:“此人我心下甚是喜悦,目下权听你受用,等事情办毕,还是归我做主的。”两人正议之间,适值郝干庭前来告诉,周卜成格外驳个干净,好令他决不敢再告。谁知此时反被狄公进京沿路中访问,未有数日,京中已有圣旨下来,着他撤任,彼此甚为诧异,不知这姓狄的是何出身,何以知道这县内案件。当时虽然疑惑,总倚着是张家的人,纵然有了风波,也未必有碍。当即写了一封书信,并许多金银礼物,遣人连夜进京,请张昌宗从中为力,以免撤任。谁料此才去,河南府里已接到狄公的公事,吓得府里的知府手忙脚乱,随即专差专访下来,命县丞代理县印,立即传原被告人等,一并赴辕候审。周卜成接了这公事,心下方才着急,悔恨这件事不该胡闹,好容易夤缘这个县缺,忽然为上宪的来文撤任,已是悔之不及。虽想迟延,无奈公事紧急,次日便将印卷交代与县丞。县丞也随即出差。传知原告,准于后日赴巡抚辕门候讯。如此一来,早把郝干庭、胡大经、王小三子等人,弄得犹豫不定,听说巡抚亲提,遥想总非佳兆,当即到县内禀到,同曾有才等人,十分惧怕,唯恐在堂上吃苦。

谁知公文号房,见了这件公禀,知清河县已经到省,当即送入里面,请狄公示下。狄公命将被告,并将已革清河县交巡捕差官看管,明日早晨,郝干庭同胡大经、王小三子三人来辕门,伺候听审。当日狄公朝罢之后,随即升坐大堂,两旁巡捕差官,书吏皂役,站满阶下。只见狄公入了公座,书办将案卷呈上,狄公展开看毕,用朱笔在花名册上,点了一下,旁边书办喊道:“带原告郝干庭上来。”一声传命,仪门外面,听见喊带原告,差人等赶将原告郝干庭带进,高声报道:“民人郝干庭告进。”堂上也吆喝一声,道了一个“进”字,早将郝老儿在案前跪下。

狄公望下面喊道:“郝干庭,你抬起头来,可认得本院么?”郝老头禀道:“小人不敢抬头,小人身负大冤,媳妇被曾有才抢去,叩求大人公断。”狄公说道:“你这老头儿也太糊涂了,此乃本院访闻得知,自然为你等讯结。你且将抬头,向本院一看,可在哪里看见过么?”郝干庭只得战战兢兢,抬头向上面一望,不觉吃了一惊:乃是前日为这事,要告府状,那个行路的客人。当时只在下面叩头说道:“小人有眼不识泰山,原来大人私下里暗访,真正我等小人之幸。此事是大人亲目所睹,并无虚假的话头。可恨这清河县,不准民词,被书差勒索许多的银钱,反驳了诬栽两字,岂不有冤无处可伸么?可怜胡大经同王小三子,也是同小人如此苦恼,现在在辕门外伺候,总求大人从公问断,令他将人放回。其余别事,求大人也不必追问他便了。他有张昌宗在武太后娘娘面前袒护,大人若办得厉害,虽然为我们百姓,恐于大人自己身上,有碍前程。小人们情愿花些钱,皆随他便了。”狄公听了这话,暗暗感叹不已,自思目今未尝不有好百姓,你以慈爱待他,他便同父母敬你,本院只将人取回,余皆不必深究,恐怕张昌宗暗中害我,这样百姓,尚有何说!可恨这班狗头,贪婪无厌,鱼肉小民,以致国家的弊政,反为小人訾议,岂不可恨!当时说道:“你等不必多言,本院既为朝廷大臣,贪官污吏,理合尽法惩治。你等冤抑,本院已尽知道了。且命胡大经、王小三子上堂对质。”这堂谕一下,差役也就将这两个人带到案前。狄公随命跪在一旁,然后传犯官听审。堂上一声高喊,巡捕差官早已听见,将周卜成带到案下,将至仪门,报名而入。此时周卜成已心惊胆裂,心下说道:“这狄仁杰是专与我们作对了。我虽是地方官,通同一类,抢劫皆是曾有才所作所为,何以不先提他,唯独先提我?这件事就不甚妙了。”心下一想越怕不止,将两双脚软软的就提不起来,面皮上自然而然的就变了颜色,一脸红来,又一脸白了。巡捕差官见他如此光景,就低声骂道:“你这个狗头的囚犯,此时既知如此骇怕,当日便不该以张昌宗家势力,欺虐清河县的百姓。昨日一天半夜未见你有一点儿孝敬老子。你这么在清河县的任上,会向人要钱的,到了此时还要装什么腔,做什么势?不代我快走!”

周卜成此时,也只好随他辱骂,到了案前跪下说道:“已革清河县知县周卜成跪见。”不知狄公如何治罪周卜成,且看下回分解。

第三十五回　审恶奴受刑供认　辱奸贼设计讥嘲

却说周卜成到了堂口，向案前跪下说道："革员周卜成，为大人请安。"狄公将他上下一望，不禁冷笑说道："我道你身膺民社，相貌不凡，原来是个鼠眼猫头的种子，无怪乎心地不良，为百姓之害。本院素来刚直，想你也有所闻，你且将如何同曾有才狼狈为奸，抢占良家妇女，从实供来。可知你乃革职人员，若有半句的支吾，国法森严，哪容你无所忌惮！"周卜成此时见狄公这派威严，早经乱了方寸，只得向上禀道："革员莅任以来，从不敢越礼行事。曾有才抢占民间妇女，若果实有此事，革员岂不知悉。且该民人当时何不扭禀前来，乃竟事隔多年，控捏呈词，此事何能还信？而且曾有才是张昌宗家的旧仆，何敢行此不端之事？革员虽经革职，负屈良深，还求大人明察。"狄公冷笑说道："你这个狗才倒辩得爽快，若临时扭控，能到县里去，他媳妇倒不至抢去了。你说他是张昌宗的旧仆，本院便不问这案么？且带他进来，同你讯个明白。"当时一声招呼，也就将曾有才带到案前跪下。狄公见他跪在堂上，便将惊堂一拍，喝叫："左右！且将这狗奴才夹起来，然后再问他的口供。此案是本院亲目所睹，亲耳所闻的，岂容你等抵赖。"两旁威武一声，早已大刑具取过上来，两个差役，将曾有才之腿衣撕去，套入圈内，只见将绳索一收，曾有才当时"哎哟"一声，早已昏死过去。狄公命人止刑，随向周卜成言道："这刑具在清河县想你也曾用过，不知冤枉了多少民人。现在负罪非轻，若再不明白供来，便令你亲尝这刑滋味。你以本院为何如人，以我平日依附那班奸贼么？从来王子犯法，与庶民同罪，即使张昌宗有了过失，本院也不能饶恕于他，况你等是他的家奴出身，还在本院面前，巧言粉饰？"周卜成到了此时，哪里还敢开口，只在地上叩头不止，连声说道："革员知罪了，叩求大人格外施恩，以全革员体面。"狄公也不再说，复又命人将曾有才放在地上，用凉水喷醒过来。众差役如法行事，先将绳子松下，取了一碗冷水，当脑门喷去，约有半个时辰，只听得“哎哟”的一声，说道：“痛煞我也！”方才神魂入窍，渐渐苏醒过来。曾有才自己一望，两腿如同刀砍的一般，血流不止。早已上来两个差役，将曾有才扶起，勉强在地上拖走了两三步，复又命他跪下。

狄公问道：“你这狗才，他日视朝廷刑法如当儿戏，以为地方官通同一气，便可无恶不作。本院问你这狗才，现在郝干庭老头的媳妇，究竟放在何处？王小三子的妻子，与胡大经的女儿，皆为你抢去，此皆本院亲目所睹，亲耳所闻，若不立时供出，即传刀斧手来，斩你这个狗头，使你命不活了，到了阴里再作恶去吧。”曾有才此时已是痛不可言，深恐再上刑具，若不实说，那时性命难保，不如权且认供，再央请张昌宗从中为力便了。当时向上说道：“此事乃小人一时之错，不应将民人妻女任意抢占。现在郝家媳妇在清河县衙中，其余两个人在小人家内。小人自知有罪，唯求大人开一线之恩，以全性命。”狄公骂道：“你这狗奴才，不到此时，也不肯实吐真情。你知道要保全性命，抢人家的妇女，便不顾人家的性命了？”随又命差役鞭背五十。登时差人拖了下来，一片声音，打得皮开肉绽。刑房将口供录好，盖了花印，将他带去监禁。

然后又向周卜成说道：“现在对证在此，显见曾有才所为，乃你所指使，你还有何赖？若不将你重责，还道本院有偏重呢。左右，且将他打五十大棍！”两旁吆喝已毕，将他撕下裤子，拖下重打起来，叫喊之声，不绝于口，如同犬吠。好容易将大棍打毕，复行将周卜成推到案前。周卜成哪里吃过苦处，鲜血淋漓，勉强跪下，只得上前向狄公案前说道：“大人权且息雷霆之怒，革员在下，照直供来便了。”随即在巡抚狄公大人堂上，当日如何夤缘张昌宗家，补了这清河县缺，如何同这曾有才计议霸占民产，如何看中郝干庭的媳妇，指使曾有才前去抢夺，前后事情，说了一遍。狄公大人令他画供已毕，跪在一旁，向着郝干庭说道：“你等三人可听见么？本院现有公文一封，命差院同你等回去，着代理清河县知县，速将你媳妇并他两人妻女追回，当堂领去。俟后地方上再有不法官吏等情，准你等百姓前来辕门投诉，本院绝不看情，姑容人面。若差役私下苛索，也须在呈上注册，毋得索要若干，亦毋许告状人同差役等私下授受；一经本院访出，遂与受者同科治罪。”狄公说毕，郝干庭与胡大经、王小三子等，直是在公案地下磕头如捣蒜的一般，说道：“大人如此厚恩厚德，小人们唯有犬马相报了。”当时书吏写好公文，狄公当堂又安慰他们一番，吩咐差人同去，不准私索盘费。又警戒了一回，然后将公文一封，交差奉去不提。

且说周卜成跪在堂上，狄公心下想道：“若不在这公案上羞辱张昌宗一番，他也不知道我的利害。唯有如此这般，方可牵涉在他身上。即使他在宫中哭诉,谅武后也不能奈何我怎么样。”主意想定,向周卜成道:“你这狗才,乃是清河县地方上的县令,谁知你知法犯法,加等问罪,以这案情而论,尚有余年。我且问你,你是要死要活,好好照直说来。”周卜成当时听了这话,复又叩头不止说道:“革员自知罪恶难容,惟蝼蚁尚且贪生,人生岂不要命,万求大人开恩,饶恕革员的性命。”狄公道:“你既要命,本院有一言在此,你若能行,便可免你一死,不然也不免了枭首示众。”周卜成听得狄公说到他可以活命,已是意想不到,还有什么不肯行的处在?只见周卜成在地下叩头请罪:“望大人吩咐,革员遵命便了。”狄公说道:“本院也不苦你所难,因你等是张昌宗家里的出身,动则以他为护符,若非本院不畏避权贵,这他人家三个妇女,岂不为你等占定;则他三家,有冤也无处伸了。虽有上宪衙门,也是告你等不准的。细想起来,你等罪恶皆是张昌宗为害。本院欲令你将何时卖入他家为奴,何时为他重用,将何法术迎合张昌宗的意旨,张昌宗又如何保举你为官,以及你如何仗张昌宗的势力,做了这许多不法的事件,现在被本院访实审问出来,奏参革职,仍然是个家奴的来头,……将这话写在纸旗上,明明白白,今日在本院大堂上练熟,明日同曾有才前去游街。凡到了一处街口,便停下一时,自己高声朗说一遍,晓喻军民人等知悉。你果能行此事,本院便当法外施恩,稍全你的狗命;如其不然,刀下定不留情。”

周卜成听了狄公这番言语,心下实是为难,若说不行此事,眼见得皇命牌子供在上面,只要他一声说斩,顷刻推出辕门,人头落地,岂不是自己白送自己的性命么?然若立即答应,我一人无什么碍事处,但在张昌宗那边,乃是武后的宠幸之子,显然见他失了体面了。设或张昌宗动了一时之怒,反过了脸来,奏知武后娘娘,那时我也是个没命的。心内正在踌躇,口中只不言语,狄公坐在上面,察景观情,也知道他的用意,故意催促他说道:“本院已宽厚待人,你如何绝无回答,在你莫非怕张昌宗责罪你么?可知这事乃是本院命你如此,如若张昌宗动怒,只能归咎于本院,与你绝无相干涉。既你这样畏惧张昌宗,想必自知有罪,不愿在世为人了。左右上来,代我将这狗奴才,推出辕门外,斩首示众,以警目前为官不法者。”两旁听得狄公一说,当时吆喝一声,早将周卜成吓得魂飞天外,忙失声叩头哭道:“大人在上,权且息怒,革员情愿遵大人命令做了。”狄公见他已经答应,随即命巡捕差官,赶速造了一面纸旗,铺在地上。命书吏给了笔墨,使他在下面录写。周卜成此时也无可如何,且顾自己的性命,不问张昌宗的体面,当时就在地上,手中执笔,从头至尾,写了一遍,呈上与巡捕、狄公大人观看。狄公过了目之后,还用朱笔写了两行:“所写乃是已革清河县周卜成一名,因家奴出身，在张昌宗逢迎合意保举县令，食禄居位，抢占妇女。所作所为，在任不该如此，大失朝廷法度，有玷官箴，今遇狄公巡抚，私访察出，当堂口供，直言不讳，插标游街，以示警众。”底下一行所写的是：“河南巡抚部院狄示。”这两行字迹写毕，命巡捕差仍将他带去看管，然后退堂。

次日将近五鼓入朝，先在朝房见了元行冲，将这主意对他说明。元行冲听了这话，也是此意。谈话不多时间，忽听殿上钟鼓齐鸣，宫门大开，有值日内监，传宣朝房文武上殿，随班各奏其事。狄公随班上朝面奏，周卜成该如何讯究，如何结案，又当如何发落，武太后娘娘一一准奏。狄公然后随班出朝之后，回到巡抚衙门，将例行的公事办毕，然后升堂。先将曾有才从监中提出，将昨日周卜成的话，对他说明。又将那面旗子取出，令书吏在堂上念了一遍，与曾有才听毕，然后向他说道：“他尚且是个知县人犯，犯了罪，还如此处治，你比他更贱一等，岂能无故开释？本院因他已经宽恕，若仅治你死命，未免有点不公之处。命你也与他一同游街，凡他到了街巷，你先手中执着一个小铜锣，敲上数下，俟街坊的百姓拥来观看，命他高声朗念。此乃本院法外施仁，你若怕死，便在大堂上先演一番，以便周卜成前来，同你一齐前去游街，不然本院照例施行，令你死而无怨。”曾有才当时听了这番话头，虽明知张昌宗面上难看，无奈被狄公如此逼迫，究竟是自己的性命要紧，而且周卜成虽是革员，终是一个实缺的清河县知县，他今既能够答应，我又有何不可？当时也就答应一声下来。狄公便命巡捕差官，取来了一面小铜锣，一个木锤子，交给曾有才手里，命他在堂上操演。曾有才接过手来，不知怎样敲法，两眼直望着。两个巡捕差官走上前来，不知说出什么话来，且看下回分解。

第三十六回　敲铜锣游街示众　执皮鞭押令念供

却说曾有才执着那个铜锣不知如何敲法，两眼望着那个巡捕，下面许多百姓、书差，望着那样，实是好笑，只见有巡捕上来说道："你这厮故作艰难，抢人家的妇女怎么会抢，此时望我们何用？我且传教你一遍。"说着复将铜锣取过敲了一阵，高声说道："军民人等听了，我乃张昌宗的家奴，只因犯法受刑，游街示众，你等欲知底细，且听他念如何。"说毕，又将锣一阵乱敲，然后放下道："这也不是难事，你既要活命，便将这几句话，牢记在心中。还有一件在堂上说明，你等前去游街，大人无论派谁人押去，不得有意迟挨；若是不敲，那时可用皮鞭抽打。现在先禀明大人，随后莫怨我们动手。"狄公在上面听得清楚，向曾有才道："这番话你可听见么？他既经教传，为何还不演来与本院观看？"曾有才此时也是无法，只得照着巡捕的样子，先敲了一阵，才要喊尔军民人等听了，下面许多百姓，见他这种情形，不禁大笑起来。曾有才被众人一笑，复又住口，当时堂上的巡捕，也是好笑，上前骂道："你这厮在堂上尚且如此，随后上街还肯说么？还是请大人将你斩首悬首示众，免得你如此艰难。"曾有才听这话，再望一望狄公，深恐果然斩首，赶着求道："巡捕老爷且请息怒，我说便了。"当时老着面皮又说一句："我乃张昌宗的家奴……"下面众人见他被巡捕吓了两句，把脸色吓得又红又白，那个样子实是难看，复又大笑起来，曾有才随又掩住。巡捕见了，取过皮鞭上前打了两下，骂道："你这混账种子，你能禁他们不笑么？现在众人还少，稍刻在街上将这锣一敲，四处人皆拥来观看，那时笑的人还更多呢，你便故意不说么？"骂后复又抽了两下。曾有才被他逼得无法，只得将头低着照他所教的话说了一遍，堂下这片笑声，如同翻潮相似。

狄公心下也是好笑，暗想："非如此不能令那张昌宗丢脸。"当即命巡捕将卜成带上说道："昨日你写的那个旗子，你可记得么？"周卜成道："革员记得。"狄公道："这便妙极了。本院恐你一人实无趣味，即使你高声朗念，不过街坊上人可以听见，那些内室的妇女，大小的幼孩，未必尽知。因此本院带你约个伙伴，命曾有才敲锣，等那百姓敲满了，那时再令你念供，岂非里外的人皆可听见么？方才他在堂上已经演过，你再演一次与本院观看。"说毕，便命曾有才照方才的样子敲锣唱说，曾有才知道挨不过去，只得又敲念了一遍。周卜成自已不忍再看，把头一低，恨没有地缝钻下去，这种丑态毕露，已非人类，哪里还肯再念。狄公道："他已敲毕了，你何故不往下念？"周卜成直不开口，旁边巡捕喝道："你莫要如此装腔作势！且问你，方才在大人面前，所说何话？一经不念，这皮鞭在此，便望下打的。现在保全了你性命，还不知道感激，这嘴上的言语还不肯念吗？"周卜成见巡捕催逼，只在地下叩头，向案前说道："求大人开恩到底，革员从此定然改过，若照如此施行，革员实是惭愧。求大人单令革员游街，将这口供免念罢。"狄公道："本院不因你情愿念供，为何免你的死罪？现复得陇望蜀，故意迟延，岂不是有心刁钻？若再不高念，定斩你头。"

周卜成见了这样，心下虽是害怕，口里真念不出来，无意之中，向狄公说道："大人与张昌宗也是一殿之臣，小人有罪，与他无涉，何故要探本求原，牵涉在他身上？求将他保举的话，并他的名字免去，小人方可前去。"狄公听了这话，哪里容得下去，登时将惊堂一拍，高声骂道："你这大胆的狗才，竟敢在本院堂上冲撞！昨日乃你自已所供，亲手写录，一夜过来，复想出这主意，以张昌宗来挟制本院，可知本院命你这样，正是羞辱与他，你敢如此翻供，该当何罪！左右，将他重打一百！"两边差役，见狄公动了真气，哪里还敢怠慢，立即将他拖下，举起大棍，向两腿打下。但听那哭喊之声，不绝于耳，好容易将一百大棍打毕，周卜成已是瘫在地下，爬不起来。狄公命人将他扶起问道："你可情愿念么？若仍不行，本院便趁此将你打死，好令曾有才一人前去。"周卜成究竟以性命为重，低声禀道："革员再不敢有违了。但是不得行走，求大人开恩。"狄公道："这事不难。"随命人取出一个大大的篾篮，命他坐在里面，旗子插在篮上，传了两名小队，将他抬起。许多院差，押着了曾有才，两个巡捕，骑马在后面弹压。顷刻人众纷纷，出了巡捕的衙门，向街前面去。

到了街口，先命曾有才敲了一阵锣，说了那几句话，然后命周卜成，照旗上念了一遍。所有街坊的百姓，无不同声称快，大笑不止。这个说："目今张昌宗当道，手下的哪里是些家奴，如同虎狼一般，无风三尺浪，把百姓欺得如鸡犬的一样。"有的说："这个狄大人，虽办得痛快，我怕他太为过分。这不是办的周卜成,明是羞辱张昌宗,设若他在宫内哭奏一本,武后正爱他如命,未有不准之理。那时在别项事件上发作起来,将大人革职问罪呢,也是意中之事。”这班人不过在旁边私论,唯有那班无业的流氓,以及幼童小孩,不知轻重,见了这两人如此,真是喜出望外,站在面前笑道:“周卜成,你为何不高念,还是怕丑么?你既不念,我代你念了。”说着,许多小孩儿,争先抢后,叫念一阵。回头见曾有才执着小锣,复又敲过来,在周卜成耳旁,没命的乱敲一阵,笑一阵,骂一阵,又念上两遍。满街的老少百姓,见这许多小孩无理取闹,真是忍不住的好笑。那些巡捕,正欲借此羞辱张昌宗,哪里还去拦阻。周卜成心下虽然羞恼,欲想起身拦阻,无奈两腿不能移动。一路而来,走了许多街坊,却巧离张昌宗家巷口不远。巡捕本来受了狄公的意旨,命他故意绕道前来,此时见到了巷口,随即命曾有才敲锣。曾有才道:“你们诸位公差,可以容点情面。现在走了许多道路,加上这班小孩,不住的闹笑,我两手已敲得提不起来,可以将这巷子走过再敲吧!”巡捕骂道:“你这混账种子,倒会掩饰,前面可知到谁家门首了?别处街坊还可饶恕,若是这地方不敲,皮鞭子请你受用。”说着在身上乱打下来。那些小孩子听巡捕这番话,知道到了张昌宗家,一声邀约,早在他家门首挤满。

里面家人不知何事,正要出来观望,众人望里面喊道:“你们快来,你们伙伴来了,快点帮着他念去!”家人见如此说项,赶着出来一看,谁不认得是曾有才!只见他被巡抚衙门的差官,押着行走,迫令他敲那小锣。曾有才见里面众人出来,心想代他讨个人情,谁知张家这班豪仆,因前日听了狄公在朝将黄门官参去,武三思、张昌宗皆在其内。虽想为他讨情,无奈狄公不好说话,深恐牵连自己身上。再望着那竹篮坐的周卜成,知道是为的清河县之事,乃是奏参的案件,谁人敢来过问。只见巡捕官执着皮鞭,将曾有才乱打,嘴里说道:“你这厮故意迟延,可知不能怪我们

不徇人情，大人耳风甚长，你不敲念，职任在我们身上。你若害羞，便不该犯法，此时想谁来救你？”曾有才被他打得疼痛，见里面的人，但望着自己，一个个一言不发，到了此时，迫于无奈，勉强的敲了两下，那些小孩子已喊说起来：“军民人等听了……”这句一说，遂又笑声震耳，哄闹在门前。曾有才此时也不能顾全脸面，硬着头皮，将那几句念毕。应该周卜成来念，周卜成哪里肯行，直是低头不语。巡捕官儿见他如此，一时怒气起来，复又举鞭要打。谁知众小孩在门外吵闹，那些家人再留神向纸旗上一看，那些口供，明是羞辱主子的，无不同生惭愧，向里面去，顷刻之间，已是一人没有。周卜成见众人已走，更是大失所望，只得照着旗上念了一遍。

谁料张昌宗此时由宫内回来，正在厅前谈论，听得门外喧嚷，忙令人出来询问。你道此人是谁，乃是周卜成弟周卜兴走出门来，见他哥哥如此，也不问是狄公的罚令，仗着张昌宗的势力，向前骂道：“你们这班狗头，是谁人命你如此？他也没有乌珠，将我哥哥如此摆布，还不赶速代我放下！”那些公差，见出来一个后生，出此不逊言语，当时也就道：“你这厮，哪里来的？谁是你的哥哥？我等奉巡抚大人的差遣，你口内骂谁？”就此一来，周卜兴又闹出一桩大祸。不知后事如何，请看下回分解。

第三十七回 众豪奴恃强图劫 好巡捕设计骗人

却说周卜兴,见哥哥被院差押着游街,向巡捕恐吓了几句,那班人见他仗着张昌宗的势力,哪里能容他放肆。周卜兴见众人不放下来,心中着急,一时忿怒起来,上前骂道:"你们这班狗娘养的,巡抚的差遣,前来吓谁?爷爷还是张六郎的管家!你能打得我哥哥,俺便打得你这班狗头。"当时奔到面前,就向那个抬筬篮的小队一掌,左手一起,把面纸旗抢在手内,摔在地下,一阵乱踹。众院差与巡捕见他如此,赶着上前喝道:"你这狗才,也不要性命,这旗子是犯人口供,上面有狄大人印章,手批的告示,你敢前来撕抢!你拿张昌宗来吓谁?"说着上来许多人,将他乱打了一阵,揪着发辫,要带回衙去。周卜兴本来年纪尚幼,不知国家的法度,见众人与他揪打,更是大骂不止,复又在地下将纸旗拾起,撕得粉碎。里面许多家人,本不前来过问,见周卜兴已闹出这事,即赶出来解劝。谁知周卜兴见自己的人多,格外闹个不了,内有几个好事的,帮着他揪打,早将一个巡捕拖进门来。张昌宗在厅上正等回信,不知外面何事,只见看门的老者吁吁进来,说道:"不好了,这事闹得大了!请六郎赶快出去弹压。这个巡抚,非比寻常!"张昌宗见他如此慌张,忙道:"你这人究为何事,外面是谁吵闹?"那人道:"非是小人慌张,只因周卜成在清河县任内,与曾有才抢占民间妇女,为狄仁杰奏参革出,归案讯办,谁知他将这两人的出身,以及因何作官,在任上犯法的话,录了口供,写在一面纸旗上,令人押将出来,敲锣游街,晓谕大众。外面喧嚷,那是巡抚的院差,押着两人在此。周卜成因在我们门口,上面的话,牵涉主人体面,不肯再念,那班人便用皮鞭抽打。却巧周卜兴出去,见他哥哥为众人摆布,想令他们放下,因而彼此争闹,将那小队打了一掌,把那面旗子撕去。许多人揪在一处,欲将他带进衙去。我想别人做这巡抚,虽再争闹,也没有事,这个姓狄的甚是碍手。我们虽仗着六郎的势力,究是有个国法,何必因这事,又与他争较？即便求武后设法，这案乃是奉旨办的，听他如何发落，何能殴打他的差役？而且那旗子上面有印，此时毁去如何得了。所以请六郎赶快出去，能在门口弹压下来，免得为狄仁杰晓得最好。”

张昌宗听了这话，还未开言，旁边有个贴身的顽童，听说周卜兴被人揪打，登时怒道：“你这老糊涂，如此懦弱！狄仁杰虽是巡抚，总比不得我家六郎在宫中得宠。周卜成乃是六郎保举做官，现在将这细情写在旗上，满街的敲锣示众，这个脸面，置于何处？岂不为众百姓耻笑。此次若不与他较量一番，随后还有脸出去么，无论何人皆可上门羞辱了。”张昌宗被这人一阵唆弄，不禁怒气勃发，高声骂道：“这班狗才，胆敢狐假虎威，在我门前吵闹！狄仁杰虽是巡抚，他也能奈何我？前日在太后面前，无故参奏，此恨尚未消除，现又如此放肆！”随即起身，匆匆地到了门口，果见周卜兴躺在地下，口内虽是叫骂，无奈被那些院差已打了一顿，正要将他揪走。周卜成一眼见张昌宗由里面出来，赶着在篮内喊道：“六郎赶快救我，小人痛煞了！”张昌宗再向外一看，只见他两腿淋漓，尽是鲜血，早是目不忍视，向着众人喝道：“你这班狗头，谁人命你前来，在这门前取闹！此人乃是我的管家，现虽革职人员，不能用刑拷打，辱羞旁人！你等在此放下，万事皆休，若再以狄仁杰为辞，明日早朝，定送你等的狗命。”说着，喝令众人将周卜兴扶起，然后来拖曾有才，想就此将他两人拦下，明日太后上朝，求一道赦旨，便可无事。此时众巡捕与院差见张昌宗出来，总因他是武后的幸臣，不敢十分拦阻，只得上前说道：“六郎权请息怒，可知我等也是上命差遣，六郎欲要这两人，最好到衙门与狄大人讨情，那时面面相觑，有六郎这样势力，未有不准之理。此时在半路拦下，六郎虽然不怕，就害得我们苦了。”周卜成见巡差换了口吻，一味地向张昌宗情商，知道是怕他势焰，当即说道：“六郎不要信他哄骗，为他带进衙门，小人便没有性命。他虽是上命差遣，为何在街道上任意毒打！”张昌宗听了这话，向着众人道：“你等将这班狗头打散，管他什么差遣人，是我要留下！”这一声吩咐，许多如狼似虎的家人，便来与院差争夺。

彼此正欲相斗，谁知狄公久经料着，知道周卜成到张家门口，便欲求救，唯恐寡不敌众，暗令马荣、乔太两人，远远地接应。此时见张家已经动手，赶着奔到面前，分开众人，到里面喝道：“此乃奉旨的钦犯，遵巡抚的号令，游街示众，你等何人，敢在半途抢劫么？我乃狄大人的亲随，马荣、乔太的便是，似此目无法纪，那王命旗牌是无用之物了？还不快住手，将那个撕旗的交出！”张昌宗本不知什么利害，见马荣陡然上来，说了这派混话，更是气不可遏，随即喝道：“你这大胆的野种，干你甚事，敢在此乱道！尔等先将这厮打死，看有谁人出头！”马荣见他来骂，自己也不与他辩白，举起两手，向着那班豪奴，右三右四，打倒了六七个人。还有许多人站在后面，见他如此撒野，正想上来帮助，哪知乔太趁着空儿，早把周卜兴在地下提起，向前而去。张昌宗知道不好，还要命人去追，这里周卜成与曾有才，已经被那院差，抬上肩头，蜂拥回去。马荣见众人已走，拾起纸旗，向张昌宗道：“我劝你小心些儿，莫谓你出入宫闱，便毫无忌惮，可知也有个国法。狄大人也不是好说话的！”张昌宗见众人将周卜兴抢去，登时喊道：“罢了罢了，我张昌宗不把他置之死地，也不知我手段！明日早朝，在金殿上与他理论便了。”说毕气冲冲复向里面进来。所有那班豪奴，见如此还敢前来过问？也就退了进去。马荣见了甚好笑，当时回转衙门。

却巧众人已到堂上，两个巡捕先进去禀知狄公，狄公道：“我正要寻他的短处，如此岂不妙极？”随向巡捕如此如此说了一遍，然后穿了冠带，立即升堂，将周卜成跪在案下，高声喝道：“你等方才在堂所供何事？本院命你游街，已是万分之幸，还敢命人在半途抢劫本院的旗印，竟大胆的撕踹，还能做这大位么？你兄弟现在何处，将他带来！”乔太答应一声，早将一人按跪在堂上，如此这般，把张昌宗的话回了一遍。狄公也不言语，但向周卜兴问道：“你哥哥所犯的何法，你可知道么？本院是奉旨讯办，那旗上口供，是他自己缮录，本院又盖印在上面，如此慎重物件，你敢抢去撕踹，还有什么王法？左右将他推出斩了！”两个巡捕到了此时，赶着向案前禀道：“此事卑职有情容禀，周卜成乃周卜兴的胞兄，虽然案情重大，不应撕去纸旗，奈他一时情急，加之张昌宗又出来吆喝，因此大胆妄为，求大人宽恕他初次，全其活命。”狄公听了这话，故意沉吟了一会，乃道：“照你说来，虽觉其情可原，但张昌宗不应过问此事，即便有心袒护，也该来本院当面求情，方是正理。而且家奴犯法，罪归其主，周卜成犯了这大罪，他已难免过失，何致再出来阻我功令？恐你等造言搪塞。既然如此说项，暂恕一晚，看张昌宗来与不来，明日再为讯夺。”说毕，仍命巡捕将三人带去，分别收管，然后拂袖退堂，众人也就出了衙门。

且说巡捕将周卜成带到里面，向他说道：“你们先前只恨我们打你，无奈这大人过为认真，不关你我之事，谁人不想方便？只要力量得来，有何不可。方才不是我在大人面前求情，你那兄弟，已一命呜呼。但是只能保目前，若今晚张六郎不来，不但你们三人没命，连我总要带累。此人的名声，你们也该知道，怎样说项从来不会更改。在我看来，要赶快打算，能将张六郎请来方好。总而言之，现在是当道的为强，在京在外的官，谁人不仰仗武、张这两家的势力。虽僧人怀义现今得宠，他究竟是方外之人，与官场无涉，能将六郎来此一趟，那时面面相觑，莫说不得送命，打也不得打了。若他再下身分，说两句情商的话，还不把你们立时释放么？这是我方便之处，故将这话说与你听，你们倒要斟酌斟酌，可不要连累我便了。”这派话，说得周卜成破忧为喜，不知后事如何，且看下回分解。

第三十八回 投书信误投罗网 入衙门自入牢笼

话说周卜成,听了巡捕这番话,心下暗道:“昨日他们那样凶恶,虽再求与他,全不看一点情面,此时由外面回来,虽然狄大人仍恐吓,为他这两句话一说,便转过话来。看这蹊径,并非因他求情,实是方才巡捕将张六郎的话,告诉于他,他怕明日早朝,彼此会面,在金殿上理论起来,他虽是个大员,终不比六郎宠信,故尔借话开门,使我们去求张六郎求情这事。虽知此说,设若他竟不来,那时狄仁杰恼羞成怒,拼作与他辩论,一时转不过堂来,竟将我等治罪,那便如何是好?巡捕的话,虽不能尽信,倒也不可不听。”当时说道:“你的好意,我岂不知道,但是我们之人,皆被押在此,张六郎但说在殿上理论,未曾说来我们求情。他处又无人打听,我们又无人去送信,他焉能知道?你有什么主见,还请代我想想。”巡捕道:“这有何难,你既在他家多年,你的字迹,他应该认得,何不写一书信,我这里着人送去。他见了这信自然知道,岂有不来的道理。若再怕他固执不行,再另外写一信,托你们知己的人,在他面前求一求,也就完了。你想我这主意,可用得?你若以为然,我便前去喊人。此事可不能再迟了,若再迁延时刻,里面升堂讯问,便来不及再去。”周卜成不知是计,随即请他取了笔砚,挨着痛苦,扶坐起身,勉强写好书信,递与巡捕道:“谁人前去,但向那门公说声,请他在旁边帮助,断无不来之理,他乃六郎面前最相信之人。”巡捕答应,将信取出,转身来至衙门,回禀了狄公。狄公命陶干前去投信,若张昌宗果来,务必赶先回来,以便办事。陶干领命,将信揣在怀中,换了衣服,直向张家而来。

到了门口止步,向里面一望,但听众人说道:“我家六郎,今日也算是初次动怒,平时皆是人来恭维,连句高声话皆未听过。自从那狄仁杰进京,第一次入朝,便参了许多人,今日又将周卜成,到门口羞辱,岂不是全无肝胆么?莫说六郎是个主子,面上难乎为情,我们同门的人,也是害臊。此时他们兄弟,到了堂上，三人还是不知是打是夹，若能将今晚过去，明早六郎入朝，便可有望了。”陶于听了清楚，故意咳嗽两声，将脚步放实，走进里面，只见门房坐了许多人，在那里议论。陶干上前问道：“请问门公，这可是张六郎府上么？”里面出来一人，将他一望，说道：“你也不是外路的人，不知六郎的名望，故意前来乱问。你是哪里来的，到此何干？”陶干道：“不是小人乱问，只因这是要秘密方好，露出风声，小人实担不住。日间巡抚衙门，押人在门口取闹，被六郎骂了一顿，那些人将周老爷仍然抢去，禀知了狄大人。狄大人立即升堂，要将周卜兴斩首治罪，幸亏有位巡捕竭力的求情，说他是六郎所用之人，一时情急，做出这事。狄大人见六郎出面，登时便改口说道：‘你等不许撒谎，张六郎既重他两人，理应到我们衙门求情，未见他来，显见搪塞本院。暂且收管，俟今晚不来，明早定尽法惩治’。因此周老爷写了一书信，请我送来，便命我代门公请安，若六郎不肯前去，务必在旁边帮助两句，方可有命。此乃犯法之事，小人因此地人多，不敢遽然说出，所以先问一声。此事必不能缓，我还要等到回信，才好回去呢。”说毕在身边取出信来。众人见是周卜成的笔迹，知非假冒，赶着命陶干在门房等候，两三人取了书子，向里而去。

此时张昌宗正为这事，与那班玩童嬖女互相私议，预备在这事上，将狄公纳倒，方免随后之患，忽见家人送进一封书信，照着陶干的话说了一遍。张昌宗取开观看，与来人所说大略相同，下面但赘了几句：“小人三人之命，皆系于六郎之手，六郎不来，则我命休矣！”张昌宗看毕道：“这事如何行得？他虽是巡抚，我的身份也不在他之下，前去向他求情，岂不为他耻笑！谅他今夜也不敢十分究办，明日早朝，只要面求了武后，那时圣命下来，命他释放，还怕他违旨么？”众人见他不去，齐声说道：“六郎虽然势大，可知其权在他手中，人又为他押着，此时不敢处治，已是惧畏六郎，若再不给他点体面，那时恼羞变怒，竟将他三人处死，等到明天已来不及。此乃保全自家的人性命，与狄仁杰无涉。难得有此意见，何不趁此前去拜会，不但救了他三人，还可藉释前怨，随后事件，也好商议。常言冤家宜解不宜结，小人的意思，还是六郎去的妥当。”张昌宗见众人如此说项，乃道：“不因周卜成是我重用之人，等他处治之后，自然有法报复，不过此去便宜他了。你们且命来人回去报信，说我们立刻就去。”众人见张昌宗肯去，当时出来，对陶干说明：“令你赶速回去。”陶干口内答应，心下甚是好笑，暗道：“今番要在堂上吃苦了，不是这条妙计，你可肯自己送来？”当时忙忙的回转衙门，直至书房里面，回复了狄公。狄公也是得意，命人布置不提。

且说张昌宗打发来人去后，随即进去，换了一身簇新的衣服，乌纱玉带，粉底靴儿，灯光之下，越发显得他脸上如白雪一般。本来武后命他平时皆傅香粉，此时因为是拜会狄公，格外傅了许多，远远的望见，比那极美的女子还标致几分。许多娈童玩仆，跟在后面，在厅前上了大轿，直向巡抚衙门而来。到了署内仪门住下，命家人投进名帖。号房见了张昌宗三字，心下甚是诧异道："今日我们大人故意羞辱他一番，现在三个人犯，还捉在衙内。此时他忽来拜会，莫非他又来争论么？我看你主意打错了。这位大人，不比寻常的巡抚，设若争论不过，看你如何回去。你现在既来，也只好代你去通禀一声。"一面说着，已到了暖阁后面，进了巡抚房中，照来人的话说了一遍，将名帖递上。此时巡捕已经知道，当即起身，到了里面。狄公闻张昌宗已来，骂道："这个狗才，居然便来拜会，岂非是自讨其辱！"随即传命，令大堂伺候，所有首领各官，以及巡捕书吏，皆在堂口站班。本来预备停妥，专等他来，此时一听招呼，无不齐来听命，顷刻间，已经站满。狄公换了冠带，犹恐张昌宗不循规矩，将供奉的那个万岁牌子，由后面请出，自己捧出大堂，在公堂上南面供好，然后命巡捕大开仪门，望见来人。

此时张昌宗坐在轿内，见号房内取了名帖，进里面去了多时，只不见他出来请会，心中甚是疑惑，忽见仪门大开，出来两个巡捕，到了轿前，抢三步，请了个安，高声禀道："狄大人现在大堂公干，请六郎就此相会。"张昌宗听了这话，疑惑狄公本来有事，忽见他来，就此请在后厅相会，总以为巡捕说话不清，当时命人住轿，走出轿来，再向堂上一望，那等威仪，实是令人可怕。只见狄公高坐在堂上，全不动身，心下已是疑惑，无奈已经下轿，也不好复行出去，只得移步，向堂上走来。绕到堂口，有个旗牌，上面喊道："大人有命，来人就此堂见。"张昌宗一听这话，晓得有个变卦，赶着上前，向狄公一揖道："狄大人请了，张某这旁有礼。"狄公也不起身，向下面问道："来者何人？至此皆须下跪，而况万岁的牌位，供奉在上面，何而立而不跪，干犯国法！左右，为我将他拉下！"张昌宗见狄公以王命来压他，知道有意寻隙，一时不敢争论，当时向上笑道："大人莫非认错人么？此地虽是法堂，奈我不能跪你，不如后堂相见吧。"狄公将惊堂一拍，高声骂道："你这狗才，竟如此不知礼法，可知道天无二日，民无二主，这公堂乃是国家的定制，无论何人到此，皆须下跪参见！你既是张昌宗本人，为何不知国法，莫非冒充他前来么？左右还不将他纳下，打这狗头，以儆下次！"张昌宗见他如此吩咐，赶着走下堂来，欲转身就走，谁知下面上来四五个院差将他拦住。不知张昌宗如何发落，且看下回分解。

第三十九回 求人情恶打张昌宗 施国法怒斩周卜成

却说张昌宗拜会狄公，狄公命他在本堂跪下，知道是有意寻衅，随即转身欲走，早经堂下走来四五个院差，将他拦阻道："你这狗才，受谁人指使，竟敢冒充张六郎，穿插衙门，究是何故？现被人看出真假，又想转身逃走，岂非梦想么！"说着上来将他纳下。

张昌宗早知中计，向堂上喝道："狄仁杰，你敢计诳我！此时便跪立下来，也是跪的万岁，你能奈何我？可知迟早总要出这衙门，那时同你在金殿辩论便了。"狄公哪里能容，高声骂道："你这厮假扮禁臣，已为本院察觉，还矢口辩说！今日本院的巡捕，在他家门首，还有事件，也未听说他前来。你说是张昌宗本人，来到本院何事，可快说明！若果与案件相合，本院岂有不知之理，自然与你相商，不然便冒充无疑。那时可尽法惩治！"张昌宗听了这话，恍然悟道："人说他心道刁钻，实是可惧。难怪他如此做作，深恐不是本人，前来误做人情，不但与我不能释怨，还要为我耻笑，因此在堂上问问真假，然后等我说情，那时大众方知。他因我前来，如行释放，随后太后即便知道，他也可推倒在我身上。你既如此用意，我已经到堂，岂能不说出真话？"当时向狄公说道："大人但放宽心，此乃我本人前来，只因周卜成冒犯虎威，案情难恕，虽是武后本旨讯办，也不过是官样文章，掩人耳目。听说实事求是，照例施行，故特趁晚前来，一则拜谒尊颜，二则为这家奴求情，求大人看张某薄面，就此释放，免予追究。随后复命之时，但含糊奏本，便可了事，谅武后也不致查问。"狄公等他说毕，将惊堂一拍，在刑杖筒内摔下许多刑签，大声喝道："左右，还不将这厮恶打四十！显见这派言词，是胡乱捏造。本院今日将周卜成示众游街，张昌宗这狗头，还吆喝恶奴，图意抢劫。幸本院命亲随前去，将人犯押回，并将那个周卜兴带案讯办。张昌宗乃是他三人主子，已是难逃国法，他方且要哭诉太后，求免治罪。莫说他不敢前来，即不知厉害，今日被本院羞辱一番，已是愧死，还有什么面目，前来求情？据此看来，岂非冒充如何！左右快将这厮，重责四十大棍，然后再问他口供！"堂上那些院差，先前本不敢动手，此时见狄公连声叫打，横竖不关自己事件，并知他平日虐待小民，已是恨如切骨，趁此机会，便一声吆喝，将他拖下，顷刻之间，将腿打得血流满地。张昌宗从未受过这苦楚，起初还喊叫辱骂，此时已是噤不出声。众院差虽因狄公吩咐，唯恐将他打坏，那时自己也脱身不得，当即将他扶起，取了一碗糖茶，命他吃下，定了一定疼，方才能够言语。张昌宗此时，只恨自己的家人不来抢获，到了此刻独受苦刑。你道他家人此时为何不问，只因自古及今，邪总不能胜正，虽然这班豪奴，平日仗着主子的势力，欺压小民，擅作威福，现在到法堂上面，见狄公那派有威可畏的气象，自然而然，将平时的邪气压了下去；加之主人方且为狄公摆布，自己有多大胆量，敢来自讨苦吃？因此一个个吓得如死鸡一般，虽未全走，皆躲在那仪门外面，向里张望。

狄公见他打毕，复又问道："你可冒充张昌宗么？若仍然不肯认供，本院拼作一顶乌纱，将你活活打死！可知张昌宗乃误国奸臣，本院与他势不两立，即便果真前来，也要参奏治罪，何况你这狗头，换面装头！再不说出，便行大刑！"张昌宗到了此时，深恐再用刑具，那就性命不保，心下虽然忿恨，只得以真作假，向上说道："求大人开恩。某乃张昌宗的家奴王起，因同事周卜成犯罪，恐大人将他治罪，故此冒充主人，前来求情。此时自知有罪，求大人饶恕释放。"狄公听他供毕，心下实是暗笑："你这厮也受了狄某的摆布！现在不得你一个手笔，明日你又反害。"当时命刑书录了口供，令他画了冒充的供押，心下想道："若是教你受毕，须得嘲笑你一番，方知本院的厉害。"举眼见他满脸的泪痕，将他那脸上香粉流滴下来，当即喝道："你这厮好大胆量！本院道你是个男子，哪知你还是女流，可见你不法已极。"张昌宗正以画供之后便可开恩释放，忽又听他问了这句，如同霹雳一般，吓得魂不附体，连忙求道："小人实是男子，求大人免究。"狄公道："你还要抵赖？既是男人，何故面涂脂粉？此乃实在的痕迹，想巧辩么？"张昌宗无可置辩，只得忍心害理，乃向上回道："小人因张昌宗平时入宫，皆涂脂粉。因冒他前来，也就涂了许多，以为掩饰。不料为大人即看破。"狄公冷笑道："你倒想得周密，本院也不责你。你既要面皮生白，本院偏要令你涂了黑漆，好令你下次休生妄想！"随命众差，在堂口阴沟里面，取了许多臭秽的污泥，将他面皮涂上。

此时堂上堂下,差官巡捕,莫不掩口而笑,皆说狄公好个毒计。张昌宗见了如此,心内如急火一般,唯恐污了面目,无奈怕狄公用刑,不敢求饶,只得听众差摆布。登时将一面雪白如银的面脸,涂得如泥判官相似,臭秽的气味,直向鼻孔钻去,到此境界,真是哭笑不得。狄公见众人涂毕,复又说道:“本院今日开法外之仁,全你的狗命。以后若再仗张昌宗势力,挟制官长,一经访问,提案处治!”说毕也不发落,但将他口供收入袖中,退入后堂。所有张昌宗的家人,见狄大人已走,方才赶着上来,也不问张昌宗如何,纳进轿内,抬起便走。

狄公在内堂,候他走后,随即复又升堂,将周卜成弟兄,并曾有才三人提来,怒道:“你等犯了这不赦之罪,还敢私自传书,令张昌宗前来求情?如此刁唆,岂能容恕!今日不将你治罪,尽人皆可犯法了。”随即将王命牌请出,行礼已毕,将三人在堂上捆绑起来,推出辕门,将其斩首,然后将首级挂于旗杆上面示众。就此一来,所有在辕下听差各官,无不心惊胆怯。狄公本来无心将这三个处死,因张昌宗既出来阻止,现又受了如此窘辱,真要明日进宫,必定就有赦旨,那时活全三人,还是小事,随后张昌宗便压服不住。故趁此时,猝不及防,将他三人治罪,明日太后问起,本是奉旨的钦犯,审出口供,理应斩首。而且张昌宗现在亲口供认在此,彼时奏明武后,便不好转口。当时发落已毕,到书房起了一道奏稿,以便明早上朝,这也不在话下。

且说张昌宗抬入家中,众人见了如此,无不咬牙切齿,恨狄公用这毒计。张昌宗骂道:“你们这班狗才,方才本说不去,你等定要说去,现在受了这苦恼,只是在此乱讲!我面孔上的污秽,你们看不见么,腿上鲜血,已是不止,还不代我熏洗?好让我进宫,哭诉太后。”那些人听他说了这话,再将他脸上一看,真是面无人色,心下虽是好笑,外面却不敢起齿,赶着轻轻地将下衣脱去,先用温水,将面孔洗毕,然后将两腿熏洗了一回,取了棒伤药,代他敷好,勉强乘轿,由后宰门潜入宫中。

此时武后正与武三思计议密事,忽闻张昌宗前来,心下大喜道:“孤家正在寂寞,他来伴驾,岂不甚妙!”随即宣他进来。早有小太监禀道:“六郎现在身受重伤,不便行走,现是乘轿入宫,请旨命人将他搀进。”武后不知何故,只得令武三思,带领四名值宫大监,将他扶入。张昌宗见了武后,随即放声大哭,说:“微臣受陛下厚恩,起居宫院,谁知狄仁杰心怀不测,将臣打辱一番,几乎痛死。”说着将两腿卷起,与武则天观看。武则天忙道:“孤家因他是先王旧臣,故命他做这河南巡抚。前日与黄门官争论,将他撤差,不过全他的体面。此时复与卿家作对，若不传旨追究，嗣后更无畏惧了。卿家此时权在宫中，安歇一夜，明日早朝，再为究办。”张昌宗见武则天如此安慰，也就谢恩，起来与武三思谈论各事。

一夜无话，次日五鼓武后临朝，文武大臣，两班侍立，值殿官上前喊道：“有事出班奏朝，无事卷帘退驾！”文班中一人上前，俯伏奏道：“臣狄仁杰有事启奏。”不知狄公所奏如何，且看下回分解。

第四十回 入早朝直言面奏 遇良友细访奸僧

却说武则天临朝，狄公出班奏道："臣狄仁杰有事启奏。"武后心下正是不悦，忽见他出班奏事，乃道："卿家人京以来每日皆有启奏，今日有何事件？莫非又参劾大臣么？"狄公听了这话，知道张昌宗已入宫中，在武则天面前哭诉，当即叩头奏道："臣职任平章，官居巡抚，受恩深重，报答尤殷。若有事不言，是谓欺君，言之不尽，是谓误国。启奏之职，本臣专任，愿陛下垂听焉。只因前任清河县与曾有才抢占民间妇女，经臣据实奏参，奉旨革职，交臣讯办。此乃案情重大之事，臣回衙之后，提起原被两告，细为推鞫，该犯始以为张昌宗家奴，仰仗主子势力，一味胡供，不求承认。臣思此二人乃知法犯法之人，既经奉旨讯办，理合用刑拷问，当将曾有才上了夹棒，鞭背四十，方才直言不讳。原来曾有才所为，皆周卜成指使，郝干庭媳妇抢去之后，藏匿衙中，至胡、王两家妇女，则在曾有才家内。供认之后，复向周卜成拷问，彼以赞证在堂，无词抵赖，当即也认了口供。臣思该犯，始为县令，扰害民生，既经告发，又通势力，似此不法顽徒，若不严行治罪，嗣后效尤更多。且张昌宗虽属宠臣，国法森严，岂容干犯？若借他势力。为该犯护符，尽人皆能犯法，尽人不可管束了。因思作一警百之计，命周卜成自录口供，与曾有才游街示众，俾小民官吏，咸知警畏。此乃臣下慎重国法之意，谁知张昌宗驭下不严，恶仆豪奴，不计其数，胆敢在半途图劫，将纸旗撕踹，殴辱公差。幸臣有亲随二名，临时将人犯夺回，始免逃逸。似此胆大妄为，已属不法已极，臣在衙门，正欲提审讯，谁料有豪奴王起冒充张昌宗本人，来衙拜会，藉口求情，欲将该犯带去。当经臣察出真伪，讯实口供，方知冒充情事……"说到此处，武则天问道："卿家所奏，可是实情么？设若是张昌宗本人，那时也将他治罪不成吗？"狄公道："若果张昌宗前来，此乃越分妄为，臣当奏知陛下，交刑部审问。此人乃是他的家奴，理合臣讯办。"武则天道："你既谓此人是冒充，可有实据么?”狄公道:“如何没有?现有口供在此,下面亲手执押,岂有错讹。”说着在怀里取出口供,交值殿太监呈上。

武则天从头至尾看了一遍,皆是张昌宗亲口所供,无处可以批驳,心下虽是不悦,直是不便施罪。乃道:“现在该犯,想仍在衙门,此人虽罪不可逭,但朕御极以来,无故不施杀戮,且将他交刑部监禁,俟秋间去斩。”狄公听了这话,心下喜道:“若非我先见之明,此事定为她翻过。”随即奏道:“臣有过分之举,求陛下究察。窃思此等小人,犯罪之后,还敢私通情节,命人求情,若再姑留,设或与匪类相通,谋为不轨,那时为害不浅,防不胜防?因此问定口供,请王命在辕门外斩首。”武则天听了这话,心下吃了一惊:“此人胆量,可为巨擘!如此许多情节,竟敢按理独断,启奏寡人。似此圣才,虽碍张昌宗情面,也不能奈他怎样。”当时言道:“卿家有守有为,实堪嘉尚。但嗣后行事,不可如此决裂,须奏知寡人方可。”狄公当时也就说了一声遵旨,退朝出来。所有在廷大臣,见狄公如此刚直,连张昌宗俱受棒伤,依法惩治,无不心怀畏惧,不敢妄为。

谁知狄公退入朝房,却与元行冲相遇,彼此谈了一会,痛快非常。元行冲道:“大人如此严威;易于访查,唯有白马寺僧人怀义,秽乱春宫,有关风化。武则天不时以拈香为名驻跸在内,风声远播,耳不忍闻。大人能再整顿一番,便可清平世界。”狄公道:“下官此次进京,立志削奸除佞。白马寺僧人不法,我久经耳有所闻,只因行远自迩,登高自卑,若不先将这出入宫闱的幸臣,狐假虎威的国戚惩治数人,威名不能远振,这班鼠辈,也不能畏服。即便躐等行事,他反有所阻拦,于事仍然无济,因此下官先就近处办起。但不知这白马寺离此有多远,里面房屋究竟有多少,其人有多大年纪?须访问清楚,方可前去。”元行冲道:“这事下官尽知,离京不过一二十里之遥,从前宰门迤北而行,一路俱有御道。将御道走毕,前面有一极大的松林,这寺便在松林后面。里面房屋,不下有四五十间。怀义住在那南北园内,离正殿行宫虽远,闻其中另有暗道,不过一两进房屋,便可相通。此人年纪约在三十以外,虽是佛门孽障,却是闺阁的美男。听说收了许多无赖少年,传教那春宫秘法。洪如珍发迹之始,便是由此而入。”

狄公一一听毕,记在心中。彼此分别回去。到了衙门,安歇了一会,将马荣、乔太喊来道:“本院在此为官,只因先皇晏驾,中宗远谪,万里江山,皆为武三思、张昌宗等人败坏。现又听说,将国号要改后周,将大统传于武三思继极,如此坏法乱纪,岂不将唐室江山送于他人之手?目今虽有徐敬业、骆宾王欲兴师讨贼,在朝大臣,唯有张柬之、元行冲等人,是个忠臣,本院居心,欲想将这班奸贼除尽,然后以母子之情,国家之重,善言开导。这武后她也回心转意,传位于中宗。那时大统固然,丑事又不至外露,及君臣骨肉之间,皆可弥缝无事。此乃本院的一番苦心,可以对神明,可以对先皇于地下者。此时虽将张昌宗、武三思二人小为挫抑,总不能削除净尽。方才适遇元行冲大人,又说有白马寺僧人,名叫什么怀义,武后每至寺中烧香住宿,里面秽行百出,丑态毕彰,因此本院欲想除此奸僧,又恐不知底细。此寺离此只有一二十里远近,从前宰门出去,将御道走毕,那个松林后面,便是这白马寺所在。你可同乔太前去访一访。闻他住在南花园内,教传那无赖少年的秘法。访有实信,赶快回来告禀。"马荣道:"这事小人倒易查访,但有一件,不知大人可否知道?"狄公道:"现有何事?本院不知,你可原本说来。"马荣道:"这个僧人,尚是居住在宫外,还有一姓薛的,名叫薛敖曹。此人专在宫里,与张昌宗相继为恶,所作所为,真乃悉数难尽。须将此人设法处治,不得令他在京,方可无事。小人因是宫中暗昧之事,不敢乱说,方才因大人言及,方敢告禀。"狄公叹了一声道:"国家如此荒淫,天下安能太平!此事本院容为细访,你等且去,将此事访明。"

马荣、乔太二人领命出来,当时先到街坊探问一趟,到了下昼时分,两人饱餐晚膳,穿了夜行衣服,各带暗器,出了大门,由前宰门出去,向大路一直而去。行了有一二十里,果见前面一个极大的树林,古柏苍松夹于两道,远远望去,好似一圈乌云盖住,涛声鼎沸,碧荫葱茏,倒是世外的仙境。马荣道:"你看这派气概,实是仙人佳境,可惜为这淫僧居住,把个僻静山林,改为龌龊世界。究不知这松林过去,还有多远。"

两人渐走渐近,已离林前不远,抬头一望,却巧左边露出一路红墙,墙角边一阵阵钟声,度于林表,但觉鲸铿两响,令人尘俗都消。两人见到了庙寺,便穿出松林,顺着月色,由小路向前而去。谁知走未多远,看见庙门,只是不得过去,因为在门前一道长河,将周围环住。乔太道:"不料这个地方,如此讲究,仔细看这一带房屋,已是同宫殿仿佛,加上这个松林,这道护河,岂非是天生画境?那个木桥,已被寺内拉起,此时怎么过去?"马荣道:"你为何故作艰难?别人到此无法可想,你我怕他怎样?却巧此时月光正上,一带又无旁人,此时正可前去寻访寻访,若欲干那混账事件,此时正当其巧。"说罢两人看了地势,一先一后,在河岸上用了个燕子穿帘势,两脚在下面一垫,如飞相似,早就穿过护河。

到了那边岸上,乔太道:"我且去到寺门口看一看,若是开着,就此掩将过去,不然还要蹿高,方能入内,"马荣也就与他一齐同来,顺着红墙转过几个斜路,但见前面有个极大的牌坊,高耸在半空,一派雕空的梅兰竹菊的花纹,当中上面,一块横额,上写着"天人福地"四个金字。牌坊过去,两旁四个石莲台,左右一对石狮子，三座寺门，当中门额上面有块石匾，刻就的“敕赐白马禅寺”六字。两扇朱漆山门，一对铜环，如赤金相似，钉于门上。

马荣向乔太低声说道：“山门现已紧闭，我们还是蹿高上去。”乔太道：“这个不行。虽然可以上屋，那时找他的花园，有好一会寻找方向，且推他一推。”说着乔太进前一步，将身子靠定了山门，两手将铜环抓住，用了悬劲，轻轻向上一提，复向里一推，幸喜一点未响，将门推开。

乔太当时招手喊了马荣，两人挨身进去，复向西下一望，但见黑漆三间门殿，当中有座神龛，大约供的是韦驮。彼此捏着脚步，过了龛子，向二门走来，也就如法施行，将门推开。才欲进去，忽见左边有排板壁，隔着半间房屋，里面好像有人谈心。马荣知是看山门的僧人所在，当时将乔太衣袖一拉，乔太会意，彼此到了板壁前面。屏气凝神，在板缝内向里一看，却是一盏油灯，半明不灭的摆在条桌上首，一个四五十岁的僧人，坐在椅子上面，下首有个白发老者，是个乡间的粗人，坐在凳上，好像要打盹的神情。只见那个和尚，将他一推说道：“天下事，总是不公平，你醒来，我同你谈心，免得这样昏迷。”那人被他推了两下，打了呵气，睁眼问道：“你问我有何话说？方要睡着，又为你推醒。现在已近三更，那人还未前来。”和尚道：“想必她另有别人了。本来女流心肠，不能一定，直可怜那许多节烈的人，被他困在里面，真乃可恼。”马荣见他们话中有因，便向里面问道。那和尚又说出什么，且看下回分解。

第四十一回 入山门老衲说真情 寻暗室道婆行秽事

却说马荣、乔太两人，听那僧人说道："那人不来，许多贞节好人，为他困在里面，岂不是天下事太不公平？即如我，虽不敢说是真心修行，从前在这寺中为住持，从不敢一事苟且。来往的僧人，在此挂肠，每日也有七八十人，虽然不比有势力，总是个清净道场。自他到此，干出这许多事来，怕我在里面看见，又怕我出去乱说，故意奏明武则天，令我在此做这看山门的僧人，岂不鹊巢鸠占么？而且那班戏子，虽是送进宫中，无不先为他受用。你看昨日那个女子，被他骗来，现在百般的强行。虽然那人不肯，特恐那个贱货花言巧语，总要将她说成。"老者听了此言，不禁长叹一声说道："你也莫要怨恨，现在尼姑还做皇帝，和尚自然不法了。朝廷大臣，哪个不是武、张两党，连庐陵王还被他们谗间贬出房州。他母子之情，尚且不问，其余别人，还有何说？我看你，也只好各做各事罢。"马荣听得清楚，将乔太拖到房边，低声说道："我等此时，何不将此人喝住，令他把寺内的细情说明，然后令他在前引路，岂不是好。"乔太也以为然。

当时马荣拔出腰刀，使乔太在外防备，恐有出入的人来，自己抢上一步，左脚一起，将那扇门踢开，一把腰刀向桌上一拍，顺手将和尚的衣领，一把揪住，高声喝道："你这秃驴，要死还是要活？"那个和尚正在说话，忽然一个大汉冲了进来，手执钢刀，身穿短袄，满脸的露出杀气，疑惑他是怀义的党类，或是武则天手下宠人，命他来访事，方才的话为他听见，此时早吓得神魄失散，两手护着袈裟，浑身发抖，嘴里急了一会，乃道："英、英、英雄，僧、僧、僧人不、不敢了，方才、才是大意之言，求、求英雄饶命，随后再不说他坏处。"

马荣知他误认其人，喝道："你这秃驴，当俺是谁？只因怀义这秃驴，积恶多端，强占人家妇女，俺路过此地，访知一件事，特来与他寻事。方才听你之言，足见你二人非他一党，好好将他细情，并那藏人的所在，细细说明，俺不但不肯杀你，且命你得个极大的好处。若是不说，便是与他一类，先将你这厮杀死，然后再寻怀义算账。”和尚听了此言方才明白，乃道：“英雄既是怀义的仇家，且请松手，让僧人起来，慢慢的言讲。难得英雄如此仗义，若将这厮置之死地，不但救人的性命，国家大事，也要安静许多。且请英雄释手，僧人总说便了。”

马荣听了此言，将腰刀举在手内，说道：“我便松开，看你有何隐掩！”当时将手一放，只听“咕咚”一声，原来和尚身体极大，不防着马荣松手，一个筋斗，栽倒在地。马荣见他如此模样，知道他害怕，乃道：“你好好说来，俺定有好处与你。究竟这怀义住在何处？方才你两人说，那人未来，究是谁人？”和尚爬起来说道：“僧人本是这寺中住持，十年前来了这怀义，在寺中挂锡，当时因他是个游方和尚，将他留下……”说到此时，复又低声说道：“英雄千万出莫要声张，我虽说出，可是关着人命，你若声张起来，我命就没有了。只因当今天下，武则天被太宗逐出宫闱，削发为尼，彼时见怀义品貌甚好，命老尼暗中勾引，成了苟且之事。后来高宗即位，武后收入宫中，不时到这庙中烧香，已是不甚干净。那时因关国体，虽知其事，却不敢说出。谁知高宗驾崩，她把太子贬至房州，登了大宝，竟封这怀义做了寺中住持，命我看这山门。从此奸淫妇女，无恶不作。前日见村前王员外家的媳妇，有几分姿色，他自已便假传圣旨，到他家化缘，说太后欲拜四百八十天黄忏，令他到王公大臣家募化福缘。王员外见他前去，知他来历不轻，当时给了五千银子。他又说银子虽然送出，还要合家前去看礼，若是不去，便是违旨。次日王员外只得领着合家大小男女，入庙烧香，他便令人将他媳妇分开，骗到暗室里面。随后王员外回去，不见他媳妇，前来寻找，他反说人家扰乱清规，污浊佛地，欲奏知朝廷，论法处治。王员外不敢与他争论，只得抱头鼠窜的回去。听说连日在家寻死觅活，说这冤情没处伸了。谁知怀义将他媳妇藏入暗室，百般强污。所幸这李氏竭力抗拒，终日痛骂，虽然进来数日，终是不能近身。现在怀义无法，将平时那个相好的王道婆找来，先行出火，然后许她钱财，命向李氏言劝。说若李氏答应，遂了心愿，遂将她两人作为东西夫人。昨日在此一夜，午前方走，约定今晚仍来，故此山门尚未关好，”

马荣道：“既有此事，你且带我进去，先将这厮杀死，岂不除了大患！”和尚忙道：“英雄切勿粗莽，此去岂不白送了性命？他自大殿起，直至他内室暗室，各处皆有关键，而且临室前面，有四人把守。听说这四人是绿林大盗，犯了弥天大罪，当该斩首，他同武则天讲明，宽他不杀之罪，命他在此把守暗室，以防外人入内。武则天视他如命，岂有不依之理。当时便派这四人前来，马上步下，明来暗去，无不皆精。只要进了大殿，无意碰上暗门，当即突陷下去，莫想活命。四人听见响动,立刻下来,杀成两段,游人在此,无故送命的,也不知多少,何能前去?我看你休生妄想,你这样虽有本领,恐不是他的对手。这是我一派直言。那个王道婆要来了,若是见有生人,你我一齐没命。我话虽说明,你可赶快出去吧!"马荣道:"你放心,包不累你,我去便了。"当时将腰刀插入了鞘内,出了房门,将门带好,然后与乔太说道:"你我且躲在龛内等候,且待道婆前来,随她进去,方访得明白。"两人计议已毕,一前一后,蹿上神台,在龛内藏躲。

未有一个更次,果然门外有人谈心道:"今晚这个月色,正是明亮,怀义大约同热锅蚂蚁一般,在那里盼望呢。"后面一人又道"本来你也太装腔作势的,人家昨日同你千恩万爱的,叫你今晚早来,你到此时,方才动身。我看你也是挨不过去了。"那人道:"你知道拿我垫闲!一经将那个好的代他说上,你抱着他,他也不问你的。今日总要叫他认得我,方才知我的厉害。"说着咯咋一声,已将山门推下,高声问道:"净师父哪里去了?这半夜三更不在此看守,若有歹人钻了进来,岂不误了大事!"里面和尚赶着答道:"李婆婆来了!我方才进房有事,可巧你便来了。"马荣向外面一看,见是个四十上下的妇人,虽是大脚,却是满身的淫气。见和尚出来,向着后面那个女子说道:"你回去吧,明日不见得回去。本欲领你同我进去,那个馋猫见了你,又要动手动脚的了。随后有便,我再代你上卯,这几日先让我快活快活。"外面那人啐了一声,果然回去。这里道婆命沙弥将山门关好,自己提着个灯笼,向大殿而去。

乔太听她这派言语,已是气不可遏,欲想上前就是一刀,结果她性命,马荣赶快拦住,低声说道:"正要随她进去,访明道路,此时杀死,岂不误事!"两人见她进入大殿,跳出神龛,捏着脚步,随后赶来。只见她在大殿口站定,左脚向门槛上两蹬,忽然一阵响声,顷刻之间,里面出来几人,见是道婆,齐声笑道:"你这老崽子,如此装腔!他在那里乱来了,前后不分,揪着人胡闹。"当时说笑着,向里面而去。马荣、乔太欲想随她而行,又恐众人转身,为其看见,彼此没有退步,而且这班人,皆非善类。当时两人只得蹿身上了房屋,在上面随着灯光,一路而去。穿过几处偏殿,见前面有个极大的院落,院左边有个月洞门,并不推敲,但将门外那块方石一敲,两扇门自然开来,里面却是个花园,梅、兰、竹、菊、杨柳、梧桐,无不齐备。两人在墙头伏定,但见前面一带深竹,过了竹径,乃是三间方厅,众人到了厅内,道婆喊道:"秃子还不出来迎接!你再在里面,我便走了。"这话还未说完,好像一人道:"我的心肝,你再走,我便死过去了。"正说之间,众人哄然大笑。马荣不知何事,当时蹿身下来,隐在竹园里面,向厅前一看。只见一个少年和尚,精赤条条,站立在前面。因道婆说要回去,他来不及穿衣服,便这样出来，所以引得众人大笑不止，马荣虽是愤气，只得耐着性子，向里面望去，见怀义同那道婆，手搀手，到了那上首房间里去，众人顷刻间，全然不见。遥想此时，这奸僧干那苟且之事，不忍听那淫秽之声，只得又等了一会。约计干毕之后，走到窗下侧耳细听，闻得道婆说道："你这没良心的种子，现在无人，竟拿我垫闲，今日火自出了，日后怎样说法？我们是下贱人，比不得你上至武后，下至官人，皆可亲热的。今日不允我个神福，那件事你也莫想上手，我这利口，你也应该知道。"怀义道："你莫要这样说，昨晚已允过你了，若把她说妥，这两个房间，一东一西，为你两人居住。若武则天前来，横竖她也不在这里，另有那个地方。听说我们的那班戏子，无不个个如意，加之薛敖曹又入宫中，她已是乐不可支，一时也未必想起我来。即便我间或进宫，也是躲躲藏藏，焉能同你们如此忘形。你看我这小怀义，又怒起来了，你可再救我一救。"说着便搂抱起来。马荣听到此时，实在忍耐不住，拔出腰刀便想进去动手，忽听里面隐隐的露出哭声，知是李氏困在里面，复又按着性子，想道："我此时进去，就要将这狗男女杀死，设若误入暗室，岂不反误了大事！"只得转身到了院内，命乔太在竹园等候，自己顺着声音，暗暗听去。却是在地窖里面，走了两趟，只不见有门路。

忽然奸僧与道婆一阵笑声，出了厅门，马荣反吃了一惊，深恐被他看见，正要躲避，复又铃声一响，许多男子齐行出来，向道婆说道："李婆婆，我们在下面说了两天，为他骂了无限，只是不依。你现在人浆也吃过了，火已平了，可以将此事办成，免我们这位寻人乱闹。"道婆道："你们这许多人垫垫工，也不为过，若再向我取笑，便显个手段你看。"众人道："我等如此说，须也是为的你日后做二夫人，岂不快活。"说着，道婆一笑，将那门槛一踹。众人顷刻复又不见。马荣甚是诧异。不知后事如何，且看下回分解。

第四十二回 王虔婆花言骗烈妇 狄巡抚妙计遣公差

却说马荣见怀义同众人忽然不见，知是下入地窖，见四下无人，当即走身出来，与乔太并在一处，侧耳细听。但听道婆到了里面说道："王家娘子，还在这里么？我看你们这些人，为甚不打盆面水来，快为娘子净面？就是想娘子在此，也该殷勤殷勤些，令人心下舒服。常言道，不怕千金体，三个小殷勤。人心是肉做的，她看你这温柔苦求，自然生那怜爱的心了，而况怀义有这样品貌，这样人物，还有这样声势富贵，旁人还想不到呢。目下虽是个和尚，可知这个和尚，不比等闲，连武后也是来往的，王公大臣，哪个不来恭维？只要武则天一道旨意，顷刻便官极品，那时做了正夫人，岂不是人间少有，天上无双。到那时我们求夫人让两夜，赏我们沾点光，恐也不肯了。总是你们不会劝说。你看哭得这可怜样子，把我们这一位都疼痛死了。你们快去，取盆水来，好让我为娘子揩脸。凡事总不出情理二字，你情到理到，她看看这好处，岂有不情愿之理？"

正说之间，忽听铃声一响，马荣两人吃了一惊，赶着用了个蝴蝶穿花势，蹿至竹园里面隐身。向原处一望，早有两个人来，捧着一个瓷盆，向东而去。马荣道："你听虔婆这张利口，说得如此温柔，想必取水之后，便要动手了，你我索性在此听个明白。"两人在私下议论。未有一会工夫，那人已取了水来，依然铃声响动，入内而去。马荣复又出来，但听道婆又道："娘子且清净面，即便要去，如此夜深，也不好出庙，我们再为商议。还有一句不知进退的话，娘子既来此地，就是此时出去，也未必有干净名声，若是清洁，最好不来。现在至此，你想怀义的事情，谁不知道？那时落个坏名，同谁辩白？我看不如成了好事，两人皆有益处。这样一块美玉似的人，还不情愿，尚要想谁？我知道你的意思，昨日进来，羞答答的不好意思，故此说了几句满话，现在又转脸不过来，其实心下早经动情了。只总是怀义不好，不能体察人的意思，我来代你收拾好，让你两人亲热亲热的在一处。”说着好像上前去代她揩脸解衣的神情。

马荣正是怒气填胸，只听得“光”一声，打了一个巴掌，一个人高声骂道：“你这贱货，当着我是谁，敢用这派花言巧语？可知我乃金玉之体，松柏之姿，怎比得你这蝇蛆逐臭的烂物！今日既为他困在此地，拼作一死，到阴曹地府，同他在阎王前算账。若想苟且，也是梦话。他虽是武则天来往，可知国家也有个兴败！何况这秃厮罪不容诛，等到恶贯满盈，那时也要碎骨粉身，以暴此恶！你这贱货，若再动手，先与你拼了死活。打量我不知你的事情？半夜三更，乱入僧寺，你也不怕羞煞！”乔太向马荣耳边说道：“这个女子实是贞烈，若果这虔婆与怀义硬行，也只好冒险的前去了。”马荣道：“怕的怀义到别处去了，这半时不闻他言语。且再听一会，看是如何。”乔太只得将腰刀拔出，专候厮杀。

谁知虔婆被她这一顿痛骂，并不动气，反哈哈笑道：“娘子你也太古怪了，我说的是好话，反将我骂这一顿。我就不回手，看你这要死不死，要活不活的样子，几时是了。我且出去，免得你生气。”说罢向众人道：“你们在此看守，我去回信。遥想秃驴，不知怎样急法呢！”当时又听铃声一响。马荣两人疑惑里面有人出来，复又隐入竹内，谁知听了一会，并不见有动静。马荣道：“这下面地方，想必宽大。方才怀义下去，不听他的言语，此时铃声一响，虔婆又不出来，想是另有道路，到别处去了。你我此时，且到后面寻觅一番，看那里有什么所在。现已打四更了，去后也可回城通报。你我两人在此，虽知其事，终于无益。”二人言定，由竹园内穿出院墙，蹿上厅房，向后而去。但见瓦屋重重，四面八方，皆有围墙护着，欲想寻个门路，也是登天向日之难。看了一会，知是他的暗室，当时只得出来，蹿过护河，向城内而去。

到了衙前，却巧天色已亮，自己吃了饮食，正值狄公起身，当即到了书房，狄公问道：“你等去了一夜，可曾访出什么？”马荣道：“大人听了此事，也要气煞！世上有这等事件，岂非是君不成君，臣不成臣。”当时两人便把白马寺的话，从头至尾，说了一遍。狄公自是气不可遏，忙道：“今夜你等可如此如此，先将这老虔婆杀死，本院一面命陶干前去，将王家的原主唤来，本院自有章程。”马荣领命出来。登时狄公将陶干喊进，又将刚才的话，诉说了一番，命他立刻出城，如此如此。

陶干当时出了衙门，飞马向城外而来，一路问了乡人，约至辰牌之后，已到了王员外庄上。赶紧下马，在树上拴好，自己走到庄前，见有四五个庄丁，在那里交头接耳，不知说什么东西。陶干上前问道：“你这庄可是姓王？你且进去通报一声，说是有个陶干，特由城内而来，同他有机密商议。从速前去，迟则误事矣。"

却说那些庄丁，见他是公门中打扮，不知是好是歹，乃说："天差到此，虽是正事，可巧我主人现卧病在床，不要见客，且请改日来罢。"陶干知他是推诿，乃道："你主人的病由，我是知道的，若能见我，不但可以治病，而且可以伸冤。这句话，你可明白么？近日你家庄上出了何事，你主人的病，就因此事而起。是与不是，快去快去，莫再误事。这个地方，非谈心的所在，到了里面，你们便知我来历了。"众人见了他如此说法，明明指着白马寺之事，当时只得说道："且请天差稍待一刻，我进去通报一声，看是如何。"说着那人走了进去，稍停一回出来，向着陶干道："我主人问你是何处衙门天差？"陶干道："俺乃巡抚衙门狄大人那里前来，还不知道么？"那人听了此言，遂说道："既然是巡抚衙门，我主人现在厅前，就此请见吧。"陶干当即跟他进去，穿过了几处院落，来至厅前。只见一个五六十岁的中年老者，站在厅前，见那陶干来，赶着说道："天差光降，老朽适抱微恙，未克远迎，且请坐奉茶。"陶干当时说道："小人奉命前来，闻得尊处现有意外之事，且请说明，敝上或可代为理恤。但不知员外是何名号？"王员外道："老朽姓王名毓书，曾举进士，只因钝朽无能，家中有些薄产，可以度日，因此不愿为官，居于是乡。然村庄田户，见老朽有些薄产，妄为称谓，此庄唤王家庄，遂称老朽为员外，其实万不敢当。但狄大人雷厉风行，居官清正，实是令人钦慕。此时天差前来，有何见教？"陶干见他不肯说出真情，乃道："当今朝廷大臣，半皆张、武两党，狄大人削除奸佞，日前已将两人惩办。小人前来，正为白马寺之事，何故员外见外，尚不言明？岂不有负来意！"王毓书听了此事，不禁流下泪来，忙道："非是老朽隐瞒，只因此事关着朝廷统制，若是走漏风声，性命难保。目下哪一个不是奸党的爪牙，独恐冒充前来，探听虚实，以致未敢直言。其实老朽这冤枉，无处申诉的了。"说罢流泪不止。

陶干道："员外且莫悲伤，这其中细情，俺俱已知悉，幸而令媳此时并未受污。"当时将马荣、乔太昨夜去访的话，说了一遍，然后道："大人命我来此授意员外，请员外如此这般，大人定将此事办明，所有沉重，皆在大人身上。外面耳目众多，实是要紧，千万勿误。小人不能在此久待，回衙还有别的差遣。"说毕，起身告辞而去。王毓书听毕，心下万分感激，虽然犹豫不决，不敢就行，复又想了一会道："我家不幸出了此事，难得狄公为我出力，若再畏首畏尾，岂不是自取其辱么？"当时千恩万谢，将陶干送出大门之外，依议办事。

且说陶干回转城中，禀见狄公，各人在辕门伺候。到了下半天，忽然堂上人声鼎沸，有许多乡人，拥在大堂之上，狂喊伸冤，一个中年老者，执着一个鼓槌，在堂上乱敲不已。当时文武巡捕,不知为何事,赶紧出来问道:“你这老人家有何冤抑事,为何带这许多人前来喊冤?明日堂期,可以呈递控状,此时谁人代你回禀?”那老者听了此言,抓着鼓槌,向巡捕拼命说:“来击鼓鸣冤。”说是白马寺僧人,将他媳妇骗入寺内,现在死活存亡,全未知悉,特来请大人伸冤。狄公道:“白马寺乃怀义住持,是武后常临之地,岂得有此不法之事!他的犯词何在?”巡捕道:“小人向他索取,他说请大人升堂,方才呈递。不然就要轰进来了。”狄公假意怒道:“天下哪有这样事件?若果没有此事,本院定将这干人从重处治;若是怀义果真不法,本院也不怕他是敕赐僧人,也要依律问罪。既这原告如此,且传大堂伺候。”巡捕领命出来,招呼了一声,早见许多书差皂役,由外进来,在堂上两旁侍立。顷刻之间,暖阁门开,威武一声,狄公升堂公座,值日差在旁伺候。狄公问道:“且将击鼓人传来。”下面听了这句言语,如海潮相似,异口同声,八九十人,一齐跪下,口称大人伸冤。为首一个老者,穿着进士的冠带,在案下跪下,身边取出呈子,两手递上。狄公展开看了一遍,与马荣回来说那看山门的和尚所说的话无异,然后问道:“你叫王毓书么?”老者道:“进士正是王毓书。”狄公道:“你呈上所控之人,可是实事么?怀义乃当今敕赐的住持,他既是修行之人,又是武后所封,岂不知天理国法?何故假传圣旨,到你家化缘,勒令你出五千两银子?又命你合家入庙烧香,将你媳妇骗入在里面,此是罪不容诛之事,若控不实,那个反坐的罪名,可是不轻。你且从实供来。”

王毓书听了此言,说道:“进士若有一句虚言。情甘加等问罪。只求大人不畏权势,此事定可明白。”说罢放声大哭。不知狄公如何发落,且看下回分解。

第四十三回 王进士击鼓鸣冤 老奸妇受刀身死

却说狄公见王毓书说，大人如能不畏权贵，决可将此事明白，当时拍案怒道："你虽不入仕途，也是科名之士，岂不知国家立官，为达民隐？本院莅任以来，凡事皆秉公评断，你何故出此不逊之言？且将你交巡捕看管，本院访明再核。若果不实，便将你重处！余人一律开释。"说罢拂袖退堂。所有那些百姓，听见此事，无不切齿痛骂，说怀义这秃驴，平日干的事件，已是杀不胜杀，只因有关国体，朝廷大臣，无奈何他，近又将王毓书媳妇，骗入里面，还敢假传圣旨，这样大罪还可容得么？可惜这老人家，只控了一番，这狄公但问他是虚是实，那个意思，也不敢办，这岂非有心袒护么？你言我语，私下议论不了。当时王毓书随巡捕而去，众农户见狄公如此发落，齐向王员外道："员外在此，且耐心两日，若大人再不肯办，我们明日再来。"说罢，齐声而散。

你道狄公何故说这松懈的话，只因怀义党类甚多，就要今晚马荣、乔太两人事情办成，明日方可奏知武后，严加惩办，若此时在堂上过于决裂，满口要办怀义，设或有人与怀义一党，当时前去报信，走漏风声，反为不美。因此但将控告的原因，在堂上细问了一遍，使百姓知道，又见自己不肯替王毓书伸冤，此乃他禁止人通报信息的意思。此时退堂之后，将控告收好，已是上灯时候。命陶干去喊马荣，说他二人已经前去，当晚也不安寝，专等马荣的回信。

谁知马荣与乔太早就吃了晚饭，出衙门，由原路向白马寺来，约至二鼓左右，已到面前。两人走的是熟路，直至寺口，依旧将山门轻轻一推，幸喜又未掩着。两人挨身进去，复又掩好，来至和尚房内。那个和尚见他又来，忙道："昨晚你们几时出去？里面的事情，曾访明白？"马荣道："全晓得了，但问你昨晚山门不关，是等那个道婆，昨日听得说今晚不回去，为何此时仍将山门开着？"和尚道："英雄不知，她每日皆如此说法，到了次日，便自回去。因她那个庵中，也是个龌龊世界，所有的尼姑，把持京城中少年公子，不知坑害了多少。她每日回去，仍要办那些牵马打龙等事。今日已正之后，方才出去，言定三更复来。英雄此时又来何干？”马荣道：“可真来么？”和尚道：“僧人岂敢说诳？”马荣当即说道：“你且在里面静坐，若山门外有什么声响，千万莫出来询问，切记切记！”说毕，仍然与乔太出寺，在牌坊口站定。

看看天色尚早，复又在周围一带，游玩了一回，约至三鼓，月色已是当头，心下正是盼望，远远的见松林外面有团亮光，一闪一闪的。马荣招呼乔太道：“你看对面可是来了么？”乔太说：“这树枝挡住看不清楚，且待我前去看明白了。”当时捏着脚步，向松林内走来，定睛一看，却是一个少年女子，提着个灯笼，照着那道婆前来。乔太赶忙出了树林，来至牌坊前面，低声向马荣道：“这贱货来是来了，你我在哪里动手？”马荣道：“就在这山门前结果她姓命。”当时背着月光，倚着牌坊的柱子，掩住身躯。只听树林二人说道：“王道婆婆，你何以认知怀义？听说他与别人不同，浑身全瘫在身上，唯有那件东西，如铁棍子相似，两下一来，便令人筋骨酥麻，可是真的么？你天天如此受用，可惜我未尝过这滋味，你哪一天也松松手，给点好处与我。每天送你来，便不许我进去，岂不令人想煞？不听这妙事，也就罢了，既然晓得，不能身入其境，你想可怪难受的。”王婆婆听了笑道：“你这臊货，每日两三个男人上下，还要得陇望蜀，想这神仙肉吃。可知他虽是如此，也要逢迎的人有那种本领，软在一处，瘫在一堆，方有趣味。不然独角戏唱得来，也无意味。”两人一头走着，嘴里只顾混说这邪话，不防着已到了牌坊前面，马荣将腰刀一举，蹿身出来，高声喝道：“老虔婆，做得好事，今日逢着俺了！”说着左右将头发揪住，随手一拖，早跌倒地下。那个少年女子，正要叫喊，乔太早踢了一脚，将灯笼踢去，露出明晃晃钢刀，向着两人说道：“你们如喊叫一声，顷刻就送你的狗命。”

虔婆见是两个大汉，皆是手执钢刀，疑是劫路的贼盗，早已唬得魂不附体，当时说道：“大王饶命，我身边没有银钱，且放我进寺，定送钱财与你。”马荣两人，也不开口，每人提着一人，直向松林而来。到了里面，“咕咚”摔下，乔太向马荣道。“大哥，我们就此开刀，先将她那个贱货剥下，究竟看她什么形象，就如此淫贱。就后挖出她心来，就挂在这树上，让鸟雀吃了吧。再将头割下，为那烈妇报仇。”马荣故意止住说道：“这不是怪她一人，总是怀义这狗头秃驴造的这淫孽。若是这虔婆肯将那地窖的暗门，何处是关键，何处是埋伏，何处是怀义淫秽的地方，共有几个所在，她能说明，常言道，冤有头，债有主，我们仍寻怀义算账，与她二人无涉。”乔太听了此言，向着王婆婆说道：“你这虔婆可听见么？爷爷本欲结果你们的性命，这位大哥替你们讨情，饶你狗命，你还不赶快说么？”王道婆听了此言，心下想道：“这两人是何处而来，为何与怀义有这仇恨？我且谎他一谎，只要将此时过去，告知怀义，命他明日进宫奏知武后传出圣旨，捉拿这两个盗匪，还怕他逃上天去么？”当时说道：“大王要问他地窖，此乃是自己的埋伏，外人焉能知道？我不过偶然到此烧支香，哪里知道他的暗室？”马荣冷笑道：“你这刁钻的贱婆，死在头上，还来骗人，打量爷爷们不知道？昨日夜间打洗脸水是谁叫的，东西夫人是谁要做的，我不说明，你道我未曾看见么？你既偏护着孤老，爷爷就要得你性命，先送点滋味你尝尝。”说着刀尖一起，在虔婆背臂上，戳了一下，登时“哎哟”一声，满地的乱滚，鲜血直流，嘴里喊道：“王爷千万饶命，我说便了。”马荣说：“爷爷叫你说，你偏要谎我，现在不要你说，你又求饶。要说快说，不说就下手了！”当时将钢刀竖起，刀背子靠在颈项上，命她直说。

王道婆到了此时，已是身不由主，欲待不说，眼见得性命不保，只得说道：“他那个厅口的门槛，两面皆有口子，在外边一碰，便陷入地窖，下面皆是梅花桩、鱼鳞网等物，陷了下去，纵不送命，已是半死。由里一得脚，那门槛下面有两块砖头，铺嵌在木板上面，用铁索子系在槛上，只要一碰铁索子，便落了下来，当时两块石板，左右分开，下面露出坡屋。由此下去，底下有十数间房屋，各是各的用处。我那日在那里是第二间房内，李氏娘子是第五间，其余皆是他娈童顽童的所在。将这房屋走尽，另有五大间极精美的所在，便是武后的寝宫了。这全是真实的言语，并无半句虚词，求大王饶命吧。”马荣听完，乃道：“爷爷倒想饶你，奈我伙伴不肯。”王道婆疑惑的看乔太，也就向乔太求道：“是这位大王，也高抬贵手，饶我一命。”乔太笑道：“他有伙计，俺也有伙计，只问我伙伴肯饶你，便没有事。”王道婆道：“大王不要作耍，统只有你两人，哪里再有伙计？”乔太将刀一起喝道：“就是这伙计，饶你不得！”王道婆哎哟一声，早已人头两处。那个少年女子，见道婆被杀，自分也是必死，只得求道：“大王如不杀我，我便把身上这金镯与你两人。”马荣骂道：“你这臊货，也饶你不得！你且说来，庵在何处，里面共有多少尼姑？”女子道：“此去三里远近，有座兴隆庵，便是武后从前为尼之所。这道婆与怀义是多年的情人。现在共有三四十间暗房，此三四十个尼姑，专门招引王公大臣、少年子弟，在内顽耍。凡有人家暧昧之事，不得遂心的，也来此处商议。我是去年方才进庵，专随这道婆出入，有时她迎接不上，便命我替代，因此知道这里面的滋味。不料今日此处遇见大王，但求大王饶命。”马荣听了骂道：“你这贱货，留着你也非好事！你既同她前来，一齐再同她前去。”当时也是一刀，把那女子杀死。马荣道：“你我此事是干毕了，明日怀义出来，自必奏知武后，捉拿凶手。尸骸山门前面，岂不有累这看门的和尚？你且进去，对他说知，我将这两颗人头，送到怀义那个厅上去，先把点惊吓与他。”说着起手在地下将两颗首级提起，一路蹿房过屋，向那竹园而来。

到了里面，见了下面有人说道：“这个老东西，此时又不来了。每日夜间，总不得令人早早安歇，她不来，这一个便逢人胡闹。”马荣见四下无人，捏着脚步，顺着道婆所说的路径，走到里面，轻轻把两颗首级，一里一外，在那开键处摆好，随即蹿身上房，连蹿带纵，到了山门口，向里喊道：“乔太，你我快点回去。顷刻里面警觉，便走不去了。”乔太正值里面出来，两人一齐向城内而去。半路之间，马荣问道：“你如何同他说？”乔太道：“我同他说明，是巡抚衙门来，若是怀义在他身上追寻凶手，命他到辕门控告，但说怀义骗奸人家妇女，致杀两人。他见我是狄大人差来，感激不尽，说代他出了冤气。虽是他的私意，遥想也不甚有误。”当时两人赶急入城，已是四更以后。

进了衙门，却巧狄公正拟上朝，见他两人回来，知是事情办妥，问明原委，上车来至朝房。此时文武大臣，尚未前来，幸喜元行冲已到，狄公当将王毓书的事告知与他。行冲道：“此事唯恐碍武后情面，难以依律惩办，只得切实争奏，方可处治。”狄公道：“本院思之已及，稍停金殿上如有违拂之处，尚望大人同为申奏。”元行冲道：“大人不必烦虑，除武后传旨免议，那时无法可想，若是武三思、张昌宗等人阻挠，下官定然伏阙力争。”二人计议已毕，众臣陆续已来。稍待，景阳钟响，武后临朝，文武两旁侍立，早有值殿官上前喊道：“有事出班奏驾，无事卷帘退朝。”只见狄公俯伏金阶，上前奏道：“臣狄仁杰有事启奏。兹因进士王毓书昨投臣衙门击鼓呼冤，说有媳妇李氏为白马寺僧人怀义骗入寺内中，肆行强占，目下不知生死如何。臣因该地是敕赐的所在，恐其所控不实，当即在堂申驳。谁知此事合境皆知，听审百姓齐齐鼓噪，声言此案不办，便欲酿成大祸。臣思若果王毓书诬告，何以百姓众口一词，如再不奏明严办，不但有污佛地，于国体有关，且恐激成民变。求陛下传旨，将白马寺封禁，俾臣率领差役，前去搜查一番，方可水落石出。若果没有此事，这王毓书诬控僧人，扰乱清规，也须依律惩办。”

武则天听了此言，不禁吃惊道：“怀义是寡人的宠人，准是因薛敖曹现入宫中，他不能前来，加之寡人久不前去，因此忍耐不住，做出这不法事来。但此事有碍我的情义，设若被他审出，如何是好？”当时要想阻止他不办，一时又不好启齿。武后想来……不知所说如何，且看下回分解。

第四十四回 金銮殿狄仁杰直言 白马寺武三思受窘

却说武后听狄公奏怀义骗诱王毓书媳妇，请传旨交他查办，心下难以决断：欲待不行，显见碍于私情，恐招物议，而且狄公非他人可比；若是他前去搜出实据，那时更难挽回。若遽然准旨，此去怀义定然吃苦，那种如花似玉的男人，设若用刑拷问，我心下何以能忍？况此事也不能怪怀义，总因薛敖曹、张昌宗等人，日在宫中，便令我将他忘却，以致他心火上炎，难以遏止。此事唯有推诿在别人身上。若果他实事求是的认真起来，那时也只好如此这般，传道旨意，开赦便了。当时答道："狄卿家所奏，王毓书击鼓呼冤，孤家虽不知怀义果有此事，但此寺乃是先皇敕建，加以寡人允了神愿，偶往烧香，见怀义苦志修行，不愧佛门子弟，因此命他为这寺中住持。此时既有此事，切不能因他是敕封的僧人，违例不办，但也要访明，唯恐别处僧人冒充其事，那时坏了佛地是小，坏了国体是大。卿家是明白之人，也应知寡人的意见。此去但将王毓书媳妇查访清楚，令其交出便了。余下若能宽恕，看他是出家之人，容饶一二。"狄公心下骂道："这个无道昏君，金殿上面，竟命我违例饶恕他，明是袒护怀义，我且不问如何，你既命我去，当时也不怕你有什么私意，也要奏上一本，不然全没有天理国法。"随即奏道："臣定仰体圣意！若怀义果真不法，也只好临时再看轻重了。"

当时正要退朝，忽然黄门官奏道："现有白马寺住持怀义报道，山门前不知何人杀死两口女尸，首级不知去向。特命人来报官，转请代奏。"武则天听了此言，心下疑道："莫非怀义真是个妄为！两个女子是他骗来行奸不从，致将他杀死，反来奏朕发落？现在狄仁杰在朝，如何遮掩得过来？"当即怒道："白马寺乃敕建的寺院，何人敢在此行凶？若不严办，法律安在！且山门有人看守，僧人静慧岂不听见！莫非他干出不端之事，抵赖在怀义身上？"狄公心下明白，当时并不再奏，领旨下来，退朝而去。

且说怀义何以知山门前有了死尸？只因他与众娈童在暗室内胡闹了半夜，轮流更替，皆不得王道婆那件顺意。一看玉杵如钢炭一般，真是无处安放。等到三更，仍是不来，欲想与毓书媳妇勾当，见她那样哭骂，深恐她拼命寻死，反而断了妄想。直到四更，疑惑道婆真是不来，不得已揪着了极小的道童，硬行干了一会，勉强出了点火，心下终不舒服，向着众人道："这个老崽子骗得我好苦！她明知我熬不过去，偏是不来。此去她庵中不远，你们带我寻她，究竟看她去那里何事。莫非又遇见个妙人儿，舍不得前来？"那些娈童，皆是百说百依的，随即三四个人，由暗室出来。才将铜铃一抽，将那暗门开下，忽然一个滚圆的物件，如西瓜一般，骨碌碌的由台坡上直滚下来，把众人吃了一惊。皆定神向前一看，叱咤一声，未曾喊得出口，早又咕咚栽倒在地。怀义忙道："你们怎样了。"那人早已吓僵，但听说道："人、人、人头！"怀义再仔细一望，正是血淋淋一颗首级，当时亦魂飞天外，忙喊道："前面英雄赶快出来，此地出了命案了。"

原来门槛外面那个陷人坑，四面有四个绿林大盗在那里把守，日间无事，夜间专在此处，恐有人来陷入坑中，他四人便一齐上前乱刀砍死。此时听见怀义叫喊，知又出了事了，也就将铜铃抽起，开下暗门，依然一样，早有个如西瓜大小东西，从上面滚了下来。为首一人正往上走，不防着正滚在自己头上，吃了一惊，也不知何物，顺手一摔滚了过去。但觉头额冰凉，再用手一抹，不看犹可，再举手一看，乃是鲜红的人血，忙呼道："这事奇了，此地哪里有人头。"四人不解其故，只得一起攒身上来，过了门槛，复到里面暗室，见那边一人，已吓昏在地下，忙道："你等不要慌，此事必仇家所为，而且是个好汉，方有胆量，干得出这事。且取个灯台来照一照，看是何人。"怀义连忙移过烛光，这一吓，非同小可，忙道："不、不、不好了，就是王道婆，为人杀了！我的心肝，你死得好苦，这来我怎么得过？"大汉道："你们莫要大惊小怪的，可知我那边还有个人头。一同看清楚了，再想这凶手是谁。"说着过去，两人把那颗首级取来，众人一看，正是道婆的伙伴。怀义道："这明是她两人前来，行至半路，被仇人所杀。这事如何得了？"

正闹之间，忽听前面又叫喊起来，说道："你们里面快点出来，现在山门口，杀死两人尸骸，不知由何处而来。这事不是儿戏，有关人命哪！"怀义听道："不好了！这分明是静慧狂叫，莫非赵老儿也被人杀死？"四个伙伴听得此言，忙道："只要凶手在此，也不怕他逃上天去，我等且去将他擒获。"说毕四人如飞一般，穿蹿纵跳，到了前面。见静慧面如土色，还在那里叫喊，忙问道："净师父，凶手在哪里？"静慧道："我与赵老儿在山门内等候道婆，直不见她前来。因是天色不早，正要小解，一人出去瞧望，见有一个大汉，肩头上背着两件东西，向牌楼前一捽。我正要上前去问,那人大喝一声:‘你来便送你狗命!’我见他手中执着一把亮刀,一吓一个筋斗,昏了过去。过了半会,方才醒来,那人已不知去向。因此前来喊叫,不知我们里面如何?”四人齐道:“这事奇了,里面只有两颗人头,莫非与山门前那个尸骸是一人?我们赶快追击。”四人各执兵器,蹿出山门,果见牌房前两口尸骸横在下面。向脚下一望,却是两个女尸,知是身首两分。四人在左近追寻了一回,不见有人影,只得依旧回寺,来到里面,告知怀义。

怀义道:“这事如何是好?若他今夜再来,哪里有这许多人防备?可见这人本领非常,一人杀死两人,还敢将人头送至里面,竟无人知觉,遥想我们这内里的事,他皆知道了。似此若何办法?”四人道:“你何必这样惧怕?此时赶快命人至武三思衙门,报知此事。现在天已将亮,请他立刻上朝,奏明武后,传旨刑部衙门九门提督,一体严拿凶手。如此雷厉风行,还怕他逃脱么?这个人头,从速在后面掩埋灭迹。就说是无头的命案,在别处杀人之后,将尸身移在寺前,有意拖害。武后听了此奏,岂有不办之理!”怀义听了此言,甚有主见,随即命人赶快入城。谁知到了城内,武三思已去上朝,那人只得到黄门官处,禀知此事,请他随即代奏。

此时武后退朝,赶命武三思入宫,说道:“怀义干出此事,现为狄仁杰奏明寡人,他乃先皇的老臣,而且孤家见他便有三分惧怯。这事若被他审出真情,为祸不浅。王毓书控告之事,还未明白,复又闹出命案,岂非叠床架屋,令人难救。你此时赶先到白马寺去,命他将所有的罪名,移卸在净慧身上,孤家便可转圜了。”武三思本是他们一类,听说狄仁杰承办此事,也是为怀义担心,当时领旨,由后宰门出去,骑马出城,由小路飞奔白马寺来了。

下了牲口,果见山门前横着两口女人的尸首,地甲等人在那里看守,仍有许多百姓来来往往,拥在那里观看。武三思恐有议论,当时进了山门,直向内厅而去。正是怀义与众人谈论,说命人前去,何以仍未回来,不知武后如何发落。忽见武三思匆匆而进,正是喜出望外,忙道:“皇亲请坐!寺中闹出这项事件,如何是好?”三思笑道:“本来你们也太乐极了,日夜的在此快活,可知有人告了师父?”怀义道:“这是何说?有谁告我?”三思正色道:“此来正奉武后的密旨。现在王毓书在老狄辕门击鼓鸣冤,说你将他的媳妇李氏骗困在里房内面,而且假传圣旨,勒令出五千两饷银。方才老狄上朝,奏明武后,武后正如此这般,为你掩饰,谁知黄门官又启奏说,寺前杀死两人。这明是你因奸不从,下这毒手。稍顷老狄便来相验,武后特命我来,命你推在净慧身上,随后方好转圜。”怀义听了此言,也是吃惊不小,忙道:“这不是冤煞人了?王毓书所控,虽有此事,只因我久不进宫,故一时妄为,可知杀死的人,并非什么百姓,乃兴隆庵的王道婆。她与我的事件,你也晓得,何忍将她杀死?这定是仇家所为。现在老狄前来,唯恐这事不能掩饰,却是如何是好?"武三思:"横竖有武后作主,尚无大碍,但不可与他硬辩。从前我与张昌宗尚吃他大苦,何况你是出家之人。虽看这私情在内,可知外面说不出口。我还不能在此久坐,设若他来两下对面,反为不美。他来后怎样,只赶快命人到我那里送信,好进宫复奏。这个地方,也不能久坐,他进来,径在前殿上请他起坐,免得露行迹。"说着匆匆起身而去,就出了山门,正望小路上走来。

谁知前面鸣锣开道,纷纷而来,许多百姓,齐声让开,说道:"巡抚狄仁杰大人来了,稍顷便要相验。"武三思见狄公已来,只好站立一旁,挤在人丛里面。谁知狄公在轿内早已看见,心下骂道:"这厮前来,必有什么密旨传教怀义,我且将他拘在此地,令他亲目所睹,方无更变。"随即命人住轿,走出轿来,高声喊道:"武大人在此何干?莫非怕下官徇情,相验不实,从旁监视么?"武三思被他喊了两声,彼此转不过脸来,只得上前答道:"下官因有己事下乡,路过此地,特来一瞧。大人乃清正之官,何必生疑?大人且请办公,下官即告退了。"狄公见他如此,心下笑道:"你也太乖巧了,既来如何能去!"忙道:"下官正恐一人照应不到,欲请一位亲信大人,同办此事。既然大人在此,且请同为查验,稍缓一刻何妨。"武三思心下正是着急,明知他是有意缠缚,忙道:"大人乃奉旨而来,下官未奉主命,何敢越分行事。"狄公正色道:"你未奉命办此案件,难道私下至此,便行得么?此乃案情重大之事,你此时前来,非通消息而何?食君之禄,理合报君之恩,为何徇私废公,不办国家之事?今日虽未奉旨,且越分一次,所有罪名,老夫奏知圣上,自请处分便了。若不在此间办这案,便是你有意欺君!"武三思被他抢白了一顿,只是回答不来,只道:"下官何敢如此?奉陪大人便了。"当时两人一齐进了山门。早有人通信,告知怀义。

怀义平时妄自尊大,任凭你何人,也不出来迎接,此时有亏心的事件,加以狄公清正刚直,无人不知,早已心中惧怕,迎接出来,在大殿前侍立。见了狄公,待行礼已毕,邀入前厅上坐下,怀义也就入座。狄公当时喝道:"你是何人,竟敢与钦差对坐?即此一端,可知目无法纪。平日你是敕建的住持,稍为宽待,胆敢将良家妇女,骗困寺中!本院奉旨查办,你是为首的钦犯,还不向我跪下,从实供来!王毓书的媳妇现在何处?山门外两人,你何时所杀?"这番话早将怀义吓得满身乱战。不知后事如何,且看下回分解。

第四十五回 搜地窖李氏尽节 升大堂怀义拷供

却说怀义见狄公说了一番言语，吓得浑身乱抖，乃道："僧人奉圣命在此住持，何得谓之钦犯？王毓书媳妇，是谁骗来，大人何能听一面之词，以为信谳？"武三思在旁道："大人且待相验之后，再为讯审。此时未分皂白，也不能命御赐僧人，便尔下跪。"狄公道："不然。王毓书也是个进士，断无不顾羞耻，捏控于他人之理。以命案看来，在他寺前，无论他是谋与否，杀人之时，未有不呼救之理。他既为寺中住侍，为何闻听不救？照此论来，也不能置身事外。而况王毓书所控，又是被告，虽未讯质，也须下跪。本院又是奉旨的钦差，他虽是敕赐住持，乃敕赐他在这寺中修行，非敕赐他在此犯法，或以'敕赐'二字，便为护符，难道他杀人也不治罪么？可知王毓书之事，合境皆知，若不严审明白，设若激成民变，大人可担当得住？"这番话，把武三思说得不敢开口。狄公又向怀义大喝道，"你这奸僧，所作所为，本院尽所知悉。今日奉旨前来，还想恃宠不跪么？若再有违，本院便将万岁牌请来，用刑处治！"怀义见此时，武三思已为他抢白得口不出言，只得双膝跪下。狄公道："你犯重罪，谅也难逃。且将大概说来，这两口尸骸是谁家妇女，为何因奸不从，将她杀死？"怀义忙道："这事僧人实是冤屈。若谓我见死不救，这个寺院，不下有二三十进房屋，山门口之事，里面焉能听见？此事显系看山门的僧人净慧所为。自从僧人奉旨住持，便命他在山门看守，平日挟仇怀义，已非一朝一夕。近闻他好骗妇女，在山门前胡行，僧人恐所闻不确，每日晚间，方自去探访。谁知昨夜三更，便闹出此事，只求大人将他传来，问明此事。"狄公道："你既知有此事，为何不早为奏明，将他驱逐出寺？可见是你朋比为奸，事前同谋，事后推卸在他身上。本院且待相验之后，再向你询问。"说着起身，与三思同出了山门。

早见验尸官书差等，在那里伺候，当时升了公座。验尸官如法验毕，喝报是刀伤身死，填明尸格，复又进入庙中。狄公命将净慧带来，净慧到了厅前，早已跪了下去。狄公喝道："你这狗秃，圣上命你看守山门，乃是慎重出入之意，你何故挟仇怀义，胆大妄为，做出这不法之事！此两人是谁家妇女，因何起意将她杀害？"净慧本受了乔太的意思，乃道："大人明见！僧人自从入庙，皆是小心谨慎；从不敢越礼而行。昨日三鼓时分，山门尚未关闭，当时出去小解，忽见有此死尸，明是仇人所为。求大人明察。"狄公当时怒道："你这狗秃，还说不关己事，为何半夜三更，尚不关闭？此言便有破绽，还不从实招来！"净慧道："这事仍不关我事，求大人追问怀义。"狄公道："怀义你听见么？庵观寺院，乃洁静地方，理合下昼将寺门关闭，何故夜静更深，听其出入？"怀义听了此言，深恐净慧说出真情，连忙道："净师父，你不可混说。现在狄大人同武皇亲同在此间，乃是奉旨而来，你可知道么？你管的山门，自不关闭，为何推在我身上？"

狄公知他递话与他，说武三思由宫中出来，叫他先行任过的道理，连忙喝道："净慧，你是招与不招？若再不说，本院定用严刑！"净慧道："大人明见！这事虽僧人尽知，却不敢自行说出，所有的缘故，全在前面厅口。请大人追查便知。"狄公听了此言，向着武三思道："本院还不知他有许多暗室，既然净慧如此说法，且同大人前去查明。"说着使命马荣、乔太，并众差役，一齐前去。

此时武三思心下着急，乃道："里面是圣上进香之所，若不奏明，何能擅自入内？这事还望大人三思。"狄公冷笑道："贵皇亲不言，下官岂不知道？可知历来寺院，皆有驾临之地，设若他在内谋为不轨，不去追查，何能水落石出？此事本院情甘任罪，此时不查，尚待何时！"武三思道："既然大人立意要行，也不能凭净慧一面之词，扰乱禁地。设若无什么破绽，那时如何？"狄公道："既皇亲如此认真，先命净慧具了甘结，再行追究。"当时书差将结写好，命净慧画押已毕，随即穿过大殿，由月洞门，抽铃进去。净慧本是寺内的僧人，岂不知道他暗室？况平时为怀义挟制，正是怀恨万分，此时难得有此干系，拼作性命不要，与他作这对头。当将月洞门抽开，怀义已吓得魂不附体，心下想道："若能他陷入坑内，送了性命，那时死无对证，武后也不能将我治罪。"谁知马荣早已知道这暗门，先命净慧进去，自己与众人，站在竹林里面。只见净慧将门槛一碰，铃声响亮，早将两扇石门开下，向外喊道："皇亲大人，此便是怀义不法的所在，现在李氏还在里面痛哭呢！"狄公凝神，果然一派哭声，隐隐的由地窖内送出，随向武三思道："贵皇亲曾听见么？若因禁地不来，岂不令妇女冤沉海底。"武三思直急得无可回答。只见狄公向怀义怒道："你这贼秃，竟敢如此不法！且引我等入内。究竟里面有多少暗室，骗人家多少妇女？"怀义欲想不去，早被马荣揪着左手，向前拖来，此时身不由己，只得同马荣在前引路，由坡台而下。

狄公入了地窖，但见下面如房屋一般，也是一间一间的排列在四面，所有陈设物件，无不精美。狄公道："清净道场，变作个污秽世界了。李氏现在哪间房内，还不为我指出！"怀义到了此时，也是无可隐瞒，只得指着第二间屋内说道："这便是她的所在。"当时狄公命马荣同净慧，将门开了，果见里面一个极美的女子，年约二十以外，真乃是沉鱼落雁之容，闭月羞花之貌。见有男子进去，当时骂道："你这混账种子，又前来何事！我终久拼作一死，与怀义这贼秃，到阎罗殿前算账。"马荣道："娘子你错认人了。我等奉狄大人之命，前来追查这事。只因王毓书在巡抚衙门控告，说怀义假传圣旨，骗奸娘子，因此狄大人奏明圣上，前来查办。此时钦差在此，赶快随我出去。"李氏听了此言，真是喜出望外，忙道："狄青天来了么？今日我死得清白了。"说着放声大哭。走出房来，抬头见两位顶冠束带的大臣，也不知谁是狄公，随即随身下拜道："小妇人王李氏，为怀义这奸僧假传圣旨，骗我家公公合家入庙烧香，将奴家骗入此处，强行苦逼，虽然抗拒，未得成奸，小妇人遭此羞辱，也无颜回去见父母翁姑。今日大人前来，正奴家清白之日。一死不惜，留得好名声。"说罢对那根铁柱子，拼命的碰去。早把狄公吃了一惊，赶命马荣前去救护，谁知又是一下，脑浆迸裂，一命呜呼。把个武三思同怀义，直吓得浑身的抖战，狄公也是叹惜不已，又向武三思道："此是贵皇亲亲目所睹，切勿以人命为儿戏。"当时命差役将怀义锁起，然后各处又查了一番。所有那里娈童顽仆，以及四个大盗，早由地道内逃走个干净。

狄公查了一会，明知前去还有房屋，因碍于武后的国体，不便深追，正要出来，忽见坡台下许多鲜血，随向怀义喝道："你这没王法的秃贼，奸盗邪淫，杀人放火，这八字皆为你做尽了！现有形迹在此，还想哪里抵赖！人是你所杀，首级弃在何处？"怀义急道："此事僧人实系不知。现已自知犯法，但求大人开一线之恩，俯念敕赐的寺院，免予深追，僧人从此改过，决不再犯！"狄公哪里容他置辩，随命先将怀义同净慧一齐带回衙署，自己与武三思回转头来，所有寺内僧众，全行驱入偏殿，将月洞门各处发封。

到了辕门，先传巡捕，将王毓书带来，向他说道："你先前控告之人，本院已经带来了，依律严办便了。但是你媳妇节烈可嘉，自裁而死，你且赶速回去，自行收殓，明日午堂前来听审。"王毓书听了此言，不禁放声大哭道："可怜我媳妇，硬为这奸僧逼死！若非青天追究，水落石出，岂不冤沉海底！"当时叩头不止，起身退出。此时王家庄早已得信，毓书的儿子已在辕门等候，父子抱头大哭。当时回家，备了棺木，连夜又来辕请起标封。次日一早，大殡已毕，抬回庄上不表。

且说狄公将武三思留在衙门，当时命人摆了酒饭，与武三思吃毕，然后说道："下官即将怀义带回，又是彰明实据之事，非得先审一堂，问实口供，明日奏明圣上不可。"武三思此时恨不能立刻出衙，好急往宫中送信，无奈被他困住，不得脱身，心下甚觉着急。现又见他要审，格外着忙道："大人虽是为民伸冤，可知他乃是御赐的住持，若过于认真，恐圣上面上，稍有关碍。还望大人三思。"狄公道："有圣明之君，始有刚正之臣，下官今日追究此事，正欲为国家驱除奸恶。贵皇亲所言，也只看了一面。"当时命人在大堂伺候。顷刻间书差皂役，排列两班。狄公犹恐怀义刁猾，当时又将万岁牌位供在大堂，然后升堂公座，传命将净慧带来。两边威武一声，早将净慧带至堂上。狄公问道："你且将怀义的事，悉数供来，好在这堂上对证。"净慧道："僧人本在这寺内住持，自从看这山门，凡里面的细情，虽不知悉，至他奸淫妇女，却日有所闻。久已思想前来控告，总因他势力浩大，若是不准，反送了自己的性命。现在大人既究出这根底，其余之事，已自包罗在内。惟山门前这两口尸骸，没有事主，求大人将怀义带来，交出人头，好收殓掩埋。如此惨暴寺前，实于佛地有碍。"狄公听罢，明知他隐藏武后的事件，不敢直说，当时也不过问，但提出怀义对质。巡捕答应一声，将奸僧带到。狄公喝道："你这秃厮，胆敢在寺内立而不跪，若非本院寻出这暗室，随后更是目无王法了。现在当今牌位供奉于此，你且跪下，从实供来。究竟那两颗首级，藏置何处？"怀义道："这事僧人实不知情，总求大人开恩，追问净慧。昨夜是他开门小解，叫喊起来方才知道，当时便没有人头了。这是他亲口所说。"净慧道："昨夜是你们哄闹出来，我方才开门出去，彼时你等众人，怎么说杀人了，人头滚到地窖去了，安知你们已将人杀过，故意哄闹出来，不然为何说有人头呢？"狄公听罢，将惊堂一拍，喝道："你这秃囚，至此还敢抵赖！可知王子犯法与庶民同罪，何况你是个僧人，难道本院不能用刑审问？左右，先将他重打六十，然后再问他口供。"

你道狄公是命马荣将王道婆杀死，除了兴隆庵之患，为何反有意在怀义身上拷问，岂不是狄公冤人么？殊不知狄公除恶，正是务尽的意思，若不将道婆杀死，虽然搜寻出这事，王道婆定要出入宫闱，随通消息，将怀义救了出去。而且兴隆庵又是武则天出家之所，若再如白马寺这样严办，于武后面上，万下不去，因此暗中除了此恶，随后再办那三四十房的尼姑。现令怀义招供，也是恐武后赦罪，故意将此事推到他身上，好令武后转不过口来。有这件道理，所以命人拷打。不知怀义肯招与否，且看下回分解。

第四十六回 金銮殿两臣争奏 刑部府奸贼徇私

却说狄公见怀义不肯招认,命人重打六十大板,当时威武一声,拖了下去,顷刻间吆五喝六,将六十板打毕。可怜怀义虽是个僧人,自从到白马寺以来,为武后朝亲夕爱,住的高房大厦,吃的珍肴百味。与公主大臣一般,十数年来,皆是居移气养移体的,哪里受过这样的苦恼大刑?受打之后,早是皮开肉绽,鲜血淋漓,哼声不止。狄公命人将他拖起,仍到公案跪下,喝道:"你这狗头,妄自尊大,哪里将国法摆在心上,一味的奸盗邪淫,无恶不作。除了本院,谁还敢同你如此?!你究竟招与不招?不然本院便用大刑夹起。"此时怀义也是无法,忙道:"大人乃堂堂大臣,何故有意刻薄,苛责僧人?大人欲我招供不难,先将我敕赐白马寺住持,这几个字奏销,那时再想我认供。你说我目无法纪,我看你也目无君上呢。皇上御封的僧人,擅敢用刑拷问,今日受你摆布,明日金殿上,再与你谈论!"狄公听了此言,哪里忍耐得住,大声喝道:"你这派胡言,前来吓谁!可知本院执法无私,欲想依阿权贵,坏那国家的法纪,也非本院的秉性。你既是御赐的住持,知法犯法,理合加等问罪。本院情愿领受那擅专的罪名,定欲将你拷问!"当时把惊堂拍了数下,命左右取夹棍伺候。

马荣、乔太知道狄公的性情,随即连声答应,"噗咚"一响,摔了下来。武三思连忙说道:"怀义之罪,固不可恕。且求大人宽恕一日,候明日奏明圣上,再行拷问。"狄公怒道:"贵皇亲也是朝廷命官,本院办这案件,情真确实,尚有何赖!这秃僧胆敢挺撞大臣,种种不法,该当何罪!乱臣贼子,人人得而诛之,本院已将这万岁牌供奉在上面,今日审问,正是为国家办事。若有罪名,本院一人承任。"说着连连命人将他夹起。下面众役见狄公动了真怒,赶着上来数人,将怀义拉下,脱出僧鞋,将两腿放入圆眼里面,一声吆喝,将绳索一收。只听怀义喊叫连天,大叫没命。狄公冷笑道:"你平时不知王法,令你受些苦楚,以后方不敢为非。”随命再行收紧。下面又一声威武，绳子一收，只听怀义“哎哟”两声，昏了过去。众差役赶着止刑，上来回报狄公，命人将他扶起，用火酸醋缓缓抽醒。众人如法炮制，未有顿饭工夫，复听怀义忽叫一声：“痛煞我也！”方才醒转过来。

狄公命人扶着怀义，在当堂两边走了数下，此时怀义已痛入骨髓，只是哼声不止。狄公命人推跪在案前，喝道：“这刑具谅你还可勉强接受，若再不招，本院使用极刑了！”怀义听了此言，不禁哭道：“求大人勿用刑，僧人情愿招了。两颗人头，现在竹林下墙根底下。此人乃兴隆庵两个道婆，不知为何人杀死在寺前，致将两颗首级送在暗室外面。僧人昨夜开门，忽然一个人头滚入地窖，已是诧异万分，谁知外面地窖，也有一个人头。再命人提起一看，方知王道婆同庵中使用的那个女子，因此叫喊起来。此乃实情，全无一句虚言，求大人再为探访。僧人这苦刑，实受不下去了。”狄公道：“只要有了首级，便是实在的形迹。谁教你埋在下面。”当时命招房录了口供，命他在上面画押已毕，仍交巡捕看管，然后退堂。到了书房，向三思说道：“方才供认之事，非本院一人私行，贵皇亲亲目看见。明日早朝，请大人一同面圣。”武三思满口应允，见他审问已毕，随即告辞。

出了辕门，天色将晚，当时并不回府，直由后宰门，到了宫内。虽说天色夜晚，所幸那些太监，无不认得三思，每每的穿宫入内。这时到了武则天宫中，却巧张昌宗为则天洗足，只听则天问道：“你两人自入宫中，你封为东宫，薛敖曹封为西宫如意君，每日无忧无虑，在此快乐。可怜怀义是孤家的旧交，许多时日，未尝亲近。今日上朝，为狄仁杰奏他一本，说有进士王毓书，控告怀义将他媳妇骗入庙中，意在强行，死活存亡不知如何。狄仁杰奏知寡人，委他亲自入寺搜查。你看那个人的性情，甚是刚直，若去查出破绽，狄仁杰非别人所比，一点不看情面，此去唯恐他总要吃苦。孤家已命武三思前去报信，不知何故此时尚未回来。”

三思在外听见，忙道：“姑母不必过虑，臣儿已回来了。”当时便将在山门前如何会过狄公，如何为他围困在寺内，以及搜出暗室，李氏寻死，怀义带回衙门用刑拷问，前前后后的说了一遍。武则天听毕，吃了一惊，忙道：“怀义那种雪白如玉的皮肉，焉能受这重刑！如将他拷死，如何是好？狄仁杰又不比他人，明日早朝，定有一番辩论，令孤家如何处治？”武三思道：“现有计在此，王道婆被人杀死，此案未有凶手，怀义亦未认供，明日圣上说他二人各执一词，难以定谳，着交刑部问讯。刑部大堂，乃是武承业管理，他是臣儿的兄弟，又是圣上的侄儿，岂有不偏护怀义之理？”张昌宗在旁奏道：“这老狄在朝中，终不是好，不但与我们作对，专与圣上怒言怒色。即如怀义这事，明知朝廷敕赐的地方，可恨他偏要寻出暗室。似此办理,国体岂不有亏!陛下说是刚直,我等看他,明是瞧不起陛下,故意如此。若不将他革职退朝,我等诸人,何能久在宫内?陛下隆恩万分亲爱,奈他只是不容,岂不令陛下日后冷清,无人在宫中陪伴?"武则天道:"你等所言,朕岂不知。只因狄仁杰乃先皇旧臣,平日又无过处,何能轻易革职。而且你我在此,尽是私情,他办的乃是公事,何能因私废公。且待明日上朝,再行定夺。"

不说众人在宫中私议,单言狄公当晚退堂后,随至书房,写了一道极长极细的表章,将怀义的恶迹,全叙在上面,预备早朝奏驾。灯下写毕,次日五鼓,来至朝房,却巧景阳钟响,当时入朝,俯伏金阶。山呼已毕,狄公出班奏道:"臣狄仁杰,昨日奉旨查办白马寺案件,所有恶迹,诛不胜诛,当时在暗室里面,将王毓书媳妇搜出,该媳节烈可嘉,触柱而死。山门前两口尸骸,也是怀义所杀,首级被他埋藏在地窖里面。此两案皆臣与武三思二人,亲目所睹,又有净慧僧人为证。似此奸僧,显违王法,动以敕赐的住持恃为护符,将天理公法全行不惧,岂不有坏国体,有污佛地,百姓遭其奸害。臣于昨日回辕之时,升堂讯问,胆敢恶言挺撞,有辱大臣。此时因他不吐实情,以故将他重打六十大板。此虽臣擅责御僧,却是为国体之故,依法处治。强逼一妇,杀害两人,又是御赐的僧人,知法犯法,理合凌迟处死。今特奏明圣上,请旨发落。"

武后听毕,将他奏折细看了一遍,乃道:"卿家所奏,固是实情,理合将他问罪。但阅原奏,怀义虽将人头掩埋,并非是他所杀。这事恐尚有别情,何能遽行定谳。"武三思也出班奏道:"昨日臣在狄仁杰衙门,也恐此事另有别故,只因狄仁杰立意独行,他乃奉旨的大臣,故不敢过问。但恐怀义为仇家所害。"狄仁杰听了此言,忙道:"姑作这两人非他所杀,人头何以在地窖里面?白马寺清净地方,何故造这地窖暗室?显见平日无恶不作。即以王毓书媳妇而论,这事乃武大人亲目所睹。强逼良家妇女,须当何罪?而况此妇人尽节而死,就此而言,也该斩首,岂得因他所供不清,便尔宽恕?于国体何在,于法律又何在!从来国家大患,皆这班党类,怙恶欺君,送至酿成大祸,今日不将怀义斩首,恐王家庄那许多百姓,激成大变。臣实担忧不起,且请陛下三思。"

武三思直不开口,等他言毕,乃言道:"狄大人,你虽痛恨这怀义,在我看来,说他骗困李氏有之,若说强逼她,又未尝成奸,那李氏自己触柱而死,于怀义何涉?"狄公听了此言,愈加怒道:"你这欺君附恶的狗头,李氏不为他强逼,为何自己寻死?她死正为怀义罗唣,此事不依律论斩,且请圣上将国法注销,免得徒有虚文。罪轻者无辜受杀,罪重者反逃法外,何能令百姓心服!"武则天见他两人争辩不已，乃道："此案情重大之事，两人各持一见，寡人疑难偏信，且将怀义发交刑部审问。问实口供，再行论罪。"狄公还要再奏，武则天早卷帘退朝。

狄公闷闷不已，出了朝堂，高声骂道："武三思，你这狗头，护庇奸僧，如此妄奏！你仗武承业是你兄弟，将此案驳轻，可知法律俱在，哪怕你有心袒护，本院也要在金殿申奏！"武三思只是淡笑不言，各自回去。狄公到了辕门，早有刑部差役前来提人。当时狄公又大骂不止，只得命巡捕将怀义交出，一人进了书房。心下暗想："不将武承业这狗头痛辱一番，也不能将怀义除去。今日武承业必不讯问。准是将他送入宫中，哭诉武后，若不如此如此，何以除这班奸党！"

却巧王毓书来辕探信，听说怀义为武承业要去，不禁大哭不止，说此血海冤仇，不能报了。当时便在堂痛不欲生，恨不能立刻寻个自尽。狄公在里面听见，命马荣如此这般对王毓书说了，叫他赶快回去。马荣依命，出来将王毓书拉在旁，将方才的话说了一遍，毓书自是感激不尽，遵命而去。这里狄公换了便服，带了马荣、乔太，以及亲身的差役，来至刑部衙门左近，等候动静。约至午后，忽然一乘大轿，由衙门抬出，如飞似的向东而去。马荣远远看见，赶着上前喊道："你这轿内抬的何人？也不是上杀场去的，这样飞跑，将我肩头碰伤，如何说法？"那人认不得马荣，大声骂道："你这厮也没有神魂，访访再来胡缠。俺们在刑部当差，抬的是皇亲国戚，莫说未曾碰你，便将你这厮打死，看有谁出头，敢说个闹字?！你这厮敢来阻挡，这轿内乃是武皇亲的夫人，现在武后召见，立刻进宫，若得误了时候，你这狗头莫想牢固。爷爷今日积德，不与你作对，为我赶快滚去吧。"马荣听了此言，心下实佩服狄公，当时怒道："你这厮用大话吓谁，我也不是没来历的。你说抬的武皇亲的夫人，我还说你是抬的钦犯呢！莫要走，现在巡抚衙门来了许多百姓，闹得不了，说武承业卖法，将怀义放走。我们大人还说不信，特地命我前来探信，究竟刑部可曾审讯。哪知你们通同作弊，竟将怀义抢走。我等且看一看，若果是他的夫人，情甘任罪，若是怀义，此乃重大的钦犯，为何将他释放？且带将抚院，请狄大人定夺。"说着走了上来便掀轿帘。

那轿夫听了此言，吓得魂不附体，赶紧前来阻止。不知后事如何，且看下回分解。

第四十七回 众百姓大闹法堂 武三思哀求巡抚

却说马荣正要掀那轿帘，那几个轿夫听了此言，赶着喝道："你这人没胆量，皇亲国戚，你等可乱看的么！莫要动手，你冒充抚院的差人，先将你打个半死。"马荣哪里睬他，见他来阻止，随即高声喊道："你们众人前来，这轿内明是怀义！"此时乔太、陶干，以及书院皂役，全围将上来。狄公也就上前喝道："你这两人受谁指使，里面究是何人？本院的声名，你等也该知道？且从实说来！"四人见是狄大人亲自前来，这一吓魂不附体，也不答应，赶着便转身逃走。早有差役并陶干等人，每人上前揪住一个。马荣把轿帘掀起一看，正是怀义，随即命人将原轿抬起，回转衙门。狄公随即来至辕门，升堂审讯。此时王毓书早带了许多百姓，在衙门哄闹，说："怀义如此不法，小民受害不堪，若今日不将他斩首，我等齐死在此处，看巡抚大人如何发落。不然我等到午门去了。"

当时正闹个不了，忽见狄公回来，许多人揪了轿夫，抬了一乘轿子。狄公在大堂坐下，命人先将轿夫提案，陶干一声答应，早将四人在案前跪下。狄公喝道："你四人好大胆量，敢在刑部衙门去劫钦犯！左右先将他们重责一百，然后斩首示众。"轿夫听了，无不魂飞天外，连忙在下面叩头不止道："此事非小人之意，大人若将小人等斩首示众，皆有老小，那就活活饿死了。此皆刑部武皇亲，命我等将怀义抬出，送入宫中。若半途有人询问，便说是他夫人，因此小人方敢如此。现在大人若将小人们治死，岂不冤煞！"狄公道："胡说！武皇亲乃是朝廷的大臣，奉旨承办此案，未经审讯，何故把他送入宫中？这明是你等不法！"那些百姓听了此言，无不齐声说道："世上有如此坏官，一味偏护情面，不照顾百姓！我们也是民不聊生，不如到刑部，将武承业揪出打死，拼作死罪。"说着，一哄而去，皆到了刑部衙门。

此时武承业正命人将怀义送入宫中，预备哭诉武则天，商议个善策，将这事完结。去了好一会,直不见原人回来。忽听门外如鼎沸相似,无限人声,蜂拥而来。正是诧异,命人出去探问,早已外面有人来报道:“现在许多百姓,将大堂挤满,说大人将怀义放去,半路为百姓拦住,逼令狄大人带了回去。说大人徇私卖法,不将怀义治罪,他们便要哄堂到宅门内来,与大人讲论。”武承业听了惊道:“我将怀义送入宫中,正是想他躲藏,请武后传旨释放,哪怕狄仁杰再为认真,也便无事。谁知又为众百姓知道,现在带至抚院衙门吃苦,明日老狄定与我有一番纠缠,这便如何是好?”

正说之间,忽听喧嚷一声,早将暖阁门挤倒。只听百姓喊道:“他是刑部,理该为民伸冤,何故私放怀义?他既徇得私,我等便打得他!横竖民不聊生,打出祸来,拼得将我百姓杀尽了,好让和尚为皇帝。”说着已来了四五十人,见了武承业齐声叫抓住。承业见动了众怒,不敢出去禁止,正要由旁边逃走,早为一人抓住。接着上来五六人,你打一拳,他踢一脚,早把武承业打得头青脸肿。承业深恐送了性命,只在地下求道:“诸位百姓,我定将怀义严办便了,你们意下如何?千万不可再打!”内有几个做好做歹的人说道:“你们权且住手,等我向他说话。”众人都道:“还同他说什么?他不顾我们百姓,百姓要这狗官何用!”武承业忙道:“这位百姓,要说何话,武承业总遵命如何?”那人复又将众人止住道:“你既为朝廷大臣,昨日白马寺的暗室,以及李氏碰死。皆是你哥哥亲目所睹。你也不是狼心狗肺,何故因一个和尚,如此枉法?今日你要活命,除非你将狄大人请来,在此公同审讯,定成死罪,所有白马寺的暗室,一概拆毁,我众人等便随时散去。若非如此,我等逃不了殴辱大臣的死罪,你也休想活命!”武承业见众人汹汹,不敢答应,忙道:“我随你等所言,立刻请狄大人去。”随即命人拿帖子,到巡抚衙门。一面命人到各衙门送信,以便带兵前来,将这干人驱逐,为首的治成死罪。那些众家人,领命出来,分头而去。

先说狄公见众百姓到了刑部,当时他就退堂,仍将怀义交巡捕看管,四个轿夫录了口供,交差役带去,自己在书房静候。过了一刻,忽见巡捕带进一人,到了书房,取出一个帖子,向着狄公道:“刑部武大人,特命着差官请大人赶速前去。现在百姓闹堂,万不得了,若再不去,便有大祸!”狄公故意说道:“此乃武皇亲自不小心,干犯众怒,我现为他已受累。自从圣上将怀义交他审讯,此事已是不干我事,忽然百姓闹至辕门,说武皇亲徇私枉法,把怀义释放,逼令我捉获,只得同他前去。遥想断无此事,谁知走到半途,百姓已将轿子掀开,将怀义抱出。彼时面面相觑,只得将人带回,虚问一堂;谁知轿夫说明真情,乃是武皇亲将他释放,所以动了众怒,到刑部衙门而去。此时来请本院,本院何能前去?又未奉旨会审，若皇亲不能制度百姓，反说本院有意把持，越阻行事。此欺君之罪，如何能当？”那个差官见狄公不肯前去，赶着说道：“此事武大人亲命来请，现有名帖在此，岂能致累大人？务恳大人前去一趟，不然百姓闹出祸来，在京皆遭其累。”狄公道：“本院未曾奉旨，万不能去。你何不到武三思处那里去报信，请他去排解，不然便将怀义请你带去，看百姓如何说项。”那个差官，怎敢答应将怀义带回，岂不为众人打死，只得退了出来，飞奔回衙。早见合城官员，带着许多官兵，拥在门口，随即分开众人，挤入里面。只见百姓高声喊道：“武承业，你这狗头，还调兵来恐吓我们！”说着许多人上前，将武承业举起，向外说道：“你等若进这门来，便将他开刀！”众官员见了如此，哪个还敢动手，连忙说道：“你等权且放下，命兵丁退去便了。”武承业已吓得尿滚屎流，满口喊道：“诸位大臣不必进来，且等狄大人来发落。”

正是扰乱一堆，那个差官只得说道：“狄大人不肯前来，说此事不关己事，又未奉旨，不能越俎而谋，现在已经为大人受累。说为众百姓在辕门争闹，并拟将怀义送来，仍听大人审讯。”武承业还未开言，只见许多百姓说道：“巡抚大人如此偏护？他如送来，一齐将他治罪。”说着复又争闹不已。武承业赶忙喊道：“此乃他不肯前来，非关下官之事。诸位百姓，便将下官治死，也无好处，何不仍到巡抚衙门去，向怀义理论。”众人骂道：“你这奸贼倒会推诿，狄大人不来，乃是怕你谎奏朝廷，此时这许多官员在此，为何不令他们前去同请，用这些兵丁来吓我何事？若再不去，我等爽性不畏王法了。”说着两人将武承业倒举起来，头朝下脚朝上，如同摔流星一般，摔来摔去，把个武承业摔得头晕眼花，如猪喊相似，直是乱叫。众官见了如此，真是进退两难，欲想上前阻止，反怕送了性命；若待不去，武承业又乱叫。适武三思此时已来，只得高声叫道：“我与众大人一同前去，你等可勿动手。”众人道：“限你三刻，不来便摔。”说罢，“咕咚”一声，摔于地下。

武三思只得领着众人，飞奔而去。到了巡抚衙门，也等不及巡捕通报，直至书房而来。狄公见众人到此，知是乃为怀义的事件，不等武三思开口，忙道：“这事叫下官怎样？众怒难犯，这许多百姓，来辕门哄闹，设若激出大变，下官怎担任得住？令弟乃承审大臣，为何又将怀义释放？四名轿夫，异口同声，皆说刑部大人指使的。不是下官虚张声势，怀义几为百姓治死。现在贵皇亲前来，下官适巧得以解脱，好者是圣上命令弟承审，将人犯请贵皇亲带去，免后百姓又来此地乱闹。”武三思见狄公用这封门的言语，忙道：“大人乃是先皇的老臣，久为小民信服。现在舍弟命在顷刻，务请大人前去一行，先将怀义的罪名定下，好让众人散去。随后若开活怀义，再为计议。此时且看一殿之臣的情面，免得酿成大祸。”狄公连忙言道：“贵皇亲岂不害杀老夫！令弟审讯，乃奉旨而行的，老夫前去，乃是越分。设若圣上说我多事，那欺君专擅的罪名，那还了得？贵皇亲尚要原谅，此事万不能越。”武三思道：“大人此去，救我兄弟之命，圣上知道，正要加恩，岂有问罪之理？”狄公道：“任凭诸公言语，老夫不敢遵命。可知人心总难问，现为此事，已受累不浅，设事后奸臣妄奏一本，说我唆令百姓大闹法堂，将怀义抢回，那时圣怒之下，如可辨别？岂不反送了性命？诸位如果要下官前去，且请在此立一凭单，将武承业如何私自放怀义，为众百姓哄闹法堂，以致来请的话，写成凭单，各位签字在上面，老夫或可前往。不然事不关己，何必多管。”武三思明知狄公有心推辞，只得依他，匆匆忙忙写毕，许多官员皆是武氏奸党，全行执押在上面的，然后狄公同众人，乘轿坐至刑部。

百姓正在那里说：“武三思未曾去请，大约也躲避去了，不然此时也该来了。他把我们作叛民看，待用兵来挟制我等，便摔死他再说。”说罢一齐呐喊，如潮水涌来的一般，顷刻又把武承业头朝下，脚朝上，当流星摔。狄公赶着上前，抢到里面，高声说道：“你等在此，还要为王李氏伸冤，还是趁此作乱？”众人见狄公前来，齐声道：“率土之滨，莫非王臣。谁人没有身家性命，何敢作乱？只因平日为这般奸党，虐害生民，奸淫妇女，已是民不聊生。昨日王毓书媳妇在白马寺自尽，乃是大人同武三思搜查，彰明昭著，罪无可逃，为何不将他问罪，反交刑部里来，被这狗官，将他私放！不是我等闻风前来，岂不又漏法网？如此发落，百姓焉能安处？此时既大人前来，只求将王氏冤枉伸雪，怀义治罪，我等情愿认大闹公堂之罪。若不这样，断难散去。”狄公道：“本院既到此地，你等尚有何虑！立刻去提怀义，你等且将武皇亲放下，方成体统。似此哄乱在一处，尚有什么上下？”百姓道：“此地万不能审！怀义到了此间，我等不能时时看守，若他晚间仍然放去，至何处与他要人？若要审问，仍到巡抚衙门去，方妥当。”狄公听了此言，故意说道：“你等为何如此横暴？武大人乃奉旨的钦差，岂能到巡抚衙门审问？如此次再行私放，你等皆向本院要人便了。”随向武承业道：“贵皇亲，今日下官前来，可知要将怀义的罪名拟定，不然，下官也承任不起。”武承业此时只想众人走散，无不满口应允，说：“大人为下官做主，无论如何，一同奏知圣上便了。”当时百姓听了他如此说定，方将他放下。狄公命人去提怀义，不知后事如何，且看下回分解。

第四十八回 武承业罪定奸僧 薛敖曹夜行秽事

却说狄公命人回辕，去提怀义，顷刻之间，人已提到。狄公命武承业公服升堂，自己坐在一旁，听他审讯。承业道："众百姓请大人前来，本望从公拟罪，此时大人何以一言不发？"狄公笑道："怀义之罪，律有明条，贵皇亲也非不知法律之人，他所犯何罪，依何律处治，百姓尚有何言？下官此来，不过替大人解和，何敢越俎审问。"武承业此时逼得前后为难，若不审问，堂下这许多百姓，断不答应；一经定了罪名，怀义便无生路了。想来想去，实在为难。谁知他还未开口，众百姓早将怀义纳跪下来，向上面说道："狄大人如不定了罪，我等又要动手了。"狄公复向武承业道："皇亲呀，事已到临头了，若再存私袒护，下官便不好在此。圣上命你承审，为何此时还不开口？"武承业恐又干众怒，只得向怀义问道："那两人究竟是否你所杀？可知下官为你之事，也是情非得已，乃你亲目所睹，现在实逼此处，权且供来，你可明白么？"狄公听了此言，心下骂道："这个奸贼，几乎送了性命，现又递话与怀义。打量我不知你心下的话，教他权且认供，将此时挨了过去，便可哭诉武后，赦他重罪。岂非是梦想！你是乘的拚将吃苦，直不审问，百姓当真不知王法，将你治死么？你既害怕，只要说定罪名，哪怕你再依仗武后，欲想更改，也是登天向日之难。"

只见怀义见武承业如此说法，知不说也不得过去，当时只得供道："所杀两人，乃是兴隆庵道婆，平日时常入寺，四下搜寻，恐她将暗室看破，走露风声，因此起这不良之心。昨夜在半路等候，却巧她路过此地，将她杀死。又恐日后追寻凶手，因此将人头带入寺中，埋于竹林墙脚下面灭迹。不料为狄大人看出破绽，致尔败露。以上所供，悉是实话，求大人从宽发落。僧人自知有罪，总求俯念是敕建的地方，免致有伤国体。"武承业听毕，向狄公道："律载挟仇杀害，本身拟抵，怀义杀毙二人，罪加一等，加以王李氏受逼身死，此乃凌迟重罪。唯念他是敕封的住持，恐于圣上情面有关，且拟一斩监候罪名。嗣后入秋，再为施刑，此时权行收入天牢。狄大人意下如何？”狄公道：“贵皇亲所拟的当之至，但怀义虽然供认，却未画供；贵皇亲拟定罪名，且未立案，何能成为定谳？且命书差录供，使怀义印模，那时下官命众百姓退散。”武承业听毕，心下恨道：“老狄你也太狠了，定然欲做得无可挽回，将怀义置之死地，这是何苦！也罢，这时便如你心愿，随后一道圣旨，将怀义赦去，看你究有何说？”当时便命书差，将怀义的口供录下。画供已毕，狄公道：“你等众百姓，本为王毓书媳妇伸冤而来，现在已蒙武大人定成斩监候罪名，实是依律严办。你等此时还不退去，又是何干？可知未定罪之先，将人私放，乃武大人一时之误。既定罪之后，你等仍在此地取闹，并不为死者伸冤，乃是有意叛逆，挟制大臣。似此叛民，国家岂能容恕？便调兵前来，将你等一律处死，看你等能成何事？还不赶快回去，各人各勤农事！将王毓书带来，好备此案。”那许多百姓，见狄公如此吩咐，随即一哄而散，出衙回去。

顷刻工夫，将王毓书带进来，见怀义跪在下面，当时也不问是法堂上面，抢上来将怀义揪住，对定背心一口咬着。只听怀义“哎呀”一声，众差役忙上来拦阻，已咬下一块肉来，嘴里还是骂道：“你这秃驴，月前怎样说项？说武后命你前来化五千银子，要拜黄忏。你假传圣旨，骗去银两，这事还小，何故起那不良之心，致将我媳妇逼死？若不是狄青天审问，这冤枉何时得伸？此时还要哀求奸人，私行释放，岂不是无法无天么！”说罢大哭不止，怒气填胸，又要上来揪闹。狄公连忙喝道：“王毓书，你既是进士出身，为何不早来听审？现已发办依律定罪，你此时无理取闹，全不听官解说，天下哪有这糊涂书生？”说罢命人将怀义录的口供，念与王毓书听毕，他也在原呈上执了押，随后命他回去听信。王毓书千恩万谢，回头下来。然后狄公将案件原呈，一并收好，两人退堂，将怀义带了进去。

狄公向武承业道：“贵皇亲今日受辱，实是自取其咎，岂有要紧的钦犯，私下释放之理？国家以民为本，大兵调来，难道全将他们杀死不成？从来得天下者，得民心，失天下者，失民心。小民无知，岂能干犯众怒？今日下官若是不来，岂不将贵皇亲任性乱摔的，虽不致身死，那头晕眼昏，肚肠作呕，这些丑态，无不百出。朝廷的大员，皇家的国戚，为徇私存人，致被这羞辱，岂不愧煞！照此看来，我等虽不能算好官，也不落坏名，被人笑骂。”这番话把武承业说得满面通红，无言可答，只说道：“大人之言，何尝不是，只因碍于圣上的国体，故此稍存私见。谁知百姓竟不能容，还是大人来禁阻，实是感激不尽了。”狄公知道他是嘴上的春风，冷笑道：“同是为国为民之事，有什么感激。在人居心而已，百姓也是人，岂没有个知意感激的？你待他不好，他自向你作对。下官此时也要紧回转，怀义现在堂上，贵皇亲可莫私心妄想，这许多蠢民，照常仍在左近访问，若再为他们知悉，本院虽再来，恐亦无济了。"说罢起身，告辞回辕而去。

不说武承业与怀义私下议论，单表狄公来至书房，做了一道奏稿，次日五鼓上朝，好奏明武后。

谁知武承业见众人散去，心虽放下，浑身已为众人捽得寸骨寸伤，动弹不得，向着怀义哭道："下官为你之事，几乎送了性命，现在如何是好？狄仁杰不比他人，明日早朝，定有一番辩论，叫我如何袒护？他已将口供案件，全行带去。"怀义已知难活，不禁哭道："现在唯有请大人私往宫中，请圣上设法，总求他看昔日之情，留我一命。"武承业忙道："你这话，岂不送我性命？日间因送你入宫，为百姓半途揪获，我此时出去，设若再为他们碰见，黑夜之间，打个半死，有谁救我？我现在吃苦已经非浅，若再遭打，便顷刻呜呼。"怀义急道："武皇亲，你我非一日之义，今日我死活，操之你手，除得圣上救我，更有何人挽回？你不肯去，如何是好？"武承业也是着急，只得向武三思说："此事还是哥哥进宫一趟，将细情奏明圣上，请她设法，只要将狄仁杰一人阻止，余下便可无事。"武三思因怀义是武后的宠人，恐怕伤了情面，当时说道："愚兄此时姑作回衙之说，径入宫中，今夜却不能来回信，好歹总求武后为力便了。"随即乘轿出来，故意命轿夫说道："你等闲人让开，武大人回衙。"说罢如飞而去，由后宰门进去。

到了里面，小太监连忙止住道："武后现在宫中，与如意君饮酒呢，连我们皆不进去。请皇亲在此稍待罢。"武三思知薛敖曹在里干事，只得站在纱窗外面等候。耳边但听薛敖曹吁吁呼呼的，武后也是那种沉吟的声音，把个武三思听得忍耐不住，只得移步走远过去。停了一回再来，仍然如此情形，如是两三次，方听武后说道："我封你这'如意君'三字，实是令我如意。可怜怀义，昨日受狄仁杰一顿恶打，两腿六十板，打得皮开肉绽，今日交我侄儿审讯，不知如何了结。"武三思在外听见，知他们事情完毕，故意咳了一声，里面武后问道："是谁在此？"早有小太监走去，说是武三思在帘外听候多时了。武后道："我道是谁，他还无碍。且令他进来。"武三思听了此言，随即进去，与薛敖曹见礼坐下，并将武承业如何送怀义，如何百姓哄闹，如何请狄仁杰定罪的话，说了一遍。武后吃惊道："这事还当了得，狄仁杰是铁面御史，如此一来，岂得更改？端端的好怀义，将他送了性命，使孤家心下何忍。"武三思道："臣等无法可想。怀义特命臣连夜进宫，求请陛下看这昔日的恩情，传旨开赦。不然便难见陛下之面了。"武后踌躇半会，乃说道："孤家早朝，也只好顺着狄仁杰的言语，如此这般发落，或可活命。

你且前去，命他安心便了。”武三思见武后应允，只得出宫而去，回衙门。

到了五鼓上朝，早见狄仁杰坐在朝房里面，见武三思进来，连忙问道：“昨日之事，乃是贵皇亲众目所睹，本院乃事外之人，反又滥竽其间了。”当时听景阳钟响，文武大臣一齐入朝。三呼已毕，狄公出班奏道：“昨日武承业激成民变，陛下可曾知道么？”武后见他用这重大的话启奏，忙道：“寡人深处宫中，又未得大臣启奏，哪里知道？”狄公道：“陛下既然不知，且请将武承业斩首，以免酿成大祸，然后再将怀义所犯所拟的罪名，照律使行。武承业乃是承审的人员，竟将钦犯徇私释放，致为百姓在半途拦截，送入臣衙，哄闹刑部。若非武三思同众大臣议，将臣请去压住，几乎京畿重地倏起隙端。求陛下宸衷独断，将徇私枉法之武承业治罪，于国家实有裨益。”武后道：“百姓哄闹法堂，此乃顽民不知王法，理该调兵剿斩，于武承业何涉？”狄公道：“陛下且不必问臣，兹有凭字，并各人手押，以及怀义所拟定的罪名，均誊录在此，请陛下阅后便知。”说罢将奏折递了上去。

武后展开细阅了一遍，欲想批驳，实无一处破绽，只得假意怒道：“外间有此大变，武承业并不奏闻，若非卿家启奏，朕从何处得悉？私释钦犯，该当何罪！本应斩首，姑念皇亲国戚，加思开缺，从严议处。怀义拟定斩监候罪名，着照所请。交刑部监禁，俟秋决之期，枭首示众。王毓书之媳，节烈可嘉，准其旌表。”狄公复又奏道：“白马寺虽是敕建地方，既是怀义所污，神人共怒，此秽亵之所，谅陛下也未必前去。请陛下将厅院地窖，一律拆毁，佛殿斋室，一并封禁，所有寺中田产，着充公，永为善举。”武后见他如此办理，虽恨他过于严刻，只是说不出口，也就准了退朝。狄公回辕，分别措置，百姓自是感激不尽。

谁知武后进宫之后，薛敖曹上前奏道：“陛下今日升殿，怀义之事，究竟如何？”武后见问，闷闷不乐，乃道：“寡人同你恩同夫妇，无事不可言说。自从早年在兴隆庵与怀义结识，至今一二十年。云雨之恩，不可胜数，今为狄仁杰拟定罪名，斩监候，虽候秋间施行，此乃掩耳盗铃之意，随后传一道旨意，便可释放。唯恐不知寡人的用意，反误为寡人无情，岂不可恨！”敖曹道：“这事他岂不知道，可以不必过虑。惟是狄仁杰如此作对，我等何能安处？现有一计，与陛下相商，不知陛下可能准奏？”欲知后事如何，且看下回分解。

第四十九回 薛敖曹半途遭擒 狄梁公一心除贼

却说薛敖曹道："陛下莫虑怀义，他岂不知此事，而且昨日武三思又传言于他，谅他总可知道。但狄仁杰一日在京，我等一日不能安枕，陛下何不将他放了外任，或借作别事将他罢职，岂不去了眼前的肉刺？"武后叹道："寡人岂不想如此，只因朝中现无能臣，所有的官僚，皆是寡人的私党，设若有意外之事，这干人皆不能办理，就以狄仁杰在朝中。一则是先皇的旧臣，外人也不议论，说我尽用私人，二则国家之事，他可掌理，因此不肯将他罢职。你且勿多言，孤家今日心绪不佳，满心记挂着怀义，你明日私自出宫，先到武三思家内，同他到刑部监内，安慰怀义，说孤家此举，也是迫于法律。一两月以后，等外间物议稍平后，开赦便了。"薛敖曹见他如此，当时也只得答应，随命小太监摆酒，将张昌宗复又请来，两人执杯把盏，陪武则天解闷。武则天本天生的尤物，见他两人如此殷勤，不禁开怀畅饮，半酣之间，春兴高腾，薛敖曹便对坐舞动了一番，然后酒阑灯灺，共寝宫中。

次日一早，武后上朝，敖曹换了太监的装束，便带了两名穿宫小太监，由后宰门出去，直向武三思家中而来。也是合当有事，却巧狄公昨日回转之后，将王毓书传来，圣旨旌表他媳妇，即定了怀义的罪名，秋间施行的话，说了一遍。王毓书当时即叩头不止，说朝廷大臣，能全像大人如此忠直，小民自高枕无忧了。今日将此事说明，我媳妇在九泉之下，也要感激。狄公复行劝慰了一番，命他回去，准备今日早朝之后，便到白马寺拆毁地窖。谁知由朝房出来走至半途，忽见武三思家人，带领三个少年，向刑部衙门那条路上而去，心下甚是疑惑，暗道："前面那个少年，颇觉熟识，曾记在何处见过，何以与武家的人一路行走？"随即将马荣喊至轿前，低声问道："你见前面几人可认识么？"马荣道："如何不认识？为首的是武家旺儿，后面三人，不便在街坊说明，且请大人回辕后再说。"狄公会意,道:“你命乔太跟在他后面,看他究竟向何处而去,赶着回来禀报。”马荣答应,叫乔太前去。这里狄公命人赶快抬回辕门,轿夫听了此言,不知何故,只得飞似的进了抚辕。狄公下轿,到了内书房后面,马荣已随了进来。狄公道:“你方才见后面三人,究竟是谁?”马荣道:“那个三十上下,雪白面皮的,此人便是这南门外一个无耻的流氓,叫作小薛,不知何时,为武三思所见,知他阳具肥大,送入宫中。日前所说的那个薛敖曹便是此人。”狄公听了此言,不禁起身,勃然大怒:“这个无道昏君,自己亲生的太子,远贬房州,将这无赖的奸人收入宫中去。此必是到刑部私通消息,与怀义商议事件。今日遇见本院,也是他自投罗网!不将他治死,也令他成为废物。”正说之间,果见乔太匆匆跑来说:“那少年正是薛敖曹,小人跟他在后面,见旺儿与他三人一齐到刑部去了。”狄公听了此言,随命差役伺候,说至白马寺拆毁地窖。外面许多皂役听说到白马寺去,无不高兴非常,想在寺中搜罗钱财,顷刻众人毕至。狄公带了人众,并马荣等人,出辕而来。当时坐在轿内,心下想到:“如若这个狗头,能在半途碰见,便可如此这般的行事,若不能碰见,也只好借拆毁之名,到刑部前去提怀义。”

一路上正是思想,渐渐离刑部不远,忽见前面那个少年,又由对面而来,心下好不欢喜。正要命马荣前面去,谁知他早经会意,抢了几步,到了面前,故意在薛敖曹身边一撞,薛敖曹差点摔倒。心下不由一怒,当即骂道:“你这狗头,为何不带着眼睛,你也不是瞎子,走在爷爷面前,还不看见!”马荣见他叫骂,也就喝道:“你这厮,破口骂谁?这街坊上面,皆是皇上的土地,谁人不敢行走?也不是你要买的路途,为何不让我走路?说的我未带眼睛不看见,你何故不看见让我呢?你也不妨探我是哪个衙门而来,在此狐假虎威!”薛敖曹哪里忍得下去,随向小太监道:“你等在此,还不将这厮捆起,送至九门提督处,活活将他打死!敢在此间与我抢白?”两人正闹之际,狄公轿子已到前面,忙令住轿,向外问道:“本院命你先过去提怀义出刑部,好往白马寺拆毁地窖,何故在此与人争论?”马荣道:“此人乃是南门无赖,名叫小薛,往年为非作歹,地方官出差严拿,被他逃走,现又潜来都中。小人一路而来,因差事紧迫,行路匆匆。他撞在小人身上,反将小人乱骂。”狄公喝道:“胡说!他是个少年子弟,何以知他是无赖?且命众差役来询问。”

马荣当时将辕门的院差,一齐喊来,众人一望,一个个皆吃了一惊,不敢开口。狄公道:“你等可认识此人么?若果是无赖小薛,或者前次犯法,现已改邪归正,本院但须略问数言,便可释放。若不是小薛,本院倒要彻底根究,是谁人如此横暴，胆敢殴辱院差，闯阻官道！本院定须严加重责。”武三思的家人见狄公前来，早吓得魂不附体，知道又出了祸事。见狄公如此言语，恨不得众人说是小薛，免得彻底根究，无奈众人知道薛敖曹之事，无一人开口。狄公怒道：“你等想必与他同类，以至不敢言语？且将这厮带回本院，审讯一番，也就明白。”薛敖曹见了这样，已是心惊胆战，深恐自己吃苦，忙道：“我正是小薛，求大人宽恩免责。”狄公听了喝道：“狗头，从前幸逃法网，深恐自己吃苦行凶！本院若不深究，你必不肯供认。皇城禁地，岂容你这奸民混迹！左右且将他锁了，送回辕门，交巡捕看管。候本院由白马寺回来，再行发落。”乔太、陶干答应一声，不问青红皂白，锁了起来。后面两个小太监，不知厉害，见薛敖曹被锁，忙上前拦道：“你们这班人胆子好大，他乃是宫中的人，敢用铁练锁他！圣上晓得，你们也不顾性命！”旺儿见小太监说出真情，心下实是着急，唯恐干累自己，赶着挤出人围，逃回去了。

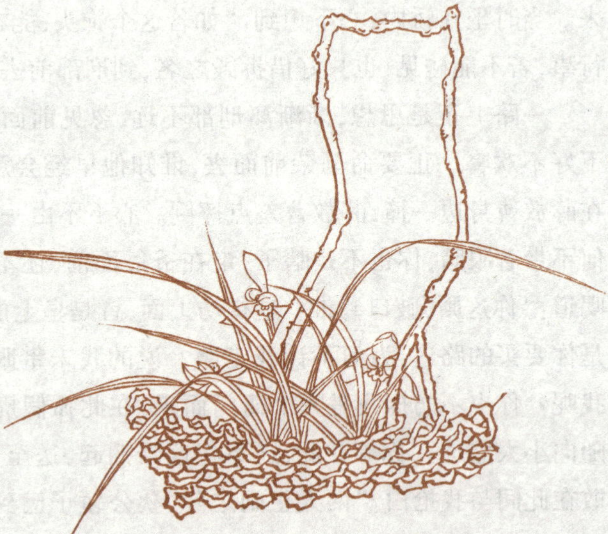

这里狄公道：“你这两个小孩子，为何说出此话，难道你认得他么？你是何人，赶快说来，本院放你回去。”小太监道：“我两人是穿宫的太监，名叫汪喜，他名叫李顺，与他一齐前来。”狄公也怕他说出尴尬的话，连忙喝道：“你两个小狗头毋得混说！他说是小薛，何敢往入宫中？此人大有疑窦，一并交差带去，候本院回衙严讯。”说毕，乔太将三人锁回抚院。狄公便至刑部，将怀义提出，到白马寺毁了地窖，直至傍晚方才回来。

谁知旺儿见小太监说出真话，赶紧跑回家内与武三思说明，三思也是焦急万分，乃道：“这事如何又为他碰见？他若认真的究办，薛敖曹说出真情，这如何是好？”当时也只得来至宫中，告知武后。武则天听了此言，更是羞惭无地，又愧又恨，忙道：“你等赶速前去，说我宫中逃走了三名太监，既为他拿获，令他送进宫中，听我发落。设若狄公审讯，千万传言薛敖曹，莫说出真情。那老狄非比别人！”武三思只得遵命出来，着人到抚院，说武后有旨，将太监送去。早有巡捕回道：“我等奉大人差遣，看管人犯，此时大人尚未回转，不敢擅自专主。不知圣旨是假是真，不能凭贵王亲口言，信以为实。”来人无可如何，只得回复三思。谁知狄公早料着有这次情事，故意到晚方回。进了辕门，已是上灯之后，当时巡捕将上项说话回明，狄公道：“这明是假传圣旨，且待本院审问，候明早奏明再核。”当时也就升堂，命人将仪门关闭，恐有人观审。先将太监传来喝道：“小薛乃是地方上的无赖，你等说他来往宫中，莫非他受人指使，欲想行刺么？此乃大逆无道之事，你且从实供来。还是与他同谋，抑是遭他骗惑？本院审明口供，便将他斩首。”薛敖曹在旁听见，早已魂飞天外，深恐这性命不保，只见小太监供道：“这小薛也与我等同类，为圣上的穿宫太监，实非行刺之人。适才圣上已经有旨，请大人将我等送进宫中。只因我等私自出宫，圣上未曾知悉，现在查出，已获罪不小，求大人开恩释放。”

狄公听了此言，不禁拍案大怒，命人用刑。不知后事如何，且看下回分解。

第五十回 查旧案显出贺三太 记前仇阉割薛敖曹

却说狄公拍案喝道："你这两个小狗头，纯是一派胡言！小薛自己已供认无赖，为何你等反说他是穿宫太监？这事明有别情，若不直供，定将你处死！"小太监道："小薛实是太监。方才圣上已经传旨，请大人送进宫中，与圣上发落，这事何敢撒谎？"狄公说："本院看小薛决非太监，你等既矢口不移，且命那书差，查他旧案，若果确有实据，本院断不轻恕。"谁知众书差却不敢开口。内有一个刑部书办，姓贺名三太，此人自幼与薛敖曹为邻，凡敖曹的恶迹，无不尽知，早年有个女婢，为敖曹强占，俟后报官究办，正拟出差获案，忽为武承嗣送进宫中。因此他这般愤气，至今未出。现在见狄公如此追究，又值众人不敢开口，心下想道：小薛虽是入宫，权势浩大，既有本官招呼，我且将他陈案翻出，令他眼前受点枪棒。随即上前说道："此人实系无赖，串同太监，在外胡行，所有案件，书办尽知。"说着退了下来，将敖曹从前案牍，悉数查呈上堂来。狄公看了几件，尽是奸淫的案情，不禁拍案怒道："你这狗头，犯了此等罪恶，尚敢在此串同太监，作恶胡行！左右，先将他重责百板，再行收禁。两名太监，交巡捕看管。"左右答应一声，早将薛敖曹拖下，一五一十，打得叫喊连天，然后将他收入禁中，以便明早上朝申奏。

谁知狄公退堂之后，贺三太心下想道：本官虽重办薛敖曹，终不能置之死地，一经武后传旨，送往宫中，虽狄大人也无法可想。他既自称是太监，方才受责之时，何以那浊物如杵棍一般，不下有一二尺长短。这物件也不知犯了无限的罪名，我要报他前仇，拼得性命不保，方可为国家除害。主意想毕，等到二鼓之后，一人想着，暗暗到了监门。那个禁卒认得是贺三太，忙迎来问道："贺先生来此何干？"三太道："我同你商议一事，听说你从前为小薛累的很苦，可是不是？"那人道："提起来话长呢，恨不能食他之肉，寝他之皮。小可从前的家私，虽不能是丰富，也还小康，自从与他赌钱，被他赚了数千两银子，嗣后我将家产输得干净。再去找他，他不认我，因此无法可想，钻了门路，来当这禁卒。可怜每月落不上数吊钱，家中老小，仍是不能敷衍。他现在进了宫中，又有这般势力，自是心满意足，谁知天网恢恢，遇见了我们这大人，将他打了百板，收入禁中。现在想趁此报复他前仇，只是想不出主意。贺先生可有良策，我们商议商议。”贺三太道：“我从前之事，你也知道，此时前来，正想与你打点。你可知他在堂上供认的是穿宫的太监，太监哪有留着阳具的道理？方才为大人打了百板，见他那浊物，不下有一二尺长，取下来，改作敲鼓槌子或则敲锣，倒也别致。”禁卒道：“你想得虽好，这一来送他性命，固报了前仇，明日狄大人要人，如何是好？”贺三太道：“你不知道，这物件并不是致命，将他割下，依然可活。你看宫中太监，皆没有此物。但不可伤破他卵子，便可无碍。”禁卒道：“能够这样就妙了。现在堂上明明供认了是太监，即便明日上堂，他不敢说出这物件。在别人身上是不可少的，在他身上，却是犯禁，这个暗苦，叫他受罪，如是却好。”两人商议妥当，禁卒取了一柄尖刀，取了两个酒杯，一包末药，就同贺三太两人来至狱内。

此时薛敖曹因棒伤打得厉害，在那里哼声不止，心中只想武三思，告知武后命狄公释放，此时听见狱门响亮，抬头一望，见是三太，连忙喊道：“贺三哥，你救我一救。我的事情，谅你知道，能在这事上周全与我，不出三日，定叫你富贵两全。”贺三太道：“正是同你商议。你现得了好处，把我们旧邻居，旧朋友，皆忘却了，我家那个女婢，至今还在我家，你此时在此苦恼，命她前来服侍你好么？”禁卒也在旁道：“你的女婢，虽可伏侍，但是狱中没有钱财。我积得数十串钱在此，我们三人赌钱如何？”薛敖曹见他二人说了前仇，连忙道：“二位老哥，千万莫记前仇，我已悔之莫及了。能够救我，将我放出辕门，逃回宫中，定然厚报如何？”贺三太冷笑道：“放你出去，这个沉重，倒可担得，但是要同你借一物件，不知可肯与不肯？”薛敖曹见他两人允从，甚是欢喜，忙道：“岂有不肯之理，只求你将我放出，无论金银珠宝，功名富贵，皆包在我身上。好朋友，我这棒疮实是疼痛不过了，可先代我取点水来，让我熏洗熏洗，然后同你们一同出去。”贺三太道：“你虽肯允，只是你所说的，我二人全用他不着。想在你身上借用一物。”薛敖曹道：“我由宫中出来，万不料遇着这事，此时我身上，除随身衣服，另外哪有别物？”贺三太道：“你莫要装作聋子，故做不知，放爽快些，快点送出！”薛敖曹见他二人只不说明，心里急道：“好朋友，你明说吧，只要你能救我命，此处随你要什么总可。”禁卒上前骂道：“你这烂乌龟，老子看这禁狱的门，少一个敲门槌子，方才在堂上时，见你被打，露出那个怪物，又长又粗，取下来适当合用，就与你借这物件！”

薛敖曹听了此言，自是吓慌，忙道：“好朋友，我今日已在难中，从前虽有不是，我已自知，自今已往，定然酬报。现在何必取笑，哪里敲门用这肉槌头的道理？”禁卒不等他说完，当头啐了一口骂道：“谁同你这乌种子取笑！老子的家产，被你骗尽，同你借一二百银子，尚是不睬，还说什么酬报，功名富贵，包在你身上？即如贺三爷，同你做邻居，哪件事不周济你，你反恩将仇报，将他的婢女奸骗。你也不想想是何人物，仗着这件长大怪物，便尔秽乱春宫，行出这无法无天之事。平日深居宫院，要想见你一面，也是登天向日之难，今日也是天网恢恢，冒充太监，到那刑部与怀义私论事件，独巧被大人看见。你既做了太监，哪里还有这物？长在你身上，也是作怪，不如交给我们，还成一样器具。老子的性情，你也晓得的，告诉你句实话，叫你受点疼痛，绝不至送命便了。”薛敖曹听了此言，自是魂不附体，连忙求道：“两位朋友，可高抬贵手，留我一条性命，以后再不敢放肆了。”禁卒道：“以后已迟，老子既到此地，你不依便可了么？难道还要我动手不成？”贺三太道：“同他说什么闲话，此时不报前仇，明日朝罢，又寻他不着！”说罢，禁卒抢了一步，将薛敖曹拖倒下来。

敖曹到此时，知道斗他们不过，只得喊叫连天，大呼救命。哪知禁卒晓得必定狂叫，遂取了一张宽凳，将他纳在上面，两手背绑在凳腿之上，上半截已是动弹不得。贺三太也就在旁边，将他两脚绑好。禁卒取出两张草纸，在酒内浸潮，向着薛敖曹骂道：“你这狗头，还想喊叫，老子请你吃酒，看你可能言语。”薛敖曹也不知道何故，正是狂叫连天，忽见禁卒将草纸在嘴边一蒙，只见薛敖曹将眼睛一闭，连连地闷咳了数声，复将眼睛睁开，满脸急得通红，欲想说半句言语，却也难乎其难。贺三太本是刑房，岂不知这私刑，赶着说道：“不可不可，如此一来，便送了他性命，随后反不好令他受罪了。”禁卒道：“哪里如此快法，我们快点动手，不再加草纸，便不至死去。免得他乱喊乱叫，取得不安静。”说着又跑了出去，取了簸箕，装上石灰，摆在板凳下面，然后将衣袖卷起，取出一柄尖刀，向着贺三太说：“我今日干了此事，这两手必然污秽，只得事后浸浸擦洗。”随后向薛敖曹骂道：“你这乌种子，可莫怪老子心狠，只恨你罪太大了。这件怪物，且待我留下！”只见一刀刺下，不知薛敖曹性命如何，且看下回分解。

第五十一回 薛敖曹哭诉宫廷 武则天怒召奸党

却说禁卒取着尖刀对定薛敖曹阳具根上一刀下去，贺三太深恐伤了他卵蛋，赶着说道："小心一点，莫送了他的性命。那反不好。"禁卒道："你慌什么，前日我见人割那驴子，便是如此。"说着又见他将刀执定，由上而下，四围一旋，顷刻之间，只见薛敖曹在板凳上，半截身子，跳上跳下，知是他疼痛万分，两眼不住的流泪，嘴里只说不出话来。贺三太又恐他身子肥大，将宽凳跳翻过来，赶着上前，将他纳住。又见禁卒将周围旋开，唯有中间那个溺管未断，尚挂在上面，此时两手血流不止，将一簸箕的石灰，全行染得鲜红。贺三太虽是恨他前仇，到了此时，也觉有点不忍，赶着向禁卒说道："你用刀尖子，将他溺管割断，从速用末药，代他敷好了。遥想这厮，罪已受足，若耽延工夫，恐他昏死过去，那时便费了大事。"禁卒果然依他所言，将溺管割断，将阳具摔在地上，然后用末药在四下敷满，果神效非常，顷刻将血止住。又在贺三太衣衿上面，撕下一块绸子，将伤痕扎好，始行取过木盆，倒了冷水，将手上血迹洗去。贺三太方将薛敖曹脸上草纸一揭，只见他已不能言语，贺三太忙道："你手脚太慢，致将他闷死过去，只是如何是好？"禁卒道："你莫要慌乱，他如死去，我来偿命。"说着将他扶坐起来，禁卒出去，取了一支返魂香燃着，送在他鼻孔前，抽了一会。没有顿饭工夫，但见薛敖曹有了进出的生气，又停了一会，忽然将脸一苦，将口一张，大叫一声："疼煞我也！"禁卒骂道。"你这乌种子，早知有此疼痛，为何从前犯法？舒服得好，便叫你疼得厉害，以后看你还能放肆了！"说着在地下将阳具拾起，用水洗了几次，抓在手中，向薛敖曹道："也不知你这狗头，如何生长的，你自己看看，可像个敲门的槌子？"说着摔起来，便在他头上打了一下。

薛敖曹此时，方疼痛稍定，低头向下身一望，一个威威武武的丈夫，变作了坑坑凹凹的女子！这一急非同小可，比送他的性命还格外伤心，高声骂道："你这两个伤心的杂种，下这毒手，我姓薛的，与你誓不甘休！除非将我治死，不然叫你家破人亡。你把这长具取去，想必是送你老婆送你妹妹去了！”禁卒哪里容得他辱骂，他骂一句，便将那件怪物，在他嘴上打一下，于是你骂我打，愈骂愈打，两人闹作一团。贺三太实是好笑，赶着向禁卒拦住道：“你我已报了前仇，既割下来了，也不能复行合上，骂自然要骂。我且问他的言语，你莫要在此胡闹。”禁卒道：“我实气他不过，你有何话问他？”贺三太向薛敖曹道：“我两人，虽然报自己前仇，可知为国家除了大患，也免得日后露出破绽，有那杀身之祸。可知你此时恨骂，没有益处，我两人既摆布你到此，还怕你怎么？你倚仗不过那个兴隆庵的尼姑，受你这怪物，封你为如意君，此时既已割去，成了废物，还能如从前得宠么？即使你进宫哭诉，将我俩治罪，我们也不是死的，难道不会逃走？告诉你句实话，顷刻与他逃走他方，看你有何本领害得我两家？莫说你借了太监，说不出，受我两人恶苦，便那个尼姑，也是不能彰明昭著的，奈何我两人？你要骂便骂，我们是出去了。”说着拖了禁卒，飞奔出狱。薛敖曹要想去追，他无奈两脚锁了铁镣，不得动弹，心下越想越气，看看下面，格外伤心，想贺三太所说的言语，也是不错。只恨自己不应出宫来看怀义，反送了自己的性命，一人只是在监中啼哭。

且说武三思到宫中，说明此事，武则天命人到辕门去要薛敖曹，反为巡捕回说狄大人尚未回家，不敢信以为实，未将人交出。武则天接着此信，自己也悔恨不已，心下想道：“薛敖曹为狄仁杰捉去，尚是小事，他两人为他擒去，设或露出破绽，彻底根究，岂不令人愧死！”一人在宫中翻来覆去，只是想不出主意，到了四鼓之时，只得上朝理事。众人齐在殿首，只见狄仁杰出班奏道：“臣奉旨拆毁白马寺地窖，昨日已经完毕，特来复命。并奏明圣上，在半途寻获了两名穿宫太监，与那无赖小薛在外胡行，臣已带回辕门。查出小薛的案件，全是不法之事，理合依律处治。适因回辕之后，又闻传旨要此三人，不知真伪，特来启奏陛下。内侍阉宦，何能与无赖为伍，在外胡行，此中关系甚大，求陛下拟定罪名，如何究办，臣好遵旨施行。”武则天听了此言，心中不禁胆寒：此人实是铁面冰心！寡人之事，竟敢如此启奏，无奈你太认真了。若再为你说出实情，孤家颜面何在？乃道：“卿家所奏，寡人已早尽知。但此三人，是孤家宫中内监，私逃出外，固罪不容宽，也不能令外官审问。卿家回衙，立刻押转宫中，寡人亲自发落。”狄公当时只得遵旨，心下暗道：“我昨日若非赶先审问一堂，打了一百重板，岂不为他逃过！”说罢众人散朝。

狄公回转衙中，只得将监中薛敖曹提出，也不再审，命巡捕同着那个小太监，一齐押送宫中而去。此时武则天退朝入宫，正思念薛敖曹，不知此时方可回来，拟命人前去催促，忽见后宫太监引着薛敖曹进来。登时放声大哭，向着武则天奏道："自沐重恩，情深似海，从此万不能如前了！"武则天见他如此凄惨，忙惊道："寡人已将你三人要回宫来，还有何事害怕？"薛敖曹道："此非说话之地，且请圣上入内。"武则天也不知何事，只得进入寝宫，薛敖曹便将贺三太与禁卒如何怀恨前仇，将自己阉割的话，说了一遍。武则天本以此为命，这一听，真是又羞又恼，恨不得将贺三太等人，顷刻碎尸万段。当时说道："这也是寡家误你，不是命你去看怀义，何至有如此之事；也是情分圆满了。你且住在后宫，陪伴寡人，以便调养。但是这贺姓的同那个禁卒，非将他处死，不泄心中之恨！"当时恼恨不已，只得将张昌宗召来。薛敖曹只痛哭不已，张昌宗闻知也是骇异之事，向武则天说道："这事总是狄仁杰为祸！若非他与陛下作对，将薛敖曹带进衙门，追究前案，何至如此？照此看来，我等竟不能安处了。我看狄仁杰一人，也未必如此清楚，唯恐他手下另有秘党，访明宫中之事，想了最毒的主意，命将他出头办事。现在陛下三人，已去其两，只有我一人在此，陛下若非访拿那班奸贼，将他党类减尽，随后日渐效尤，再将我等逼出宫中。我等送了性命，尚是小事，那时陛下一人在宫内，岂不冷清！"说着两眼流下泪来。武则天见薛敖曹成了废物，已是恼闷不堪，此时见张昌宗说了这番，更是难忍，不禁怒道："孤家因静处深宫，唯恐致滋物议，因此加恩，凡是老臣概行重用。不料他如此狠毒，竟与寡人暗中作对！不将这班奸人处治，这大宝还要为他们夺去！"当时大发雷霆，命太监赶着召武承嗣到前，命彼说出这班奸人，以便按名拿问。

武承嗣在家，正与武三思谈薛敖曹，说老狄虽是心辣，只得打他一百大板，认为太监。现武后在金殿上，命他送入宫中，他也别无法想。但是怀义常在刑部，恐武后心中不悦，必得设法将他放出，送入宫中，此事方妙。正在谈论，忽见有个内监，匆匆进来说道："二位爷，就此进宫！陛下此时恼恨非常，薛敖曹如此这般，受了重苦。圣上因此大怒，命你进去，访拿这班奸人，好按名治罪呢。"武承嗣听了此言，心下大喜，向着武三思道："我等可于此时报复这狗头了！唯恨狄仁杰、元行冲等人，平日全瞧不起我，今日进宫，如此如此，启奏一番，先叫几个狗头办去，随后老狄一人在京，便是一个独木难支，无能为力。"三思亦以为然，随即命他同太监，一齐同到了宫中。武则天见他前来，不禁怒道："孤家因你等是我娘家之人，因此重用。原想各事协心办理，凡外面所有事件，以及奸人为害，早奏朕知，现在薛敖曹、怀义等人，连连遭了此事，置朕颜面于何地？显有奸人与狄仁杰狼狈为奸。若不将这班人除尽，朝廷何能安处！召你前来，可赶速暗访，将奸人名姓开单呈阅，好按次严办。”武承嗣见武则天动怒，随即跪下奏道：“臣儿早知有此祸事，从前屡次奏明。自从庐陵王远贬房州，许多大臣心下不悦，意在谋反，废黜圣上，总因未得其便。现在这几件恶事，皆只是奸人唆出老狄先除了陛下的近宠左右，然后再将我等除尽，那时便带兵入禁，立拥庐陵王。臣儿虽有所闻，欲奏明圣上，无奈圣上以狄仁杰为大臣，不肯深信，故不敢启奏。陛下再不严办，这天下恐非陛下所有了！”说罢痛哭不止。

这番话将武则天听得深信不疑，不知后事如何，且看下回分解。

第五十二回　怀宿怨诬奏忠良　出愤言挽回奸计

却说武承嗣奏了一番言语，武则天怒道："寡人从前也不过因先皇臣子，不肯尽行诛绝！明日早朝，你候在金殿奏明，好立时拿问。"武承嗣道："陛下如此，则安居无事矣。"道罢，复安慰了武后一番，薛敖曹安心在宫内陪伴，然后出来，与武三思计议了一晚。

次日五鼓进朝，山呼已毕，左右文武大臣，两班侍立。忽然武承嗣上前奏道："臣儿受陛下厚恩，正思报效，风闻有旁人怨恨，说陛下严贬亲子，废立明君，致将天下大权归己掌握，不日便欲起兵讨逆，以辅立庐陵王为名，欲将臣等置之死地，逼陛下退位。臣等受国厚恩，不敢隐匿，求陛下俯念臣等身受无辜，群臣罢职，免得受此大逆之名，致将陛下有滥用私人之议。现在庐陵王还在房州，仍求陛下即日传旨，召进都中，复登大宝，以杜意外之祸。"武承嗣奏了这番言语，两边文武大臣无不大惊失色，彼此心中骇异，也不知是谁有此议论，致为武承嗣安奏。只见武后怒道："此乃是寡人家事！前因太子昏弱，不胜大宝之任，因此朕临朝听政。是谁奸臣，妄议朝事，意在谋反，你既闻风，未有不知此人之理，何故所奏不实，一味含糊？着即明白奏闻，以便按名拿办。"武承嗣道："此人正是昭文馆学士刘伟之，并苏安恒、元行冲、恒彦范等人，每日在刘伟之家中私议。求陛下先将刘伟之赐死，然后再将余党，交刑部审问。"武则天听了此言，只见刘伟之现在金殿上，随即怒道："刘伟之，寡人待你不薄，你既受国厚恩，食朝廷俸禄，为何谋逆议反，离间宫廷？你今尚有何说？"

刘伟之此时自觉吃惊不小，赶着俯伏金阶，向上奏道："此乃武承嗣与臣挟仇，造此叛逆之言，诬惑圣听，陷害微臣。若谓臣等私议朝事，自从太子受屈，贬至房州，率土臣民，无不惋惜。臣等私心冀念，久欲启奏陛下，将太子召回，以全母子之情，以慰臣民之望。且陛下春秋高大，日理万机，旰食宵衣，焦劳不逮。

家有令子，理合临朝，国有明君，正宜禅位，随后优游宫院，以乐余年，含饴弄孙，天伦佳话。此不独与陛下母子有望，即普天率土臣民，亦莫不有益。如此一来，那些奸臣贼子，窥听神器、扰乱朝纲之小人，自然不生妄想，不惑君心。此皆臣等存志于心，未敢明言之想。若说臣等谋逆造反，实武承嗣诬害之言，求陛下明降谕旨，问武承嗣有何实据！”武则天听了此言，格外怒道：“你说他乃诬奏，即以你自己所奏，已自目无君上！太子远谪，乃是彼昏弱不明之故？为何说率土臣民，无不惋惜？此非明说寡人不是，为众怨恨？孤家年迈，岂不自知，要你渎奏，却是何故？依你所言，方可有益，不依你所言，便是无益，这叛逆情形，已见诸言表，你尚有何说！左右，将刘传之推出午门斩首！”一声传旨，早有殿前侍卫，蜂拥上来，即便想动手。只见元行冲、苏安恒这一班人齐跪在阶下奏道：“武承嗣奏臣等同谋，臣等之冤，无须辩白。但是武承嗣不能信口雌黄，乱惑君听！且请陛下，将臣等衙门，概行查抄，若有实据，不独刘伟之一人斩首，即臣等亦愿认罪。”武则天哪肯准奏，喝道：“你等受国深恩，甘心为逆，朕今将刘伟之一人斩首，已是法外之仁慈，你等尚敢渎奏！”

狄仁杰此时见众人所奏不准，心下知是武则天心怀懊悔，欲借此出那些闷气，当时也就上前奏道：“刘伟之妄议朝政，理当斩首，但臣访问此事，实在不止此数人，尚有武三思、武承业等诸人在内，陛下欲斩刘伟之，须将二武处斩，方合公论。”武则天听了此言，忙说道：“狄卿家，不可胡乱害人！三思、承业皆是朕的内侄，岂有谋反之理，莫非是卿家诬奏么？”狄公道：“他两人何尝不想谋反？自从太子远贬，他便百计攒谋，逢迎陛下，思想陛下传位于他。近见陛下未曾传旨，他便怨恨在心，欲想带兵入宫，以弑君上，不料为刘伟之等人闻知，竭力禁止，方免此祸。故尔武三思等人恨他切骨，又因他奏知圣上，故今日先行诬奏，以报私仇。若不将他二人斩首，恐欲激成大变。”武三思听了此言，吓得魂不附体，连忙与承业奏道：“臣儿何敢如此，实是狄仁杰有心诬奏，用这毫无影响之言欺蒙圣上。”狄公不等武后言语，忙道：“你说我毫无影响，刘伟之影响何在？陛下说你是皇上的内侄，断不造反，刘伟之也是先皇的老臣，各人皆忠心义胆，更不至造反了。要斩刘伟之，连武氏兄弟一同斩首，随后连老臣也须斩首，方使朝廷无人，奸臣当道。若开恩不斩，须一概赦免，方得公允。”武则天见狄公一派言语，明是袒护刘伟之，乃道：“狄卿家不可诬奏，寡人自己家的事，要他议论何干。方才在殿前所奏，已是满口叛逆，如此奸人，不令斩首，尚有何待？”狄公忙又奏道：“陛下之言，也失了意旨，天下者，乃天下之天下，刘伟之所言，正是为天下之公论,岂得谓陛下家事?若因此斩杀忠臣,恐陛下圣明之君,反蒙以不美之名矣。太子远谪房州,岂不远望慈宫,夙夜思念,若因武承嗣诬奏,致将大臣论斩,恐天下之人,不说陛下为奸臣所惑,反说陛下之把持朝位,无退让太子之心。既灭母子之恩,又失君臣之义,千秋而后。以陛下为何如人?岂不因小人之言,误了自己的名分,误了国家的大事?武承嗣所奏,实有心诬害,请陛下另派大臣审明此事,方可水落石出,无党无偏。臣因国家大事,冒死直陈,祈陛下明鉴!"这番说得武则天无言可对,只得准奏,将刘伟之等人交刑部讯问,然后退朝。

不说那武三思恨狄公阻挠其事,且说刑部尚书,自从武承嗣开缺之后,武后恐别人接任,不能仰体己意,当即传旨命许敬宗补授。此人乃是杭州新城县人,高宗在时,举为著作郎之职,其后欲废王皇后,立武则天为正宫,众大臣齐力切谏,他说:"田舍翁胜十斛麦,尚欲更新妇。天子富有四海,立后废一后,有何不可?"高宗了听了此言,便将武则天立为皇后。从此武后专权,十分宠任,凡朝廷大事,皆与敬宗商议。敬宗遂迎合意旨,平日与武张二党,狼狈为奸,不知害了许多忠臣。此时为了刑部尚书,也是武后命他照应怀义的意思。现在将刘伟之发在他部内,当时回衙,便将武承嗣所奏一干人,带回部内,一时未敢审讯。等至晚间,私服出了衙门,来至武三思府内,家人传禀进去,顷刻在书房相会。敬宗开言问道:"贵皇亲,今日所奏,已是如愿所偿。将他斩首,又为这老狄无辜牵诬贵皇亲身上,致将此事挽回。但此事命下官承审,特来与皇亲商议,如何方令刘伟之供认?"武三思道:"大人在上,已非一日,可知此事不怕钦犯狡赖,惟是狄仁杰阻挠太甚。必得如此如此,不与他知道,然后方得行事。"许敬宗道:"此言虽是,但圣上面前,如何则行?"武三思道:"圣上此时已是闷恨非常!早朝之事,正是舍弟昨晚进宫,说明缘故。大人能如下官办法,这事便无阻挠了。"当时又将薛敖曹之事,说了一番。许敬宗自是答应。

次日一早,敬宗也不上朝,天明便齐传书差,在大堂审案。将刘伟之、苏安恒一干人,分别监守,自己升了公座,先将刘伟之提来。伟之见是敬宗,知道这事定有苦吃,此时已将自己的性命置之度外,因是皇上的法堂,不能不跪。当时敬宗在上言道:"刘大人,你也是先皇的旧臣,你我同事一君,同居一地,今日非下官自抗,高坐法堂,只因圣上旨意,不得不如此行事。所有同谋之事,且请大人从实供来,免得下官为难,伤了旧日之情。"刘伟之高声答道:"在官言官,在朝言朝,大人是皇上钦差,审问此事,法堂上面,理宜下跪。但是命下官实供,除了一片忠心,保助唐皇的天下,以外没有半句的口供。那种诬害忠良,依附权贵,将一统江山送与乱臣贼子，刘某恨不得将他碎尸万段，岂有谋反之理？大人既看旧日之情，但平心公论便了。”许敬宗笑道：“这事乃圣上发来，何能如此含糊复奏？昨日在朝，说圣上伤了母子之情，太子受屈，百姓怨望，这明是你心怀不愤，想带兵入宫，废君立嗣，不便出诸已口，故供旁人措词。可知此乃大逆无道之事，若不审出实供，本部也有处分，那时可莫恨下官用刑了。”这番话，说得刘伟之大骂不止。不知后事如何，且看下回分解。

第五十三回 用非刑敬宗行毒 传圣诏伟之尽忠

却说刘伟之听了许敬宗一派言语，高声骂道："你这欺君附贼的奸臣，你敢用刑拷谁！先皇在日，为你所欺蒙，致将王皇后废立，现在太子在外，圣上年高，不思天下为重，竟敢依附武党，陷辱大臣。我伟之未曾奉旨革职，你何敢擅自用刑！"许敬宗听了此言，登时怒道："你道你未经斥革，本院因为同你一殿之臣，故尔稍存你面，既然如此，且将圣旨请出，使你明白。"当时起身入内，果然捧出一道圣旨说："刘伟之结党同谋，案情重大，虽经交许敬宗审讯，独恐他抗官不服，抵赖不供，着将原官革去。如不吐供，用刑严审。"刘伟之听他念毕，更是大骂不止。许敬宗在上怒道："你究竟供与不供？你此时既经革职，便与小民无异。钦定非刑，俱在堂上。"刘伟之道："误国的奸臣！我刘某也非是贪生之辈，今日生死虽难预知，若想刑求，为你这班狗头，在宫献媚，忍那谋逆之名，虽刀锯鼎烹，也无半句言语！本学士忠心赤胆，举国皆知，你等将唐室山河，断送在他人之手，一旦身首异处，恶贯满盈，有何面目见先皇于地下乎？"许敬宗为他骂得无言可对，不禁恼羞成怒，也就喝道："本院奉旨承审，若想逃过此事，也不知道我的手段。左右快取刑来。"两边齐声答应，早将一个火盆，端在堂上，红光高起，火焰腾腾，一个人取了一个铁锅，顿在火上。敬宗道："刘伟之，可知道这刑具不比寻常，若能认了口供，免却目前之苦。你看这里面，乃是锡质炼化，沾上身躯，顷刻浆流泡起。"刘伟之复又骂道："本学士死且不惧，岂畏这私刑！但你虐害忠良，须保武氏求掌大权，方得保全首领。一日新君嗣位，恐你这狐群狗党，明正典刑，刀锯鼎烹，免不得万年遗臭。"许敬宗见他仍然不屈，忙命众人施刑。早有一班人，如狼似虎的恶差，将刘伟之的衣袍撕去，两手绑在背后，一人取了个小铁勺子，在铁锅子内，取了一勺子的热锡，先在刘伟之肩背上倒去。只听见他大叫一声，那热锡自上至下，直流至谷道前面，但见一股青烟飞起。在公案面前，再将伟之身上一望,那一路皮肉,已焦烂万分,鲜血淋漓,浆水外冒,刘伟之已烫昏过去。

许敬宗在上面看得清楚,向他笑道:"你平日与老狄同声附和,见我等众人如肉上之刺,眼中之钉,今日叫你知我利害。"随命人用醋汁倒于炭上,将刘伟之扶起,受了这酸醋的烟气,停了一回,依然大叫一声,复行苏醒。见许敬宗坐在堂上冷笑不言,伟之不禁丹田起怒,大骂喝道:"我刘某身受无辜,为这奸畜诬害,皇天后土,鉴我忠心!武后秽乱春宫,革命临朝,僭居大统,你等不知羞耻,谄媚妇人,致令武氏党人,把持盘据。本学士也不思活命,且同你拼个死活存亡,好见先皇于地下。"说着摔开众人,奋勇上前,来奔许敬宗揪打。许敬宗虽是文士,两膀却很有膂力,深恐遭其毒手,随即起身向后便走。哪知刘伟之拼命来斗,早将公堂上方砚台,抢在手内,对定许敬宗脑门一下打来,许敬宗不防这物件,赶着偏转身躯,欲想避让,额角上早中了一下,登时一个窟窿,血流不止。所有堂下的差役,见本官为钦犯所伤,也不问伟之是好人,是坏人,端起大锅,向伟之身上一泼。伟之正是想揪着许敬宗,同他扭结,猝不及防,浑身上下为热锡浇满,登时痛入骨髓,两脚在地下,一阵乱跳,把个皮肉身躯,如在油锅之内,当时鲜血淋淋,露筋露骨,要想有一块好肉,也万难寻出。只见他大叫连声,倒在地下。

许敬宗见他倒栽地下,自己虽已受伤,也不好再摆布,命人将伟之抬往里面,自己将绸子扎好。命人先到武三思府中打听,问三思在家与否,自己便在书房做了一张假供,使人誊清。那个打听的家人,已来回信,说武三思正在府上,候此地的信息。许敬宗听了此言,便乘了大轿,来到武三思府上,直入书房坐下。

此时武三思正与武承嗣相议,欲想藉此事为词,便将狄仁杰诬害,听说许敬宗前来,兄弟二人,同至书房里面。忽见许敬宗面带损伤,当时笑道:"老许今日是喜欢极了,连行路皆不留心,致将额角栽破。如此时升了宰相,岂不将头颅跌破?"许敬宗道:"人家为了刘伟之之事,吃了如此重苦,你还是取笑。可知此事,须要令老狄不知。现在虽已将刘伟之用了非刑,已经离死不远,不趁此时商议良策,火速将刘伟之置死,不然,随后之祸,更不得了。因来此斟酌,你们二人之中,须得一人就此入宫,得一道圣旨出来,将刘伟之事完毕,明日早朝,狄仁杰晓得,那时已身首异处,他也无可如何。"武三思听了此言,说道:"果然妙计,这事仍令承嗣前去。"当时便将许敬宗自拟的假供。取来放在身边,着便服入宫而去。

武后连日因各事烦集，皆不如心，只得与张昌宗饮酒为乐，听见小太监启奏说武承嗣前来奏事，忙召他进来问道："你深夜前来有何事奏？"承嗣道："只因早朝圣上将刘伟之等人交刑部审讯，虽知伟之实是谋逆不法，为敬宗用刑拷问，招了这供。自知罪无可赦，竟敢在法堂用武，将许敬宗头颅击伤，因此敬宗不能上朝，故请臣进宫入奏。请陛下独断施行，赶传密旨，将他正法。不然为狄仁杰知悉，势必酿成大变。"武则天听了此言，不禁怒道："狄仁杰自升巡抚，寡人因他是先皇老臣，性情刚直，凡事皆优容之，乃竟不知报效，结党横行，殊非意料所及。"当即传旨："先将刘伟之在刑部赐死，余党候明日早朝再核。"武承嗣得着此言，随即出宫，飞马到了刑部。许敬宗已早回衙，在大堂等信，见武承嗣匆匆而来，口传接旨，许敬宗当即设香案，命人将刘伟之提出，将圣谕宣读已毕，刘伟之此时已如死人相仿，浑身无一处完肤，听得许敬宗宣明圣旨，不禁两眼圆睁，高声骂道："你等这班误国的狗头，诬奏朝廷，害我本学士，刘某在九泉之下，待你对质！"说罢大骂不止，许敬宗仍是一言不发，但命人取了一条白绫，递与伟之。伟之取在手中，自缢而死。武承嗣随命人传信报他家属，说他谋逆不轨，赐死天牢。本应暴尸示众，主上加恩，着令家属收尸。顷刻之间，伟之家得了此信，自是号啕痛哭，以便收拾呈报。

且说狄梁公正在衙中观书，忽见马荣匆匆进来说道："不好了，小人方才出去巡夜，听说刘大人为刑部私刑拷问，将周身用热锡浇烂，逼出口供。命武承嗣禀知武后，已将刘大人赐死，现在报知家属前去收尸。如此一来，不知苏安恒等人，若何处置。"狄公听了此言，不禁放声大哭道："刘学士，你心在朝廷，身罹刑戮，这也是唐室江山，应该败坏。总之有狄某一日在朝，定将你这无妄之灾，伸雪便了。"当时大堂上，听得已交三更，他也不去安歇，随在书房，将所有的公事办清，自己穿了朝服，上朝而去。

却说武承嗣在刑部见刘伟之已死，心下好不欢喜，向着许敬宗道："这厮自谓忠臣。平日将你我绝不放在眼里，私心妄想，欲请武后退位。昨日金殿上独敢如此说强，岂不是他自寻死路！但是他一人虽已除去，唯有老狄在朝，十分不妥，明日早朝能再将元行冲等人如此这般，奏明天子，那时一并送了性命，然后再摆布老狄。将这干人尽行除绝，嗣后将庐陵王废死，这一统江山，便可归我掌握了。大人能为我出力，随后为开国元勋，也不失公侯之位了。"许敬宗本是极不堪的小人，见他私心妄想，也就附会了一番，把武承嗣说得个不亦乐乎，如同自己做了皇帝一般。交到四更之后，但听见刘伟之的妻子等，又在大堂，哭一番，骂一阵，皆说是许、武二人，残害忠良，有日恶贯满盈，等斩首之时，定将他五脏分开,为鸟兽争食。许敬宗虽听见,如耳聋一般,反而大笑不止。两人不知不觉脱去官服,乐不可支,直至五更,方由衙门出来,上朝而去。到了朝房,见文武百官俱已齐集,许多人见他进来,皆起身出迎,齐声问道:“许大人承审案件,闻已讯明,奉旨赐死。设非大人的高才,何能迅速如此!”

许敬宗当时并未见狄公在坐,不知后事如何,且看下回分解。

第五十四回 狄仁杰掌颊武承嗣 许敬宗勾结李飞雄

却说许敬宗到了朝房,许多人说他高才,心下甚是得意,当时并未见狄公在坐。武承嗣笑道:“这些须小事,何足介意。只要有俺兄弟在朝,哪怕老狄再吹毛求疵,也要将他一班的党类削去。他也不知当今皇帝现是何人,欲想传位于谁,常将唐室天下谈论!”众人见他说出这话,知狄公在此,一个不敢回言。狄公哪里忍得下去,忙起身推开众人问道。“贵皇亲乃圣上的内侄,圣上传位于谁,贵皇亲想必知道了。狄某居唐朝之官,为唐朝之臣,不视唐室江山为重,以何事为重?此言乃众公耳听,且请说明,俾大众知悉。”武承嗣见狄公前来问他,方知此言犯法,赶着笑道:“此乃下官一时戏言,大人亦何必计较。”狄公当时喝道:“你此言,岂非胡说,朝房之内,国事攸关,岂容你这班狗头妄议!目今武后临朝,太子远谪,并未明降谕旨,立嗣退朝,你何敢大言议论?岂非扰乱臣民,欲想于中篡逆?刘伟之被你等诬奏,滥用非刑,致令身死,现又牵涉在狄某身上。你此时不将话讲明,与你入朝,一齐剖个明白。唐皇天下,为你这班奸臣已败坏得不可收拾,还想陷害大臣,私心谋逆。老夫有何党类,有何实据。为我从快说来!”说着走上前来,直奔武承嗣。武承嗣此时自知理屈,为他骂了一顿奸贼狗头,也就恼羞成怒,回声骂道:“你这老死囚,圣上几次宽容,尚不知感,胆敢暗中作对,结党同谋。刘伟之现有口供,看你从何抵赖!”狄公见他回言骂道,不禁左手一伸,将他衣领揪住喝道:“老夫问你的圣上传位却与何人?你反敢侮辱大臣,造言生事,如此情形,岂不要造反么?”武承嗣为他揪着衣领,格外愤怒起来,高声叫道:“狄仁杰,你在朝房放肆,还不是有心作乱!”这句话尚未言毕,早为狄仁杰在脸上,分左右两旁,每处掌了两下,顷刻浮肿起来,满口流出鲜血。正闹之际,直听景阳钟声响,武后临朝。众位大臣,见他两人揪作一团,又未敢上前分解。只得各顾自己,起身入朝。

山呼已毕，许敬宗上前奏道："现有叛臣狄仁杰，因逆党刘伟之，经臣审讯问出实供，奉旨赐死，不料狄仁杰因武承嗣自奏陛下，迁怒于他，竟守在朝房内，殴辱皇亲，实属不法已极。听陛下临朝，犹自肆行殴打，叛逆之状，已可想见。不将狄仁杰严加治罪，不能整率臣下，恐大局亦为败坏矣。"武后听了此言，不禁大发雷霆，向下怒道："狄仁杰乃朝廷大臣，竟至目无君上。着传旨，将狄仁杰锁拿前来，在此金殿审问！"所有殿前侍卫，皆是张武二党的羽翼，赶着领旨下来，到朝房将狄公锁拿进去。武承嗣方是知是许敬宗为他启奏，心下甚是得意，想趁此盛怒之下，将狄仁杰送了性命，报了前仇，免他在京阻拦各事。且说到了金殿，不等武后开言，狄公当时奏道："微臣今日入朝，方知武承嗣与许敬宗等人谋权篡位，诬害大臣。胆敢在朝房宣言，说陛下传位有人，不以唐室江山为重。似此贼子乱臣，人人得而诛之，臣正拟扭解入朝，请陛下明正典刑，以除巨患，不知何人妄奏，致令侍卫传旨，释放逆臣！"武后听了此言，哪里相信，不禁怒道："孤家听政以来，待你不薄，刘伟之等人谋逆，理合按律施行，你为朝廷大臣，虽未与谋，尚有何说！"狄公连忙奏道："陛下所闻，乃许敬宗一人妄奏。微臣所奏，乃武承嗣在朝房所说，文武大臣，皆所共听。许敬宗与武承嗣一党，自然为他粉饰，陛下如不信武承嗣等人谋逆，且看他两人衣服，他既忠心报国，入朝面圣，理合朝衣朝冠，何故便衣前来见驾？此明是目无君上，欲趁便行刺，若非臣早至朝房，听所言，恐此时陛下已不能安坐朝廷矣。微臣一死，本不足惜，可惜庐陵王无故受屈，不能尽孝于陛下。先皇以天下为重，付托陛下，不能传位于太子。陛下身登九五，宠待武氏兄弟，但恐反开篡弑之谋，臣若不言，千秋而后，为巨谄谀耳。今日之事，决断全在陛下，且刘伟之等人，忠心赤胆，誓报陛下，竟被许敬宗热锡烧烫，身无完肤。如此非刑，虽桀纣也无此酷虐，乃敢妄造口供，诬奏陛下，致当令赐死！"说罢放声大哭。

武则天听了狄公这番言语，反是哑口无言，一语不发。再看许敬宗与武承嗣两人果是居常的便服。此时两人将自己遍身一看，也就吓得魂不附体。原来昨夜刘伟之赐死之后，两人在书房议论，无意之间，将衣服脱去，到了入朝之时，尚在堂上，朝服未穿在身上，即便前来。现在为狄公指为口实，深恐武后信以为真，究罪不赦，两人面面相觑，浑身流汗不止。武后停了半晌，向许敬宗问道："你是刑部大臣，为何妄奏朝廷，致说狄卿谋反？明是你等浮躁性成，与武承嗣妄议军国之事。入朝见驾，如此不敬，已罪无可赦！即非谋反，也难胜刑部之任，着即离任议处。武承嗣姑念为孤家母属，亦着记大过一次，非召不准入朝。所有张柬之、元行冲等人，既经狄仁杰保奏，全行释放。余着无容置议。"狄公还要启奏，武后卷帘退朝，众官各散。狄公自是闷闷不乐，虽刘伟之冤屈未伸，所幸将元行冲等人赦免，只得回转衙中，一人感叹。

谁知武承嗣退朝出来，将许敬宗邀入自己府中，两人怒道："不料老狄如此厉害。今日满想将他治死，反为他如此妄奏，将我两人记过。幸圣恩宽大，不然我两人性命，岂不枉然送在他手内。而且在朝房里面，当着众人，掌我两颊，这次羞辱，何能罢休，我等不能奈何他，怎样反为他将每人摆布？你想薛敖曹、怀义以及我兄弟二人，并张昌宗同你，无人不受他的挟制，虽圣上十分宠信，皆为他一番强辩，以至无可言语，随后总是如他心愿，将我等治罪。后日方长，此人一日不去，一日便不得安稳，还想得这唐皇的天下么？"许敬宗道："下官倒有一计，不知贵皇亲果有胆量否？"三思在旁言道："只怕大事难成！随你天大的罪名，我三人皆可任肩。但不知你有何计？"许敬宗道："目今老狄等人所希望者，不过想庐陵王入朝，请武后退位。虽我等众人屡次奏说庐陵王谋反，圣上总是疑信参半。能得一人，领一枝兵马，在房州一带攻打城池，冒称是庐陵王所使，那时如此这般，启奏一番，不怕圣上不肯相信。虽老狄再有本领，也令他无可置词。到了急迫之时，朝廷出兵征逆，到房州将太子灭去，这一座万里江山，还不是归你兄弟掌握么？"武承嗣与三思听了此言，两人如获珍宝一般，喜出望外，齐声说道："此计实是大妙！但一时未得其人，如何是好？"许敬宗道："此事不难。此去怀庆府，有座山头叫太行山，绵亘有数千里远近，其间峰谷岩洞，峻险非常。山内有一伙强人，为首的叫赛元霸，此人姓李名飞雄，手执一柄大刀，有万夫不当之勇。从前未入山时曾经破案，为地方官拿获，解入京城，下官见他相貌魁梧，实是英雄气概，恐日后有用他之处，特地设法救了他性命。谁知逃生之后，路过太行山为从前强人阻住去路，他杀上山寨，将头目杀死，自己为了寨王，因感下官活命之恩，每年皆命人私行送礼，以报前德。手下现有数万人马，兵精粮足，兴旺非常。若令此人干这事件，自然事事有济。"三思忙道："既有此人，正是难得。此事万不宜迟，须命谁前去？"敬宗道："这事务要机密，不可走漏风声，若为老狄访知，那便误事不浅。俟我回去，自有人前去，至迟来往，不过一月之久，便可命李飞雄亲自前来。"武承嗣弟兄听了此言，自是喜之不胜。

许敬宗随即回至刑部，因奉旨离职任，只得次日迁出衙门。听武后另行放人。到了晚间，将那个贴身家人喊来，此人名叫王魁，平日李飞雄来往的事件，皆是他经手，当时向他说道："今日有一差事，命你前去。若是干得妥当，不但回家随后提拔与你，连武大人皆要保你个大大的前程。不知你可有这个胆量？"王魁见问，也不知何事，忙道："小人受大人厚恩，虽赴汤蹈火，也不敢辞。且请大人说明，究竟何往？"不知许敬宗如何对他言语，且看下回分解。

第五十五回 太行山王魁送信 东京城敬宗定谋

却说许敬宗见王魁满口答应,乃道:“目今朝廷之事,你也尽知。武大人想圣上传位于他,总因狄大人屡次阻挠,以致各人皆为他挟制。现在想出妙计一条,欲你到太行山一走,将李飞雄请来,与他商议要事。若武大人得了天下,我为开国的元勋,你也不失封侯之位。但此去关系甚大,设或走露风声,性命不保,不但你一人受累,连我与武大人也不得过去。因此同你商量,赶速即日动身,限一个月便须来往。”王魁道:“我道何事,这事也不费许多时日。此地离怀庆府只有千余里,小人的脚力,大人尽知,多则二十个日子,便可回京。李飞雄受过大人的厚恩,加之小人前去告知他,此事但见功名富贵之事,岂有不允之理。”当时主仆计议停当,许敬宗便即取出了一千两银子,命他作为路费。王魁道:“大人何须费此钱钞,只须一二十两,便可路用。其余皆存在府中,俟有功后,再行领赏。”自己带了包袱,次日天明,别了敬宗,直向太行山而去。

在路非止一日,这日已到山脚边下面,正拟上山,命小喽啰通报,忽听一派锣声,一字排开,走出数百喽兵,各执刀枪,阻住去路。只听高声叫道:“你这人好大胆子,走到山前,还不孝敬!快快送下买路钱来,方才好好放你过去。”王魁笑道:“你这班狗头,乌珠也未瞎去,敢向爷爷要钱,唯恐你等反要送钱与我!”那些喽啰齐声骂道:“你这牛子,莫想胡缠,再不送了出来,我等便要动手!”王魁道:“你要动手,恐你没有这胆量。快去通报李飞雄说,都中有个王魁前来相望,着他赶速下山见我。”那班喽兵见他说出寨主的名姓,知非外人,赶着四五个小头目,跑上山去,嘴里招呼道:“孩子们,招呼好了,这是自家人。”说着如飞而去。顷刻工夫,只见山头上飞来一匹坐骑,远远的高声叫道:“来的莫非王兄弟么?愚兄接待来迟,孩子们冒犯虎威,多多得罪。”王魁抬头一看,正是李飞雄,赶着迎了上来,也就招呼道:“小弟相隔已久,特来宝山探望。”两人对面走来,行至半山，彼此相望，李飞雄欢喜非常，忙问道："贤弟不在京中，特来荒山何干？大人精神可好么？"王魁道："小人此来，正是大人指使。此地非说话之所，且到山中，再行叙议。"当时李飞雄牵过喽兵一匹马来，让他骑坐，自己在前领路，过了三道木城，方至聚议厅上。彼此见礼坐下，随即命人送上茶来，为王魁洗尘，然后摆了酒食，两人入坐。

王魁道："小弟此来，恭喜大哥，要官居极品了。"李飞雄不知何故，忙道："贤弟何出此言？愚兄乃化外之人，罪恶滔天，为王法所不宥，设非大人成全，活了性命，久做刀头之鬼，哪里还想为官作宰，此不是贤弟取笑么？"王魁道："小弟不言，老哥从何知道。只因太子远贬房州，武后欲想传位与承嗣，只因狄仁杰在朝，各事阻格，特命小弟前来，请老哥进京商议此事。"李飞雄本是个亡命之徒，听了此言，自是高兴非常。当时说道："非是愚兄夸口，就是那一柄大刀，也算得出色惊人。既许大人如此提拔，岂有不去之理？明日便与贤弟动身。"当下两人，你斟我酌，痛饮一番，方才席散。随又带王魁到山前山后游玩一番，又将军械粮草，看视一周，果然兵精粮足。王魁道："老哥既有此佳境，也算个化外诸侯，一人独占此山，无拘无束，岂不令人羡慕！若能成功之后，便得富贵功名，实不愧英雄一世。"李飞雄见王魁如此称贺，格外喜笑眉开，十分得意。晚间将那总领头目喊来，此人名叫出洞虎赵林，本领虽较李飞雄稍逊一筹，两柄四方锤，也不在人之下，山中除了寨主，便以他为长。当时见王魁上山，知道有事，故随即到了聚议厅上。李飞雄道："愚兄明日须往京都，因许、武两大人，有要事面商。上下的买卖，且请贤弟照管数日，嗣后愚兄回山，那时定有用贤弟之处。"说着便将王魁的来意告诉赵林。这辈强人，哪里知道王法，但听武承嗣得了天下，随后自己可以做官，便自欢喜非常。一夜已过，次早李飞雄带了盘川，暗藏兵器，与王魁一同下山，望京都而去。两人本是好汉，脚力飞快，未有数日，已到京都。一直到了许敬宗府内，王魁先命他在内厅落坐，自己来到书房，却巧许敬宗到武三思府上有事，只得命人安排了李飞雄，自己到了武三思府上，也不要人通报，径自进入书房。三人望见他回来，敬宗忙开言问道："你前去如何，李飞雄可曾同来？"王魁道："现已到了府中，只因大人在此，故尔前来送信。"武三思听了此言，甚是欢喜，随说道："许大人且请回去，能将这李飞雄带来，待下官试验一番，就更妙了。"许敬宗道："大人既要将他试验，但命他前来便了，下官府内正恐地方偏窄，易于走露风声，住在这里，耳目较少许多。"随向王魁道："你仍回去，将李飞雄带来，说武皇亲命他到府中居住。"王魁领命而去，稍顷果带了大汉，走了进来。

武承嗣向外一望，此人身高九尺向外，紫红色面目，两道浓眉，一双虎目，大鼻梁阔口，年约四十，大踏步到了檐前，向着许敬宗说道："小人李飞雄，向恩公请安！"说着叩头下去。武三思不禁赞道："好一个英雄气概！你便是李飞雄么？"许敬宗道："此乃皇亲武三思大人，你且叩见。"当时李飞雄按次行礼已毕，侍立檐前。许敬宗先将王魁何日到山，在路行了几日的话，问了一遍，然后向李飞雄道："本院喊你前来，所有用你之处，王魁想已言及，你可敢行么？"飞雄道："小人蒙大人活命之恩，加之武皇亲如此提拔，焉有不行之理。但不知大人几时起事，一切如何布置，还须示下，方可遵行。"武承嗣与三思两人见他满口答应，急忙道："你能干成此事，定要封你个大前程。但军装旗号，必须要照庐陵王而行，方命他地方官相信。不知你山还有多少帮手，若欲发兵下山，先打何处城池？"李飞雄道："小人初到此地，虽有一身本领，只能提刀开战，拼个你死我活。欲要定谋运略，须要大人指示。"武三思道："既然如此，且到后面安歇一宵，明日依计而行。"当下王魁将他带出书房，早有武府的家人，前来照应。三思又命厨下备上了上等的酒筵，款待飞雄。当晚便请许敬宗计议了一番。先拟了一道檄，照庐陵王口气，说："孤家乃高宗之长子，天下之储君，理合继统称尊，临朝听政，只以母后武氏，残虐不仁，信听谗言，致遭贬谪。抚躬自问，抱憾良深，兹特命太行山寨主李飞雄，带兵征叛，以复大统，以定名分。所过各府州县，理合望风归顺，纳款相迎，属在臣民，直尊君上。若与王师相抗，便为叛逆之臣，攻破城池，斩首不赦。将此通谕知之！"三人先拟了这道草檄，以便出兵之先，命人投递，好令地方官，以此为凭，通报武后。然后又拟了大旗的式样，用何号令，由何处进兵，何处屯扎。二人直至四鼓以后，方得议定。

次日朝罢回来，武三思向许敬宗说道："李飞雄虽有这本领，但下官未曾目睹，深以为憾。欲想令他操演一番，不知他可应允？"许敬宗道："此事何难，且命他前来便了。"当下将李飞雄喊到书房，一手指着院中一块峰石说道："武大人命你当此重任，若不在此开演一回，武皇亲何以知你手段？这峰石你能举起否？"李飞雄听了此言，恨不能将通身本领，全卖与他，方可令他敬服，随向敬宗说道："小人本领虽不高明，这一座峰石，也不难提起。"说着抢走几步，到了前面，将左右衣袖高卷,右手撑在腰间,两脚用了丁字步,伸开手掌,先把峰石向外一堆。离了土地,只见身躯一弯,手掌往下一托,说声起,早已见一双手,将一人高的一块石,举了起来。前后走了一回。然后到了原处,又轻轻摆好。把个武承嗣倒伸不出舌来,忙道:“本领大的人,也曾见了许多,这样天神似的力气,实未尝见过。据此一端,便可知他的武艺了。”两人称赞了一回,然后在书房摆了一席酒肴,自己把杯请李飞雄上坐。飞雄赶忙辞道:“小人何等之人,敢与皇亲对坐?这事万不敢当。所有差遣之处,小人定尽力便行。”武承嗣道:“此乃谋天下大事。昔汉高祖欲用韩信,尚且登坛拜将,今某请英雄出兵,此席也是这意思,何必固执谦让。”许敬宗也命他上坐。李飞雄见众人如此,只得谢罪告坐。酒至数巡,许敬宗便将所拟的旗号草檄,交代与他,然后武承嗣送出两万黄金,命他带回作为粮饷。李飞雄次早回山,发兵起事,且看下回分解。

第五十六回 李飞雄兵下太行山 胡世经力守怀庆府

却说武三思如此厚待飞雄，次日将银两如数取出。飞雄扮作客商模样，雇了几辆大车，回转太行山而去。约期出月初间起事。在路非止一日，这日已到山头，喽兵见寨主回来，当即前来，将牲口牵去，银两搬上山寨。李飞雄到聚义厅上坐下，赵林忙上来问道："大哥都中去过，事情如何举办？"李飞雄即便将武三思兄弟，并许敬宗所议的话，说了一遍。然后洗了行尘；又问了山下的买卖，赵林交代已毕。

次日李飞雄便将合山的大小头目，并那喽兵的花名册籍，查阅一遍。选出几个头目，一名草上飞王怀，一名朱砂记洪亮，一名双枪手吴猛。这三人马上步下功夫，皆不在人之下。先命这三人，各带一万银两，采办生铁火药，并马匹旗幡之类，限本月办齐回山。以便打造军装。着郭泉、齐霖、陶石、王宝等四人，派为山头领将，专督喽兵操演等事，每日施枪放炮，威武非凡。

且说怀庆府离此太行山仅有百里之遥，怀庆太守姓胡名世经，乃是进士出身。其中虽迂拘腐儒，并不与张、武两家附和，武承嗣等人屡欲想撤他职任，无奈他深得民心，凡有离任消息，总是百姓到巡抚衙门挽留。又值狄公为河南巡抚，知道他的政声，也就屡次保奏，承嗣诸人也不能怎样奈何他。近日闻太行山操兵，随命人前去打听，回来说是庐陵王的党类，已命李飞雄带兵入京，以便复夺大位。胡世经吃了一惊，暗道："这事何能行得？武后虽无道，别人如此而行，还有所藉口，他自己何能彰明昭著，欲夺江山。母子分上，如何解说？"一人正是诧异，复又想道："这里万分不实，恐是奸人诬害太子，以假弄真，串出人来，干出这事，好令武后信以为实，究罪于他，以便从中篡逆。照此看来，不是张昌宗所为，定是武氏兄弟干的这事。庐陵王现在房州，彼此相离数千百里，即使他欲意复位房州，老臣宿将正自不少，徐敬业等人已干过此事，皆非出自他口。他要真意举行,何不由房州一路而来,反令这强寇做此大事,此事明是疑案。”一面写了一封细信,命人星夜往巡抚狄公衙门投递,请他在京中暗访,若有人直指太子,好请他面奏朝廷,挽回其事。一面将四门把守得铁桶相似,以备强人入境。

谁知胡世经在城内防备,李飞雄山上早已将军械粮草号令旗幡,布置的如火如荼。择了初一下山,先取怀庆府城,然后相机前进。三日之前,便杀羊宰马,犒赏三军。分作四队,命赵林、王怀、洪亮、吴猛四人统带行兵。吉日一早,李飞雄披挂整齐,按着军礼,祭旗已毕,然后拔队登程,一路之上,浩浩荡荡而来,真是旌旗蔽日,刀甲如云。当日行了五六十里,安营下寨,次日一早登程,便向府城进发。

这日胡世经见探马来报,说战兵已离城不远,赶即登城遥望。但见对面如乌云盖地相仿,无限的兵马,向城下而来,当头一面大旗上书:“庐陵王驾下统领兵马复国将军李。”所有的旌旗,均是用的五彩颜色。胡世经看毕,心下实是疑惑,先令人将礌石滚木排列在城头上。但见贼兵渐走渐近,离城十里,扎下营寨。到了下午时分,忽然敌营一声炮响,当中显出一匹马来,为首一员大将,手执大刀,飞至城下,高声大叫道:“城上军兵听了,赶快飞报太守胡世经前来答话。”胡世经见贼人会话,也就挺身上前,向下说道:“囚贼,你是何人,敢冒太子之名,兴兵作乱,攻犯城池!是谁举谋,从实供来。本府详奏朝廷,罪在为首之人,或着可开恩免你死罪。若是执迷不悟,天下皆皇上赤子,食毛土上,具有天良,谁敢甘心附逆?谁不知你是冒名?庐陵王远在房州,岂有母后登朝,太子夺位之理!这明是奸臣诡计,离间宫廷。本府幼读诗书,岂不明伦常纲纪。从此速退兵丁,休生妄想,这座铁桶似的城地,你焉能攻破!”

李飞雄听了此言,心中大惊不止,暗道:我等在京计议,原想冒名行事,使地方各官信以为实,好飞奏朝廷,以便暗中诬害。谁知初次出兵,便为这胡世经说明破绽,随后如何前进。现在进退两难,只得矢口不移,同他再辩论。当时向城上答道:“你既幼读诗书,为何不明事理?武后奸淫无道,秽乱春宫,杀妹屠兄,弑君鸠母,人神之所共殛,天地之所不容。庐陵王乃高宗长子,天下明君,岂能视母后奸淫,不顾社稷生民之理?只因前次徐敬业用未当之兵,猝致身亡,特命李某统领山寨大兵,入京兴复。你乃唐朝臣子,何故甘事妇人?不开关迎师,已罪在不赦,还以真为伪,抗逆王师。你既不信,且将通檄与你观阅。”说罢身旁再取公文一角,插上箭头,弓响一声,向城头射上。胡世经展开观了遍,向下骂道:“此乃你这班逆贼,将骆宾王的讨召,依学葫芦,造成这样通檄。天下人可欺,欲想欺我胡某,也是登天向日之难。要我开关,非得庐陵王亲自前来,方能相信。”

说罢命人将礌石滚木打将下来。李飞雄见城上把守得十分严整，真是无隙可乘，当时只得拨马回营，以便次日攻打。

且说怀庆府城守姓金名城，是个无赖出身，平时与武三思的家奴联为一气，鱼肉乡民，不知怎样逢迎三思，保举了一个守备。自从狄仁杰进京之后，这班狐群狗党不敢再如从前，却巧怀庆府守备出缺，他便求了武三思，补了此缺。武三思从李飞雄入京以后，知道太行山在怀庆属下，唯恐胡世经看出奸计，有所阻格，便私下写了一封书信，命人送至金城。等到兵临城下，请他见机而行，务必请胡世经通详具奏，便可成事。金城此时见胡世经看出伪诏，心下也是吃惊，一人想道："武三思日前致信于我，命我从中行事，不料他居然料着。无奈这个迂儒甚为固执，必得如此，方可使他详奏。"自己想了一会，向着胡世经说道："大人既知他冒名前来，末将有身本领，何不就此开关，杀他个大败亏输，然后申奏朝廷，岂不为美？若紧闭关自守，设或相持日久，粮草空虚，岂不难乎为继？"胡世经知他是武三思一党，说此言语，明是诱他开城，好让贼人进城。当时喝道："此地乃本府镇守，战守自有权衡，可容你等多言！贼人此来，正想开城会敌，方可以伪乱真，借庐陵王之名，好遂奸贼之计。本府且严加防守，星夜命人到房州询问，如果庐陵王行出这不法之事，他自承认无辞，命我等开关迎接。若不然，他必有回文照复，或命人带兵前来征剿。那时真伪分明，圣上母子之间，也不至为人谗间。"金城听了此言，知他是个迂儒，说得出做得到，那时便误事不浅。当时急道："大人之言，虽然想得周到，无乃缓不济急。你看他数万人马，如火如荼，不出几日，定将这城池破失。大人是个文官，固然有革职任处分，末将是个武士，干戈扰乱，责任较大人尤重。设有不测，悔之晚矣。此事不据实申奏朝廷，请领大兵前来退敌，何能解这重围？且徐敬业与骆宾王之事，已行之在先，庐陵王既命他两人兴兵犯境，不能勾结李飞雄进取么？此事毋庸疑惑，定是庐陵王指使。我看大人十载寒窗，方巴结了个进士出身，受了多少辛苦，始为怀庆的太守，若因此事误了功名，岂不可惜！"

胡世经见他如此辩白，明欲顺着这奸计，不禁大怒起来，乃道："本府为此地的太守，虽由诗书而来，多年辛苦，到了为难之地，也须顾名思义，不能听那奸臣，信用私党，欺惑朝廷，致令唐室江山，送与无赖之手。"这番话把个金城说得满面羞惭，当时说道："你我文武分曹，不相统属。你既迂谬固执，某不能随你而行，这座城池失去。各做各事便了。"当时也不再言了，怒气冲冲，回衙门而去。竟自起了一道详文，说庐陵王命李飞雄攻打城池，复取天下，并将伪檄抄录在上面，连夜命人飞马出城，向京中告急；并参胡世经匿情不报，隐与李飞雄勾通一气,势同谋反。未有数日,早至都中。先到兵部投递,请他奏明圣上,火速发兵。

武承嗣因怀义之事,将刑部尚书撤任,未有数月,便补了这兵部尚书。连日正与武三思、许敬宗诸人,盼望怀庆府的紧报,只是未见前来,心下甚是思想。这日接到金城的禀报,拆阅看毕,随即来三思府中商议了一会,众人只恨胡世经不肯通禀。武承业道:“此事本应怀庆府通详巡抚,既是守城有告急文书,我为兵部大臣,也不怕朝廷不肯相信,明日早朝定可分晓。”说毕,回转自己部内,以便来朝启奏。不知后事如何,且看下回分解。

第五十七回 安金藏剖心哭谏 狄仁杰奉命提兵

却说武承嗣回转了兵部衙门，次日五鼓入朝，俯伏金阶，上前奏道："目今庐陵王兵犯怀庆，势至猖狂，和贼首李飞雄带领数万大兵，直逼城下，心想攻破城池，向东京进发，复取天下。怀庆太守胡世经，与贼通同一气，匿报军情，幸有守备金城，单名飞报。现在告急文书，投递在臣部，请臣具情代奏。城本虚弱，危急万分，一经胡世经出城投降，以下州县，便势如破竹。并有庐陵王伪诏抄录前来，请圣上御览。"说着将金城的公文伪诏，一并由值殿侍卫呈上。武则天展开看了一遍，不禁叹道："前者寡人因太子懦弱不明，故而将他远贬房州，原期他阅历数年，借赎前愆，然后赦回，再登大宝，不料他天伦绝灭，与母为仇。前次徐敬业、骆宾王诸人兴兵犯境，孤家以他为误听谗言，并未究罪，此时复勾结贼人，争取天下。如此不孝不义之人，何能身登九五，为天下人君！他既不孝，朕岂能慈，速发五万大兵，星夜赴怀庆剿灭。破贼之后，再赴房州，将太子锁拿来京，按律治罪！"两边文武见武则天如此传旨，无不面如土色，盛怒之下，又不敢上前劝谏。

狄仁杰到了此时，明知是太子受冤，不得不上前阻谏道："圣上体伤母子之情，为天下臣民耻笑。此必奸人勾引强人，冒充庐陵王旗号，以伪乱真，使圣上相信，此乃军情事务。若果是太子作乱，为何不在房州起事，反在怀庆进兵？怀庆太守胡世经虽是文士出身，未有不知利害，如果城池危急，理合他飞禀到臣，请巡抚衙门代奏，何敢匿情不报，致令金城到兵部告急？兵部尚书乃是武承业本任，日前他弟兄诬害刘伟之等人，蒙蔽朝廷，致令赐死，后经臣两番复奏，方才蒙恩开释。安知非他兄弟之言，发兵剿灭太子，随后嗣位无人，他便从中窥窃？这事断非庐陵王所为。请陛下发兵，但将李飞雄提入京中，交臣审讯，定有实供。"

那武三思听了狄公所奏，深恐他又将此事辩驳个干净，忙即复奏道："这事求陛下善察其事，臣等在京供职，每日上朝，何忍辜负国恩，甘与贼人谋反！此明是狄仁杰勾通太子，擅动干戈，威吓陛下。日前伟之请陛下召太子还京，退朝让位，陛下未能准奏，反将伟之赐死；狄仁杰亦屡次请陛下将太子召还，因未能俯如所请，激成如此大变。臣等宁可奏明，听陛下裁夺，但恐陛下以慈爱待太子，太子不能以仁孝待陛下。到了兵犯阙廷，不过将大恶大罪推在李飞雄身上。那时复登朝位，不知将陛下置诸何地。若说巨诬奏，天下事皆可冒充，惟这旗号诏书，万万伪借不来，圣上何以不明其故？恐此次干戈，较之骆宾王尤甚了。"这番话把个则天说得深信不疑，向狄仁杰怒道："你这班误国奸臣，你既身为巡抚，怀庆府又在你属下，太行山有此强人，何不早为剿灭？此时养痈贻患，兵犯天朝，岂非你等驭下不严之故！似此情节，与庐陵王同谋可知。逆叛奸臣，既伤我母子之情，复损你君臣之谊，此番不将太子赐死，国法人伦，皆为你等毁灭。等至水落石出之时，再与你等究罪！"说罢便命武承业，发大兵五万，带领将士，先到怀庆，将李飞雄灭去，然后便往房州，捉拿庐陵王。

武承业奉了这道圣旨，心下好不欢喜，正要领旨退朝，忽见左班中走出一人来，身高九尺向外，两道浓眉，一双圆目，走上前高声奏道："陛下如此而行，欲置太子于何地？前者太子贬谪，在廷臣中莫不知是冤抑。彼时有罢官归隐者，有痛哭流涕者，这干人皆忠心赤胆，日夜望陛下转心，复承大位。武承业乃不法小人，江洋大盗，绿林下人，无不暗中勾结。此事明是奸臣造成伪诏，令李飞雄冒名而来，使陛下堕其计中，好乘机为乱，掠夺江山。陛下何不顾母子情面，反听奸臣之言，恐唐朝非李家所有了！"说罢大哭不止，声震殿廷。

武后见他说不顾母子情面，愈加怒道："你等食禄在朝，天下大事，漫不经心，凡朕有事举行，便尔纷纷饶舌。寡人乃天下之母，庐陵王不遵子道，若不再诛，何以御天下？如有人再奏，便先斩首！"众人听了此言，再将那人一望，乃是太常工人，姓安名金藏，只见他大哭一声，向着武后奏道："陛下不听臣言，诬屈太子，不忍目睹其事，请剖心以明太子不反。"说罢只见他拔出佩刀，将胸前玉带解下，一手撕开朝服，一手将刀望胸前一刺，登时大叫道："臣安金藏为太子明冤，陛下若再不信，恐江山失于奸贼了！"说罢复将刀往里一送，随又拔出，顷刻五脏皆出，鲜血直流，将众臣的衣服溅得满身红血。

当时两边文武猝不及防，忽见他如此直谏，无不大惊失色，倒退了几步。武后此时也不料他竟不顾性命，见他倒于阶下，也就目不忍睹，龙袖一展，将两眼遮住,传旨说道:“孤家母子之事,不能自明,致令你出此下策,诚为可叹。”旋命人用车辇将安金藏送入宫中,命太医赶速医治,如能保全性命,定行论功加赏。这道旨下来,随有穿宫太监,将安金藏舁入辇中,已是不知人事,手中佩刀,依然未去。众大臣候他去后,有元行冲、恒彦范一干人,齐声哭道:“安金藏乃是太常工人,官卑职小,尚知太子之冤,以死直谏。陛下再不听臣等所奏,只好死于金銮殿上了。”当时众人有欲拔刀自刎的,有欲向金殿铁柱上撞死的,把个金銮殿前,当个寻死地府。

武则天见众人异口同声,皆说李飞雄冒名诬害,只得说道:“众卿家如此苦谏,孤家岂好动干戈,你众人所言若何处治?总之怀庆兵临城下,此是实情,无论是真是假,皆须带兵剿灭。”狄仁杰道。“陛下若能委臣一旅之师,带同武将,前往征讨,定可将李飞雄活提来京。一面命元行冲将敌人的伪诏,带往房州,与太子观看。太子见此逆书,岂不以朝廷为重,那时陛下虽不命他征剿贼人,太子也要奋力前驱,以明心迹。似此一举两得,陛下恩义俱全,那班奸贼,也无从施其伎俩。”武后此时骑虎之势,只得准奏,将武承业之兵,归狄公统带,听其挑选猛将百员,星夜往怀庆灭寇。复下一道御书,并李飞雄伪诏,一并交元行冲,带往房州而去。两人谢恩已毕,然后退朝。

单说狄公一早,便在教场点了五万大兵,带了十数员有名的上将,皆是忠心赤胆,公而忘私,一路浩浩荡荡,直向怀庆而来。此时胡世经早已得报,听说是狄公前来,不禁喜出望外,向着部下说道:“本府自与金城争论之后,明知他飞檄到京,请兵告急,深恐张、武二党,带兵前来,便令太子衔冤莫解。现在狄公到此,诚为万岁之幸。”当时将城中所有的兵丁,齐行在城中把守,自己带领数名牙将,徒步出城,向大队迎来。到了前队,早有差官明职名,到军中来见狄公。狄公见是怀庆府亲自前来,当即问道:“贵府为一方领袖,兵临城下,镇静不移,深为可敬!日前接尊函,足证巨识。贵府现将何法退贼?”胡世经见狄公如此询问,乃道:“下官明知金守备起文申报,但不肯迎合奸臣,致令太子受屈。此事定是李飞雄受人指使,冒名而行。若是庐陵王若有此举,为何不在起事之先,通行手诏,等到贼兵入境,方将伪诏投递?据此一端,可知伪冒。现已命人先到房州询问,候真伪辨明,再行具报,免得有劳圣虑,致伤母子之情。此时大人前来,实为万幸。”当时与狄公到了城前,依城下寨。

次日狄公升座大帐,传金城前来问话。金城此时已是心大恐惧,满想将告急公文递到兵部,武氏兄弟带兵前来,便可合而为一,不料不能如愿,反命巡抚大人带兵到此。当时只得到大帐请安侍立。狄公道："本院在京接你告急文书，说庐陵王与李飞雄勾通，兵犯怀庆，你既身为武备，何故不开城迎敌，杀退贼兵？若说胡世经阻挠加意防守，此固迂儒见识，本院既已到此，且命你就此去骂敌，若不得胜而回，提头来见！"金城听了此言，不禁心惊胆裂，领下令而来，上马而去。不知后事如何，且看下回分解。

第五十八回 开战事金城送命 遇官兵吴猛亡身

却说金城见狄公命他出马,虽将令箭领下,心下甚是怕惧,一人想道:“我虽是个武职人员,补了这怀庆守备,无奈我不是个绿林出身。平日与武氏家奴横行乡党,尽是虚张声势,狐假虎威,哪里有什么本领?这个功名也是武三思瞻徇情面,私自保奏。现在上阵交锋,岂不是自寻死路?”欲想不去,又知狄公法令森严,不容推诿。当时只得披挂整齐,上马提刀,来至阵上。李飞雄自从由太行山来此,虽则日夜攻打,因是胡世经严加防守,攻城不开。昨日听说京中大队前来,疑惑是武氏兄弟的党类,随命人到营中私探,回营报知,方知是狄公到此。正在诧异,现又见小军来报,说官兵阵前讨战。李飞雄听了此言,随即提刀上马,望众人说道:“愚兄奉许大人之命,干此要事,今日狄仁杰到此开兵,务必胜他一阵,方破了他锐气。诸位贤弟,可到战场,一同看战!”所有那朱砂记洪亮、双枪将吴猛、草上飞王怀等强寇,无不齐声说道:“我等在山杀人如草,绿林中谁不知我等威名?莫说狄仁杰是个懦弱书生,徒以哼文为上,他便是个三头六臂,亦将他杀得片甲不回。”说着众人上马,领命冲出本寨。

李飞雄抬头看见是金城,连日见他在城上与胡世经把守,早已认熟在眼中,忙将马头一领,上前喝道:“来者莫非怀庆守备金城么?”金城见他道他姓名,疑是武三思曾与李飞雄言过,说他在这城中为守备,也就答道:“老爷便是金城!你既知名姓,谅知我来历。今奉狄抚之命,上马前来与你决一死战。”李飞雄不知他说的暗话,连忙喝道:“你这无名小辈,既食君禄,当报君恩。唐室江山,乃庐陵王天下,现为武后荒乱朝纲,宠嬖小人,致将太子远谪,目下亟思复位,整理朝纲,特下血书,命本帅念社稷艰难,为此征讨。日前草诏在于兹,你何不知顺逆,闭关自守,抗拒王师?此时大队前来,首先开战,来得好,本帅不将你分为两段,也不知俺手段!”说着一个泰山压顶,当头劈来。金城见他认真杀来,本是个无赖出身,从不知阵前利害,抬头一看,已吓得魂不附体,快将两手把单刀握定,迎了上来,碰上大刀如同火炭一般,早将虎口震得迸裂。一时抵挡不住,把个单飞在空中,正要拨转马头,落荒而走,措手不及,李飞雄一刀已砍于马下。贼兵一声呐喊,掩杀过来。幸得狄公手下人多,用乱箭将阵脚射住,难以上前。李飞雄得意洋洋,敲得胜鼓回营。

且说狄公派金城出马,因他与武氏一党,故用借刀杀人之计,命他身死。此时见已丧命,忙传令赵大成、方如海。只听两边齐声得令,出来两人,到案前站下。此两人乃是高宗御前都指挥,平时历著战功,封为永胜将军之职。赵大成身材短小,相貌粗豪,手执两柄六角锤,有万夫不当之勇。那个方如海,也与他一般职位,手执一杆烂银枪,如蛟龙出水相似。当时狄公说道:"你两人就此出征,先将李飞雄获一胜仗,挫了锐气,本院自有退敌之策。"两人得令下来,随即披挂上马,到了战场,见李飞雄已经收队,只得到敌营前面高声挑战。双枪将吴猛,正押着后队向前退去,忽听后面又有人来骂战,当即拨转马头,双枪并起,迎将上来。赵大成见敌人来会战,上前喝道:"贼将通名,本将军锤下,不打无名之将!"吴猛道:"俺乃庐陵王麾下,复国大将军帐前偏将吴猛是也。你是何人,快通名来!"赵大成喝道:"你这叛贼,敢冒太子之名,暗行诬害,勾结奸党!本将军乃唐皇天子驾下巡抚麾下,永胜将军赵大成是也。"说着六角锤一分,用了个流星赶月,一先一后,相继打来。吴猛见他来得利害,双枪一举,用了平生之力拼力格来。赵大成乃是能征惯战之人,比这山寨强人,自强胜百倍,两锤打下,如泰山一般,吴猛哪里架得过去?顷刻满脸震得绯红,虎口流血不止,晓得不好,赶着连招带拖,拖了过来,便想趁此逃回营内。谁知赵大成手段飞快,两锤见他招架不住,唯恐他逃走,赶将左手一起,飞起锤头,摔过马来。吴猛正向前走,不防着后面来了兵器,只听"咕咚"一声,早把吴猛栽倒马下,再望那颗头颅,已是脑浆迸裂。敌营见吴猛身死,众兵一声呐喊,各自逃生。赵大成仗着一身本领,邀动方如海,手提兵刃,杀入重围。两匹马如入无人之境,正是逢枪便死,遇锤即亡,顷刻之间,早已尸骸满地。

李飞雄自将金城杀死,正是得意非凡,忽听得前营有喊杀声音,赶着命人查问,谁知探军已到大帐,奉请主将出营御敌:"现在官兵队里,来了两员猛将,一名赵大成,一名方如海。吴猛与他交战,已死在赵大成手下,今已杀进营来。主将再不出去,便到大帐了!"李飞雄听了此言,大叫一声:"无名的小辈,杀了我山头将士!"只听他高叫数声,跃马提刀,冲出阵上,劈面见大成两人,也不答话,刀锤并举,二马相争,一来一往,杀了有数十个回合。李飞雄渐渐招架不住,方如海唯恐让他逃脱，也就拍马提枪，前后夹战。李飞雄自知不能相斗，两手将大刀一举，用个横扫千人的刀法，将赵大成双锤掀开，大叫一声："本将军战你不过，休得追来！"说着，将马头一领落荒而去。赵大成恐他另有暗算，也就不去赶他，回转本营。

此时狄公，正在营前观战，见赵大成杀追贼将，得胜而回，当时进入大帐，记上功劳。向着胡世经言道："此贼本领也甚平常，若能设法生擒，方令太子之冤水落石出。但不知贼营前后有小路通行，并往他山寨上有僻道可去？"胡世经还未开言，早有马荣上前说道："此事大人不必过虑。小人疑惑李飞雄是一个三头六臂的异样的强人，谁知是从前那个白鹤林的小李，不知何人为他起这绰号，叫赛元霸。小人的出身，大人无不尽知，此人与小人早年是一党，陆道上买卖，彼此通行。明日待小人到他营中，如此这般，套出他的真话，然后里应外合，用计破他，易如反掌。"狄公听了此言，心下甚是欢喜，忙道："你能干出这事，不但解了目前之危，俟太子还朝，也当加恩升赏。可知此事关系国家伦常之大务，必设法将主谋之人访出，那时本院便可启奏了。"马荣领命下来，一宿已过，次日改换装束，乃扮绿林的模样，由后营出去，绕上大道，然后向贼营而来。

且说李飞雄败回营中，闷闷不乐，与洪亮等人说道："愚兄受许大人深思，又奉武皇亲重托，着我干出这事。满想富贵功名，从此发达，谁知今日初次开兵，虽将金城杀死，我处亦伤一吴猛。愚兄又打了这败仗，官兵主将，又是狄仁杰前来。此人足智多谋，从前做县令时，并访出许多无头案件，此时掌这大权，手下有许多精兵猛将，我等何能与他对敌？虽承武、许两大人重用，设若事败，岂非是画虎反类犬！"洪亮道："大哥何必多虑，胜败乃兵家常事。赵大成虽是勇猛，明日我等并马出营，用个车轮大战，哪怕他如天神的手段，也要大败亏输。"众人正在帐中议论，忽见小军进来报道："外面有一好汉，自称马荣，说与寨主从前在白鹤林交好，日前访问寨主，在太行山聚义，特地千里相投。到得山前，闻又提兵到此，因此来营求见，请寨主示下。"李飞雄只恐营中将少，没有能人，听说马荣前来，连忙道："此人与俺自幼的好友，他此时前来，正好助我一臂。"随即起身，带领众人，接出营来。抬头向前一望，果见一人短领窄袖，玄色缎的短袄，排门密扣，铺列胸前，两腿玄色丢裆叉裤，铁尖快鞋，头戴一顶英雄巾，一朵红缨拖于脑后，肩头背着个小小包袱，腰间佩了一把单刀，气宇轩昂，正是马荣到此。

李飞雄高声叫道："马大哥，几时到此？小弟接驾来迟，望祈恕罪！"马荣见他出营，也就上前答道："贤弟名亨利达，掌此兵权，曾记白鹤林旧交么？"李飞雄哈哈大笑道："自从别后，念念不忘，今日相逢，实为万幸！且请入营畅叙。"说着邀马荣进入营去，一同到了大帐，见礼坐下。不知马荣此来，能否访出实情，且看下回分解。

第五十九回　访旧友计入敌营　获胜仗命攻大寨

却说马荣进了大帐，李飞雄开言问道："小弟自别尊颜，历经数载，从白鹤林劫夺官眷，得了财资，嗣后在何处得意？"马荣道："一言难尽！自那年分手，东奔西荡，卒无定程。近年在山东一带，干了捕快班头，无奈贪官污吏，不识人材，反与绿林朋友，结下许多仇恨，因此悔心，将卯名除退，依旧做往日生涯。日后方知贤弟在太行山聚义，不料到了宝山，又值临兵到此。不知贤弟有此大志，竟干此惊人出色之事。愚兄到此，不知可能委用么？"李飞雄听了此言，便将白鹤林劫夺之后，众人分散，不料地方缉捕，为快班擒获，解入京都，承许敬宗开活，以及在太行山聚义的话，说了一遍。当时命人摆酒，为马荣接风。入席之后，马荣复又问道："贤弟所言皆是从前之事，现在攻打城池，还是欲唐室江山，称孤道寡，抑是另有别人主使？近日胜败若何，官兵是何人所带？"李飞雄见他问这话，忙道："小弟哪有如此妄想！设非有人命我如此，莫说本领不能取胜，便是粮草也不能接济。"马荣听了此言，心中实是暗喜，果不出大人所料，竟是有人暗中指受。乃道："此乃贤弟鸿运当头，故有如此机遇！方才来营，见大旗上面写的庐陵王名号，莫非是房州太子，复夺江山，命弟辅助？"李飞雄哈哈笑道："老哥不是外人，此来正可助小弟一臂之力，不妨将这细情告知。哪里有什么庐陵王？说来大哥也可知道，目今武后临朝，将武三思兄弟皆封了大官，掌理朝政。将太子贬至房州，一心想将大统传与武承嗣接位，无奈狄仁杰一班忠臣将士，屡次阻挠，不但不能令武氏为天子，反请武后将庐陵王召回。因此武氏兄弟想出这主意，命我冒充太子的旗号，攻打城池，使地方各官通报到京，说太子造反，好令武后伤了母子情，将太子赐死，这万里江山，便归入武氏兄弟之手。不料这怀庆太守胡世经闭关自守，攻打不开，目下狄仁杰又带兵前来，互相交战。不料他皆是能征惯战之将，昨日初次开兵，虽将守备金城杀死，本营中双枪将吴猛，亦为敌营伤命。小弟本领，大哥深知，这一座海大营盘，加上这许多精兵猛将，何能将他退去？幸得大哥前来，明日上阵交锋，助我一臂，倘能武承嗣得了天下，你我这功名富贵，还怕不得么？”马荣也装喜悦情形，满口应道：“贤弟有如此出路，若将此事办成，岂不比绿林买卖强似十倍！愚兄明日出马，定杀个大败亏输，以报昨日之恨。”

李飞雄见马荣如此应允，自是得意非常，又将王怀、洪亮这干人喊来相见，彼此通名道姓，开怀畅饮，直吃到下午之时，方才席散。马荣道：“贤弟这座营寨，虽是十分雄壮，但不知前后左右，可有小路通行？大凡扎营须要四通八达，方可进退自如。若是一面开兵，三面闭塞，若前队打败，无一退步，岂非是束手待毙？”李飞雄道：“小弟哪里知道什么兵法，横竖有武承嗣等人，暗中布置，只求将官兵打退，弄假成真，那时便功成名就。既是老哥讲究，此时便请去巡视，若有破绽的地方，不妨更改。”说着起身，众人出了后营，四面察看一番，尽是依山带水，颇得地势。唯有左边一座高山，相离有一二里远近，若能在此伏兵，便可居高临下。随即问道：“这座山头，虽是险固，不知这山后通于何处？”李飞雄道：“山后乃是怀庆府西门大道。我这座大营，依他南门而扎，若非这高山阻隔，也不在此扎立营盘。”马荣巡视已毕，复行看了他粮草所在。天色已晚，李飞雄复命摆酒叙谈，直至二鼓方才安寝。次日早李飞雄请他出战，将自己的马匹兵刃，让他使用。马荣道：“愚兄秉性，贤弟深知。这口佩刀，很好与人对敌，那马上工夫，反不能爽快。”说罢，仍就是随身衣服，出了营门，到战场喊战。

官兵帐里见马荣讨战，众人无不诧异，赶着进帐，报与狄公知道。狄公随命乔太前去会敌，说道：“马荣此来，必有消息，你去只可诈败，看马荣有何话说。”乔太本欲步战，此时唯恐敌营生疑，只得坐马提刀，向阵前而去。马荣见乔太前来，故意喝道：“来者何人，快通名纳命！俺家李大寨主，昨日为你等杀败，命俺家报仇，不要走，吃我一刀！”说着左手一刀，劈面砍来。乔太见他故作惊人，心下实是好笑，也就举刀迎上，两人一来一往，杀了有二三合，乔太已是只能招架，不能还兵。复又战了数合，拨转马头，落荒而走，马荣高声喝道：“逆贼往哪里走，俺追来也！”当时连蹿带跳，紧紧追来，不下有十数里远近，左右皆是树林，后面贼兵，全行不见。乔太住马笑道：“大哥，你做什么鬼脸，究竟营中怎样？”马荣道：“若不如此，何能使他相信。”当即将敌营的话说了一遍，然后道：“左边高山，可以伏兵，明日如此这般，由西门前进，那时便可一鼓成擒了。”乔太听罢大喜。两人正要回去，远远的贼兵追来，马荣道：“你仍就败走前去，好令众人除疑！”乔太赶即伏在马头，盔斜甲卸，现出败的模样，没命向前逃走。马荣见贼兵已到，高声喊道："你等赶速拦阻去路，莫要被这厮逃走！"一声招呼，依旧紧紧的追来，乔太早已打定鞍马越树穿林回转本营，那时贼兵齐声叫道："李寨主有令，请将军就此回营。山路崎岖，恐遭敌人的暗计。"马荣见众人如此，反说道："你等早来一步，也不至为这厮逃脱。且待明日开兵，再将这厮擒住。"当时同众贼一同回营。见李飞雄早出来迎道："老哥今日获此胜仗，虽未将敌人擒获，所幸尚未败回。有老哥如此本领，还怕不能取胜么？"马荣也就进入帐中。

李飞雄早已预备下酒席，两人入座畅饮。马荣道："愚兄到此，疑惑敌营很有能人，谁知今日到场，乃是无能之辈。本营有如此兵马，何不分成四队，将他那座营盘，团团围住，四面杀入，没有一日之久，定可将这狄仁杰擒获，何故在此久久相持，反长了他人志气！"李飞雄见如此言语，乃道："小弟营中虽有许多兵将，无奈操练未久，皆非能征惯战之将。若能老哥在此缓缓交锋，每日与小弟出营，皆获胜仗，将他几名妙手送了性命，然后四面夹攻，哪怕他逃奔天外！"马荣道："贤弟此言差矣！天有不测风云，人有旦夕祸福，若不趁此锐气，一鼓而下，但凭愚兄一人每日出战，何能必定取胜？若敌营再添了新手，那时又如何说项？兵事宜速不宜迟，且营中旗号，尽以庐陵王为名，若太子在房州得信，带兵前来，前后夹攻，那时将这机关败露，又便如何？成败好丑，在此一举，贤弟幸勿自误。"李飞雄本是个极粗莽的人，见马荣这番言语，不禁鼓舞起来："大哥所言真是妙计，小弟何敢不依！但前进必须后退，明日一早先命人到京都送信，告知许敬宗大人说，狄仁杰到此，万分难破，现已四面攻打，请他赶紧设法接济，以便在太行山招兵救应；一面须斟酌一人在营看守，恐有敌兵前来冲寨。"马荣道："贤弟如虑无人，愚兄在营，可万无一失。大队若得胜好极，否则愚兄领队出营，将贤弟接应出来，岂不好么？"李飞雄听罢，当时依计而行。

次日先写了一封信，命人送往都中，到许敬宗衙门交递。然后命洪亮打东门，王怀打南门，自己打西门，其余将弁，选派数名攻打北门。所有粮草军械，皆在后营，并留下三千兵士，请马荣在营看守，仍不时到营前观战，若是官兵战败，便上前接应。诸事分派已定，只等次日开兵。

且说乔太回转本营，将马荣的话，说了一遍。狄公听了此言大喜，次日一早便命赵大成、方如海各带精兵五千，由西门大道，绕至高山，等到夜晚之间，率众登山，在树林内埋伏。但听得炮声响亮，一齐杀下山去，务必与马荣合为一队，将李飞雄生获过来，勿伤他性命，方可随后作证。两人领命下来，自去埋伏不提。再表李飞雄当日传令已毕，一宿已过，次日天明，各人带领兵丁，放炮开营，直向官兵前队围绕上来，顷刻之间，数万贼兵，把个很大的怀庆府，并一座大营，四面围住。李飞雄一马当先，上前喊道："营内兵丁听了，前日本将军为那赵大成杀败，又伤我一员大将，此恨此仇，尚未报复，今日特来与你等决一死战，好报庐陵王付托之意！你等速去报狄仁杰知道，命他选派能人，前来会战，不然这四面兵将，拥挤上来，立刻将你等营盘，踏为平地。"官兵见贼兵围住上来，不知他受了马荣之惑，遂不禁大惊失色，飞报前来。欲知后事如何，且看下回分解。

第六十回　四面出兵飞雄中计　两将身死马荣回营

却说李飞雄依着马荣之计，四面出兵，将唐营攻围，小兵不知何故，赶紧进帐报知。狄公命了四员偏将，一名裘万里，一名曹其荣，更有徐标、王泰，各带二千兵卒，分头会敌，四人得令起身。裘万里跨马提鞭，直向东门迎出，劈面遇见洪亮，举手一鞭，当头打下，洪亮提刀格架相迎，两人杀在一团，斗在一处，战有二三十个回合。洪亮杀得性急，大喊一声，直向裘万里拼力劈去，裘万里赶即两膀用足了劲，钢鞭飞舞，架去单刀，随手一鞭，已打中洪亮的顶门，翻于马下。后面军士见敌人落马，呐喊一声，上前冲杀。裘万里见自己得了胜仗，当即下马取出佩刀，将洪亮首级割下，复跳上马匹，杀向南门而来。远远听到战鼓声音，震动山谷，赶着快马加鞭，飞到前面，但见曹其荣手执一杆长枪，却为王怀的双刀压住，气喘吁吁，几乎败下。裘万里见了吼一声，叫道："曹贤弟休得慌忙，有愚兄前来助你！"说着遂奔到阵上，用钢鞭往下一格，将王怀的双刀架格过去，让曹其荣冲出重围，随即一连几鞭，向那敌人打下。王怀虽然是一个草寇，但在太行山上，也算他是第一把好手，正想摆布敌将，忽见一人前来助战，不觉大喊连声，一手招架钢鞭，一面对准裘万里的要害，拼命刺去。那二人你想我死，我想你亡，刀去鞭来，好似在山猛虎；刀来鞭去，宛如出海飞龙，彼此竟杀不放手。霎时黄沙飞起，大约争战了有五六十合，早已日光当头，裘万里深恐战他不过，误了大事，赶着虚晃一鞭，诈败而去。王怀正是杀得兴起，哪里肯舍不追，高声叫道："无能的匹夫，向哪里逃走，爷爷来也！"只见飞虎镫一挂，那马如腾空一般，在后紧紧追来。裘万里见他赶来，跑去有二三里远近，忽将裆劲一松，那马忽然停住，裘万里将脚尖在搭镫扣稳，一个筋斗，跌向马腹里面。王怀疑惑他是失足落马，心下大喜，高声叫道："裘万里也是你性命该绝，落下马来，看刀！"说着一刀，在裘万里背心劈下。裘万里见他到了背后，脚尖在搭镫上一垫，一个转身，早在马上倒下，王怀正弯腰用刀来劈，措手不及，裘万里一鞭打中脑门，“咕咚”栽于马下。裘万里骂道：“你这狗头，方才那样英勇，此时英雄何在？且命你身首异处！”当时就将王怀的刀取下，割下首级，复向城上奔来。

且说李飞雄自己攻打西门，一柄大刀逢人便杀，正遇徐标将他拦住，两人兵刀大举，各显生平。谁知徐标一柄三尖刀，较之李飞雄高出数倍，彼此刀来刀去，未有十数个回合，已杀得两膀酸麻，高抬不起，正想王怀等人前来接应，忽见劈面人声喧乱。鸾铃响处，裘万里早到前面，高声骂道：“贼囚，你羽翼已去，还想在此逞能！你看这两颗首级是谁，还不下马受缚！”李飞雄正是危急，听了此言，抬头一望，却是洪亮、王怀两人的首级，晓得不好，赶将马头一领，斜刺里冲出重围，欲向本营而走。忽见本营烟雾连天，喊声大震，四面八方全是火起，李飞雄到了此时，已是心惊胆裂，知道有了内变。只见许多逃残兵士，蜂拥而来，向着李飞雄说道：“寨主不好了，出兵之后，马将军并不到营前观战，忽自出了后营，放了几声大炮。顷刻左边山下，出来许多兵马，穿山越岭，向本营拥来。我等正请他退敌，谁知他反将敌兵，带入营中放火烧寨。现在军中粮饷，以及帐棚，皆为他焚烧殆尽，前面万不可去了。”李飞雄听了此言，只得大叫一声：“马荣，我道你是旧日良朋，前来助我，谁知你是奸细，害得我瓦解冰消！今日俺也拼作一死，只与你送了性命！”当时便想去寻马荣。后面裘万里追兵已到，高声叫道：“李飞雄，你窠已失，还不下马投降！”飞雄正是忿火中烧，举起大刀向万里复战，彼此又交了五六回合，早见大兵如潮水相似，纷纷拥拥四面围来，将两匹坐骑困在核心，齐呼捉贼。李飞雄见大势已去，料想难以逃脱，狂叫数声，便想举刀自刎。裘万里早已看见，右手将钢鞭顺转，身躯一进，左手只在李飞雄腰间一把，说声带过，早把飞雄提高坐骑，复行向地下一掷。四面兵丁见贼首已得，一声呐喊，捆绑起来。裘万里因自己擒了贼首，心下得意非常，拨转马头，提鞭执辔，押着大队回营。

此时狄公在营，早已得着捷报，命乔太赶速到敌营，传令贼人，如愿投降，一概准予自新，放归回里。所有粮草器械，命赵大成、方如海两人收解回营。着马荣先回本寨，以便与李飞雄见面。乔太得令出营，走至半途，已与马荣相遇，彼此一同到了大帐。马荣将焚营事，说了一遍，狄公命他先到后营安歇，然后升坐大帐。只见众兵将敲着得胜鼓而来，大队排列两旁，直至营门之外，随后许多人，捆缚着一个大汉，裘万里押在后面。到了帐前，报功已毕，将李飞雄推跪在阶下。飞雄此时大骂不止：“你等这班叛逆贼臣，庐陵王乃天下明君，命俺复夺江山，重兴天下！误中马荣贼狗头之计，使我大营焚掠，山寨难归。你等要杀便杀,想投顺你等叛国奸臣,也是三更梦想!”当下只是骂不绝口。狄公见他到了此时,仍是矢口不移,冒充庐陵王旗号,暗道:“这人颇有恒心,据他对马荣说来,因为许敬宗活命之恩,故尔为这班奸臣干出这事。此时被擒,命在顷刻,仍然始终不一,不肯推赖他人。且待本院以恩待他,看他若何言语。”当即起身下堂,便将众人喝退,自己为他亲解其缚,向他言道:“将军乃一世英雄,何苦受人之愚,不顾自己性命?本帅若想杀你,何不在军前取你首级?不日庐陵王便来营中,那时本院为你分辩如何?”说毕,也不问别事,命人将他送往后营,暗下命乔太、裘万里两人防守,每日好酒好肉,使他饮食。一连数日,直不见狄公之面,所有服伺的兵丁,皆是你我来往,无一定之人。李飞雄初进营时,自分必死,此时见这样情形,反不知狄仁杰是何用意,又听他说庐陵王不日前来,疑惑等太子来时,再行斩首,果是如此,又不应这样款待,想来想去,实是委决不下。这日性急起来,却巧小军来送酒食,李飞雄将他揪住,横按前磕膝上面,露出腰刀,向他喝道:“俺到此间是个贼首,狄大人为何不将我斩首,究竟是何用意?你将他意思说明,俺就饶你性命,不然先令凉风贯顶,与阎王相见!”那个小军为他按住,动弹不得,忙说道:“狄大人命我等如此,哪晓得他有何用意?但听他与马将军说,这人误听人言,干出非礼之事,若欲天下太平,还须在他身上。其余的话,虽将我杀死,也不知道了。”李飞雄听了此言,高声骂道:“马荣你这狼心狗肺的死贼,俺好心待你,反道你毒手!此时又虚情假意,前来骗谁?你今日除非不见俺面,一日相逢,定与你誓不两立!”

正说之间,只见外面走来一人,向里说道:“贤弟,愚兄这旁请罪了。可知此事,不能怪我,许敬宗乃误国奸臣,唐室江山,要入武氏之手。你冒庐陵王之名,攻打怀庆,朝廷以伪乱真,竟将庐陵王赐死。若非众位忠臣竭力保奏,早送了太子性命。从来误国奸臣,后来绝无好处,被万人唾骂,遗臭万年。目今武后临朝,春宫秽乱,以她一生而论,先是太宗的才女,后来削发为尼,勾引高宗,复又收入宫内,封为昭仪。高宗死后,又将张昌宗弟兄,并怀义这秃驴,以及薛敖曹等人宠爱,真是可谓天地间贱货。庐陵王是高宗的长子,理合传位于他,接承大统,反将他贬在房州,把那些奸淫的狗贼,灭伦的奸贼,宠用在身边。如此不仁不义、不慈不爱之人,何能母仪天下?你我皆是顶天立地的汉子,做事俱要正大光明,曾记在白鹤林聚义之先,立志专与贪官污吏、恶霸强豪作对。从前许敬宗虽有恩贤弟,可知他并非好意待你,想你代他干了这叛逆事件成功,他与武承嗣弟兄平分天下,那时他为君,你为臣,我们堂堂英雄,反屈膝在这班狗头之下,听他的指挥,岂不羞煞!事情不成,所有罪名,全赖在贤弟身上,与他无涉,我等虽是草寇，也该知个君臣父子，天理人情。武三思等人，乃是遗臭万年之人，恨不能食他之肉，寝他之皮，不料贤弟中他之计，反把国家的太子，天下的储君诬害！自己思量，岂不大错？前日来你营中，实是有心诱骗，想贤弟即改邪归正，作个好人。贤弟如信我言，此时便同去见大人，以便日后临朝，对个明证。若不相信，愚兄欲为好人，也不能有负贤弟，致受一刀之苦。不如先在你面前，寻个自尽。”说罢便要自刎。不知马荣性命如何，且看下回分解。

第六十一回 李飞雄悔志投降 安金藏入朝报捷

却说马荣劝说了一会,便要自刎。李飞雄听了此言语,已是开口不得,心下暗想:"实是惭愧。"见他如此情形,赶着上前把马荣的刀夺下,说道:"大哥之言使我如梦方醒。但是我从前受过许敬宗之恩,照你说来,不过想我同狄大人到京,将太子冤屈辩明,好令武后母子如初,并将武三思等人处治。可知此事关系甚大,害了武、许两人,小弟依然没有活命。损人利己之事,固不可做,损人害己之事,更何必做。老哥既将我擒入营中,焚烧山寨,尚有何面目去到京中?不如请狄大人将我枭首,免得进退两难。"马荣道:"愚兄若想杀你,进营之时何不动手?直因你我结义之时,立誓定盟同生同死。言犹在耳,今昔敢忘?你若能为太子辩明这冤情,狄大人自有救你之策。设若我言不实,有累贤弟,九泉之下,也无颜去见你面。"李飞雄见他说得如此恳切,心下总是狐疑不定。马荣道:"贤弟,你莫要犹豫不决。今将实话告你,狄大人带兵来时,元行冲已到房州,此事你也知道。只等他来至此地,便一齐起队到京。那时措手不及,先将奸党拿获,然后奏明太子,救你之死。与他对质,还有何惧?"马荣说罢,见他只不开口,知他心下已经应允。随即挽着李飞雄的手腕道:"你我此时先见了大人,说明此意,好命人前去打听庐陵王曾否前来。"说毕,挽着飞雄便走。飞雄到了此时,为他这派劝说,又因他连日如此殷勤,自是感激,当时只得随他到了大帐。

马荣先进帐报知狄公,然后出来领他入内。李飞雄到了里面,向着狄公纳头便拜,说道:"罪人李飞雄,蒙大人有不杀之恩。方才听马荣一派言词,如梦初醒,情愿投降,在营效力。俟后如有指挥,以及国家大事,我李某皆甘报效。"狄公见他归顺,赶着起身将他扶起,命小军端了一个座头,命他坐下。李飞雄谦逊了一会,方才敢坐。狄公道:"本院看将军相貌,自是不凡。目今时事多艰,脱身落草,也是英雄末路之感。本院爱才如命,又值朝廷大事,唐室江山,皆想在将军身上挽回,岂有涉心杀害?本院已于前日派探前去,想日内当得房州消息。"

三人正在帐中谈论,只见中军进来说道:"元大人行冲现有差官公文来营投递,说要面见大人,有话细禀。"狄公听了此言,赶命将原差带进。中军领命下去,果然带了一个年少差官,肩头背着个公文包袱,短衣窄袖,身佩腰刀,到帐前单落膝跪下,口中报道:"房州节度使衙门差官刘豫,见大人请安。"狄公听他所言,不是元行冲派来之人,而且行冲出京时,只是主仆数人,哪里有这多使用,赶着问道:"你方才说是元大人命你前来投递公件,何以见了本院,又说是节度衙门呢?"那人道:"小人虽是节度差官,这公文却是元大人差遣。大人看毕,便知这里面的细情了。"狄公听他所言,当时将来文命人取上。自己拆开看毕,不禁怒道:"武承嗣,你这个狗头,如此丧心害理。此地命李飞雄冒名作乱,幸得安全藏剖心自明,本院提兵到来,方将此事明白。你恐此事不成,复又暗通刺客,奔到房州,若非节度衙门有如此能人,岂不送了庐陵王性命。本院不日定教你做个刀头之鬼便了。"看毕,向刘豫道:"原来将军有救驾之功,实深可敬。且在本营安歇一宵,本院定派人与将军同去接驾。"

原来元行冲自奉旨到房州而去,武承嗣与许敬宗等人便恐他访出情形,又值狄公提兵来到怀庆,那时将李飞雄擒获,问出口供,两下夹攻,进京回奏,追出许、武两人同谋之故,自己吃罪不起。因此访了个有名的刺客,名叫千里眼王熊,赏他二万金银,命他到房州行刺。但将庐陵王送了性命,带了证件回京,再加二万。俟后等他登了大宝,封个大大前程。谁知王熊到了房州,访知庐陵王在节度衙门为行宫,这日夜间便去行刺。不料刘豫虽是差官,从前也是个绿林的好手,改邪归正,投在节度衙门当差,以图进身。这晚却巧是他值班,听见窗格微响一声,一个黑影蹿了进去,晓得不好,赶着随后而至。乃是一个山西胯汉,手执苗刀,已到床前。刘豫恐来不及上去,顺手取了一根格闩,打了过去。王熊正要下手,忽然后面有人,赶着转身来看,刘豫已到面前,拔出腰刀,在脊背砍了一下。王熊已措手不及,带了伤痕,复行蹿出院落,欲想逃走。刘豫一声高叫:"拿刺客!"惊动了合衙门兵将,围绕上来,将他拿住。元行冲此时已到房州,审出口供,方知是武承嗣所使。随即枭首示众,将首级带回京中,以便使武承嗣知道。次日庐陵王知道,对元行冲哭道:"本藩家庭多难,奸贼盈朝,致令遭贬至此。设非众卿家如此保奏,岂不冤沉海底。但是目今到怀庆剿贼,这房州又无精兵良将,设若半途再有贼人暗害,那便如何?"元行冲道:"殿下此去,万不能不行。无论狄仁杰提兵前去胜负如何,须得前往,方可水落石出。若恐半途遭事,便命刘豫到怀庆送信，命狄仁杰派队来接。”因此刘豫到了狄公营内。此时狄公知道此事，随命裘万里、方如海两人，各带部下十名，与刘豫星夜迎接。

不说他两人前去，且说武承嗣自命王熊去后，次日朝罢，便到许敬宗衙门，向他说道：“老狄日前带兵前去，不知连日胜负如何。我看他也无什么韬略，若能李飞雄将怀庆攻破，那时不怕老狄是什么老臣，这失守城池的罪名也逃不过去。连日李飞雄可有信前来？”许敬宗道：“我也在此盼望。若得了信息，岂有不通知你的道理。老狄亦未有胜负禀报前来。心想明日早朝，如此这般，奏他一本。若圣上仍将狄调回，这事便万无一失了。”武承嗣听了此言，大喜道：“这样三面夹攻，若有一处能成，倘王熊之事办妥，便省用许多心计。”二人谈了一会。

次日五鼓，各自临朝。山呼已毕，许敬宗出班奏道：“臣位居兵部，任重盘查，理合上下一心，以国事为重。月前李飞雄奉庐陵王之命，兵犯怀庆。陛下遣狄仁杰带兵征剿，现已去有数日，胜负情形未有边报前来。设若狄仁杰与叛贼私通结兵之处，岂不是如虎添翼。拟请陛下传旨，勒令从速开兵，限日破贼。”武后见他如此启奏，尚未开言，见值殿官奏道：“太常工人安金藏，前因谏保太子剖腹自明，蒙圣上赐药救治，越日苏醒，现在午门候旨。并有狄仁杰报捷本章，请他代奏。”武后此时正因许敬宗启奏此事，随道：“既狄卿家有报捷的本章，且命安金藏入朝见孤。”

值殿官领旨下来，顷刻安金藏入朝，俯伏金阶，谢恩已毕，然后在怀中取出狄公的奏本，递上御案。武后看毕，不容不怒，向着许敬宗道：“你这误国奸臣，害我母子。平日居官食禄，所为何事？李飞雄乃你旧人，敢用这冒名顶替之计，诈称庐陵王谋反，并勾结武氏弟兄，使我皇亲国戚结怨于人，万里江山几为祸乱。若非安金藏、狄仁杰等人保奏阻止，此事何以自明？现在李飞雄身已遭擒，直认不讳。元行冲行抵房州，太子痛不欲生，号啕痛哭，立志单身独骑驰赴怀庆，与狄仁杰破贼擒王，以明心迹。

现既将贼首拿获,以候太子驾到,得胜回朝。孤家因你屡有功劳,故每有奏章,皆曲如所请。今日辜恩负国,几将大统倾移,似此奸臣,本该斩首,且候狄仁杰入朝,李飞雄对质明白,那时绝不宽容。”说毕,在御案亲笔写了一道谕旨,向安金藏道:“卿家保奏有功,太子既往怀庆,着卿家传旨前往,召庐陵王与狄仁杰一同入朝,以慰离别。”安金藏接了此旨,当即谢恩出朝。此时众文武大臣,见武后如此发落,忠心报国的无不欢喜异常,不日可复见太子,那些狐群狗党,见了这道旨意,无不大惊失色,为许敬宗、武承嗣担忧。

当下武后传旨已毕,卷帘退朝,百官各散。许敬宗到了武三思家内,告知此事,彼此皆吓得面如土色,说道:“这事如何是好?不料老狄手下有如此能人,竟将李飞雄生擒过马。若果太子还朝,我等还有什么望想?但不知王熊前去如何,现在也该回来了。圣上现已传旨,召令还京,安金藏这厮断不肯随我等指使,必得设法在半路结果了性命,方保无事。”两人商议了一番,忽然武三思的家人在他耳边说了许多话,三思不禁大喜,命他赶速前去。不知后事如何,且看下回分解。

第六十二回 庐陵王驾回怀庆 高县令行毒孟城

却说武三思听那家人之言,大喜道:"你能将这事办成,随后前程定与你个出路。"许敬宗忙问何事,三思道:"此去怀庆府有一孟县,现任知县乃是我们门下家生子,提拔做了这县令,名叫高荣。这家人名叫高发,是他的弟兄。此时大兵前来,得胜还朝,非得如此这般,不能令老狄结果性命。既如此这般,岂不是件妙计。"许敬宗听了,也是欢喜。

不说高发前去行那毒计,回头再说刘豫同裘万里、方如海,带了偏将,赶至房州,次日庐陵王听说李飞雄已经擒拿,放心前往。一路乘太平车辇,直向怀庆进发。在路非止一日,这日到了怀庆府界内。探马报入营中,狄公带领前队沿路接来。离城一百余里,前面车驾已到,两下相遇,狄公赶着下马。到辇前行了军礼,君臣相见,悲喜交集,两边队伍鸣炮壮威,敬谨恭接。庐陵王见众官跪到两旁,传旨一概到营相谒,然后命狄公同行。直至下昼,方到怀庆城下。早有胡世经上前奏道:"微臣恐太子一路辛苦,营中僻野,风雨频经,不免有伤龙体。现已将臣衙门概行让出,改为行宫,请太子进城驻马。"狄公见胡世经如此敬奏,也就请太子入城,并将李飞雄兵临城下,幸他闭城自守,不肯告急的话,说了一遍,庐陵王道:"孤家命途多舛,家事国事如此纷纭,今日前来,正宜与士卒同甘苦,以表寸心,挽回母意。何能再图安乐,广厦高居。"狄公道:"殿下之言虽是切当,此时贼首已擒,两三日后俟指差回营,看圣旨如何发落,那时便可进京。"庐陵王见众人谆谆启奏,只得准旨,与元行冲、刘豫等人,在胡世经衙门住下。

次日一早,受百官叩谒,然后命驾出城,到营中巡视一番,又将敌营事问了一遍。狄公便将前事尽行告知,又将京中武氏弟兄、许敬宗诬害,亏得安金藏剖腹保奏的话,说了半日。庐陵王流泪道:"母子之间,岂有别故?皆是这班奸贼欺奏,以致使我容身不得,定省久疏,言之深堪痛恨。不知卿家报捷的本章入朝,如何处置。”君臣正在营中谈论,营门外忽有报马飞来,到了营前,飞身下骑,也不用人通报,走入大帐跪下报道:“禀大人,现在安金藏大人钦奉圣旨,前来召太子回京,钦差已离营不远了。”狄公听了喜道:“果是他来么?太子可从此无虑了。”赶着命人在大帐设了香案,同庐陵王接出营来。

未有一刻,前站州县派了差官护送前来。狄公因太子是国家的储君,不便去接钦差,但请在营前等候。自己上前,将安金藏迎接下马,邀请入了大帐,随着太子望阙行礼,恭请圣安。然后安金藏将圣旨开读,说:“狄仁杰讨贼有功,回京升赏。庐陵王无辜受屈,既已亲临怀庆,命狄仁杰护送回京,以慰慈望。钦此。”当时太子谢恩已毕。这日先命裘万里带同大队,先行起程,仅留一千兵丁保护太子。众将依令前往,马荣等人同着李飞雄,随着狄公等人一起而行。道路之间,欢声震耳,皆说太子还朝,接登大宝,不至再如从前荒乱。

君臣在路,行了未有两日,到了孟县界内。忽见前站差官,向前禀道:“现有孟县知县高荣,闻说太子还朝,特备行宫,请太子暂驻行旌,聊伸忠悃。”此时庐陵王房州一路而来。未曾安歇便起程,连日在路甚觉疲困,只因狄公耐辛受苦,随马而行。不便自己安歇。现听高荣备了行宫,正是投其所欲,向着狄公道:“这高荣虽是个县令出身,却还有忠君报国之心。现既备下行宫,且请卿家同孤家暂住一宵,明日再行如何?”狄公也知太子的意思,只得向差官道:“且命孟县知县前来接驾。”差官领命,将高荣带至驾前,只见俯伏道旁,口称:“孟县高荣接驾来迟,叩求殿下恩典。”庐陵王赐了平身,向他说道:“本藩耐寒触苦,远道而来,皆为奸臣所误。卿家服官此地,具有天良。本藩今日暂住一宵,一概供张概行节省。”。

高荣当时领命起身,让车驾过去,方才随驾而来。狄公在旁将他一望,只见此人鹰鼻鼠眼,相貌奸刁,心下便疑惑道:“日前本院也由此经过,他果赤心为国,听见大兵前来,也该出城来接,为何寂静无声,不闻不问。现在虽太子到此,却竟如此周到,莫非是武氏一党,又用什么毒计?所幸胡世经随驾护送,现在后面,此地又是他属下,这高荣为人他总可知道。”此时也不言语。等太子进了行宫,果见一带搭盖彩篷,供张美备,也说不尽那种华丽。狄公见了这样,越觉疑惑不止。无论他是武氏一党与否,单就这行宫供应而论,平日也就不是好官,不是苛刻百姓得来赃银,那里有这许多银钱置办。当时与太子入内,所有的兵将概在城外驻扎,只留马荣、乔太、元行冲、胡世经等人在内。传命已毕,狄公将胡世经喊至一旁,向他问道:“孟县乃贵府属下,这高荣是何出身,及平日居官声名,心术邪正,谅该知道,且请与本院说明,好禀明太子。”胡世经见问,忙道:“此人出身甚是微贱，乃武三思家生的奴婢。平日在此无恶不作，卑府屡次严参，皆为奸臣匿报不奏。现在如此接待，想必惧卑府奏明太子，故来献这殷勤。”狄公道：“既是如此，恐为这事起见。唯恐另有别故。”随命马荣、乔太加意防护，匆离太子左右。

且说高荣见庐陵王驻歇行旌，心下大喜，赶即回转衙门向高发说道：“此事可算办妥。但我不能在此担搁，须到行旌伺候，乃不令人生疑。其余你照办便了。”高发更是喜出望外。当下高荣又到行旌，布置一切。到了上灯时分，县衙里送来一席上等酒肴。高荣向庐陵王奏道：“太子沿路而来，饮食起居自必不能妥善。微臣谨备粗肴一席，叩请太子赏收。”庐陵王也不知他心怀叵测，见他殷勤奉献，当时准奏收下。顷刻间设了位，山珍海味摆满厅前。庐陵王因自己尚在藩位，也就命狄公、元行冲两人陪食。此时狄仁杰早已看出破绽，只见高荣手执锡壶，满斟一盏，跪送在庐陵王面前。然后又斟了两杯，送狄、元两人。狄公见怀中酒色鲜明，香芬扑鼻，当时向庐陵王道：“微臣自提兵出京，历有数月，不知酒食为何物。今日高知县如此周到，敬饮酒肴，足征乃心君国。此酒色香味俱佳，可谓三绝，但太子此时虽是藩位，转瞬即为大君，外来酒食必当谨慎。古有君食臣尝之礼，殿下面前之酒，且请赐高荣先饮，以免他虞。”庐陵王见狄公如此言语，心下暗道：“此事你也多疑，这不过县令报效的意思，哪有为祸之处，要如此郑重。”一人虽这样说项，总因狄公是忠正的老臣，不能不准他所奏。当时向高荣道：“此酒权赐卿家代饮。”这句话一说，顷刻把个高荣吓得面如土色，恐惧情形见诸面上。当时又不敢不接，欲想饮下，明知这酒内有毒，何能送自己性命？便眉头一皱，计上心来，赶紧跪下谢恩。故作匆忙的情状，两手未曾接住，“当啷”一声，把个酒杯跌在地下，瓦片纷纷，酒已泼去，复又在下面叩头请罪。狄公知他的诡计，随时脸色一沉，怒容满面，向高荣喝道：“你这狗头诡计多端，疑惑本院不能知道。你故意失手将酒泼去，便可掩饰此事么？武三思如何命你设计，为我从实说来，本院或可求殿下开恩，免你一死。不然，这锡壶美酒既你所献，便在此当面饮毕，以解前疑。”庐陵王听狄公如此言词，方知他的用意，也就命高荣饮酒。高荣此时见狄公说出心病，早是汗流不止，在下面叩头说：“微臣死罪，何敢异心。陛下既不赏收，便命人随时撤去。微臣素不善饮，设若熏醉失仪，领罪不起。”狄公听了，冷笑道：“你倒掩饰得爽快。本院不将此事辩白清楚，你也不知利害。”随命到县署狱中，提出一个死罪的犯人，将酒命他饮下。顷刻之间，那人大叫不止，满地乱滚，喊哭连天，未有半个时辰，已是七孔流血而死。庐陵王见了这样，不禁怒道：“狗贼如此丧心害理，毒害本藩，究是谁人指使？若不说明，将你立刻枭首。”高荣到了此时，也无可置辩，只得将武三思的话说了一遍。庐陵王自是大发雷霆，命马荣到县署将高发捉来，一同枭首。随命刘豫做了这孟县知县，以赏房州救驾之功。

次早仍然拔队起程，向京都面进。行未数日，已到都城。裘万里先将前营各兵扎于城外，听候施行。此时各京官衙门得报，听说太子还朝，虽是奸贼居多，也只得出城迎接。不知武三思等人接着此信后事如何，且看下回分解。

第六十三回 见母后太子还朝 念老臣狄公病故

却说庐陵王到了京中，狄公命裘万里将大营扎在城外，与元行冲、安金藏三人来至黄门官处，请他赶速奏知武后，说太子回朝，午门候旨。黄门官何敢怠慢，却巧武后在偏殿理事，当即奏明。武则天听说是太子前来，虽是淫恶不堪的人，到了此时不无天性或发，随命入宫见驾。黄门官出来，将三人领至宫内。庐陵王见了武后，连忙俯伏金阶，泪流不止，说："臣儿久离膝下，寝食不安，定省久疏，罪躬难赦，只以奉命远贬，未敢自便来京。今获还朝，得瞻母后，求圣上宽恩赦罪，曲鉴下情。"奏毕，哭声不止。武则天见了这样情形，明知他是负屈，又不好自己认过，只得说道："孤家由今返昔，往事不追。你既由狄卿家保奏还朝，且安心居住东宫，以尽子职，孤家自有定夺。"庐陵王听了此言，只得谢恩侍立。狄公与元行冲、安金藏三人复命请安，将各事奏毕，然后齐声说道："目今太子回朝，圣心安慰。但奸贼不除，何以令天下诚服？设非臣等保奏，误听谗言，以假作真。适中奸计。那时江山有失，骨肉猜疑，是谁之咎？许敬宗、武三思等人，若不依罪处治，恐日后小人诬奏，尤甚于前。臣等冒死陈词，叩求陛下宸断。"武则天此时为三人启奏得名正理顺，心下虽想袒护，也不好启齿，当即传旨："命元行冲为刑部尚书，许敬宗立即拿问，与武承嗣等到案讯质，复奏施行。"三人当时谢恩出来。自是太子居住东宫。

且说武承嗣与许敬宗自命高发往怀庆去后，每日心惊胆裂，但想将此事办成便可无事。这日正在家中候信，忽听京都城外有号炮声音，吃了一惊，忙道："这是畿辅之地，哪里有这军械响声。"赶着命人出去查问。那人才出了大门，只见满街百姓不分老幼，无不欢天喜地，互相说道："这冤屈可伸了。若不是这三人忠心为国，将李飞雄擒住，庐陵王此时也不能还朝。现在前队已抵城外扎营，顷刻工夫车驾便要入宫，我们且在此等候，好在两边跪接。"当时纷纷扰扰，忙摆香案，以备跪接。那人听说如此，心下仍不相信，远远的见有一匹马来，一个差官飞奔过去。众百姓拦阻马头，问道："你可由城外而来？庐陵王可进城么？"差官道："你们让开，后面随即到了。"那人知是实情，赶着分开众人，没命的跑回家内，气喘吁吁，向着武承嗣道："不好了，庐陵王已经入朝了。方才那个炮声，乃是狄仁杰大队扎营。想必高发弟兄未能成功，这事如何是好？唯恐狄仁杰等人不肯罢休，究寻起来获罪非轻。"武承嗣听了此言，登时大叫一声道："狄仁杰，我与你何恨何仇，将我这锦绣江山得而复去。罢了罢了，今生不能奈何与你，来生狭路相逢同他算账。"说罢，自知难以活命，一人走进书房，仰药而死。当时武承业见了此事，也知获罪不起，随带了许多金银细软，由后门带领家眷，逃往他方。唯有武三思不肯逃走，心下想："这武后究是我姑母，即便追出实情，一切推到他两人身上，谅武后也要看娘家分上，不肯追求。"

正闹之间，外面已喧嚷进来，说巡抚衙门许多差官衙役，将前后门把守，说刑部现在放了元大人，许敬宗为李飞雄事革职归案审办。现在狄大人与元大人已经奉旨将许敬宗拿下，顷刻便来捉拿他弟兄。武三思听了此言，也不慌忙，一人坐在厅前等候。稍顷，元、狄两人到了里面，先将旨意说明，便要命他同赴刑部。三思道："二位大人既奉旨前来，下官亦何敢逆旨。但此事下官实是不知，乃舍弟与许敬宗同谋。现已畏罪身死，且圣上只命二位大人审问，并未查封家产，舍弟身死，不能听他尸骸暴露，不用棺盛殓之理。权请宽一日，将此事办毕，定然投案待质。若恐下官逃逸，请派人在此防守便了。"元行冲见他如此言语，明知武后断不至将他治死，此时见武承嗣已经自尽，大事无虑，落得做点人情，向着狄公说道："武承嗣乃是要犯，既是畏罪服毒，且奏知圣上，请旨定夺。"当时两人依然回转刑部。这里武三思一面命人置办棺木等件，自己一面入宫。见了武后，哭奏一番，说："前事皆武承嗣所为，现在已经身死。承业恐其波及，复又逃逸。武氏香烟，只剩自己一人，如圣上俯念娘家之后，明日早朝赶速传旨开赦。不然前后皆是一死，便碰死在这宫中。"说罢，大哭不止。此时武后回想从前，悔之已晚，当时也只得准奏，命他回去收殓承嗣。

次日早朝，也就赦旨，说武承嗣虽犯大罪，死有余辜，姑念服毒而亡，着免戮尸示众。武承业在逃，沿途地方访拿解办。三思未与其谋，加恩免议。狄公听了此奏，知是奸臣不能诛绝干净，深以为恨。所幸庐陵王入京，奸焰已熄，目前想可无虑。当下退朝出来，随同元行冲到刑部，升堂将许敬宗审讯。敬宗知是抵赖不去，只得将前后备事直供一遍。随即录了口供，次日奏明朝廷，奉旨斩首。狄、元出朝，随将许敬宗绑赴市曹，所有在京各官，以及地方百姓，受过凌辱之人,无不齐赴法场,看他临刑。到了午时三刻,人犯已到,阴阳官报了时辰,刽役举起一刀,身首异处。百姓见他头已落地,无不拍掌叫快。许多人拥绕上来,你撕皮,他割肉,未有半个时辰,将尸骸弄得七零八落的,随后自有家属前来收殓。

且说狄公与元行冲监斩之后,入朝复命,武后封他为梁国公,同平章事,入阁拜相。所有元行冲、安金藏等人,皆论功行赏。李飞雄故念自己投诚,误听奸计,着免其斩首,戴罪立功。众臣次日上朝谢恩。从此那班奸臣皆畏狄公威望,不敢再施诡计。庐陵王居住东宫,每日侍奉武后,曲尽孝恩。

谁知乐极悲来,狄公自入京以来,削奸除佞,整理朝纲,全无半刻闲暇,加以年岁高大,精力衰颓,以至积勤成疾。这年正交七十一岁,武后见他年迈,一日问道:"卿家百年归后,朕欲得一佳士为相,朝廷文武,可命谁人?"狄公道:"文武酝藉,有苏味道、李峤两人。若欲取卓荦奇林,则有荆州司马张柬之。此人虽老,真宰相材也,臣死之后,以他继之,断无遗误。"武后见了如此保奏,次日便迁为洛州司马。哪知狄公保奏之后,未有数日,便身体不爽。到了夜间三更,忽然无疾而逝。在朝各官得了此信,无不哭声震地,感念不忘。五鼓上朝,奏明武后,武后也是哭泣道:"狄卿家死后,朝堂空矣。朝廷大事,有谁能决?天夺吾国老,何太早耶!"随传旨户部尚书,发银万两,命庐陵王亲去叩奠,谥诰封为梁文惠公,御赐祭奠。回籍之日,沿途地方妥为照料。然后传旨命张柬之为相。

谁料那班奸臣,见狄公已死,心下无所畏惧,故态复萌,复思奸诈。张昌宗、张易之两人,愈复肆无忌惮。平日狐媚武则天,所有朝廷大臣,阁部宰相,一连数日皆不得见武后之面,庐陵王虽居东宫,依然为这般人把持挟制。张柬之一日叹道:"我受狄公知遇,由刺史荐升宰相,位高禄重,不能清理朝政,致将万里江山送与小人之手,他日身死地下,何颜去见狄公?"一人思想了一会,随命人将袁恕己、崔元時、桓彦范等人请来,在密室商议。袁恕己道:"听说武后连日抱病,不能临朝,因此二张居中用事。设有不测,国事甚危,如何是好?"张柬之道:"欲除奸臣,必思妙计。现在羽林卫左将军李多祚,此人颇有忠心,每在朝房,凡遇奸贼前来,他便侧目而视。若能与他定谋,除去国贼,则庐陵王便无后虑。"众人齐声道好,说:"此人我等皆知,事不宜迟,可令人就此去请。"当下张柬之出来,命人取了名帖,请李将军立刻过来,有要事相商。

此时李多祚,正因连日武后抱病,朝政纷纭,一人闷闷在家,长吁短叹,想不出一个善策可以将张昌宗两人除去,忽然家人来禀说:"张柬之命人请你去议事。"不禁心下一惊,复又暗喜道:"我与他虽职分文武,他这宰相乃是狄仁杰保举。此时请我,莫非有什么妙计?”当时回报,立刻过来。家人去后,随即乘轿来至张柬之相府。柬之先命袁恕己等人退避,一人穿了盛服在后书房接见。两人行礼已毕,叙了寒暄。张柬之见他面带忧容,乃道:“目今圣明在上,太子还朝,老将军重庆升平,可为人臣的快事,何故心中不乐,面带忧容?莫非因官职未迁,以致抱憾么?”李多祚见问,知道试探他的口气,乃道:“老夫年已衰迈,还想什么迁官加爵。但能如大人所言重庆升平,虽死而无怨。若以毕身而论,除国事未能报效,其余也算得富贵两全了。”张柬之见他说了此言,也是同一心病,趁机便将除贼的话与他相商。不知后事如何,且看下回分解。

第六十四回 张柬之用谋除贼 庐陵王复位登朝

却说张柬之见李多祚所言，也是同一心病，趁机说道："将军可谓富贵双全。但不知今日富贵，是谁所致？"多祚听了此言，不禁起身流泪道："老夫南征北讨，受先皇知遇之恩，以致荐居厥职。今日之富贵，先皇所赐也。"柬之道："将军既受先皇之赐，今日先皇之子为二竖所危，何以不报先皇之德？"多祚到了此时，正是伤心不已，乃道："老夫久有此心，只因未得其便。大人乃朝廷宰相，社稷良臣，苟利国家，惟命是德。"柬之见他此言出于至诚，也就流泪道："此时请将军正为此事，刻下武后抱病，将军能率部下斩关而入，将张昌宗诛绝，然后请武后养病于上阳宫，则唐室江山岂不仍归李姓？"多祚当时哭拜于地道："宰相之言真国家之福，老夫何敢不从。"

当时议定，柬之又命袁恕己等人出来，彼此相见，议论了一番。多祚道："老夫依计而行，设若外有奸人闻风起乱，那时何能兼顾？必得再有一人，以靖外乱，方可万全。"柬之想了一会，起身道："此人已得之矣。下官在荆州之时，与长史杨元琰泛舟江中，偶谈国事，慨然有匡复之志。自张某入相，引为羽林卫右将军，与将军朝夕相见。其人赤心报国，具有肝胆，何不此时去邀来，共议此事。"李多祚忙道："此人实可与谋，设非宰相言及，几乎忘却。老夫此时便去。"说罢起身，来至杨元琰府内。元琰见是多祚前来，随即出见。看他面有泪痕，忙问道："将军从何而来？为何面色不乐？"多祚道："适自宰相府中至此，闻将军从前为荆州长史，与张公意气相投，不知可有此事么？"元琰道："某一身知遇，唯张公一人，岂仅意气相投而已。"多祚道："既然如此，张公立等，有言面商，特命老夫前来奉约。"杨元琰听了此言，心下已猜着几分，因有家人侍立两旁，不便追问，随即乘轿同至相府。走入里面，见袁恕己这干人全在书房，无不忧形于色。入座问道："相公呼我何来？若有用某之处，万死不辞。"柬之道："将军曾记江中之言乎？此其时矣，不能再缓。"元琰道："某亦久有此心，只因独力难支，未敢启齿。此正为臣报国之秋，何敢退避。"当下六人商议已毕，柬之道："前议虽佳，究竟绝裂。张昌宗虽在宫中，他家下未必无人。莫若用调虎离山之计，引他出来，将他诛杀，岂不是好。"众人道："若能如此，便省无限周折，且免武后震恐。"众人直至三鼓以后，方才各散。

次日李多祚打听得张易之每日自回家中，将宫中禁物肆行搬运，至四鼓之时方进宫去。多祚访问清楚，当即选了五百亲信兵丁，到了二鼓之后，借巡夜为名，向张昌宗住宅而来。合当二张诛杀，却巧张易之带了许多宫禁之物，命两个小太监随着自己，由宫内回来。方欲进门，后面李多祚已至，上前喝道："你是谁人，竟敢犯夜。"张易之见是羽林卫的军兵，哪里能受，骂道："你这许多狗头，不知此地是谁的府上，在此呼喝。"众兵本是李多祚指使，为捉他而来，当时上来数人，将他揪住道："不问是谁的门前，我们李将军要将你带去。"说着也不问情由，早将两手背于后面。小太监想来帮助，无奈身边俱有要物，不敢动手，只得说："你等勿得罗唣，此乃西宫张六郎府前。若不放手，可获罪不浅。"李多祚见已将张易之拿住，心下好不欢喜，随即上前问道："你是谁人？可从实说明，本将军自有发落。"张易之连忙答道："李将军，你我皆一殿之臣，我乃张易之，难道未曾见过么？"李多祚道："误国的奸臣，你既说出姓名，何故深夜不在家中，带着太监意欲何往？为我从实言明。"张易之道："目今武后抱病，方才进宫看视病症。蒙武后龙恩，命小太监送我回来，你何得在门前拦阻？"李多祚道："胡说。这太监身上明有宝物，显见你偷盗禁物，潜运家中，该当何罪？"说着命人将小太监身上搜查。顷刻上来数人，搜出许多物件。多祚道："你这奸贼，此乃人赃两获，尚有何赖？显见家中私藏不少了。"随命兵丁分一半在门外把守，一半同自己入内起赃。

当时呐喊一声，众兵将太监并易之三人拥入里面。无论男女老少，见一名捆一个，见两名捆一双，上下里外，不下有四五百人，一名未能逃脱。然后将张易之捆倒在地，取出腰刀，在他颈项上试了两下，然后问道："你是要死要活？"张易之到了此时，早吓得魂飞天外，连忙答道："蝼蚁还想贪生，谁人肯死？"多祚道："你既要活，可快命人入宫，将你哥哥喊来，问他迁我何官，送我多少银两。说明之后，随后不但不杀你，还要感激。"张易之不知是计，疑惑他因未升官故尔挟仇,忙道:“这事容易。”立刻命人前去,说家中出有要事,请六郎即速回来,千万勿误,再迟便有性命之虞了。

当时释放了一个家人,领着易之的言语,拼命的奔入宫中,照着原话说了一遍。张昌宗正服侍武则天安睡已毕,听了此言,便鬼使神差,随着家人乘轿回来。以为李多祚见了自己,总要看点情分,将兄弟释放。谁知才到里面,兵丁看见,齐声喊道:“奸贼来也,莫要为他逃走。”只见你推我拥,早将张昌宗捆起,押至厅前。昌宗见了多祚之面,还未知道是他的妙计,忙道:“李将军快来救我。你手下的兵士不知道我的权势,竟敢将我捆起,你还不为我解下。”多祚喝道:“你想谁救你?乱臣贼子,人人得而诛之。你欺君误国,死有余辜,今日还想活命么?”当时吩咐将张昌宗弟兄斩首,所有家属数百人全行杀戮。独将两名小太监放去。这两人是死里逃生,自是没命跑回宫中。谁知张柬之、袁恕己等人,已到玄武门内。太监到了里面,正值武后查问,赶忙奏道:“不好了,右羽林卫将军李多祚谋反,现已将张六郎弟兄杀死。”武则天虽在病中,听说有人谋反,知道李多祚有兵权在手,赶着起身问道:“谁人作乱?何不拿下。”此时张柬之等人皆已听见,随即在外答道:“张易之、张昌宗两人欺君误国,久存谋反之心。今趁陛下病中,欲行己志,又将宫廷禁物私运家中,臣等奉太子之令,特命右羽林将军李多祥将两贼斩首,以杜乱萌。”

正说之间,桓彦范同敬晖等人已将太子由东宫请出,来此候旨。武后见了他面,乃道:“是你指使耶?小子既诛,可还东宫而去。”此言未毕,桓彦范领着众人跪于阶下,奏道:“太子乃天下明君。昔先皇以爱子托陛下,国家王器自有所归。今年齿已长,既蒙加恩由房州赦归,久居东宫恐失民望。人心天意,久思李氏,虽有二张为乱,君臣不忘先皇之德,故奉太子诛乱臣。陛下春秋已高,理合静养余年,以臻上寿。从容闲暇,含饴弄孙,愿传位于太子,以顺天人之望。”武后到了此时,只得准奏。

当时庐陵王谢恩已毕,此时正值四鼓以后,将次临朝。张柬之赶忙为庐陵王换了天子章服,来至金殿御案前坐下。张柬之随敲了龙凤钟鼓,朝房文武有一半得知此事,其余尚不知道。忽然听得钟鼓齐鸣,无不惊讶,若非有了大典,何以两器同敲。当下众臣纷纷入朝,两班侍立。再朝金殿上一望,正是惊者大惊,喜者大喜,不知庐陵王何以复登龙位。张柬之高声说道:“在廷文武大小臣工,兹因张昌宗、易之两人谋为不轨,张某奉太子之命,率同李多祚等人将昌宗斩首。既蒙武后传旨,传位东宫,今日登极之初,理合排班恭贺。”众人听了此言，无不俯伏金阶，行那君臣之礼。庐陵王首先传旨，率百官上武后尊号。称为则天大圣皇帝，徙居上阳宫。每日请安问膳，定省晨昏，曲尽子职。

次日，大赦天下，后人称为中宗。随又传出一道圣旨：加封狄仁杰公爵，世袭罔替；张柬之、桓彦范、袁恕己这一干人，皆加封侯爵；李多祚封为勇猛侯；刘豫升为怀庆府；胡世经着来京升用。其余有功大臣，哨弁偏将，无不加封实职。从此太平无事，君明臣良，官为国家，民知君上，江山万里依然李氏家传，社稷千秋，终赖狄公政治。

绿牡丹

第一回　骆游击定兴县赴任

道德三皇五帝，功名夏后商周。
英雄五霸闹春秋，顷刻兴亡过手。
青史几行名姓？北邙无数荒丘。
前人田地后人收，说甚龙争虎斗！

这首《西江月》传言，世上不拘英雄豪杰、庸俗之人，皆乐生于有道之朝，恶生于无道之国，何也？国家有道，所用者忠良之辈，所退者奸佞之徒。英雄得展其志，庸愚安乐于野。若逢无道之君，亲谗佞而疏贤良，近小人而远君子。怀才之士，不得展试其才，隐姓埋名，自然气短。即庸辈之流，行止听命于人，朝更夕改，亦不得乐业，正所谓"宁做太平犬，不为乱离人"。今闻一件故事，亦是谗佞得意，权得国柄；豪杰丧志，流落江湖，与这首《西江月》相合。说这故事出在哪朝哪代？看官莫要着急，等慢慢写将出来。

却说大唐高宗殿下大太子庐陵王不过十几岁，不能理朝政。皇后武氏代掌朝纲，取名则天，生得极其俊秀，有沉鱼落雁之容；甚是聪明，多有才干，凡事到面前，不待思索，即能判断。他是上界雌龙降生，该有四十余年天下，纷纷扰乱大唐纲纪。只有一件，淫心过重，倍于常人，一朝若无男子相陪，则夜不成寐。自高宗驾崩，朝朝登殿理事，日与群臣相聚，遂私于张天佐、张天佑、薛敖曹等一班奸党。先不过日间暂为消遣，后来情浓意洽，竟连夜留在宫中。常言道：要得人不知，除非己莫为。那朝内文武官员，哪个不知，哪个不晓？但此事关系甚大，无人敢言。武后存之于心，难免自愧。只是太子一十二岁，颇晓人事，倘被知道，日后长成，母子之间难以相见。遂同张天佐等将太子贬赴房州为庐陵王，不召不许入朝。又加封张天佐为左相，天佑为右相之职。朝中臣僚，唯有薛刚父子耿直，张天佐等常怀恐惧。适因薛刚惹出祸来，遂暗地用力，将薛家满门处斩。只逃走了薛刚同弟薛强、子薛葵、侄薛勇，兄弟叔侄四人奔至山林。后来庐陵王召入房州，及回国之日，封薛刚大元帅，薛勇正先锋。此是后话，按下不表。

且说广陵扬州，有一人姓骆，名龙，字是腾云，英雄盖世，武艺精强。由武进士出身，初任定兴县游击之职，携妻带子同往定兴县上任。老爷夫妇年将四旬，只生一位公子，那公子年方一十三岁，方面大耳，极其魁梧，又且秉性聪明，膂力过人，老爷夫妇爱如珍宝，取名宾侯，字宏勋。还有一个老家人之子，姓余名谦，父母双亡，亦随老爷在任上，与公子同庚，也是一十三岁。老爷念他无父无母，素昔勤劳，只生了一个娃子，倒甚爱惜他。那余谦生来亦是方面大耳，虎背熊腰，极有勇力，性情好动不好静，闻得谈文论诗，他便愁眉蹙额；听说抡枪弄棒，他就侧耳切听。虽是一十三岁，小小年纪，每与大人赌胜，往往倒输与他，所以人呼他一个外号，叫作"多胳膊余谦"。老爷叫他同公子同学攻书，闲时叫二人习些枪棒。公子与余谦食则同桌，寝则同床，虽系主仆，情同骨肉。老爷到任之后，少不得操演兵马，防守城池。武职之中，除演兵之外，别无他事，倒也清闲。这老爷声名著于外，多有人投在他门下习学枪棒。今有一人，系本县富户，姓任名正千，字威远。其人黑面暴眼，相貌凶恶。十四岁上父母双亡，上无兄弟，下无姐妹，幸得有个老家人主持家业，请师教小主人念书。这官人生来专好骑马射箭，抡剑弄刀，文章亦是不大留心，各处访师投友，习学武艺。及至二十余岁间，稍长胡须，其色红赤，竟是个黑面红须，其相之恶，过尉迟公几分，故此呼为"赛尉迟"。因他相貌怪异，人家女子都不许配他。他立志只在武艺上讲究，这件事倒也不在意下，所以，二十余岁尚是只身独自。日间与人讲拳论棒，甚是有兴，夜来孤身自眠，未免有些寂寞。正是：饱暖思淫欲，饥寒生盗心。于是，往往同几个朋友，向那烟花巷内走动，非止一日。那日会见一个妓女贺氏，遂与他有缘。任正千乃定兴县一个富户，其心甚喜，加倍温存。任大爷实难割舍，遂不惜三百金之费，在老鸨手内赎出，接在家内为妻。那贺氏生性伶俐，到家无事不料理。他有个嫡亲哥子，贺氏在院内之时，他亦住在院中端茶送酒。及贺氏从良任门，在任正千面前每每说起：他极有机变，干事能巧。任正千看夫妻之情，即道："我家事务不少，既是令兄有才，请来我家管份闲事，一则令兄有以糊口，二则兄妹得以长聚，岂不两便！"贺氏闻言，恩谢大爷之情。于是兄妹俱在任府安身。

你说那贺氏之兄是何等人物？其人名世赖，字国益，生得五短身材，极有机变，正是：无笑不开口，非谗不尽言。见人不笑不说话，只好财钱，善于取财。若逢有钱之事，人不能取，他偏能生法取来；就受些须羞辱，只要有钱，他总不以为耻。他一入任大爷之门,小心谨慎,诸事和气,任府上下,无有一人不喜他,任大爷也甚喜欢。过了年余,任大爷性格脾气,他却晓得了。逢任大爷不在家时,他瞒了妹子走出,与三朋四友赌起钱来。从来说,赌帐神仙输,哪个赢的?把自己在任大爷家一年积下的十二金尽皆输尽。后来在妹子跟前只说买鞋子、袜子、做衣服无有钱钞,告借些须。贺氏看兄妹之情,不好相阻,逢借之时,或一两,或八钱与他。那贺世赖小运不通,赌十场输八场,就是妹子此后一两、八钱也不济事,况又不好今日借了明日又借。外边欠账要还,家内又不便先借,出于无奈,遂将任大爷客厅、书房中摆设的小景物件,每每藏在袖内拿出,变价还人。任正千乃是财主,些须之物,哪里检点。不料贺世赖那一日输的大了,足要大钱三千文,方可还账,小件东西不能济事,且是常拿惯了,胆便比从前大些。在客厅、书房往来寻觅,忽然条桌底下有一大火铜盆,约重三十余斤,被他看见,心中暗想:"此物还值得四五两银子,趁此无人,不免拿去卖了。"于是撩衣袖,将火盆提起往外便走。合当有事,将至二门,任大爷拜客回来撞见,问道:"舅爷!拿火盆做什么?"贺世赖一见,脸有愧色,连忙回道:"我见此盆坏了一只脚,故此拿去命匠人修正,预为冬日应用。"任正千见贺世赖言语支吾,形色仓皇,所谓做贼心虚,即走过来将火盆上下一看,见四只脚皆全,并未坏一只,心中大起猜疑。即刻到客堂、书房查点别物,小件东西不见了许多。任大爷心急如火,哪里忍耐得住,将贺世赖叫过来痛责一番,骂道:"无品行,不长进,我以亲情相待,各事相托,你反偷盗我家许多物件。若不看你妹子分上,该送官究治!你今作速离我之门,永不许再到我家。"说罢,怒狠狠往后去了。见了贺氏,将此事说了一遍。贺氏闻言,虽惜哥哥出去无有投奔,但他自作孽,也不敢怨任大爷无情。说道:"他自不长进,敢怨谁来!"口中虽是如此答话,心中倒有个兄妹难舍之情。由此,贺世赖出了任大爷之门。从来恼羞便成怒,心中说道:"我与你有郎舅之分,就是所做不是,你也该原谅些须,与人留个体面;怎的今有许多家人在此,就如此羞辱于我!"暗恨道:"任正千呵,任正千!只要你轰轰烈烈一世,贺世赖永无发迹便了,倘有一日侥幸,遇人提拔一二,那时稍使计谋,不叫你倾家败业,誓不为人!"此乃是贺世赖心中之志,按下不言。

再表任大爷闻骆老爷之名,就拜在门下。骆老爷见他相貌怪异,声音宏亮,知他后来必有大用;又兼任大爷诚心习学,从不懈怠,骆老爷甚是欢喜,以为得意门生。这老爷所教门生甚多,只取中两个门生。向日到任之时,有山东恩县胡家凹姓胡名琏,字曰商,惯使一枝钢鞭,人都呼他"金鞭胡琏",曾来广陵扬州,拜在门下习学武艺。一连三载,拳棒精通,拜辞回去。老爷甚是爱他,时常念及。今日又逢任大爷,师生相投,更加欢悦。只是任大爷朝朝在骆老爷府内习学,往往终日不回,食则与骆宏勋同桌,余谦在旁伺候,安寝与公子同榻。二人情投意合,虽系世兄世弟,而情不异同胞。老爷一任九年,年交五十,忽染大病,卧床不起。公子同余谦衣不解带,进事汤药。任大爷见先生卧病在床,亦不回宅,同骆公子调治汤药,曲尽弟子之心。谁知老爷一病不起,服药无效,祈神不灵。正是:阎王注定三更死,谁敢留人到五更。老爷病了半月有余,那夜三更时分,风火一动,呜呼哀哉!夫人、公子哀痛不已,不必深言,少不得置办衣衾棺椁,将老爷收殓起来,停柩于中堂,任大爷也伤感一番,遂备祭礼拜祭老爷,就在府中帮助公子料理事务。三日之后,合城文武官员都来吊孝。逢七,请僧道诵经打醮,自不必言。正是:

光阴似箭催人老,日月如梭追少年。

倏忽之间,看看七终。闻得京中补授游击新老爷已经辞朝,即日到任。夫人与公子计议:"新官到任,我们少不得要让衙门。据我之意,不若择日起柩回南,省得又迁公馆,多了一番经营。"公子道:"母亲之意甚是。但新官到任时催迫我们回南,其奈路途遥远,非可朝发夕至;就是起柩,未免仓卒慌速。依孩儿想来,还是暂借民宅居住,将诸事完备齐全,再择日期起柩,方无拮据失错之事。请母亲上裁。"母子计议之时,任大爷亦在旁,乃接口道:"世弟之言极是,师母大人不必着急,门生舍下空房甚多,即请师母、世弟,将师尊灵柩迁至舍下外宅停放,待后慢慢回南,未为迟也。不知师母、世弟意下如何?"夫人、公子称谢,说道:"多承厚意,甚得其便。但恐造府,未免动烦贤契,于心不安,如何是好?"任大爷道:"说哪里话来,蒙师受业,未报万一;师尊乘鹤仙游,门生之心抱歉之至。今师母驾迁舍下,师尊柩前早晚得奉香火;师母之前,微尽孝意,此门生之素志也,不必狐疑。"夫人、公子谢过。任大爷遂告辞还家,令人将自己住的房后收拾洁净,另外开一大门,好抬老爷的灵柩。任大爷同贺氏大娘住中院。

且说骆公子家中细软物件并桌椅条几,亦有人往任大爷家搬运。不止一日,东西尽已运完,择日将老爷灵柩并合家人口,俱迁移过来。老爷灵柩进宅之后,仍将新开之门堵塞,骆公子出入与任老爷竟是一个大门。贺氏大娘参拜骆太太,宏勋拜见世嫂,任大爷又办祭礼祭奠老师,再备筵席款待太太、公子。以后日食,任大爷不要骆太太另炊,一日三餐,俱同贺氏大娘陪着。且喜骆太太并无多人,止有太太、公子并余谦主仆三人。公子与任大爷投机相好,食则同食,行则同行，至晚安寝，亦是同榻，朝夕不离，真如同胞兄弟一般，从无彼此之分。贺氏大娘与骆太太也相宜，三餐茶饭全不懈怠。太太、公子每欲告辞回南，任大爷谆谆款留，骆公子亦不忍忽然便去，所以在任大爷家一住二年。

那年春季三月，桃花开放之期，定兴县西门城外十里之遥，有一所地名曰"桃花坞"，其地多种桃花。每年二三月间，桃花茂盛，士人君子，老少妇女，提瓶抬肴，携酒往看，多来此游玩。任大爷分付家人置备酒肴，遂请公子游玩；又分付贺氏大娘，亦请太太同行。于是两轿两马带着余谦，向桃花坞而来。骆宏勋马到其间，抬头一看，真乃好个所在，话不虚传。怎见得好景致，不知后事如何，且听下回分解。

第二回 王公子桃花坞游春

众人观望了一番，即在大路旁边拣了一个洁净亭子，将担子挑进。且喜内中桌椅现成，骆太太与贺氏大娘一席，任大爷与骆大爷一席，家人在旁斟酒。看官，你说这亭子内桌椅是哪里来的？只因桃花坞乃定兴县之胜地，凡到春来，不断游人。也有邻近的，搬运桌椅容易；若远处来的，只能提壶携盒，不能携带桌椅了。就有这好利之人，买些木料做些桌椅，逢桃花将放之时，士人游动之际，预先典些闹地，把桌椅摆设其间，凭那远方游人把钱。所以任大爷一到亭子内，桌椅如此现成。因骆太太、贺氏大娘在内，任大爷就把一两银子给他，包了这个亭子，别的坐头许他再租赁与别人。这也不谈。

再言任大爷与公子谈笑对酌，饮过数巡，肴举数箸，正在畅饮之际，忽听得大路之上锣声响亮，任大爷和骆公子站起身来，往那路上看望：只见一簇人围住十数个汉子，俱是山东装扮，还有那妇女一老一少，老的约有六十内外，年纪小的不过十六七岁的光景，俱是老蓝布褂子。唯有那少年女子，穿了条绿绸裤子，鱼白色绫袜套，大红缎子鞋，却全不穿裙子。内中一个老儿，手提大锣一面，击得数声响亮。骆宏勋看了一会，全然不晓得这是班什么人，问道："世兄，此班是什么名堂？"任大爷道："世弟，此乃山东所做，名叫'把戏'。南边亦曾见过否？"骆宏勋答应道："弟倒未曾见过。"任大爷分付余谦："将那班人唤来，问他所会何样把戏？"余谦闻命，下了亭子，高声大叫："那鸣锣的老人家，这里来，我家大爷叫你哩！"那老夫妻闻言，急忙走过前来，满脸堆笑，说道："大叔叫俺，想必要玩把戏了？"余谦道："正是。我且问你：把戏共有多少套数？每套要银多少？"那老儿答道："大叔，我们马上九般，马下九般，外有软索、卖赛，共有二十套，每套纹银二两；若要做完，共银四十两整。若单只卖赛、软索，一套要算两套，两套就算四套，要银八两。不知大叔要玩哪几套？"余谦道："你且在此少停，待我禀上大爷，再来对你说。"余谦说罢，上了亭子，对任大爷说道："小的方才问他，他有马上九般，马下九般，走马卖赛，并踩软索，共二十套，每套要银二两整，全套做完共银四十两。若单只卖赛、软索,一套要算两套;两套就算四套,要银八两。"任大爷开言向骆公子道:"马上马下十八般武艺,都是你我晓得的,可以不必,只叫他玩卖赛、踩软索,就给他八两银子罢了。"骆宏勋说道:"此东小弟来出,请世兄观看。"任正千笑道:"一客不烦二主,怎好叫世弟破钞?正是愚兄备东。"分付余谦领命下去:单只软索、卖赛。余谦领命,来到老儿面前说道:"我爷分付:马上马下十八般武艺俱都会的,单叫玩卖赛并踩软索。"老儿道:"先已禀过大叔的,这两套要算四套哩!"余谦说:"那个自然。你只放心玩,银子分文不少。"老儿答应:"领命。"回首向着自家一众人,说道:"这位单要玩软索、卖赛,给我们八两银子。"家人答应:"知道了。"只见一人牵过一匹马来,乃是一四川马,遍身雪白,唯脊上一片黑毛,此马名为"乌云盖雪",俱是新鞍新辔,判官头上有个钢圈儿,乃是制就卖赛之物。那老儿将铜锣放下,拿起个丈把长杆,朝那两边摇着,口中说道:"列位老爷、大爷、哥哥、弟弟!请让一让,我们撒马哩!晚生先来告声:倘有不小心者,恐被马冲倒,莫怪我事前不言明。"来往走了几次,看的人竟自走开,正中让出一条马路。那老儿将长杆丢下,又拿起铜锣当当敲着。又叫道:"俺的儿,该上马了。"只见那个幼年女子站起身来,将上边老蓝布褂子脱去,里边现出杏黄短绫袄,青缎子背心,腰间一条大红绉纱汗巾,衬着绿绸裤子,五色绫子袜套,花红鞋子,那一只金莲刚刚三寸。头上挽了一个髻儿,也不戴花,耳边戴一双金坠子。不长不短,六尺多的身材,做一个柳腰儿朝上迎着,加上这配就的一身服色,就是一个花蝴蝶,无人不爱。有诗为证:

蝉鬓云堆眉黛山,天生艳质降人间。
生成倾国倾城貌,长就沉鱼落雁颜。
疑似芙蓉初映水,宛如菡萏舞临泉。
雅淡不须脂粉施,轻盈堪比霓裳仙。
飘飘恍如三鸟降,袅袅仿佛五云旋。

那女子闻父命,不慌不忙来至马前,用手按住鞍子,不抓鬃脚不踏镫,将手一拍,双足纵跳上鞍鞒,左手扯住缰辔,二膝一催,那马一撒,右手将鞭子在马上连击几下,那马飞也似去了。正跑之间,那女子将身一纵,跪在鞍鞒之上,玩了个童子拜观音的故事,满场之人无不喝彩。话不可多叙。一连三马,又做了一个镫里藏身,一个太公钓鱼,桩桩出众,件件超群。三赛已过,女子下得马来,在包袱上坐了歇息。早有人将软索架起,那女子歇息片时,站起身来,将腰中汗巾系了一紧,又上得软索,前走后退,小小金莲在那绳上走行,如同平地一般。任大爷同骆大爷看得爽快,骆宏勋不觉大声喝彩道:"这软索也值八两银子!"任大爷应道："真乃不差!"那女子正在软索上玩那些套数，忽闻有人喝彩，声若巨雷，抬头一望，就是叫他玩把戏的亭子内的二位英雄：一个黑面红须，一个方面大耳。那方面大耳之人，年纪不过二十上下，生得白面广额，虎背熊腰，丈二身材，堂堂威风，见之令人爱慕。一边男夸女技艺出众，一边女爱男品貌惊人。这且按下不提。

且说对过亭子上，也有二人坐着饮酒。你说那两个人是谁？一个是吏部尚书公子、礼部侍郎侄儿，姓王名伦，字金玉，生得面貌俊雅，体态斯文。就是一件：色欲之心过于常人。凡遇见有颜色的妇女，连性命也不顾，定然弄到手才罢。他乃定兴县有名的首家，广有银钱，父亲王怀仁，现任吏部尚书，叔父王怀义，现任礼部侍郎，轰轰烈烈，声势惊人。家内长养教习三五十人，合城之人，倘有些得罪与他，先着家人带领教习至他家，不论男女痛打一番；不拘细软物件，捶个尽烂，然后拿个名帖送定兴县，要打三十，县尹不敢打二十九，足足就要打三十，还要押到他府上验疼。因此，满城之人，哪个不惧怕他，哪个不奉承他。旁边坐的那位不是别人，乃是贺氏大娘之兄贺世赖。自被任大爷赶出之后，腰内分文全无，流落不堪。过了半年，身上衣不遮体，食不充口。幸亏平素常去城隍庙进香，道士见他落难至此，知他肚内颇明白，遂留他在庙内抄写手帖，只有饭吃，却无工钱。又过了半年，该他的运气来了。王伦来至城隍庙内进香，见有签筒在香桌上，顺便求了一签，贺世赖在旁，连忙为他抄写签诗。王伦细看签诗，一毫不解，就叫贺世赖代解。贺世赖知他是吏部公子，尽其平生谄媚之学，奉承一番。王伦心中甚悦，遂请他至家中，做个帮闲，一住二年，宾主甚是相宜。是日，也同王伦来此桃花坞游玩。王伦看见那女子跑马卖赛并踩软索，令人心爱，乃向贺世赖说道："这女子年纪不过十五六岁，身材面貌倒也相趁，但不知可是那一道儿否？"贺世赖笑道："大爷真可谓宦家公子，连这班人的出身都不晓得的。凡卖赛的，以及那踩软索的，卖翠花的，游历各府州县，不过以此为名，全以夜间那话儿赚钱，那有不是此道者。但不知他住在城里城外？"王伦道："明日会他一会才好。"贺世赖道："门下昨晚听说到了一班玩把戏的，内有一个俊俏少年女子，住在西门城外马家饭店，大约就是这班人。今兄若要高兴，待门下明日到他店去唤来，如鹰食燕雀一般，何难之有!"王伦大喜，又叫道："老贺，这桃花坞内，来来往往妇女也不少，总的皆无有什么十分入眼之人，我只看中了两个。"贺世赖道："大爷看中了哪两个？"王伦道："方才说的软索上女子一个。"贺世赖说："那一个是谁？"王伦用手一指，"你看对过亭子内坐的那一位少年堂客：瓜子面皮，瘦弱身躯，还有几分人材。你还未曾看见么？"贺世赖举目一看，不觉满面通红,笑道:"大爷莫来取笑,那不是别人,乃是舍妹。"王伦喜道:"我与你相交多日,未曾说到令妹,今日才说你有个令妹。但不知所嫁何人?"贺世赖用手一指,说道:"那桌上坐的黑面红须,此乃是妹丈也。"王伦一看,双眉紧皱,骂道:"老贺!你这个人丧尽天良,怎将个如花似玉的妹子,嫁了个丑鬼怪形之人,岂不屈了令妹了!我与你相好不浅,怎不把她给我做个侧室,岂不胜嫁他十倍。"贺世赖道:"大爷错怪门下,门下与他相交在前,与大爷相交在后。"王伦带笑叫道:"老贺,你极有才干,怎能使令妹与我一会,我重重谢你!"贺世赖忙止住道:"大爷说话声音略低着些,不要被他听见了。你道舍妹丈是谁?他乃是定兴县有名之人,叫作'赛尉迟'任正千。他性如烈火,英雄盖世,倘若闻得,为祸不小!"从来说:色胆如天大,淫心海样深。王伦道:"我今日一见令妹,神魂飘荡,就是五方神道,十殿阎罗,我也不怕。我今日且与令妹亲个千里嘴。"贺世赖拦阻不住,王伦将手托自己嘴,对着贺氏嬉戏玩耍不提。

且言那边亭子内,贺氏大娘眼极清明,早已望见他哥子同那一个少年郎君在对过亭子内饮酒。郎君年纪不过二十来岁,甚是俊雅。他原是出身不正,见了王伦,就有三分爱慕之意,口中虽与骆太太讲话,二目不住的直往那对过亭子内观看。见了王伦照着他亲嘴,心中愈觉爱慕。合当凑巧,王伦、贺氏正在传情之时,正千、宏勋正在畅饮之际,骆公子在桌上用手一拍,大叫一声:"气杀我也!"险些把一桌子器皿尽皆打碎。任大爷连忙站起身来,急急问道:"因何事来?"只因一拍:

倾家情由从此起,杀身仇恨自此生。

毕竟不知骆公子说些什么话来,且听下回分解。

第三回 骆宏勋命余谦硬夺把戏

却说骆宏勋大叫为何？因这日亭子内席面上任大爷的主席，骆宏勋是客席，背里面外，对着王伦的亭子，饮酒之间，抬头看见王伦手之舞之足之蹈之，向贺氏嬉戏，心头大怒，按捺不住，遂失声大叫。及任大爷追问，又不好直言，说道："此话不好在此谈得，等回家再言。"分付余谦下去，对那踩软索之人说："不必玩了，明日叫他早间往四牌楼任大爷府上取银子，分文不少。"

余谦领命，下得亭台，向老儿说道："今已见武艺之精，何必谆谆劳神，不用玩罢！我们今日未带许多银子，叫你老人家明日早间，往四牌楼任大爷府上去拿银子。"那老儿答道："大叔方才说了四牌楼任大爷，莫非就是'赛尉迟'正千任大爷么？"余谦答道："正是。"那老儿说道："久仰大名，尚未拜谒，明日早去，甚为两便。"遂将那女子唤了来，将那架子收了，同至包裹前歇息。那女子向母亲耳边低声说道："孩儿方才在软索上见了一人，就是叫我卖赛的亭子内之人，生得方面大耳，虎背熊腰，丈二身躯，凛凛杀气。据女儿看来，倒是一位英雄。"老妇闻女儿之言，观女儿之色，知他中意了。向那老儿耳边，将女儿之言述说一遍。那老儿满心欢喜，自忖道："闻得任大爷乃是个黑面红须，此位白面却是何人？"即至亭子旁边，问那本地人，方知是游击将军骆老爷的公子，名宏勋，字宾侯，年方二十一岁，与任大爷是世弟兄，就在任大爷家借住，本籍广陵扬州人也。访得明白，即走回来，对妈妈说知："我明日去拜谒任大爷，就烦他作伐，岂不是好。"

看官，你道这老儿是什么人物？他是山东恩县苦水铺人氏，乃山东陆地有名响马。山东六府并河南八府，以及直隶八府道上，凡有行道之人，车马行李之上，插个"花"字旗号，即露宿霜眠，也无人敢动他一草一木。这老儿姓花，名萼，字振芳；这位奶奶亦是山东道上有名的母大虫，父亲姓巴，共生他姐弟十个，这位奶奶乃头生，底下还有九个兄弟，乃巴龙、巴虎、巴彪、巴豹、巴仁、巴义、巴礼、巴智、巴信，俱有万夫不当之勇。这奶奶因幼年曾在道上放响，遇见花振芳保镖，二人杀了一日一夜，未分胜负。你爱我，我爱你，因此配为夫妇。一年所产甚多，俱不存世。老夫妇年纪将六十，只有这个女儿，小名碧莲，年方一十六岁，自幼从师读书，文字惊人；又从父、母、舅习学一身武艺，枪刀剑戟无所不通，老夫妇爱如珍宝，不肯轻易许人。又且这碧莲立志不嫁庸俗，必要个英雄豪杰才遂其愿，所以今日这老夫妇同着巴龙、巴虎、巴豹、巴彪兄弟四人，带着女儿，以把戏为名，周游各府州县，实为择婿。出来有几年的光景，并无一个中女儿之意。今来定兴县，问得桃花坞乃士人君子、英雄豪杰聚集之所，特同众人来访察一番，不期女儿看中了骆宏勋，所以老夫妻欢喜不尽。这且不提。

再表贺世赖同王伦在亭内饮酒看把戏，那王伦在那里亲千里嘴，忽听得对过亭子内大叫一声，犹如半空中丢了一个霹雳，即时，踹软索的也不玩了。贺世赖在旁说道："门下对大爷说：不要取笑。大爷不听，弄得他知觉，如今连软索也不玩了，好不败兴也。门下方才听见喊叫之声，不是任正千，乃是骆游击之子骆宏勋也。门下谅任正千必要问他情由，有舍妹在旁，姓骆的必不好骤然说出。幸亏任正千不知，若正千看破，此刻我们这桌子早已被他掀倒了，打一个不亦乐乎！"王伦被这一句话说得恼羞成怒，说道："他玩得起，难道我就玩不起？他不玩，我偏要玩，看他把我怎样！"分付家人王能、王德、王禄、王福："多去几个，将那玩把戏的人都与我唤来，凭他要多少套数，与我尽数全玩；凭他多少银子，分文不少。"王能等闻命，即至花老面前，道："老儿，这里来，吏部尚书王公子叫你。叫你们凭有多少套数尽数全玩。不拘多少银子，叫你们府内去拿，分文不少。教你要比先前更加几分工夫，方显我们大爷体面。稍有懈怠，半文俱无。"那花振芳闻这许多分付，做这许多的声势，就有三分不大喜欢。今日若不去随他玩，又要和他淘气，耽误了明早去拜正千，只得忍气吞声，答道："晓得。"遂同巴氏弟兄跟随王府家人前来。

再言骆宏勋因心内有此一气，闷闷不悦，酒也不吃了。抬头一看，那玩把戏的老儿去而复返，不知为何？余谦抬头一望，见前面四人尽是王府家人。余谦平素认得，遂说道："前边四人，小的认得是王伦家人。想是对过亭子上王伦也玩把戏哩。"骆宏勋闻得对过也要玩把戏，不由怒从心上起，恶向胆边生，说道："他们共是二十套，我们只玩过两套，还有十八套未玩。余谦下去对那老儿说：'还早，这边未曾玩完。'倘王家不肯，与我打这个狗才，再同王伦讲话。"余谦闻命，笑嘻嘻的去了。

看官，你说余谦因何笑嘻嘻的？因他乃有名的"多胳膊余谦"，听说打拳，心花俱开，闻得主人分付他打这狗才，不由得喜形见于面，急忙迎上前来拦住，说道："那老人家，我家老爷还要玩哩！"花老道："方才这四位大叔相唤，等俺玩过那边的，再往这边来玩吧。"王能等四人上前接应，道："余大叔，久违了！"余谦怒狠狠的回道："不敢！"王能又道："余大叔，那边玩过了，已经不玩了，我家爷才命我等唤他。候弟等到亭子内禀过大爷，少玩两套，即送过来，何如？"余谦说道："多话，他共有二十套，我们只玩了两套，余着十八般尚未玩。待我们玩过这十八般，再让你们玩不迟。"叫道："老儿，随我来！"王能等四人素知余谦的利害，哪个再敢多言。花老儿同巴龙弟兄，只得随余谦来了，又仍至先前踩软索的所在。花振芳同巴龙二人跳下场子，各持长枪，上三下四左五右六，插花盖顶，枯树盘根，怎见好枪法？有《临江仙》为证：

神枪手真可堪夸，枪摆车轮大花。落在英雄手逞威，军中遇能将，阵中伤敌家。　　前冲足远护两丈，后坐能冲丈八。七十二路花枪妙，若人间武明甫，胜天上李哪吒。

恐此道不尽枪法之妙，又有一诗为证：

奇枪出众世间稀，护前遮后无空遗。
只怕敌人惊破胆，那堪神鬼亦凄凄。

二人扎了一回长枪，满场喝彩。

且言王家家人四个，听余谦将那老儿生生夺去，不好回禀主人，恐主人责罚无用。回至亭外，心生一计，将脚步停住，使个眼色与贺世赖，贺世赖看见，望王伦说声："得罪，门下告便。"便至王能等人前，问："列位回来了，叫的那老儿何在？"王能皱眉道："我弟兄四人领了大爷之命，已将那花老唤至半路，不料对过亭子骆游击家人余谦怒气冲冲，生生夺去。贺相公是知余谦那个匹夫平日的凶恶，我弟兄四人怎能与他对手？欲将此话禀上大爷，恐大爷动怒，责备我们四个人倒怕他一个。故此请贺相公出来，你老人家极有机变，指教一二。"贺世赖沉吟一会，道："你们且在下边，莫进亭子内来。那老儿在那里玩枪，大爷也不知他玩不玩？不问便罢，如问时，我慢慢的代你各位分说便了。若以实情告诉，倘若大爷任性，叫你与他斗气，你们是知任正千同余谦之名的，还打的鄷鲍史唐，好景不得好玩，好酒不得好吃，可是不是？"王能四人齐应道："全仗贺相公维持。"贺世赖走上亭子，说声："有罪！"就坐下了。王伦道："你看那老儿，年近六旬，玩得好枪法，全身俱是气力。"贺世赖答道："真乃好枪法！"

再讲花振芳同巴龙，把七十二路花枪扎完。巴虎又跳上场，手提铁鞭一枝，前纵后坐，左拦右遮，只听得风声响亮，真乃好鞭法。怎见得？有五言诗一首为证：

炉中曾百炼，破节十八根。
英雄持在手，临阵挡征人。
倘若着一下，折骨又断筋。
四围风不透，上盖雨不淋。
一路分二路，四路八边分。
变化七十二，鞭有数千根。
好似一铁山，哪里还见人？
惊碎敌人胆，爱杀识者心。
若问使鞭者，山东有名人。
生长豪门第，久居苦水村。
姓巴讳虎字，排行二爷身。

巴虎使了一回鞭，人人道好，个个称奇。

且说任正千同骆宏勋看得亲切，心中大悦，说道："我只当是江湖上花枪花棒，细观起来，竟是真本事，只在你我肩左，不在肩右。"分付余谦，速速下去，将老儿同那几位英雄俱请上亭子来，说："观此两件武艺，已经领教；余者自然也是好的，不敢有劳了，请上亭一谈。说我二人在此立候。"余谦下去，遂将花老儿同巴氏弟兄俱请上亭子。任大爷同骆大爷相迎，见礼已毕，分宾主而坐。花振芳开言道："哪位是任大爷？哪位是骆大爷？"任正千道："在下任正千。"又指骆宏勋道："这位是骆大爷，名宏勋。"花老道："昨晚方到贵处，尚未拜谒，容罪容罪！"任正千道："岂敢。方才观见枪、鞭二件，玩得惊人，已知英雄豪杰，非是江湖之花枪可比也。若不嫌菲酌，特请一叙。敢问英雄贵府何处？高姓大名？"花老儿答道："在下姓花名萼，字振芳，乃山东恩县人氏。这四位乃内弟巴龙、巴虎、巴豹、巴彪。"任正千道："莫不是苦水铺花老先生么？"花振芳道："岂敢，在下就是。"任正千道："久仰！久仰！"又问道："适才跑马女子却是何人？"花振芳道："那年少的是小女，年老的乃贱内也。"任正千道："幸而问及，不然多有得罪。既是奶奶、姑娘，何不请来与骆太太、贱内坐一坐！"花振芳同巴氏弟兄站起身来道："不知是骆老太太、任大娘在此，未曾拜见，有罪！有罪！"重新又见过礼。花振芳走下亭子，将花奶奶及碧莲姑娘叫上亭子，众人见礼已毕。花奶奶与碧莲同骆太太、任大娘一席，花振芳与巴氏弟兄、任正千、骆宏勋一席，谈笑自如，开怀畅饮。不知后事如何，且听下回分解。

第四回　花振芳求任爷巧作冰人

且说王伦同贺世赖又看巴虎玩了一回鞭，王伦方才欢喜，道："此两套比那卖赛并软索更觉壮观，凭他多少银子，明日分文不少了他的。老贺你说是也不是?"贺世赖带笑而应。正看在热闹之间，忽然把戏场子散了，见那老儿同那一众男女，俱上对过亭子内去坐下。王伦叫道："王能哪里？王能哪里?"连叫几声，无人答应。贺世赖知他是要问此情由，谅来隐瞒不住，乃问道："大爷叫王能何干?"王伦说道："那玩把戏的，只会这两套不成？我叫他尽数全玩，怎么就散了场子？你看那些玩把戏的男女，又都上对过亭子内去了，坐着相谈，令我心中大不明白。我对王能说过，是他未分付尽数全玩？还是只会这两套武艺？如果只会这两套就罢了，倘然还有，这般不肯全玩，又屈奉他人，我如今是不但不把银子与他，还要送官究治!"贺世赖忍不住笑道："大爷不把银子与他，他原不敢来要大爷的银子。"王伦道："难道他竟不敢向我要银子么?"贺世赖道："非是不敢要也。大爷，你道方才刺枪、舞鞭是谁家玩的?"王伦道："是我叫王能他们四个人叫他们玩的。"贺世赖道："此刻好叫大爷得知。"遂将王能叫他们之事一一说明，然后道："是门下之意，叫他瞒过大爷，他玩，我们也看得见，我们且乐得省几两银子，何必与他们争夺，惹得生闲气!"从头至尾说出情由，诉了一遍，把个王伦气得目瞪口呆，半日说不出话来，骂道："大胆匹夫！气杀我也！况你不是别个，乃游击之子，就敢如此大胆欺我，即今现任提督军门，在我面前也不敢放肆。"分付抬食的、挑担子的，并马夫、轿夫以及跟随的家人："一齐过去，将那对过亭子内，不论男女，与我痛打一顿，方出我胸中之气。"贺世赖连忙拦住，道："大爷，你请息雷霆大怒，听门下讲来，那任正千、骆宏勋二人厉害，莫说今日跟随来的这几个人，就是连家中那些教习尽数叫来，也未必是他家人余谦的对手。”王伦道：“这般说来，难道今日我就白白受他欺压不成？”贺世赖道：“大爷，常言道，江山尚有相逢日，为人岂无对头时。日月长着哩！气力不能胜他，以智谋可也。岂有白受他一番欺压的道理！”王伦道：“此乃后事，为今之计当何如？”贺世赖道：“为今之计，据门下想来，只有两个字甚好。”王伦道：“请问两个什么字？”贺世赖道：“无有别法，只‘走’字上加一个‘偷’字。”王伦冷笑道：“彼丈夫也，我丈夫也，吾何畏彼哉？老贺！何欺我太甚？今彼欺我，我不与他较量，已见我宽宏大度。明白回去，难道也把我吃了？加个‘偷’字，何怯之极！”贺世赖道：“大爷有所不知，今日之偷走，非是惧彼也，实愧于外亭观望之人耳！大爷唤来之人，反被余谦生生夺去，大爷竟置之不问，忙忙躲避走了。知者，说大爷宽宏大量；不知者，以为现任吏部尚书公子反怕那死后游击将军的儿子。门下叫大爷偷走者，正是顾全了大爷体面，保了老爷的声势，门下何敢藐视大爷？”

贺世赖一席话，说得王大爷心中痛快。遂分付家人：“我此刻欲与贺相公先行一步，你们牵马抬轿，慢慢随后来吧！”王伦同了贺世赖自亭子后边一条小路悄悄而去，家人收拾食担、轿马，陆续而走，自不必说了。

再言那对过亭子内，花振芳一众人谈了一回枪刀剑戟，论了一回鞭锤抓锏，无一不精其妙。任大爷与骆大爷心悦诚服，同饮至将晚，那花振芳一众之人告辞回下处，骆大爷等亦坐轿马入城而去。骆宏勋因心里有事，到底不肯大饮。任正千被花振芳谈论枪棒入妙，遂开怀畅饮了几杯，不觉大醉，及至家中，天色已晚，把桃花坞骆宏勋大叫之事已尽忘了，骆大爷也就隐而不言。二人别过，各自归房安歇。

次日早旦清晨，各自起身，梳洗已毕，同在客厅。任正千向骆宏勋说道：“昨日所会的那花老儿，真个般般入妙，件件皆精，诚名不愧实也。”骆宏勋道：“正是呢，不但花老难比，连巴氏弟兄亦当世之英雄。”正谈论间，门上人进来禀道：“启上大爷：门外来了五个男子、两个女子，还有十数个扛包袱的，口称是山东人氏，姓花，特来拜谒。”任、骆二位相公闻言，连忙整衣出迎。任正千又分付家人：“快请大娘出来，迎接女客。”于是，贺氏大娘出来将花奶奶并碧莲姑娘迎进后堂不提。

且说任正千将花老儿并巴氏弟兄请至客堂，行礼已毕，分宾主而坐。花老儿道：“昨日桃花坞相见，今特造府，一则进谒，二则拜谢。”任正千道：“方才与世弟谈及贤妻舅之英雄，正欲往贵寓奉拜，不意大驾已光寒舍，何以克当！”花老叫那扛包袱的，又将包裹送上厅来，大小共有数包。花者向任大爷、骆大爷二人说道："此物乃敝处之土产，几包小枣，几包回饼，几包茧罗，权为贽见之礼，望乞笑纳。"任正千、骆宏勋欠身道："光降寒门，已蓬荜生辉，安敢受此大礼？"花老道："此皆自家土产，何为礼云。若不收留，是见外了，在下即便告别。"任正千道："既如此说，只得谨领了。"遂叫人搬运后边，又向花老等谢过，遂分付家人们摆酒。不一时，客厅之上摆设两席：东席上，花振芳、巴龙、巴豹，任正千奉陪，西席上，巴虎、巴彪，骆宏勋奉陪。花奶奶、碧莲姑娘，后边自有骆太太、贺大娘款待。

且表席上酒过数巡，肴上几品，花老儿邀任正千至天井中，说道："在下有一言奉告，不好同骆公子言之，故邀任大爷出来奉告。不识任大爷可肯代在下玉成否？"任正千道："请道其详。"花振芳道："在下老夫妻年近六旬，只有小女一人，自幼颇读诗书，稍通枪棒。小女立志不嫁庸俗，愿侍巾栉于英雄；年交一十六岁，尚未许人。现今老夫妇带他周游各州府县，以把戏为名，实择婿也。所游地方甚多，总未相成一人。昨日在桃花坞，幸蒙不弃，得瞻大驾同令世弟骆公子。在下看骆大爷青年气相非常人可比。

在下稍有家私，情愿陪嫁小女金银二十万，意欲烦任大爷肯代我小女作媒，不知任大爷肯俯就否？"任大爷道："常言说，君子成人之美。晚生素昔最好玉成其事。但我久知世弟早已聘过，闻得是贵州总兵家小姐姓桂名凤萧。"花振芳闻得聘过，沉思一会，因说道："古之人一夫二妇者甚多，今之人三妻四妾亦复不少。既骆大爷已经聘过，小女愿为侧室，望乞帮衬一二。"任正千道："这个或者领教。且请入席，待我同骆世弟言之。"二人遂又入座。

不多时，任大爷将骆大爷邀出外面，将花老之言说了一遍。骆宏勋道："岂有此理！我已聘过，哪有再聘之理；若侧室之说，亦未有正室未曾完姻，而先立侧室之理！况孝服在身，亦不敢言及婚姻之事，烦世兄善为我辞焉！”二人遂又入座饮酒。任正千又将花老请出，将骆宏勋之言又诉了一遍。花振芳见亲事不妥，遂无心饮酒。又入座饮了两杯，即同巴氏兄弟站起身来告辞。任正千、骆宏勋谆谆款留，花老哪里肯坐。花奶奶知前面散席，也同碧莲辞过骆太太、贺氏大娘走出来。男女均于大门会齐。奶奶便问：“事体如何？”花老道：“事不谐矣！”任、骆送出大门，一拱而别。

花老同众人仍由原路出西门，回寓处而来。到得店门，只听天井中嚷嚷道：“我们自日出时就来，直等到日中还不见回来。回去又要受主人责骂了。总是这店主人这狗才坏我们的事。我们来时，就该说不得回来，有别事一时不能便回，我们就不等到这早晚了。且先把店主人打一顿，方消我们之气。”门中有个人解劝道：“你们众位不必着急，常言道：‘不怕晚了，只怕事不成。’天还早哩。就是上灯时，也将他等了才去。”正嚷之间，店主人抬头一看，见花老走进门来，道念一声：“阿弥陀佛！救命王菩萨回来了。”只因这一声，直叫：

三九公子狠心丧心，二八佳人耀武扬威。

毕竟不知店内因何吵闹，且听下回分解。

第五回　亲母女王宅显勇

却说花振芳自任府回来，将走进店门，店主人抬头一看，念声："阿弥陀佛！救命王菩萨。"向着花振芳说道："你老人家说去去就来，怎么这半日方回？"花振芳道："承四牌楼任大爷留住饮酒，所以此刻才回。"店主人又说道："里边有吏部大堂公子王大爷家来了几位大叔并贺相公，自日出时就来相等，直到此刻，都等得不耐烦了。"说着，花振芳走进天井来，看五个人在那里怒气冲冲的讲话。却认得四个人，只有一位不相识。所认得者即是昨日相唤之人。王能等四人向花振芳道："我们奉家大爷之命，前来相请众位进府玩耍。已等了这半日，在这里着急，来得甚好。"花振芳道："原来如此。"花振芳指着那穿直裰、戴绣巾的说道："这位是谁？"王能道："这位是我家贺相公。"贺世赖听得，遂向花老儿拱了拱手，道："老先生请了，在下乃吏部尚书公子王大爷的帮闲。恐他四位相请再有什么阻碍，故命在下同来。已等了这半日，大驾才回寓。敝东王大爷不知候得怎样焦躁了！"

花振芳哪里真以把戏为事，因为烦任大爷作伐不谐，就有几分不大自在，哪里还有心肠应酬他们，推说道："适才闻得敝处天雨淋漓，将几亩田淹了。敝处颇有几亩田地，甚为恐惧，定于今日起身回家。敢烦贺相公同四位大叔回去，在大爷台前巧言一二，就说我不日还来，那时再造府现丑吧。"贺世赖道："老先生说哪里话来！淋雨淹麦，此不过耳闻；就是真个淹没，老先生即使回至贵处，谅亦不能挽回了，何起身如此之速也？昨日桃花坞中奉请，已被骆游击之子叫家人夺去。彼时若非小的在座，相公昨日有番争闹之气。今日若再不去，就是你老先生明重彼而轻此也。倘王大爷见怪，老先生亦无辞相解。今日奉劝权住半日，到王府一谈，明日起身回贵府，亦不为迟。"花振芳听贺世赖之言有理，想了一想道："五湖四海皆朋友，人到何处不相逢。想他是个吏部的公子，相与他也不玷辱于我。"遂同奶奶、碧莲、巴氏弟兄一众男女人等，随了王府之人前来。

看官，你说贺世赖亲来相唤花老，是何原故？因昨日在桃花坞同王伦逃走回家，天气尚早，二人在书房摆酒重饮。王伦向贺世赖说道："你若使令妹与我一会，我不惜千金谢你。"贺世赖原是个爱财如命之徒，听得千金相谢，就顾不得"礼义廉耻"四个字，遂说道："重赏之下，必有勇夫。但恐事成之后，悔改前言，那时，使门下无可如何。"王伦道："我从不说谎。"贺世赖道："既如此，待门下慢慢与舍妹言之，我包管遂你大爷之愿。那桃花坞踩软索的女子，等明早先唤来与大爷解渴如何？"王伦欢喜道："如此甚好！"故此，今日一早着王能四人到西门外马家饭店内呼唤。贺世赖恐有别的阻碍，放心不下，故亦随其中。今日他若不随来，就叫王能等四人来唤，花老无心玩耍，这事不免又要以吏部之势生压他们；岂不知花振芳又是敬软不怕硬之人，皇帝老儿他还不怕，倒怕你个吏部尚书来了！真个唤不来的。幸亏贺世赖一阵软话，把个花振芳说得心服，方肯与众人同来。一直来到王府门首，贺世赖道："王能，将他们邀进门房坐坐，待我先进去通报与大爷。"于是贺世赖先到书房。见了王伦道："大爷恭喜！"王伦道："这时候才来？"贺世赖将花老去拜任大爷、骆大爷，留他饮酒，并花老闻得路人说，天雨淹田，本是今日即回山东的。门下委曲说了半日，方才一同随来的话，说了一遍。王伦道："难为，难为！如今人在何处哩？"贺世赖道："门下方才着王能等留他们在门房中坐坐。门下先来禀知大爷，不知还是怎样玩法？"王伦道："我不过要与那个女子谈笑，哪有别的什么玩法？"贺世赖道："如此说，叫拿些酒饭，在门房里给那一班男子去吃酒。摆一桌在客厅，叫人出去，将那两个女子叫进来，只说是里面大娘唤来玩耍，难道谁人敢进客厅？他既在大爷这里，还有什么说的。"王伦道："分付家人，拿些酒肴往门房去。再分付一人出去，说内室大娘唤你二位女将里边去，暗暗引进客厅来。"家人闻命，不敢迟慢，将花奶奶同那碧莲引进客厅来。花奶奶母女来至天井之中，家人遂退了出去。

花奶奶、碧莲抬头往厅内一看，见厅东首摆列一桌席面，有两个男人在上指手画脚：一个是方才那个姓贺的，那一个头戴公子巾，身穿桃红缎子直摆，足下穿一双粉底乌靴，手拿一把大白纸扇，扇儿下系一个白脂玉的扇坠，也不扇扇，转过来将扇坠绕上来，调过去将扇坠摆开，一团心高气满的光景，大约此位就是公子。母女见厅上并无妇女，遂将脚步停住。王伦道："老贺，你看她两人正行之间，怎么站下？"贺世赖道："此辈多善作势拿腔。本是这样人，偏要做出不相人的样子；本不害羞，偏要扭捏出多少羞惭的光景，令人爱慕。今她正行忽止，正是做身份，叫我们下去迎她的意思，我们何不就去迎迎，与大爷携手而上，岂不是一乐事！”王伦欢喜道：“使得，使得！”二人下得厅来，到得花奶奶、碧莲跟前。王伦向碧莲道：“昨在桃花坞观见踩软索，无一不入其妙。今特遣价相请，至舍一会，足慰小生渴慕之怀。”花碧莲闻得王伦以“小生”自称，不觉粉面通红。花奶奶听得他言语虚晃，就知他心怀不善，早有三分不快。说道：“方才闻大娘相唤，遂同小女来至里面，宅上宽阔，不知大娘在于何所房屋？望乞指教。”贺世赖道：“老人家不认得这位大爷就是吏部天官的公子。昨日因桃花坞望见令爱技艺，整渴慕一夜。今日相请者，即此位王大爷，说大娘者，不过名色耳！”王伦忙接应道：“相请玩把戏，此不过名色耳，实为请令爱前来一会，以慰渴想。相敬谢仪自然从重，多于把戏。”王伦看见花碧莲面带赤色，比先更觉可爱，只当他是做出的羞态。又道：“若肯不弃，厅上现备菲酌，请坐一饮。”遂来携碧莲之手。花碧莲大骂一声：“好大胆的匹夫！敢来调戏姑娘。”遂卷袖持拳，要打王伦。花奶奶要捺贺世赖，幸喜门外边跑进几个家人一拦，王伦、贺世赖看事不好，往屏风后走进去，将屏门紧闭，躲入内书房去了。花奶奶、碧莲见众家人相拦，走脱了王伦、贺世赖二人，心中大怒，将众人乱打一番。真乃是：

遇脚之人磕于地，逢拳之将面朝天。

这几个家人哪里是他们母女二人的对手，三拳两脚，打得他们东跑西走。母女二人上得厅来，找寻王伦、贺世赖，见屏风紧闭，知他躲起来了。遂将厅东首摆设之席面一脚翻倒，将四只桌脚取下，把客厅之上的古玩、器物、桌椅、条案，打得他一个穷斯滥矣！

看官到此，未免要说作书之人前后不照应。王伦家内常养着三五十个教习，今日如何只有这寥寥几个家人？但因贺世赖大意，只说这班人原是这一道儿，有什么不好？又值桃花坞盛景之时，这些教习都说，公子今日做秘事，我等在家，人多眼众，遂三个一群，五个一伙，连家人也只留了十数个，余者都同教习赴桃花坞看花去了。若他们在家，花奶奶、碧莲虽不会吃亏，也不能打得这般爽快。母女二人自内里打将出来，花振芳在门前房内闻得一声响，连忙走出来一看，见奶奶同姑娘各持桌脚两条。花振芳忙问所以，花奶奶将如此这般情由诉说了一遍，把个花振芳气得目瞪口呆。巴氏弟兄同王能等四人，俱皆走出相问，花振劳将上项事一一说知。巴氏弟兄早已将王能等四个人掼了一个跟斗。王能等哀告道：“此皆贺世赖与主人所为，不干我等之事。我们俱在此奉陪劝饮，实是不知就里，望英雄暂息雷霆之怒，饶恕则个。”花奶奶在花老耳边说道：“今早在任府议亲，未见允诺。骆公子说孝服在身，不敢擅自言及婚姻之事，候他服满，再可议及。”花老点头，向巴氏兄弟说道：“诸位贤弟，且莫动手，这四个人本不该饶他，但你我来时，他们就在此相陪，寸步未离，此皆他主人同姓贺的所为，实不干他们之事。”巴氏兄弟遂向四人道：“今日本要连你主人巢穴皆毁了，但我们有事在心，暂且饶你们一死！”四人叩谢不已。花奶奶向花老说：“早些一同回寓。倘或被任、骆二位知之，日后之事难以商议。”花老听见说得甚是有理，遂带一众人照原路回去了。

再言王能等见花老人等去后，进来里边看了一看，客厅之上，真不是个客厅了，就如人家堆污秽之物的所在。走至屏风之后，见门紧闭，用手连敲几下，里面无人答应。王能会意，知大爷们还当是那花氏母女们来打，故不敢答应。遂叫道：“那玩把戏的众人尽皆去了，我等乃王能等四人，特请大爷出厅。”里边听得是家人的声音，贺世赖同王伦才放心开门，走将出来。至客厅上，抬头一看，厅上摆设之物尽皆打坏。又听得一人在那月台跟前呻吟，王伦命王能看来，乃家人王龙。问其所以，是被花碧莲一脚蹬在脚下，将他脚骨蹬折了两根，不能动弹，故瘫在地下呻吟。王伦叫人将他抬了，送到他的卧房，少不得延医调治。遂向贺世赖道：“幸而你我走得快，不然总要吃她的亏。不料这两个妇女这般厉害，今日之气，如何得出？”贺世赖道：“没有别说，今日天色已晚，明日清晨，合府人众，不拘教习、家人，俱皆齐集到西门外马家店内，将这伙男女打他一个筋断骨折，然后拿个帖子送县里，重重处治，枷号起来，方见大爷的手段。”那王伦遂依了贺世赖的话，一一分付家人并教习等。众人得令，各人安排各人的器械，无非是槐杖铁尺等类。各人安歇，明早往西门外厮打。这且按下不表。

再表任正千、骆宏勋送花老去后，回至厅上。任正千道：“今蒙花老先生前来相拜，又承送数包礼物，于心甚不过意。”骆宏勋道：“没有别说，明早少不得要去回拜他，我们大大备下两份礼仪送他罢了。”任正千应诺，各备程仪一封。一宿晚景已过，不必细述。

且说次日清晨，二人起身梳洗已毕，吃了些早汤点心，备了三匹骏马，带着余谦望西门大路而来。将至西门，只见西门大街上有百十余人，雄赳赳各持器械，也望西门而来。任正千问道：“是些什么人？”余谦下得马来，将缰绳交付任正千代拉，向前来一看，有王能在内。余谦拱手，王能连忙上前笑应道：“余大叔哪里来？”余谦道：“拜问一声：府上与哪家斗气？合府兵马全至。”王能道：“余大叔有所不知，就是前日桃花坞卖赛的那一伙人。昨日我家大爷唤到家内玩耍，就那两个堂客不识抬举，反诬我家大爷调戏他，将我们客厅上摆设的物件尽皆打碎，又把我们王龙的脚骨都蹬折了，现在请人调治。家爷气极，叫我们兄弟等同众位教习,往他寓所厮打。余谦哥,一向忝在相好,倘蒙不弃,同弟等走走,与弟助助威。”余谦道:“家爷俱在城门下,因见众位不知何故,特遣弟前来问问,还要回家爷话去。”将手一拱,抽身而去,将王能之言一一禀上。骆宏勋道:“花老乃异乡之人,王伦有意欺他。你若不调戏人家女子,那花老也不肯生事打他家人,坏他的家伙。我们不知便罢,既然遇见,若不解围,倘花老后来知道,说我们知而不解,道是我们不成朋友。”不知二人如何解法,可解得开否,且听下回分解。

第六回　世弟兄西门解围

且说任正千道："正是。余谦再去转说：我二人说，你家不调戏人家女子，人家也未必敢坏你家伙，打坏你的人口。况他是外路人，不过是江湖上玩把戏的，你家王大爷乃堂堂吏部公子，抬抬手就让他过去了。看我二人之面，叫他们回去吧！"余谦又到王能前，将任、骆二位大爷之言告诉一遍。王能笑道："余大叔错了，我乃上命差遣，概不由己。即任、骆二位公子解围，须先与家爷说过，家爷着人来一呼即回。余大叔，你说是与不是？"

余谦听他说得有理，只得回来对任大爷说道："小的方才将大爷之言告诉他，他说奉主差遣，不得自专。即二位大爷解围，务必预先与王伦说过，待王伦差人来到叫唤他们，方可转回；不然不能遵命。"任正千听说大怒，说："我就不能与王伦讲话！"又向骆宏勋说道："世弟，请下马来，此地离王伦家不远，我与你同去走走。"骆宏勋连忙跳下马，将二匹马的缰绳俱交与余谦牵住，又分付余谦道："你牵马拦门立着，不要放这群狗才一个过去，我们好与王伦说话。倘若有人硬要过去出城的，你与我打这畜生。"分付已毕，任正千、骆宏勋大踏步往王伦家去了。余谦即将三匹马牵在当中站立，大叫道："我家爷同任大爷已到王府解围，命我挡住，倘有硬过去的，叫我先打。我也是上命差遣，概不由已。"即摩拳擦掌，怒目而立。

且说王伦家人连教习倒有百十个人，哪一个不晓得余谦利害，俱面面相觑，无一个敢过去。王能看此光景，知不能出城的了，即着两个会走路的连忙回府，将此情由禀知大爷。这王伦两个家人闻得此言，不敢慢行，一则路熟，二则连走带跑，所以任、骆未到，二人早已跑进府去。王伦、贺世赖正在书房里商议写帖送县，只见两个家人跑得喘吁吁的进来，王伦问道："回来得快呀？不许伤他的性命嗳！"二人禀道："小的们还未出城哩。"王伦道："因何不出城？"二人将遇见任正千、骆宏勋，他叫他们回转的话说了，"小的们说：奉主人之命，不能由己。他就大怒，叫余谦把城门拦住，不许一人出城。任正千同骆宏勋二人来面见大爷讲话，小的们从小路抄近赶来，先禀大爷得知。”王伦大怒道：“这两个匹夫，真正岂有此理！前在桃花坞硬夺把戏，今日又仗势解围，何欺我太甚！我只不允，看你有何法？”贺世赖在旁说道：“据门下看来，人情不如早做的好。”王伦道：“我不允情，他能砍我头去不成！”贺世赖道：“大爷允情，我们的人自然回来；即大爷不允情，我们的人也要回来的。他令余谦拦住城门，哪个再敢过去？”又向王伦耳边低低说道：“大爷不必着恼，喜事临门，还不晓得？”王伦道：“今日遇见两个凶神，反说我喜事临门，是何言也！”贺世赖又在王伦耳边低低说道：“舍妹之事有机会也。”王伦亦低低问道：“怎么有机会也？”贺世赖道：“任正千亦是有名的财主，不可以财帛动之；他英雄盖世，又不可以势力压之。大爷与他又无来往，虽在咫尺而实天渊也。据门下愚见，待任正千、骆宏勋到府，恭恭敬敬迎他们进来，摆酒相待。今日他既饮了大爷酒席，明日少不得摆酒相酬于你。于是你来我往，彼此走动，门下好于中做事。不然，想与舍妹见面，较登天还难也！”王伦闻言，改怒作喜，称赞道：“人说老贺极有机智，今果然也。”

正议论间，门上人禀道：“任、骆二位爷在门口，请大爷说话。”王伦即整衣出门相迎，打躬说道：“二位光临，寒门有幸，请进内厅奉茶。”任、骆二人还礼，任正千道：“适在西门，相遇尊府人等，问其情由，知与山东花老斗气。在下念他是个异乡之人，且不过是江湖上玩把戏的，足下乃堂堂公子，岂可与他争较？今大胆前来奉恳，恕他无知。允与不允，速速示下，在下就此告别。”王伦大笑道：“就有天来大事，二位仁兄驾到，也无有不允之理。况此些须小事，岂有违命者乎？但亦未有在大门之外谈话之理。二兄骤然要回，知者说二兄有事，无从留饮；不知者道弟不肯款留，殊慢桑梓，弟岂肯负此不贤之名？还是请进，稍留一刻，敬一杯茶为是。”任、骆见王伦之言一一说得有理，便道：“只是无事到府，不好轻造，又蒙见爱，稍坐何妨！”任、骆先行，王伦就分付门上人道：“还着一人到西门大街，将众人叫回。就说：蒙任、骆二位大爷讲情，我不与他那老儿较量了。只是便宜这个老物件！”

说罢，邀了任、骆二人走到二门贺世赖连忙迎出。任正千道：“你也在这里么？”贺世赖道：“正是！”到厅上重新见礼，分宾主而坐，家人献茶。茶罢，王伦向任正千道：“兄与弟乃系桑梓，慕名已久，每欲仰攀，未得其使，今蒙光临，幸会！幸会！”任正千道：“弟每有心，不独兄如是也。”王伦又向骆宏勋问道：“这位兄台高姓大名？”任正千道：“此乃游击将军骆老爷的公子，字宏勋，在下之世弟也。”王伦道：“如此说来，乃是骆兄了。失敬！失敬！”贺世赖与骆宏勋素日是认得的，不过叙些久阔的言语，彼此问答一回，任、骆就要起身相别。王伦大笑道：

“岂有此理！二兄光临寒舍，匆匆即别，谅弟作不起一杯水酒之主么？”任、骆二人应道：“非也！我实有他事，待等稍闲，再来造府领教。”王伦道：“二兄既有要事，先就不该来了。”即分付家人摆酒。任正千、骆宏勋看王伦举止言词入情入理，不失为好人。又见他留意诚切，任正千便向宏勋说道：“你看王伦如此谆谆，少不得要领三杯了。就是明日出城，也不为晚。”于是任大爷首坐，骆大爷二坐，贺世赖三坐，王伦主坐。递杯传盏。

饮不多时，王伦又道：“我有一言奉告二兄，不知允否？”任、骆二人答道：“有话领教何妨。”王伦道：“昔日刘、关、张一旦相会，即有聚义，结成生死之交。我辈虽不敢比古人之风，但今日之会亦不期之会，真乃幸会也。弟素与二兄神交，今欲效古人结拜生死之义，不知二兄意下何如？”任、骆二人道：“我们今日一会，以为永好，何必结拜。”王伦道：“虽如此说，但人各有心，谁能保其始终不变耳？明之于神，方无异心。”即分付家人速备香烛、纸马。任、骆二位推之不过，只得应允。又取全柬一个，烦贺世赖写录盟书。略曰：

朝廷有法律，乡党有议约。法律特颁天下，议约严束一方。窃昔者管、鲍之谊，美传列国；桃园之义，芳满汉庭，后世之人谁不仰慕而欲效之！今吾辈四人，虽不敢以今比古，而情投意合，不啻古人之志焉。但人各有心，谁保其始终不二，以为人欺而神可昧也！敬备香花宝锭，以献赤心于神圣台前：自盟以后，人虽四体，心合而一；姓虽各异，而胜于共父母之同胞。患难相扶，富贵同享，倘生异心，天必鉴之。神其有灵来格来歆，尚飨。

任正千、王伦、贺世赖、骆宏勋均列生辰，大唐年月日时具。不多一时，将议约写完，家人早已将香烛元宝备办妥当。四人齐齐跪下，贺世赖把盟书朗诵一遍，焚了香烛元宝。礼拜已毕，站起身来，兄弟们重新见礼。王伦命家人重整席面，四人又复入坐。此时座位：任正千仍是首座，论次序二座该是王伦的了，因为酒席是他的，王伦不肯坐，让与贺世赖，到了骆宏勋是三座，王伦是主席。酒过三巡，肴动几味，任正千道：“今日厚扰王贤弟。明日愚兄那边整备菲酌，候诸位一坐。”骆宏勋道：“后日小弟备东。”贺世赖道：“再后一日，我备东。”王伦笑道：“贺贤弟又要撑虚架子了。莫怪愚兄直言，你要备东，手中哪里有钱钞哩？若一人一日，这是那萍水之交，你应我酬，算得什么知己？”便向任正千说道：“大哥，小弟有一言，不知说的是与不是？骆贤弟在此不过是客居，他若备东也是不便。据小弟说来，骆贤弟在大哥处暂居，贺世赖在小弟处长住，总不要他二人做东。今日在小弟处谈谈，明日就往大哥府上聚会，后日还在小弟处。不是小弟夸口，就是吃三年五载，大哥同小弟也还备办得起。”任正千闻说大喜道：“这才算得知心之语！就依贤弟之言。实为有理，妥当之极！”又道：“王贤弟，莫怪愚兄直言，素日闻人传说，贤弟为人奸险刻薄，据今日看其行事，闻其言语，通达人情物理。常言道：‘耳闻尽是假，面见方为真。’此言真不诬也！”王伦道：“大哥，还有两句俗语说得好：‘含冤且不辩，终久见人心。’”四人哈哈大笑，开怀畅饮，毫不猜忌。

且说那余谦拉马拦门而立，见王府众人不多一时尽都回去，知道是任、骆二位爷讲了人情，王伦遣人唤回。又等了半刻，仍不见二位大爷回来，心中焦躁，扯着马也奔王家而来。来到王伦门首，王府之人素昔皆认得，一见余谦扯马而来，说道：“余大叔来了！”连忙代他牵马送在棚内喂养，将余谦邀进门房，摆酒款待，言及任、骆二位爷并家大爷同贺世赖相会结拜一事，正在厅中会饮。余谦闻言，心中想道：“二位大爷好无分晓，闻得王伦人面兽心，贺世赖见利忘义，怎么与他结拜起来？”却不好对王府人说出，只应道“也好”。且讲客厅上饮了多时，任、骆告辞，王伦也不深留，分付上饭。用毕之后，天已将晚，任正千道：“明日愚兄处备办菲酌，屈驾同贺贤弟走走，亦要早些。是遣人奉请，还是不待请而自往？”王伦道：“大哥说哪里话！叫人来请又是客套了。小弟明早同贺贤弟造府便了，有何多说！”任正千说说谈谈，天已向暮。任、骆起身告辞，王伦也不深留，送至大门以外，余谦早已牵马伺候，一拱而别，上马竟自去了。任、骆至家，二人谈论：“王伦举动、言谈，不失为好人，怎么人说他奸险之极，正是人言可畏！只是我们去拜花老，不料被他缠住，但不知花老仍在此地否？倘今日起身走了，我们明日再去拜他，岂不空走一场。”即分付余谦备马，快出城至马家店里，访察花老信息，速来回话。余谦闻命，即上马而去。不多一时，回来禀道：“小的方才到西门马家店问及花老，店主人回说，今日早饭后，已经起身回山东去了。”任、骆闻知，甚是懊悔。这且不言。

再言王伦送任、骆二人之后，回至书房。王伦道：“今日之事，多亏老贺维持，与令妹会面之后，再一齐厚谢罢了。”贺世赖道：“事不宜迟，久则生变，趁明日往他家吃酒，就便行事。门下想任正千好饮，且粗而无细，倒不在意，唯骆宏勋虽亦好饮，但为人精细，确是碍眼，怎的将他瞒过才好？”王伦道：“你极有智谋，何不代我设法。”贺世赖沉吟一会，眉头一皱，计上心来，说道：“有，有，有！”只因这一计，能使：

张家妻为李家妇，富家子作贫家郎。

毕竟不知贺世赖设出什么计来，且听下回分解。

第七回　奸兄为嫡妹牵马

话说王伦求计于贺世赖，贺世赖沉吟一会，说道："有了，明日到彼饮酒，莫要过饮，必须行一令。门下素知任正千不通文墨，却不知骆宏勋肚内如何。门下与大爷先约下两个字令：或一字分两字，或二字合一字；内有古人，上下合韵。倘骆宏勋肚内通文，大爷再改。门下与大爷约定；抬头、低头、睁眼、合眼为暗号，虽骆宏助精细，难逃暗算。输者，连饮三大杯，不过三回五转，便打发他醉了。挨到更余时候，大爷便无酒也要假醉，伏案而卧，门下就有计生了。"王伦大喜。二人将字令传妥，熟练谨记，又将猜拳演熟，各人回房安歇。到明日早晨，连忙起来梳洗，吃些点心，又将昨晚之令重习一遍，分毫不错。

王伦换了一身新衣帽，同了贺世赖起身。王伦坐了一乘大轿，贺世赖坐了一乘小轿，赴任正千家而来。转弯抹角，不多一时，来到任正千门首，门上人连忙通报。原来任正千同骆宏勋因昨日过饮，今日起来得晏些，梳洗将毕，早汤点心放在桌上，尚未食用。闻报王伦来了。任正千道："真信人也！"同骆宏勋连忙整衣出迎。迎出二门，王伦同贺世赖早已进来了。任、骆相迎至厅，礼毕分坐。任正千道："因昨日在府过饮，今日起身迟些。方才梳洗，闻得贤弟驾至，连忙迎出门，大驾已来，恕有失远迎之罪！"王伦道："既称弟兄，哪里还拘这些礼数！大哥，以后这些套话都不必说了。"任正千大喜道："贤弟真爽快人也！遵命，遵命！"骆宏勋亦向王伦道："多谢昨日之宴。"任正千分付献茶、摆点心。王伦道："只拿茶来吧，稍停再领早席。"任正千见王伦事事爽快，以为相契之友，心中大悦，说道："既如此，拿茶来！"于是，家人献茶。茶罢，谈些闲话，王伦道："烦通禀一声，骆老伯母台前，大嫂妆次，小弟进谒！"骆宏勋道："家母年迈，尚未起床，蒙兄长言及，领情了。"王伦又道："大嫂呢？"任正千道："贱内不幸昨染微疾，亦尚未起来。你我既是弟兄，岂肯躲避，候他疾好，贤弟再来，愚兄命他拜见贤弟便了。"王伦道："既骆伯母未起，贤嫂有恙，弟也不惊动了，烦任大哥同骆贤弟代我禀知吧！"任、骆应道："多谢，多谢！"贺世赖说道："王二哥，骆贤弟，恕我不陪，我到里边与舍妹谈谈就来。”王伦道：“当得，请便！”贺世赖拱了一拱手，往内去了。

走到贺氏住房，兄妹见过礼坐下。贺氏道：“一别二年，未闻哥哥真信，使妹子日夜耽心。昨晚间你妹夫说你在王家作门客，妹子心才稍放。但不知哥哥近日可好么？想是发财的了。”贺世赖道：“自离家之后，流落不堪，幸蒙吏部尚书的公子王大爷收留，今已二载，亦不过是有饭吃，哪里寻个钱钞？每欲来看望妹子，又恐正千性格不好，不敢前来。我前日在桃花坞，看见妹子在那对过亭子上坐着，只是不敢过去。”贺世赖说过，贺氏道：“我前日也望见哥哥在对过亭子上吃酒，不知你同来的那位是谁？”贺世赖道：“那就是公子王伦大爷了，如今现在前厅。”贺氏道：“那就是吏部尚书的公子么？做妹妹的看他生得好个相貌，不是个鄙吝之人。你可生个别法，哄他几个钱，寻个亲事，就成个人家了。不然，一时出了王伦的门，又是无归无着，成个什么样子？”贺世赖听妹子说前日在桃花坞已经看见过王伦，说他好个相貌，就知妹子有几分爱慕之心，连忙答应道：“妹子之言甚是，王大爷倒是个洒银的公子，怎奈没个机会诓他的银子。目下倒有一股财气，只是不好对妹子讲。”贺氏道：“你我乃一母所生嫡亲兄妹，有什么话不好讲！”贺世赖即说：“王伦在桃花坞看见你，即神魂飘荡，谆谆恳我达意于妹子，能与他一会，情愿谢我一千金。愚兄因无门可入，昨日撮合他们拜弟兄，好彼此走动。愚兄特地前来通知妹子，万望贤妹看爹娘之面，念愚兄无室无家，俯允一二。愚兄就得这注大财，终久不忘妹子大恩也！”贺氏闻得此言，不觉粉面微红，用袖掩嘴带笑而言道：“哥哥，休要胡说，这事可不是玩的！你是知道那黑夫的利害，倘若闻知，有性命之忧。”贺世赖见贺氏的光景，有八分愿意，便说道：“愚兄久已安排妥当。”就将同王伦所约的酒令，并到更深装醉，扶桌而卧的话，又说了一遍。贺氏也不应允，也不推辞，口里只说：“这件事比不得别的事，使不得。”贺世赖见房内无人，双膝跪下道：“外边事全在我，内里只要妹子临晚时，将丫鬟早些设法使开了，愚兄自有摆布。”贺氏说：“你说哪一日行事？”贺世赖道：“事不宜迟，久则生变，就是今日。”贺氏道：“你起来，被人看见倒不稳便。你进来了半日，也该出去了；若迟，被人犯疑，那事却难成了。”贺世赖听妹子如此言语，知是允了，即爬起来，笑嘻嘻的往前去了。

及到厅上，说道：“少陪，少陪！”仍旧坐下，使个眼色与王伦。王伦会意，心中大喜。任正千道：“闲坐空谈，无味之极，还是拿酒来慢慢饮着谈话。”众人说声“使得”。家人摆上酒席，众人入坐。今日是王伦的首座，任正千的主席，二座本该贺世赖，因其与任正千有郎舅之亲，亲不僭友之故，骆宏勋坐了二席，贺世赖是三座。早酒都不久饮,饮到吃饭之时,大家用过早饭,起身散坐,你与我下棋,我与他观画。闲散一会,日已将暮,客厅上早已摆设酒席。家人禀道:“诸位爷,请入席。”于是重又入席,仍照早间序坐饮酒。酒过三巡,王伦道:“弟有个贱脾气,逢饮酒时,或请拳,或行令,分外多吃几杯;若吃哑酒,吃几杯就醉了。”任正千道:“这好,这好,就请一个令行行如何?”王伦道:“既如此,请大哥出一令,就此行令。”任正千道:“虽有一日之长,但今日在舍下,我如何作得令官发令?”王伦道:“大哥不做,今日骆贤弟乃是贵客,请骆贤弟作令官。”骆宏勋道:“朝廷莫如爵,乡党莫如齿,既任大哥不作令台,依次请王二哥的了。”贺世赖道:“骆贤弟之言甚是有理,王二哥不必过谦了!”王伦道:“如此说来,有僭了。”分付拿三个大杯来,先斟无私,先自己斟了,然后又说道:“多斟少饮,其令不公。先自斟起来,回头一饮而干才妙!我今将一个字分为两个字,要顺口说四句俗语,却又要上下合韵。若说不出者,饮此三大杯。”众人齐道:“请令台先行!”王伦说道:“一个出字两重山,一色二样锡共铅。不知哪个山里出锡?哪个山里出铅?”贺世赖道:“一个朋字两个月,一色二样霜共雪。不知哪个月里下霜?哪个月里下雪?”骆宏勋道:“一个吕字两个口,一色二样茶共酒。不知哪个口里吃茶?哪个口里吃酒?”及到任正千面前,任正千说道:“愚兄不知文墨,情愿算输。”即将先斟之酒,一气一杯。饮过之后,三人齐道:“此令已过,请令台出令!”王伦道:“我令必要两字合一字,内要说出三个古人名来,顺口四句俗语,末句要合在这个字上。若不押韵,仍饮三大杯。”说罢,又将大杯斟满了酒,摆在桌上。不知王伦又出何令,且听下回分解。

第八回　义仆代主友捉奸

话说王伦又出令，说道："田心合为思，法聪问张生：君瑞何处往？书房害相思。"贺世赖道："禾日合为香，夫人问红娘：莺莺何处去？花园降夜香。"骆宏勋道："女干合为奸，杨雄问时迁：石秀何处去？后房去捉奸。"又到任正千面前，任正千道："愚兄还算输。"又饮三大杯。骆宏勋道："饮酒行令，原是大家同饮。既是任大哥不知文墨，再行字令就觉不雅了。"王伦同贺世赖见两令不能赢骆宏勋，心中亦要改令，将计就计，说道："骆贤弟之言有理！既是任大哥不擅文墨，我们也不行别令，拣极容易的玩吧，猜拳如何？"骆宏勋道："这好。"于是挨次出拳，轮流猜去。

看官，贺世赖、王伦二人是有暗计的，做十回，就要赢任、骆八回。三回五转，天约起更，就把任正千、骆宏勋吃得烂醉如泥，还勉强应酬。贺世赖使个眼色，王伦会意，亦假醉起来，伏桌而卧。贺世赖也伏桌而卧。任正千、骆宏勋早已支撑不住，因有客在坐，不得不勉强劝饮，及见王、贺二人俱睡，也就由不得自己，将头一低，尽皆睡着了。贺世赖耳边听得鼾声如雷，又听不见他二人说话，知是睡了。将头一抬，看见任正千头搁在桌边睡着，骆宏勋背靠椅而卧。即站起身来，走出厅房，见门外站立着四个管家，伺候奉酒递茶。贺世赖道："你们这些痴子，还在这里站着做什么，放着那厢房里不去？赶早吃杯酒去。"管家道："那厢房里款待王大爷跟来的人，吃酒的人多着呢。只恐大爷呼唤，不敢远离。"贺世赖道："痴子，你看主客俱醉，皆已睡着，大约三更天方得醒来。如此光景，有哪个唤你们？只管放心去吃酒，有我在此。他们若睡醒了，我即来唤你们。"四个家人闻得贺世赖如此说，满心欢喜，说道："多谢贺老爷！"一阵风的去了。贺世赖将管家支去，便悄悄径直走进后房，直到贺氏住房，竟无一人，心中欢喜。走进门来，见妹子一人，对灯而坐。贺世赖问道："丫鬟们哪里去了？"贺氏道："你先叫我将她们打发开去，我今叫她们各自睡去了。"贺世赖道："这好。"一溜烟走出来，看任、骆正睡着，将王伦捏了一把。王伦抬头一看，贺世赖将手一招，王伦跟着就走,往里边行来。到了贺氏住房门首,贺世赖道:“大爷请进去,门下在二门等候,以速为妙,后会有期。”说罢,贺世赖出二门,厅后站立,以观风声。

且讲王伦走进贺氏之房,贺氏站起身来,面带笑容道:“请坐!”王伦在灯下观见贺氏容貌,比桃花坞会见之时更俏十分,欲火哪里按捺得住。双手将贺氏抱起来,进得红纱帐中,宽衣解带,这且不言。

且说余谦自知王伦、贺世赖来任大爷家吃酒,自有任府家人伺候;他乃是骆府家人,客居于此,无他甚事,遂自往街市上游玩。那余谦虽系骆府家人,颇有英名,无人不交结他,一见如故。此日自往街上游玩,遂三三两两留他饮酒。扰过这一班才散,又有那一班,一直饮了一日,到更深天气方才回来。东倒西歪,行到门首,任府门上人说道:“余大叔回来了!”余谦道声:“有偏,得罪了!”看见门首两乘轿子还在,问道:“酒席还未散么?”门上人回道:“还未散哩。”余谦走上客厅一看,任大爷、骆大爷俱在睡,看王伦、贺世赖又不在席上。余谦道:“是了,想必是王伦要大解,不知道茅厕,贺世赖领他去了。我莫管他闲事,且往后边睡觉去。”下得厅房,高一脚低一脚,一直奔后边来。行到二门,贺世赖远远望见余谦,连忙躲在一边,让他过去。事当凑巧,骆宏勋住的是任正千的后层房子,后边去,必走任正千的住房而过。余谦走到贺氏住房,正当二人云雨之时,不能自禁,呼吸之声闻于室外。余谦虽醉,心中明白,闻得此声乃淫欲之声。抬头一看,房内并无灯光,自说道:“我方才从厅上而来,看见大爷、任大爷尽在睡乡,何人在内调戏?且住,任大爷尚未进房,并不该熄了灯火,其中必有原故。”自言自语,左思右想,想了一会,忽然想起贺世赖、王伦二人俱不在席上,说:“是了!王伦原是人面兽心,贺世赖乃见财如命,一定是王伦许他些财帛,贺世赖代妹牵马,将二位爷灌醉,又将家人支开,他就引王伦进房,与他的妹子玩耍。不料我余谦进来,待我打开房门,进去捉奸。看这个匹夫逃往哪里去!”又想道:“做事不可鲁莽,进去有人是好,倘若无人,为祸非小!管他怎么,非我骆家之事,管他作甚!”才往后走几步,又停步想道:“任大爷与我大爷如同胞骨肉之交,且平昔待我实是有礼,一旦有事,置之不管,乃无情之人也。”抬头一望,房内并无灯火。复思量一会:“待我回至客厅,将大爷、任大爷唤醒,叫他们自进房来,有人无人,不干我事。”举步又往前走了几步,又停住想道:“不妥,不妥,等我回到客厅,我素知任大爷睡觉如泥,及至叫醒他们,这奸夫淫妇好事已完,开门逃走。俗语说得好:‘撒手不为奸。’任大爷进来,见房内无人,道我余谦无故诬他妻子为非,我家大爷再责我酒后妄为,叫我有口难分。”仍返回到贺氏房门口站住。

且说王伦是个色中饿鬼，贺氏是个淫妇班头，意怜情浓，不能自禁，忘其奸偷之为，不觉淫声出于户外。那贺世赖在二门，观见余谦东倒西歪而来，将身躲在一边，让他过去，还当他吃醉了，往后边睡去。不意他到了贺氏房门前站着，不解他是何意思。说道："爹爹妈妈！但愿你这个时候且莫开门出来，别撞着这太岁才好。"

且说余谦站在贺氏房门口想道："我且在此等着他，看你奸夫往哪里逃走？待任大爷酒醒，自然进来，好不妥当！"抬头看见廊檐底下有张椅子，用手拿了放在贺氏房门外正中，自己坐下，遂大叫一声："我看你奸夫往哪里走！"这一声大叫，吓得房内床帐乱响，二门后"嗳呀"一声。正是：

淫荡子女惊碎胆，观风男子暗落魂。

毕竟不知房内因何乱响，二门后因何"嗳呀"，且听下回分解。

第九回 贺氏女戏叔书斋

却说余谦拿了椅子，拦住贺氏的房门坐下，口中大叫道："我看你奸夫往哪里走！"那个王伦正与贺氏二人欢乐之时，不防外边大叫，闻得声音是余谦，二人不由不惊颤起来，故而连床帐都摇动了，所以响亮。那二门外"嗳呀"者，是贺世赖也，先见余谦走来转去，只说他酒醉颠狂之状，不料他听见房内有人。忽听余谦大叫道："奸夫哪里走！"料道被他知道了，腿脚一软，往后边倒跌在门槛上，险些把腿跌断了，所以"嗳呀"一声。

贺世赖顾不得疼痛，爬将起来，自想道："今日祸事不小！料王伦同妹子并自己的性命必不能活。想王伦被余谦拦住房门，必不能出来。我今在此无有拘禁，还不逃走，等待何时？倘若余谦那厮再声叫起来，合家都知，那时欲走而不能。"正欲举步要走，忽听鼾声如雷，又将脚步停住了，细细听来，竟是余谦熟睡之声。心中还怕他是假睡，悄悄的走近前来，相离数步之远，从地上顺手拾起一块小砖头，轻轻望余谦打去，竟打在余谦左腿，余谦毫不动弹。贺世赖知他是真睡，遂大着胆走向窗边，用手轻轻一弹。王伦、贺氏正在惊颤之间，听得熟睡之声，不见余谦言语。贺氏极有机谋，正打算王伦出房之计，忽闻窗外轻弹之声，知是哥哥指点出路。贺氏一想：是个法了。那窗子乃是两扇活的，用搭钩搭着。即站起身来，将镜架儿端在一边，把搭钩下了，轻轻将窗子开了，王伦连忙跨窗跳出。王伦出窗之后，贺氏照前关好，仍把镜架端上，点起银灯，脱衣蒙被而卧。心中发恨道："余谦，余谦，你这个天杀的！坐在房门口不去，等我那个丑夫回来，看你有何话说！"正是：

画虎不成反为犬，害人反落害自身。

不言贺氏在房自恨。且说王伦出得窗外，早有贺世赖接着，道："速走！速走！"一直奔到大门，连忙将自己人役唤齐，分付任府门上人道："天已夜深，不胜酒力，你家爷亦醉了，现在席上熟睡。等他醒来，就说我们去了，明日再来赔罪吧！"说毕，上轿去了。正是：

打开玉笼飞彩凤，挣断金锁走蛟龙。

且说余谦心内有事，哪里能安然长睡。睡了一个时辰，将眼一睁，自骂道："好杀才，在此做何事，反倒大意睡觉了！"抬头一看，自窗格缝里射出灯光，自己悔道："不好了！方才睡着之时，那奸夫已经逃走了。我只在此呆坐什么？倘若任大爷进来，道我夤夜在他房门口何为？那时反为不美。"即将椅子端在一边，迈步走上前厅，见任、骆二人仍在睡觉。又走至大门，轿子已不在了。问门上人，门上人回道："方才王、贺二位爷乘轿去了。"余谦听得，又回至厅上，将任、骆二人唤醒。任正千道："王贤弟去了么？"余谦含怒回道："他东西都受用足了，为什么不去！"任正千道："去了罢。天已夜深了，骆贤弟也回房安歇吧！"骆宏勋道："生平未饮过分，今日之醉，客都散了，还不晓得！以后当戒。"说罢，余谦手执烛台引路，二人随后而行。行到任正千房门口，将手一拱，骆宏勋同了余谦往后边去了。任正千进得房来，回身将门关闭，见贺氏蒙被而睡，说道："你睡了么？"贺氏做出方才睡醒的神情，口中含糊应道："睡了这半日了。"任正千脱完衣巾，也自睡了。贺氏见他毫无动作，知他不晓，方才放心，不提。

且说余谦手执烛台，进得卧房，朝桌上一放，其声刮耳。心中有气，未免重些。骆宏勋看了余谦一眼，也就罢了。余谦又斟了一杯茶，端到骆宏勋面前，将杯朝桌上一搁，道："大爷吃茶！"险些儿将茶杯搁碎。骆宏勋又望了余谦一眼，又罢了。余谦怒冲冲的说道："大爷，以后酒也少吃一杯才好！"骆宏勋闻得此言，正像父叔教子侄一般的声口，不觉大怒，喝道："好狗才！看看自己醉的什么样子？反来劝我。"余谦道："大爷吃酒误事，小人吃酒不误事。"骆宏勋怒道："你说我误了何事？"余谦道："大爷问小的，小的就直说。大爷同任大爷方才吃醉睡去，贺世赖这个忘八乌龟与妹子牵马。王伦同贺氏他两个人捣得好不热闹。"骆宏勋闻得此言，大喝道："好畜生，你在哪里吃了骚酒？在我面前胡说，还不睡去！"余谦被骆宏勋大骂了一阵，只落得忍气吞声，口内唧唧哝哝说："我就是胡说！以后哪怕他弄得翻江倒海，干我甚事！因他与大爷相厚，我不得不禀。我就不管。我且睡我的去。"正是：

各人自扫门前雪，休管他家屋上霜。

骆宏勋虽口中禁止余谦，而心中自忖道："余谦乃忠诚之人，从不说谎。细想起来，真有此事。王伦不辞回去，其情可疑。王、贺终非好人，有与无不必管他，只禁止余谦不许声张，恐伤任大哥的脸面，慢慢劝他绝交王、贺二人便了。"亦解带宽衣而睡，不提。

且说王伦、贺世赖二人到家，在书房坐下，心内还在那里乱跳。说道："唬杀我也!”贺世赖道:“造化!造化!若非这个匹夫大醉,今日定有性命之忧!”王伦道:“今虽走脱,明日难免一场大闹,事已败露,只是我与令妹不能再会了!”贺世赖道:“大势固然如此,据门下想来,还有一线之路。谅余谦那厮醒来,必先回骆宏勋,后达任正千。骆宏勋乃精细之人,必不肯声张,恐碍任正千体面。大爷明早差一干办之人,赴任府门首观其动静,若任正千知觉,必有一番光景;倘安然无事,就便请任、骆二人来会饮。骆宏勋知道此事,必推故不来,任正千必自来也。大爷陪他闲谈,门下速至舍妹处设计。”

第二日早晨,王伦差王能前去,分付如此如此。王能奉命奔任府而来。及至任府门首,任府才开大门,见来往出入之人无异于常,知无甚事。王伦的家人走到门前,道声:“请了!”任家门上说道:“王兄,好早呀!”王能道:“家大爷分付,来请任、骆二位爷即刻就请过去用早点心,俱已预备了。”任府门上回道:“家爷并骆大爷尚未起来,谅家大爷同骆大爷与王大爷至密新交,无有不去之理。王兄且请先回,待家爷起来,小的禀知便了。”于是王能辞别回家,将此话禀复王伦。王伦闻说无事,满心欢喜。

且说任正千日出时方才起身,门上人将王能来请大爷并骆宏勋那边吃点心之话禀上。任正千知道,即遣人到后面邀骆宏勋同往。骆宏勋叫余谦出来回复,说:“大爷因昨日伤酒,身子不快,请任大爷自去吧!”任正千又亲自到骆宏勋的卧室问候,骆宏勋尚在床上未起,以伤酒推之。任正千道:“既如此,愚兄自去了。”又分付家人:“叫厨下调些解酒汤来,与骆大爷解酒。”说过,竟自乘轿奔王府去了。来到王府门首,王伦迎接,问道:“骆贤弟因何不来?”任正千道:“因昨日过饮,有些伤酒,此刻尚未起床,叫我转告贤弟,今日实不能奉召。”王伦道:“弟昨日也是大醉,不觉扶桌而卧;及至醒时,见大哥同骆贤弟亦在睡觉,弟即未敢惊动,就同贺世赖不辞而回。恐大哥醒来见责,将此情对尊府说过,待大哥醒来禀知。不知他们禀过否?”任正千道:“失送之罪,望贤弟包涵!”二人说说行行,已到厅上,分宾主坐下,吃茶闲谈。

贺世赖见任正千独自来,他早躲在门房之内,待王伦迎他进去,即迈开大步,直奔任正千家内。来到门首,任府门上人知他是主母之兄,不敢拦阻。他便一直奔贺氏房来。进得房门,贺氏才起来梳洗。贺氏一见哥哥进来,连忙将乌云挽起,出来埋怨道:“我说不是要的,你偏要人做,昨日几乎丧命!今日王府会饮,你又来做甚?”贺世赖道:“今日王府会饮,任正千自去,骆宏勋推伤酒未起,此必余谦道知,骆宏勋乃精细之人,不好骤然对任正千说知,故以伤酒推辞。愚兄虽然谅他一时不说,后来自然慢慢的告诉,终久为祸。况且他主仆在此,真是眼中之钉，许多碍事处。愚兄今来无有别事，特与你商酌，稍停骆宏勋起身，观看无人的时节，溜进他房，以戏言挑之；彼避嫌疑，必不久而辞去也。若得他主仆离此，你与王大爷来往则百无禁忌了。”贺氏一一应诺。又叫道：“哥哥，回去对王大爷就说妹子之言，叫他胆放大些，莫要吓出病来，令我挂怀。”贺世赖亦答应，告辞回到王府，悄悄将王伦请到一边，遂将授妹子之计，又将贺氏相劝之言，一一说之，把个王伦喜得心痒难抓。贺世赖来到厅上，向任正千谢过了昨日之宴。王伦分付家人摆上点心，吃毕，就摆早席。这且不提。

且说骆宏勋自任正千去后，即起身梳洗，细思昨晚之事，心中不快，吃了些点心，连早饭都不吃。余谦吃过早饭，也自出门去了。骆宏勋独坐书斋，取了一本《列国》观看，看的是齐襄公兄妹通奸故事。正在那里大怒，只听得脚步之声，抬头一看，乃是贺氏大嫂欲来调戏。不知从与不从，且听下回分解。

第十回　骆太太缚子跪门

却说贺氏到骆宏勋书房，宏勋一见，忙站起身来问道："贤嫂来此何干？"贺氏满面堆笑道："叔叔，不同你哥哥赴王府会饮，怎么在此看书？"骆宏勋道："嫂嫂，不想昨日过饮，有些伤酒，身子不快。大哥自赴王府，愚小叔未去。"贺氏道："原来叔叔伤酒，奴尚不知，实有失候之罪！奴若早知，当命厨下煎个解酒汤来，与叔叔解个酒也好。"骆宏勋道："多谢嫂嫂美意，解酒汤已经用过了。"贺氏走到桌边，将骆宏勋所看之书拿在手中一看，见是文姜因求亲未谐，因而成病，即与其兄通奸之事，看了一遍，说道："叔叔，常言道：'男大当婚，女大当嫁。'此言真不诬也，观此一回，虽是兄妹灭伦，实因不早为婚嫁之故，其父亦难逃其责也。"骆宏勋见贺氏恋恋不回，口评是非，只得点头应"是"，说道："嫂嫂请回，恐有客至。"贺氏以袖掩口带笑道："叔叔今虽在舍二载，奴家总未深谈，今值无人之际，欲领教益，怎么催我速回？是见外也。叔叔年交二十一岁，因何不早完婚事？"骆宏勋道："愚小叔随父赴任时，其年十二，不当完娶，及成立之后，定兴到扬州相隔三千里之遥，又因路远而不能完娶，故今只身独自也。"贺氏又道："日间谈文论武，会友交朋，庶几乎可；到得夜间，枕寒衾冷，孤影独眠，到底有些寂寞。敢问叔叔：夜间光景何如？"骆宏勋见贺氏如此问，知她心怀不善，怒目正色道："古礼叔嫂不通问，今人皆不能也。即言语问答皆正事耳！此亦嫂嫂宜问者乎？我骆宏勋生性耿直，非邪言能摇。请嫂嫂速回，以廉耻为重！"那贺氏原无心相戏，不过奉兄之命，使离间之计耳。被骆宏勋正言责斥一番，不觉满面通红，带闷而走。自言道："我好意问他，他反说我胡言，真无情无义，不识轻重之徒！"竟自回房去了。

骆宏勋坐在书房，心中比先前更加十分不快，自忖道："待世兄回来，若将此事告知，有失世兄体面；若不告之，贺氏既有邪心，倘再缠扰，如何是好？"思想一会道："有了，再迟一二日，看是如何光景，那时择日盘榇回南为上。"

且言任正千又在王府会饮，吃到二更时候，任正千又大醉，亦不能再多饮，即告别上轿而回。及至家内,先到书房去会骆宏勋,说道:“贤弟,心中这会如何?”骆宏勋道:“多谢大哥!小弟比先稍好。”任正千又说:“王伦吃酒甚是殷勤,极其恭敬。”叙谈一会,骆宏勋道:“天色已晚,请大哥回房安歇,弟还稍坐一刻。”任正千酒已十分,同骆宏勋说道:“愚兄醉了,得罪贤弟,先去睡了。”家人掌烛进内,入了自家的卧房,见贺氏和衣而睡,面有忧容,任正千问道:“娘子,今日因何不乐?”贺氏故意做出娇态,长叹一声,说道:“你今日又醉了,不便告诉,待你酒醒再言。”任正千焦躁道:“我虽酒醉,心中明白,有话就讲,哪里等得明日!”贺氏道:“咳!我知你性躁,若对你说,哪里容忍得住?恐你酒后力怯,难与那人对手。”任正千闻了这些言语,心中更觉焦躁,即大叫道:“有话便说,哪里有这些穷罗嗦!”贺氏道:“今日你往王家去后,奴因骆叔叔伤酒,亲至书房问候。谁知他是人面兽心,见无人在,彼竟以戏言调我。我说道:‘我与你有叔嫂之称,岂可胡言!’那畜生说他存心已久,不然早已回扬,岂肯在此鳏居二载,今日害酒亦推辞耳!就要上前拉扯,被我大声吆喝,伊恐家人听见,故未敢动,妾身方免其辱。”任正千听了这些言语,正是:

镔铁脸上生杀气,豹虎目中冒火星。

大骂道:“好匹夫!我感你师尊授业之恩,款留于此,以报万一。不料你这个匹夫,外君子而内小人,如此欺人,我必不与这匹夫共立!”即将帐竿上挂的宝剑伸手拔出,迈步直奔书房而来。到了书房,大喝道:“匹夫!如何欺我!”将宝剑望骆宏勋砍来。骆宏勋看势头不好,侧身躲过,说道:“世兄所为何来?”任正千道:“匹夫!自做之事,假做不知,还敢问人?”举手又是一剑,骆宏勋又闪过。想道:“此必贺氏诬我。世兄醉后不辨真伪,故气忿来斗我,如何说得分明?暂且躲避,待世兄酒醒再讲便了。”任正千又是一剑,骆宏勋又侧身躲过,趁空跑出门外。书房东首有一小夹巷,骆宏勋将身躲避其中。又想:“此地甚窄,世兄有酒之人,倘寻至此间,持剑砍来,叫我无处躲闪。隔壁是间茶房,幸喜不甚高大。”双足一纵,蹿上茶房隐避。看官,任正千乃酒后之人,手迟脚慢,头重体软,漏空颇多。不然一连三剑,骆宏勋空手赤拳,哪里躲得这般容易!骆宏勋避在夹巷,并蹿上茶房之上,任正千竟没有看见,只说他躲在客厅,仗剑赶上客厅去了。

且说余谦这日在外游玩,也有许多朋友留饮。他心中知骆大爷未往王家会饮,就未敢过饮,所以亦未十分大醉。回家之时,也有更余天气,只当骆大爷在后边卧房内,就一直奔后边来。及到卧房,见大爷不在,自思道:“哪里去了?”正要出来找寻,忽听得前边一声嚷,连忙出房,遇见任府家人,问道:“前边因何吵闹?”那家人道:“我家爷不知何事,仗剑追寻你家爷。不知你家爷躲在何处?”余谦闻得此言,毛骨悚然,把酒都吓醒了。说道:“此必王、贺二贼挑唆,任大爷酒后不分皂白,故回家与家爷争闹。倘然寻见大爷,一剑砍伤,如何是好?我若不前去帮助吾主,等待何时!”即回到卧房,将自用的两把板斧带在身边,放开大步直奔书房而来。及至书房,不见一人,正待放步而走,只听骆大爷叫声:“余谦。”余谦抬头一看,见骆大爷避在茶房上,安然无事,余谦方才放心。即问:“大爷,今日之事因何而起?”骆宏勋跳下房来,将自己日间被贺氏如何调戏,自己如何斥责。此必贺氏变羞成怒,任世兄醉后归家,诬我戏他。醉人不辨真假,忿怒仗剑而来。余谦道:“自妻偷人反不自禁,尚以好人为匪。他既无情,我就无义,待小的赶上前边与他见个输赢!”骆宏勋连忙扯住道:“不可,不可!他是醉后之人,不知虚实真伪,只听他人之言。今日一旦与之较量,将数年情义俱付东流。”余谦气乃稍平。

且说任正千持剑至客厅,不见骆宏勋之面,心内想道:“这畜生见我动怒,一定躲至后面师母房中,不免奔后边找他便了。”一直跑到骆太太卧房。骆太太伴灯而坐,手拿一本《观音经》诵念。抬头见任正千怒气冲冠,仗剑而进,问道:“贤契更深至此,有何话说?”任正千见问,双膝跪下,不觉放声大哭道:“门生此来,实该万死,只是气满胸中,不得不然!”骆太太惊问道:“有何事情?贤契速速讲来!”任正千含泪就将贺氏所告之言诉了一遍,说:“实不瞒师母说,门生今来只要与那匹夫拼命!”太太只当宏勋真有此事,心中甚是惊惧,道:“贤契,你且请回,这畜生自知理亏,不知躲在何处?老身在此,断无不来之理!等他来时,我亲自将那畜生捆将起来,送到贤契面前,杀剐存留,听凭贤契裁之!”任正千闻骆太太一番言语,

无可奈何，说道："蒙师母分付，门生怎敢不从，既蒙师尊授业之恩，何敢刻忘！只是世弟今日之为，欺我太甚，待他回来，望师母严训一番罢了。既是如此，门生告辞便了。"乃回身归房安歇去了。

却说骆宏勋闻知任正千回房安歇，方同余谦走向太太房中。太太一见宏勋，大骂："畜生！干此伤阴损德之事！"宏勋将贺氏至书房调戏之言说了一遍，余谦又将昨夜王伦通奸之事禀告一番，太太方知其子被冤。说道："承你世兄情留，又贺氏日奉三餐，我母子丝毫未报，今若以实情说出，贺氏则无葬身之地。据我之意，拿绳子来将你绑起来，跪在他房前请罪，我亦同去，谅你世兄必不见责了。"宏勋道："母亲之言孩儿怎敢不依？但世兄秉性如火，一见孩儿，或刀或剑砍来，孩儿被捆不能躲闪，岂不屈死？"余谦道："大爷放心，小的也随去，倘任大爷认真动手，小的岂肯让他？"太太道："余谦之言不差。"即拿绳子将宏勋捆起，余谦暗藏板斧，同太太走到任正千房门首。

那时天已三更，太太用手叩门，叫道："贤契开门！"任正千此时已经睡醒了，连酒也醒了八九分，晚间持剑要砍骆宏勋之事，皆不知道。听见师母之声，连忙起来，不知此刻来到有何原故，反吃一惊。开了房门，看见骆太太带领宏勋缚背跪在房门口。骆太太指着宏勋说道："这个畜生，昨日得罪了贤契，真真罪不容诛！此时老身特地将他捆了前来，悉听贤契处治，老身决不见怪！"骆太太这一番言语说了，只见任正千：

虎目中连流珠泪，雄心内难禁伤情。

毕竟任正千怎般处治骆宏勋，且听下回分解。

第十一回 骆宏勋扶榇回维扬

却说骆宏勋直跪于任正千房门口，骆太太请任正千处治。任正千才将昨晚之事触起一二分来，亦记得不大十分明白。一见宏勋跪在尘埃，低首请罪，虎目中不觉流下泪来，连忙扶起，说道："我与你数年相交，情同骨肉，从无相犯。昨晚虽愚兄粗鲁于酒后，亦世弟之所作轻薄，彼此咸当知戒！以后不许提今日之事，均勿挂怀。"骆宏勋含冤忍屈道："多谢世兄海量，弟知罪矣！"骆太太亦过来相谢，任正千还礼不迭，分付丫鬟暖酒，款待师母。骆太太道："天已三鼓，正当安睡，非饮酒之时。且老身年迈之人，亦无精神再饮。"任正千不敢相强，亲送太太回房安歇，又到宏勋房中坐谈片时，方才告别回房安睡。贺氏接着道："此事轻轻放过，只是太便宜了这个禽兽！"任正千道："杀人不过头点地，他既是缚跪门前，已知理屈；蒙师授业之恩，分毫未报，一旦与世弟较量，他人则道我无情。不过使他知道，叫他自悔罢了。"又道："明日茶饭仍照常供给，不许略缺。"说了一会，各自安睡。第二日清晨，任正千梳洗已毕，着人去请骆宏勋来吃点心，好预备王、贺来此会饮。

且说骆宏勋自从夜间跪门回房之后，虽然安歇了，回思负屈含冤，一腔闷气，哪里睡得着！翻来覆去，心中自忖道："今日之事，虽然见宽，乃世兄感父授业之恩，不肯谆谆较量，而心中未免有些疑惑。我岂可还在此居住？天明禀知母亲，扶柩回南。但只是明日又该世兄摆宴，王、贺来此会饮，必邀我同席，我岂肯与禽兽为友，又不好当面推托，如何是好？"又思："我昨日已有伤酒之说，明日只是不起，推病更重。暗叫余谦将人夫、轿马办妥，急速回南可也。"左思右想，不觉日已东升。猛听任府家人前来，说道："家爷在书房相请骆大爷同吃点心，并议迎接王大爷、贺舅爷会饮之事。"骆宏勋道："烦你禀复你家爷：说我害酒之病比前更重几分，尚未起来，实不能遵命。叫你家爷自陪吧。"家人闻命，回至书房，将骆大爷之言回复任正千。任正千还当骆宏勋因昨日做了非礼之事，愧于见人，假病不起，也就不来相强。于是差人赴王府邀请，又分付家中预备酒席。

不多一时,王、贺二人已至,任正千迎进客厅,分宾主坐下,献茶。王伦问道:“骆贤弟还不出来?”任正千道:“今早已着人邀请,伊说害酒之病更甚于昨日,尚未起来,不能会饮。他既推托,愚兄就不便再邀了。”王伦闻正千之言,有三分疏慢之意,知贺氏已行计了。贺世赖怕人见疑,今日也不往后边会妹子去,只在前边陪王伦。不言王、贺三人谈饮。

且说骆宏勋起得身来,梳洗已毕,走进太太房中,母子商议回南之计。太太道:“须先通知你世兄,然后再雇人夫方妥,不然你先雇了人夫,临行时你世兄必要款留,那时再退人夫,岂不折费一番钱钞?”宏勋道:“母亲,不是这样说法,若先通知世兄,他必不肯让我回去。据孩儿之见,暗着余谦将人夫、轿马办妥,诸事收拾齐备,候世兄赴王家会饮之日,不辞而行,省得世兄预知,又有许多缠绕。倘世兄他日责备不辞而行,亦无大过。且我们不辞而去,世兄必疑我怪他,或细想前日之事,并想孩儿素日之为人,道孩儿负屈,亦未见得。若念念于此,其事不能分皂白,孩儿之冤终不能明。我身清白,岂甘受此乱伦之名乎!”太太闻儿子之言,道声:“使得。”遂命余谦即时将人夫、轿马办备停妥,择于三月廿八日搬柩回南。母子商议之时乃廿五日,计算还有三日光景。骆宏勋逢王伦家饮酒之日,推病不去;逢任家设席之时,推病重不起。任正千因他轻薄,也就不十分敬重。贺氏恨不得一时打发他母子、主仆出门。虽是任正千分付茶饭不许怠慢,早一顿迟一顿,不准其时,骆太太母子含忍。住了三日,已到廿八日了,早饭时节,任正千已往王家去了。余谦将人夫、马匹唤齐,骆太太同宏勋前来告别贺氏。贺氏道:“师母并叔叔即欲回南,何此迅速也?待拙夫回来亲送一送,何速乃尔?”骆太太道:“本该候贤契回府面谢,方不亏礼;但恐贤契知老身起行,又不肯放走。先夫也该回家安葬,犬子亦要赴浙完姻,二事当做,势不容缓,故不通知贤契。贤契回府,拜烦转致,容后面谢吧。”贺氏恨不得把他们一时推出门,岂肯谆留,遂将计就计,道:“既师母归心已决,奴家不敢相留。”分付摆酒饯行,与太太把盏三杯。用了早膳,仍将向日进柩之门打开,把骆老爷灵柩移出来,十六个夫子抬起,太太四人轿一乘,小丫鬟一乘小轿,外有一二十个扛皮箱包裹。骆宏勋同余谦骑马前后照应,直奔大道而去。

骆宏勋起身之后,任府家人连忙将后边大门仍然砌起,一边着人到王府通知任正千。任正千正在畅饮,家人禀道:“骆大爷同骆太太方才雇人马起身回南,特来禀知。”任正千道:“未起身时就该来报,人去之后来说何用?要你这些无用的狗才何用!”王伦、贺世赖闻骆宏勋主仆起身,满心欢喜,见任正千责骂家人,乃劝道:“闻得骆宏勋在府上一住二载有余,大哥待他不薄。今欲回家,早该通知大哥,叩谢一番,才是个知恩之人。今不辞而去,内中必有非礼之为,羞于见人。此等人天下甚多,大哥以为失此好友么?”任正千道:“骆宏勋这个畜生不足为重,但愚兄受业于其父,此恩未报,故款留师母以报万一。今师母去了,愚兄未得亲送,是以歉耳!”王伦道:“留住二载,日奉三餐,报师之恩不为薄矣!今之不送,乃彼未通知之故;彼有不辞之罪大,而大哥失送之罪小。以后吾等再见骆宏勋,俱莫睬他。如今也不要提他了。”王伦这些话,说得轻重分明。任正千以为骆宏勋真非好人,遂置之度外,倒与王伦一来一往,其情甚密。逢在任家吃酒,一定把任正千灌醉,贺世赖将任家妇女支开,王伦入内与贺氏玩耍。约略任正千将醒时候,贺世赖又引王伦出来。任府家人也颇知觉,因贺氏平日待人甚宽,近日又知自己非礼,每以银钱酒食赏他们,正是;清酒红人面,财帛动人心。况这些家人一则感他平日之恩,二则受今日之贿,哪个肯多管闲事!可怜任正千落得只身独自,并无一个心腹。

过了几日,王伦见人心归顺,遂取了一千两银子谢贺世赖。贺世赖道:“门下无业无家,这多银子与门下,叫门下收存何处?大爷只写张欠帖与门下就是了。倘有便人进京,乞大爷家报中通知老太爷一声,将此银与门下大小办一个前程,也是蒙大爷抬举一番。祖、父生我一场,他老人家也增些光,感你大爷之恩。”王伦道:“如此,我代你收着。”写了一千两欠帖与贺世赖。王伦笑道:“我与令妹只能相会一时,不能长夜取乐。我想明日连男带女一并请来,将花园中空房一间,把令妹藏在其中。到晚,只说贱内苦留不放,明日再回。那时任正千自去,我与今妹岂不是长夜相聚乎!”贺世赖道:“使得,使得!”

次日,差人请任正千连贺氏大娘一并请来,就说:“后边设席,家大娘仰慕大娘,请去一会。”家人来到任府,将言禀上。任正千道:“既是同盟兄弟,有何猜忌?”分付贺氏收拾,王府赴宴。“明日,我这边也前后备席,连王大娘一同请来饮酒。”任正千上马先自去了。贺氏连忙梳洗,穿着衣裳,诸事停妥。临上轿时、叫过心腹丫头两个,一名秋菊、一名夏莲,分付道:“我去王府赴宴,你二人在家如此如此,我自然抬举。”他二人领命,贺氏方才上轿去了。

且说骆宏勋回南,因有老爷灵柩,不能快行,一日只行得二三十里路程。临晚住宿,必得个大客店方可住得下。在路行了十日有余,行到山东地方。那日太阳将落,来到定南府恩县交界一个大镇头,叫作苦水铺。余谦道:“大爷,论天气还行得几里,但恐前边没有大店,此地店口稍宽,不如在此住了,明日再行。”骆宏勋道:“天已渐热,人也疲了,就此歇了吧。”众人看见一个大店,即将皮箱包裹俱搬入店内,将老爷的灵柩停放店门以外,是不能进店的。走至上房坐下,店小二忙取净面水，骆太太并宏勋净了面，分付余谦，叫店小二拿酒饭与人夫食用。将上灯时分，店小二将一支烛台点一支大烛，送进上房，摆在桌上，请太太、公子用酒。骆太太母子入席，正待举杯，只见外边走进一个老儿来，高声说道："哎呀！骆大爷，久违了！"骆宏勋听得，举目一观，正是：

久旱逢甘雨，他乡遇故知。

不知来的何人，且听下回分解。

第十二回　花振芳救友下定兴

却说骆宏勋下在苦水铺上坊子内，才待饮酒，只见外边走进一个老儿来，道："骆大爷，久违了！"骆宏勋举目一观，不是别人，是昔日桃花坞玩把戏的花振芳。连忙站起身来，说道："老师从何而来？"花振芳向骆太太行过礼，又与骆宏勋行过礼。礼毕，说道："骆大爷有所不知，此店即老拙所开，舍下住宅在酸枣林，离此八十里，今因无事，来店照应照应。及至店门，见有棺柩停放，问及店中人，皆云：是过路官员搬柩回南的。老拙自定兴县任府相会，知大爷不过暂住任大爷处，不久自然回南，见有过路搬柩的，再无不问。今见柩停店门，疑是大爷，果然竟是。幸甚，幸甚！"花振芳分付店小二将此等残撰搬过，令锅上重整新鲜菜蔬与他。店小二应诺下去。

花老分付已毕，又问道："任大爷近日如何？可纳福否？"骆宏勋长叹一声道："说来话长，待晚生慢慢言之。"花老闻听此言，甚是狐疑，因骆太太在房，恐途中困乏，不好高谈，道声："暂为告别，请太太方便，俟用饭之后，再来领教。"骆宏勋道。"稍坐何妨！"花振芳道，"余大叔尚未相会，老拙也去照应照应，就来相陪。"一拱而别，来到厢房。余谦在那里安放行李，便道："呀，老爹么？久违了！"花振芳道："我今若不来店，大驾竟过去了。"余谦道："自老爹在府分别之后，次日，家爷同任大爷赴寓拜谒，不知大驾已行。内中有多少事故，皆因老爹而起，一言难尽，少刻奉禀。"花者愈为动疑，见余谦收拾物件，又不好深问，遂道："停时再来领教罢了。"辞了余谦，来至锅上照应菜蔬，不一时，菜饭俱齐。骆太太母子用过酒饭，余谦亦用过了。店小二将碗盏家伙收拾完毕，又送上一壶好茶之后，骆宏勋打开太太行李，请太太安歇。

花老儿知太太已睡，走至上房说道："因太太在此，老拙不便奉陪，有罪了。"骆宏勋道："岂敢！"花振芳道："前边备了几味粗肴，请大爷一谈。"骆宏勋也要将任正千情由细说，便应道："领教。"遂同花老来到门面旁一间大房，房内琴棋书画,桌椅条台,床帐衾枕,无所不备,真不像个开店之家。问此房来历,乃花振芳时常来店之住房也。他若不在此,将门封锁;他若来时才开,所以与店中别房大不同也。内中设了一桌十二色酒肴,请骆宏勋坐了首位,花老主位,将酒斟上,举杯劝饮。三杯之后,花振芳道:"适才问及任大爷之话,大爷长叹为何?"骆宏勋就将因回拜路遇王家百十余人,各持器械,问其所以,知与足下斗气;晚生同任世兄命众人撤回,伊云:奉主之命,不敢自擅;晚生同世兄赴王府解围,不料王伦甚是恭敬,谆谆款留,遂与之拜结。及次日,王、贺来世兄处会饮,将我二人灌得大醉;贺世赖代妹牵马,王伦与贺氏通奸,被余谦听见等等这些前后之事,细细说了一遍。花振芳闻了这些言语,皆因王家解围而起,心中自说道:"怪不得余谦说,皆因我而起。"便说道:"王伦那厮,依老拙愚见,彼时就要毁他巢穴;贱内苦苦相劝说:'出门之人,多事不如省事。'所以我未与他较量。次日趁早起身,急急忙忙一路动身返舍。回来后,老汉在家,哪里知道后边就弄出了这许多事来。真个令人实实难料。大爷,且说王伦这个奸贼,真是人面兽心,实属叫人发指,可恨之极!大爷请用一杯,老汉还有话说。"说罢,杯盘相劝。彼此相合,二人对饮,正是有诗为记,诗云:

良友邸旅叙往因,须知片语值千金。

忠肝义胆成知己,永志冰心报友情。

挥洒千金存匹马,且杯一盏碎张琴。

今朝得叙旧年事,方知义友一番心。

花老又道:"大爷隐恶扬善,原是君子为之。但大爷起身之时,也该微微通知,好叫任大爷有些防避。彼毫不知情,奸夫淫妇毫无禁忌,任大爷将有性命之忧。"骆宏勋道:"晚生若回去言之,灵柩何人搬送?倘不回去,世兄稍有损伤,于心何忍!"言到此处,骆大爷双眉紧皱,无心饮酒,只是长吁短叹。花老劝道:"天下事有大有小,有亲有疏,朋友乃人伦之末,父母乃人伦之首,岂有舍大而就小,疏亲而为友者乎!大爷搬柩回南,任大爷之事俱放在老拙身上。况此事皆因我而起,我也不忍坐视成败。既大爷起身日期至今已有数日,及老拙往定兴又有几日工夫,不知任大爷性命如何。如等老拙到了定兴,任大爷性命无伤,老拙包管把奸夫淫妇与他一看,分明大爷之冤,并救任大爷之命。"骆宏勋谢过,重新又饮。又问道:"不知老爹几时赴定兴?"花老道:"救人如救火,岂可迟延!不过一二日,就要起行。"骆宏勋又吃了两杯,天已二鼓,告辞回房去了。花老分付店中杀猪宰羊,整备祭礼,一夜未睡。

及到天明,骆太太母子起来,梳洗方毕,余谦来禀道:“花老爹亦有祭礼,摆在老爷柩前,请大爷陪奠。”骆宏勋连忙来至柩前,只见摆列数张方桌,上设刚鬣柔毛,香楮庶馐之仪。花老上香奠爵,骆宏勋一旁陪奠。祭奠已毕,骆宏勋重致谢意,欲赶早起身。花老哪里肯放,又备早席款待。骆宏勋叫余谦称银四两,赏与那搬桌运椅之人。吃罢早饭,人夫轿马预备停当,骆宏勋又叫余谦封过房租银两。花老道:“岂有此理!今日老爷仙柩回南,老拙不便相留;今封银子与我,是轻老拙做不起个地主了。老拙别无尽情之处,小店差一人跟随大爷,送至黄河渡口。黄河这边一切使用并房饭银两,俱是老拙备办,过河以后,大爷再备。”骆宏勋道:“今日无故叨扰,已为不当;路费之说,断不敢领。”花老道:“我差人相随,亦非徒备路费。黄河这边皆山东地方,黄河相近,路多响马,黑店甚多。我差人送去,方保无事。我已预备停妥,大爷不必过推。”骆宏勋见花老诚心实意,遂谢了又谢,方上马而去。

不言骆宏勋起身上路。且表花振芳回店将事情料理停当,晌午时候,上马而回,日未落时,已至自家寨中。进门来见了妈妈,将遇见骆宏勋在店之事说了一遍。花奶奶道:“你这个老杀才,女儿因他害起病来。不见则已,今既在我店中,还放了他去,是何原故?”花老道:“你妇人家不通道理。如骆宏勋一人自来,或同他家太太母子同来,我岂肯叫他匆匆即行?他今搬柩回家,难道叫我将他家棺材留下不成!”花奶奶道:“他如今回家,几时还来?女儿婚姻,何日方就?”花老笑道:“今日正有一个机会告你知道。”妈妈忙问其详。花老将任正千之事说了一遍,又将自己欲往定兴救任正千之言,又说了一通。又道:“我今将任正千救来,怕他不代我女儿作伐么?”花奶奶听了此言,也自欢喜。花老忙差四人,分四路去请巴龙、巴虎、巴彪、巴豹四人。

看官,你说因何差四人去请他弟兄四人?那巴氏弟兄九个,住了九个大寨,连花振芳共十个,周围有百里之遥。今连夜去请,要到次日饭时方能齐至,一人如何通得信来?所以差四人前去。巴氏弟兄九个,唯此四人做事精细。花老差人之后,用了些晚饭,妈妈将这些说话又对碧莲说了一番。碧莲知任正千同骆宏勋乃莫逆之交,任正千感父救他之恩,必竭力代我做媒无疑,心怀一开,病也好了三分。第二日早晨,巴氏弟兄前后不一,直至饭时四人方齐。花老备酒饭款待,将下定兴救任正千之话说过。又道:“定兴往返有千里之遥,岂可空去空回?意欲带十个干办之人,顺便看有相宜生意,带他个把才好。”巴氏弟兄齐声道:“好!”花老将寨中素日办事精细,武艺惯熟之人,选了十名,各人收拾行李,暗带应用之物，于明日起行。话不重叙。到了次日，一众人等吃了早饭，花振芳带领了巴龙、巴虎、巴彪、巴豹，又有十个精细伴当，一众骑了十五匹上好的惯走的骡子，直奔定兴大路而来。只因这一去，正是：

定兴黎民心胆落，满城文武魄魂飞。

毕竟不知花振芳一众人等到得定兴，怎生救任正千，且听下回分解。

第十三回 劫不义财帛巴氏放火

却说花振芳、巴氏弟兄一众自离了酸枣林，在路行程也非止一日。那日来到定兴，已是四月间。进了西门，已到马家店外。花振芳本欲还寓在此，然自离定兴至今不过个把月光景，仍住他店内，他们必定认得，如何是好？若迁往别处住店，又恐不干净。不若寻个庙宇，便于行事。于是，直奔南门而来。幸喜离南门不远有一炎帝庙，甚是宽大，闲房甚多。花振芳进内与住持说了，不过住两三日就动身，大大给你个香仪；庙中道人亦赏了五钱银子。住持同道人甚是欢喜，将后院三间大庙房与他们住，旁边又有三间厂棚，原是养牲口之所，槽头现成。花老一众将行李取下，搬入住房，十五匹骡子拴在槽旁，又将钱与道人，代买草料。道人问道："老爷们是吃素还是吃荤？吃素，就在我们灶上制办；吃荤时，那住房北首有一间房，房内锅灶现成，请爷们自便。"花老见诸事便利，甚为欢喜。答道："我们有人办饭，只是劳你买买罢了。"道人应道："当得，当得！"即拿钱买草料去了。

入庙之时，天方日中，众人在路已吃过早饭，肚不饥饿。花振芳道："你们在此歇息歇息，我先进城到任府走走，探探任正千消息。"巴氏兄弟道："你进城去，我们在此办午饭候你。"

花老也不更衣，就是原来的样子迈步进城，一直来到任正千门首，看了一看，不如前月来的那般热闹。站了半会，并无一人出入，心中疑惑，迈步登门，见一人在门凳上坐着打睡。花老用手一推，道声："大叔，醒醒。"那人将眼一睁，问道："哪里来的？"花老道："在下山东来的。"那人仔细一看，认得是三月间来拜大爷的花老儿，便说道："花老师又来了么？"花振芳道："前在此厚扰，今特来谢谢大爷。敢问大爷可在家吗？"那人道："不在家，今早赴王府会饮去了。"花老道："哪个王府？"那人道："是家爷新拜的朋友，乃吏部尚书公子王伦王大爷家。"花振芳道："大娘在家么？"那人道："大娘有五日不在家了。"花老道："娘家去了？”那人道：“不是的，在王府赴宴。”花老道：“既是赴宴，那有五日不回之理？”那人道：“花老师，你不晓得，朋友有厚薄不同。家爷与王大爷相交甚契，先前只是男客往来，过有半月光景，连女眷也来往了。”花老道：“他家那王大娘也到府上来否？”那人道：“闻得说王大娘有腿痛之疾，难以行走，家爷备席请她，她不能来，所以请我家大娘过去陪伴玩耍，不肯放回。大约是男子相厚，女眷也就不薄了。”花老道：“府上大叔好多哩，今日怎不见人出入？”那人道：“有是有十来个，跟大爷去了两个，其余见大爷一见而已。大爷一去一日，更深方回，家中无事，都去闲玩去了。”花老道：“既大爷不在家，在下告别。”那人道：“老师寓在何处？家爷回来，我好禀知。”花振芳道：“方才到此，尚未觅寓。大爷回来，大叔不禀罢了。”那人道：“倘大爷闻知，我岂无过？”花老道：“不妨，即使我会见大爷亦不提，大爷怎得知道？”

看官，你道花老因何不肯对他说出寓所？只恐弄出事来，连累炎帝庙的和尚，故不对他说。花老辞了那人，照旧路向寓所而来。一路上想那门上人的话，一定是骆大爷主仆二人起身之后，百无禁忌，王伦假托老婆有病，将贺氏接在家中，夤夜畅乐。任正千乃好酒之人，不知真伪，而为之愚焉。“我今不来则已，既来了，必将奸夫淫妇捉住与他一看，任大爷方信为实，骆大爷之冤始白矣。适言更深方回，我且等更深时分，不使人知，悄悄入他家内，约任正千同到王府捉奸。”算计已定，来至寓所，巴氏兄弟早将晚饭备妥。共是三桌，巴氏弟兄同花老一桌，寨内十人分两桌。他寨内规矩：有客在坐则分上下，花老儿主坐，其余分立两旁；若无外人，则不分尊卑了，皆同坐同饮。今寓中皆自家人，所以办三桌，一室合饮。

众人用过晚饭，各自起身。花振芳在内闲坐，谈论任正千之事。那十人喂料的喂料，垫草的垫草，各办其事。不一时天已起更，又摆夜酒，也是三桌。饮酒之间，花老道：“我们今番盘费无多，事宜急做。今晚我即进城相会任正千，看如何光景。我们好速速回去，不然盘费用完，又要向人借贷。”巴氏弟兄道：“姊夫放心前去，盘费之说，包在我弟兄们身上，不必心焦。”

时至二更，谅任正千亦已回家。花老连忙打开包裹，换了一身夜行衣服：青褂、青裤、青靴、青褡，包青裹脚。两口顺刀，插入裹脚里边，将莲花筒、鸡鸣断魂香、火闷子、解药等物，俱揣在怀内；有爬墙索甚长，不能怀揣，缠在腰中。看官，你说那爬墙索其形如何？长有数丈，绳上两头系有两个半尺多长的铁钉，逢上高时，即二手持钉，一个个照墙缝插入，一把一把攀登上去；凡下来时节，用一钉插在上边，绳子松开，坠绳而下。此物一名“爬墙索”，一名“登山虎”，江湖上朋友个个俱是有的。

花老收拾完毕，别了众人，直至城门。城门已闭，花老将爬墙索取下，依法而行。进得城来，街上梆响锣鸣，栅门已闭，不敢上街，自房上行走。及到任正千家，亦不呼门打户，从屋上走进来，直至里面，并不见一些动静。又走进内院天井中，忽听鼾睡之声，潜近身边，此时四月二十上下，微月渐明，仔细一看，竟是任正千！在房门外放了一张凉床，带醉而卧，别处并无一人。花老用手推之，推了两番，任正千朦胧之中问声“哪个？”仍又睡了。花老点头道：“怪不得其妻偷人，茫然不知，今将他扛送江河之中，他亦未必知道。”又用手着力一推，任正千方醒，喝道：“有贼！”将身一纵，已离床七步之遥。花老低低说道：“任大爷，不要惊慌，我乃山东花振芳也。若是盗贼，此刻不但将你银钱偷去，连你性命都完了。”

任正千听说是花振芳，虽月光之下看不明白面貌，却听得出声音，连忙问道：“大驾几时来此？黉夜到舍，有何见教？”花老道：“大爷不要声张，在下昨午至贵处，连夜到府来救你性命。”任正千惊问道：“晚生未作犯法之事，有甚性命相碍，老师何出此言？”花老道：“骆大爷到哪里去了？”任正千道：“那个轻薄的人，说他作甚！”花老道：“好人反作歹人，无怪受人暗欺。”遂将王伦、贺氏奸淫，贺氏过书房相戏，反诬骆大爷轻薄；无奈自缚跪门，不辞而去，说了一遍。任正千叹道：“此必骆宏勋捏造之言，以饰自已轻薄之意，老师何故信之？”花老道：“因怕你不信此言，故我黉夜而来，与你亲眼一看，皂白始分，而骆大爷之冤亦白矣！我也知令正夫人在王家五日未回，此刻正淫乐之时。想你武艺精通，自能登高履险，趁此时我与你同到王家捉奸。若令正不与王伦同眠，不但骆大爷有诬良之罪，即老拙亦难逃其愆矣！”任正千被花老这一番话，说得才有几分相信。便答道：“我即同老师前去走走。”花老将任正千上下一看，道：“你这副穿着，如何上得高屋，速速更换。”任正千自王家回来，连衣而卧，靴也未脱，衣也未卸。花老叫他更换，方才进房，脱了大衣，穿一件短袄；褪下靴子，换一双薄底鞋儿，把帐柱上挂的宝剑带在腰间。走出房来，同花老正要上屋，只见正南方火光遮天。花老道：“此必那块失火！”将脚一纵，上得屋来，那火正在南门以外，却不远。花老道：“不好了，此火正在我的寓所。大爷稍停，我暂回南门一望即回。”任正千道：“天已三鼓，待老师去而复返，岂不迟了？即老师行李有些损失，价值若干，在下一定奉上。”花老道：“大爷有所不知，老拙今来一众十五人，骑了十五匹骡子,皆是走骡,每个价值一二百金,在南门外炎帝庙寓住,故老拙心焦,不得不去一看。"任正千道:"既是老师要去,速些回来才好。"花老道:"就来。"将脚一纵,上屋如飞而去。

任正千坐在凉床上,细思花老之言,恨道:"如今到王伦家捉住奸夫淫妇,不杀十刀不趁我心!"在天井中,自言自语,自气自恨,不言。且说花振芳来到南门,见城门已开,想道:"自必有人报火。"遂跳下出城,举目一看,正是火出于炎帝庙中,真正厉害。正是:

风趁火势,火仗风威。

却说花振芳急忙走到跟前,见救火之人有一二百,东张西望,不见自家带来的人。想道:"难道十四个人,一个也未逃出不成?"正在焦躁之际。不知后事如何,且听下回分解。

第十四回 伤无限天理王姓陷人

却说花振芳看见炎帝庙里火起，并不见自家带来一人，正在焦躁，猛听得口号响亮，心中稍安。细听一听，在东北树林之内，相隔有两箭之远。迈开大步直奔树林而来，进得林中，见巴氏弟兄并寨内十人，连十五头骡子俱在；其中又见十五头骡子驮了十五个大箱子。花振芳忙问道："此物从何而来？"巴氏弟兄道："老姊丈进城之后，我们又吃了几杯酒，商议道：'一路行来，并无生意，白白回去，岂不空走一遭！'细想王伦父亲是吏部尚书，叔是礼部侍郎，在东京贾官卖爵，也不知赚了多少不义之财！我等到他家去，一直走到后边五间楼上，细软之物尽皆搜之。等你多时了。"花振芳又问道："庙内因何火起？"巴氏弟兄笑道："只因劫了王伦回来，才交二鼓天气，若是起身，庙内和尚、道人必猜疑。天明王伦报官，他们必知道我们劫去，恐不干净，故此放起一把火，烧得他着慌逃命不及，哪里还管我们闲事。"花老言道："虽然干净，岂不毁坏了庙宇，坑了和尚。"沉吟一会道："也罢！明日将王伦之物，造一所庙还他，其余再为分用。"巴氏四人道："那也罢了。"

听一听天已四鼓，见城中有骑马往来者，知是文武官员出城救火。花老道："再迟就不好了！趁此你们赶路，我仍进城，同任正千把事做了，随后赶来。"巴龙道："我们就是山东路上相熟，直隶地方甚生，你要送我们一送才好；不然路上弄出事来，为祸不小！"花老道："我与任正千相约，许他看火就回。他如今在天井里等我，不回去岂不失信于他？"巴龙道："此地离山东交界也只六十里路，此刻动身，天明就入了山东地方，你过午又回此地。任正千怎的将老婆与人玩了半个多月，今一日就受不住了么？常言道：'先顾己而后有人。'未有舍己从人之理。"看官，花振芳山东、直隶、河南，到处闻他之名，凡路上马快、捕役等见他的生意，不过说声"发财"，哪个敢正眼视他？那巴氏弟兄就是山东道上不碍事，这六十里直隶地方竟不敢行，所以要他送去。花振芳见说得有理，少不得要送送他的。说道："要走就走。一时合城官员救火，不大稳便。"众人解开骡子上路，奔山东去了。

却说任正千等花振芳往王家捉奸,一等也不来,二等也不来,一直等到五更东方发白,骂道:“这个老杀才!真个下等之辈。约我做事,直叫人等个不耐烦!天已将明,如何去得?明日遇见,不理他这个老东西。”骂了一会,连衣倒在床上睡了。合当有事,花振芳同任正千在天井里说话,尽被秋菊、夏莲两个贱人窃听着。贺氏分付:凡家内有甚风声,速到王府通知。天将发白之时,看见任正千睡了,二人悄悄走出,一直跑到王家。他二人随贺氏走过两次,知他在花园内宿歇,不必问人,走进房来。王伦已经起去,贺氏在那里梳洗,见两人进来,贺氏打了个寒噤,问道:“家中有甚风声,恁早而来?”二人道:“娘,不好了,祸事不小!”遂将任正千与花振芳在天井所议之事,一一告知:“正要来捉奸,忽见南门失火,那花老恐伤他同伴之人并他牲口,暂别大爷到南门一看即回,叫大爷在天井等他。幸喜皇天保佑,那老儿一去未回。大爷等得不耐烦,东方发白,进房睡了。我二人一夜何曾合眼,看见大爷已睡,连忙跑来禀知。大娘速定良策,不然性命难保。我二人就要回去,恐大爷醒来呼唤。”贺氏闻听此一番言语,只见他:

桃红面变青靛脸,樱桃小口白粉唇。

贺氏满身乱抖,说道:“此事怎了?你快与我请王大爷并贺大爷前来,你们再回去。”秋菊、夏莲忙到书房,见王伦、贺世赖二人正在说话。一见二人进来,王伦道:“你们来得恁早,想是问大娘要钱买果子吃?”二人道:“大娘请王大爷与贺大爷说话。我二人即回,恐大爷呼唤。”说罢,慌慌张张的去了。王、贺二人见他们神情慌速,想必有异事,即急忙来至贺氏房里。只见贺氏面青唇白,两眼垂泪,恨道:“你二人害人不浅!方才两个丫鬟来说此事尽被丑夫知之。叫我如何回家?”王伦道:“这是何人走漏消息?”贺氏又将花振芳夜来所议之话说了一遍,“天将发白时,丑夫方才睡去,他二人趁空跑来通知我。好好的日子,你二人弄得我不得好过,连性命都要送在你们手里!”只是呜呜啼哭。王、贺二人只落得蹙眉擦眼,低头顿足,想不出个计来。

正在那里胡思乱想,忽然家人来禀道:“大爷,不好了!后边五间库楼,今夜被强盗打劫去了。”王伦道:“从来福无双降,祸不单行,正我今日之谓也。”迈步欲往后边观看情形,贺氏拦住道:“你想往哪里去?不先将我之事设法,要走万万不能!”王伦无可奈何,只得停步,唯有长吁短叹而已。

忽见贺世赖愁眉展放,脸上堆笑,道:“妹子不要着急,王大爷又有喜事可贺!”王伦道:“大祸解脱,其愿足矣!又有何喜可贺?”贺世赖道:“大爷失物破财,却是添人进口。”王伦道:“所添何人?”贺世赖道:“今夜库楼被人劫去,大爷速速写下失单，并写一个报单。单内直指任正千之名，门下速进定兴县报与马快。再带五十两银子，将马快头役买嘱，叫他请定兴县孙老爷亲往任家起赃。我去之后，妹子亦速速回去，轿内带些包裹，将值钱小件之物包些，舍妹身边再藏几件小东西，都摆在后边堂楼底下。孙老爷一到，观见赃物，不怕任正千有八口五张嘴，也难辩得清白。那时问成大盗，自然正法；舍妹即大爷之人，岂不是添人进口么！”王伦听得此言，心中大喜，说道：“量小非君子，无毒不丈夫。”分付家人快取文房四宝，速开失单，并写报呈，将偷了去的开上来，未偷去的也开了许多。贺世赖又催促妹子回去。贺氏道：“我不敢回去，那丑夫性如烈火，一见我回，岂肯轻放？”贺世赖道：“拿贼拿赃，捉奸捉双。你一人回去，谅他不能杀你，必要问个端的，然后动手的。这里甚快，你一到家，我随即请孙老爷驾到，管保你无事。”贺氏没奈何，只得依着哥哥之言，收拾了包裹，身边又带了几件东西。贺世赖将失单、报呈放入袖口内，王伦又拿了五十两银子与他。贺世赖又对贺氏道：“我顿饭光景办妥此事，你再起身，恐我家做事做不完，你先到家吃他之亏。”又向贺氏耳边说道：“你若到家，必须如此如此，方不费手脚。”贺氏点头应道：“晓得！”

贺世赖诸事安排妥当，缓步去了。不多一时，走至定兴县衙门，正遇马快头役杨干才进衙门，贺世赖上前拱了拱手，道：“杨兄请了！”杨干认得贺世赖，知他近日在王府作门客，答道：“贺相公，恁早往哪里去？”贺世赖道：“特来寻兄说话，请在县前茶馆中坐谈。”进门坐下，茶博士拿来一壶好茶，捧了两盘点心。杨干道：“相公寻弟有何话说？”贺世赖在袖中取出失单并报呈，递与杨干看，杨干一见报呈上直指任正千之名，大惊道：“这个任正千，莫非四牌楼‘赛尉迟’么？”贺世赖道：“正是！”杨干摇首道：“此人久居定兴，世代富豪，且仗义疏财，扶危济困，人所共知，岂是匪类？相公莫要诬良，不是耍的！”贺世赖道：“王大爷若无实据，岂肯指名妄报？他乃吏部公子，反不知诬良之例？自古道：人心不可貌相，海水不可斗量。世上人哪里看得透，论得定？王大爷叫弟今来寻兄，不先报官之意，原知抓贼捕盗乃兄分内之事也。倘若走漏消息，强人躲避，又费兄等气力。故先通知兄。”即从袖中取出五十两银子，大红封套一个，说道：“这是王大爷薄敬，烦兄将此单拿进宅门，面禀老爷，就请老爷即赴强人窝宅起赃，迟了则费手脚。”杨干见五十两银子，就顾不得诬良不诬良，且是他家指名而报，与我何干？假推道：“这点小事，难道不能代王大爷效劳不成？只求日后在敝主人之前荐拔荐拔，就感恩不浅，怎敢受此重赐？”贺世赖道：“你若不收，是嫌轻了。只要把事办得妥当，王大爷还要谢你哩！”杨干道：“既如此，弟且收下。贺相公在此少坐,待我进去投递,禀请老爷,看是何说法?相公好回王大爷信息。”贺世赖道:“事不宜迟,以速为妙。”杨干说:“晓得!”急进衙门去了。来至宅门将传桶一转,里边问:“哪个?”杨干道:“是马快杨干,有紧急事,向老爷面禀。”宅门上知道逢紧急事,马快要禀,必是获住了大盗,不敢怠慢,忙请老爷出二堂。杨干上前磕头,将报呈、失单呈上。孙老爷一见失主是王伦,就有几分愁色,若不代他获住强盗,就有许多不便。将报呈看完,竟是指名而报。孙老爷忙问杨干:“这任正千住居何处?”杨干道:“就在城内四牌楼,闻得赃物尚在未分,请老爷速驾至彼处起赃。迟恐赃物分过,强人一散,那时又费老爷之心。”孙老爷道:“正是!”分付伺候,再传捕衙陈老爷同去。杨干出来对贺世赖一一说知。又道:“素知任正千英雄勇猛,我班中之人未必足用。闻得王大爷府上教习甚多,帮助数名,一阵成功才好。”贺世赖道:“这个容易,许你十名,在三岔路口关帝庙中等候。”说罢,分手而别。贺世赖来到府中,回复王伦,拨了十名好教习,贺世赖领到关帝庙中去了。

且说定兴县孙老爷坐了轿子,带领杨干班中三十余人;捕衙陈老爷骑了马亦带了十数个衙役,一直前行,来到十字街三岔路口关帝庙中。贺世赖早已迎出来,将十人交付杨干,一同往任正千家来了。这正是:

英雄含冤遭缧绁,奸佞得意坐高堂。

毕竟不知任正千性命如何,且听下回分解。

第十五回　悔失信南牢独劫友

却说贺氏回家，到得家内，不先入住房，到得后边堂楼底下，将带来的包裹并身上所带的小件东西俱皆栽匿，然后提心吊胆走进自己卧房。

贺氏见任正千尚睡未醒，叫道："大爷，不脱衣睡，连衣怎睡得舒畅，大约是昨日醉归就睡了。这是妾身不在家，就无人管你闲事。"叨叨咕咕，自言自语，把任正千惊醒。一见那贺氏站在面前，不觉大怒，骂道："贱人，做得好事！怎今日舍得回来了？"贺氏假惊道："妾被王大娘苦留不放，故未回来，多住几日。今早谆谆告辞，方得回来，有何难舍之处？"任正千道："好大胆的贱人！你与王伦干得好事，尚推不知，还敢强辩！"贺氏双眼流泪道："皇天呵，屈杀人也！这是那个天杀的在大爷面前将无作有，挑唆是非！"任正千道："此时暂且饶你，稍停看你性命可能得活！"怒气冲冲往书房去了。秋菊忙送梳妆盒，夏莲忙送净面水，俱送至书房内。任正千带怒草草梳洗了，在书房内静坐。

看官，你说正千静坐为何？因他心内暗想道：虽贺氏实有此事，但未拿住；得审他一个口供，方好动手。不然无故杀妻，就要有罪。正在那里思想审问之计，鼻中忽闻酒香，回头一看，见条桌上一把酒壶，一个酒碗。起身向前，用手一摸，竟是一壶新暖的热酒，说道："这是哪个送来的？未说一声就去了。"遂斟上一碗，口内饮酒，心内想计，不觉一碗一碗，将五斤一壶的烧酒吃在肚中。正是：

酒逢畅饮千杯少，闷在心头半盏多。

一则是早酒不能多吃，二则心中发恼又易醉，不多一时，任正千酒涌上来，头晕眼花，遂隐几而卧。这壶酒正是贺世赖临行时，在贺氏耳边所说之计，叫贺氏到家，暗暗命丫鬟送酒一壶。知任正千乃好饮之人，未有见而不饮的，将他灌醉，则易于捉拿了。且不言任正千书房醉睡。

且说孙老爷带领捕役人等前来，离任家不远，杨干禀道："二位老爷在此少停，待小的先到强人家内观看动静，并打探强人现在何处，再来请老爷驾往。不然，一众齐至，恐强人知觉，则有预备。小的素知强人了得，恐怕惊动逃走。"

孙老爷道:“速去快来!”杨干迈开大步,来到任家门口,问门上道:“任大爷起来否?”门上人认得是县里马快杨干,忙答道:“大哥哪里来的?”杨干道:“弟有一事,特来拜托任大爷。”门上人道:“家爷起却起来了,闻得在书房中又饮了五斤一大壶烧酒,大醉隐几而睡。既杨兄有事相商,我去禀声。”杨干连忙禁止道:“弟也无甚要紧事,既大爷醉卧,不便惊动,再来吧。”将手一拱去了。回到孙老爷前禀道:“小的访得强人正大醉隐几而卧,请老爷速行。”杨干同合班人众各执挠钩长杆、王家教习各执槐杖铁尺在前,孙、陈二位老爷乘轿马随后,到了任正千家门口。杨干禀道:“二位老爷在门外少坐,待小的先进,获住强人,再请老爷进内起赃。”孙老爷分付:“谨慎要紧!”杨干答道:“晓得!”于是率领一众人等直奔书房而来,任府家人见一个捉一个。离书房尚有数步之遥,早听得鼾声如雷。杨干等在门外站立,用两把长钩在任正千左右二腿肚上着力一钩,十个人用力往外一扯,任正千将身一起,“哎哟!何人伤我?”话未说完,“咕咚”倒地,可怜两个腿肚钩了有半尺余长的伤口,钩子入在肉内。任正千才待抬身要起,早跑过十数个人抓伏身上,那槐杖、铁尺似雨点打来。正是:

可怜虎背熊腰将,打作断骨肤伤人。

当时任正千还想挣扎起来,未有一盅茶时节,只落了个哼喘而已。杨干道:“谅他不能得动,不必再打了。快请老爷进来起赃。”外边着人请孙老爷,内里贺氏已知任正千被捉,早把带来的包裹打开,并身边带来的小件东西尽摆在堂楼后。孙老爷进去,在里边一一点明上单,又把各房搜寻,凡有之物,尽皆上单。却说任正千乃定兴县第二个财主,家中古物玩器,值钱之物甚多,即尽当赃物了。大件东西则入单上,金银财宝并小件东西,被搜检之人掖的掖藏的藏,连捕衙陈老爷亦满载而归。起赃已毕,孙老爷分付将强人家口尽皆上索,计点十数个家人,并两个丫鬟、贼妻贺氏,别无他人。孙老爷道:“带进内衙听审。”朱笔写了两张封皮,将任正千前、后门封了,把乡保邻右俱带至衙门听审。分付已毕,坐轿回衙。

那任正千哪里还走得动?杨干卸了一扇大门,把任正千放上,四人抬起赴衙前来。孙老爷进了衙门,坐了大堂,分付带上强人,将任正千抬上连门板放下。孙老爷问道:“任正千,你一伙共有多少人?怎样打劫王家?从实说来,省得本县动刑。”任正千虎目一睁,大骂道:“放你娘的屁!谁是强盗?”孙老爷分付:“掌嘴!”吆喝一声,连打二十个嘴巴。孙老爷又问道:“赃物现在那里,还要抵赖?”任正千道:“你是强盗!今日带了多人,明明抄掠我家,反以我为强盗!”孙老爷又分付“掌嘴”,又是二十个嘴巴。任正千只是骂不绝口。孙老爷分付:

"抬夹棍来!"话不重叙,一夹一问,共夹了三夹棍,打了二十杠子。任正千昏迷几次,仍骂道:"狗官!我今日下半截都不要了,即令你剐了我,想任爷屈认强盗之名,万万不能。"孙老爷见刑已用足,强人毫无口供,若再用酷刑,则犯贪暴之名。分付:"带贼妻贺氏。"贺氏闻唤,移步上堂,口中唧哝道:"为人难得个好丈夫,似我这般苦命,撞了个强盗男人,如今出头露面,好不惶恐死人也!"说说走走,来至堂上,双膝跪下,说道:"贺氏与老爷磕头。"孙老爷问道:"贺氏,你丈夫怎么打劫王伦?一伙多少人?从实说来,本县不难为你。"贺氏道:"老爷!堂上有神,小妇人不敢说谎。小妇人已嫁他三年,一进门两月光景,丈夫出门有两月才回来,带回了许多金银财宝,并衣服首饰等。小妇人问他:这些东西从何而来?他说:外边生意赚了钱,代小妇人做来的。彼时小妇人只见他空手独去,并无他物,哪里生意做来?就有几分疑惑,新来初嫁亦不好说他。后来或三月一出门,或五月一出门,回来都是许多东西。又渐渐有些人同来,都是直眉竖眼,其像怕人,小妇人就知他是此道了。临晚劝他道:'菜里虫菜里死,犯法事做不得,朝廷的王法森严,我们家业颇富,洗手吧。'反惹他痛骂一场。小妇人若要开言,他就照嘴几个巴掌,小妇人后来乐得吃好的,穿好的,过了一日少一日,管他则甚。晚间来了几个人,都说是他的朋友。小妇人连忙着人办了酒饭款待,天晚留那几个住宿,小妇人也只当丈夫在前陪宿。谁知到半夜时节,听得许多人来往走动,又听口中说道:'做八股分吧。'一人说:'平分才是!'小妇人就知那事了。各人睡各人的觉,莫管他,别惹气淘。不料天明就弄出这些事来了,脸面何在!正千若听我的话,早些丢手,岂不好!别人分了走开,落得好;你只身受罪,还不说出他们名姓来,请老爷差人拿来问罪。可怜父母皮肉打得这个样子,叫你妻子疼也不疼!又不能救你。"又朝着孙老爷磕了个头,双眼流泪叫声:"青天老爷!笔下超生,开我丈夫一条生路,小妇人则万世不忘大德。"任正千冷笑道:"多承你爱惜,供得老实!我任正千今日死了便罢,倘得云散见天之日,不把你这淫妇碎尸万段,不称我心。"

孙老爷又叫带他家人上来。家人禀道:"小的从未见主人为匪,即有此事,亦是暗去暗来。小的等实系不知,只问主母便了。"贺氏在旁又磕了个头,叫声:"老爷明鉴!小妇人是他妻子,尚不知其详细,这家人、丫鬟怎得知情?望老爷开恩。"

孙老爷见贺氏一一招认,也就不深究别人。叫刑房拿口供单来看,与贺氏所供无异,遂将任正千下监,家人、奴仆释放,贺氏叫官媒婆管押。

那孙老爷又将邻右乡保唤上,问道:"你等既系乡保邻右,里中有此匪人,早就该出首。今本县已经捉获，你等尚不知觉，自然是包庇通情。”邻右道：“小的等皆系小本营生，早出晚回。任正千乃富豪之家，小的虽为邻居，实不通往来。伊家人尚然不知，况我等外邻！”乡保道：“任正千虽住小的坊内，往日从无异怪声息；且盗王伦之物并无三日、五日，或者落些空漏，小的好来禀告；乃昨夜之事，天明就被拘，小的如何能知？”孙老爷见他们无半点谎言，又说得入情，俱将众人开释。将赃物寄库，审定口供，再令失主来领。发放已毕，退堂去了。

却说王伦差了一个家人，拿了个世弟名帖进县，说：“贺氏有个哥哥在府内作门客，乞老爷看家爷之面，将贺氏付他哥子保领，审时到案。”知县不敢不允人情，遂将贺氏付贺世赖领去，贺世赖仍带到王伦之家日夜同乐，真无拘束了，这且不提。

再讲花振芳送巴氏弟兄到了山东交界，抽身就回。因心中有事，往返一百二十里路，四更天起身，次日早饭时仍回至定兴县。昨日寓所已被火焚，即不住南门，顺便在北门外店内歇下。住了一个单房，讨了一把钥匙，连忙吃了早饭，迈步进城，赴四牌楼而来。花振芳只恐失信于朋友，还当任正千既知此事，今日必不与王伦会饮，自然在家等候，所以连忙到任正千门首。及至，抬头一看，只见大门封锁，封条是新贴的，面浆尚未大干。心中惊讶道：“这是任正千家大门？昨日来时，虽然寂寞，还是一个好好人家。半夜光景，难道就弄出大祸，竟朱笔封门？”想了一会，又无一个人来问问。无奈何，走到对面杂货店中，将手一拱，道声“请了！”那柜上人忙拱手问道：“老客下顾小店么？”花老道：“在下并非要买宝店之货，却有一事，敢借问一声：那对过可是任正千大爷家？”那人听得，把花老上下望了又望，把手连摇了两摇，低低说道：“朋友，快些走，莫要管他什么任正千不任正千的！你幸是问我，若是遇见别人，恐惹出是非来了。”花老道：“这却为何？请道其详。”那人道：“你好噜苏，教你快走为妙，莫要弄出事来连累我。”花老道：“不妨！我乃过路之人，有何干系？”那人只是不肯说。花老再三相逼他说，那人无奈，只得说出来与花老知道。这一说，不打紧，有分教：

奸夫丢魂丧胆，淫妇吊胆惊心。

毕竟那人对花振芳说些什么来，且听下回分解。

第十六回 错杀奸西门双挂头

话说那人被花振芳再四相问，方慢慢说："你难道不认识字？不看见门都封锁了，请速走的为妙。"花振芳大叫道："我又未杀人放火，又不是大案强盗，有何连累，催我速走？若不说明，我就在此问一日！"那人蹙额道："我与你素日无仇，今日无冤，此地恁些人家，偏来问我！"无奈何，遂说："那夜王伦被盗，说是任正千偷劫，指名报县。天明，孙老爷亲自带领百余人至其家，人赃俱获，将我们邻右俱带到衙门审了一堂，开释回来。虽未受刑，却叩了两个头，你今又来把苦我吃？"

花振芳闻听此言，虎目圆睁，大骂道："王伦匹夫，诬良为盗，该当何罪？"那柜上人吓得脸似金纸，唇如白粉，满身乱抖，深深一躬，说道："求求你，太岁爷饶命！"花振芳又问道："任大爷可曾受过了刑罚么？"那人道："听得在家捉拿他时，已打得寸骨寸伤，不能行走；及官府审时，是我等亲眼看见的，又是四十个掌嘴、三夹棍、二十杠子，直至昏死几次。"花振芳道："任大爷可曾招认么？"那人道："此番重刑，毫无惧色，到底骂不绝口，半句口供也无。把个孙知县弄得没法，将他收禁，明日再审。"花振芳大笑道："这才是个好汉！不愧我辈朋友也。"将手一拱，道声："多承惊动！"大步而去。那柜上人道："阿弥陀佛！凶神离门。"忙拿了两张纸，烧在店门外。

却说花振芳问得明明白白，回至店中，开了自己房门坐下，想道："我来救他，不料反累他。昨日他们不劫王伦，任正千也无今日之祸。众人已去，落我只身，无一帮手，叫我如何救他？"意欲回转山东，再取帮手，往返又得几日工夫，恐任正千再审二堂，难保性命。踌躇一会，说："事已至此，也讲不得了！拼着我这条老性命，等到今夜三更天气，翻进狱中，驮他出来便了。"算计已定，拿了五钱银子，叫店小二沽一瓶好酒，制几味肴馔，送进房来，自斟自饮。吃了一会，将剩下的肴酒收放一边，卧在床上，养养精神。瞌睡片时，不觉晚饭时候，店家送进饭来，花振芳起来吃了些饭，闲散闲散，已至上灯时候。店家又送盏灯进来，花老叫取桶水来，将手脸洗净，把日间余下酒肴拿来，又在那里自斟自饮。只听店中也有猜拳行令的，也有弹唱歌舞的，各房灯火明亮，吵吵闹闹，天交二鼓，渐渐哑静，灯火也熄了一大半。花老还不肯动身，又饮了半更天的光景，听听店中毫无声息。开了房门，探头一望，灯火尽熄。

花老回来打开包裹，仍照昨日装束，应用之物依旧揣在怀中。自料救了任正千出来，必不能又回店中，将换下衣服紧紧的打了一个小卷，系在背后。出了房门，回手带过，双足一蹬，上了自己的住房，翻出歇店，入了小径，奔进城来。过了吊桥，挨城墙根边行走，走至无人之处，腰间取下爬墙索，依法而上，仍从房上行至定兴县禁牢，睁眼四下观看，见号房甚多，不知任正千在哪一号里？又不敢叫喊。正在那里观望，忽听更锣响亮，花老恐被看见，遂卧在房上细看：乃是两个更夫，一个提锣，一个执棍。花老道："有了！须先治住此二人，得了更锣，好往各号房访任正千监身之所。"正在筹思，忽听得二人又走回来。花老看他歇在狱神堂檐底下，在那里唧唧哝哝的闲谈。他悄悄走到上风头，将莲花筒取出，鸡鸣断魂香烧上，又取一粒解药放在自己口中，然后用火点着香，顺风吹去，听见两个喷嚏，就无声了。花老轻轻一纵，下得房来，取出顺刀，一刀一个结果了性命。非花老嗜杀，若不杀他，恐二人醒来找寻更锣，惊动旁人，无奈何才杀了两更夫。稍停一停，持锣巡更，各处细听。行至老号门首，忽听声唤："嗳呀！疼杀我也！"其声正是任正千之音，花老道："好了！在这里了！"用手在门上一摸，乃是一把大锁。听了听堂上更鼓，已交四更一点。花老将锣敲了四下，趁锣音未绝，用力将锁一扭，其锁分为两段；又将锣击了四下，借其声将门推开。进得门来，怀中取出闷子火一照，幸喜就在门里边地堂板上睡着。两边尽是暖隔，其余的罪囚尽在暖隔之里，独任正千一人睡于此。项下一条铁索把头系在梁上，手下带一副手铐，脚下一副脚镣，任正千哼声不绝，二目紧闭。花老一见如此情形，不觉虎目中掉下泪来，自骂道："总是我这个匹夫、老杀才，害得他如此！"又想道："既系大盗，怎不入内上刑？"反复一思："是了，虽然审过，实无口供，恐一上刑，难保性命；无口供而刑死人命，问官则犯参，谅他寸骨寸伤，不能脱逃，故不上大刑具拘禁于此，以待二堂审问真假。"遂走进去，向任正千耳边叫道："任大爷，任大爷！"任正千听得呼唤，问道："哪个？"花老道："是我花振芳来了。"任正千道："既是花老师前来，何以救得我？"花老道："我来了多时，只因不知你在那一号中，寻访你到此时。你要忍耐疼痛，我好救你。"花老遂拔出顺刀，那刀乃纯钢打就，在铁索上轻轻几刀，切为两段，将任正千扶起，连手肘套在自己颈下，花老驮起，出了老号之门，奔外而来，几步登高纵跳。花老虽然英雄，来时只身独自，于今背上驮着一个丈二身躯大的汉子，又兼禁牢墙头高大，如何能上得去？花老正在急躁，抬头一看，那边墙根倚着一扇破门。走向前来，用手拿过，倚在那狱神堂墙边，用尽平生之力，将脚在门上一点，方纵上狱神堂的屋上，履险直奔西门而来。到了城墙之上，花老遍身是汗，遍体生津，把任正千放下，任正千咬牙切齿也不敢作声，花老在一旁喘息。此时，听得已交四鼓三点，将交五鼓，花者向任正千耳边低声说道："任大爷在此少歇，待老拙至王伦家将奸夫淫妇结果性命，代你报仇雪恨何如？"任正千道："好是甚好，只是晚生在此，倘禁役知觉，追赶前来，晚生又不能动移，岂不又被捉住？"花老道："我已筹计明白，你我出禁牢之时正在四鼓，到得五鼓，不闻锣鸣，内中禁卒并守宿人等，方才起身催更。及见更夫被杀，又不知哪一号走了犯人，再用灯火各号查点，追查至老号，方知是你走脱。再赴宅门，通禀官府，吹号齐人，四下奔找，大约做完套数，将近要到发白时候。任大爷在此放心，我去去就来。"说罢，仍纵到房上去了。

王伦家离西门不远，花老且是熟的，不多一时进了王伦家内。前后走了共十一进房子，但不知王伦同贺氏宿于何处。自悔道："我恁大年纪，做事鲁莽，倒不在行，不该在任大爷面前许他杀奸。此刻知他在哪块？今若空手回去，反被任正千笑话。"遂下得房顶，挨房细听。听至中院，厢房以内有二人言语，正是一男一女声音。男的道："我还要玩玩。"女的道："你先已闹过半夜，一觉尚未睡醒，又来闹人！"男的说："我因你不知担了多少惊，受了多少怕，方才得弄到一块。若不尽兴，岂肯饶你！"女的说："你莫说大话吓我，我也不怕！"那花老听得，说道："此必王伦、贺氏无疑矣！"怀中取出莲花筒，将香点着，从窗眼透进烟去，只听得一个喷嚏，那男的就不响了。女的说："你可丑啊！好本事哪里去了？"又听得一个喷嚏，女的也无言语了。花老想道："若是从门内而入，恐惊别房之人。"拔出顺刀，将窗棂花削去几个眼，伸手把腰闩拔出，把窗推开，上得窗台，用手将镜架先提在一边，走近床边取火一照，看见男女上下附合一处。用顺刀一切，二头齐下，血水控了控，男女头发结为一处，提在手中，迈步出房，仍从房上回来。至任正千面前道声："恭喜，恭喜！任大爷，代你伸过冤了！"把刀放下，把两个人头往地下一丢。任正千道："多谢老师费心！再借火闷一照，看看这奸夫淫妇。"花老从怀中取出了火闷一照，任正千道声："错了，这不是奸夫淫妇之首。"花老听说不是，又用火闷一照，自家细细一看，并不是王、贺二人，是真的杀错了。花老遂将他二人在房淫乐之声，又告诉一遍，"我竟未细看，连忙割了头来。此时已交五鼓，我若回去再去杀他二人，恐天明有碍。我们暂且回去，饶他一死。但这两个人头丢在此处，天明就要连累下边附近之人。人家含冤受屈，必要咒骂。置于何处，方不连累于人？”抬头四处一看，见西门城楼正高，且是官地，心想：“我将此人头挂在兽头铁须上，则无害于别人了！”即忙提头走到城楼边，将脚一纵，一手扳住兽头，一手向那铁须上拴挂。

且说城门下边一个人家，贩卖青菜为生。听得天交五鼓，不久就开城门，连忙起来，弄点东西吃了，好出城赴菜园贩菜，来城里赶早市。正在天井中小便，仰头看看天阴天晴，突见城楼兽头上吊着个人，尚在那里动，大叫一声，说：“不好了！城门楼上有人上吊了！”左邻右舍也有睡着的，也有醒着的，闻此一声，各各起身开门瞧看。花老听得有人喊叫，连忙将头挂了，跳下来走到任正千面前，道声：“不好了！人已惊着，我们快走要紧！”听得那城门上一片喊声，嚷道：“好可怪！方才一个长大人吊在那里，如今怎只有两个人头葫芦在那里飘荡？我们上去看看！”众人齐声道：“使得，使得！”皆迈步上城而来。及至城墙上，离城楼不甚高远，看得亲切，大叫道：“不好了！竟是两个血淋淋的人头！”

门兵乡保俱在，见天已发白，忙跑至县前禀报。及至衙门，只听得吹号、鸣锣，头役点齐人夫，不知为何。问其所以，说：“禁牢内昨夜四更杀死两个更夫，并劫去大盗任正千，已分付不开四门，齐人捉拿劫狱人犯。”门兵乡保又将西门现挂两个人头在上情事禀报孙老爷。孙老爷闻此言，道：“这又不知所杀何人？速速捉拿，迟恐逃走。”于是满城哄动，无处不搜，无处不找。正是：

杀人英雄早走去，空施地网与天罗。

毕竟不知城门开不开，花振芳同任正千从何处逃走，未知性命如何，且听下回分解。

第十七回 骆母为生计将本起息

却说花振芳西门挂头惊动众人，连忙松开绳索，将任正千放下；然后自己亦坠绳而下，又将任正千驮在背后，幸喜天旱，且城河边水虽未涸尽，而所存之水有限，不大宽阔，将身一纵，过了城河。走了数里远近，天已大明，恐人看见任大爷带着刑具，不大稳便。便到僻静所在，用顺刀把手铐切断，将自己衣服更换了，应用之物并换下衣服打起包裹，复将任大爷背好。行至镇市之所，只说有个好朋友偶染大病，不能行走。遂雇了人夫用绳床抬起，一程一程奔山东而回。

且表城里边定兴县知县孙老爷，分付搜寻劫狱之人，并杀人的凶手。到了早饭以后，毫无踪迹，少不得开放城门，令人出入，另行票差马快捉人，在远近访拿。城门所挂人头，令取下来悬于西门以下，交付门军看守，待有苦主来认头时禀报本县，看因何被杀，再擒捉审问便了；禁牢内更夫尸首，令本户领回，各赏给棺木银五两。这且按下不表。

再讲王伦早上起来梳洗已毕，就在贺氏房中，请了贺世赖来吃点心。正在那里说说笑笑，满腔得意，家人王能进来，禀道："启大爷得知：方才闻得今夜四更时分，不知何人将禁牢中更夫杀死，把大盗任正千劫去。天明时，西门城楼兽角铁须之上，挂了两个血淋淋人头，一男一女。合城的文武官员并马快捉人，各处搜寻，至今西门尚未开。"王伦道："西门所挂人头，此必奸情被本夫杀死，亦不该挂在那个所在。但反狱劫走任正千的却是何人？"贺世赖道："门下想来，此必是山东花振芳了。前次约他同来，因见火起而去；昨日闻任正千在狱，夤夜入禁牢，杀更夫以绝巡更，后劫走任正千无疑矣！"王伦道："花振芳在桃花坞，说他乃山东姓花，必山东人也。但不知是哪府哪县？今日获住便罢，倘拿不住，叫老孙行一角文书，到山东各府、州、县去访拿这老畜生！"

正在议论，猛见两个丫鬟跑得喘吁吁的来说道："大爷，不好了！今夜不知何人将五姨娘杀死，还有一个男人同在一处，亦被杀死，但不见有头。禀大爷定夺。"王伦、贺世赖同往一看，却是两个死尸在一处，俱没有头。着人床下搜寻亦无，细观褂裤鞋袜等物，却不是别人，竟是买办家人王虎！王伦发恨道："家人欺主母，该杀！该杀！"二人仍回到贺氏房中，王伦少不得着人去将两个人头认来："省得现于人眼万人瞧，使我面上无色。"贺世赖止道："不可，不可！大爷不必着恼，又是大爷与舍妹万幸也！"王伦同贺氏问道："怎么是我二人之幸？"贺世赖道："此必是来杀你二人，误杀他两个人，亦是任党无疑！杀去之后，教任正千一见，不是你二人。故把头挂在那个所在以示勇。"王伦仔细一想，揣猜一毫不差，转觉毛骨悚然。又道："此二人尸首如何发放？"贺世赖道："这有何难！一个是你远方娶来之妾，从小无有父母；那一个又是你的家生子。大爷差人买口棺木，就说今夜死了一个老妈，把棺木抬到家里，将两个尸首俱入在里面，抬到城外义冢地内埋下；家内人多多赏些酒食，再每人给他几钱银子做衣服穿，不许传扬，其事就完了。那孙知县自然分付看头人招认；况此刻天热，若三五日无人来认，其味腐臭难闻，必分付掩埋。未有苦主，即系悬案，慢慢捕人。大爷今若差人去认头，一则有人命官司，二则外人都知道主仆通奸，岂非自取不美之名！"王伦听贺世赖句句有理，一一遵行。果然四五日后，其头腐臭不堪，西门下无人敢出入，门兵来衙禀知。知县分付："既无苦主来认，此必远来顺带挂在于此，非我城池之事，即速掩埋。"看官，凡地方官最怕的是人命盗案。门军随即埋了，知县乐得推开，他只上紧差人捕捉劫狱之案便了。且按下任正千之事慢表。

此回单讲骆宏勋自苦水铺别了花振芳，到黄河渡口，一路盘费俱是花老着人照管。骆宏勋称了二两银子送他买酒吃，叫他回去多多上复花老爹，异日相会面谢。那人回去。骆大爷一众渡了黄河而走，非止一日。那日来到广陵，守家的家人出城迎接，自大东门进城到了家里。老爷的灵柩置于中堂，合家大小男妇挂孝磕过头，又与太太、公子磕头已毕，备酒饭管待人夫脚役，赏银。各人少不得把余谦一一称赞。众人吃过饭以后，收拾绳扛各自去了。老爷柩前摆了几味供菜，母子二人又重祭一番。祭毕，用过晚饭，各自安歇。次日起身，各处请僧道来家做好事。骆宏勋正待分派家人办事，门上禀道："启大爷：南门徐大爷来了。"骆宏勋正欲出迎，徐大爷已进来。骆宏勋迎上客厅坐下。徐大爷道："昨日舅舅灵柩并舅母、表弟回府，实不知之，未出郭远迎，实为有罪！今早方才得信，备了一份香纸，特来灵前一奠。"骆宏勋道："昨日回舍，诸事匆匆，未及即到表兄处叩谒，今特蒙驾先到，弟何以克当！"吃茶之后，徐大爷至老爷柩前行祭一番，又与舅母骆太太见过礼。骆太太看见徐大爷方面大耳，相貌魁伟，心中大喜。说道："愚舅母向在家时候，贤甥尚在孩提。一别数年，贤甥长得如此雄伟，令老身见之喜甚！"徐大爷道："彼时表弟年十一岁，今甫长成大器，若非家中相会,路遇还不认得!”骆宏勋道:“好快!一别六年余矣!”叙话一会,摆酒后堂款待。

列位,你说这徐大爷是谁么?他世居南门,祖、父皆武学生员。其父就生他一人,名唤苓,表字松朋,乃骆氏所生,系骆老爷外甥,骆宏勋之嫡亲姑表兄弟。他自幼父母双亡,骆老爷未仕之时,一力扶持。后骆老爷定兴赴任,有意带他同去;但他祖父遗下有三万余金的产业,他若随去,家中无人照应,故而在家,嘱咐一个老家人在家帮他请师教训。这徐松朋天性聪明,骆老爷赴任之后,又过了三年,十八岁时就入了武学。本城杨乡宦见他文武全才,相貌惊人,少年入泮,后来必要大擢,以女妻之。目下已二十六岁了,闻得舅舅灵柩回来,特备香烛来祭。是日,骆宏勋留住款待了中饭方回。以后你来我往,讲文论武,甚是投合。骆宏勋在家住了四月有余,与母亲商议,择日将老爷灵柩送葬。临期,又请僧道念经超度,请亲六眷、乡党邻里都来行奠,徐松朋前后照应。至期,将老爷灵柩入土,招灵回家。

三日后,骆宏勋至门谢吊。治葬已毕,即无正事。三日五日,或骆宏勋至徐松朋家一聚,或徐松朋至骆家一聚。一日无事,骆宏勋在太太房中闲坐,余谦立在一旁,议论道:“我们在外数年之间,扬州不知穷了多少人家?富了多少人家?某人素日怎么大富,今竟穷了;某人向日只平平淡淡,今竟成了大富。”骆宏勋说道:“古来有两句话说得好,道是‘古古今今多更改,贫贫富富有循环。’世上哪有生来长贫长富之理!”余谦在旁边说道:“大爷、太太在上,若是要论世上的俗话,原说得不错:‘家无生活计,吃尽一秤金。’你看那有生活的人家,到底比那清闲人家永远些。”骆太太道:“正是呢,即今我家老爷去世,公子清闲,虽可暖衣饱食,但恐日后有出无入,终非永远之业。”余谦道:“大爷位居公子,难干生理。据小的看来,备三千金,不零沽碎发,我扬州时兴放账,二分起息,一年有五六百金之利。大爷经管入出账目,小的专管在外催讨记账。看我上下家口不过二十来人,其利足一年之费。青蚨飞来,岂不是个长策!”太太大喜道:“余谦此法正善。我素有蓄资三千两,就交余谦拿去生息。”余谦道:“遵命!”遂同大爷定了两本簿子。外人闻知骆公子放银,都到骆府中来借用。余谦说“与他”,骆宏勋就与他;余谦说“不与他”,骆宏勋也不给。以此趋奉余谦者日多。临收讨之日,余谦一到,本利全来,哪个敢少他一钱五分?因此余谦朝朝在外,早出晚回,无一日不大醉。骆大爷因他办事有功,就多吃几杯亦不管他。一日,徐大爷来,骆大爷留他用饭,饭后在客厅设席。其时九月重阳上下,菊花正放,一则饮酒,二则玩赏天井中洋菊。日将落时,猛见余谦自外东倒西歪而来,徐大爷笑道:“你看,余谦今日回来何早！”骆大爷道：“你未看见那个鬼形么？他是酒吃足了，故此回来得早些。”二人谈论之间，余谦走至面前，勉强直了一直身子，说道：“徐大爷来了么！”徐松朋道：“我来了半日。你今日回来得早呀！”余谦道：“不瞒徐大爷说，今日遇见两个朋友，多劝了小的几杯，不觉就醉了，故此回来得早些！”徐大爷道：“你既醉了，早些回房睡去吧。”余谦道：“徐大爷与大爷在此吃酒，小的正当伺候，岂有先睡之理！”徐大爷道：“我常来此，非客也，何必拘礼！”骆宏勋冷笑道：“看看自己的样子，还要伺候人？须要两个人伺候你。还不回去睡觉，在此做什么！”余谦闻主人分付，不敢做声，竟高一脚低一脚往后走了。

进得二门时，听得房上“哗啦啦”一声响亮，余谦醉眼蒙眬，抬头一看，见一大毛猴在房上面。余谦正走，便大喝一声，如雷响一样相似，道：“孽畜！往哪里走，我来擒你了！”徐、骆二人听得是余谦喊叫，不知为何？遂站起身来，要问余谦因何事故。毕竟不知余谦说出何物来，且听下回分解。

第十八回　余谦因逞胜履险登高

却说骆宏勋同徐松朋二人在厅上饮酒，正谈着，余谦吃了酒回来，就醉得这般光景。正说得高兴，忽听得有人喊叫，竟是余谦的声音，因此二人急忙起身，一同走至二门内。只见余谦已爬起，卷起袖子正要上房。骆宏勋大喝一声："匹夫！做什么？"余谦道："有一妖精从房上去了，小的欲上房去拿他。"骆宏勋道："哪里有这些醉话乱说，平地上都立不住，还想登高，是不要性命了？还不速速睡了。"余谦无奈，只得把衣袖放下，进房睡了。

徐、骆二人回转厅上，谈笑余谦见鬼。骆宏勋道："酒不可不吃，亦不可多吃，多吃作事到底不得清白。弟因在定兴县时大醉一次，被人相欺，至今刻刻在念，不敢再蹈前辙。"徐松朋道："谁敢相欺？"骆大爷将桃花坞相会花振芳，次日回拜，路遇王家解围，与之结义，王、贺通奸，贺氏来房调戏，世兄醉后仗剑相刺，自缚跪门，不辞回南；路宿苦水铺，又遇花振芳，责弟不通知世兄，反害了他，我意欲复返定兴县，他代我去救世兄；振芳重新摆祭柩前，又差人送柩至黄河渡口，以防不测，并送盘费，前前后后，说了一遍。又道："至今半载有余，毫无音信，不知世兄近来作何光景？此皆因一醉之过也！"徐松朋道："还有这些情由。"正谈论间，听得外边人声喧嚷。徐、骆同至大门，问道："外边因何喧嚷？"门上人回道："栾御史家的马猴挣断了绳索，在屋上乱跑，方才从对过房上过去，众人捉猴，因此喧嚷。"骆大爷道："原来如此。"向徐大爷道："余谦所说大约也就是这孽畜了。我们还去吃酒，管他作甚！"二人又回到席上，饮了片时，徐松朋走进门告别了骆太太，又辞了骆宏勋回家。

次日早晨，骆宏勋起身吃了早饭，家中无事，正欲赴徐松朋处闲谈，猛见徐松朋走进门来，笑嘻嘻的道："闻得平山堂观音阁洋菊茂盛，赏观之人正多。我已备下酒饭，先着人赴平山堂等候，特来迎表弟前去闲散闲散。"骆大爷应道："正欲到表兄处闲游，如此正好。我们也不骑牲口，步行走吧。"徐大爷道："余谦在家么？也叫他去走走。"骆宏勋道："他每日绝早就出去了，此时哪还在家。"徐大爷道："他既然不在家中，就罢了。我二人早些去吧。"于是二人出了大门，竟往那四望亭大路奔西门而来。离四望亭半里多地，人已塞满街道，不知何事？只听人都言："若非是他，哪个能登高履险！"一个道："他乃有名的多胳膊，武艺实是了不得！"又一个道："惜乎人太多了些，不能上前看得真切。"又一个道："莫说十两银子叫我去拿它，就先兑一百两银子，我也不能在那高处行走！"徐、骆二人听得"多胳膊"三字，暗暗想道："又是余谦在那块逞能了！"一路前走，将至四望亭不远，只见一个大马猴从街南房上跳过四望亭来。众人吆喝道："大叔！猴子上了四望亭了！"话出口未了，只见余谦上衣尽皆脱去，赤露身体，亦从街南房上跳过四望亭来。骆宏勋一见余谦似凶神一般在那里抓猴，说道："表兄在此小停，待弟过去将那匹夫叫下来，把他呼喝一番，打他两个嘴巴，因何在此出丑！"徐大爷连忙拦阻道："使不得！人人有面，树树有皮。他在众人面前夸口，才上去捉的。如今在众人面前打他，叫他以后怎么做人？愚兄素亦闻他之名，马上马下都好，只是未曾亲见出手。"对着骆宏勋叫声："表弟！你过来，我寻个相熟人家借块落脚地，略站一站，让愚兄看他的纵跳何如？"遂过四望亭约有一箭之地，寻个相熟的酒店，二人站在房门口张看，只见余谦在四望亭头层上捉拿。余谦走至南边，猴子跳到西南上了。余谦正在寻找，众人大叫道："余大叔，猴子在西南上了！"余谦又走向西南，将转过树角，猴子看见，"喇"一声，早到北边角上了。余谦又看不见它在何处。话不可重叙。未有三五个来回转，把个余谦弄得面红眼赤，满身是汗。那猴子乃天生野物，登高履险本其质也。余谦不过是练就的气力，纵跳怎能如那猴子容易！三五个盘转。不觉喘吁起来，遍体生津。早间在众人前已夸下口，务必要捉到孽畜，怎好空空的下来！心中焦躁，所以二目圆睁，满面通红，还在那里勉强追赶。徐、骆二人看见余谦如此光景，代他发躁。

忽听得后边一派鸾铃响亮，二人回头一望，乃是五男六女，骑了十一匹骡子，吆喝喊叫前来，离酒店不远，被看捉猴子之人挤满街道，不能前进。骆大爷仔细一看，连忙往店内一躲。徐大爷问道："因何躲避？"骆宏勋道："这十一位之中，我认得七个。"徐大爷道："都是何人？"骆大爷道："那五个男子，年老者即我所言花振芳；其余四位是他舅子：巴龙、巴虎、巴彪、巴豹。六个女的，那个年老的是花振芳的妻子，年少的是花振芳的女儿；四位中年的却认他不得。"徐大爷闻听得是花振芳，遂正色说道："你真无礼。闻你时常说，舅舅灵柩回南之时，路宿此人店中，重摆祭礼柩前奠祭。不唯本店房饭钱不收，且至黄河路费尽是此人管待，你受他之情不为薄矣！他今日至此，就该迎上前去，你又不是管待不起之家，如何躲避起来！幸而我与你姑表兄弟不生异想；倘若朋友之交，见你如此情薄，岂肯与你为友！"

骆大爷道："非是这样，其中有一隐情，表兄不知。"徐大爷道："且说与我听听。"骆宏勋将向在任正千处议亲，弟言已曾聘过，他说既已聘过，情愿将女儿与弟作侧室；弟言孝服在身，不敢言及婚姻，他方停议。今日同来，又必议亲无疑。弟故此避之，岂有惧酒饭之费乎？徐松朋道："婚事究竟其权在你，他岂能相强；今日若不招呼，终非礼也。"骆大爷道："表兄言之有理。弟谅他今日之来，必至家中，你可代迎留。我们今日也不上平山堂去了，表兄同弟回家候花振芳便了。"徐大爷道："这个使得。一发看他拿了猴子再回去不迟。"二人仍站在店门口张望。只见花振芳一众牲口还在那里，不能前进，听得花振芳大叫道："让路，让路！"谁知众人只顾看捉猴子，耳边哪里听见。花振芳又大叫道："诸位真个不让么？"众人道："我劝你远走几步，从别街转去吧。我们都是大早五更吃了点东西就来到此地，连中饭都不肯回去吃，好容易占的落脚地，怎的就叫人让你！不能让！不能让！"花老道："你们真个不让，我就撒马冲路哩！"众人道："你这话只好唬鬼，那三岁娃子才怕，唬我们不能！"花老回首向家人道："但将牲口拨回，撒一回马与他们看看！"家人答道："晓得！晓得！"只见十一匹骡马俱转回倒走。看这一回：

北客含怒冲街道，男人惧怕让街衢。

毕竟不知花振芳真个撒马不撒马，且听下回分解。

第十九回　十字街头父跑马

却说花振芳十一个人将骡马转回，离四望亭百十多步远，各把马缰勒了一勒。花老在前，十人随后，大喝一声："马来了！"十一匹牲口放开缰绳，如飞的跑来。一众看的人，一见来势凶猛，哪个不顾性命？一声喊，"让他过去！"一个个面黄唇白，遍体出汗，睁眼骂道："好一众狠骚奴，大街之上当真撒起马来了！幸亏我等让得快。"

且说花老一马跑至四望亭左边，将马收住，抬头一看：上边捉猴之人乃是余谦。只见他通身流汗，满口喘息，细看神情，极是勉强。花老对自家一众人说道："看余大叔光景是拿不住这畜生了。我们不到便罢，今既到此，何不看个明白，着个人上去代拿下来。"众人道："使得，使得！但不知这猴子是谁家的？我们难道替他白拿不成！"花老道："正是哩。待我问来！"遂大叫道："谁是猴子的主人家？"连问两声，只见那街北两间空门面中，坐着两个少年，旁边站了十数个家人，内有一位少年站起身来，走到门首问道："你问猴子的主人作甚？"花老道："请问一声！还是有谢仪，还是白拿？"那少年道："朝廷也不白使人，那有白捉之理！有言在先：若能捉住，谢银十两。"花老道："十两银子哪里雇得上手，如肯加添，我们着个上手捉它。"那少年道："只是十两，分文不添。"只见坐着的那位少年道："也不一定，看你哪一个上去，因人加添。"花老道："讲明谢仪，但凭尊驾叫哪一个上去！"那少年用手指着花碧莲道："她上去捉时，谢仪加倍：足纹银二十两。余者是十两。"花老道："只是我们牲口无处安放。"那少年道："这个容易。"分付家人拿钥匙，"将对过街南房子开了，叫他们歇息。"家人闻命，不敢怠慢，遂将对过房子开了，花老一众即将牲口牵进。你说那两位少年却是何人？一位是西台御史栾守礼之子，名瑛，字镒万，年纪约有十四五。其人生性奸险，为人刻薄。因家内马帮中看马的猴子跑了，愿出十两银子令人捉拿；众人撮弄余谦上去，栾镒万也随来观看。四望亭左边相近的房子有许多关了，三间空门面站了十数个家人，一个帮闲坐在那里观看。你说那个帮闲是谁？姓华名多士，字三千,本城人也。栾镒万喜他奉承,故收在家做个帮闲,正同栾镒万看余谦捉猴,忽听问猴子的主人,华三千忙出来相答。花老嫌银子少,还要加添,华三千不敢作主,只是不添。栾镒万早看见一众之内,有个少年女子生得俊俏,故出来启唇答话,指着花碧莲,如她上去,情愿加添银子十两。街南房子遂叫人开了,让他们暂歇。公子性格只图乐意畅怀,哪在乎十两银子。

且说花老一众将牲口牵进房来,包裹行囊卸下,房内桌椅板凳现成,众人坐下。花老向女儿道:"今日少不得上去代余大叔把个猴子捉下,一则显显本事,二则落他二十两银子。"花碧莲听说叫他上去捉猴,心中暗暗想道:"爹爹好没正经,今日来此所为何事?叫我出乖露丑。那骆公子即住在城内,倘被他看见,谁知他欢喜我登高不欢喜我登高?这亲事又不能妥帖了。"意欲不去,又恐违了父命,只得勉强应道:"是了!"花奶奶看见女儿皱着眉头有些懒怠,却不晓得女儿心中惧怕骆公子不悦他登高之意。遂指着老头儿骂道:"老匹夫!老杀才!几十年未见银子了!女儿病体刚治好,又叫他上去捉猴。"花老因一时高兴逞能,随口就应了,着碧莲上去。今被妈妈一场责骂,才想起女儿抱病始痊,自悔道:"真个我粗率,不该应他;今若再说换人去捉,反惹他笑我女儿无能。怎样去法才好?"坐在一旁想法。看官,你说花碧莲因何抱病?自在定兴县会见骆公子,议亲不谐,回家就得了大病。乃至父亲救了任正千,任正千受伤过重,只望养好了他的棒疮,代他作伐,谁料三月始痊。且任正千生于富贵之家,从无受过这宗冤气苦恼,棒伤痊后,又发起疾病来了。花碧莲见他病势长久,自己焦躁,又犯了病。任正千病才好些,花振芳料他不能同下扬州,便求了任正千一封书子,代碧莲作伐。花老夫妇同巴氏弟兄八人,带了花碧莲下扬州,一则议亲,二则慰女儿心怀。只因来至四望亭,见余谦捉拿猴子不下,山东人生性耿直,即代他焦躁起来,所以要着人帮他去捉。又被妈妈责备一番,又不好更换人,便坐在那里思想。想了一会,向妈妈说道:"我既出口叫女儿上去,又怎好换人!我去与那少年商议,说女儿患病未痊,恐力不足,另外着人帮帮吧!"花奶奶道:"你去与他商议。"

花老遂走到街北,说道:"猴子的主人,我有一句话商议:非我更改前言,亦非我女儿不能捉拿;但我欲另外着一个人上去帮帮,不知使得否?"栾镒万未曾回言,华三千道:"若加帮手,还是谢银十两了!"

栾镒万连忙拦住华三千,低低附耳说道:"原不过为要那女子上去,以畅我心,何必锱铢较量谢仪。"又说:"不管有帮手无帮手,只要那女子上去就罢,不短他的银子。"花老仍回街南向妈妈说道:"已与他商议定了,许我们着个帮手,不知那个上去帮帮哩?"花妈妈道:"还有哪个,就是我上去罢了!"

于是母女二人俱将大衣卸下,内着短袄,用汗巾束腰扎妥,买了几样点心,冲了壶茶吃了,随即上去捉猴。花碧莲向父亲说道:"爹爹,买几个水果来。"花振芳遂着巴龙买了些栗子、核桃、莱梨等物件,进房来交与碧莲。碧莲揣在怀中,花奶奶也带了些。花老将牲口、行李交与巴氏兄弟看守,向巴氏弟兄说道:"我等随去,在四望亭四面站立,好指示猴子方向。使他母子在上容易捉住些。"说罢,花老在前,花奶奶在后,碧莲在中,巴氏弟兄两边护卫,吆喝道:"诸位让路,我们上去捉猴哩!"

此刻,人比先前更多,听说他是捉猴之人,只得让开路来,由他上去。未知捉得着捉不着,且听下回分解。

第二十回　四望亭上女捉猴

乃却说花振芳等行至四望亭边，看见余谦还在那里勉强捉拿。花振芳素知余谦爱褒奖，乃大声说道："余大叔请了，这小小物事，怎劳大叔费此精神。休说一个，就是十个也不须大叔拿得。请大叔下来歇息片刻，谈讲谈讲，等我着娃子上去代大叔捉下来吧。"余谦在上边捉又捉不住，要下又不好下来，正在着急，闻得花振芳在下替他分解，将计就计，着眼往下一望，叫道："花老爹，你几时来的？"双脚一跳下得亭来，到花振芳跟前来说道："巴爷昆玉，奶奶姑娘都在此地哩！我献丑了！"花振芳道："这小小孽畜，怎当得余大叔捉拿，正是割鸡用牛刀。在下久未与大叔相会，特请下来谈谈，着小女上去代大叔拿下来吧！"又道："俺的儿，上去吧！"只见花碧莲一纵，早蹿上了四望亭头一层。众家看的人齐声喝彩道："这个上法千古罕有，难得难得！"花碧莲上得亭来，猴子正在里面，被花碧莲一惊，猴子跳上四望亭的二层。花碧莲稍停一停，将身一纵也上了二层。花奶奶看见女儿上了二层，随即一纵也上了四望亭的头层，众看的人又喝彩道："恁大年纪的老人家，尚有如此气力，真是一个老强盗婆了！"花振芳见她母女二人俱各上去，遂同了余谦等六人分在四面站立。

且说花碧莲在二层上，将怀中的果子取出一把，望猴子跟前掷去，坐在上面也不惊觉它。那猴子一见了果子，用手掌拾起，口内食嚼；嚼尽时，花碧莲又掷一把，猴子又在那里拾吃。花碧莲慢慢挨近，离得二三尺远近，猴子惊觉，躲南边去了。花碧莲为墙遮蔽，不知猴子的去向。巴龙站在南面，吆喝道："猴子在南面了！"

花碧莲转到南面，仍将果子掷了一把，猴子又在那里拾吃。花碧莲挨近身边，那猴子又惊跳到别处，看不见了。看官，那猴子若不是被余谦捉怕了的，此刻花碧莲这般拿法儿是易捉的。那花振芳同余谦站在下面，大叫道："猴子跳到北边去了！"花碧莲转向北边，那猴子跳上头层，花碧莲亦上头层。

幸喜上面无有墙壁遮眼，花碧莲心生一计，道："须将这畜生挤在角上，叫它无处逃遁，方能擒住。”又在怀中取一把果子掷在东北角尖上。那猴子见有果子在上，遂往东北角上拾果子吃。花碧莲悄悄挨近猴子身边，待伸手去捉，猴子见有花碧莲挡住右边，无有空处逃走，那畜生发急，用力一跳，欲从花碧莲头上跳过。不料这四望亭多年未曾修理，木料朽烂，灰砖裂开，花碧莲同猴子俱坠下来。众人齐道：“不好了，掉下人来了！”

花碧莲从上掉下，花振芳同余谦并巴氏弟兄俱皆惊惶无措，花碧莲自料性命难保。只见四五簇人之外，有一少年人叫一声：“还不救人，等待何时！”将身一纵过来，将花碧莲双手接住，抱在怀中，坐在尘埃。众人齐道：“难得这个英雄，不然要跌为肉泥！”花振芳同众人跑过来一看，接住花碧莲者，不是别人，正是骆宏勋大爷！花振芳谢道：“难报大爷救命之恩！”用手摸摸花碧莲，口已无气。花振芳大哭道：“我儿无气了！”骆大爷道：“莫惊慌，姑娘不过惊吓太甚，必无碍性命，倒不要惊动他，稍停片刻自然醒转。”花振芳又用手一摸，竟还有气，方才改忧作喜，道：“奶奶，不妨！不妨！骆大爷真乃救命的恩人了！”仰头朝花奶奶说道：“女儿还有气，你还不下来，在上头等什么？”

那花奶奶见女儿上了顶层，他就在二层预备下来接着捉；及见亭角女儿坠地，早吓得皮麻骨酥，站立不住，坐在二层上发抖不止。只听得老头儿说道“女儿有气”，方才魂魄入窍，跳下亭来，走至女孩儿跟前，见骆大爷抱在怀中，遂谢了又谢，叫声：“碧莲！骆大爷是你的恩人！”回头看那猴子已跌为肉饼。巴氏弟兄知此信，都来瞧看。有顿饭时节，花碧莲口中微微有气，花老夫妇齐声叫道：“碧莲！醒醒来！醒醒来！骆大爷抱住你了，不然与那猴子一样！”又道：“骆大爷抱了这半日，遍身流汗了，你速速醒来，醒来！好叫骆大爷歇息歇息！”此时花碧莲已醒了八九分，耳中听得爹娘俱说：多谢骆大爷相救，已经抱了这半日了；又说他遍身流汗，还只当爹娘宽他之心，哪里就有这宗相巧之事：我今坠下，偏偏骆公子在此救我！此时觉得自己的身子不像在地上，似乎在人身上一般。遂暗暗将眼睁将开，真是骆公子抱在怀中。故意将眼合上，只做不醒的神情，将身子向骆大爷身上又贴了两贴。正是：

虽然不曾同欢乐，暂卧怀中也动情。

骆宏勋同徐松朋二人，因见花碧莲母女二人上亭捉猴子，亦挨近前来观望。一见花碧莲坠下，出力救人要紧，哪还顾得男女之别！从四五簇人后跳过来，用手接住花碧莲，有顿饭之时，觉得花碧莲身子比先活动些，只是将身子贴靠。众目所视之地，不由得满面发赤，说道：“花老爹，令爱有几分醒转，快寻一张床来，抬至舍下，饮些姜汤，再为调养。”

花奶奶看见女儿颜色已变过来了，亦看见女儿身子贴靠着骆大爷，也觉着不好意思，低低说道："儿呀！此乃百眼闪眨之所，不要叫人看出。"花碧莲故作始醒之态，将身放开。花振芳早把绳床备妥，铺上行李，把碧莲抱上，着人先抬赴骆府。花奶奶同巴氏弟兄四人先随去了。花振芳走至街北门面内，对那两位少年之人说道："猴子的主人家，把银子来！"

且说栾镒万看见花碧莲坠下，猴子也跌死，心中说道："因为二十两银子把个如花似玉的女子断送了，分厘不要少给他。"停了片时，见骆宏勋接住，花碧莲醒转，他就顿起不良之心，向华三千说道："我原说他捉住猴子给银二十两，今将猴子跌为肉饼，岂肯还给银子与他！"华三千道："待他来讨时，说与他听便了！"正在议论之间，花振芳进来要银子。二人同道："先前原讲过：捉住猴子谢银二十两。今猴子自坠跌死，非你等捉住，还要什么银子？"花振芳笑道："此何言也！适才小女坠下，若非骆大爷接救，则有性命之忧；虽未捉住，非小女不能捉，奈亭角不坚，故而一同坠下，不然岂不拿住了！即令小娃子适才殒命，我也无别说，也只要得你二十两银子，难道叫偿命不成？这二十两银子是要把我的。"栾镒万道："我那猴子原价一百两银子，我不寻你要就是万幸，今反来问我讨银子！也罢，除了二十两之外，净找我八十两好纹银。"华三千大叫道："好痴人呀，你不晓得大爷的厉害哩！你不知者不算罪，今既对你说了，速速去吧！"花振芳道："放你娘的狗臭驴子屁！就是朝中的太子许我的，也要把我！"伸开两手将栾镒万、华三千抓过来要打。栾府家人大喝一声："好大胆的匹夫，敢伤我家主人！"一个个擦掌摩拳，齐奔前来。正是：

恶仆倚众欺敌寡，好汉只身捉二人。

毕竟不知花振芳可吃他众人之亏否，且听下回分解。

第二十一回 释女病登门投书再求婚

却说花振芳用手将栾镒万、华三千轻轻捉住，栾府众人一个个擦掌摩拳走上前动手。门外巴氏弟兄、余谦俱怒目竖眼，亦欲进门相助。那华三千生得嘴乖眼快，被花振芳一把捉过，已是痛苦难过，众管家上来相帮动手之时，早看见门外有四五条大汉，皆是丈余身躯，横眉竖眼，含怒欲进，料想这几个家人哪是他们的对手？连忙使个眼色与栾镒万，又开口道："老爹莫动手，方才说的是玩话，老爹就认起真来了，哪有白使人不把银子之理。"栾镒万亦会其意，急忙喝住家人莫要动手。众家人听主人之命，就不上前，巴氏弟兄、余谦亦就不进来了。花振芳闻得他说给银，也就不大难为他二人，说道："我原是要的银子，既把银子，我不犯着与你们淘气。"栾镒万道："闻得你上边人生性耿直，故以此言戏之，你当真信以为是了。"分付家人速速秤二十两银子给他。家人遂秤了二十两银子送与花振芳。花振芳接了，就同巴氏弟兄、余谦赴骆大爷家去了不提。

再表栾镒万被花振芳这一抓，疼痛不待言，更兼又被这一番羞辱，其实难受。花振芳去后，进与华三千商议道："我们回家将合府之人齐集，谅这老儿不过在城外歇住，我着他们痛打他一番，方出我心中之恨也。"华三千道："方才门下因何使眼色与大爷？那门外还站了四五个丈余身材的大汉，俱皆怒气冲冠，欲要进来帮打。幸而我们回话得快，不然我二人哪个吃得住！门外四五个人之中，门下认得一个，其年二十上下的一人，乃骆游击之家人余谦也。想是这一众狠人在此与骆家有些认识，不然骆宏勋因何接救他女儿？余谦又因何来相助帮打？他们既然相会，骆宏勋必留他家去了，哪里还肯叫他们下店。大爷方才说，回家齐了合府之人与他厮打。动也动不得！这一伙人，门下不知他怎样就与骆家相熟？如今必到骆家，他家自然相留。那骆宏勋英雄不必言矣，只他家人余谦那个匹夫，门下是久知他的厉害，乃有名的'多胳膊'。非是夸他人之英雄，灭大爷之锐气，即将合府之人上去，也未必是余谦一个人之对手。"栾镒万道："如此说来，难道我就白白受他一场羞辱罢了？"华三千道："大爷要出气不难，门下还有个主意,俗语说得好:强中更有强中手,英雄堆里拣英雄。天下大矣,岂一余谦而已!大爷不惜金帛,各处寻壮士英雄,请至家内,那时出气。方保万全。”栾镒万道:“那非一时之事,待我访着壮士,这老头儿岂不回去了?”华三千道:“这伙狠人虽去,但骆宏勋、余谦不能就去。就在他两个人身上出气,有何话讲!”栾镒万闻华三千之言,谅今日之气必不能出了,只得含羞忍辱回家,俟访着壮士再图出气。这且不表。

再说骆宏勋自放下花碧莲,随同徐松朋回家中,分付家内预备酒饭等候;又径至内堂禀知骆太太,说花家母女同巴氏妯娌四人俱至扬州。又将捉猴子花碧莲受惊,现用床抬,不久即至我家,望母亲接迎。骆太太感花振芳相待厚意何尝刻忘,今闻得她母女同来,正应致谢,连忙出迎。花奶奶一众早至骆家门首,骆太太接进后堂,碧莲姑娘连床亦抬进后堂。花奶奶、巴氏妯娌俱与骆太太见过了礼。骆太太向花奶奶又谢了黄河北边的厚情。骆府侍妾早已捧上姜汤,巴氏妯娌将碧莲扶起,花奶奶接过姜汤与碧莲吃了几口,碧莲将眼睁开问道:“此是何所?”众人齐应道:“好了,好了!”花奶奶道:“你已到了骆大爷府上了。”骆太太道:“此乃舍下。姑娘心中妥定些了?”碧莲道:“此刻稍安。望太太恕奴家不能参拜!”骆太太道:“好说,姑娘保重身体要紧。”花奶奶向碧莲说道:“我儿,你尚不知,今日若非骆大爷援救,你身已为肉饼,稍停起来叩谢。”骆太太道:“既系相好,何敢言谢。但姑娘坠亭之时,恰值吾儿在彼,此天意也,俟姑娘起来谢神要紧。”仍将碧莲安卧床上,大家过来坐下献茶。看官,那碧莲不过受了惊恐,一时昏迷,在四望亭坠下,落在骆大爷怀中已醒人事,只因花奶奶低低那几句言语,道着了心病。虽系母女,此事亦要避忌,故不好贸然就站起,只推不醒,及至骆府,方作初醒之态。这且不必提起。

却说花振芳讨了银子,心中惦着女儿,随即就同巴氏弟兄、余谦到骆府而来。及至骆府门首,骆宏勋、徐松朋俱在门前等候。花振芳进得门来,也不及问名通姓,就问道:“我儿在何处?”骆宏勋道:“抬进后堂了。舍下别无他人,家母与老爹已见过二次,请进内堂看令爱何妨!”花振芳道:“老拙亦要叩见老太太。”巴氏弟兄亦有甥舅之情,也要进内。徐松朋、骆宏勋相陪花老来至后堂,早见女儿已起来同坐在那里吃茶,花振芳心才放下。花振芳率众与骆大爷的母亲见礼,彼此相谢。花振芳问妈妈道:“女儿叩谢过骆大爷否?”花奶奶道:“才起来谢过太太了,待你回来再谢大爷。”花振芳让骆大爷进内,叫碧莲叩谢,骆宏勋哪里肯受礼。花振芳无奈,自家代女儿相谢。骆宏勋请至客厅,众人方与徐松朋见礼,分坐献茶。花振芳向骆宏勋问道:“这位大爷是谁?”骆宏勋道:“家表兄徐松朋。”花老又向徐松朋一拱手:“维扬有名人也!久仰,久仰!”徐松朋道:“岂敢,岂敢!常闻舍表弟道及老爹、姨舅英勇,并交友之义,每欲瞻识,奈何各生一方,今识台面,大慰平生!”花振芳道:“彼此,彼此!”骆宏勋分付摆酒。不多一时,前后酒席齐备,共是四席:后二席自然是花奶奶首坐,不必细言;前厅两席,花振芳首坐,巴龙二席,巴虎、巴彪、巴豹序次而坐;徐松朋、骆大爷两席分陪,骆宏勋正陪在花振芳席上。三杯之后,骆宏勋问道:“向蒙搭救任世兄,至今未得音信,不知世兄性命果何如也?”花振芳遂将那任正千赴王伦家捉奸,因失火回寓,次日进城,任正千被王伦诬为大盗,已下禁牢中,晚间进监劫出,到王伦家杀奸,西门挂头,后回山东,说了一遍;巴氏昆玉盗王伦之财,并自己相送、失信之事就不提了,恐骆宏勋惶恐,则难于议这亲事;又将任大爷受伤过重,三个月方好,现染瘟疾尚未痊愈,前后说了一遍。徐、骆二人齐声称道:“若非老爹英雄,他人如何能独劫禁牢,任世兄之性命实是老爹再造之恩也!”花振芳道:“任大爷亦欲同来,奈何病久未痊。老拙来时,付书一封,命老拙面呈。”遂向褡包内取出,双手递奉。骆宏勋接过,同众人拆开一看,其书略曰:

分袂之后,怀念定深,谅世弟近祉纳福,师母大人康健,并合府吉祥,不卜可知矣。兹读者:向受奸淫蒙蔽,如卧瓮中,反诬弟为非,真有不贷之罪;而自缚受屈,不辞回府,皆隐恶之心,使兄自省之深意也。但弟素知兄芥偏塞络,不自悟省,与鬼为侣;又蒙驾由山东转邀花老先生俯救残喘,铭感私忱,嘱花老先生面达。再者:花老先生谆谆托兄代伊令爱作伐,若非贱恙未痊,负荆来府面恳。今特字奉达,又非停妻再娶,乃伊情愿为侧,此世弟宜为之事,昔者虞有娥皇、女英,汉有甘、糜二妇,古之贤君尚有正有侧,何况今人。伏冀念数年相交,情同骨肉,望赏赐薄面,速求金诺,容日面谢。

世愚弟任正千具。

骆大爷将书札看完,书后有议亲之事,怎好在花老当面言之,不觉难色形之于外。徐松朋看见骆宏勋观书之后,有此神情,不知书中所云何事,至席前说道:“书札借我一观。”骆宏勋连忙递过。徐松朋接来一看,方知内有议亲之话,料此事非花、骆当面可定之事也。将书递与骆大爷收过,徐松朋道:“请饮酒用饭,此事饭后再议。”

众人酒饮足时,家人捧上饭来,大家吃饭已毕,起身散坐吃茶。值骆大爷后边照应预备晚酒之时,徐松朋道:“适观任兄书内,乃与令爱作伐,其事甚美。但舍表弟其性最怪,守孝而不行权。稍停待我妥言之。”花振芳大喜道:“赖徐大爷玉成!”不多一时,骆宏勋料理妥当,仍至前厅相陪谈笑。徐松朋边坐边说道:

“表弟亦不必过执，众人不远千里而来，其心自诚，又兼任世兄走书作媒；且他情愿作侧室，就应允了也无其非礼之处。”骆宏勋道：“正室尚未完姻，而预定侧室，他人则谈我为庸俗，一味在妻妾上讲究了。”徐松朋道：“千里投书，登门再求，花老爹之心甚切，亦爱表弟之深也！何必直性至此，还是允诺为是。”骆宏勋即刻说道：“若叫弟应允万不能，须待完过正室，再议此事可也。”徐松朋看事不谐，遂进客厅，低低回复花老道：“方才与舍表弟言之，伊云：正室未完姻而预定其侧室，他人则议他无知。须待他完过正室，再议此事。先母舅服制已满，料合表弟不久即赴杭州入赘，回扬之时，令爱之事自妥谐矣！”花振芳见事不妥，自然不乐，但他所言合理，也怪不得他；且闻他不久即去完娶，回来再议亦不为晚，道：“既骆大爷执此大理，老拙亦无他说。要是完姻之后，小女之事少不得拜烦玉成。”徐松朋道：“那时任兄贵恙自然亦痊，我等大家代令爱作伐，岂不甚好？”花振芳道：“多承，多承！”

天色将晚，骆府家人摆下晚酒，仍照日间叙坐。饮酒席中，讲些枪棒，论些剑戟，甚是相投。饮至更余，众人告止。徐松朋家内无人，告别回去，明日再来奉陪。骆宏勋分付西书房设床，与花老妻舅安歇。他们各有行李铺盖，搬来书房相陪。一夜晚景已过。第二日清晨，众人起身梳洗方毕，徐松朋早已来到。吃过点心，花老见亲事未妥，就不肯住了，敬告别回家。骆大爷哪里肯放，留住四五日后，后来徐松朋又请去，也玩了两日。花老等谆谆告别，徐骆二人相留不住，骆宏勋又备酒饯行，又送程仪，花老却之不受，方才同花奶奶、姑娘、巴氏弟兄等起身回山东去了。

这且按下不提。书内又表一人，姓濮，名里云，字天鹏。但不知此人是何人，且听下回分解。

第二十二回 受岳逼翻墙行刺始得妻

却说濮天鹏自幼父母皆亡，还有一个同胞弟，名行云，字天雕。弟兄二人游荡江湖，习学一身武艺，枪刀剑戟，纵跳等技无所不通。原籍金陵建康人也，后来游荡到镇江府龙潭镇上，与人家做了女婿，连弟天雕亦在那岳家住着。

那濮天鹏自幼在江湖上游荡惯了的，虽在岳家，总是游手好闲，不管正事。老岳恐他习惯，他日难以过活，遂对他说道："为人在世，也须习个长久生意，乃终生活命之资。你这等好闲惯了，在我家有现成饭吃有衣穿，倘他日自家过活，有何本事？我的女儿难道就跟着你忍饥受饿？我今把话说在前头：须先挣得有百十两银子，替我女孩儿打些簪环首饰，做几件粗细衣服，我方将女儿成就；不然哪怕女儿长至三十岁，也只好我老头儿代你养活罢了。"那濮天鹏其年已二十三四岁的人，淫欲之心早动，见他妻子已经长成人，明知老岳家哪里图他的百十两银子东西，是立逼他能挣钱而已。濮天鹏自说道："我也学了一身拳棒，今听得广陵扬州地方繁华富贵甚多，明日且上扬州走走，以拳为业，一年半载也落他几两银子。那时回来，叫老岳看看我濮天鹏也非无能之人，又成就了夫妻，岂不是一举而两得。"算计已定，遂将自己衣服铺盖打起一个包袱，次日辞了老岳，竟上扬州而来。到了扬州，在小东门觅了一个饭店，歇下住了一日。次日早饭之后，走到教军场中看了看，其地宽阔，遂在演武厅前摆下一个场子，在那里卖拳，四面围了许多人来瞧看，俱说道："这拳玩得甚好，非那长街要拳可比。"怎见得？有几句拳歌为证：

开门好打铁门闩，紧闭虎牢关，抬腿进步踢十怀，抹眉搏脸向阳势，金鸡独立华山拳，前出势，如蛟龙出水，后躲避，似饿虎下山。

濮天鹏在那里玩拳之时，恰值华三千与人说话回来，也在那里观看。只见濮天鹏丈余身躯，拳势步步有力，暗道："此人可称为壮士了。"就急忙回至栾府，见栾镒万道："大爷，适才门下回来路过教场，看见一个卖拳之人，丈余身躯，拳势又好，凛凛威风，看他拳棒不在余谦之下。大爷如欲雪四望亭之耻，必在此人

国学经典 绿牡丹

身上。大爷可速叫人请来商议。”栾镒万自从四望亭捉猴回家,无处不寻访壮士,总未得其人。今知壮士就在咫尺,心中甚是欢喜。忙分付家人速到教场,将那卖拳大汉请来。家人领大爷之命,不多一刻,将濮天鹏请来,进得客厅,与栾镒万见礼;栾镒万也回了一礼,与濮天鹏坐下。栾镒万问道:“壮士上姓大名?哪方人氏?有何本事?”濮天鹏道:“在下姓濮,名里云,字天鹏,系金陵建康人也,今寄居镇江。马上马下纵蹿登跳,无一不晓。”栾镒万道:“我有一事与你相商,不知你可肯否?”濮天鹏道:“大爷请道何事?”栾镒万道:“本城骆游击之家人余谦,其人凶恶异常,我等往往受他凌辱,竟不能与之为敌。今请你来,若能打他一拳,我就谢银一百二十两,打他两拳,我谢银二百四十两。不限拳脚,越多越好,记清数目,打过之后,到我府内来领。”濮天鹏闻得此言,心内暗自欢喜:我弄他一拳,这个老婆就到手了。遂满心欢喜,即刻应承道:“非在下夸口,自己也玩了两年,从未落人之下。但不知其人住居何处?在下就去会他。只恐打得多了,大爷倘变前言,那时怎了?”栾镒万道:“放心,放心!你如打得他十拳,我足足谢你一千二百两,分厘不少。”华三千道:“今已过午,不必去了。明日早到教场,仍以卖拳为名,余谦是走惯那条路的,他见玩拳棒,再无不观看的。我亦在旁站立,他走来时指示与你,你用语一激,他即来与你比较;你如比他高强,即是你该发财了。”于是,整备酒饭款待濮天鹏。饮毕,天晚回寓。

第二日清早,濮天鹏来至栾府,相约了华三千同到教场,仍在昨日卖拳之所踏下场子,在那里玩耍。今日与昨日不同,昨日不过是自家玩拳,走势空拳,央人凑钱;今日是要与余谦赌胜,他就不肯先用力气,不过在那里些微走两个势,出两个空架子。正在那里吆喝走势,余谦同两个朋友闲游来至教场。众看的人一见余谦,大声叫道:“余大叔,你来看看这位朋友的好拳棒!”那余谦闻说那里有个玩拳的,岂有不看之理?遂走至场中观看。华三千使了个眼色与濮天鹏,那天鹏早已会意,知道余谦到了,乃站住说道:“我闻得扬城乃大地方,内有几位英雄,特来贵地会会他,看是怎样三头六臂的人物?今已来了三日,并无一人敢下来玩玩;竟是虚名,非实在也。”众人回余谦道:“余大叔,你看他轻我们扬州,竟无人敢与他玩玩,余大叔何不下去,我们大家也沾光沾光。”余谦道:“江湖上玩拳棒者,皆是如此说法,倒莫怪他,由他去!”濮天鹏道:“我非那江湖上卖拳者可比,不是出口大言,诓人钱钞,先把丑话说在头里:有真本事者,请来玩玩;若假狠虚名之辈,我小的是不让人的。从来听得说:当场不让父,举手岂容情!那时弄得歪盔斜甲,枉损了他素日之虚名,莫要后悔!”余谦闻得此言,直是目中无人,遂下场来答道:“莫要轻人,小弟陪你玩玩。”濮天鹏道:“请问尊姓大名?”余谦道："我是余谦。"濮天鹏道："有真实学问就来玩玩；若是虚名，请回去，莫伤和气！"余谦将衣一卸，交给熟悉之人收管。喝道："少要胡言！"丢开架子，濮天鹏出势相迎。一来一往也走了十数个过档，濮天鹏毫无空偏。濮天鹏见余谦势势皆奇，暗说道："怪不得栾家说他凶狠异常。"一个过档，濮天鹏想银子的心重，也不管他有无空档，待余谦过去，他背后使了个"马上衣褶"，一个飞脚照余谦后心踢来。余谦虽是过档，却暗暗着个眼，背后见濮天鹏飞脚一来，将身一伏，从地脚下往后边一闪，早闪在濮天鹏身后，右脚一个扫腿，正打在濮天鹏右肋，只听"嗳哟""喀噗"一声，跌在圈子外来。余谦进前来用脚踏住，将濮天鹏右腿提起，说道："你这匹夫往哪里去！"举拳就打。濮天鹏大叫一声："英雄且请息怒，不要动手！倘若打坏，叫我如何回南京见人？"余谦见他可怜，说道："原来是个外路人，饶你性命。你过来，穿了衣服。"与众人一同俱散了。

却说这濮天鹏爬起身来收了场子，面带羞容，即穿上衣服败兴而回栾府。见了栾镒万道："余谦实是个英雄，在下想来明敌非他对手，求大爷指示他的住处，夜晚至其家，连骆宏勋一并结果性命。一则雪大爷昔日之耻，二则报我今日之恨。"栾镒万道："伊父系游击之职，亦是有余之家，高垣大厦，临晚关门闭户，你怎能进去？"濮天鹏道："我会登高履险，哪怕他高墙深壁，岂能阻我！只求晚间着人领赴宅边，借利刃一口，必不误事。"栾镒万闻他能登高，心中甚喜，说："你若能将他主仆二人结果性命，我谢你足纹五百两。"又整备酒饭款待濮天鹏。及至更余时分，栾镒万差人领濮天鹏前去，外付快刀一把。濮天鹏同栾府家人来至骆府，栾府家人自回去了。濮天鹏抬头一看，见他左首厢房不大高，将脚一纵，上得房来，见骆宏勋在书房卷棚底下闲步，房内灯火甚明。暗喜道："这厮合该命绝！"将身一跳，跳到骆宏勋背后立住，"乞喀"举刀就砍。且说骆宏勋正在那里闲步，忽见灯火之下一晃，似乎有人。一避光，也回首一看，早见一人手中不知所提何物打来。骆宏勋好捷快，将身往旁边一闪，左脚一抬，踢在那人肋上，那人"咕咚"一声跌倒在地。骆宏勋一个箭步走上用脚踏住，喝声："好强人！敢黑夜来伤吾。"余谦睡梦之中，听得骆大爷喊叫之声，连忙起身赶赴前来，见大爷踏一人在地。余谦忙将灯一照，认得是日间卖拳之人。大骂道："匹夫！我与你何仇何恨？日间与我赌胜，夜间又来行刺，料你性命可能得活！"即将濮天鹏之刀拿过来，就要下手。那濮天鹏在地下叫："英雄饶命！我也无仇恨，也非强盗，只因为人所逼图财而来。"骆宏勋止住余谦，道："且叫他起来，料他也无甚能，叫他将实言说来，我便饶恕；若不实言再处他未迟。"骆太太听得儿子这边捉住了刺客，带几个丫鬟点灯也到厅相问。濮天鹏闻说是太太前来，遂上前叩拜，将他岳丈相逼他百十两银子的衣服首饰，方将女儿成就之事说了，道："因此来扬城叫场卖拳，被栾府请去，烦我代他雪四望亭之耻，倘能打大叔一拳，则谢我银一百二十两。小人不识高低，妄想谢钱，日间与余大叔比试见输蒙饶。小人回至栾府，栾镒万又许我五百两谢仪，叫我来府行刺，又被获捉。总是小人该死，望英雄饶恕。"骆太太闻他因妻子不能成就，故而前来行刺，想其情亦良苦矣！成婚助嫁，功德甚大，他才言百金足用，亦有限事也。乃说道："你既因亲事求财，也该做正事，怎代人行刺，行此不长进之事！"又向骆宏勋道："娘已六旬年纪，今日做件好事，助他白银一百二十两，叫他夫妻成就了，也替我积几年寿。"骆宏勋奉了母命，遂取一百二十两有零银子交付濮天鹏。濮天鹏接过，叩谢过太太，又向骆大爷叩谢，又与余谦谢了不杀之恩。说道："自行非礼，不加责罚，反赠我银，以成夫妇之事，此恩此德，我濮天鹏就结草衔环难报大爷。他日倘至敝处，再为补报罢了。"说毕告辞。余谦开放大门送他出去了。骆太太向骆宏勋说道："此事皆向日捉猴，花老索银之恨，如今都结在你身上了。今日幸喜知觉得早，免遭祸害；倘栾家其心不死，还要受其害！我心中欲要叫你赴他处，暂避一避才好。"只因这一去：

避奸恶命子赴赘，报恩义代婿留宾。

毕竟不知骆太太命大爷赴何处躲避，且听下回分解。

第二十三回 中计英雄龙潭逢杰士

却说骆太太赠了一百二十两银子与濮天鹏，濮天鹏叩谢去了。骆太太向宏勋说道："世上冤仇宜解不宜结，今虽未遭毒手，恐彼心不死，受其暗害。你父亲服制已满，正是成就你的亲事之日，你可同余谦赴杭入赘，省得在家遇事与他斗气。"骆宏勋道："明日再为商酌。"于是各归其房安歇。

次日起来，着人将徐大爷请来，把夜间濮天鹏行刺，被捉赠金之事诉说一遍。徐松朋道："幸而表弟知觉，不然竟被所算。"骆宏勋又将母亲欲叫我赴杭躲避之话，也说了一遍。徐松朋道："此举甚妥，一则完了婚姻大事；二则暂避其祸，两便之事。"骆宏勋道："我去也罢，只是母亲在家无人照应。"徐松朋道："表弟放心前去，舅母在家，愚表兄常来安慰就是了。"骆宏勋同徐松朋又与骆太太议了择时起行日期。骆太太又烦徐大爷开单：头面首饰、衣服等物，路远不便多带，些微见样开些，也有二十多两银子的东西。骆太太将银取出，单子亦交付余谦备办。余谦领命，三二日内俱皆办妥，打起十数个大小包袱。临行之日，骆大爷并余谦打两副行李。徐大爷又来送行，骆宏勋又谆谆拜托徐大爷照应家事，徐松朋一一应承。着十数个夫子挑起包袱，骆宏勋拜辞母亲，带了余谦同徐大爷，押着行李出南门而去。及至徐大爷门首，分付余谦押行李先出城雇船，就留骆宏勋至家内，又奉三杯饯行酒。立饮之后，二人同步出城，来至河边，余谦已雇瓜州划子，将行李搬上。

骆宏勋辞过表兄登船而上，徐松朋亦自回城，船家拨棹开船。扬州至瓜州江边只四十里路远近，早茶时候开船扬州，至日中到江边。船家将行李包袱搬至岸上，余谦开发船钱。早有脚夫来挑行李，骆大爷、余谦押赴江边，有过江船来搬行李。只见那边来了一只大船，说："今日大风，你那小船如何过得江？莫搬行李，等我来摆那小船。"上得船来，回头一看，认得是龙潭镇上的船，满脸赔笑道："这位大爷过江？"那大船上人下来搬行李物件，向着余谦道："哪位大爷过江？"余谦道："不论大船小船我都不管，只是就要过江的，莫要上船迟延。"船家道："那个自然。"

不多一时，把包袱俱下在船内舱中，上面铺下船板，骆大爷同余谦进来坐下。天已过午，其风更觉大些。余谦道："该开船了。"船家道："是了。我等吃了中饭就开船了。"停了片刻，只见船家捧了一盆面水送来，道："请大爷净净面，江路上好行！"骆宏勋道："正好。"余谦接进舱来，骆宏勋将手脸净过，余谦也就便洗了洗手脸。船家又送进一大壶上好细茶来，两个精细茶杯。余谦接过，斟了一杯送与大爷。骆宏勋接过吃了一口，其味甚美，向余谦说道："是的，大船壮观，即这一壶茶可知。"言犹未了，船家又捧了一个方托盘，上面热烫烫九个大碗，乃是烧蹄、煨鸡、煎鱼、虾脯、甲鱼、面筋、三鲜汤、十丝菜、焖蛋之类，外有一人提了一个锡饭罐、两个汤碗，送进饭来，摆在船中一张小炕桌上，说道："请大爷用中饭。外有六碗头是给大叔用的。"骆宏勋同余谦清早吃了许多点心，肚中并不饿，意欲过江之后再吃午饭，今见船家送了一席饭菜，又送一桌下席进来，对余谦道："既他置办送来了，少不得领他的情，不过过江之后，把他几钱银子罢了。"船内无有别人，叫盛饭，用了两碗，余谦也吃了几碗饭。吃毕之后，船家进来收去，又送进一壶好茶。吃茶之时，天色已晚。茶后，余谦道："驾掌恐都用过饭了，该开船过江了。"驾掌答道："大叔，不见风息，比前更大些，且是顶风。江面比不得河，顶风何能过得？待风一调，用不得一个时辰即过去了。大叔急他怎的嘎！"余谦看了一看，真正风色更大，也不敢再催他开船。

到日落时，那风不见停息，只见船家又是一大托盘捧进六碗饭菜，仍摆在小桌上，又叫声："请爷用晚饭。"骆宏勋道："不用了，方才吃得中饭，心中纳闷，肚内不饿；蒙送来，再用些吧。"同余谦又些微用了些。船家仍又收去，又是一壶好茶来。余谦又叫："船家，天已晚了，趁此时不过江，夜间如何开船？"船家道："大叔放心，哪怕他半夜息风，我们也是要开船的。"不多一时，送进一枝烛台，上插一枝通宵红烛，用火点着放在桌上。跟手又是九大盘，乃是火肉、鸡胙、鲫鱼、爆虾、盐蛋、三鲜、瓜子、花生、蒲荠之类，一大壶木瓜酒，两个细瓷酒杯，摆在桌上，又叫声："请用晚酒。"骆宏勋打算不过多给他两把银子，也不好推辞，同余谦二人坐饮。

余谦道："谅今日不能过江，少不得船上歇宿。小的细想：过江之船，哪里有这些套数，恐非好船。大爷也少饮一杯，我们也不打开行李，就连衣而卧。又将兵器放在身边，若是好船呢，今日用他两顿饭，一顿酒，过江之后多秤两把银与他；果系不良之人，小的看他共有十数个骚人，我主仆亦不怕他。只是君子防人，不得不预为留神！"骆宏勋道。"此言有道理。"略饮几杯，叫船家收去。余谦又道："看光景是明日过江了。"船家道："待风一停，我等就开船。大叔同大爷若爱坐呢，就在船中坐待；倘若困倦，且请安卧。"余谦道："但是风一停时，就过江要紧，莫误我们之事。"船家道："晓得，晓得！"余谦揭起两块船板，将两副行李、两口宝剑、两柄板斧俱拿上来，仍将船板放下，拿一副行李放在里边，骆大爷倚靠。余谦把船门关闭，将自己行李靠船门铺放，自己也连衣倚靠。骆大爷身边两口宝剑，自家身边两把板斧。暗想道："就是歹人也得从船门而入，我今倚门而卧，怕他怎的！"因此放心与骆大爷倚靠一会，不觉二人睡了。

次日天明，余谦睁眼一看，船内大亮。连忙起来唤醒大爷，开船门探望一会，不是昨日湾船所在，心想怎移在这里？船家笑道："已过江了，大叔还不知么？"余谦得知已过江，送走向船门仔细一看，却在江边这边。即进船回骆大爷道："夜间已经过江，我等尚不知道。"骆大爷道："既已过江，把驾掌叫来，问他船饭钱共该多少，秤付与他，我们好雇杭州长船。"余谦将船家唤进，问："船饭钱共该多少？秤给你们，我好雇船长行。"那船家笑答道："大叔给得多，我们也说少；要得少，大叔也说多。离此不远，有一船行主人，我同大叔到他那行内，说给多少，争不争自有安排；且大爷与大叔还要雇杭州长船，就便行内写他一只亦是便事。"骆宏勋闻他之言甚是合宜，说道："我们的包裹行李无人挑提，如何是好？"船家道："那个自然是我们船上人挑送，难道叫大叔打挑不成！"骆宏勋见船家和气，说道："如此甚好。"于是，起船板将包袱搬出，十数个船家扛起奔行而去。骆大爷身佩双剑。余谦想道："船行自然开在江边，走了这半日还不见到？"心中狐疑，问那扛包袱的人，道："走了这半日，怎还不见到？"那人道："快，快，快，不久就到的。"

走过三二里路的光景，转过空山头，方看见一座大庄院。及至门首，扛包袱之人一直走进去了。骆宏勋、余谦随后也至门首，抬头往门内一张，心中打了一个寒噤，将脚步停住，道："今到了强盗窝内了。"只见那正堂与大门并无间隔，就是这样一个大客厅，内中坐着七八十个大汉，尽是青红绿彩，五色面皮，都是长大身材。早看见门外二人，谈笑自若，全然不睬。骆宏勋对余谦道："既系船行，则是生意人等，怎么有这恶面皮之人？必非好人，我等不可进去！"余谦道："我们包袱行李已被他们挑进去，若不进去，岂不白送他了？事已到此，死活存亡也说不得了，少不得进去走走。"

主仆二人迈步进门。那门下坐的人只当看不见，由他二人走进了二门。见自己包袱在天井外，挑包袱之人一个也不见。抬头一看，只见大厅之上就有张花梨木桌子，两把椅子，并无摆设。余谦道："大爷在厅上坐坐，等他行主。"骆宏勋走上厅来坐下，余谦门外站立。等了顿饭时候，从内里走出两个人来。余谦问道："行主人怎还不出来？"那两人道："我主人才起来哩。"竟往外边去了。

又等了顿饭之时，里边有一人走出来。余谦焦躁道："好大行主！我等来了这半日，怎这等大模大样怠慢客人？"那个人道："莫忙呀！我主人才在里面梳洗哩。"说了一句，也往前边去了。候了半日之后，里边又走出一个人来。余谦大怒道："从来没见一个船行主人做这些身份！若不出来，我就搬行李走了。"那人道："我主人吃点心，就出来了。"亦赴前边去了。骆宏勋意欲走罢，但无人挑担包袱。自天明时来到，直等到中饭时分，听得里边一人问道："鱼舡上送鱼来否？"又听一人回道："天未明时，他就送了三十担鱼到了。"那人道："不足中饭菜用。分付厨下再宰九十只鸡，百十只鸭，添着用吧！"骆宏勋、余谦二人听得此言，暗惊道："这是甚等人家？共有多少人口？三十担鱼尚不足用一顿饭菜，还宰鸡鸭添用！"

正在惊诧时，只见四五个人扛着物件：一个人肩扛一个大铜算盘，一个人手拿二尺余长一把琵琶戥子，两个人同抬一把六十斤的铁夹剪。算盘、戥子放在桌上，夹剪挂在壁上。一个人说道："老爷出来了！"骆宏勋、余谦往外一看，只见一人有六十多岁年纪，脸似银盆，细嫩可爱，有一丈三尺长，身躯魁伟，头戴一个张邱毡帽，前面钉了一颗两许重一个珍珠，光明夺目；身上穿一件玫瑰紫的棉袄，外有一件深蓝杭绫面子、银红湖绉里子的大衣，也不穿在身上，肩披背后；腿上一双青缎袜，元缎鞋也不拔上，拖在脚上，一步一步上厅来，也不与骆宏勋见礼，亦不与他答话，将身子斜靠在花梨桌上，一副骄傲气象。又见扛包袱的船家十数人进来，站在门旁。那行主骂道："几时上得船，船上怎样款待，共几位客人？细细说来！"也不知船家与行主是何算法，且听下回分解。

第二十四回 酒醉佳人书房窥才郎

却说行主问船家："共几位客人？"船家用手指着骆宏勋、余谦道："客人只这两位，是昨日中饭时上的船，来时一盆净面热水。"那行主拿过算盘打上一子。船家又道："中饭九碗。"那人又打上五个子。船家道："饭后细茶一壶。"又打上一个子。"晚饭六碗。"又打了五个子。船家道："饭后细茶一壶。"又打上一子。"晚酒九盘肴馔。"又打上三个子。船家道："算盘上共打了一十二个，用三个一乘，共是三十六个子。"那主人道："后来有多少酒、饭、菜、茶水，共该银三百六十四两，船脚奉送。"

骆宏勋只当取笑。那人将眼一瞪，说道："哪个取笑？这还是看台驾分上，若是他人，岂止这个价钱！"骆宏勋看他竟是真话，带怒道："虽蒙两饭一酒，哪里就要这些银两？我俩盘川短少，何以偿还？"那人道："这倒不怕的，如银子短少，就将行李照时价留下。"骆宏勋、余谦见说恶言，岂不是以势欺侮？哪里按捺得住，将身一纵，到了厅上，便怒目而视，大喝道："好匹夫！敢倚众欺寡，你看我主仆二人，岂是受欺之人？"那个六十多岁老儿就向自家人说道："生人来家，你们也该预备兵器才是，难道空手净拳？如今他们发怒，叫老汉如今倒也无奈何，权以桌子作兵器。"遂下了一只桌子，轻轻拿起，在厅上上七下八，左插花右插花，使得风声入耳。使了一会，仍将桌子放在原处。又道："再舞一回夹剪吧！"遂将六十多斤重的一把铁夹剪拿起，亦是上下左右前后舞了一会，仍放在原处。骆宏勋、余谦暗道："桌子、夹剪约略都有六十余斤，这老儿舞得风声响亮，料二人性命必丧于此！"

但见那老儿放下夹剪之后，走至卷棚之下，向骆宏勋、余谦秉着手道："骆大爷、余大爷，莫要见笑，献丑，献丑！"骆宏勋闻得呼姓而称，乃说道："素未相会，如何知我贱姓？"那老儿道："我虽未会台驾，而小婿实蒙大恩。"骆宏勋惊问道："不知令婿果系何人？"那老儿道："刺客濮天鹏也。"骆宏勋主仆闻说是濮天鹏之岳，心始放下。遂说道："向虽与令婿相会，实在邂逅之交，未有深谊。请问尊姓大名?"那老儿道:"天井中岂是叙话之所,请进内厅坐下奉告。"骆宏勋终怀狐疑,哪里肯随他进内。那老儿早会其意,又道:"骆大爷放心!若有谋财害命之心,昨夜在船上时早已动手;虽你主仆英勇,岂能奈船漏之何也?"骆宏勋细想:"此言实无害我之心,如有歹心,这老儿英雄,进门之时那些豪杰早已将主仆拿住,岂肯与我叙话?"遂放开胆量随他进内。余谦恐主人落单,遂紧紧相随。又走进两重天井,方到内客厅。骆宏勋抬头一看,琴棋书画、古董玩器无所不备,较之前边真又是一天下也。

进得厅内,二人方才行礼,礼毕分宾主而坐,早有家人献茶。茶毕,骆宏勋道:"请问老爹上姓大名?"那人道:"在下姓鲍,单名一个福字,贱字自安。原系金陵建康人也,今寄居在此。在下年已六十一岁,亡室已死数年,只有小女一人,名唤金花,年交十七岁,颇通武艺,舍不得出嫁人家,招了一个女婿濮天鹏。在下见他在外游手好闲,无有养身之技,故我要他百金聘礼方与之成亲。不料他前赴扬州卖拳,又被奸人栾镒万请去代伊雪耻。这个冤家不知高低,也不访问贤主仆是何等之人,便满口应承。日间曾在教场与余大叔比武,已经败兴,就该知道。总因爱财心重,夜间又到尊府行刺,又被大爷获住,不惟不加罪责,反赐重财以成婚姻大事,此恩无由得报。自小婿回来之日,在下即叫人在府上探信,听得大爷期于昨日起身赴杭招亲,必从此地经过,亲身向前叙留,谅大驾必不肯来相会,故此想法请至舍下,代小婿以报大恩。进门又不敢明言,故出大言相问,以观贤主仆之胆气如何?身居虎穴,并无惧色,尚欲争问,真名不愧矣!小女小婿成亲数日,特请大爷来吃杯喜酒!"骆宏勋闻了这些言语,方释疑惑之心。问道:"濮姑爷现在哪里?"鲍自安道:"近闻北直新选了个嘉兴知府,不知是哪个奸臣之子?不日即至此地。不瞒大爷说:凡遇奸臣门下之人,或新赴,或官满回家,从未叫他过去一个。因恐此信不真,伤了忠臣义士,故叫小婿前去打探。已去了两日,大约明日也就回来了。"

鲍自安见余谦侍立骆宏勋之旁,不觉大笑道:"大叔真忠义之人,我将实言直说了一遍,他还寸步不离。好痴子,还不放心前边坐坐去,只管在此,岂不站坏了!"余谦道:"不妨的。"鲍自安分付人来,将余大叔留在前边坐去。又对余谦道:"余大叔,你到前边只可闲谈取笑,切莫讲枪论棒。你先进门时,也看见前面那些人的嘴脸了,其心都狠得紧哩!细话我慢慢的再告诉你。"不一时,即有人将余谦引到前边去了。骆宏勋又问道:"方才老爹出来之时说:三十担鱼尚不足一饭之用,敢问府上共有多少人口?"鲍自安才待奉告,见家人已捧早饭上来,鲍自安连忙起身让座:骆大爷坐的客位,鲍自安坐的主席。余谦前边自有人管待,不必深言。

且说鲍自安同骆宏勋饮酒之间，鲍自安道："方才说三十担鱼不足一饭之菜，这倒也非妄言，实不瞒大爷说，在下自二十岁就在江边做这道生意，先也只是只把船有十数人，小船上有三四人，折算起来也有七八十人。你来我去不能全在家中，如全来家真不足一饭之用。舍下现在人口：我与小女两个，家内计有男女四十个，还有先前大爷进门看见的那一百听差之人，长吃饭者共一百四十二口。哪里能用这些鱼？不过是信口言语，以动大爷之心耳。"一问一答，鲍自安应答如流，真博古通今之士，无一不晓。骆宏勋暗想道："此人惜乎生于乱世，若在朝中，真治世之能臣也。"用饭之后，骆宏勋欲告辞赴杭，鲍自安道："大爷此话多说了，不到舍下便罢，既来舍下，岂肯叫你匆匆就去之理！就在舍下住得十日半月，也不误赘亲之事。待小婿回家，同小女出来拜谢。"骆宏勋道："我若在府上久住不赴杭，只恐家母心悬。"鲍自安道："这个容易，大爷写书一封，内云在舍留玩。在下差一人送至扬州府上，老太太见书自然放心了。"骆宏勋见他留意诚切，遂修书一封，又写一信与徐松朋，交付鲍自安。鲍自安接去，叫一听差人明日早赴扬州投下。

鲍自安又整备晚饭款待，当晚又摆酒。饮酒之间，骆宏勋问道："山东振芳花老爹认得否？"鲍自安道："他乃旱地响马，我乃江河水寇。倘旱道生意赶下，他就通信让我；倘江河生意登了岸，我就通信让他。不独相识，且是最好弟兄。"骆宏勋遂将桃花坞相会，与王伦争斗，王、贺通奸；任世兄被害，花老爹劫救，下扬州说亲，四望亭捉猴，索银结恨，前后说了一遍。鲍自安道："花振芳妻舅向来英勇遍闻，吾所素知。"鲍自安又敬骆宏勋酒，骆大爷酒已八分，遂告止。鲍自安道："既大爷不肯大饮，亦不敢谆敬。"遂分付内书房张铺，将骆大爷包袱行李都封锁空房里边，另拿铺盖应用。家人秉烛，鲍自安请骆宏勋进内，又走了两重院子，方到内书房。里边床帐早已现成，骆大爷请鲍老爹后边安歇。鲍自安遂辞了出来，问家人道："余大叔床铺设于何处？"家人道："就在这边厢房里，余大叔已醉，早已睡了。"鲍自安道："他既安睡，我也不去惊动他。"

鲍自安走回后边，见女儿鲍金花在房独饮等候。金花一见爹爹回来，连忙起身，问道："骆公子睡了么？"鲍自安道："方才进房，尚未安睡，叫我进来，他好自便。"对金花道："这骆宏勋不独武艺精通，而且才貌兼全，怪不得花振芳三番五次要将女儿嫁他。我见你若不定濮天鹏，今日相会亦不肯放他。"又道："女儿，你可归房去吧！为父亦要睡了。"鲍自安说了，即便安睡。鲍金花领了父命，迈步出门。鲍自安将门关闭，上床安卧。

且说鲍金花回至自家卧房,因新婚数日,丈夫濮天鹏被父差去,今在父亲房中自饮了几杯闷酒,不觉多吃了几杯,有八九分醉意。细想父亲盛夸骆公子才貌武艺,又道花振芳三番五次要把女儿嫁他,自然是上等人物;但恨我是个女流,不便与他相会。又想道:“闻得他今赴杭赘亲,被父亲留下来,他岂肯久住于此?若他明日起身去了,我不得会他之面。似这般英雄,才貌兼全之人,岂可当面错过!”踌躇一番,道:“有了,趁此刻合家安睡,我悄悄去偷看,果是何如人也?如他知觉,我只说请教他的枪棒,有何不可!”这佳人算计已定,迈动金莲悄悄往前去了。正是:

醉佳人比武变脸,美男子守礼避身。

毕竟不知鲍金花潜至前面,可会得骆宏勋否,且听下回分解。

第二十五回　书房比武逐义士

却说鲍金花悄悄的来至前边，到骆宏勋宿房以外。见房内灯火尚明，而房门已闭，怎能看见骆宏勋之面？欲待推门，男女之别，夤夜恐碍于礼；欲待转回，又恐他明日赴杭，则不能相见。因多饮了几杯酒，面皮老些，胆气大些，上前用手推门，竟是开着的。

且说骆宏勋自鲍老儿去后，在房中坐下，想起今日之事好险！若非赠金一举，今日落在他家，怎能保全性命？以后出门，勿论水陆，务要认人要紧。又想道："这鲍老儿世上人情无一不通，及至谈论，且长人学问。"想了一会，起身将门闩上，坐在床边卸脱鞋袜。正脱下一只袜子，只听房门响亮，似有人推门，忙问道："何人推门？"鲍金花答道："是我。"骆宏勋闻得是妇女声音，心中惊疑，自道："闻得鲍老家只有父女二人，其余者皆婢奴也。今夤夜到此，却是何人？"又问道："我已将睡，来此何事？"鲍金花道："奴乃鲍金花也。闻得骆大爷英雄盖世，武艺精奇，奴家特来领教！"宏勋闻得是鲍姑娘，不敢怠慢，连忙将脱下的那只袜子又穿上，起身将衣服整理整理，用手将门开放。鲍金花走进门来，将骆宏勋上下一看，见他真好个人品模样！怎见得？有诗为证。诗曰：

虎背熊腰丈二躯，尧眉舜目貌精奇。
今朝翩翩佳公子，他年凌阁定名题。

骆宏勋举目一观，见鲍金花生得不长不短，中等身材，生得相称。怎见得？亦有几句诗赞为证，诗曰：

淡扫梨花面，轻盈杨柳腰。
满脸堆着笑，一团浑是娇。

鲍金花进得门来，向骆宏勋说道："拙夫蒙赠重金，我夫妻衷心不忘。今特屈驾草舍，以报些须，大爷请台坐，受奴家一拜！"宏勋道："向与濮兄初会，不知鲍府乘龙，多有怠慢；毫末之助，怎敢言惠。今蒙老爹盛馔，于心实在不安，'叩拜'二字何以克当。"宏勋正在谦逊，鲍金花早已拜下。宏勋顶礼相还，拜过之后,两边分坐。鲍金花道:“今大驾到舍,奴特前来,一则叩谢前情,二则欲求一教,不知大爷肯赐教否?”宏勋道:“尊府乃英雄领袖,姑娘武艺精通,怎敢班门弄斧!”鲍金花道:“久闻大名,何必推辞。”鲍金花举目看见书房门后,倚着两条齐眉短棍,站起身来用手拿过,递与骆宏勋一条,自持一条,谆谆求教,骆宏勋不好推辞。此时正是十月中旬,月明如昼,二人同至天井中比武:你来我去,你打我架。他二人此一番,正是:

英女却逢奇男子,才郎月下遇佳人。

正是男强女胜,你夸我爱。比较多时,骆宏勋暗道:“怪不得伊父称他颇通武艺。我若稍怠,必被这个丫头取笑。谅他必是瞒父而来,今日此戏何时为止?不免用棍轻轻点他一下,他自抱愧,自然回去了。”筹画已定。又比了片时,骆宏勋觑个空,用棍头照金花左手腕上一点。一则宏勋也多吃了几杯,心中原欲轻轻点他一下,不料收留不住,点得重了些;二则鲍金花亦在醉中,又兼比了一阵,酒越发涌上来了,二目昏花,不能躲闪。值骆宏勋棍来,不闪不躲,反往上迎,只听娇声嫩语,道声“娘哟!”手中之棍不能支持,掉落在地,满面通红,往后去了。骆宏助连忙说道:“得罪!得罪!”见鲍金花往后去了,自悔道:“他女子家是好占便宜的,今不该点他一下。倘明日伊父知之,岂不道我鲁莽?”遂将鲍金花丢下之棍,拾起来拿进房,倚于门后,反手将门闭上,在床边自悔。

且说鲍金花回至自己房中,将手腕揉搓,手上疼痛不止。灯下看了一看,竟变了一片青紫红肿,心中发怒,道:“这个畜生好不识抬举!今不过与你比试玩耍,怎敢将姑娘打此一棍。明日他人闻知,岂不损了我之声名。”恨道:“不免乘此无人知觉,奔前边将这个畜生结果了性命,省得他传言。”遂拿了两口利刃,复奔前边而来。

看官,这鲍金花自幼母亲去世,跟随父亲过活,七八岁上就投师读书,至十三四岁时,诗词歌赋无所不通。因人大了,不便从师,就在家中习学女红针凿。他父亲鲍老乃系江湖中有名水寇,天下来投奔他者多。凡来之人,不是打死人的凶手,即是大案逃脱的强盗。进门之时,鲍自安就问他会个什么武艺?或云枪、云剑,都要当面舞弄一番。鲍金花在旁,父亲见有出奇者,即传她。那人知道她是老爹的爱女,谁不奉承?个个倾心吐胆相授,因此鲍金花十八般武艺件件精通。今日若非酒醉,骆宏勋怎能轻取她之胜!她心中不肯服输,特地前来。此一回来,非比前番是含羞偷行,此刻是带怒明走。骆宏勋尚在床边坐着,只听得脚步声音,又似妇女行走之态,非男子之脚步,心内猜疑,道:“难道是这个丫头不服输,又来比高低不成?”正在猜疑,只听房门一声响亮,门闩两段,鲍金花手持两口明晃晃的刀,闯进门来,骂声:“匹夫!怎敢伤吾!”举刀分顶砍来。幸而骆宏勋日间所佩之剑临晚解放床头,一见来势凶恶,随手掣剑遮架。骆宏勋跳到天井,一来一往,斗够多时。骆宏勋想:“怎么我这等命苦,出门就有这些险阻!她今倘若伤我之命,则死非其所;我若伤她,明日怎见伊父?”只见鲍金花一刀紧似一刀,骆宏勋只架不还。自更余斗至三更天气,骆宏勋又想道:“倘若厢房里余谦惊起,必来助我。那个冤家一怒,只要杀人,哪有容纳之量!不免我往前院退之,或者女流不肯前去,也未可知。”且战且避,退出两重大井,到了日间饮酒内厅。鲍金花哪里肯舍,仍追来相斗。骆宏勋看见客厅西首有一风火墙头不高,不免登房躲避,她必不能上高。遂退至墙边,跳上屋上。鲍金花道:“匹夫!你会登高,难道姑娘不能登高!”也将金莲一纵,蹿上了房子赌斗。骆宏勋跳在这厅房屋上,鲍金花随在这厅房屋上;骆宏勋纵在那个房屋上,鲍金花也随上那个屋上,计房屋也跳过了四五进,到了外边群房。真个好一场大斗,刀去剑来,互相隔架。有诗为证,诗曰:

刀剑寒风耀月光,二人赌斗逞刚强。
宏勋存心唯招架,鲍女怀嗔下不良。

骆宏勋且战且避,低头望下一观,看见房后竟是空山。只见山上茅草甚深,自想道:“待我窜在草内隐避,令她不见,她自然休歇。”遂将脚一纵,下得房来,且喜茅草虽深而稀,遂隐于其中。鲍金花才待随下,心内想道:“他隐于内,他能看见我,我却看不见他,倘背后一剑砍来,岂不命丧他人之手?”说道:“暂饶你这匹夫一死!”见她从房上跳进里边去了,骆宏勋方步出草丛。道:“这是哪里说起!”欲待仍从原房上回去,又怕那个丫头其心不休。约略天已三更余,不若乘着这般月色,在此闲步,等至天明,速辞鲍老赴杭州为要。但不知此山是何名色,且听下回分解。

第二十六回 空山步月遇圣僧

却说骆宏勋在空山之上步来步去，只见四围并无一个人家居住，远远见黑暗里有几进房屋，月光之下也不甚分明，似乎一座庙宇。山右边有大松林，其右一片草茅。转身观山左边，就是鲍老住宅。前后仔细一看：共计前后一十七进。心内说道："鲍老可称为巨富之家！我昨日走了他五六重天井，还只在前半截。昨日闻得他家长住者，也有一百四十二口，这些房屋已觉太多，正所谓'富屋德深'了。"

正在观看之时，耳边听得呼呼风响，一阵腥膻，气味难闻。转身一望，只见一只斑毛吊睛大虫，直入松林去了。骆宏勋见了毛骨悚然，说道："此山哪里来此大虫？幸亏未看见我，若让他看见，虽不怎样，又费手脚。"未有片时，望见一人手持钢叉，大踏步飞奔前来。骆宏勋道："贼窠哪有好人！此必剪径之人，今见我只身在此，前来劫我。"遂将两把宝剑恶狠狠的拿在手中等候。及至面前一看，不是剪径之人，却是一位长老，只见他问讯说道："壮士何方来者？怎么黄夜在此？岂不闻此山之厉害乎？"宏勋举手还礼道："长老从何而来？既知此山厉害，又因何黄夜至此？"那和尚道："贫僧乃五台山僧人，家师红莲长老。愚师兄弟三人出来朝谒名山，过路于此。闻得此山有几只老虎，每每伤人。贫僧命二位师弟先去朝山，特留住于此，以除此恶物也。日日夜间在此寻除，总未见他。适才在三官殿庙以南，遇见一只大虫，已被贫僧伤了。那孽畜疼痛，急急跑来；贫僧随后追赶，不知牲畜去向？"骆宏勋方知他是捉虎圣僧，非歹人也，遂说道："在下亦非此处人氏，乃扬州人，姓骆，名宾侯，字宏勋。"指着鲍自安的房屋道："此乃敝友，在下权住他家，今因有故来此。"那长老道："向年北直定兴县有一位骆游击将军骆老爷亦系广陵扬州人也，但不知系居士何人？"骆宏勋道："那是先公。"和尚复又回道："原来是骆公子，失敬！失敬！"宏勋道："岂敢！岂敢！适才在下见那大虫奔入树林内去了，想是长老所赶之虎也。"那和尚大笑道："既在林中,待贫僧捉来!公子在此少待,贫僧回来再叙说。”持叉又奔林中而去。

骆宏勋想道:“素闻五台山红莲长老有三个好汉徒弟,不期今日得会一位,真意外之幸也。”正在那里得意,耳边又听得风声呼啸,原来只当先前之虎又被和尚追来,举目一看:又见两只大虫在前,一位行者在后,持了一把钢叉如飞赶来。那两只大虫急行,吼叫如雷,奔入先前宏勋躲身茅草穴中。骆宏勋惊讶道:“幸我出来,若是仍在里边,必受这大虫之害。”只见那位行者追至茅草穴边,叉杆甚长,不便舞弄,将叉一抛,抖个碗口大小,认定虎肋下一下刺去,虎的前爪早早举起。他复将身一纵,让过虎的前爪,照虎肋下一拳,那虎“咕咚”卧倒,复又大吼一声,后爪蹬地,前爪高高竖起,望那行者一扑;又转身向左一扑,向右一扑,虎力渐萎,早已被那行者赶上,用脚踏住虎颈,又照胸肋下连击三五拳,虎已呜呼哀哉!那行者又向茅草穴边拾起钢叉,照前刺去,只见那只大虫又呼的一声蹿出草穴,往南就跑。行者亦持叉追之三五步,将叉掷去,正插入虎屁股之上。大虫呼的一声,带叉前跑,行者随后向南追赶去了。宏勋暗惊道:“力擒二虎,真为英雄!可见天下大矣!小小空山,一时就遇这二位圣僧,以后切不可自满自足,总要虚心谦让为上!惜乎未问这位圣僧一下。”正在赞美,只见先前那个和尚一手持叉,一手拉着一只大虫走将前来,道声:“骆公子,多谢指引,已将这孽畜获住了,骆公子请观一观。”宏勋近前一看:就像一只水牛一般,其形令人害怕。遂赞道:“若非长老佛力英雄,他人如何能捉!”和尚道:“阿弥陀佛!蒙菩萨暗佑,在此三月工夫,今始捉得一只。还有两只孽畜,不知几时才得撞见哩?”骆宏勋道:“适才长老奔树林之后,又有一位少年长老,手持钢叉追赶二虎至此,三五拳已打死一只。”用手一指,说道:“这个不是!那只腿上已经中了一叉,带叉而去,那长老追赶那边去了。惜乎未问他个上下!”和尚大喜道:“好了!好了!他今也撞见那两个大虫,完我心愿。”骆宏勋道:“长者亦认得他?”和尚道:“他乃小徒也。”

正叙话之间,那行者用叉叉入虎腹,用叉杆担在肩,走了过来。和尚问道:“黄胖,捉住了么?”那行者道:“仗师父之威,今日遇见两只大虫,已被徒弟打死了。可惜那只未来,若三个齐来,一并结果,省得朝朝寻找。”和尚道:“那只我已打死,这不是么!”那行者道:“南无阿弥陀佛!虎的心事了了。”和尚道:“骆公子在此。”行者道:“哪个骆公子?”和尚道:“定兴县游击将军骆老爷的公子。”行者忙与骆宏勋见礼。和尚道:“骆公子既与鲍居士为友,因何黄夜独步此山?”骆宏勋即将与鲍金花比武变脸,越房隐避之事说了一遍,“欲待翻房回去,又恐金花醉后其心不休，故暂步于此山，待天明告辞赴杭。不料幸逢令师徒，得遇尊颜。”和尚道：“三官殿离此不远，请至庙中，坐以待旦如何？”骆宏勋道：“使得！”和尚肩背一只大虫，这行者又担两只猛虎，骆宏勋随行。

不多一时，来至庙门，和尚将虎丢在地下，腰内取出钥匙开了门，请骆大爷到大殿坐下。黄胖将虎担进后院放下，又走出将门前一虎亦提进，仍将庙门关闭。和尚分付黄胖道：“煮上斗把米的饭，白菜萝卜多加上些作料，煮办两碗。我们出家人，骆大爷他也不怪无菜，胡乱用点。”宏勋一夜来肚中正有些饥饿，说道：“在下俗家，长老出家。在下尚未相助香灯，哪有先领盛情之理？”和尚道：“此米麦、柴薪亦是鲍居士所送，今虽食贫僧之斋，实扰鲍居士也！”骆宏勋又道：“既蒙盛情，在下亦不敢过却，此时只得我等三人，何必煮斗米之饭？”和尚道：“这不过当点心。早晚正饭时，斗饭尚不足小徒一人自用哩。”骆宏勋道：“有此饭量，足见此人伏虎如狗也！”黄胖自去下米煮饭做菜，不待言矣。骆宏勋问道：“请问长老贤师的法号？望乞示知。”和尚道：“贫僧法名消安，二师弟消计，三师弟消月，小徒尚未起名，因他身长胖大，又姓黄，遂以‘黄胖’呼之。”且不讲骆宏勋同消安二人谈叙。

且说余谦醉卧一觉，睡至三更天气方醒，自悔道：“该死，该死！今日初至鲍家，就吃得如此大醉，岂不以我为酒徒！且大爷不知此刻进来否？我起来看看。”爬将起来，走出厢房。先进来时虽然有酒，却记得大爷床铺在于书房。房内灯火尚明，房门亦未关闭，遂迈步走进内室，却空无一人，还只当在前面饮酒未来；又走向内厅，灯火皆熄。惊讶道：“却往何处去了？”回到书房仔细一看，见床上有两个剑鞘，惊道：“不好了！想这鲍自安终非好人，自以好言抚慰，

将我主仆调开,夜间来房相害;大爷知觉,拔剑相斗。但他家强人甚多,我的大爷一人如何拒敌?谅必凶多吉少。"遂大声吆喝,高声喊道:"鲍自安老匹夫!外貌假仁假义,内藏奸诈,将我主仆调开,夜间谋害,速速还我主人来便了;不然,你敢出来与我斗三合!"他从书房外面吵到后边。有诗赞他为主,诗曰:

为主无踪动义胆,却忘身落在龙潭。

忠心耿直无私曲,气冲星月令光寒。

却说鲍自安正在梦中,猛然惊醒,不知何故有人喊叫,忙问道:"何人在外大惊小怪?"余谦道:"鲍自安老匹夫,起来!我与你弄他几合,拼个你死我亡。"鲍自安闻得是余谦声音,心中大惊,自说道:"他有个邪病不成?我进来时他醉后已睡,此时因何吵骂?"连忙起身穿衣,问道:"余大叔已睡过,如何又起来?"余谦道:"不必假做不知!我主人遭你杀害,不会不知,快些出来拼几合。"鲍自安闻说骆大爷不知杀害何处,亦惊慌起来,忙把门开开,走出来相问。余谦见鲍自安出来,赶奔上前,举起双斧分顶就砍。正是:

因主作恨拼一命,闻友着惊失三魂。

毕竟鲍自安性命如何,且听下回分解。

第二十七回 鲍自安寻友三官庙

却说余谦一见鲍自安走出来,赶奔前来,举起双斧分顶就砍。自安手无寸铁,见来势凶猛,将身往旁边一纵,已离丈把来远。自安说道:"余大叔,且暂息雷霆,我实不知情由,请慢慢讲来。"余谦道:"我主仆二人落在你家里,我先醉卧,我主人同你饮酒,全无踪迹,自然是你谋害来;你只推不知,好匹夫那里走!"迈步赶来。

只见鲍金花手持双刀,从房里跳将出来,喝道:"好畜生,怎敢撒野!你主人以棍伤我手腕,你今又以斧伤我父。莫要行凶,看我擒你!"金花、余谦二人乃在天井中刀斧交加,大杀一阵。鲍自安见女儿酒尚未醒,又听见她说"以棍伤她手腕",心想一定是女儿偷往前边,计较比试之时,被骆宏勋打了一下。素知女儿总不服输,变脸真斗;骆宏勋乃是精细之人,不肯与她相较,隐而避之。遂远远向着余谦打了一躬,说道:"我老头儿实在不知,乞看我之薄面,暂请息怒,待我寻大爷要紧。"又喝金花道:"好大胆的贱人,还敢放肆!"余谦见鲍老赔礼,又喝骂女儿,遂两下收住兵器。自安问女儿道:"你方才说骆大爷棍伤你手腕,你把情由慢慢讲来。"鲍金花含怒道:"女儿闻他英名盖世,特去领教。他不识抬举,大胆一棍,照我手腕伤之,至今疼痛难禁,已成青紫。又被女儿持刀争斗,伊越房逃入空山去了。女儿之气方才得出,余谦这畜生反来撒野。待我先斩其仆,后斩其主。"说毕,又举刀要争斗。鲍老大喝道:"好贱人,还不回房,等待何时!骆大爷系何等英雄,不肯与你计较,岂怕你而避。但空山之上有三只大虫,往往伤人,骆大爷如有些损伤,叫我怎见天下之义士!"金花被父斥责,含怒回房。

余谦闻说空山有三只大虫,大爷如避其山,必然性命难保。不由得大怒,骂道:"明明串同共害,做出这些圈套。我总与你拼了这条性命罢了!"鲍自安道:"大叔错想了,我若有心相害,你先醉卧之时久已谋害了,还待你醒来?我们闲话少说,莫要耽误了时刻,速速着人上山找寻大爷要紧。倘有不测,大叔再骂不迟!"余谦道:"且容你去寻找,如有损伤,回来再与你讲。"余谦这一吵闹,后边所用四十个男女、前面听差的一百英雄,俱皆惊起问信。

鲍自安带了二十个听差之人,开放大门,往空山而来。前前后后、左左右右,寻找了两个周圆,不见踪迹,心中甚是惊慌。又想道:“即被大虫之害,到底有点形迹;且骆大爷英明之人,即遇见只大虫,也未必就遭其害。”寻来找去,天色已将发白,来到三官庙前。鲍自安道:“有了消息了,消安师徒夜夜在山捕虎;再者,他见人必然动问,或者知道骆大爷去向亦未可知。等我问他一问。”遂上前敲门。黄胖在厨煮饭,消安起身开门。一见鲍自安一脸愁容,带领了二十余人,忙忙问道:“老师父,今夜遇见一人否?”消安道:“莫非骆公子?”鲍自安大喜道:“正是。”消安道:“现在殿上吃茶呢。”鲍自安一众人进内,消安将门关闭,来至大殿,骆宏勋早已迎出。鲍自安向宏勋谢罪:“小女无知,多有冒犯,几乎把老拙吓死!”骆宏勋道:“山中步月,幸遇长老师徒;又蒙赐斋,故未回府,使老爹受惊。有罪!有罪!”鲍自安道:“我所惧者非别,此山有几只大虫,恐惊大驾。”骆宏勋遂将消安师徒英勇,世上罕闻说之。消安道:“蒙菩萨暗中护佑,故而擒之,非愚师徒之能也!”

正说之间,黄胖饭菜已熟,捧上大殿,鲍自安同食。须臾吃毕,鲍自安道:“恶虫已经令贤师徒除害,慈愿已遂,真喜事耳!舍下今备菲酌,请大驾过舍,一则与老师父贺喜;二则与骆大爷相谈!”消安道:“愚师徒戒荤已久,恐席上不便。”鲍自安道:“晓得,晓得!自有素筵款待。”又道:“虎肉乞赐些须,令人庖制,奉敬骆大爷。”消安道:“有,有,有!后边现卧三只,愚师徒要他无用,居士令人剥下皮,尽皆取去。”鲍自安命随来之人,拿利刀刺剥后拿去。消安、骆宏勋先行,消安又分付黄胖:“等候大虫剥完,锁上殿门,再赴居士家领斋。”说罢,二人同鲍老出庙而行,直望鲍府而来。

骆宏勋在路暗想:“余谦这个匹夫,难道醉死了!鲍家许多人来寻找,反不见他。”及至鲍家庄上,天已早茶时候。过了护庄桥,只见余谦手持双斧,在大门外跳上跳下,在那里大骂。骆宏勋道:“这匹夫早晨又吃醉了,不知与何人争闹?”鲍自安道:“夜间若非老拙躲闪得快,早为他斧下之鬼!”即将夜间吵骂之事说了一遍,道:“他在我房外怒骂,我不知道,问其所以,方知小女得罪,大驾躲至空山。恐大虫惊吓大驾,哀告余大叔暂且饶恕,让我带人寻找;倘有不测,杀斩未迟,他老人家才放我出来。至今不见大爷回来,只当大爷受害,故又跳骂了。”骆宏勋道:“有罪!有罪!待我上前打这畜生。”鲍自安道:“我与大爷虽初会,实不啻久交,哪个还记怪不成!正是余大叔忠义过人,胆量出众。非老拙自赞,即有三头六臂之徒,若至我舍下,也少不得收心忍气。余大叔今毫无惧色,尚拼命报主，非忠义者能行么？且莫拦他，倘看见大爷驾回，自不跳骂了。"

离庄不远，余谦看见骆大爷同二人回来，满心欢喜，住了跳骂，遂垂手侍立等待。三人走到门首，鲍自安向余谦道："余大叔，你主人今日好好的在此，你可饶了我老头儿命吧！"余谦道："该死，该死，得罪，得罪！"亦随了进来。三人到了内客厅，重又见礼，分宾主而坐，家人献茶。吃茶之时，黄胖同了剥皮人众俱进来，担了许多虎肉。鲍自安将黄胖师父请上客厅序坐，分付将虎肉挑进厨房烹调。又分付：另整备一桌洁净斋饭。分派已毕，陪人坐谈。骆宏勋道："空山低小，且离江不远，人迹闲杂之所，如何存得三只大虎？"鲍自安道："此虎来日不久，约计三个年头，乃柴舡上载来一只雌虎，至此卸柴躲避下来。哪知它腹内怀孕，后来生下两只小虎，因此成其三只。今被二位师父一同除此一方之害，功德无量矣！"

正叙谈之间，门上人进来禀道："启老爷得知，远远来了六骑牲口，是花振芳老爷、娘子等五人，还有一位黑面红须，却不认得，将近已到庄前，特禀老爷知道。"鲍自安大笑道："来得正好，大家一会，亦可谓英雄聚会了。"便问消安师道："山东花振芳，老师父可会过否？"消安道："虽未会面，却闻名久矣！"鲍自安道："那一位黑面红须，却是哪个？"骆宏勋道："既与花老爹同来，必是世兄任正千了。"鲍自安道："一定是任大爷无疑矣！消安师少坐，我同骆大爷出迎。"消安道："既是二位出迎，我师徒岂有坐待之礼，大家同去走走。"于是四个人同至大门。究竟不知会见有何话说，且听下回分解。

第二十八回　花振芳觅婿龙潭庄

话说四人同至鲍府大门口，早见六骑牲口已过护庄桥，离庄不远。花老一众见鲍、骆同两个和尚出来，遂各下了牲口，手拉丝缰，步行至门口。任、骆相见，各各洒泪。众人互相揖让进至内厅，各自见礼，分坐献茶。花振芳向骆宏勋道："昨日同任大爷至府间，老太太说，大驾前日赴杭，即欲就回家。老太太谆谆赐宴，又将徐大爷请来作陪。昨晚家报到府，方知大驾留于鲍府，今早奔赴前来一会。"骆宏勋道："前日路过此地，蒙鲍老爷盛情，故尔在此。不知老爹至舍，失迎，失迎！"鲍自安、任正千、花振芳、消安师徒、巴氏弟兄，彼此通名道姓，各道了"闻名久仰"的言语。

叙谈已毕，家人禀告："虎肉已熟，肴馔素斋俱已齐备，请老爹安席。"鲍自安分付拿酒，设了三席：两席荤席，一席素席。首坐花振芳，二坐任正千，三坐巴龙，四坐巴虎，五坐巴彪，六坐巴豹，七坐骆宏勋；主席是鲍自安相陪，消安师徒但在素席。酒过数巡，肴上几味，只见荤席上，家人捧上了两大盘虎肉。花老问起来历，鲍自安将昨晚睡后，"小女与骆大爷比武，骆大爷躲上空山，相遇消安师徒，力擒三虎；今夜我至三官庙，相邀来舍"的情由说了一遍。又道："任大爷同巴氏贤昆仲，老拙相请还怕不至！只你这孽障眼光偏长，今日弄一稀珍之物，并不能偏你。"花老道："这还算你孝顺我老人家！我未至，你就办此异味候我。"大家笑了一回。虎肉比牛肉膻，任、骆二人不过些微动动，就不能吃了。他六位英雄吃了两盘，又添两盘，好不厉害。三只虎肉被鲍自安家中一顿食，早已完了。

酒饭已毕，大家起来散坐。花振芳同鲍自安走至这一边，遂将今来特为女儿姻事之语告诉一番，叩烦鲍自安同任正千作伐，鲍自安应允。遂与任正千约同做媒的话，邀骆宏勋至外言之。骆宏勋道："我向日已经回过，待完过正室之后再议。今日怎又谆谆言之？"任正千道："世弟不知，花小姐感你四望亭救命之恩，立誓终身许你。见你不允，一旦气闷于心中，又兼四望亭惊吓过，回家即得了大病，无论痞寐之间，总言世弟大恩难报。花老夫妇见女儿终身决意许你，宽慰女儿道，得愚兄病好，央我作媒保亲必成！花小姐知愚兄与世弟不啻同胞，言无不听，以此稍开心怀，而病势痊可。今值愚兄贱恙痊可，携同巴氏造府，不辞千里而来，二议其亲，世弟从之为是也！”鲍自安道：“任大爷之言甚是有理。今天下英士多多，花老父女之意在大驾身上，三番二次登门相求，此乃前缘天意也，骆大爷当三思之！”骆宏勋道：“蒙情做媒，二公之意不薄我矣！但妻妾之事非我志也。烦二公说道老爹：要是桂家女儿今日死了，我则聘他女儿为妻，如今欲我应承，万万不能。”回言毕，复同进客厅。

鲍自安邀出花振芳，先将骆宏勋决绝之言相告。把个花振芳气得面黄唇白，说道：“这个小畜生，好不识抬举！你既不允，谅我女儿必是一死；我女既死，我岂肯叫你独生！我将十三省内，弄十三件大案在小畜生身上，看他知我的厉害！”鲍自安忙止道：“不可，不可！若此一举，令爱亦有性命之忧，既爱此人，又何忍杀他！小小年纪，又是公子性格，哪里比得你我经过大难。依我之见，此事须如此如此，这般这般，就把他摆布了，那时不怕他不登门求亲！两厢无亏，终成好事。据你看，使得使不得？”花振芳闻得鲍老之言，改忧为喜，说道：“此计可好！”二人复又来至客厅，与众谈论自若，一毫不形于脸。及至中饭时摆中饭，仍是两席荤，一席素，一同饮酒。

饮酒之间，鲍自安向花振芳道：“你向日在定兴，怎样劫救任大爷？你可从头细细禀我知道，如若有功，自有重赏。”花振芳道：“我的儿，听我道来！”遂将二更相约捉奸，回庙看火失信；次日任正千大爷被诬，夜间劫救，及至西门复至王伦家杀奸，一时慌迫，竟错杀二人，西门挂头被人看见，急缒下城，雇夫子抬至山东，说了一遍。消安极口称赞，道：“难得！难得！”鲍自安冷笑道：“据你说得津津有味，一个人劫禁牢，今古罕有之事。依我评来，有头无尾，有始无终，判打一二百嘴掌！”花振芳道：“你说我怎么有头无尾，有始无终？”鲍自安道：“侍立一旁，听我老人家教训。若说杀奸错误，因时迫忙，这不怪你。只是既然知错后，仍该将奸淫杀来！”花振芳道：“你知其一，不知其二。挂头之时，天已发白；若再复杀，王家人等岂不知觉了。我有何惧！只是任大爷身带重伤偃卧城脚，若被捉，岂不反害任大爷不？”鲍自安道：“放屁！胡言！想等到天明事重，而杀奸事轻！这半年光景，还是日迫时促？你就该仍到定兴，将奸淫杀了，任大爷之冤始出，这就算有始有终也。劫牢之后，定兴自然差人赶拿，因你胆小，不敢再到定兴县了。你且说，我说的是与不是？”花振芳自想道：“彼时之迫，后来也该再去。

怪不得今日这个老儿责备。"说道:"真正我未想得到此,不怪你责。"鲍自安笑道:"你既受教就罢了。任大爷与你相好,今日我既相会,也就不薄。前半截你既做了,后半截该是我办了。我明日到定兴走走,不独将奸夫淫妇杀了,还要将王伦家业尽皆盗来,以补任大爷之原业。"任正千道:"晚生何德,承二位老师关切,虽刻骨难忘!"花老道:"任大爷且莫谢他,只见他动口,未见他动手。待他一一照言做了,再谢他不迟!"鲍自安道:"我二人拍掌为赌:我能如言一一做来,你当着众人之面,磕我四个头;若有一件不全,我亦当众人之面,磕你四个头。何如?"二老正要拍掌,只见外边又走进二位英雄,众人皆站起身来相让。鲍自安道:"不敢惊动,此乃小婿濮天鹏。"濮天鹏一见骆宏勋在座,连忙上前相谢赠金之恩。骆宏助以礼相答。又问:"那位英雄是谁?"濮天鹏道:"此乃舍弟濮天雕也。"宏勋立见了礼。花老妻舅、消安师徒,素日尽皆认得,不要通名道姓,不过说声"久违了!"任正千乃系初会,便见礼通名。弟兄二人与众分宾主坐下两席。

鲍自安问道:"探听果系何人?"濮天鹏道:"乃定兴县人氏,姓王名伦,表字金玉。父是现任吏部尚书,叔是现任礼部侍郎。因目前初得职,初任嘉兴府知府。眷属只带了一个爱妾贺氏,余者家奴十数人,家人倒有二十多丁。早饭时尚在扬州,大约今晚必至江边。故速速回家,禀爷知道!"任正千听得"爱妾贺氏"四个字,不觉面上发赤起来。鲍自安得意道:"花振芳,你看我老人家的威力如何? 正要打点杀他,不料他自投我手,岂不省我许多工夫! 且先将奸淫捉获,后边再盗他家财!"又对濮天鹏道:"任大爷、骆大爷,乃是世兄弟,骆大爷又是你之恩人,一客不烦二主,吃饭之后,少不得还劳贤婿过江,将奸淫捉来! 只对水手说,至江心不必动刀动枪,将漏子拔开,把一伙男女送入江中。要把奸夫淫妇活捉将来,叫任大爷处治。任大爷之怨气方才得伸,而骆大爷之恩,你亦报答了也!"濮天鹏满口应承。任、骆二人回道:"濮姑爷大驾方回,又烦再往,晚生心实不安,奈何?"鲍自安道:"当得,当得!"众人因有此事,都不肯大饮,连忙用饭。吃饭之后,濮天鹏起身要往后边去,鲍自安叫回,道:"还有一句话对你讲:'君子不羞当面',你晓得昨晚金花前来与骆大爷比试吗?"便告诉濮天鹏一遍。"我此刻当面言明,不过要明骆大爷之教,并无他意,勿要日后夫妻争闹至门,此乃我们之短!"濮天鹏满面带红,往后去了。有诗为证,诗曰:

爱婿须同嫡子看,只因女过不糊含。
今朝说破胸襟事,免得夫妻后不安!

濮天鹏进了后边,夫妻相见。自古道新婚燕尔,两相爱慕,自不必言。濮天鹏见天色将晚，恐误公差，虽然是难舍难分，但不敢久恋。遂连忙来至厅前，告别众人赶过江不言。且言鲍自安向众人道："诸公请留于此，专等佳音！"又分付濮天鹏道："千万莫逃脱奸淫！"濮天鹏答应"晓得！"独自出门过江去了。

得意老儿授计去，专候少刻佳音来。

毕竟王伦、贺氏被濮天鹏捉来否，且听下回分解。

第二十九回　骆宏勋私地救孀妇

却说鲍自安遣了濮天鹏去后，大家又叙谈了一会，将晚，又摆夜宴。众人皆因有此事，总不肯大饮，鲍自安亦不谆劝。消安师徒告别回庙，鲍自安分付列铺，尽皆此地宿歇。

次日起身，用了些点心。及至早饭时节，又摆早筵。饮酒之间，鲍自安得意道："此时小婿也该回来了！"又叫花振芳道："此刻小婿捉了奸夫淫妇回来，任大爷之事也算完了一半；所缺者家业未来，你先与我老人家磕两个头，待复了任大爷之家业，再磕那两个头。"花振芳道："昨日原说在定兴做完这些事，我才算输；今他自来，就便捉擒，也非你之能也，何该磕头！"鲍自安道："该死，这牲口！事还在那里未来，今就改变了！"任大爷道："二位老师所赌者，乃晚生之事，理该晚生叩谢！"

大家正谈论，只见濮天鹏走进门来。鲍自安忙问："事体如何？"濮天鹏道："昨晚过江，等至更余，总不见到。遂着人连夜到扬州打探。回来说：'南京军门系他亲叔。昨日早饭后，自仪征到南京拜亲，从那一路往嘉兴去了。'故今早过江来，禀老爷知道！"鲍自安闻得此言，好不扫兴，紧皱眉头，不言不语，坐在一边思想。花振芳道："幸而方才我未磕头，倘若磕了头，我老人家的债是惹不得的：一本三利，还未必是我心思。想你过于说满了！"鲍自安道："你且莫要笑，我既然说出，一定要一一应言。不过他二人阳寿未终，还该多活几日，终是我手中之物，还怕他飞上天去？为今之计，无有别说，贤弟还有昨日所言之事，请驾自便。任大爷、骆大爷同小婿兄弟二人，再带十个听差的，坐大船二只，伺候同到嘉兴走走。我素知嘉兴府衙左首，有个普济庵，甚是宽阔。你众人到嘉兴之时，将船湾在河口，你等十五人借庵宿歇，以便半夜捉住奸夫淫妇上船，将他细软物件一并带着。屈指算来，往返也不过十日光景。"又道："任大爷莫怪我说：你进城时候，将尊容略遮掩些，要紧！要紧！恐他人惊疑。"

说话之间，饭已捧来，众人用过。花老妻舅告辞，鲍自安也不留。花老向任正千说："任大爷，嘉兴回来之日返回舍下，就说我等不日亦回！"又附耳说道："到家只说那事已成，莫使我女儿挂怀！"任正千点头道："是！"又向鲍自安耳边说道："嘉兴回来，就叫任正千回山东去，省得在此漏信。"鲍自安答道："晓得！"一拱而别。骆宏勋也只当他们各有私事，毫不猜疑。

回至厅上，商议去嘉兴之事。鲍自安叫了自家两只大船，米面柴薪，带足来回的食用，省得下船办买，被公人看出破绽。各人打起各人包裹，次日绝早上船，赶奔嘉兴去了。及至嘉兴北门外，将船湾下，带了几个行李，余者尽存船上。一直来至府衙左首，果有一座大庙，门额上一个横匾，上有三个金字"普济庵"。众人进内一看，庙宇虽大，却无多少僧人。只有一个和尚，两个徒弟。徒弟俱皆小哩，不过二十上下，还有一个烧火的道人。濮天鹏秤了三两银子的香资，还赏了道人五钱银子，借了他后边三间厢楼住歇。吃食尽都在外边馆内包送，又不起火，和尚道人甚是欢喜。濮天鹏故作不知，问和尚道："府大爷是哪里人氏？"和尚道："昨日晚上到的任。说姓王，闻是北直人，未曾细问是哪一县，哪一镇。贫僧出家人，也不便谆谆打听他。"濮天鹏闻得王伦已进了衙门，心中甚喜。临晚之间，大家用了晚酒，各各上床睡卧，蓄养精神。谅王伦昨日到任，衙门中自然忙乱。一时不能安睡，专等三更时分，方才动手。众人虽睡，皆不过是连衣而卧，哪里睡得着！

骆宏勋之床正对着楼后空窗，时正十月二十边，起更之时，月明如昼。骆宏勋看见楼后一户人家，天井之中站着一条大汉，有丈余身躯，褡包紧系腰中，在那里东张西望。暗道："此必是强盗，要打劫这个人家了。"停了一停，又见一女人走出来，向那个大汉耳边悄悄说话。骆宏勋道："此不是强盗，定是奸情之事，必无疑矣！无论奸情、强盗，管他做什么！"及至天交二鼓初点时候，只听得一妇人叫道："杀了人了，快快救命！"骆宏勋将身坐起，说道："诸位听见么？"家人道："何事？"骆宏勋道："方才在楼窗，看见下面那个人家，天井中站了一条大汉，东张西望，料他是个偷鸡摸狗之辈，后边又来了一个妇人，在那大汉身边说了几句言语，我又料是奸情，莫要管他。此刻下边喊叫'救命'，非奸情即强盗也。可恨盗财可以，怎么伤起人来了？"濮天鹏道："我们之事要紧，骆大爷莫要管他。"骆宏勋复又卧下。又听那妇人喊道："天下哪有侄子奸婶娘的？求左邻右舍速速搭救，不然竟被这畜生害了性命！"

骆宏勋闻得此言，翻身而起，说道："哪有见死不救之理！"濮天鹏拦阻不住。骆宏勋上了楼窗，将脚一跳，落在下边房上，复又一跳，跳在地下。听得喊叫之声，就从腰门边走至门首。其门却是半掩半开，门外悬有布帘，用手掀起，只见里面那大汉骑着一个妇人，在地下乱滚；乌云散乱，赤身无衣。宏勋一见大怒，右脚一起，照那大汉背脊上一脚。那汉"嗳哟"一声，从妇人头上跌过，睡卧地下。宏勋才待上前踏他，余谦早已跑过，骑在那大汉身上，举拳便打。任正千、濮天鹏等俱进房来，那妇人连忙爬起来，将衣服穿上，散发挽起，向骆大爷双膝跪下。说："蒙救命之恩，杀身难报，愿留名姓，让小妇人以便刻牌供奉！"骆宏勋道："不消。你且起来，将你情由诉与我听。"那妇人站起来，说道："小妇人丈夫姓梅名高，自幼念书无成。小妇人娘家姓修，嫁夫三年，丈夫与我同年，皆二十二岁，不幸去年十月间，丈夫一病身亡。"用手指着床上睡的二岁一个小娃子，说道："就落了这点骨血！"又指着地下那个大汉，说道："他系我嫡亲的侄子梅滔。今日陡起不良心肠，想来欺我；小妇人不从，他将我按在地下，即欲强奸。小妇人喊叫，得蒙恩人相救，无愧见丈夫于泉下矣！"余谦闻了他这些话，大骂道："灭伦孽畜，留他何用！今日打死便了！"举起拳头雨点似打来。梅滔在地下哀告道："望英雄拳下留命！小人实无心敢欺婶母。有一隐情奉告。"骆宏勋即叫余谦先别打，说："且住了，听他说来。"余谦停拳。梅滔怎当得那拳头，被余谦打得浑身疼痛难禁，挣爬了半日，方才爬起身来。说道："诸位爷！听小人禀告：小人自幼父母双亡，孤身过活，不敢相瞒，专好赌博，将家业飘零。前日又输下了数两之债，催逼甚急，实无法偿还。婶娘虽在孀居，手中素有蓄积，特来恳借，婶娘丝毫不拔，小人硬自搜寻，婶娘则大声喊叫，小人恐怕人来听见，故按在地下，以手按使他莫喊之意，哪有相欺灭伦之心！此皆婶娘诬我之言，望诸位爷莫信。"

骆宏勋等闻梅滔之言，似乎入情入理。说道："你问她要，她既不与你，只好慢慢的哀求。你如此硬取，就是非礼，怎能将婶娘赤身按地！"修氏道："恩爷莫要信他一面之辞。今日被爷将他痛责，结仇更深。恩爷去后，我母子料难得活之理！"遂将床上那个娃子一把抱起，哽咽痛哭。骆宏勋心内道："若将这汉子放了，我等回寓，恐去后妇人母子遭害；若将他打死，天明岂不是个人命官司？"正在两难之际，听得外边有人打门问道："半夜三更，因何事情大喊小叫？"但不知来是何人，且听下回分解。

第三十回　濮天鹏法堂闹问官

却说余谦听得有人打门,问道:“你等何人?”外边应道:“我等本坊乡保。因新太爷下车,恐误更鼓,在街上催更。闻梅家喊叫,故来查问。”骆宏勋道:“既系乡保,正好将梅滔交与他,修氏母子自然得命了!”余谦将门开了,走进四五个人。骆宏勋将前后之事说了一遍。乡保说道:“这个灭伦的畜生!交与我们,等天明送到嘉兴县,凭县主老爷处治!”众人将梅滔带往那边去了。宏勋等俱要回庙,修氏又跪谢道:“恳求恩公姓名!”骆宏勋见他谆谆相求,遂道:“我乃扬州人氏,姓骆名宏勋是也。自前门庙内而来,及至楼上而下,来此救你。”正说话间,听得已交五更。濮天鹏道:“我们走吧!”众人辞别修氏,从前门由曲巷回庙。回至庙内,濮天鹏道:“此时已是五鼓,人皆睡醒,今日莫要下手了。只要事情做得停当,多住一日不妨。”大家尽皆睡了。

且讲修氏自众人去后,坐在床上悲叹,即把丫头叫起。这丫头名叫老梅,起来烧些清水,将身上沐浴一番,天已五鼓,哪里还能睡觉。走至家堂神前,焚了一炉高香,祝告道:“愿家神保佑骆恩人朱衣万代,寿禄永昌。”又在丈夫灵前洒泪道:“你妻子若非恩人搭救,必被畜生强污。我观骆恩人非庸俗之流,他年必要荣耀。你妻子女流之辈,怎能酬他大恩?你在阴曹,诸事暗佑他要紧!”正在祝告之间,不觉腹中疼痛,心中说道:“一定是那畜生将我赤身按地,冒了寒气了。”连忙走至床边,和衣卧下,叫老梅来代他揉搓。一阵一阵,疼了三五阵,只听下边一阵响,浆包开破,满床尽是浆水。修氏不解其意,又疼了一阵,昏迷之间,竟产下了一个五六个月的小娃子。别无他人,只有一个丫头老梅在旁代为收拾。修氏自醒转来,心中惊异道:“此胎从何得来?”幸亏没有别人在此,即速速收拾,叫老梅将死娃子放入净桶中端出。赏了老梅二百文钱,叫她莫要说出,自家睡在床上惊异。

却说丫头老梅,其年二十岁,与梅滔私通一年,甚是情厚。虽是修氏房中之人,而心专向梅滔,二人每每商议:今虽情爱,终是私情,倘二娘知道,那时怎了?谅二娘亦是青年,岂有不爱风月?你可硬行强奸,倘若相从,你我他皆一道之人,省得提心吊胆,且二娘手中素有蓄积,弄他几两用用也好。故骆宏勋看梅滔在天井之中,有一女人向他耳边说话,正是老梅。及至众人按打梅滔,并交与乡保,老梅暗自悲伤,不能解救。今见修氏生下私娃,满心欢喜。安放修氏卧床,偷走出了门,来寻找梅滔商议私娃之事。

且说梅滔哪里真系乡保带去,乃是他几个朋友日间约定:今晚要向他婶娘借钱钞,吵闹起来,叫他们进去解劝。众人闻得里面喊叫,故假充乡保,将梅滔拖去,弄酒替他解闷,天明谢别回家。去自家门首不远,正撞着老梅慌慌张张而来,看见梅滔问道:"你怎么回来了?"梅滔将日间所约朋友之语告知老梅一番。老梅道:"你这冤家,该先告诉我。我只当真是乡保带去,叫我坐卧不宁。今特前来寻你!"在梅滔耳边说道:"你去之后,二娘腹内疼痛,三两阵后,生下一个五六个月的小娃子,叫我丢在净桶之内;又赏了我二百文钱,叫我不要说出。二娘现在床上安睡,我手里今有此事报你知道!"梅滔听了,心中大喜道:"这个贱人,今日也落在我的手里!我指报昨日打我那个人做奸夫,现有私娃为证。埋在何处?又可惜不知那人姓名。"老梅道:"自你去后,二娘谆谆求他留名。他说是扬州骆宏勋,私娃现在净桶中,特来与你商议。"梅滔大喜道:"你速速回去,莫要惊动他人!我即赴县衙报告。"老梅暗暗回家。

梅滔迈步如飞,跑到县衙,不及写状,走进大堂,将鼓击几下。里边之人忙问道:"因何击鼓?"梅滔道:"小人婶母修氏,寡居一年,昨晚产下五六个月私娃。小人与她争论,不料奸夫扬州骆宏勋,寓居府衙左首普济庵中后边庙楼居住,闻得事体败露,自楼上跳下,反将小人痛打。看看身毙,小人苦苦哀求,方才饶恕。似此败风伤化,倚凶殴人之事,望大老爷速速差人拿获,以正风化;迟则奸夫脱逃。"内宅门忙将此事禀过嘉兴县吴老爷。吴老爷向签筒取了四根板签,用朱笔标过,差捕快二名,速至普济庵,将骆宏勋并本庙住持和尚、修氏、老梅,并私娃一案拘齐听审,将老梅、梅滔押在外边伺候。

不多一时,众人齐上衙前,余谦早将原差两个巴掌打回。骆宏勋劝道:"今日若不到案,反被他说我畏罪不前,不分皂白了。从来说,'是虚是实,不得欺人',不走是真才实料,怕他怎的!"故同原差至县。原差进内,通知人犯俱齐,内宅门禀过老爷。不多时,听得里面云板一响,几声吆喝,吴老爷坐在大堂上,分付将骆宏勋奸夫带上。骆宏勋不慌不忙,走至大堂,谨遵法堂规矩朝上跪下。

吴老爷问道："怎样与修氏通奸？从头说来！"骆宏勋道："小人扬州人氏，修氏乃嘉兴人，相隔几百里，怎能与他通奸。昨日方至嘉兴，借寓普济庵中，昨夜间闻得修氏喊叫'救命'，世上哪有见死不救之理！遂至其家，走进房门，见一个大汉骑在妇人身上。那妇人赤身露体，卧于地上乱滚。小人用脚将那大汉踢倒，问其由头，方知是他嫡侄欲欺婶母。后被本坊乡保叫门，将梅滔领去，小人即回庙中安歇。他事非我所知。"吴老爷道："带梅滔上来！"问道："你这奴才！自灭人伦，反怪别人为奸。"梅滔道："他被小人捉住，与婶母约定此言，但只私娃可知了！"吴老爷又唤和尚问道："你是个出家人，怎么与他牵马？骆宏勋与你多少银子？在你庙中住了多少日子？从实说来！"和尚道："僧人乃出家人，岂肯做这造孽之事！姓骆的一众人有十数个，昨日午后才到僧人庙中，通奸之事僧人实不知情。"吴老爷又唤修氏问道："你与骆宏勋几时通奸的？从实说来，免受刑法。"修氏道："小妇人一更天气已经脱衣安睡，梅滔这个畜生推进门来欲行灭伦之事；小妇人不从，他将小妇人按捺在地强而为之。小妇人喊叫，幸亏骆恩人相救。素日亦无会面，哪有奸情之事！"吴老爷又唤丫头老梅问道："你主母与何人往来，自然不能瞒你，从实说来。"老梅道："家爷在世是有名气的，家业颇有，亲戚朋友往来甚多，婢子哪能多记。"吴老爷道："我不问你那些人。我问你家主母与何人情厚，常常进主母房中走动？"老梅道："并无他人情厚。"用手一指骆宏勋，"就是见他常常走动。说他是主母姑表弟兄。别事婢子不知。"吴老爷又问修氏道："你还有何说？"修氏道："此必梅滔相教之言，老梅依他假话，老爷不要屈人！"吴老爷道："你丈夫死去一年，此胎从何得的？还敢强辩！"修氏道："此胎连小妇人亦在惊疑，不知因何而得？"吴老爷大怒道："哪有无夫而孕？若不动刑，料你不招！"分付将修氏

拶起来。一呼百应,一时拶起。修氏道:“便将双手断去,也不肯恩将仇报!”一连三拶,未有口供。又问骆宏勋道:“你到底几时通奸?一一说来。”骆宏勋又将前词说了一遍。吴老爷说:“把乡保唤来!”问道:“你等昨夜如何将梅滔领来?彼时他如何吵闹的?”乡保道:“小人并不知道,何有领梅滔这话?”骆宏勋在旁,回道:“昨夜不是这人领去的,老少不等,有五六个人,称是乡保,小人亦不认得。彼等打门相问,闻得嫡侄欺奸婶母,特带了去,今早来禀老爷处治。”吴老爷大怒道:“即此虚言,可知奸情是真了。若不动刑,谅你必不肯招!”分付两边抬夹棍上来,下边连声答应,把夹棍抬上堂。

正待上前来拉骆宏勋动刑,只见一人跑上堂前,将用刑之人三拳两脚打得东倒西歪。遂将夹棍一分三下,手持一根在堂上乱打。又听见一人大叫道:“诬陷好人为奸,这种瘟官要他何用?代百姓除此一害!”只听众人答应:“晓得!”满堂上不知多少好汉,也有拿板子的,也有拿夹棍的,还有将桌子踢倒,持桌腿乱打一番的:

欲将酷刑追口供,惹得狠棒伤身来。

毕竟不知何人在堂乱打,亦不知吴老爷性命如何,且听下回分解。

第三十一回　为义气哄堂空回龙潭镇

却说嘉兴县吴老爷，正分付人抬夹棍夹骆宏勋，余谦跑上堂来，把用刑之人三拳两脚打得东倒西歪；又将夹棍劈开，手持一棍，在堂上乱打。濮天鹏大喝一声："尔等还不动手，等待何时！"任正千、骆宏勋，并带来的十几个英雄，各持棍棒乱打一番。濮天鹏兄弟只奔暖阁来追；吴老爷见事不好，抽身跑进宅门。将宅门关闭。众书办、衙役人等，乖滑的见势凶恶，预先跑脱；恃强者还在堂上吆喝禁止，余者尽被余谦等五位英雄打得卧地而哼。濮天鹏恐再迟延，城门一闭，守城兵了来捉，则不能安然回去，到家必受老岳的闷气。说道："还不出城，等待何时！"大家听得，各持棍棒打出头门，照北门大道而行。行至普济庵，将行李取出，棍棒抛弃，各持着自用的器械，奔北门行走。这些英雄皆怒气冲天，似天神模样，哪个还敢上前拦阻？一直出了北门，来到自已船上，同水手拔锚开船，上龙潭去了。

且说嘉兴县衙门中，待众人去了半日，有躲在班房中之人，听得堂上清静，只有一片哼声，方一一大胆走出房来。看见众人已去，便走至后堂，开了暖阁门，禀知："凶人已去，请老爷出堂。"吴老爷重整衣冠，复坐大堂，道："这些强徒往哪里去了？"有人禀道："方才出北门上船去了。"吴老爷道："骆宏勋是扬州人，自然是仍回扬州，本县随后差人行文，赴扬州捉他未迟。其余人犯，现住何处？速速齐抓来问供。"众衙役领命，往衙外齐人。堂上受伤之人过来禀道："小的头已打破。"那个说："小的肋骨踢折了。"吴老爷道："每人赏银二两，回去调理。"

发放受伤人毕，奸情人犯拘齐。吴老爷唤上修氏，问道："你若实说与骆宏勋几时通奸，本县自然开脱你；你若隐而不言，这番比不得先前了！你可速速招认，本县把罪归于骆宏勋一人，好行文书去拿他，毫不难为你。"修氏道："实与骆宏勋无私，叫小妇人怎肯相害！"吴老爷分付："着实拶这奴才！"又是一拶三收，修氏昏而复醒，到底无有口供。吴老爷自道："若不审出口供，怎样行文拿人？

修氏连拶九次,毫无招供,这便怎了?”又想道:“总在和尚身上追个口供罢了!”遂唤和尚问道:“你庙中所寓一班恶人,其情事不小。据本县看来,真是一伙大盗。既在庙中歇息,你必知情,或奸情,或强盗,你说出一件,本县即开脱与你;若不实说,仔细你两只狗腿。”和尚道:“实系昨日来庙,别事僧人不知。”吴老爷大怒:“若不夹你这只秃囚,谅你不肯招出。”正是:

可怜佛家子,无故受非刑。

一收一问,和尚不改前供。吴老爷也无可奈何,只得写了监帖,将和尚下监,修氏交官媒人管押;老梅令梅滔领去;私娃子用竹桶盛住寄了库,待行文捉拿骆宏勋再审。发放已毕,既今日哄堂之事难瞒府台太爷,命外班伺候,亲自上府面禀。来至府前头门之外,下轿步行,宅内家丁投递手本,里边传出“面见”。吴老爷来至二堂,王伦问道:“何县禀见?”家丁回道:“嘉兴县在外伺候。”“传他进来。”吴老爷参见已毕,王伦命坐。问道:“贵县今来有何事讲?”吴老爷道:“卑职今日审一件奸情。奸夫骆宏勋,他一党有十数余人大闹卑职法堂,将书役人等打得脸青眼肿,卑职若不速避,亦被打坏。特禀公祖大人知道。”王伦一听得“骆宏勋”三字,即打了一个寒噤,假作不知,问道:“骆宏勋哪里人氏?”吴老爷道:“他是扬州人氏。”王伦道:“扬州离此不远,速行文书捉拿要紧。有了骆宏勋,余众则不难了。”吴老爷领命一躬,回衙连忙差人赴扬。这且不提。

却说鲍自安在家同女儿闲谈,道:“嘉兴去的人今晚明早也该回来了。”金花道:“等贺氏来时,女儿也看看她是何等人品,王伦因她就费了若干精神。”鲍自安道:“临行,我叫他们活捉回来,我还要审问审问,叫他二人零零受些罪儿,如一刀诛之,便宜了这奸夫淫妇!”正谈之间,家人禀道:“濮姑爷一众回来了。”鲍自安道:“我想他们也该回来了。”鲍金花兴致勃勃随父前来观看贺氏,闪在屏门后站立。鲍自安走出厅,向任、骆二位道:“辛苦!辛苦!”又问濮天鹏,濮天鹏遂将嘉兴北门湾船,借寓普济庵,原意三更时分动手,不料左边人家姓梅嫡侄强奸婶娘,骆大爷下去搭救,次日拘讯,硬证骆大爷为奸夫,欲加重刑,我等哄堂回来,未及捉奸夫淫妇等,说了一遍。鲍自安道:“这才算做好汉!若叫骆大爷受他一下刑法,令山东花老他日知道,岂不笑杀!似此等事,你多做几件,老夫总不贬你。只是有此‘哄堂’一案,嘉兴诸事防护严了,一时难以再去。待宁静宁静,你再多带几个人同去走走罢了!”鲍金花在屏门后“喇”的一笑,说道:“自家怕事,倒会说旁人。”鲍自安道:“我怎么怕事?”金花道:“山东花叔叔不能二下定兴,捉杀奸淫,你笑他胆小;今日你因何不敢复下嘉兴?又说什么稍迟叫旁人再去。只你值钱,别人都是该死的!”鲍自安道:“这是连日劳碌了姑老爷的大驾了，姑奶奶心中就不喜欢，连你都笑起来了！明日花振芳又要笑话。拼着这老命，明日就下嘉兴走走何妨！”

任、骆二位见他父女二人上气，忙解劝道：“日月甚长，何在一时？俟宁静几日再去，方保万全。”鲍自安道：“二位大爷不知，我这姑奶奶自幼惯成的。今日这就算得罪她了，有十日半月的咒骂，还不肯饶我哩！我在家中也难过，趁此下嘉兴走走：一则代任大爷报仇，二则躲躲姑奶奶！还少不得请二位大驾，并余大叔同去玩玩。今番多带十来个听差的，连‘私娃子’一案人都带了来。我要审他的真情，那修氏到底有没有奸夫？”任、骆二人并濮天鹏兄弟齐说道：“修氏连受三拶，总无口供，看这光景真无奸夫。”鲍自安笑道：“骆大爷同濮天雕尚未完婚，小婿虽然成亲而未久，任大爷亦未经生育，故不深明此中之理。老夫一生生了十数余胎，只存小女一人，哪有不夫可成孕者？我说众位不信，待把一众盗来，当面审与诸位看看！”即对濮天鹏道：“烦姑爷到后边，多多拜上姑奶奶：将我出门应用之物，与我打起一个包裹，我明日就辞他去了。家内之事，拜托贤昆仲二位料理。我想嘉兴县既知骆大爷是扬州人，‘哄堂’之后必定是到扬州捕捉，你到江边嘱咐摆江船上：凡遇嘉兴下文书者，一个莫要放过才好；倘若过去，扬州江都县必差人赶至骆大爷家，将人惊吓了。惊吓了老太太则我之过！”濮天鹏兄弟一一领命。鲍自安就叫两只大船装载米面，柴薪带足。听差百十人中拣选了二十人前往，各打包裹。

第二日清晨，大家上船又往嘉兴。下文书之人，真个一个不能过去。凡衙门之人出门，就带二分势利气象，船家不问他，他自家就添在脸上，自称道：“下文书的！”使船家不敢问他讨船钱。那些船家听濮天鹏分付后，逢有下书之人，连忙单摆他，过江心，船漏一抽，翻入江心。嘉兴县见去人久不回来，又差人接催，及到江边，仍然照前一样。嘉兴离扬州虽无多远，其信不能过江。也不必多言。

再说鲍自安两只大船又到嘉兴，前日湾船北门，今日在西门湾下。临晚，鲍自安将夜行衣服换上，应用之物俱揣入怀中，亦不过火闷子并鸡鸣夺魂香、解药等类，两口顺刀插入裹腿中，那二十位英雄亦各自装扮停当。起更之后，鲍自安告辞任、骆两人，带领众人趁此城门未闭，欲进府前来捉王伦、贺氏。不知好歹如何，且听下回分解。

第三十二回 因激言离家二闹嘉兴城

话说鲍自安告别众人，趁城门未关就便而入。进城之后，鲍自安分付众人："我们大家一同而行，恐怕人看出破绽，总约在普济庵后边楼上取齐。"大家分散而行。鲍自安走至普济庵门口，见门尚未闭，自向里随步进去。只见庙内甚是冷清，绝无一人，直至后厨房中，方见两个小和尚同一个道人在里面吃晚饭。一见鲍自安进来，见他穿着怪异，连忙上前问道："台驾是哪里来的？到此何干？"鲍自安道："金陵建康来的。素常与此庙住持相识，特来一望。"那道人云："老和尚昨日因件官司受了夹棍，现在禁中。"鲍自安道："我特来望他，不料不能相会。"怀中取出三两一锭银子，递与小和尚道："你且收起，明日买些酒肴送与你师父食用，也是与我相交一场！"小和尚同道人相谢，斟了一杯便茶送与鲍自安。鲍自安接茶在手，问道："老师父因何官司受此酷刑？"道人回道："老爹，你不知。"遂将前事说了一遍。鲍自安道："其余人犯现在何处？"道人云："修氏交官媒管押在他家，老梅交梅滔办领在家，私娃用竹桶盛住寄了库，就是我家老和尚入禁在监，待扬州府拿到'哄堂'人犯一齐再审。"鲍自安问得明明白白，遂辞了小和尚、道人，退步出门。小和尚相送，一拱而别。

鲍自安转过后边僻静之处，将脚一纵，蹿上了小房子，复身又一纵，上了厢楼，一看那二十位英雄早已都在楼上。见老爹进来，俱各起身。鲍自安道："天气尚早，我们且歇息片时再做事方妥。"大家俱在楼上坐下。坐了一会，听得更交二鼓三点，外边人声已定。鲍自安道："你们莫要全去，只要五六个人随我下去，捉一个，提上一个，都放在楼上，等人犯齐全，我自有道理。"众人领命。随去五六个人，俱在房上等候。

鲍自安到了梅家天井之中，听了一听，有那妇人在房中啼哭，知是修氏。闻得那间房内两个妇人说道："天已二鼓，老娘娘你睡吧！我们也不知该了什么罪，白日里一守一天，夜晚间还不叫人睡觉哩！"鲍自安道："此必是官媒了。"取出香来点着,自窗眼透进。耳边听得两个喷嚏,则无怨恨之声,但听这边房内呱呱哭泣。遂又从这边窗眼透进香火,又听得连连两声喷嚏,亦无哭声了。拔出顺刀将门拨开,火闷一照,见桌上银灯现成,用火点着一看,床上睡着两个妇人。本待要伤他性命,也不怪他,也是奉官差遣,由她罢了。走至这边房内一看,见一妇人怀中抱着一个孩子,床杆上挂着一条青布裙子,并几件衣服。揭起被一看,那妇人竟是连小衣而睡。看那修氏自梅滔强奸之后,皆是连小衣而卧。鲍自安将木杆上所挂衣裙尽皆取下,连被褥一并卷起,挟至小房边。房上之人看见老爹回来,将绳兜放下,鲍自安将修氏母子放入兜中,上边人提在房上,楼上人又提上楼,打开被褥代他母子穿衣。凡强盗之家规矩甚严,哪怕就是月宫仙子也不敢妄生邪念。

不讲房上穿衣服。且说鲍自安又往后边,走到后院,又听一人说道:“再待扬州拿了骆宏勋,到日少不得还审二堂。似此败丧门风之妇留她做甚!将她改嫁,这份家私尽是我执管了。待她临出门之时,只叫她穿去随身衣服,其余都尽是我的,给你穿用,也省得再做。”一妇人道:“二娘待我甚好!只因你这个冤家,生生将她嫁出家门,我心中有些不忍。”鲍自安听得明白,此是梅滔与老梅了。随即取出香来,亦从窗眼透进,不一时连听两个喷嚏,则无声息了。乃将门拨开,走近床边,火闷一照:见两个一头同睡。鲍自安随将她衣服取下,连被一并卷起,又挟至前边小房间,仍用绳兜提上楼去。鲍自安亦随上来,也着人代她穿了衣服,捆成四捆,同听差十人先至船上。

鲍自安带了十人直奔嘉兴县,来到了库房之上,将瓦揭去五路,开了一个大大的天窗。鲍自安坐在绳兜之中,着人吊下,将火闷一照:见东北墙角倚靠着一个竹桶。料必是私娃子,用手拿过,走至绳兜边,仍坐其中,将绳一扯,上边人即知事已做妥,连忙提将上来,仍回庵内歇息。歇息片时,鲍自安道:“你们将此竹桶先带回去,我独进府衙捉拿奸夫淫妇。如得手,我自将二人提上船去;倘若惊动人时,我亦有法脱身,你们莫要进来催我,人多反不干净。”众人领命,拿了竹桶俱回船不提。

且说鲍自安独走到府衙房上,走过大堂到了宅门之上,看了看,天井之中灯火辉煌。仔细望下一看,见两廊下有十余张方桌,桌上人多少不一,细看有四五十人,在那里斗牌的、下棋的、饮酒的、闲谈的,厅柱上挂着弓箭,墙壁上倚着铁棒。鲍自安坐在房上,想道:“显然王伦晓得我来,特令这些人在此防备。倘有一些知觉,这些人大惊小怪的,虽不怎样,但又不能捉拿奸淫了!须将这些人先打发了才好。"遂将怀中带来之香尽皆取出,约略有二三十支,两头点着,坐在上风头,"虽不能尽皆迷上香,熏倒几个人少几个人。"算计已定,取出火闷来,暗暗点着香火。又恐火闷子火大,被人看见,想又收起,用那点着之香来点那未着者,用口底上吹去。看官:你说那些人因何至此?自骆宏勋哄堂之后,嘉兴县禀过王伦。王伦回太守府与贺氏商议:"今骆宏勋同一班恶人至此,皆为你我而来,不意昨夜竟做此事,未及下手,以后不可不防!"遂即分付三班衙役,每晚要三十人轮流守夜;又向嘉兴县每晚要二十个人,共是五十个。王伦亦不难为他们,每晚一人赏大钱一百文,酒肉各一斤。叫爱赌者赌,好酒者吃酒,只是不许睡觉。那晚仍设饭酒。一人起身小便,走至墙脚下,未解裤子,猛听得房子上有人吹气,抬头定睛一看,黑影影有一人在那里吹。这人也不声张,回至廊下,拿了一支鸟枪,将药放妥,火引藏在身后,仍走至小便之所,枪头对准房上之人,将火绳拿过,药门一点,一声响亮,廊上之人俱立起身来相问。拿枪之人说道:"方才一人在房上吹火,被我一枪,不见动静,快拿火来看一看!"

却说鲍自安在房上吹火,不料下边有人看见,只见火光一亮。鲍自安在江湖上是经过大敌的,就怕的是鸟枪,将身一伏,睡在房子上,那枪子在身上飞过。鲍自安吓得浑身是汗,自说道:"幸喜躲得快,不然竟有性命之忧。"又听众人要执灯火来瞧。自思:只怕下边还有鸟枪。不敢起身,遂暗暗抬头一看,见众人各执兵器,在天井之中慌乱。又见一人扛了一把扶梯,正要上房子来看。鲍自安用手揭了十数片瓦,那人正要上梯子之中,用手打去,"咕咚"一声,翻身落地,哪个还敢上来?齐声喧喝道:"好大胆强盗!还敢在房上揭瓦打人!"

不多一时,府衙前后人家尽皆起来,听说府衙上有贼,各执器械前来捉获,越聚越多。鲍自安约估有五更天气,心想:"还不早些出城,等待何时!"又揭了一二十片瓦在手,大喝一声:"照打!"撇将下去,又打倒四五个人。鲍自安自在房子上奔西门而去。看看东方发白,满城之人,家家起来观看。鲍自安走到这边房上,这家吆喝道:"强盗在这里了!"行到了那里,那里喊叫道:"强盗在这里了!”白日里比不得夜间容易躲藏,在房子上走多远人都看见。那鲍自安想了想:倒不如在地下行走,还有墙垣遮蔽。即将腿中两把顺刀拔出在手,跳下来从街旁跨走。正行之间,城守营领兵在后追来。鲍自安无奈,见街旁有一小巷,遂进小巷内。那兵役人等截住巷口,鲍自安往巷内行了半箭之地,竟是一条实巷,前无出路,两旁墙垣又高,又不能蹿跳得上。心中焦躁,恶狠狠持着两把顺刀,大叫道:“哪个敢来!”众兵役虽多,奈巷子偏小,不能容下多人,鲍自安持刀恶杀,竟无一人敢进巷中。站了半刻,外边一人道:“他怎的拿瓦打人!我们何不拿梯子上屋来,亦揭瓦打他。”众人应道:“此法甚好!”鲍自安听得此言,自道:“我命必丧此地了!”正是:

他人欲效揭瓦技,自己先无脱身计。

不知鲍自安性命如何,且听下回分解。

第三十三回 长江行舟认义女

却说鲍自安在巷内闻得要揭瓦打来，甚是焦躁。忽见墙脚边有乱砖一堆，堆了二尺余高，用脚一点，使尽平生之力纵上高房。向下一望，见各街上人皆站满，无处奔走，回头一看，房后就是通水关的城河，所站之房即是人家的河房。鲍自安大悦道："吾得生矣！"照河内一跳，自水底行走，直奔水关而去。众人道："强盗投大河，拿挠勾抓捞。"

且说鲍自安自水底行至水关门，闸板阻路，不能过去。心中想道："但不知闸板上塞否？倘若空一块，我则容易过去了。"又不敢出水来瞧看，恐怕岸上人用勾抓住。在水内摸着板窍用力一掀，竟未上全，还有一板之空，慢慢侧身而过。出了水闸门便是城外了，鲍自安方才放心。意欲出水登岸行走，头乃冒出水来，恰恰河边是个粪坑，有一人在那里捞粪。一见水响，只当是条大鱼，用粪勺一打，正打在鲍自安左额之上，砍去一块油皮。鲍自安本待出水结果他性命，又恐城内人赶来，忍痛仍从水底行走，约离西门不远方才登岸。城河离官河不远，行至河边仍下河内，行至自家坐船，脚着力一蹬而上。众水手说道："老爹为何从水内而来？"鲍自安摇手禁止道："莫要说起！莫使任、骆二位知之，见此光景取笑。"使个眼色与水手，速速扳棹开船，自己暗暗入船，将湿衣脱去，换了一身干衣。十月天气在水中倒也罢了，出水之后反觉寒噤起来了。令人烧了一盆炭，烤烘了寒衣，取出手镜一照：见左额上砍了一寸余长的血口。连忙取出些刀伤药敷上，以风帽盖之。收拾停妥，方走过这边船来。进了官舱，任、骆二人连忙相迎，问道："老爹几时回来？"鲍自安将前前后后说了一遍，把毡帽一揭道："时运不通，又遇见这个瘟骚母，照在下额上打了一粪勺，方才敷上药。"任正千谢道："为晚生之事，使先生有性命之忧；又受此伤，虽肝胆涂地，亦不能报！"鲍自安道："我前日原说宁静宁静再来，方才妥帖。不料小女相激愤怒而来，又成徒劳。我料王伦终不出吾之手，迟早不等，后边少不得三下嘉兴吧！"船家知老爹今日受惊，办了几个盘子，暖了一壶好酒，送入船来与老爹压惊。鲍自安同任、骆二位谈饮。

却说嘉兴城中将四门关闭，谅强盗不过是在河内，多叫挠勾抓捞。天明时，嘉兴县吴老爷来见。王伦道："本府衙内捉了一夜强盗，难为贵县此刻才来相见！"吴老爷一躬到地，说道："卑职衙门亦有强盗，库房上揭了一大片瓦，将私娃子竹桶盗去，别物一些未动。卑职亲令人修补完了，来参见时已是迟迟。"王伦道："别物不失，而盗私娃，此人必是哄堂一党人了。"话犹未了，官媒婆来告道："今夜将老梅、梅滔并修氏母子盗去！"王伦道："亦是这大盗。贵县速速行文到扬，捉这骆宏勋要紧！"吴老爷道。"卑职已差几次人去，总未见回来，不知是何缘故？"王伦道："再拣能干者差几个前去！"吴老爷领命回衙，修文赴扬，不待言。且说那城河内抓捞到午间，毫无踪迹，少不得开放城门令人出入。王伦曰："今后要更加防备！"不提。

且说鲍自安同任、骆二位饮了一会，大家又用了早饭，鲍自安卧却片时起来，说道："行船无事，审问奸情玩玩吧！"任、骆二位齐道："使得。"鲍自安道："二位大爷，哪位做问官？"任正千、骆宏勋道："怎敢僭老爹！"鲍自安道："如此老拙有僭了。"分付传二十位英雄来船内两旁站了。鲍自安居中坐下，任、骆列坐于后。鲍自安分付将修氏带过来，外边答应一声，揭起舱板，将修氏提出。修氏哀告道："英雄饶命！"那人道："莫要喊叫，我家老爷今要审问奸情哩！"修氏自受闷香之后，被人抬进船来，及醒时也不知身在何处。今被提进船中，见一位六十岁年纪的老人家端坐那里，也不知做的是什么官职？又见他后边坐着二人：一个是前番救命的骆恩人，一个也是骆恩人一党，不解是个什么缘故。只得双膝跪在船中，磕了个头，道："孀妇修氏叩见大老爷！"鲍自安道："我今虽非法堂，更比官法严些。你与骆大爷通奸是梅滔诬你，我已悉知，不必再问。只是你丈夫已死一年，而怀中之胎从何而有？你实实说出。我又不是问官，管你什么，只明白明白就罢了！"修氏道："小妇人生长虽非官家，而颇晓三从四德，虽非名门，而丈夫忝在上庠。既知为夫守节好，反不知失身为耻？此胎之有，连小妇人亦莫其知也！"鲍自安道："我已六旬年纪，地方也游过几省，从未见不夫而成胎者。善意问你，你不实说！"分付："拶起来！"两旁答应得紧。任、骆二人低低说道："他也有夹棍、拶子不成？"降目一观，只见旁边走过二人，一人将修氏两手拿住，一人将修氏双手合在一处，把面杖粗的五个指头夹住修氏十指，用力一拶，修氏喊叫不绝。鲍自安又问道："奸夫是谁？从实招来！"修氏道："实在没有，望老爷饶命！"鲍自安分付："再拶！"那人又用力一拶，修氏昏倒船中。鲍自安分付松刑。那人把五个指头放松，修氏醒了片时，哭诉道："实无奸夫，叫小妇人怎么说法?”鲍自安分付将修氏暂送那只坐船,待审过梅滔再问。修氏道:“乞老爷天恩,小妇人儿子年方两周岁,乞付小妇人自喂养。”鲍自安分付把她儿子付她。下边走过几个人来,说:“莫要饿坏了。”遂将他母子送上那只坐船。

鲍自安分付带过梅滔、老梅上来。下边又将舱板揭起,将二人提进船中。梅滔一见骆宏勋在坐,谅今日难保性命,只得跪下哀告道:“望老爷饶命!”鲍自安道:“嫡侄何异母子,怎敢起不良之心!”梅滔道:“只因借贷不给,强取是实,无灭伦之意。”鲍自安分付:“夹起来!”下边走过几人,把梅滔按伏船中,一人合起碗大两个拳头,向梅滔孤拐上一夹。梅滔大喊道:“望老爷松刑,容小人细诉。”鲍自安道:“松刑,叫他说来。”梅滔道:“丫头老梅是婶母房中之人,小人与他私通一年,恐婶娘知之见罪,二人商议:谅婶娘幼年孀居,亦必爱风月之事。约定那日婶娘脱衣睡时,老梅暗开房门,小人进逼行奸。不料婶娘不从,大声喊叫,惊动骆宏勋大爷解救。”鲍自安道:“彼时不伤你性命,就该感激骆大爷之恩,次日怎反诬骆大爷为奸夫,又是因何?”梅滔道:“天明时老梅前来说:‘我婶娘夜间产下一娃。’小人欲报夜间相打之恨,故至县报告。总是小人该死,望老爷饶恕一二!”鲍自安向丫头老梅骂道:“坏事贱人!我昨夜在你房外听得你自道:二娘待你甚好。就该以德报德,怎反唆人行奸,以仇报之。”分付拶起来,亦照修氏一般拶了三拶,老梅喊叫不绝。鲍自安将二人仍下舱板下,亦赏点稀粥与他度命。

及到晚饭时候,大家用了饭。鲍自安道:“倘若前日离远些,也不听见此事,修氏之命实骆大爷再造之恩。而修氏在嘉兴县堂上受刑,总不肯玷辱骆大爷,亦还有良心之人矣!我观她年纪不过二十上下,生得倒也干净,我今作媒与骆大爷做一个侧室。”向任正千道:“大爷,你说使得么?”任大爷道:“实好,实好!”骆宏勋不觉满面发赤道:“今若做此事,将前日相救之情置之东流也!他人必说:我晚生非正人也!”鲍自安道:“既骆大爷不愿收她为侧室,今令修氏陪宿,以报救命之恩,非为过也!”说罢,将骆大爷硬推过那只船上,而入官舱与修氏同宿。不知修氏肯否,且听下回分解。

第三十四回 龙潭后生哭假娘

话说鲍自安将骆大爷送过船来，送入官舱，回手带过船门，以锁锁之。不表。

且说修氏怀抱其子，正在那里悲凄，忽见骆大爷进船，连忙站起身来，问道："恩爷来此有何话说？"骆大爷听得修氏相问，满面通红，无言可答，只得实告道："鲍老爷作媒，叫我收你为妾，我不肯。他又说：既不肯收你为侧室，叫你今日陪宿，以报我前日之恩，生生将我送进船来。"修氏听得此言，双膝跪下，吓得魂飞天外，二目垂泪，哀告道："我梅氏乃良善之家，丈夫念书之子，永诀之时，执妾手相告道：'妇人以贞节为重，如念我三年夫妻之情，我死之后，望贤妻抚养孤儿。我虽在九泉之下，感恩无尽矣！'言犹在耳，何曾刻忘。今爷有救命之恩，若不相从，是为忘德。背夫不仁，忘恩无义，此不仁不义，天地岂肯覆载我乎？今在恩爷台前，解下腰带自尽船中，使无愧妇德，敢见丈夫于泉下矣！"又抱过那两岁娃子，向骆大爷磕了一个头，道："妾死之后，望恩爷将此子带至府中，以犬马养之，妾夫妻衔结相报！"说罢站起，解下系腰汗巾正待寻死，骆宏勋急忙上前解救。修氏只当骆大爷真有邪念，前来拉扯，大怒道："方才叩谢，已算报过大恩；你尚不知耻，还要前来相戏！"用手向骆大爷脸上一把，抓了四五个血口。只听船外鲍自安称赞道："这才算得一个节妇！"遂开了船门，同任正千走进，见骆宏勋面带血迹，说道："得罪，得罪！"又向那修氏道："骆大爷是个坐怀不乱的奇男子！花振芳将女儿登门三求婚尚且不允，今日岂有邪念？是我料骆大爷青年俊雅，又兼有恩于你，故试你贞节。我同任大爷在外听得明白，先以理善求之，后以手恶拒之，以死报夫，哪有私情之理！奈我等才疏学浅，不明此理。我今年近六旬，只有小女一人，意欲认你为义女，同到我家过活，将你儿子抚养成人，再立事业。不知你意下如何？"修氏闻得此言，连忙叩谢，在船中拜了四拜，认为义父。鲍自安分付众人："俱以大姑娘呼之。"又分付："将私娃桶存好，后来遇见那才高学广、博古通今之士，方能明白此案。"这且不表。

再说鲍自安分付开船。在路非止一日,那日到了龙潭,鲍自安同任、骆二位先至庄上,令人抬轿一乘,将修氏母子抬到家中,把前后事情告诉金花小姐一番。鲍金花见修氏生得聪俊,甚是可爱。且修氏小字素娘,家人奴辈皆以"素姑娘"呼之。鲍自安分付将老梅、梅滔俱下在后园地窖之中,每日以稀粥两餐食他度命,以待明日审问。鲍自安走至大门,问门上人道:"家内可有甚人来否?"门上人禀道:"昨日山东花老爹从早过来,分付小的:等老爹回来,避着任、骆二位知道,说杭州之事已做过了,老爹自然明白。因老爹与任、骆二位爷同来,故未禀知。"鲍自安想道:"杭州之事既做,这老儿必上扬州,也不过几日就有信来。生法即叫任正千回山东去才好。"临晚吃酒之时,鲍自安道:"本意代任大爷捉奸雪恨,不料二下嘉兴,俱是劳而无功。我料今后嘉兴防护更是加紧,一时不可再往,须待两三月才可前去。"任正千道:"虽非成功,而老先生之意已待晚生不浅矣!事原不可太急,前蒙花老先生所嘱,晚生也要回山东,暂为告别!"鲍自安道:"既是如此,我也不敢相留了。大驾不在此,得便我即将奸夫淫妇捉来,请大驾至此处治便了!"骆宏勋道:"晚生在府坐扰一月,明日亦要告辞,动身赴杭。"鲍自安道:"你也要赴杭?只是二位一时都要起身,奈老拙寂寂寞寞;待任大爷先起行之后,骆大爷再定起行日期吧!"一夜提过不表。次日清早,任正千告别起身回山东。鲍自安留骆大爷再住三两日,许他赴杭。骆宏勋亦不好一意别去,只得又住了两日。

那日晚饭时候,那鲍自安陪着骆大爷正在用晚饭,门上人进来说道:"启上老爹:门外来了一人,口称是骆大爷家人,名唤骆发,有紧要事情要见骆大爷。小的不敢擅自叫他进来,特禀老爹知道!"鲍自安已知是花振芳又做了那一件事,故此今骆府差人来通知。遂向骆宏勋问道:"君家府中可有此人否?"骆大爷道:"原有这个小厮。"分付余谦:"你出去看来,果是骆发,令他进来见我。"余谦领命,去不多时,同了骆发大哭而进。骆大爷急忙问道:"何事?"骆发走上前来,磕了一个头,站立一旁,说道:"昨日午时,接得杭州桂太太书信一封,云:于二十日前半夜之间,来了一伙强盗,并无偷盗财帛,只把小姐杀死,将头割去。桂老爷见小姐被杀哀恸,过了五日,桂老爷亦因思小姐吐血身亡;我家太太闻知,悲痛不已,意欲今早着人来此通知大爷,不料今夜太太所住堂楼之上,忽然火起,及救熄火时,太太已焚为炭!现有徐大爷书信一封。"即双手递过。骆宏勋先闻桂府父女相继而亡,已伤恸难禁;及听母亲被火烧死,大叫一声:"疼死我也!"向后边便倒,昏迷不醒。余谦、骆发连忙上前扶住呼唤,过了半日醒转过来。哭道:"养儿的亲娘呀!怎知你被火焚死!养我一场,受了千辛万苦,临终之时,未得见面,要我这种不孝之人有何用处!"哭了又哭。鲍自安劝道:"骆大爷,莫要过哀,还当问老太太骨骸现在何处?徐大爷既有字来,亦当拆看。只是哭,也是无益!"骆大爷收泪,又问骆发道:"太太尸首现在何处?"骆发道:"火起未有多时,南门徐大爷前来相救,及见太太烧死,说:大爷又不在家,恐其火熄之后,有人来看,太太的骨灰铺地,不好意思。徐大爷遂买一个瓷坛,将太太骨灰收起。因我家堂楼已被烧去,无有住房去放,徐大爷自抱太太骨坛,送至平山堂观音阁中安放。又不知大爷还在龙潭,还是赴杭去了?意欲回家速速修书差人通禀。不料平山堂之下,栾家设了一个擂台,见徐大爷由台边走过,台上指名大骂。徐大爷大怒,纵上擂台比试,半日未见胜败。谁知徐大爷一脚蹬空,竟自跌下来,将右腿跌折,昏迷在地,小的等同他家人拿棕榻抬至家中。徐大爷不能修书,请了旁边学堂中一个先生,才写了这封字儿。中饭时,小的在家中起身,故此刻才到。"骆宏勋将信拆开一看,与骆发所言无差。这骆宏勋就要告别奔丧。鲍自安道:"老太太灵坛已由徐大爷安放庙中,大爷今日回府也是明日做事,明日到家也是明日做事。今日已晚,过江不是玩的,明日清早起身为是。"骆宏勋虽然奔丧急如火焚,怎奈天晚难以过江也。无奈只得又住一晚。思想母亲劬劳之恩,不住哀哀恸哭。鲍自安也不回后安睡,在前相陪,解劝道:"骆大爷,你不必过哀。我有一个朋友不久即来,他得异人传授,炮制得好灵丹妙药,就是老太太骨灰、桂小姐无头,点上皆可还阳。若来时,我叫他搭救老太太、桂小姐便了。"骆大爷满口称谢。余谦在旁道:"他既有起死回生之术,何不连桂老爷一并救活?"鲍自安道:"他是吐血而死,血气伤损,怎能搭救!"余谦暗道:"砍去头者岂不伤血?烧成灰岂不损伤血?偏说可救!而吐血死者,尸首又全,反说不能救,我真不解是何道理也?"又不好与他争辩,只自家狐疑罢了。鲍自安又对濮天鹏道:"你明日同骆大爷过江走走,亲到老太太灵前哭奠一番,谢谢太太之恩!"濮天鹏道:"我正要前去。"次日天明,鲍自安分付拿钥匙开门,将骆大爷包袱行李一一交明,着人搬运上船。骆宏勋谢别,鲍自安送出大门,骆、濮等赴江边去了。

正走之间,只见后边一个人如飞跑来,大叫:"濮姑爷,请慢行!老爹有话相商酌。"正是:

惧友伤情说假计,独悲感怀道真情。

毕竟不知鲍自安有何话说,且听下回分解。

第三十五回 鲍家翁婿授秘计

却说骆宏勋同濮天鹏正行之间，只见后边一个人飞跑前来，请濮姑老爷回去，老爹有要紧话相嘱。濮天鹏向骆宏勋道："大驾先行一步，弟随即就来的。"将手一拱，抽身回庄。进了内庄，鲍自安见濮天鹏回来，说道："我有句话告诉你。"花振芳因求亲不谐，"欲丢案在骆宏勋身上，谋之于我。我恐骆大爷幼年公子，哪里担得住？是我叫他将桂小姐、骆太太都盗上山东去，不怕日后骆大爷不登门相求。今日杀头火焚者俱是假的。虽如此，而骆大爷不知其假，母子之情自然伤痛。我故着你陪去，将此真情对你说知，你只以言语解劝，使他莫要过悲，切不可对骆大爷说出此言，以败花老爹之谋计也。"又拿银二十两，交付与濮天鹏带去，备办祭礼。濮天鹏一一领命，又复出门赶奔江边，与骆大爷一同上了过江船。骆宏勋问道："适才老爷相呼，有何分付？"濮天鹏道："因起身慌速，忘带办祭之资，故唤我回去，交银二十两与弟带来。"骆宏勋道："大驾幸临，已感激不尽，何必拘于办祭礼否！鲍老爹可谓精细周全之人。"

未到下午时候，已至扬州。骆宏勋向余谦道："这太太灵坛安放平山，我们也不回家去了，进南门先到徐大爷家。一者叩谢收骨之恩，二者看问徐大爷腿伤如何。三者将包袱寄在他家，我好上平山堂奔丧。"余谦闻言，同骆发二人照应人夫，将包袱担往徐大爷家。进城之时，来往行走之人，一见这余谦回来，大家欢喜道："'多胳膊'回来了，明日我们早些吃点饭，上平山堂去看打擂台去。"又一个人道："他家主母被火烧死，今日回来赶着料理丧事，哪有工夫去打擂台！"这人道："你哪里知他的性格其烈如火！他家主母灵坛现安放平山堂观音阁中，自然要随主人往观音阁去。设擂台之处乃必由之路。经过观音阁，他若看见此擂台，忙里偷闲，也要上去玩玩。我打算三日不做生意，明日我家表嫂生日，我也不去拜寿，后日再补不迟。"那人说道："明日是我姨妈家满月，也不去恭喜了，陪你去看看余老大打擂台吧！"不讲众人算计偷工夫看打擂台。

且说余谦等押着行李过了南门，不多一时来至徐大爷家门首。进门到了内书房，看见徐大爷仰卧在棕榻上。徐松朋见余谦押着许多行李进来，知表弟骆宏勋来了。忙问道："你大爷现在何处？"余谦走上前来请过安，道："小的同骆发押行李，大爷同濮大爷在后，少刻即到。"徐松朋道："哪个濮大爷？"余谦低头说道："就是向日刺客濮天鹏，乃是鲍自安之女婿。因感赠金之恩，闻老太太身亡，特地前来上祭。"徐松朋道："既有客来，分付厨下快备酒席。"又分付挪张大椅子，拿两条轿杠，自己坐在椅上，二人抬至客厅去。

正分付间，只见骆大爷同濮大爷已走进来。骆宏勋一见徐松朋，不觉放声大哭，跪下双膝叩谢。徐松朋因腿疼不能搀扶，忙令家人扶起，说道："你我姑表兄弟，理该如此，何谢之有！"濮天鹏道："在下濮天鹏，久仰大名，未得相会，今特造府进谒！"徐松朋道："恕我不能行礼，请入坐吧！"濮天鹏道："不敢惊动了。"濮天鹏转道："骆大爷请坐。"骆宏勋正在热孝，不敢高坐，余谦早拿了个垫子放在地下。骆宏勋说要奔丧，徐大爷道："这等服色怎样去法？倘若亲家知你已到，随去上祭，如何是好？今日赶起两件孝衣，明日我同你前去。"骆宏勋闻得此言有理，分付余谦速办白布。徐松朋道："何必又买，我家现成有白布。"分付家人到后边向大娘说：将白布拿出来。又差一个人，多叫几个成衣来赶做。拿布的拿布，叫成衣的叫成衣，各自分办，不必细说。

不多一时，酒席完备。因骆宏勋不便高坐，令人拿了一张短腿满洲桌子来，大家同桌而食。骆宏勋细问打擂台之由，徐松朋道："愚兄将舅母灵坛安放观音阁，回来正在栾家擂台前过，闻得台上朱龙吆喝道：'闻得扬州有三个人，骆宏勋、徐松朋并余谦，英雄盖世，万人莫敌。据我兄弟看来，不过虚名之徒耳！今见那姓徐的来往，自台边经过，只抱头敛尾而行，哪里还敢正眼视我兄弟也！'老表弟你想：就十分有涵养之人，指名辱骂，可能容纳否？我遂上台比试，不料蹬空，将腿跌伤。回家请了医生医治，连日搽的敷的，十分见效，故虽不能行走，却坐得起来，也不十分大痛。愚兄细想：栾镒万设此擂台，必是四方邀请来。知你我是亲戚，故指名相激！"余谦在旁闻了这些言语，气得眼竖眉直，说道："爷们在此用饭，待小的到平山堂将他擂台扫平，代徐大爷出气！"骆宏勋惊喝道："胡说！做事哪里这等急，须慢慢商酌。"徐松朋道："此言有理。我前日亦非输与他，不过蹬空自坠。现今太太丧事要紧，待太太丧事毕后，我的腿伤也好时，再会他不迟！"余谦方才气平。临晚，徐大爷分付："多点些蜡烛，叫成衣连夜赶做孝衣两件，明日就要穿的。"大家饮了几杯晚酒，书房列铺，濮天鹏、骆宏勋安歇，徐松朋仍然用椅子抬进内堂。

次日起来，吃过早饭，裁缝送进孝衣。骆宏勋穿了一件，余谦穿了一件，濮天鹏将一件白衣翻个套里。奠丧不便乘轿坐马,濮天鹏相陪步行,出西门至平山堂而去。徐松朋实不能步行,便坐了一乘轿子随后起身,又着人挑担祭礼奠盒,办了两桌小酒席,往平山堂而来。骆宏勋同了濮天鹏步出西门口,见来往之人一路上不脱,及至平山堂那个擂台,那看的人有成千上万。一见骆宏勋等行来,人人惊喜,个个心乐,道:“来了!来了!”即拥挤前来,不能行走。余谦大怒,走向前来,喝道:“看擂台是看擂台,到底要让条大路,人好行走!”众人见他动怒,皆怀恐惧,随即让条路。余谦在前,濮天鹏、骆宏勋二人随后,来到观音阁。

徐大爷早打发人把信,和尚已经伺候。骆大爷到了老太太灵坛面前,双膝跪下,双手抱住灵坛哭道:“苦命亲娘!你一生惯做好事,怎么临终如此!怎的叫你孩儿单身独自,倚靠何人?”余谦亦跪下,哭道:“老太太呵!出去时节还怜小的是无父无母之人!”主仆二人跪地,哀哀恸哭。那个陪祭的濮天鹏也掉下泪来,他虽是作假的,而他主仆却是真哭。濮天鹏暗想道:“怪不得花振芳与老岳这两个老孽障都无儿子,好好的人家,叫他二人设谋定计,弄得披麻戴孝,主哭仆嚎。欲将真情说出,恐被俺那个绝子绝孙的老岳知道,又要受他的闷气!”只得硬着心肠,向前来劝道:“骆大爷不必过哀,老太太已死不能复生,保重大驾身子要紧!”正劝之间,徐松朋轿子到了,叫人将祭礼盒设在灵前,亦劝道:“表弟莫哭,闻得亲朋知你回来,都办香纸来上祭。后边就到了,速速预备。”

未有片刻,果来了几位亲朋灵前行祭。骆大爷一旁跪下陪拜。徐松朋早已分付灵旁设了两桌酒席,凡来上祭之人,俱请在旁款待。共来了有七八位客人,拜罢,天已中午。徐松朋道:“别的亲友尚未知表弟回来,请入席吧!”濮天鹏想道:“我来原是上祭,今徐大爷催着上席,世上哪有先领席后上祭之理?还是先行礼方是。但不知是谁家的个死乞婆,今日也要我濮天鹏磕头!”心中有些不忿,欲想不行礼又无此理,心中沉吟不定,进退两难。不知行礼否,且听下回分解。

第三十六回 骆府主仆打擂台

话说濮天鹏行祭礼又不服气，欲要不祭又无此理，只得耐着气，走向骆太太灵前行礼。骆大爷道："隔江渡水，濮兄驾到，即此盛情之至，怎敢又劳行此大礼！"徐松朋道："正是呢！远客不敢过劳，只行常礼吧！"濮天鹏趁机说道："既蒙分付，遵命了！"向上作了三揖，就到那边行礼坐席去了。骆宏勋心中暗怒道："这个匹夫，怎么这般自大法？若不看鲍自安老爹份上，将他推出席去，连金子也不收他的！"余谦发恨道："我家太太赠你一百二十两银子，方成全你夫妻。今日你在我太太灵前哭奠一番才是道理，就连头也不磕一个，只作三个揖就罢了？众客在此，不好意思，临晚众客散后，找件事儿打他两个巴掌，方解我心头之恨！"这边坐席自有别人伺候，余谦怒气冲冲的走到东厅之内坐下，有一个小和尚捧了一杯茶来，道声："余施主请茶。"余谦接过吃了，小和尚接过杯子。余谦问道："我家太太灵坛放在你庙中三日，可有人来行祭否？"小和尚道："未有人来。"余谦道："就是徐大爷一家，也未有别处？"小和尚想了一想，道："就是徐大爷那日送太太回去之后，有一顿饭光景，来了四五个人，都笑嘻嘻的道：'这是骆太太之灵，我们也祭一祭。'并无金银冥锭、香烛纸钱，就是袋中草纸几张，烧了烧。"余谦道："那人多大年纪？怎样穿着？"小和尚道："五人之中，年老者有六十年纪，俱是山东人打扮。"余谦道："烧纸之时，可听他说些什么话来？"小和尚道："他只说了两句，道：'能令乞婆充命妇，致使亲儿哭假娘。'"余谦闻了此言语，心中暗想道："这五个人必是花振芳妻舅了。拿草纸行祭，又说道'乞婆充命妇，亲儿哭假娘'之话，坛内必非太太骨灰。想前日龙潭临行之时，那鲍自安说他有一个朋友，可以起死回生；今日濮天鹏行祭之时，仅作三个揖而不跪拜，种种可疑，其中必有缘故！待我走到那边，将灵坛推倒，追问濮天鹏便了。"遂走到灵案之前，将灵坛子抬起往地下一掼，跌得粉碎。

骆大爷一见余谦掼碎母亲骨坛，大喝一声："该死畜生！了不得！"上前抓住，举拳照面上就打。徐松朋亦怒道："好大胆的匹夫！该打！该打！"

濮天鹏心下明白，知道余谦识破机关，故把骨坛掼碎，连忙上前架住骆宏勋之手，说道："骆大爷，你见余谦掼坛，如何不怒？但是，莫要屈打余大叔，我有隐情相告。"骆大爷道："现将我母亲骨坛掼碎，怎说屈打了他？"濮天鹏道："此非老太太的骨灰，乃是假的！"徐、骆二人惊异道："怎知是假的？"濮天鹏遂将鲍、花二老所定之计说了一遍，道："特叫小的相陪前来，恐大驾过哀，有伤贵体，令我解劝。如若是真的，我先前祭奠之时，如何只揖而不拜？"徐松朋又问余谦："你何以知之？"余谦又将小和尚之话说了一遍。骆宏勋方知母亲现在山东，遂改忧为喜。徐松朋亦自欢乐，分付家人多炖些美酒，大家畅饮一回。骆大爷更换衣巾，与众人同饮。大家谈论花振芳爱女太过，因婚事不谐，真费了一些手脚。亲邻们席罢，俱告别而回。

徐松朋乃在庙中检点物件，半日不见余谦。骆宏勋连忙呼之，不应，着人出庙寻找。家人回道："已上擂台了！"徐松朋皱眉道："濮兄同我表弟前去看看余谦，或赢或输，切不可上台。待回家商议一个现成主意，再与他赌胜败。"骆大爷与余谦虽分系主仆，实在情同骨肉。闻他上了擂台，早有些提心吊胆，遂同濮天鹏来至擂台右手站立，只见余谦正与朱龙比试。怎见得？有歌一首为证：

行者出洞头一冲，二郎双锏要成功。
叱高咤下之勾势，下扑英雄埋龙凤。
入水走脱油和尚，六路擒拿怪魔熊。
两人会合冲云去，个个犹如行雨龙。

比斗多时，余谦使个"双耳灌风"，朱龙忙用"二三分架"。不料余谦左腿一起，照朱龙右肋一脚，只听得"咕咚"一声，朱龙跌下擂台，正跌在濮天鹏面前。濮天鹏又就势一脚，那朱龙虽然英雄，怎当得他二人两脚，只落得仰卧尘埃，哼哼而已！而台下众人看的齐声喝彩道："还是我们余大叔不差！"余谦满腔得意，才待下台，只见台内又走出一个人，大喝道："匹夫休走！待二爷与你见个高下！"余谦道："我就同你玩玩！"二人又丢开了架子。只见：

迎面只一拳，蹦对不可停。进步撩腿踢，还手十字撑。
虎膝伏身去，鹰爪快如风。白鹅双亮翅，野鸡上山登。

比较多时，余谦使个"仙人摘桃"，朱虎用了个"两耳灌风"，这乃是余谦之熟着，好不捷快！用手一分，这右脚一起，正踢着朱虎小腹，"哎呀"一声，又跌下台来，正跌在骆大爷面前。骆大爷便照大腿上，也是一脚踢去，朱虎喊声不绝。栾家着人将朱龙、朱虎尽抬回去了。众人又喝彩道："还是余大爷替我们扬州人争光！"余谦实在得意，又道："还有人否？如还有人，请出来一并玩玩！"只见台内又走出一个人，也有一丈身躯，却骨瘦如柴，面黄无血，就像害了几个月的伤寒病才好的光景，不紧不慢的说道："好的都去了，落我个不济事的，少不得也要同你玩玩。"骆大爷暗道："打败两个，已保全脸面，就该下来，他还争气逞强！"众目所视之地，又不好叫他下来，只得由他。徐松朋虽在庙中等候，而心却在擂台之下，不时着人探信。闻得打败两个，说道："余谦已有脸面了。"又听说余谦仍在台上，恋恋不舍。徐松朋道："终久弄个没趣才罢了！多着几个人探信，不时与我知道。"且说余谦见朱彪是个痨病鬼的样子，哪里还放在心上，打算着三五个回合，再一巴掌就打下台去了。谁知那朱彪虽生得瘦弱，兄弟四个人之中，唯他英雄，自幼练就的手脚，若被他着一下，则筋断骨折。余谦拳脚来时，他不躲闪，反迎着隔架。比了五六个回合，余谦仍照前次用脚来踢，被朱彪用手掌照余谦膝盖上一斩，余谦喊叫一声，跌在台上，复又滚下台来。骆宏勋同濮天鹏、徐府探信之人，连忙向前扶架。哪里扶得住？可怜余谦头上有黄豆大的汗珠子，二目圆睁，喊叫如雷，在地下滚了有一间房的地面，众人急忙抬进了观音阁。

且说栾镒万、华三千二人俱在台内观看，只见朱彪已将余谦打下擂台，向朱彪道："台底下站的那个方面大耳者，即是骆宏勋；那旁站大汉，即是向日拐我的宝刀之濮天鹏，何不激他上来比试？"朱彪听得骆大爷亦在台下，大叫道："姓骆的，你家打坏我家两个人，我尚且不惧；我今打败了你家一个人，你就不敢上来了？非好汉也！"骆大爷本欲同濮天鹏回观音阁看余谦之腿，同徐大爷相商一个主意，再来复今日之脸面也。忽听台上指名而辱，哪里还容忍得住？遂自将大衣脱下，用带将腰束了一束。濮天鹏见骆大爷要上台，连忙前来劝解。骆大爷大叫一声："好匹夫！莫要逞强，待爷会你！"双腿一纵，早已蹿上台来，与朱彪比试。正是：

英雄被激将台上，意欲代仆抱不平。

毕竟不知骆大爷同朱彪胜败如何，且听下回分解。

第三十七回 怜友伤披星龙潭取妙药

却说骆宏勋跳上擂台来，与朱彪走势出架。走了有二十个回合，不分胜负，你强我胜，台下众人看的无不喝彩。怎见得二人赌斗，有《西江月》为证。词云：

二雄台上比试，各欲强胜不输。
你来我架如风呼，谁肯毫丝差处。
我欲代兄复脸，他想替仆雪辱。
倘有些儿懈怠虚，霎时性命难顾！

二人斗了多时，朱彪故意丢了一空，骆宏勋一脚踢来，朱彪仍照膝下一斩，骆宏勋大叫一声，也跌下台来，亦同余谦一样在地下滚了一间房子大的地面。濮天鹏同徐松朋家探信之人，连忙抬起赴观音阁去。朱彪见濮天鹏亦随众人而去，在台上吆喝道："姓濮的，何不也上来玩玩！"濮天鹏道："今日免斗。"回到阁中，听得骆大爷同余谦二人喊叫不绝。天已下午，徐松朋道："在此诸事不便。"借了和尚两扇门，雇了八个夫子，将他主仆二人抬起。原来自掼坛之后，徐松朋早已令人回家备马前来，以作回城骑坐。濮天鹏骑了一匹马，徐松朋仍坐轿，从西门进城。来至徐松朋家，分付速备姜汤并调山羊血，与他主仆二人吃下，尽皆吐出。徐松朋道："参汤可以止疼，速煎参汤拿来！"吃下去亦皆吐出。骆宏勋主仆二人疼的面似金纸，二目紧闭，口中只说："没有命了！"徐松朋又叫人脱他的靴子，腿已发肿，哪里还能脱得下来！徐松朋分付拿小刀子划开靴袜。一看，二人皆是伤在右腿膝盖以上，有半寸阔的一条伤痕，其色青黑，就像半个铁圈嵌在腿上一般。徐松朋又着人去请方医科来，方先生来到一看，道："此乃铁器所伤。"遂抓了两剂止疼药，煎好服下，仍然吐出。二人只是喊叫："难熬！"徐松朋见如此光景，汤水不入，性命难保，想起表兄弟情分，一阵伤心，不由得落下泪来。

濮天鹏见骆宏勋主仆不能复活，心中甚为不忍，怨恨老岳道："都是这老东西所害，弄得这般光景。若无假母之丧，骆家主仆今日也不得回扬，哪有此祸！"

遂向徐松朋道："家岳处有极好跌打损伤之药，且是妙药，待我速回龙潭取来，并叫老岳前来复打擂台。我知他素日英雄，今虽老迈，谅想朱彪这厮必不能居他之上！"徐松朋道："如此甚好，但太阳已落，只好明早劳驾前去。"濮天鹏道："大爷，救人如救火。骆大爷主仆性命只在呼吸之间，我等岂忍坐视？在下就要告别！"徐大爷道："龙潭在江南，夜间哪有摆江船只？"濮天鹏道："放心，放心！容易，容易！即无船只，在下颇识水性，可以浮水而过。"徐松朋道："濮兄交友之义，千古罕有。"分付速摆酒饭。濮天鹏即欲起行，说道："在下是八十年之饿鬼，即龙肝凤心、玉液金波也难下咽矣！"说罢，将手一拱，道声："请了。"迈步出门，奔走到江边。瓜州划子天晚尽皆收缆，哪里还有船行？濮天鹏恐呼唤船只耽搁工夫，迈开虎步自旱路奔行。心急马行速，日落之时，在徐府起身，至起更时节，就到了江边，心中还嫌走得迟慢。在江边大声喊叫："此去可有龙潭船只么？"船家听得岸上有人喊叫，似濮姑爷的声音，遂问："哪个？"濮天鹏应道："是我。"遂即跳下了船。船家尚未穿齐衣服，濮天鹏自家拔篙解脱了缆，口中道："快快开船！"船家见姑爷如此慌速，必有紧急公务，不敢问他，只得用篙撑开船。幸喜微微东北风来，有顿饭时候，已过长江。濮天鹏分付道："船停在此，等候少刻，还要过江哩。"遂登岸如飞的奔庄去了。来到护庄桥，桥板已经抽去，濮天鹏双足一纵蹿过桥，到了北门首。连叩几声，里边问道："是哪个敲门？"濮天鹏道："是我。"门上人听得是姑爷声音，连忙起来开了大门。濮天鹏一溜烟的往后去了。门上人暗笑道："昨日才出门的，就像几年未见婆娘的样子，就这等急法！"仍又将门关上。

且说濮天鹏往后走着，心内想道："此刻直入老岳之房要药是有的，若叫她去复打擂台，必不能济事。须先到自己房中与妻子商议商议，叫她同去走走。这老儿有些宠爱女儿，叫她帮着些才妥。"算计已定，来至自己房门，用手打门。鲍金花虽已睡了，却未睡着，听得打门，忙问道："是谁？"濮天鹏道："是我。"鲍金花听得丈夫回来，忙忙唤醒了丫鬟，开了房门，取火点起灯来。鲍金花一见丈夫面带忧容，问道："你同骆宏勋上扬州，怎么半夜三更隔江渡水而回？"濮天鹏坐在床边上，长叹一声，不由得眼中流泪。鲍金花见丈夫落泪，心中惊异，连忙披衣而起，问道："你因何伤悲至此？"濮天鹏道："我倒无有什事。只是你才提起'骆宏勋'三字，我想他主仆去时皆雄赳赳的汉子，此刻汤水不入，命系风烛，好伤悲也！"鲍金花问其所以，濮天鹏将他主仆打擂受伤，汤水不下，喊叫不绝，命在垂危之事说了，然后说："我念他向日赠金，你我夫妻方得团圆，此恩未报，特地前来取药；又许他代请你家老爹赴扬州擂台，争复脸面。我要自请老爹，老爹必不肯去,故先来同你商议。你速起来去见老爹,帮助一二。”金花道:“你来取药罢了,又因何许他请老爹上扬州?你吃过饭否?”濮天鹏道:“余、骆二人要死不活,哪有心肠吃饭。徐松朋却备了酒席,是我辞了,急忙回来。”金花道:“痴子!只顾别人,自家就不惜了么?饿出病来,哪个顾得你!桌上茶桶内有暖茶,果盒内现有茶食,还不连忙吃点,再办饭你吃。”濮天鹏道:“救人如救火,你快点起来,我自已吃吧!”鲍金花也念骆宏勋赠金之恩,遂穿衣而起。濮天鹏些须吃了八块茶食,同着妻子到鲍老房内来。濮天鹏执灯在前,鲍金花相随于后。走到房门,连叩几下,鲍自安问道:“是哪个?”濮天鹏道:“是我。”鲍自安道:“天鹏回来了么?”濮天鹏道:“方才回来。”鲍金花道:“爹爹,开门。”鲍自安道:“女儿还未睡么?”金花道:“睡了,才起来的。”鲍自安遂起身开了门,濮天鹏将拿来的烛台放在桌上。鲍自安问道:“什么要紧事情,半夜三更回来?”濮天鹏将余谦识破机关,掼碎灵坛,上擂台打败朱龙、朱虎二人,又同痨病鬼朱彪比试,被他将右腿膝盖下打了一下,跌下擂台;又指名辱激骆宏勋,骆宏勋忿怒上台,亦被他照右腿膝盖下打了一下,其色青黑,现两人滴水不入,看看待死。闻得我家有极效损伤药,要我回来取讨。徐松朋叫我转致老爹说,骆宏勋与老爹莫逆之交,欲请老爹到扬州替骆大爷复个脸面,前前后后说了一遍。鲍自安冷笑道:“烦你回来取药,这个或者有个商量。我素闻徐松朋乃文武兼全之人,怎好对你说:‘到家将令岳请来,代打擂台复脸面。’朱彪将骆宏勋主仆打坏,心中不忿,定是你在徐松朋面前说:你回来取药,并叫我赴扬州打擂台。你想骆家主仆皆当世之英雄,尚且输与他,似我这等年老血囊,如何斗得过他?我与你何仇何隙,想将我这副老骨头送葬扬州?这万万不能!快些出去,要药拿些去;叫我上扬州,休提!让我睡觉。”濮天鹏虽系翁婿,其情若父子,濮天鹏又被其岳说着至病,一言不敢强辩。闻得催他出门,让他睡觉,真个低着头,灰心丧气向外就走。正走到门外,鲍金花曰:“丈夫过来。”至房内,见父亲责备丈夫,丈夫一言不敢强辩,心中早有三分不满。又闻丈夫被催赶出门,丈夫真个低着头望外便走。心中大怒,一把将丈夫后领抓住,往里一扯。不知有什么正经话说,且听下回分解。

第三十八回 受女激戴月维扬复擂台

话说鲍金花见丈夫被赶出来，心中大怒，将丈夫后领一把抓住，往里一拉，抱怨道："我说不来好，你偏要来，惹得黄瓜茄子说了一大篇。骆宏勋是你家的亲兄乃弟，姑表两姨么？人家好好的赴杭州完姻，偏要留住人家；设谋定计，什么亲娘假母，哄得人家回去奔丧，弄得不死不活受罪哩！倘若死了，到阎罗王面前你也不是知情人，还怕他攀你不成！何苦受这些没趣。明日连药也不必送，各人吃各人的饭，管他呢！这正是，弄出来夹脑伤寒，值多少哩！"鲍金花里打外敲，抱怨丈夫。鲍自安听了，道："我又得罪姑老爷了，惹得姑奶奶动气。怕姑老爷恼出伤寒病来，是我的罪。我老头儿狗命连分文不值。我想既得罪姑奶奶，家中又是难过，拼着这条老命，上扬州走走罢了！等我到扬州被朱彪打下擂台跌死之后，姑奶奶，我与你父女一场，弄口棺材收收尸，莫要使暴露，惹人笑话！方才听姑老爷说：救人如救火，连夜赶去才好。只是夜间哪里有船只过江？"濮天鹏道："我已分付留下一只船在江边等候。"鲍自安叹道："你看，夫妻两个做就圈套，拿稳叫我老头儿去的；不然船都预备现成。"鲍金花连忙代老爹取拿应用物件，濮天鹏连忙代老爹打起行李，并多包些损伤药。收拾齐备，鲍自安将听差之人点了二十名，跟随前去，分付道："待我上擂台之时，你们分列擂台两边，倘朱彪打我下台，你们接我一接，莫要跌坏了腿脚，老年弄个残疾。"众人笑道："据老爹之英勇，断不至此！"鲍自安道："圣人说得好：'人无远虑，必有近忧。'"又把濮天雕请来，嘱咐道："我上扬州，多则五日，少则三日即回家中。小事你同嫂嫂自主，倘有大事，差人去通知我。"濮天雕领命。诸事分派已毕，点起两个大灯笼，同濮天鹏并二十个听差之人，直奔江边而来。

来至江边，上了先前之船。船家见老爹过江，哪个还敢怠慢，起锚的起锚，扳棹的扳棹，将船撑开。总是骆宏勋主仆灾星该退，濮天鹏来时是东北风，此刻又转了西南风，往返皆是顺风，江中无甚耽搁。到了江北岸，船家正到河边弯的，瓜州划子都是认得。遂叫了四只舡，许他几钱银子，每船四个抬夫，连老爹二十二个人,分坐四船,奔扬州而来。

五更三点已至扬州南门,看城门未开,遂将船脚秤付。在船上静坐了片时,听得城里发擂放炮,开放城门,鲍自安等开门而进。濮天鹏认得路,走在前引路。来到徐府门首,用手敲门。徐松朋家因骆宏勋主仆病危,众人一夜俱皆未睡,看门人相问,濮天鹏道:“是我。龙潭取药回来了!”家人急报徐大爷,徐大爷大喜,道:“这才算做个患难扶持之友!”忙发钥匙将大门开了。

濮天鹏一众人等走进来,徐松朋见了二十多人之中有一年老者,有一丈二尺身躯,谅必是鲍自安了。连忙说道:“恕我腿疼,不能起迎!”鲍自安慌忙走进,说道:“不敢!不敢!不知大驾受伤。前日即欲同骆大爷前来看望,奈舍下俗事匆匆,不能脱身,故着小婿前来候安。昨晚又闻骆大爷主仆受伤甚重,舍下有配制之药,每每见效,今特送药前来,并候贵体!”徐松朋道:“赐药足矣,又劳大驾披星戴月而来,使愚表兄弟何以克当!”彼此说了几句套话。

鲍自安听得那边两只棕榻上哼声不绝,问道:“此即骆大爷卧榻么?”徐松朋道:“正是。”鲍自安走进东边,将骆宏勋一看:只见他二目紧闭,面似金瓜,连叫几声,骆宏勋只哼不应;转脸又见余谦亦然。鲍自安道:“快拿麻油来。”亲自将药包打开,将药调好,掀开二人之被,敷于伤处,仍又将被盖好,令他出汗。仍与徐松朋说道:“此药屡次见效,轻者至顿饭光景即可痊愈。骆大爷主仆受伤过重,大约早饭时节,包管止痛,就可以起来;中饭时节,复旧如初,与好人一般。徐大爷连日伤痛如何?”徐松朋道:“疼也不大疼了,起也起得来,就是不敢行走。”鲍自安道:“有药在此,何不也敷上些?亦请安睡安睡,出一身汗就好了。”徐松朋道:“今贵翁婿在此,无人相陪,待舍表弟伤好之后,我再上药吧!”鲍自安道:“若拘此礼,又非相好了!但愿列位伤痛速好,好商议复打擂台。大驾只管敷药去睡,有酒有肴,贵价拿来,我们自家会吃会饮,何必要你陪客。”徐松朋见鲍自安说话爽快,且是欢喜,道:“既蒙原谅,遵命!遵命!”分付再拿一张棕榻铺设于此,又分付预备上一下四共五桌酒席。诸事分付已毕,自家才敷药上床而睡。鲍自安翁婿一席,带来的二十位英雄在对厅四桌自饮。未有半个时辰,徐松朋已醒,觉得腿上毫不疼痛,起身行走如旧,极口称赞道:“鲍老爹此药真仙方也!”

骆宏勋、余谦正在熟睡,耳边猛听得徐松朋口中呼叫“鲍老爹”,掀起被来坐于床上,睁眼一看,正是徐松朋同鲍自安翁婿一起谈心。徐、鲍、濮三人见他主仆坐起,连忙走近身边相问。骆宏勋道:“鲍老爹几时至此?”徐松朋将濮天鹏夜回龙潭取药,并请鲍老爹戴月披星而来医治我等,我已行走如初,因你二人伤重,是以不能行走之事说了。骆宏勋谢道:“晚生何能,致使老爹黉夜奔忙,何异重生父母!”余谦亦谢道:“待小的起来与老爹磕几个头吧!”鲍自安道:“疾病扶持,朋友之道,何谢之有!”余谦道:“小的腿已不疼了,待小的到平山堂与那痨病鬼拼个死活。”骆宏勋抱怨道:“你这冤家,还不知戒!只因你性急,弄得我主仆之命在于旦夕。若非濮兄见爱,鲍老爹相怜,此刻命归那世矣!”鲍自安道:“余大叔,你莫性急,岂肯白白罢了!大家商议一个主意。我既到此,拼着一条老命,也少不得要同他一会。我料他擂台上今日必无人了。栾家设此擂台原是为四望亭之恨,今既将你主仆打伤,又知徐大爷前已跌坏,料无人与他比较了。我们即便复脸,也不是暗暗前去,必须晓谕众人得知,使台下众人观看观看才好哩!明日是要去的。再停一停,等余大叔起来,奔教场辕门口,转到西关便了。一路游玩,再从栾家门前经过,使众人知道你的腿已好,要复打擂台,明日好来观看。”徐松朋深服其言,令人拿点汤水点心放在他主仆床上食用。二人食了些须,仍然安睡。

这边桌上已摆早茶,徐松朋相陪他翁婿二人。徐松朋道:“请问老爹:舍表弟主仆到底是何伤?”鲍自安道:“此非器械所伤,乃手伤也。用缸桶盛铁沙三斗,幼年间以手在沙内擂、插,久则成功。人碰一下,筋麻骨酥,此手名为‘沙手’。”徐松朋问道:“老爹幼亦曾练过否?”鲍自安道:“练是练过,今已年迈,但不知还能用不能用?”饭毕之后,天已正午,余谦早已起身,穿了鞋袜,向鲍自安谢过。说道:“小的要游玩去了。”鲍自安道:“方才医好了腿,当要小心行走要紧!”余谦答道:“晓得。”说罢,出门去了。

且说朱彪将骆家主仆打下台来,栾镒万甚是欢喜,知骆家并无他人,便同了朱彪、朱豹、华三千等亦回家,请医调治朱龙、朱虎之伤。分付设筵与朱彪贺功。朱彪甚为得意,说道:“非在下夸口:骆家主仆今受我一掌,少则三个月,多则半年,方能行动。”栾镒万道:“我所恨者是这两个匹夫,今被打伤,已出我心头大气。明日也不必上台去了,大家在家,着医治两兄之伤,并唤名班做戏,贺三壮士之功。”华三千道:“大爷且莫得意,骆家主仆从不受人之气,岂肯白白受我们之辱么?他们相识英雄甚多,自然搬兵取救,几日内还要复脸的。”朱彪道:“哪怕他搬那三头六臂之人来,我何惧乎!”栾镒万闻他言语强硬,甚是相敬。及至次日中饭以后,门上人来禀道:“小的方才见余谦雄赳赳的过去,恶狠狠的向我家望了几眼。”栾镒万道:“胡说,昨日打下台去,疼痛难禁,在地下滚了间把房子地面,亲见众人抬去,如何今日就好了?”朱彪道:“莫非今夜疼死了,来此显魂?”门上人道:“青天白日,满街人行走,鬼岂敢出来?他方才过去,大爷与三壮士如有不信,何不请出去,等他回来看一看!”栾镒万道:“也说得有理。”遂同朱彪兄弟们走到大门,未出屏门,余谦行走转来,众人一看,正是余谦,行走如旧。栾镒万冷笑道:“昨日三壮士说,少则三月,多则半年,方能行走。今一夜即愈,是多则半日,少则三时了。”朱彪满面发赤,恨道:“明日再上擂台,必要送他残生。”

且说余谦晚间回来,鲍自安问道:“都走到了么?”余谦道:“都走过了。栾家门口我走了两三个来回。”众人大喜道:“摆宴!”大家用过,各自安歇。次日众人起身梳洗已毕,吃了点心,稍停,又摆早饭。吃饭之后,鲍自安令人到街坊探望,可有往平山堂看打擂台之人?去人回来禀道:“上平山去者滔滔不绝。”鲍自安道:“我们也该去了。”徐松朋备了四骑牲口,鲍老翁婿,徐、骆弟兄四个骑坐,那二十个英雄和余谦一众相随。大家仍出西门,直奔平山堂而来。离平山尚有一里之遥,鲍自安抬头一看,见东南大路上来了两骑牲口,上边坐着一男一女。鲍自安仔细一看,大叫一声:“不好!”正是:

知女平素好逞胜,惊父今朝喊叫声。

毕竟不知鲍自安所见何人,大惊原故,且听下回分解。

第三十九回 父女擂台双取胜

却说鲍自安同徐、骆、濮三人行到平山堂不远，抬头见东南大路上来了两骑牲口，一男一女，不是别人，正是女儿金花同了濮天雕。鲍自安暗想道："我的女儿是个最好胜的人，她今到此，我若胜了朱彪则无甚说；倘若输时，她怎肯服气？必定也要上台。他是女儿家，倘有差池，岂不见笑于大方！"所以大叫一声："不好了！女儿同濮天雕都来了，家中何人照应？"

濮天雕未曾回言，濮天鹏早已看见，心中怨道："你来做甚？"徐松朋、骆宏勋齐说道："姑娘来扬走走，甚是，老爹何必埋怨。"说说行行，两边马匹俱行到总路口，各自跳下牲口，徐松朋与骆宏勋上前见礼，又与濮天雕见过。徐松鹏道："请姑娘到舍下去吧！"鲍金花道："我今特来观看擂台，俟看过之后，再造府谒见大娘吧！"濮天鹏埋怨濮天雕道："你今真不该同她前来。"濮天雕道："嫂嫂要来，我怎拦得她住！"鲍自安道："既来了，说她也无益。"低低的又向濮天雕道："我将她交与你，她有些好胜，千万莫叫她动手动脚。"濮天雕答应。到了擂台，徐家的家人将牲口俱送观音阁寄下，跟老爹来的二十个英雄，遵老爹之命，分列两旁站立。濮天雕同嫂嫂站立擂台之右，徐、骆因有男女之别，同鲍自安俱在擂台之左。濮天鹏本欲与妻、弟站立一处，恐徐、骆取笑，也同在左边站下。

这时只见朱彪在台上说道："打不死的匹夫，并大胆的英雄，再上来陪咱玩玩。"鲍自安脚尖一踮，早上了擂台，慢慢的说道："只是我年老了，拳棒多时不玩，恐不记得套数，手脚直来直去。壮士让我三分老，我就陪你胡乱玩玩。"朱彪将鲍自安上下一看：身长体大，甚是魁伟，约有六十来岁年纪。答道："既上台来，自然武艺精奇，何必过谦！"鲍自安道："我今日与你商议：我想白打没有什么趣，必须赌个东道，方显得有精神。"朱彪道："要赌个什么东道？"鲍自安道："也不可大赌,赌五百两银子吧!"朱彪听说五百银子,就不敢应承,口中只是打嗦。栾镒万在台内早已听见,心想:若不应承,恐下边人取笑。于是应道:"就赌五百两银罢了!"随即拿出十大封银来放在桌上。鲍自安在当中取了二封,看了一看,却是足纹。说道:"我自路远,未带得这些银子,拿件东西质当,晚间不赎,就算抵值东道。"朱彪道:"你是何物质当?"鲍自安将头上戴的一顶毡帽取下,道:"就是它质当,如何?"朱彪笑道:"是真玩,还是取笑?"鲍自安道:"谁与你取笑!谁不真玩!"朱彪正色道:"既不取笑,你那个毡帽能值几何,就当五百两银子么?"鲍自安将帽前钉的那颗珍珠指着道:"它也不值五百银子么?"朱彪不识真假,还在那里讲究。台内栾镒万早已望见那颗珍珠有莲子大,光明夺目。论时价真值足纹千金,今当五百有何不可!遂着人出台道:"三壮士,就是那帽子当五百两!"银子、帽子俱搁在一张琴桌之上。

讲究完了,鲍自安方才解下大衣,系紧束腰带。二人丢开架子,在台上比武。朱彪欺他年老,意欲三五步抢上,就要打发他下台。正怀这个主意,朱彪一拳紧似一拳;鲍自安只是招架而不还手,口中唧唧哝哝的道:"先说过让我个'老',动了手就不是那话了!五百银子眼看着是输了。"徐、骆二人并余谦在下低低说道:"你看鲍老爹只有招架拦挡,莫不真要败输?"濮天鹏道:"诸公不知家岳,此诱敌之法!待朱彪力乏之时,才对他动手脚哩!"真个,未有一个时辰,朱彪使了瞎气力,丝毫未伤鲍老爹,拳势渐渐松下来了。鲍自安见朱彪些须力尽光景,遂抖擞精神,使起拳势;朱彪力尽,哪里还招架得住!鲍自安迎面一个冲手,朱彪用手招架,谁知鲍自安冲手是假引,朱彪来架时,他即将身一伏,用手向朱彪裆中两手一挤,朱彪"嗳呀"一声,跌下台去。可怜朱彪在地下滚了有两间房子大的地面。鲍自安道:"也抵得过前日滚的地面了。"方走到琴桌边,将毡帽戴上,又将衣服并十封银子抱起,跳下台来。徐、骆二人迎上,称赞道:"恭喜!恭喜!"鲍自安道:"托庇!托庇!侥幸!侥幸!"徐松朋令人将银子接过,才待要穿大衣,又听得台上有人喊叫道:"那老儿莫要穿衣,待四爷与你玩玩输赢!"鲍自安听得有人喊叫,向台上一望:见一人有一丈三尺余长的身躯,体大腰圆,豹头环眼,就像一个肉宝塔。鲍自安道:"我就与你玩玩,再赢你五百两,一总好买东西吃。"大衣交与自家人收了,正要复上擂台,只见女儿金花已蹿上台去了。鲍自安道:"不好了!我原怕她好胜,今已上去,如何是好?"抱怨濮天雕道:"我将女儿交给与你,你怎么还让她上去!"濮天雕道:"嫂嫂并无言语,一蹿即上,如何拦得住!"且不说鲍自安抱怨濮天雕。

且说鲍金花站立在台上,启朱唇,露银牙,娇声嫩语喝骂道:“夯物肉货,怎敢欺吾老父!待姑娘与你比较个输赢。”朱豹听她称着“老父”,知她定是老头女儿。心中想道:“我今不打她下台,只在台上摔倒她,虽不能怎样,岂不把她父亲羞一羞?”算计已定,说道:“你乃女流之辈,若打下台去,跌散衣衫,岂不羞死!早早下去,还是你那该死的父亲上来见个高低。”鲍金花道:“休得胡言,看我擒你!”二人动手比试。金花乃众明师所授之技,拳拳入妙,势势精准;但朱豹身大粗夯,金花十拳只打得他八拳。怎奈金花乃娇弱女子,身小力薄,拳头打到朱豹身上,就如蚊虫叮了一口,如何打得开?越打越朝前进,鲍姑娘反朝后退。鲍自安见光景不好,叫道:“女儿下来吧!还是我上去。”鲍金花乃好胜之人,众目所观之地,怎肯白白下来!只见朱豹渐渐将金花挤至西北角上,身后只落得一二尺地面。濮天鹏虽然未说出来,心中却捏着两把汗。鲍自安躁得头上汗珠乱滚。且说鲍金花见自家身后无有地步,少时难站,前有朱豹,心中甚为焦躁,若不与他强挡,必被他挤下台去。将身一伏,假作跌倒之势,朱豹认以为真,弯腰用手来按,不料金花就地一蹿,意欲从他身上蹿过。鲍金花在家内就打算来打擂台的,脚下穿了一双铁跟铁尖之鞋,恰恰朱豹按空,从头上过去。鲍金花纵起,他亦站起身来拦截,鲍金花两只鞋尖正踢在朱豹两眼之内,铁尖将眼珠勾了出来。朱豹疼痛难禁,心中昏乱,回身便倒跌下台来。鲍金花金莲一纵,也随下台来,意欲再踢他两脚。鲍自安连忙禁止道:“何必赶尽杀绝!”鲍金花方才止住。两旁人个个伸舌,称赞道:“真女中之英雄也!”栾镒万共请了四个壮士,两次打坏了两双,好不灰心丧气;金银花费多少,羞辱未消丝毫,还要代他医治伤痕。分付家人将朱彪、朱豹抬回家去。

徐松朋满腔得意,分付家人将牲口牵来,请濮天雕、鲍金花一同进城。余谦满面光辉,陪着那二十位英雄步行回家。

鞭敲金镫响,人唱凯歌回。

来至门首,徐大娘将金花留进后堂款待,徐、骆前厅相陪。这且不表。

且说那栾镒万回到家中,听得朱氏弟兄不是这个哼,就是那个喊,哼喊声不绝,心中好不烦闷。向华三千说道:“速速叫人将擂台拆去,小材大料搬回家来,小件东西布施平山堂那个庙里吧!”华三千答道:“不拆留他何用?”朱龙、朱虎前日受伤,虽然还疼痛,到底还好些。耳中听得栾镒万同华三千打算去拆擂台,朱龙说道:“胜败乃兵家之常事,栾大爷何必灰心如此?”栾镒万道:“贤昆仲俱已受伤,一时怎能行动?故欲拆了擂台。”朱龙道:“骆家主仆前日也曾受伤来,怎又请人复擂？难道我弟兄就无处请人么？”栾镒万道：“但愿你贤昆仲有处勾兵，前来复此擂台，以雪我弟兄之恨。大家在众人面前亦有脸面。但不知你欲请何人至此，亦不知此所请之人，今住居于何处？”栾镒万因心中受此羞辱，恨不得即时有人前来雪此擂台之恨，听得朱龙、朱虎所言，故即时动问。正是：

欲思报复前仇恨，故特追寻请真人。

只见那朱龙不慌不忙说出这个人来。不知后事如何，且听下回分解。

第四十回 师徒下山抱不平

话说栾镒万问朱龙所请何人？朱龙道，“我欲请者，乃吾师也。他姓雷，名胜远，在峨眉山出家。”栾镒万冷笑道：“峨眉山在四川地方，离此有几千里远，往返要得半年工夫。”朱龙道：“目下却不在峨眉山，现在南京灵谷寺内做方丈。大爷备办礼物四色，愚弟兄写一封书，恳求大爷差两个能干之人，连夜赶到南京。吾师若见愚兄弟之书自然前来，不过五六日光景，吾师一到，必然可出大爷之气，并复愚兄弟之脸。”栾镒万因此擂台已花费了无数银子，发狠道：“再用一万银子罢了！”说道：“壮士作速修书。”又分付备了四色礼物，都是出家人所用之物。朱龙叫华三千代笔，朱龙说一句，华三千写一句，亦不过是连激带哀之词。不多一时，书札俱已办齐。栾镒万道：“我方才见那打擂之男女，皆非扬州人氏，倘得雷道长请来，这老儿已动身回去，岂不徒劳！”即向华三千道：“老华，你先到徐家通个信，使他莫要回去才好！”华三千本不敢去，今奉东家之命，暗想道：“养军千日，用在一时，怎好推辞！若去呢，别人犹可，就是余谦这厮有些难见。倘若见面，就吃他一个下马威，莫说一拳一脚，即一弹指，我就吃饭不成！又不好推辞。”只得勉强应道：“使得，使得！”遂穿了衣服往徐家而去。

来至徐府门首，向门上人说道：“烦大爷通禀一声，就说栾府门客华三千求见。”门上人听说，只得进内通报。徐大爷正陪着众人饮酒，忽见门上人进内。问道：“有何事情？”门上人禀道：“栾家门客华三千特来求见！”徐大爷眉头一皱，说道：“他来何事？”余谦在旁侍立，听得华三千在外，说道：“这孽障专会搬弄是非，他来必无好事。爷们不必叫他进来，待小的走出去，两个巴掌打他回去！”鲍自安道：“两国相争，不斩来使。他既来，必有话说。且叫他进来，看他说些什么。”徐松朋道：“有理，有理！”分付门上叫他进来。门上人领命出去。骆宏勋恐余谦粗鲁，嘱咐道：“人来我家，虽非好人，亦不可得罪。你自出去，不必在此，亦不可在外多事！”余谦见主人如此分付，只得出去站在二门，怒形于色。

门上人复领华三千进来，行至二门，见余谦那个神情，华三千早已战战兢兢。行至跟前，拱手赔笑，道："余贤叔在此么？"余谦也不相还，大声道："我今日不耐烦说话。"华三千满脸赔笑，走过去了。进得客厅，见三人共坐而食。濮天鹏因同在栾家会过，少不得同徐松朋微欠其身，道声："你来了么？请坐！"华三千意欲上前行礼，徐大爷道："不消了。华兄日伴贵客，出入豪门，今至寒门，有何见教？"华三千道："敝东着门下造大爷贵府，有一句话奉禀：今日擂台上，令友老先生父女武艺超群，令人爱慕，但恨相见之晚。本欲请驾过去一谈，谅令友同大爷必不肯下降。今虽打伤朱氏弟兄，扫了敝东擂台，不惟不怨，反而起敬重之心！敝东还有一个朋友颇通武艺，五七日间即到，意欲还要讨教令友，又恐令友回府，特令门下前来请问：不知令友可能容留几日否？"徐松朋闻得此言，甚为烦难，暗想道："若不应允，他必取笑我有惧怕之心；若应，又恐鲍自安道：今日代我们复脸，已尽朋友之道，难道只管在此，替我们保护不成？"口中只是含糊答应，不能决定。鲍自安早已会意，遂说道："我已知其意也。令东见今日扫了他的擂台，心中不服，又要请高明，要得几日工夫。犹恐请了人来，那时恐我回去，故先差你来邀住我，然后才去请人。哪怕是临潼斗宝，伍子胥过关，闹海李哪吒，我舍着老性命也要陪他玩玩。这也不妨，但我只许你十日工夫，十日内请了人来便罢，若十日之外，我即起行，那时莫说我躲而避之！"华三千道："如此说，我就回复敝东便了。"徐松朋道："我不送。你回去就将此话回复令东。"华三千起身出来，看见余谦还在那二门站立，华三千远远的笑嘻嘻的叫道："余大叔，因何不里边坐坐？只管在此，岂不站坏了！"余谦道："各人所好不同，与你何干。我先就对你说过，我不耐烦说话，你苦苦缠我怎的！"华三千连声道："是！"急忙走了过去，暗念一声："阿弥陀佛！闯过鬼门关了！"方才放开胆，大步走出徐家之门回家。栾镒万正在厅上候信，一见华三千进来，问道："事体可曾说明？"华三千捏造一片虚词，做作自家身份，答道："门下一到徐家门首，徐松朋闻得我到，同骆宏勋连忙迎出大门，揖让而进，余谦捧盘献茶。门下将大爷之言说过，那老儿亦在其坐，当面说明：他在此等候十日；若十日外，他就回家去了。门下料南京往返，十日工夫绰绰有余，遂与定妥。大爷可速速着人赴南京要紧！"栾镒万遂差栾勤、栾干两个家人，将书札礼物下船动身。按下不言。

且说鲍自安在徐府用过晚饭，意欲叫女儿连夜回家。徐大爷哪里肯放，说道："姑娘今日至扬州。明日叫贱内相陪，琼花观、天宁寺各处游玩两天，再回府不迟。哪有个今来今去之理！"鲍自安道："虽如此说，舍下无人，骆大爷深知。"骆宏勋道："虽然如此，天已晚了。"鲍自安亦不敢叫女儿当晚起行，也就暂罢。一宿晚景已过。次日早饭后，鲍金花辞谢徐大娘，又辞别父亲。鲍自安道："还是你叔、嫂先回去，到家小心火烛，要紧，要紧！若有大事，着人来此告我知道。我在此十日后，就回来了。”濮天鹏亦分付妻、弟二人，濮天雕与鲍金花一一领命。又辞过徐、骆二人，出门上马回龙潭去了。

鲍自安在徐府一住六日，华三千通信约定明日赴平山堂比试，徐松朋报与鲍自安，鲍自安就许他明日上平山堂。徐松朋又差人打探栾家所请何人？去的人回来禀道：“今日才到，外人还不知他的姓名。就看见一老三少，三个道士。”鲍自安道：“不用说了，此必南京灵谷寺的雷胜远了。”徐、骆问道：“老爹素昔认识么？”鲍自安道：“从未会面，我却闻名，倒也算把好手！”徐、骆又问道：“天下好汉甚多，老爹素知道，到底算哪人为最？”鲍自安道：“能人多得紧，就我所知者，山东花老妻舅，还有胡家活阎罗胡理、金鞭胡琏，并骆大爷空山所会者消安师徒。”并把力擒三虎之事说了一遍，徐松朋甚为惊异。鲍自安道：“他还有两个师弟：一名消计，一名消月，比消安还觉英雄，惜乎我未会过。闻得他三师弟消月，能将大碗粗的木料，手指一捏，即为粉碎。我每想会他一会，却无此缘。”众人谈了一日。

次日早饭后，徐、骆、鲍、濮四人各骑牲口，余谦陪那二十个人仍是步行来至平山堂。牲口扣在观音阁中，众人步行来至擂台边，只听得旁边看打擂的众人道：“来了！来了！还有一位女将怎不见来？”鲍自安举目向台上一观，只见一位老道士，六旬以上年纪，丈二身躯，截眉暴眼，雄赳赳的坐在一张椅上。闻得下边人说：“来了！来了！”知是徐家到来，遂立起身来，将手一拱，道：“哪一位是前日扫擂台的英雄？请上台来一谈。”鲍自安闻得台上招呼，将脚一纵，上得台来，答道：“不敢！就是在下，前日侥幸。”道士道：“请问檀越上姓大名？”鲍自安道：“在下姓鲍，名福，贱字自安。”道士道：“道友莫非龙潭鲍檀越么？”鲍自安道：“在下便是。”道士暗想道：“果然名不虚传，怪道朱龙徒儿非他对手。”鲍自安道：“仙长尊姓何名？”道士道：“贫道姓雷，名胜远。”鲍自安道：“莫非南京灵谷寺雷仙长么？”道士道：“贫道正是。”鲍自安道：“久仰！久仰！”雷胜远道：“四个小徒不识高低，妄自与檀越比较，无怪受伤。又着人请我前来领教，不知肯授教否？”鲍自安道：“既不见谅，自然相陪。”于是二人各解大衣，紧束腰缘，让了上下，方才出对。

看官，但有实学并经过大敌者，专以谦和为上，不比那无术之辈，见面以粗语相伤，何为英雄？有诗为证：

实学从来尚用谦，不敢丝毫轻英贤。
举手方显真本事，高低自分无恶言。

雷、鲍二人素皆闻名，谁肯懈怠！俱使平生真实武艺，你拳我掌，我腿你足，真正令人可爱。有诗为证：

一来一往不相饶，各欲人前逞英豪。

若非江湖脱尘客，堪称擎天架海梁。

二人自早饭时候斗至中饭时候，彼此精神倍增，毫无空漏。正斗得浓处，猛听得台下一人大叫："二位英雄莫要动手！我两人来也。"正是：

台上儒道正浓斗，台下释子来解围。

不知台下何人喊叫，且听下回分解。

第四十一回 离家避奸劝契友

却说鲍、雷二人正斗得热闹之间，台下一人大叫："二人且莫动手，我师徒二人来了！"鲍自安、雷胜远虽都听得台下喊叫，但你防我的拳，我防你的手，哪个正眼向下观望？消安连叫两声，见他二人都不歇手，心中大怒，喝道："如不歇手，看我乱打一番！"将脚一纵，蹿上台来，将身站在台中，把他二人一分。鲍自安一见是消安，又仗了三分胆气。雷胜远亦认得是五台山消安，乃说道："师兄从何而来？"消安道："法弟现在江南空山之上三官殿居住。昨日闻得鲍居士在扬州扫了擂台，栾家人请人复擂，恐鲍居士有伤。特同小徒前来帮助。不意是道兄，都是一家，叫我助谁？故上台来解围。"雷胜远、鲍自安二人棋逢敌手，各怀恐惧之心，又尽知消安师徒之厉害，乐得将计就计，问道："既蒙师兄见爱，敢不如命！"各人穿起大衣。鲍自安邀消安同下擂台，雷胜远亦要邀栾家去叙谈。消安素知栾家乃系奸佞之徒，怎肯轻造其门，遂辞道："法弟还有别话与鲍居士相商，欲回龙潭，不能如命。"雷胜远料他与鲍自安契厚，亦不强留。消安同鲍老下了擂台，骆宏勋、徐松朋、濮天鹏三人迎上，各自见礼。鲍自安又谢他师徒相关之情。消安师徒出家人，从不骑牲口，故此大家步行进城，奔徐松朋家来。

到了客厅，重新见礼。徐松朋分付预备一桌洁净斋饭。不多一时，荤素筵席齐备，客厅上摆设二桌：消安师徒一桌，鲍、徐、濮、骆一桌；对厅上仍是四席，那二十个英雄分坐，余谦相陪。酒饭毕，鲍自安告辞。徐松朋道："今日天晚，明日回府吧！"于是睡下。临晚，大家设筵，众人又畅饮一回。饮酒之间，鲍自安向骆宏勋道："栾家这厮，今又破题儿失脸，结怨益深。"骆宏勋道："正是。"鲍自安道："你骆大爷还有包涵之量，余大叔丝毫难容，互相争斗必有一伤。据我愚见，不可在此久住，暂往他处游玩游玩，省了多少闲气，且老太太并桂小姐俱在山东，大驾何不往花振芳家走走。母子相逢，妻妾联姻，三美之事也！成亲之后，大驾再回扬州，妻必随行；花振芳只有此一女，岂忍割舍，必随之而来维扬住家。花振芳离了山东，巴氏弟兄不能撑持，方必连家而来矣。花老妻舅皆当世之雄豪，骆大爷既不孤单，又何惧奸佞之谋害也！”骆宏勋道：“老爹此言，甚为有理，但晚生一去，彼必迁怒于众及表兄，叫表兄一人何以御之？”徐松朋答道：“表弟放心前去，愚兄有一善处之法：表弟起身之后，我则赴庄收租，在庄多住几日，栾家请来之人自然散去。非惧彼，实无有与奸佞结怨之意耳！”鲍自安大喜，道：“徐大爷真可谓文武全才！即此一言，诚为立身待人之鉴也！”遂议定：鲍老爹翁婿、消安师徒明日回龙潭，骆大爷主仆后日往山东，徐大爷后日赴庄收租。饮足席散，各自安歇。

次日早饭后，鲍自安、消安告辞，徐大爷令人将十封银子取出，交与鲍自安。鲍自安大笑道：“前日与朱彪打赌时，原说买东道吃的。我侥幸赢他，该买东道，我等共食，今已在府坐扰数日，还算不得么？”徐大爷道：“如此说，老爹轻晚生作不起地主了。即使买东道，也用不了这些，还是老爹收去。”鲍自安道：“如此说来，哪有带回之理，只当用不完，余者算我一分赆仪，送与骆大爷主仆一路盘费，何如？”消安道：“此银谅鲍居士必不肯收。徐、骆二位檀越恭敬不如从命吧。”骆、徐又谢过。鲍自安等四人，带领二十位英雄回龙潭去了。

众人去后，骆宏勋置了几色土仪，收拾行李；徐松明又将鲍老五百银子捧出，叫骆大爷打入包裹，以做路费。骆宏勋道：“弟身边赴宁盘费一毫尚未动着，要他何用！”徐大爷道：“此是鲍老爹赆仪，表弟应该收用。”骆宏勋道：“如此说，就拿一封。”打入包裹。余谦仍将余银送入徐大爷后边。过了一宿，次日早起，骆大爷主仆奔山东一路而去。徐大爷亦交代账目、日后家务事毕，带了两个家人上庄去了。不提鲍自安回龙潭，不表徐松朋上庄。

且说骆大爷主仆二人，在路非止一日。那日行至苦水铺，向日灵榇回南之日，所宿花老之店，余谦还识得，一直走进店门。柜上人及跑堂的亦都认得，连忙迎接，说道：“骆姑爷来了，快些打扫上房，安放骆姑爷行李！”牵马拿行李，好不热闹。骆宏勋进了上房坐下，早有人捧了净面水来，又是一壶茶。厨房杀鸡宰鹅，煨肉煎鱼，不多一时，九碗席面摆上。余谦是六碗荤素，另外一席。骆宏勋道：“一人能吃多少？何必办这许多！”柜上人亲来照应，说道：“不知姑爷驾到，未预备得齐全，望姑爷海涵。”骆宏勋道：“好说。”又问道：“老爹可在家么？”那人道：“前日在此过去的，已下江南，亲请姑爷去了。难道姑爷不曾会见么？”

骆宏勋道:“水路上面船行迟慢。我自家中起早骑了自家牲口,从西路而来,”那人道:“是了,老爹前说从东路下扬州,故未遇见。”骆宏勋道:“老爹自去,还是有同伴吗?”那人道:“同任大爷、巴家四位舅爷,六个人同行。”骆宏勋道:“此地离寨还有多远?”那人道:“八十里。此刻天短,日出时起身,日落方到。”骆宏勋道:“还是大路,还是小路?”那人道:“难走,难走,名为百里酸枣林,认得的只得八十里;不认得的,走了去又转来,就走三天还不能到哩。明日着一路熟之人送姑爷去。”骆宏勋道:“如此甚好!”吃饭之后,又用了几杯浓茶,店小二掌灯进房,余谦打开行李,骆宏勋安睡。

次日起身梳洗,用了些早点起身。店内着一人骑了一头黑驴子在前面引路。走了二十里之外,方入枣林地面。无数枣树却不成行,或路东一棵,或路西一棵,栽得乱杂杂。都是些弯弯曲曲的小路,骆宏勋同余谦未有三五个转弯,就分不清东西南北了。骆宏勋问那引路之人道:“此非山谷,其路怎么这样崎岖?”那人道:“治就的路,生人不能出入,且有至死亦不能进庄的。”余谦惊讶道:“怎样分别?”那人道:“余大叔同姑爷系自家人,小的不妨直告:枣林周围一百里远近,故名之酸枣林。只看无上梢之树,向小路奔走,便是生路;逢着有上梢,并路径大者,即是死路。”那余谦又问道:“怎么小路倒生,大路倒死呢?”那人道:“小路是实,大路却有埋伏,乃上实而下虚。下掘几丈深坑,上用秫秸铺摊,以土在上盖之,生人不知,奔走大路,即坠坑中。”

说说行行,前边到了一个寨子。骆宏勋举目一看:有数亩大的一片楼房,皆青石砌面的墙壁。来到护庄桥边,那引路之人跳下驴子问道:“姑爷,是越庄走,还是穿庄走?”骆宏勋道:“越庄怎样?”那人道:“此寨乃巴九爷的住宅。越庄走,从寨后外走到老寨,有五十里路程;穿庄走,后寨门进去,穿过九爷寨,不远就是七爷寨了。过了七爷寨，又到了二爷寨；过了二爷寨，就是老寨，只有三十里路。不知姑爷爱走近走远？”骆宏勋恨不得两胁生翅，飞到母亲跟前，遂说道：“谁肯舍近而求远，但恐穿庄惊动九爷，未免缠绕，耽误工夫。”那人道：“姑爷不知，进了寨子，在群房之中夹巷里行走，九爷哪里得知道！”骆宏勋道：“既如此，绕庄耽搁，穿庄走吧！”那人道：“请姑爷、余大叔下来歇息，待小的进去先拿钥匙，开了寨门，让姑爷好行。”骆宏勋道：“使得，以速为妙；且不可说我从此经过。”那人道：“晓得，晓得！”将驴子拴在路旁树干上，从路左首旁边走进去了。

骆大爷、余谦俱在此地下马，也将马拴在树上。余谦又把坐褥拿下一床，放在护庄桥石块之上，请大爷坐下等候。一等也不来，二等也不来，巳时到庄，未时不见来开寨门。他主仆二人俱是早起吃的东西，此时俱肚中微微有些饿意。骆宏勋道：“我观此人说话甚是怪异，此时尚不见来，怎么这等懈怠，一去就不见回来？”余谦道：“想是他的腹中饿了，至相熟的人家寻饭吃去了。”正说话之间，猛听寨门一声响亮，骆大爷抬头一看，寨门两扇大开，走出了三四十个大汉，长长大大，各持长棍，分列寨门之外，按队而来。骆宏勋心中暗想道：“此事甚是诧异，不晓何故？”要知后事如何，且听下回分解。

第四十二回　惹祸逃灾遇世兄

话说骆大爷见寨门大开，走出一个十六七岁大汉，又带了三四十个庄汉，各持长棍分列左右，众人各执兵器呆立。骆宏勋不知何故，遂令余谦各掣出兵器在手。又停片时，里边又走出一人，有二丈身躯，黑面红发，年纪约有十六七岁，手拿一条熟铜大棍，大声叫道："骆宏勋我的儿！你来了么？小爷等你多时了。"走过护庄桥，举棍照骆大爷就打。骆大爷将身往旁一闪，那棍落在地下，打了有三尺余深。那大汉见棍落空，反起棍来又分顶一棍，骆大爷往后一退，棍又落在地下，亦打有三尺多深。骆宏勋暗想道："倘躲不及撞在棍上，即为齑粉！还不下手，等待何时？"那大汉见两棍落空，躁得暴跳如雷，分顶打去，他又躲闪。这一棍向腰上打去，看他往何处去躲避？遂将棍平打去，照腰打去。骆大爷见他平腰打来，想道："两旁无处躲避；后退，棍长又退不出，不如向他怀中而进，即打在身上，亦不大狠！"遂一个箭步蹿进大汉怀中，手中之剑照心一刺，那大汉"嗳唷"一声，便倒卧尘埃，全然不动弹。只听寨门两旁那些大汉大叫一声："不好了！小爷被骆宏勋刺死，快报与九爷知道！"骆宏勋知是巴九之子，自悔道："早知是巴家之子，他夫妻知道，岂肯干休！强龙不压地头蛇。"余谦道："既刺死了，速速商议。我主仆二人，怎能敌住一庄之众？速上马奔花家寨要紧！花老爹虽不在家，花奶奶自然在家。"骆宏勋道："此言有理！"各解缰绳，急登上马，加鞭而行。

看官：巴九之子巴结，素日并未与骆宏勋会面，有何仇恨？今日举棍伤他是何原故？他与花碧莲同年，一十六岁。生来身大腰粗，黑面红发，有千斤膂力，就是其性有些痴呆。巴氏九雄只有此一子，因新年往姑娘家拜节，见表妹花碧莲，回家告诉父母，欲要聘花碧莲为妻。巴氏夫妻亦爱甥女生得人品俊俏，武艺精湛。巴九邀八位哥哥与花振芳面讲；其母马金定相约八位嫂嫂，在花奶奶面前恳求亲事。花振芳看妻弟之情，花奶奶亦看弟妇之面，皆不可一时间回绝，心中有三分应允之意。唯有花碧莲立誓不嫁这呆货，是以未谐亲事。花老见女儿成人，该当婚配，若在寨内选一英雄招赘，又恐呆货看见吃醋，故带着女儿远方择婿，及盗了骆太太、桂小姐来，料亲事必妥。巴九夫妻在家谈论道："骆宏勋不日即来。"谁知被这呆货听去，瞒着父母要暗将骆宏勋弄死，遂将寨内之人拣选大汉三四十个，着二十个立在庄路上，着二十个立在穿庄路上，日日等候。今日这呆子正在大门河旁，忽见苦水铺店内之人来，问道："来此何干？"那人不知就里，说道："骆姑爷昨晚至店，今日欲进老寨。小的领路，前来讨钥匙开寨门。"这呆子好不厉害，恐那人走漏消息，照耳门一掌，那人呜呼哀哉！遂着人到越庄路上唤回那二十个人来，已半日工夫才开寨门。从来说："大汉必呆。"他所拣选之四十个人都有些呆；若有一个伶俐者，骆宏勋刺死巴结之时，只着一个人入寨内报信，余者前来围住，骆宏助主仆怎能得脱？幸亏是些呆子，四十个人同进寨内报信，他主仆无有拦阻，所以逃脱。巴九夫妇听得儿子被骆宏勋刺死，大哭一声："痛死我也！"哭了一场，说道："这厮不能远走，分付鸣锣，速齐喽罗，四路分进，拿住碎尸万段，代吾儿报仇！"

且说骆宏勋、余谦二人奔逃，忽听得锣声响亮。余谦道："大爷速走吧，听锣声响亮，必是巴九齐人追赶我等！"骆大爷道："路甚崎岖，且不知南北东西，向何处而走？"余谦道："先曾听得那引路之人说道：无上梢树，即是生路，我们只看无梢之树行走，自然脱身。"余谦在前，骆大爷在后，道："谅必是的。"渐渐不闻锣声响亮，骆大爷道："就此走远了！"两人方才放心。那巴九夫妻各持枪刀，率领众人，分作四队，料骆宏勋仍往苦水铺逃走，四队向南追赶。骆大爷主仆不认得路径向北奔，奔入花家寨，所以听得锣声渐渐远了。

却说骆大爷虽然听得锣声渐远，而实在不知向西北走才是花家寨正路，他主仆早不分东西南北，走一阵又向西行一程，自未时在巴家寨起身，坐在马上不住加鞭，走至日落时，约略走了有五十里，总不见到老寨，明知又走错了路径，二人腹中又饿，余谦道："我们已离巴家有五七十里之遥，谅他一时也赶不上我们。看前边可有卖饭之所，吃点再走，"骆大爷道："我肚中也甚是饥饿。"二人加鞭奔驰，行到黑影已上，总未看见一个人来往。正行之间，对面也来了一匹马，马上坐着一个人，后随一人步行，至对面已经过去，那人转过马头，问道："前面骑马者，莫非余谦么？"骆宏勋同余谦听此一声，又惊又喜，喜的是呼名而问，必是平日相识。惊的是离巴家不远，恐是巴家人追赶前来，遂问道："台驾何人？"那个人细看，叫道："这一位好像世弟骆宏勋？"骆宏勋闻他以世弟相称，答道："正是骆宏勋！"那人遂跳下马来，骆宏勋主仆亦下了马。骆宏勋忙问道："大哥是谁？"那人道："吾乃胡琏也。向在扬州从师学艺，在府一住三年，世弟尚小，轻易不往前来,所会甚少。余谦到厅提茶送水,认得甚熟,彼时甚小,而体态面目终未大变,我还有些认得。"骆宏勋、余谦彼时七八岁,诸事记得,仔细一看,分毫不差,正是世兄胡琏。抢步上前见礼。胡琏道:"近闻世弟与花振芳联姻,不久即来招赘。愚兄蓄意至花家寨相会,不料途中相逢。但不知你主仆奔驰,欲往何处?"骆宏勋将花老设谋,将母妻盗至山东,扬州奔丧与栾家打擂台,蒙鲍自安相劝,恐小弟在家内与栾家结仇,叫我再往山东花家老寨拜见母亲,并带议招赘之事说了一遍。胡琏道:"倒未知师母大人驾已来此,有失迎接!今世弟走错路径了,花家寨在正南,你今走向西北了。"骆大爷道:"路本不熟,又因路上惹下一祸来,忙迫之中,错而又错。"胡琏忙问道:"世弟惹下什么祸来?"骆宏勋就将路过巴家寨,刺死巴九之子,前后说了一遍。胡涟大惊道:"此祸真非小!巴氏九人,只此一子,今被你刺死,岂肯甘休!且巴家九弟妇马金定,武艺精通无比。作速同我回家,商议一个主意要紧!"骆宏勋主仆犹如孤鸟无栖,一见世兄如见父母一般,连声道:"是!"遂上了牲口同行。

来了有二里之遥,到了一个庄院,下了牲口,走进门来,至客厅见礼献茶。说道:"苦水铺至此,一路并无饭店,想世弟腹中饥饿。"分付道:"速备酒饭。"骆宏勋道:"多谢世兄费心也!"不一时,酒饭捧出,胡琏相陪,入坐对饮。余谦别房另有酒饭款待。饮了数杯之后,骆宏勋告止,胡琏道:"也罢!世弟途路辛苦,亦不敢劝你多饮。"骆宏勋才吃了一碗饭,将才动箸,胡琏大叫一声:"不好了!"说道:"你有万世不孝之骂名!"骆宏勋放下碗箸,连忙站起身来,问道:"世兄怎样讲?"胡琏愁眉皱额,跌脚捶胸。只因:

素日授业恩情重,今朝关心皱两眉。

不知胡琏说出什么话来,且听下回分解。

第四十三回　胡金鞭开岭送世弟

却说骆宏勋正在用饭之际，胡琏大叫一声："不好了！"遂放下碗筷，忙问："何也？"胡琏蹙额皱眉、顿足捶胸说道："你主仆今日逃脱，巴九夫妻追赶不上，师母同世弟妇在花家寨难免知道，必率人奔花家寨捉拿，师母并桂小姐还有性命吗？"骆宏勋听说拿母亲，不由嚎啕恸哭，哀求世兄："差一个路熟之人，相引愚弟直奔花家寨前去，情愿与他偿命，不叫他难为母亲！"

胡琏见骆宏勋哀恸，又解劝道："此乃过虑。巴家夫妇正在痛子之时，意不及此，亦未可知。若有此想，此刻师母早被捉去矣！此地离花家寨还有五十里，即世弟赶去，已是迟了。你且放心，待愚兄差一个人前去讨信，不过三更天便知虚实。"骆宏勋道："往返百里之遥，三更时怎能有信？"胡琏道："世弟不知，我有一个同胞兄弟，名理，生得不满八尺身躯，若论气力，千斤之外；如讲英雄，万夫难敌。今年二十七岁了，人多劝他求取功名，他说：'奸党当道，非忠良吐志之时。为人臣必当致身于君，倘做一官半职，反倒受他们管辖，何如我游荡江湖，无拘无束！'与花振芳、巴氏九雄有一拜之盟。三年以前，他在胡家凹开张一个歇店，正直商贾并忠良仕宦，歇住店中，恭恭敬敬，丝毫不敢相欺；若是奸佞门中之人，入他店中，莫想一个得活，财帛货物留下，将人宰杀，剐下肉来切成馅子包馒首。因此人都起他一个混名叫'活阎罗'。还有一件赢人处，十月天气，两头见日，能行四百里路程。此刻差人到店叫来，世弟以礼待之，他即前去，不过三更天气即可以回来。"骆宏勋道："常听鲍老爹道及大名，却不知就是世兄之令弟。"胡琏道："莫非是龙潭之鲍自安么？"骆宏勋道："正是。"胡琏道："我亦知他的名，实未会面。"遂向一个家人分付道："有我方才骑来之马，想未卸鞍，速速骑往胡二爷店中，就说我有要事，请二爷回来商量。"家人领命。去不多时，回来说道："二爷已到庄前。"

话犹未了，胡二爷已走进门来。骆宏勋连忙起身见礼，礼毕，分宾主坐下。胡理道："此位仁兄是谁？"胡琏道："即我家师骆老爷公子骆宏勋也。"胡理复又一躬道："久仰，久仰！"又问道："哥哥呼唤，有何话说？"胡琏将骆宏勋路过巴家寨，刺死巴九之子前后之事说了一遍，胡理摇头道："巴氏九人，只此一子，巴九嫂马金定甚是了得！"胡琏道："因惧他厉害，故请贤弟来商议。"胡理道："巴氏有结盟之义，骆兄有世交之谊，我兄弟均不相助就是了。"胡琏道："不是叫你助我、助他，现今骆师母借居花家寨花振芳处，今日巴家夫妻赶不着世弟，他们必奔花家寨生捉师母。别人去，一时不得其信，骆世弟意欲烦你走一遭。"骆宏勋欠身道："闻得世兄有神行之能，意欲拜烦打探虚实。弟无他报，一总磕头相谢罢了。"胡理本不欲去，因奉兄之命，又兼骆宏勋其情可怜，遂答："效劳无妨！"胡琏分付拿酒来与二爷，劝二爷速去。胡理道："吃酒事小，骆兄事大！大哥，你且同骆世兄饮酒，待去来再饮何妨！"约略天有初更，胡理说声："去也！"即迈步出门。骆宏勋连忙起身相送，及至门外，早不知胡理去向。暗道："真奇人也！"

复走进房。胡琏道："我同世弟慢慢而饮。"一壶酒尚未饮完，只听得房上"咕咚"一声，胡琏问道："什么响？"外边答道："是我。"走进门来，竟是胡理回进寨内，正打三更。骆宏勋连忙起身迎接。胡理道："骆世兄放心，老太太并桂小姐安然无事。巴九哥夫妻却至老寨难为老太太、桂小姐，令岳母苦劝，九哥夫妻丝毫不容，多亏碧莲动怒，要赌斗。巴九哥无奈回家，要遍处追寻世兄报仇！"又道："骆兄，莫怪我说，令老太太、桂小姐安然无事，皆碧莲之力也。他日完娶，切不可轻她。"又向胡琏道："大哥，方才巴氏姐姐相嘱说：花振芳已下江南，骆兄不可入寨，恐巴九哥复去寻闹，无人分解，叫我兄弟二人代骆兄生法。弟思想一路，并无万全之策，大哥有甚主意否？"胡琏想了一想："别无良策，骆世弟还是回南为妥。我寨环绕巴家寨，相隔不远，来往不断人行。我料明日巴家必有人来此路追寻；若来时作难，对他怎讲？说世弟在此，自然不可；若回答不在，日后知道必迁怒于我。难道怕他不成？只是好好寨邻，又有一盟之义，岂不恶杀了！如恶杀他，有益于世弟，倒也不妨，实无益也！世弟回南，快相约鲍自安至此，我兄弟同去与他们弟兄一讲，此仇方能解释。只是一件：回南之路，飞不过他巴家寨，如何是好？"胡理道："这个不难，叫骆兄走长叶岭可也。"胡琏道："此路好，奈多日无人行走，恐内中有毒虫。"胡理道："有法，有法，拿一根竹子，将竹劈破，骆兄主仆各持一根，分草而行，此名为'打草惊蛇'。"骆宏勋道："素知长叶岭乃是通衢大路，二兄怎说多日不行？"胡理道："骆兄不知，当初长叶岭原是通衢大路，只因苦水铺花振芳开了店口，把我胡家凹生意总做了去。是咱不忿，用石块将长叶岭砌起，说那条路出了大虫，不容人行走。近来，客商官员先从我店过去，然后才到他那边。如今令人用铁锄撬杠，将岭口打开，亦不过三四里路，就出岭口。前边有一碑，字是石刻。奔东南，行八十里即黄花铺。铺上皆是官店，并非黑店。黄花铺，乃恩县、历县两县交界。住一宿，问人回南路，依他指引。不可到界碑西北去，那是通苦水铺去的大路。"骆宏勋恐记不清楚，叫余谦细细听着。胡琏道："并非我催逼世弟，要走趁夜行，方免人之耳目！"骆宏勋一一领教。胡琏又拿出些干面，做了些锅饼，装在褡包之内，以作这八十里之路饭。骆宏勋告辞起身，胡琏兄弟二人相送，带了三四十喽兵，送到长叶岭口，令人将路口石块都搬开。骆宏勋重又相谢上马，持竹分路而行。天已五鼓时分，可怜二人深草高膝，撞脸搠腮，真个是路上舍命，一直前行。骆宏勋去后，胡琏仍令喽兵将岭口砌上，回去不提。

且说骆家主仆二人走至日出时，方出山口，举目一观，真有一个界字石碑。记得胡理说：向东南走去，方才是生路。定了定神，方奔东南大路而行。虽然还是有草，较之山口短矮了许多，易于行走了。行至中饭时候，路上渐渐有人行走。余谦跳下牲口，向人拱手借问："黄花铺还有多远？"走路人答道："三十里就是。"骆宏勋道："也走过一半多了。"二人下马，将牲口歇息，取出锅饼吃了几个，方才又上马。走到了日落时候，方到了黄花铺，举目一看，真个好地方。怎见得？有词为证：

来往行人不断，滔滔商贾相连。许多扛银并挑钱，想必是，贩巧货，赚大利，满载万倍钱。油盐店说秤准，早饭店言碗满。名槽坊报条写大字，歇店挂灯笼，酒铺戏馆紧望。

骆宏勋主仆听胡家兄弟说过，此地皆是官店，遂放心大胆进了宿店，况天又晚了，二人只得走入店门。正是：

两眼不知生死路，一身又入是非门！

他主仆二人辛苦一夜无眠，不便办买别物，店中随便菜饭食用些须，二人打开行李，解衣而睡，以便次日好赶早奔路。事不凑巧，半夜之间，天降大雨。天明时，主仆起来，见雨甚大，不便起行，又兼昨夜辛苦，身子甚是疲倦。命余谦秤几钱银子，叫店小二割一方肉，买二只鸡鸭，煎些汤水吃吃。余谦遂秤了一块银子有六钱重，叫店小二割一方肉，买两只鸡鸭，沽了三斤陈木瓜酒、作料等物。北方鸡鸭鱼肉甚贱，只用了四钱多银，余者交还。余谦道："不要了，你拿去买酒吃吧！只要你烹调有味，明日起行，还有赏赐呢。"店小二深感之至，满心欢喜，用心用意择菜办弄。

骆宏勋因昨日进店天晚，未曾看明黄花铺的街道，趁菜未好，走至门面中间向小街观看。合当有事，对过是公馆，骆宏勋在店门时，恰值公馆中官府出来送客,骆大爷不以为意,看了一会,仍回房内来。你说对过公馆中官员是谁?乃定兴县贺氏之兄,贺世赖也,自花振芳劫任正千,西门挂头之后,王伦放了嘉兴府,留下一封信字,叫他进京见他父亲王怀仁。怀仁见他儿子信内云:家中收过他足纹一千两,又系他的妾兄,叫大小与他一个前程。王怀仁查山东历城县少了一个主簿,将贺世赖名字补上。贺世赖遂赴任历城县做主簿。做了三日,历城县尹病故,军门大人委贺世赖暂署县印,以主簿代行县事,住在黄花铺公馆。这日,有临界恩县唐建宗来拜,他送出门,看见骆宏勋在对面店门站立。回来叫过班头,分付道:"对过店中一位少年,本县有些认得,好似扬州骆宏勋模样。你暗暗过去私问店主人,如果是扬州骆宏勋,必然还有一个家人,名叫余谦。若店主人说果是此人,可分付店主人莫要放他去了,本县有话与他说。若是走漏消息,走脱二人,本县只向店内要人!"班头领命,过去一问,正是扬州骆宏勋带一家人余谦。是昨日日落之时入店,原是说今早起身,因降大雨,是以未行。班头暗对店家说道:"我家老爷认得此人,有话对他说。叫你莫要放他起身,倘走漏消息,去了此人,只在你店中追究。"说罢,竟回公馆去了。正是:

满天撒下钩和线,从今钓出是非来。

毕竟不知此去好歹如何,且听下回分解。

第四十四回　贺世赖歇店捉盟兄

却说班头说罢，即回公馆。店家捏着一把汗，祝告道："但愿老天爷多降几天大雨，令他们不能起身，我之福也！"不表店家祝告天地。且说值日班头回至公馆，见了本官，将话告复。贺世赖分付外班侍候坐轿，回拜恩县唐老爷。唐老爷出迎，见礼分坐。献茶之后，贺世赖道："晚生今来谒见堂翁，还有一件紧急大事相商。"唐建宗道："寅兄有何事情，请道其详。"贺世赖道："黄花铺乃晚生与堂翁两县分界，今来两个大盗，现在廖家富店内歇住。晚生公馆中衙役稀少，不敢动手，恐惊他逃走。特来相告堂翁，协同两县人役前去，方保万全！"唐建宗道："寅兄访得的确，方可动手；若是诬良，干系你我考成。"贺世赖道："定兴县劫牢，抢出大盗任正千；嘉兴府哄堂，盗去梅姓私娃，都是此人。晚生认得最切，怎得错误！"唐建宗见他说得真实，地方内来了大盗，怎好推辞不拿？遂差马快三四十个人，协同贺世赖十数个衙役，各执槐杖、铁尺、挠勾、长杆，一哄到了饭店中来。

且说店小二将鸡鸭鱼肉都做停当，一盘捧进房来，余谦摆列桌上。骆宏勋面朝里背朝外坐下食用，亦叫余谦过来同吃。余谦说道："这黄花铺乃来往大道，士人君子极多，倘看见主仆共桌而食，暗地必定取笑。大爷用过，小的再用。"余谦见外边雨稍住，遂至后园出大恭去了。

且说两县人役皆进店门，便丢了一个眼色与店家。店家会意，指骆宏勋住房。众人走至门外，看见强盗在里面食用，暗暗将挠勾伸进，照骆宏勋腿肚一勾，用力一拧。可怜骆宏勋无意提防，连桌椅尽皆拉倒。又跑进十数人，按住身子，槐杖、铁尺雨点打来，未有几时，遍身皆伤。骆宏勋只当巴家赶来，不料官兵捉住。先还撑持，后来只落了个哼哼而已。众人见他不能动手，即刻将手铐脚镣套上。却说余谦出完了恭，才待回房，只见店小二躲躲藏藏，一脸惊慌之色，迎上前来，低低道："大叔不可前去！你家骆大爷已被官兵捉去了！"余谦惊问道："何处官兵，因何事件？"店小二道："是历县贺世赖老爷来拿去的。所来之人，皆是马快，各持长杆、挠勾，说是你大爷是大案强盗，不一刻就来拿你大叔了。小的先承送酒菜，故才冒险前来通信；倘被看见，受累非小！"说罢，抽身而去。余谦想道："大爷已经被捉，落我一人，怎挡他两县之众？今若回去是自投罗网了。不如逃走，再生别法搭救主人。"不觉眼中落下泪来，道："我主仆今朝正是：破屋又遭连夜雨，行船偏遇顶头风。大爷呵，莫道余谦忘恩负义、畏刀避剑，背主而逃呀！叫小的一人无法救你，速回江南通知徐、鲍，好来搭救。"将脚一纵，跳过群墙，放开虎步，如飞向东南奔去不提。

且说众马快将骆大爷上了手铐脚镣，找寻余谦不见，就知走脱，只得将骆宏勋解赴恩县衙门。贺世赖随后坐轿，亦到恩县，与唐建宗会审。坐了二堂，分付将强盗带上来。马快将骆大爷抬至堂上，卧在地下，还不知因何缘故。唐建宗是主，不好相僭，让贺世赖先问骆宏勋道："狗强人！恃强逞勇，无法无天，今日怎也犯在我手里，可能得活哩？"唐建宗听了这样问词，明是借公报私声口，并非审问强盗了，就有几分疑惑。心想，且听强盗回说什么，再作道理。骆宏勋虽被衙役打昏，此刻也有几分苏醒。闻得上边声音相熟，抬头一看，不是别人，乃是定兴贺世赖。不禁雄心大怒，用手一指，骂道："我当是谁！原来是你这个乌龟忘八蛋！"贺世赖大怒道："好大胆的强人，敢骂本县！"分付掌嘴。衙役才待上前，唐建宗禁止道："莫要动手，待我问来。"大喝一声道："你今既被捉获，就该敛气服罪，也少受些刑法，怎大胆辱骂问官！"骆宏勋道："我无犯法之条，不知因何捉拿，亦又不知此官为谁？"唐建宗道："本县是恩县，贺老爷是历城县，黄花铺乃两县分界，故我二人会审。你一伙共有多少人，怎样劫得定兴监牢？从实说来，本县不动大刑难为你了。"骆宏勋道："老爷不知，小人父亲在定兴县做游击，在任九年，一病身亡。城内有一个富户任正千，幼从先父习学枪棒，感父授业之恩，款留我母子在家居住。"手指贺世赖道："他的妹子贺氏，原是江陵院中一个妓女，他亦随妹在院捧茶送酒。我世兄任正千在江陵院中会见他妹子，爱其体态妖娆，不惜三百金代他赎身，接至家中为妻。贺世赖亦随至世兄处管事。后因赌钱输下债，无钱偿还，将世兄客厅中铜火盆盗去，被世兄遇见。逐出门庭，永不许上门。他流落在城隍庙中抄写诗签，适值王伦求签，他代讲签诗；王伦中意，唤至家中，做个帮闲朋友。后因西门解围，我四人结拜，岂知这畜生有代妹牵马之心,将我二人灌醉,令王伦进内与贺氏通奸;又被我家人余谦撞见,因此结仇。我随父柩回南后,又闻王伦被盗,硬诬任正千为匪。后来不知何人劫狱救出了,王伦竟把贺氏接去为妾。想必是王伦用了手脚,代他干办了这个前程。今日相遇,又想谋害小的,老爷细思此事,便知真伪。"贺世赖听他将自己半世丑态尽皆说出,只气得暴跳如雷,将惊堂一拍,分付:"抬夹棍来!这个狗强盗自然招出真情。"下边衙役连声答应。唐建宗禁止道:"不可乱动!"便叫声:"贺寅兄,骆宏勋今日破了案,又无赃证,何能就动得大刑!暂且收禁,俟拿住余谦,再一同审问。"即写监票,把骆宏勋送入监中。又分付禁役,不要上大刑具。

唐建宗分付将饭店家廖大带上来,问道:"此二人何时到店中来的?可还有作伴人否?"廖大禀道:"昨日日落时进我店中的。只此二人,并无别的形迹。"唐建宗即分付店家:"无你大事,回去吧!以后留人,务须留心查诘来历,不可混留。"廖大磕了个头,应声"是",感激大恩而去。

唐老爷又令将口供单拿来看,与骆宏勋口说无异。贺世赖也要看看,唐老爷恐他看见上面皆是辱耻于他之言,怕他扯碎,故不与他看,遂放入袖中,说道:"寅兄,看他怎的!弟这边收存一样。但今日之事,将来必干碍考成。寅兄作速通知令妹丈王大爷,代你我做个手脚为要。骆宏勋既系游击之子,自有三亲六眷,怎肯受此屈气!"贺世赖被唐建宗说着他的病根,闭口无言,遂告辞带愧而回。看官,唐建宗因何以口供单为至宝,不与贺世赖看?因他是个进士官,对律例甚通,诬赖平人为盗,妄动大刑,则该削职;若误拿而不动刑,不过罚俸,所以他不叫动刑。又料骆宏勋必不服气,倘若告了上司状子,他有口供单为凭,其罪皆归贺世赖了。这且不提。

却说余谦跳过墙来,一溜烟向东南跑去,脚不停留。跑至中饭时候,约略有三十里路程,来到一个大松林。余谦走入里面,在那石香炉上坐下,肚中还是昨日晚间进店之时吃的东西,今日天降大雨,地有泥污,不住脚的跑到中饭时候,肚中饥饿,脚又疼痛,身上分文未带。正是:

无论英雄豪杰客,也怕遭逢落难时。

此刻余谦真无可奈何,欲回江南通信与徐、鲍二处,因相隔路有千里,身边未带分文；欲回黄花铺打探主人信息，又恐贺世赖捉去，主仆二人尽死于无辜。左右思想两难，不如解下腰带，自缢而死林中，省得受这苦处。才解带，心中又想道："我若死于此地，主人哪里知道？还只说我忘恩负义，背主而逃。罢，罢，罢！不如我返回黄花铺，自投囹圄，死于主人之，以见我余谦非是无情人也！"主意已定，遂迈步出了松林，仍望黄花铺而来。日落时，离黄花铺不远，后边来了一匹牲口，上坐一个和尚。人迟马快，不多一时，赶过余谦，回首将余谦一望，勒住马头，回身叫道："你不是余谦么？"余谦虽然行路，却低头思想主意，并未看见。忽听有人呼他之名，且疑官差捕捉人等，心中打了一寒噤。正是：

飞鸟经枪双舞翅，又闻弦响惧弹来。

毕竟不知呼唤余谦果系何人，且听下回分解。

第四十五回　军门府余谦告状

却说余谦将到历城县,后边来了一骑牲口,人又走得迟,马又行得快,赶过余谦。余谦见马上坐着一个和尚,将余谦一望,转过马来叫道:"这不是余谦么?"余谦闻叫,抬头一看,不是别人,却是骆宏勋之嫡堂兄,名宾王。向年做过翰林院庶吉士,因则天娘娘淫乱,重用奸佞,他就弃职,隐在九华山削发为僧。素与狄仁杰王爷甚是契厚,他今日五台山进香回来。狄仁杰现任山东节度使。宾王路过历城县,将欲一拜。在路巧遇余谦,故呼名相问。

余谦认得是宾王和尚,即双膝跪下,口称:"大老爷不好了,大爷今在历城县被人诬良为盗。"骆宾王道:"何人相诬?"余谦将定兴县王伦、贺氏通奸,并花振芳盗老太太,路中刺死巴九之子;胡琏开路送行;昨晚进店,天雨阻隔;贺氏之兄贺世赖现为历城县主,看见我主仆在店,差人以强盗名捉去;小的我翻墙而逃,已至三十里之外,复转去自投,意欲同死,前后之事,细细述了一遍。骆宾王道:"余谦,你果有真心救我之弟,随我同进狄千岁衙门,即便禀明,自然有救。"余谦满心欢喜,骆宾王叫道:"须要改装。"便将衣服与余谦扮作道人。包袱内现有干粮,余谦吃了些,同了宾王进城。

宾王来至节度衙门,下了牲口,命外班通报说:"九华山骆和尚禀见!"外班禀了宅门,宅门又禀狄仁杰。狄仁杰听说宾王和尚至此,连忙分付:"请见!"宅门上传于外班,外班来至大门,说声:"请进!"骆宾王在前,余谦在后,进了宅门。狄千岁早在堂上,二人相见礼毕,分宾主坐下,各叙寒温。仁杰道:"一别日久,甚为渴想,今晤尊颜,大快愚怀!"骆宾王道:"贫僧隐居荒山,千岁位居三台。每欲进谒,未得其便。今五台山进香回来,闻得千岁荣任山东,特来叩贺。"仁杰道:"岂敢,岂敢!"谈论一会,进内书房摆斋,狄仁杰相陪用斋。那跟来的道人,亦有家人相邀,另有斋饭管待。吃饭之后,又安排夜宴,余谦门外侍立。

狄公饮酒之间,问宾王道:"先生抱济世之才,藏隐山林,真为可惜!常闻治极生乱,乱极生治,当今之世,已乱极矣,而治将生焉!先生若肯离却佛门,仍归俗世，下官代为启奏，同朝共扶社稷，以乐晚年，何如？”宾王道：“千岁美意，铭之于心。但是贫僧已脱红尘，久无心于富贵。”狄公又道：“素知先生道及尊府乃系独门，而人丁甚少。先生今日出家，尊府又少一个贤子孙，怎能昌盛也！”宾王听说“人丁”二字，不觉眼中流出泪来。狄公忙问道：“先生因何落泪？”宾王道，“适闻千岁言及舍下人丁，贫僧心惨。舍下历代单传，唯先祖、先父、先叔三人。先父又生贫僧，先叔生一舍弟名宾侯。贫僧出家，所有奉祀先人香烟者，只有舍弟宾侯。不料今日途中相遇家人余谦，言及今日早饭后，被历城县县官硬诬为盗，拿入缧绁。贫僧叹家门不幸，人口伶仃，何至于此也？是以坠泪。”狄公道：“历城县县官前日已故，尚未题补；现今委主簿贺世赖代行，他怎无故硬诬平人为盗？”宾王道：“今随贫僧来者，即是舍弟家人余谦也。因主被诬，他无依无栖，走投无路，贫僧见之不忍，故带他同行。前后之事，他尽知之。”又叫余谦过来，说：“快将大爷之事，细细禀上千岁。”

余谦走进门来，双膝跪下，恸哭不止。狄公道：“你莫哭！且起来，将前后事情说我知道！”余谦磕了个头，爬起身来，立在旁边，将任正千留住，往桃花坞游春；王伦与贺氏通奸，主人不辞回南；花振芳求亲不谐，怒及主母；鲍自安劝主避祸；山东招赘，路过巴家寨，刺杀巴九之子；夜宿黄花铺，遇了贺贼诬良，从头至尾说了一遍。狄公道：“骆先生莫怪我说，令弟既系宦门之子，应当习学正业，好求取功名，怎与这水、旱二寇来往？我每欲捉拿这两个强人，未得有便。”余谦又跪下告道：“小的主人原是习文讲武，求取功名的，因父丧未满，在家守制。与花、鲍二人相交，亦是好意。”又将桃花坞游春时相遇花振芳，始结王、贺之恨；捉刺客赠金之举，方交鲍自安，故有哄堂之行；且花、鲍二人，皆当世之英雄，非江湖之真强盗也，所劫者，皆是奸佞；所敬者，咸系忠良；每恨生于无道之秋，不能吐志，常为之吁嗟长叹。狄公闻余谦称花、鲍有忠义之心，触起迎主还朝之念，素知这二人手下有无数英雄，欲得他归顺，以作除奸斩佞之用。又向骆宾王道：“余谦适言嘉兴哄堂案内，有梅修氏不夫而成胎之故，此何说也？”宾王道：“古亦有斯事也。或目触形而成胎，或梦饮而有孕，所生之子，非英才盖世，即成佛作仙，名曰‘仙胎’。虽然，古今不多有之事也，人见之不得不疑耳！”狄公道：“下官学浅，不知古来哪个是不夫而孕者，望先生为有证之。”宾王道：“王禅，鬼谷成孕；甘罗，饮露成胎，皆其验也！”狄公又道：“有夫无夫，何以知之？”宾王道：“如真无夫之胎，其子生下，虽有筋骨，但软而不硬，五七岁时方能行走。”狄公满口称赞道：“真可谓博古通今之士，不愧翰林之职也。下官意欲叫余谦明日回江南，差一旗牌，持我令箭，随他偕去将水寇鲍福并私娃一案，一并提来下官面审。

令弟之事，叫余谦写一状子，我明日升堂放告，叫他外喊，我准他状子，自有道理。”余谦道：“小的回南，倘贺世赖谋害主人，如何是好？”狄公道：“我收你状子，批准后，鲍福一并讯究。贺世赖诬良，已为犯官，我亦差人管押。本藩亲提之事，哪个敢害你主人！”余谦方才放心。

天色已晚，狄公回后，骆宾王写了一张状子，交给余谦，叫他明日赶早出府，莫使他人知觉，衙外伺候。余谦一一领命。心中焦躁，思念主人，一夜何曾合眼。天明时，看见宅门开了，余谦走出，赶奔宾王寓所，将衣帽换过，同至衙前。宾王独自报名进去了，余谦独自在外伺候。只听得三声炮响，鼓乐齐鸣，不多一时，那狄千岁升堂放告。余谦即大叫“冤枉”，求千岁爷作主。话犹未了，只听得两旁一声吆喝，四个旗牌官如狼似虎，跑至余谦跟前，一把抓住，提到堂上，绳捆索绑，要打一百例棒。才待举棒，狄公将头一低，向余谦道：“你免打。”下边答应一声，就不打了。狄公问道：“你是哪方人氏？何不在地方官衙门伸告，反到本藩衙门乱喊。可有状子么？”余谦道：“小的有状在怀。”狄公分付放绑，下面将余谦放了。余谦跪下，将怀中状子取出，顶在头上。堂吏接着，放在公案，狄公举目一看，其略曰：

具告状人余谦，年二十三岁，江南扬州府江都县人氏。为赃官诬民，借公报私，叩求宪台提讯事：仆主人骆宏勋，老主人系原任定兴县游击之职，在任九年身故。在任之日，有任正千，从主习学多年。后因老爷去世，任大爷因素有师生情谊，留主母与小主人在彼家居住，与伊妻兄贺世赖相认。恨伊人面兽心，见财忘义，贪图王姓之财帛，不顾兄妹之伦理，代妹拉马，与王姓私通，被仆撞见，于是起隙。仆主避嫌，告辞南归，制满赘亲。路宿黄花铺，不意贺世赖莅任历城主簿代行县事，仗倚目前威势，以报他年私恨。协同邻界县唐县令率领虎狼之众，执捉离乡弱民，硬诬以定兴反狱，抢去大盗之罪；嘉兴劫库，盗去私娃之罪。夫反狱事件，仆主丝毫不知。私娃案件，原晓其情：因路过嘉兴，借宿普济庵中，夜闻梅修氏喊叫“救命”，仆主搭救情实。而盗私娃，乃龙潭之鲍福，因狐疑不去之因，盗来以追其实，不意修氏真无夫而有孕。鲍福现今收为义女，养活在家，以待明公而为之剖断焉！仆主亦实未之同事奸恶。以实有之事，而硬罪未作之人，酷刑严拷。因系出于离乡弱民，怎抗邑严之势！藩王畿内，又岂容奸恶横行。情急冒死具禀，伏望藩王千岁驾前恩准提讯，庶邪恶知警，而弱民超生矣。冒死上禀。

狄公看完了状子，问了几句口供，遂拔令箭一枝，命旗牌董超，董超听见点差，答应一声，当堂跪下。狄公道：“与你令箭一枝，速到镇江府丹徒县，提捉水寇鲍福,当堂回话。并提私娃家梅修氏、梅滔等人犯,一同候讯。”

董超先还当个美差,好不欢喜;及听见叫他下江南提水寇鲍福,痴呆在地,半日不应。狄公道:“本藩差你,你怎半日不应?欲违本藩之差?”董超道:“旗牌怎敢违差!但那龙潭鲍福,乃多年有名水寇。屡次有官兵前去捉拿,只见去而不见回来。旗牌无兄无弟,只此一人,可怜现有八十二岁老母在堂,旗牌今日去了,何人侍奉晚年?望千岁爷施格外之恩,饶恕残喘,合家顶感。”狄公道:“你只管放心前去,本藩将你交与一个人保护。”遂唤余谦。余谦朝上爬了几步,狄公道:“你既要代主伸冤,必要鲍福到来,方能明白。今将董超交你同去,至龙潭将鲍福提来。董超好生回来,你主人的冤仇自伸;董超有伤,你也莫想得活。”余谦道:“谦安敢!差官但放在小人身上,包管无事!”董超虽闻此言,终有些胆寒,但奉千岁差遣,怎敢推诿?恐触本官之怒,少不得领下令箭,即同余谦回家收拾行李。狄公又拔令箭一枝,去把贺世赖拿下,交恩县唐建宗管接,候本藩提审。分付毕,退堂,仍与骆宾王相谈不提。

单言那恩县唐建宗接了军门令箭,连忙带人役至贺世赖公馆,将贺世赖拿下,亦看押在狱神堂中。又分付放了骆宏勋的刑具,不可缺了他的茶饭,恐误大人提审。骆宏勋方知余谦告了军门状子,稍放心怀。

且说董超同余谦至家收拾,家中妻妾、儿女并八十老母俱皆痛哭,同出来托余谦。余谦道:“请太太并大娘放心,包管无事。诸事总在我身上,不要耽心。”董超无奈,只得收拾行李,辞别母、妻,同余谦向江南而去。未知此去吉凶如何,且听下回分解。

第四十六回 龙潭庄董超提人

却说董超辞别母妻,同余谦奔江南而去。在路非止一日,那日来到龙潭,余谦乃是熟路,引董超直奔龙潭庄。来到护庄桥,董超立住身道:"余大叔,你先进去,咱家在此等候大叔,向他说明:你亲自出来唤我,我才进庄;若别人相唤,就是强盗了!我就溜去逃命!"余谦道:"你也说得是,待我先进去说吧。"迈步过桥,行至大门,门上人道:"余大叔,你回来了。"余谦道:"回来了。"余谦问道:"老爹可在家么?"门上人道:"山东花老爹同任大爷、扬州徐松朋大爷,都在这里客厅内谈论。"余谦不用通禀,一直进门,心中想道:"我因事急,先来通知鲍老爹,打探明白,到扬州通报徐大爷,不料徐大爷也在此地,两得其便。"来到内客厅,众人一见余谦回来,尽皆失惊,连忙问道:"你怎么回来这等急切?你大爷今在何去处?"余谦听罢,不禁放声大哭,说道:"在路上又惹出祸来了。"花振芳有翁婿之亲,最是惊慌,忙问道:"惹出什么祸来了?"余谦将路过巴九爷寨,误伤少爷之事,说了一遍。巴九弟兄四人,闻说伤了侄儿,尽皆怒目竖眉,大怒道:"我们弟兄九人只此一子,今被伤死,岂肯干休?先杀其仆,而后寻其主。"欲奔余谦。鲍自安道:"诸位贤弟,且莫动怒。事要论轻重,评是非,不是一味动狠的。且在我舍下,如何动得粗?即要代侄报仇,到别处再讲,今日暂停。"巴氏弟兄见鲍自安有护卫余谦神情,在他一亩地几分内,竟不能行粗,遂含怒而坐。鲍自安道:"方才不听见余大叔说,是令侄无故率领多人举棍相害。曾听说当场不让父,举手不容情。骆大爷若不动手,竟候着令侄打死吗!他的命竟一个钱也不值吗!我也素闻令侄不过长了一个蠢汉,比不得骆大爷那一块,近来大爷又是令甥婿。今既误伤令侄,叫骆大爷日后孝敬孝敬贤昆仲就是了。"巴氏弟兄素亦甚爱骆宏勋,今被鲍自安一番话说得近理,各皆下气。

花振芳因有翁婿之情,干碍开口,只一言不发。见鲍自安劝解巴氏弟兄,气已稍平,遂问道:"误伤巴氏之后怎样了?"余谦道:"主仆恐寨内人追赶,遂奔老寨。酸枣林路径曲折,错向胡家寨走去;幸遇先老爷门生、金鞭胡琏大爷,留至家中商议,叫我主人速回江南,相请鲍老爹赴山东,与巴九爷商议;又请了胡理二爷来,开长叶岭口,令我主仆奔逃,日落方至黄花铺,住了歇店;半夜天降大雨,次日不能行走,只得在店内住。店门对面是历城县的公馆,那县官就是贺世赖。他看见我主仆在,暗暗约同恩县唐老爷,率领两县人役,将大爷硬诬为盗,打得筋骨寸伤;彼时,小的在后园出恭,多亏店小二通信,越墙逃脱。本欲回江南,送信徐大爷、鲍老爹,生法救主。已行三十里,在林内歇息,想投江南,但相隔千里,身边分文全无,如何能行?意欲林中寻死,又料大爷不知,反道我忘恩负义,又不知逃奔何处去了!实在无奈,仍回历城自投,与主人同死。将到历城,路遇大爷堂兄宾王和尚,他要去拜见狄仁杰千岁。问明来由,将小的带进衙门,面禀狄千岁。狄千岁发了一枝令箭,差旗牌官董超与我同来,相请鲍老爹,并提私娃一案提审。董超不敢进来,今在庄外候信。"

花振芳、徐、任三人闻得骆宏勋被难,俱各坠泪。唯鲍自安听得狄公差人前来捉他并私娃一案,不觉雄心大怒,忙传前面听差的人,速将差官捉来,扒出心来下酒。花振芳闻余谦说鲍自安一到,骆宏勋之冤即伸。乃劝道:"你这老奴才,方才劝人不要动怒,临到自家头上,就不能三思了。不过叫你去做一个见证,有何人难为你处?你一到案,骆大爷之冤即伸,他主仆岂不感你之恩?何必如此动怒!"鲍自安道:"贤弟不知,自二十年前我就在此居住,从无官差敢进我庄。今若容留此人,岂不坏了例了?又被他人笑我年老无能,受人节制了!"余谦见鲍自安不容董超,遂又跪下说道:"临来之时,狄千岁谆谆嘱咐,董超无事回,主人亦自无事;若董超有伤,我主仆们亦莫想得活。今老爹若杀董超,就杀小的主仆了。望老爹杀了小的,留下董超性命回去,以抵我主人之罪。"说罢,大哭起来。在此之人,无不下泪。

鲍自安是个有情有义、心慈面软之人,见余谦愿死保留董超,一团忠义之心,连忙扶起余谦道:"你既能为主尽忠,我岂不能为友全义!拼着老性命走一遭去罢了!余大叔出去请那差官进来。"余谦欢天喜地,走至护庄桥,请董超进内。董超心怀鬼胎,提心吊胆随着余谦进来。到了客厅,众人相见,分宾主坐下,董超道:"奉上人之命,特请老先生大驾,并提私娃一案,敝上人讯问。"鲍自安道:"久闻狄千岁保国忠良,每欲谒见,无奈因故不便。今有来令,正合我意。私娃案中梅修氏,现为我义女,亦欲代他辨明。狄千岁久历朝纲,经见自多,今蒙提讯,亦我义女见天之日也。去是要去,只是无有定期。在下有一心事,今日做了,明日就起身;明日做了,后日就动身;一年做了,就要一年才起身。少不得屈大驾在舍下等候等候!"董超道:"请问老爹,有何贵干?倘一时不能做,何不回来再做？”鲍自安道：“我存心离此已久，意欲连家眷一同移居山东。”指着花振芳道：“与这花兄一处同居，离长安路近。就便到京中，将那些擅专国政的奸佞宰杀，替国家除害。这件事一并做了，省得又回来！”董超不敢询问何事，又说道：“小人在府坐扰，倒也甚好，只是家中有八十二岁老母堂食无出，如何是好？董超求老爹作主！”鲍自安道：“差官不要心焦，我这事已差人打探去了。如早做就罢了，如要日子长了，每月在下差人送二十两足纹到府，与老太太使用，如何？”董超因见水、旱两个老儿皆在此地，本不愿在此留住。但得保全性命，即是万幸，哪里还敢推托？鲍老分付摆酒。正在欢饮，只见濮天鹏兄弟自外而来，走到鲍自安耳边，低低的说了几句言语，只见鲍自安听了大喜。不知他二人说了什么话？正是：

猎人正欲布罗网，飞鸟舞翅自飞来。

要知后事如何，且听下回分解。

第四十七回　花振芳两铺卖药酒

话说众人正在饮酒时，濮天鹏弟兄进来，与众人见礼之后，在鲍自安耳边说道："打探明白，王伦升的是金陵建康道。不敢走水路，惧怕我等，抄旱路而来。明日即到龙潭，从浦口过江。"

鲍自安闻听此言，不觉大喜。向董超道："差官，不要着急了，此人明日即至此地；再住一宿，就可同行。"董超问道："此系何人？"鲍自安道："此即吏部尚书的公子王伦也。原是嘉兴府知府，今升建康道，明日从此路过。"又将王伦与贺氏通奸，并同闹嘉兴之事，再说了一遍，"我原许任正千活捉奸淫，故欲践前言，而不失于朋友也。"董超方才明白。鲍自安又分付濮天鹏，多差几个远近打探，不时来报，莫要让他过去了。濮天鹏领命，将听差之人差出十个前去打听。这边席上，因有此事，大家都不大饮酒，连忙用饭。吃完之后，鲍自安自去分付差人等。余谦上前问道："徐大爷几时来此？"徐松朋长叹一口气道："自你主仆去后，我上庄收租。过了十八九日回来，栾冤家擂台也拆了，并无个动静。家中过了两日。那日早饭之后，县内听事吏持了张老爷的名帖进来请我。我问请我何事？听事便道：张老爷有一个公子，欲弃文就武，请我为师。我想在家与栾镒万这厮斗气。且往县内躲一躲是非。遂骑了一匹牲口，同听事进了衙门。二堂之上，站立有百十多人，我亦当是书役站班，不以为意。孰知众人见我一到，即把宅门一关，背后跑出数人，将我捉倒，上了手铐脚镣，吆喝一声，将我带过，问我：'怎的相留大盗熊铁头、方郎等数人，打劫甘泉山下吴仁辅家？采其妾之花？'我道：'武生丝毫不知，老父母何出此言问我也？'老张道：'你同伙之人已被捉获，说与你是结拜过的同盟兄弟。因路过，至你家看望，被你留住，晚间方动得手。连你与他交拜庚书名帖，皆呈在此，你如何推作不知？'我说道：'老父母将强盗提出，武生与他对面口供。'老张遂发监票，提出八九个强盗。熊铁头、方郎那两个狗头好生厉害，未曾到堂，就大叫道：'老大你休快活，我们扳你出来，只是恨你狠心情薄。所劫财帛，你是双份；淫奸女娘，是你受用。我等被捉多日，你毫不相顾,亦不来看望。昨日受刑不过,说出你来,与我共受受此苦!'我与他分辩,他一口咬定不饶,老张信以为实。因我是个武生,未曾详去前程,不能妄动大刑,即把我收禁牢中,就通报详革,方才严审。我入监之后,有个禁子,他平日受过我的恩惠,各事照应,及无人之时,低低的告我道,'栾镒万家门客华三千,用二百两银子暗地买通马快头役马金,分付强盗熊铁头相攀;又恐本官不信,华三千暗开你的庚帖与他为凭,到今日有此祸也。'我方知道是栾镒万买盗扳害,大为焦躁。不料我大娘叫徐一到龙潭通信与鲍老爹,鲍老爹前日到扬州反监劫狱救出我来。料扬州不能居住,将细软物件打起包裹,家人奴仆各把几两银子,令各归其家,我携同大娘连夜奔此。"余谦方知徐大爷来此之故。又问花老爹、任大爷是几时到此?花振芳道:"前日将老太太并桂小姐请至山东,恐怕你大爷认以为真,有伤身体。住了七八日,携同任大爷自东路来扬州,相请你大爷。因在路阴雨阻隔,昨晚才到扬州。到徐大爷府上一看,大门上朱笔封条,锁着铁锁。访问邻人,方知被人诬害,今反了狱,连家眷都逃去了。我料必是鲍老相救,今日才过江来。"你谈一阵,我称一番,天已夜暮,大家安卧。

次日,俱各起来。探事的人不时报信,一个说:王伦已到某山;一个说:王伦已至某镇。鲍自安令濮天鹏在江中预备下大船八只,将家中细软物件,着人运到。凡值钱的桌椅条台缸瓮各物尽皆上船,带到山东住家好用。又说道:"但愿他临晚至此,省得我多少手脚。"又着三十个听差之人,各持鸟枪长叉,扮作打猎人模样;又令四人拿了四面铜锣,等王伦来时鸣锣吆喝道:"此去有三只大虫伤人,夜间不可行走!"逼住他以便动手。遂向花振芳道:"此地没有歇店,又无人家,王伦必借三官殿做公馆。他今现任之官,自然轰轰烈烈,建康自有长班,嘉兴定有送役,连他家奴仆等人,我谅他有百十余人。动手时虽不怎样,到底人多碍手。我今与你分作两路去成事,令人在三官庙不远山岗之上,搭起两个茅篷,把好酒抬去五七坛,那话儿药带过两包;你领徐大爷夫妻并小女小婿四个人。分作两铺。女将掌柜,轻轻的价钱,大大的盘子。那跟随王伦来的人,走得饥饿,自然来买,在店饮下药酒,发作后提进庙来,弄倒几个是几个。我同巴家四位贤弟、任大爷、余大叔、董差官、濮天鹏,在三官殿专捉王伦、贺氏,方得妥当!"众人起身道:"好!"鲍自安叫人在三官店北首三官岗上,搭起两个茅篷,又叫女儿、徐大娘各自收拾,诸事齐备。天将下午时候,打探人来禀道:"王伦离此只得三十余里了。"鲍自安道:"候他至此,天已日落,正在住宿时候!"连忙捧出酒坛,众人饱食一顿,夜间好动手。比及日落,个个暗藏兵器在身,出了庄门,各行各事。

且说鲍自安领众进了三官庙，消安师徒相迎，分宾主坐下献茶。消安问道：“诸位檀越从何而来？”鲍自安道：“长者亦知，两闹嘉兴，未得其人，今日王伦升任建康道，自旱道而来，少刻即至。特来此地等候！”消安闻听此言，道声；“阿弥陀佛！冤仇可解而不可结。论王伦其心奸恶，今应捉拿。但任檀越既然巨富，何愁无佳偶，而反赎妓女为妻？不慎于始，故有此悔。于今诸事，只悔当初。诸檀越不来，贫僧不知，贫僧也不敢深管；今既告诉贫僧，贫僧出家人以好生为念，在诸檀越前，乞化此二人，放他过去吧！”任正千道：“此乃在下倾家杀身之仇，既相逢，岂能轻放！别事无不遵命，此事断乎不能！”消安闻他不从，就有几分怒色。鲍自安极其捷便，乃道：“消安长老从不轻易乞化。今既乞化，任大爷亦不必着急，就放他过去罢了！”消安见鲍自安应允，谅任正千无能为也！乃曰：“谢诸位檀越莫大布施，贫僧无以为报。”命黄胖献茶相敬。不讲众人在庙伺候。

且说王伦一众行至龙潭，天色日落多时，意欲赶浦口住宿。正行之间，只见三个人一班，五个一班，有二十多人，各持鸟枪长叉，似乎打猎之人，不以为意，仍令人夫前行。忽听得锣声响亮，又听吆喝之言道：“行路客商听见：此地有三只大虫，夜夜出来，伤了无数行人。早些歇住，不可前行。倘若见你，性命休矣！”众人听得有三只大虫，尽皆大惊，一个个都将脚停住。王伦也听见，道：“我有百十余人行走，就有大虫亦早避去，怎敢前来相伤！”贺氏在轿内道：“凡事谨慎，方无差错。既说有虎，虎虽不能相伤，遇见他也怕人了！”王伦听了此言，因她胆小，怕吓着她，问道：“此地可有什么宿店可住？”内中有一个脚夫对此地甚熟，他已走得困了，恨不得一时住下，闻得老爷相问，连忙应道：“此地有一个三官庙，房屋甚多，尽可做公馆。”王伦道：“如此甚好。”令班头先至庙中，说那住持知道预备。班头领命前去。不知后事如何，且听下回分解。

第四十八回　鲍自安三次捉奸淫

话说班头领命，王伦催动人夫随后。且说班头来到山门，用手敲门，里边黄胖问道："哪一个？"班头道："建康道王大老爷路过此地，天晚无处歇，要来庙中做公馆，叫你们伺候。"黄胖暗道："该死的孽障，凶神五道爷正要寻你，被我师父化下，你今自投而来。"又不好直言相告，回道："此庙房屋颓坏，不可居住，去别处再换公馆吧！"班头道："别无落地，唯你庙中宽阔，速速开门，王大老爷后边即到。"黄胖道："好厌人！我说没有房子，还在这里歪缠。"班头见不开门，只得回来。

王伦也到，人夫已离不远。班头上前禀道："小的才到三官庙叫门，和尚只是不肯开门，回说庙中房屋倾坏，往别处再寻公馆。小的又道大老爷就到，叫他速速开门。他反说小的惹厌，与他歪缠哩！"王伦道："或者真是房屋坏了。怎奈别无可住之处，这便怎处？"贺氏在轿内淡笑一声道："好个三品道爷，连一个破庙也不能借，又不是长远住，不过暂住一宵；且又是晴明天气，管他漏与不漏，就是不肯借罢了。也未见这种和尚，一发可恶，又不顶了你的屋去！"王伦被贺氏几句言语激得心头火起，分付人夫直奔三官庙前来，看他敢不容留。且说黄胖打发班头去后，进来对师父说知。消安眉头一皱，想道："虽已推去，必还要来。这些英雄若是看见，哪里还顾得化过未化过！我将他众人请至旁院两开净院中奉茶，使他们不见面，或者可以饶过。"遂道："诸位檀越俱已布施过此二人，但贫僧心中终有些狐疑。如真心施舍贫僧，檀越今日俱莫回去，此庙旁有一小院，是两开净室，乃贫僧师徒下榻之所。请诸檀越进内，贫僧奉茶一壶，备几样粗点心，同谈一宵，让他过去，方才放心！贫僧所化者，是兑他今日之死；后来他处杀斩存留，贫僧莫敢他问。不知诸檀越意下何如？"鲍自安道："既已出口，哪有改悔！今若不信，我大家就领厚情。"于是起身，俱到旁院净室来坐下。

不多一时，外边敲门甚急，消安师徒知是王伦等来了。随辞了各人，走出小门,回手将门带上,用锁锁上,才到山门。问道:“何人敲门?”外边道:“大老爷驾到,还不速速开门!”消安即刻开了门。人夫马轿,俱各进内。三官殿舍本是两层院落。王伦同贺氏进了后殿,人夫俱在山门以外。王伦、贺氏拜过三官大帝之后,来至殿上坐下,分付唤本庙的住持来。消安走进,谨遵法规,双膝跪下。王伦道:“好大胆的和尚!本道到此天晚,差人前来借宿,你怎么闭门相拒?天下官能管天下民,轻我建康道不能管镇江之民么!”消安道:“先前差人来,僧人不知。在后厢回话者,乃僧人一个徒弟。殿宇虽然倾坏,岂不可暂住一宵?差人去后,僧人方知,故前来伺候。”王伦见消安说得在理,先乃是徒弟无知,就气平了,说道:“你既不知,不罪于你,下去罢!”消安又磕了个头出来,又开锁,进旁院而来。

且说任正千等见消安师徒出去,向鲍自安道:“老爹费了多少心思,欲捉奸淫,今轻轻就布施了和尚,岂不枉费其心?”鲍自安道:“诸公不知,消安师徒有万夫不当之勇,且性如烈火。先任大爷不肯应允,他们有怒色,我故随口应允;若不允他,他师徒必然护他,再通知信息与王伦,岂不是劳而无功!”众人道:“他今出入俱用锁,我等如何得出去?”鲍自安道:“墙高万丈,怎能禁你我?三更天气自有法。”又叫过濮天鹏来附耳如此如此。濮天鹏听得含笑点头。消安已走进来相陪,命黄胖烹茶,做了点心。这且不表。

王伦一众人在路上已吃过晚饭,住了公馆,不过用点心茶酒。点心是有随行厨役做成,预备茶酒,又是他驮子上自带铜锅、木炭、风炉,毫不惊动和尚。下边人役,一路疲倦,饿是不饿,都想吃酒解解倦乏。就有那个好吃酒的,未曾到那里,他就先看看糟坊酒店。进庙之时,早已望见庙北岗子上两个酒字灯笼。诸事完备,拣契厚的约几个走去打酒吃。原要打到庙中吃,及到酒店中,见两个铺中俱是女人在此,况且又生得妖娆可爱,即不肯回庙,要在铺中吃酒看女人。一盅下肚,皆直眉竖眼,麻瘫在地下。铺后有留得的人便叫拖出,丢在涧沟内。有的人打酒到庙中吃者,花老等发的是好酒,回庙说:酒铺中两个俊俏女人掌柜。个个将酒拿回铺中,以借杯为由。三月天气,哪有吃冷酒之理?要在店中煨暖,花里寻春。花老等放药下去吃了,亦照前拖入涧沟。正是秃子头上打苍蝇,来一个打一个。人夫、书役,书役、人夫,但凡衙门中人,哪一个不好眠花宿柳!未到一更天气,百十人,已皆迷倒八九十;未迷者,是那不吃酒老成人,并王伦不时唤呼者,不过十数人。

天有二更时分,鲍自安听外边没有喧哗之声,已料是花老摆弄的了。见消安师徒不离左右相陪，鲍自安故作瞌睡之状。消安见鲍自安是年老之人，遂道："何不在贫僧床上安睡安睡。"鲍自安道："却是有此倦意。诸公在此，我怎好独睡！"众人都会意，齐道："我等明日都要起身，亦不能坐谈一夜。美茶点心俱已领过，却都要睡睡才好！"消安暗道："叫他们屋内安睡，我师徒门外坐防，必不碍事。"遂道："既诸位欲卧，何妨草榻？只恐有屈大驾。"众人道："我等不过连衣睡睡，谁还脱衣。"于是，各位英雄俱在他师徒两张床上而卧。消安将灯吹熄，同黄胖走出房门，回手带过，搬了两条凳子，各坐一条。各人身旁，倚一根生铁禅杖，在外面防备。

却说鲍自安睡未多时，轻轻起身，悄悄的走至房门首望外观看。此时正是三月十五日，西边亮月如昼。又见消安不过带上房门，却未带合。上有一孔，鲍自安看明白，怀中取出香来，暗暗点着，放在空中口一吹，不多时，消安师徒两个喷嚏，皆倚壁而卧。鲍自安唤众人开了房门，仍自照前带过，走至小门，又将闩拨开。众人出来带过，将锁扭掉挂上，各持兵器，看了看角门关闭，众人一纵，俱蹿过去，将角门开了，令董超走进。董超见他八人一纵即过丈余墙垣，早已吓得胆战心惊。既入虎穴之中，少不得放了胆随他进去。谅后边没有多人，也不用香了，怕误工夫。打开后门，将丫鬟妇娘尽皆杀之。王伦、贺氏虽已上榻，却未睡着，一见众人进来，方只当是强盗行劫，及见任正千进来，方知性命难活。任正千一见王伦、贺氏，哪里还能容忍！举起钢刀就砍，鲍自安用力挡住，说道："大爷莫要就杀，我还要审问他哩。"任正千听了，只得停留。鲍自安令他二人穿起衣服，用绳绑了。两廊下还有七个家丁，听得殿上一片声响，即来救护，俱被杀死。鲍自安将王伦、贺氏行囊，各色细软物件，金银财宝，打起六个大包袱。余谦、任正千、巴氏弟兄四人各背一个，鲍自安两胁夹着王伦、贺氏。董超腿已唬软了，空身尚跟随不上。大家出了山门，奔茅篷中来。及至茅篷中，余谦道："濮二兄尚未来到。"鲍自安道："余大叔，你莫管他，他后边自来。"又道："我等速速上船，奔路要紧！"大家奔至江边，上了船。濮天鹏背了一个小包袱亦到。鲍自安点过人头，分付拔锚开船而行。

且说天已发白，消安师徒醒转，自道："今夜这等倦乏，一觉睡到天明。"起身走出外边，欲到小门照应王伦人众，一看门竟开着，说声"不好！"回身进房，哪里还有一人！越过墙走向后边一看：只见尸横满地，一路血迹，东一个尸首，西一个尸首，并无一个生人。消安不看犹可，看了时，有诗为证，诗云：

禅心临发怒，气极锉钢牙。

只说蒙一诺，岂此变虚言。

交朋原在信，始不乱心田。

今遭奸伪骗，前语不如先。

话说消安心中发恨道：“我今着你这班匹夫所骗，与你岂肯干休！”回至房中，束腰勒带，欲赶众人，转一看：床头板箱张开，用手一摸，大叫一声：“好匹夫！连我他都打劫去了。”正是：

费尽善言将人化，代人解结反被偷！

毕竟不知消安如何追众人，且听下回分解。

第四十九回 鲍自安携眷北迁

却说消安师徒正在装束，欲奔鲍自安家争斗，抬头一看，床头上一个板箱张开，用手一摸，衣钵度牒俱不见了。大叫一声："好匹夫！连我都打劫了去！"随同黄胖各持铁禅杖，奔鲍自安家而来。及至门前，大门两开，并无一人。他师徒是来过的，直走进内，到七八层院中，也未看见一人。看了看桌椅条台，好的俱皆不见了，所存者，皆破坏之物，看光景是搬去了。心中还不信实，直走进十七层房内，绝无一人，这才信为真实。想道："此人带许多东西，必自水路而去；昨同巴氏同伙，又定是搬赴山东。我师徒且沿江边向上追赶！"于是二人又走出鲍家庄，奔江边往上追来。

追了有三四里路程，看见前边有号大船在江行走，幸未扯篷；又见末尾那只船头上坐了十数个人，谈笑畅饮，仔细看之，竟是鲍老一众。消安大喝一声："鲍自安，好生无理！你与王、贺有仇，贫僧不过代你们解冤；不允便罢，因何将俺的衣钵度牒一并盗去？"鲍自安等由他喊叫，只当不曾听见，仍谈笑自若，分付水手扯起三道篷来，正是顺风，那船如飞去了，把他师徒抛下约略有五六里远近。鲍自安又叫落下篷来，慢慢而行。消安师徒在岸舍命追赶上，叫道："鲍自安，你好恶也！俺与你相交多日，如何目中无人，呼之不应？日后相逢，岂肯干休！"鲍自安又分付扯起三道篷，船又如飞的去了。看官，僧家衣钵度牒，犹如俗家做官凭印一般，如何不赶！又行了四五里路，鲍自安又叫将篷落下，消安师徒又赶上；赶上又扯篷，落篷又赶上。如此三五个扯起落下，将消安师徒暴性已过去八分了，又叫："鲍居士老檀越，我今知你手脚了，望你看素日交好，还我衣钵，我即回去了！"

鲍自安见他气有平意，分付掌舵的把舵一转，扯过船头，拱手说道："原来是贤弟师徒么？昨晚在下原是从命，别人不肯，务必拿捉。料回龙潭不可居住，故连夜迁移。在下原要回庙告别，天已发白，恐惊人耳目，打算日后五台山谢罪吧！今日是顺风，船不拢岸，得罪，得罪！”消安道：“老檀越将衣钵还俺，俺自去了。”鲍自安假作吃惊道：“什么衣钵？难道昨夜捆王伦之物，拿错了包在里面，亦未可知！待我住下地方，取包裹时，如在里边，在下亲送至五台山！”消安道：“老檀越船向北行，贫僧回五台山亦是北去，何不携带携带！”鲍自安还怕他火性不息，上船施威，分付濮天鹏如此如此，濮天鹏领计。鲍自安说道：“既如此，命濮天鹏架一小驳船拢岸。”消安师徒跳上，濮天鹏用篙一指，船入江心。将离大船不远，濮天鹏故意将橹一提，一声响亮，濮天鹏连橹俱坠江心去了。那只小船在江心滴溜溜的乱转。消安师徒俱唬得魂不在体，叫道：“鲍居士速速救人！”鲍自安假作惊慌之状：“长江之中，这可怎了？”消安师徒在小船上东一倒西一歪，又大声叫道：“我已知你的厉害，何必谆谆唬我？”鲍自安见他服输，咳嗽了一声，濮天鹏在小船底下冒出，两手托送小船至大船边来。消安师徒方登大船，濮天鹏亦上大船。鲍自安向消安师徒说道：“惊恐，惊恐！”抱怨濮天鹏因何不小心，致令长老受惊！忙令斟暖茶来与他师徒压惊。

喝茶之后，消安问道：“鲍居士欲迁移何处？”鲍自安将骆宏勋山东赘亲，路过巴家寨，误伤巴结，差送到巴寨，转到胡家凹，金鞭胡琏兄弟开长叶岭相送，黄花铺歇店，贺世赖诬良，余谦告状，董超提人，今欲赶赴山东之事，说了一遍。消安方才明白，笑问道：“居士今夜怎样出房？又因何拿我衣钵？”鲍自安道：“实不相瞒，昨见老师求化王、贺，彼时不允，就有些不悦之色，恐惊动奸淫，难以擒捉，故我随口应之。贤师徒门外防备，是我用香熏迷，方才捉得王、贺，又杀死他家人、奴仆，恐贤师徒仍居于庙，必受连累。我等先行，留下濮天鹏盗你衣钵，谅你必愤怒赶来，好一同赴北，以脱连累。贤师徒在岸喊叫，而我不应，船至江心而坠橹者，以磨贤师徒之怒耳！若一呼即应，就请上船，贤师徒安肯随我同往；又安肯轻轻罢休？”濮天鹏将昨晚背来的小包袱拿出，双手捧过，众人方明白昨日鲍自安在濮天鹏耳边所授之计，故濮天鹏带笑而应之。消安又问道：“今见殿后所杀者，只有数十男女，而昨晚来时约有百人，余者何处去了？”鲍自安又将花振芳在庙北岗上开酒铺之事相告。消安如梦初醒，暗道：“怪不得天下闻他二人之名，乃水旱之巨魁也！”少不得随他的船北上。

到了扬州江口，过了扬子江，入了运河，过淮安，奔山东，到济南码头湾了船。余谦向众人说道：“官船上水甚迟，计旱道至历城要快两日。小的自旱道先至历城，以观家爷动静，并通知诸位爷后边即至，使家爷稍宽心怀。诸位爷坐船后面来吧！”众人答道：“亦使得。”唯董超不大愿意，乃说道：“余大叔，向日来时,敝上当面说过:包管骆大爷无事。你急他怎的?还是坐船同行好。”鲍自安早知其意,笑道:“董差官之意我明白了,余大叔是你保驾之人,恐他去后,我不敢见狄千岁,起谋害足下之心。这就差了!若我怕这件官司,今日不连家眷都来了。董差官莫怪我说:前日我不来,你又岂奈我何么?今既来,我是不怕的;你若不放心,不妨同余大叔自旱道先行,到历城等俺。”董超暗想道:“此话一毫不差,他前回不来,我又能奈他怎样?他今既来,就不怕了。”遂道:“老爹英名素著,岂是畏刀避剑之人!既如此,晚生陪余大叔先行甚好!”鲍自安闻董超愿意先去,叫女儿取出四大锭银子,一个大红封套,说道:“既差官先行,这分薄仪带回府上,买点东西,孝敬老太太。她也是为我这件官司提心吊胆。”董超道:“请得驾来,已赐恩不小,哪里还敢受此大礼!”自安道:“差官放心,我从不倒赃的。只有一事奉托:贵衙门中上下代俺打点打点。我到时俱把俺个脸面,莫道俺‘水寇’二字,我要大大相谢哩!”董超满口应承。又道:“恭敬不如从命!”将二百两银子打入行囊之中。鲍自安又拿出二十两散碎银子交付余谦,叫他二人一路盘费,余谦接过,放入褡包。二人拜辞登岸,望历城而去。

不两日,到了历城,董超留余谦至家款待。余谦道:“方才路上用的早饭,此刻丝毫不饿,又吃甚的?你回家安慰老太太,我且到县监中打探主人的信息。约定在贵衙门齐集,问他下落便了。”董超道:“也罢!舍下预备午饭,等候缴过令箭,再同大叔回来食用。”余谦道:“这个使得。”行至岔路口,二人一拱而别。

余谦奔恩县监牢。来至恩县衙门,一个熟人没有,如何能得其信?走过来,行过去,过了半刻工夫,心内一想:“监牢非比别地,若无熟人引进,如何能入?不如还至军门衙前,等候董旗牌。央他同来,方能得见主人。”迈步向军门衙前。衙门左首有一茶馆,走进馆去,拣了一副朝外的座头坐下来,望着街上行人,以吃茶为由,实候董超。也等了一个时辰,还不见来,只得又换一壶茶,又添两盘点心吃着等他。

且说董超出门之后,妻子儿女日日在家啼哭,谅必不能回来。邻舍亲友不料今日董超回来,合家欢喜,以为大幸。亲友来瞧看时,前后问一遍,邻舍都来恭喜,董超把这始末之由说一番,抱了儿子玩玩,一时不能分身上衙门。

再说余谦在茶馆,左一壶右一壶,总不见董超到来,正在那里焦躁,忽见街上一班人有五六十个,各持枪刀棍棒,护着两辆囚车。车后又有一位官员骑马随行,满街上观看的人说道:“诬良一案起身了。”余谦也立起身来,手扶栏杆观望。及至跟前,仔细一看:两辆四车之中一辆乃是主人。余谦不知解赴何处,故问同坐之人道:“此案解赴何处?”那人道:“狄千岁前日奉旨进京,一时不能回来,分付恩县唐老爷将此案押至京中,因候旗牌董超捉拿鲍福,一并起身,所以迟了。这几日想是董超到了,今日起解呢。”余谦方知狄千岁已经进京了。心想道:“贺世赖被捉之后,自然有信进京通知王怀仁兄弟。这两个奸党,其心奸险异常,倘差人带信于恩县唐建宗,于路谋死,报个病故呈子。死人口内无供,贺世赖则无事了。我余谦今既来到,在后边远远相随,保护主人。”不知后事如何,且听下回分解。

第五十回　骆宏勋起解遇仇

却说余谦远远相随，暗地保护主人，方才放心。算计已定，打发了茶钱，随后而行。凡到镇吃饭时节，让他们在大店吃，余谦在小馆吃。临晚宿店时，余谦宿歇不是在对门，即在左右。囚车早走，他亦早走；囚车晚住，他亦晚住。只因人多行迟，一日只走得四五十里。在路行了两日。

那一日晚饭时候，到了一个败落集镇，名为双官镇，人家虽有许多，而开张饭店者也少。有一个饭店，解差人等并押官唐老爷俱住下用饭。余谦躲在庄外坐候，候众人吃饭起身之后，余谦也走进店来坐下，叫店家随便取点东西来吃。店家满口答应："有，有，有！"余谦坐下，一会催道："快拿来我吃，还要赶路呢！"店家又应道："晓得！"又停一时，余谦焦躁道："怎么满口应有，不见取来，却是为何？"店家笑道："实不相瞒，我们这块是条僻路，不敢多做茶饭。先来了五六十个解差之人，将已做成茶饭尽皆吃去，现尚不足。如今又重下米，饭将熟了，我故应'有'！"余谦想道："如不吃饭，此路却生，不知前边还有饭店否？他说就熟，少不得候着点，脚要放快些赶他便了！"又停了半刻，店家方捧馒首、包子、饭菜来，余谦连忙吃点，付过饭钱，走出店门，迈开大步，如飞赶上。赶了四五里，路上总看不见前边之人。余谦疑惑道："难道赶错了路子？不然怎看不见人行？"又走了有半里地，有一松林阻隔。转过松林，见大路上尸横卧倒，囚车两开。余谦道："不好了！定是巴九闻知解京之信，赶来相害。"又转想道："巴九赶来，也只伤害主人，不至连官府一并杀害。"遂大哭道："大爷，你好时衰运丑！无故被诬，受了多少棍棒，待毙囹圄；小人舍死告状，稍有生机，不料今日又被人杀害。而小人往返千里之路，又置于无益之地。你死的不明不白，叫小的如何报仇？"哭了一场，说道："我褡包中二十两银子，未用盘费多少，且将主人尸首抬回双官镇，买口棺木盛殓起来，埋葬此地，再回去迎见他们商议。"

遂在尸首中找寻半日，并无主人尸首；又细细查点一遍，仍是没有，连贺世赖亦不在内。五六十人，怎么独少他们两个？真令人不解。心中又喜又疑，喜的是主人不在内,犹可有望;疑的是贺世赖亦不在内,恐又被强人所劫?并无一个行人相问,好不焦躁。抬头往正北一望,看见一个大村庄,有许多人家,相离此地有二里之遥,不免到庄上打探一番。

离庄一箭之地,有一小小草庵。余谦道:“待我进庵访问,此地是什么地名?”走至庵门外,见一张两只腿的破桌子,半边倚在墙上,桌上搁了一个粗瓷缸,缸内盛了满满的一缸凉茶。缸边有三个黑窑碗,内盛着三碗凉茶。余谦看光景是施茶庵子。才待进门,里边走出一个和尚来,那个和尚将余谦上下看了一看,也不言语,走至破桌边,念了一声“阿弥陀佛”,将三碗凉茶吃在腹中,一手托着桌面,一手提着茶缸,轻轻托进庵门,仍倚在墙上放下。余谦暗惊道:“此一缸茶何止数百斤!他丝毫不费气力,单手提进,其力可知!”又见那和尚转身出来,问道:“天已将黑,居士还不赶路,在此何为?此处非好福地也!”余谦道:“在下游方路过,不知此地何名?特来拜问,望乞指示。”和尚道:“此山东有名之地:四杰村也!”

余谦听说“四杰村”三字,真魂从顶门上冒出,大哭一声道:“主人又落在仇人之手了,万不能活!”和尚道:“令主人是谁?与谁为仇?尊驾如何哭泣?”余谦将四望亭捉猴,与栾贼结恨,伊请四杰村朱氏弟兄设立擂台,怎样打败伊,又请伊师雷胜远复擂,龙潭鲍自安正与他比较,幸亏五台山消安师徒解围,“我主人骆宏勋避难上山东,历城遭诬良之害,今日军门提解赴京,路过此地,官役尽被杀死,贺、骆俱不见,特来问访其细;今落入贼人之手,料主人之命必亡,蒙主大恩大德,故而两泪恓惶。”和尚听了这些言语,赞道:“此人倒是一个义仆。”念了一声:“阿弥陀佛!弟子今日要开杀戒了。”余谦闻了此言,纵了数步之远,掣出双斧相待。和尚大笑:“余谦,你莫要惊慌!你方才说擂台解围之消安,乃贫僧之师兄。师兄既与贤主相交,今日遭难,岂有知而不救之理!”余谦方才放心,上前施礼道:“是二师父,还是三师父?”和尚道:“贫僧法名消计。三师弟消月,潼关游方去了。”余谦素知他是英雄,闻他愿救主人,即改忧作喜,道:“但不知此刻主人性命如何?既蒙慈悲相救,当速为妙,迟则主人无望矣!”消计道:“那个自然。”二人回进庵门。消计脱去直裰,换了一件千针衲,持了两口戒刀,将自己的衣钵行囊埋在房后,恐被窃盗。余谦想起濮天鹏盗消安衣钵,深服消计之细,只不肯说出。

二人出了庵门,回手带上锁,迈步奔四杰村而来。入村之时,消计道:“他村中有埋伏:有树之路只管走,无树之路不可行。俺在前引路,你可记着路径要紧!”余谦应声:“晓得!”消计在前,余谦在后,不多一时,来至护庄桥,桥板已抽。

消计道:"你躲在桥洞之下,待俺自去打探一回,再来叫你。"余谦遵命。消计一纵,过了吊桥,将桥板推上,以预作回来之便。走至庄上看了看,房屋也高,蹿纵不上,甚为发躁。只见靠东墙有一株大柳树,消计爬在树上,复一纵,方上了群房。消计是往他家来过的,晓得客厅。自房上行至书房,将身伏下看了一看:客厅中一桌坐了五个人,朱家兄弟尽都认得,那一个料是贺世赖了。又听得厢房廊下,有一人哼声不绝,不知是谁?忽听朱龙问道:"厨房中油锅滚了否?"那边一个答应道:"才烧哩,还未滚。"朱龙道:"待烧滚时来禀我,我好动手,取出心来就入滚油内炸酥方才有味。若取早了,迟了时刻,不鲜了。"那人答道:"晓得!"即往后看油锅去了。消计听得此言,知骆宏勋尚未死,但已烧油锅,岂能久待?料想下边哼声不绝之人定是宏勋了。欲下去解救,又恐惊动他弟兄,反送骆宏勋性命,须调开他们方保万全。回首往那边一看,有三间大大的马棚,槽头上拴扣了十几匹马。又见那个墙壁上挂了一盏竹灯,尚点在那里。棚旁堆着三大堆草料,四下却无一个人在内。消计一见,心内大喜道:"不免下去,用灯上之火点着草堆,他们弟兄见了火起,自然来此救火,我好趁此下去搭救骆宏勋,岂不为妙!"想定主意,遂悄悄跳下了房子,走至马棚内,将灯取下,拿到草堆,把草点着,消计心中想:"恐一处火起,不红不旺!"遂将那三个大草料堆于四围尽皆点着,又兼不大不小的东南风,古人说得好:

风仗火势,火仗风威。祝融施猛,顷刻为灰。

霎时间,火光冲天,只听得一派人声吆喝,喊道:"马棚内火起!"合家慌慌张张的忙乱。消计复又纵上了房顶,恐其火光明亮,被人看见他,即便将身伏在这边。看了看客厅中,还坐着两个人。心中着急道:"这便怎了?"不知消计果下来相救否,且听下回分解。

第五十一回 施茶庵消计放火援兄友

话说列位看官，前一回又说的有疑有妄，这样一个人家，马棚内岂无一个人？而消计放火这等容易，并未惊觉一个人？只因朱氏弟兄痛恨骆宏勋，要油煎心肝下酒，人生罕见之事，故马夫急将草料下足，也到厨下看烧油锅、煎心肝去了，所以马棚内无人；况且骆宏勋日后有迎王回国之功勋，位列总镇，亦天使之。若不然，日间解官共五六十人，而且他在囚车之内，就是几十个也杀了，哪在乎他一人？偏要带至家中，慢慢处治，以待消计、余谦来也。

闲话休提。且说消计放火之后，跳上房子来看了一看，客厅内还坐着两个人，不敢下来。定睛细看：不是别人，一个是朱豹，在扬州擂台上被鲍金花踢瞎双目，不能救火；一个是今日劫来的贺世赖，因路生不能前去，皆是两个无能之人。消计看得明白，怕他怎的！轻轻下得屋来，走至廊下一看：悬吊一人，哼声不绝。消计问道："你可是扬州骆宏勋么？"骆宏勋听得呼名相问，低低答道："正是。足下是谁？"消计道："我是消安师弟消计是也。你家人余谦到我庵中送信，特来救你，你要忍痛，莫要则声。"遂一手托住骆宏勋，一手持刀，将绳索割断了，也不与他解手，仍是绑着，驮在自己脊背上。见天井中有砌就的一座花台，将脚一垫，跳上了屋。

古人说过"无目之人心最静"，眼虽未看见，却比有目之人要伶俐几分。朱豹听得失火，心中一躁，无奈眼看不见，不能前去，坐在厅上听声音。闻得厅下有唧唧哝哝说话，只当看着骆宏勋之人。至消计纵身跳上，怎能无脚步之声？又听见瓦片响，叫声："贺老爷，什么响？"那三间客厅隔扇，因四月天气渐渐热了，俱是敞开，房中灯光照得对厅上边甚是光明。贺世赖听得朱豹相问，抬头一看，见对厅上有一个和尚驮一人上屋而去。便道："四爷，对过厅上有个和尚驮一人行走！"朱豹就知盗去骆宏勋了，连叫几声。哪边救火，吵吵闹闹，哪里听得见！并无一人答应。朱豹焦躁，走到天井之中，大声喊叫。朱龙等方才听得，连忙问朱豹。朱豹道："贺老爷见有一个和尚，身背一人，自屋上逃去。"朱龙掌灯火来一照，只见梁上半截空绳挂着。说道："难道又是消安、黄胖来了？"弟兄三人各持朴刀，率领几十个庄汉，飞赶前来。

且说消计上得对厅，朱豹早已吆喝，连忙走至群房，跳落地下，飞奔来到护庄板桥，至桥上走过，忙叫余谦，余谦跑出。消计道："你速速背主人前去，我敌追兵。"余谦将骆宏勋两只胳膊套在颈项上，手持两只板斧，照原路奔逃。未曾出村，朱龙等赶至桥边，看见消计手持戒刀，大叫道："骆宏勋乃贫僧师兄之友，今特救之。蒙三位檀越施好生之德，令他去吧！"朱氏三人一看，竟是自家庵内的和尚，大怒道："我每每送柴送米，供养于你，你不以恩报，反来劫我仇人。你师兄是谁？怎与骆宏勋相交？"消计笑道："我实对三位檀越说罢，我乃五台山红莲长老的二徒弟消计是也。擂台上解围的，那是我师兄消安也。"朱氏三人方知他前日所言皆假话，又是假名。朱氏三人道："你既是消安师弟，就是我的仇人了。"大喝一声："好秃驴，莫要走，看我擒你！"弟兄三人并庄汉众人一齐上来。消计全无惧色，抡起戒刀，迎敌众人。朱虎往南一看，只见一人背着一人，向南奔逃。火光之中，却看不分明，谅来必是劫骆宏勋的，遂叫："大哥、三弟捉这只秃驴，俺要赶拿骆宏勋去也。"带了十数个庄户，赶奔前来。及至赶上一看，乃是余谦背主而逃。朱虎想起扬州一腿之仇，大骂一声；"好匹夫！今日至俺庄上，还想得活么？"余谦也不答，举斧就砍，战斗了十数合，余谦遍身流汗，想道："若恋战，必定被擒，不如奔到施茶庵之中，将大爷歇下，再作道理。"于是且战且走，走至离施茶庵不远，虚砍一斧，迈开大步，飞跑到施茶庵的门首，将锁扭下，走进门来关上。余谦两手扶住茶桌，吁喘不绝，一阵心翻，吐出几口血来。骆宏勋在他身上看见，叫道："贤弟，你且将我丢下，你好敌斗强人，倘若难敌，你好脱逃，通信与徐表兄、鲍老爹，代我报仇。若恋恋顾我，主仆尽丧于此，连通信之人也没有了。"余谦血朝上一涌，话也说不出来，只是摇头。骆宏勋见他要死。心中不忍，二目中扑簌簌泪下。且说朱虎正斗余谦，见余谦逃脱，领众从后赶来；及到施茶庵，却不见了，用手推庵门，门竟关着，知他躲在里面，大叫道："与我点火烧这狗头，省得敌斗。"余谦闻得取火来烧，抖抖精神，走至门边，轻轻将门闩拔开，把门一开，大叫一声，跳将出来。朱虎赶向前来，重新敌斗。这且不言。

且说鲍自安打发余谦、董超起岸之后，吃过饭，意欲开船。忽然西北风起，船大难行，遂湾住不开，不料西北风刮了一天一夜，总不停息。众人皆因有余谦前去通信，骆宏勋又是军门投机之人，谅无异事，就是迟到两日，谅不妨事。唯有花振芳，坐船如坐针毡，恁大年纪，江南往返三五次，方才寻得这个好女婿。闻得身陷缧绁，恨不得两胁生翅，到历城以观女婿之动静。昨日起风时，还望少刻而息，不料睡了一夜，翻来覆去，何曾成眠？天明起来，梳洗已毕，捧进早茶、点心，众人食用。花振芳面带愁容坐在那里思想赶路。鲍自安取笑道："哪个得罪大相公，心中不悦？对我说，与你出气。"花振芳道："我生平好走旱路，从未在这棺材中过这些日子。你这老奴才，既为朋友打这场官司，就该速速赶到，方才使那受难之人不引颈而望。怕起旱要用脚走，苦恋在这只棺材里过时刻么？此地乃济宁的大码头，骡轿车马都有，我替你垫脚钱，起旱罢了。你若不肯，我竟告辞先去。"鲍自安平日爱骆宏勋，今日阻风也是无奈，被花振芳提醒，乃答道："我坐船行走之意，待到历城，船湾河内，家眷、物件尽在船上，候问过官司之后，寻着地方再搬。今若起旱，除非到历城上岸宿店了。"花振芳道："你愿意起旱，我则有法。历城与敝地乃相接之地，且离苦水捕，离黄花铺有十里之遥。自此起旱到双官镇，还有条近路，到苦水铺约略五日路程。在小店将家眷行李歇下，我陪你上历城去见狄军门，岂不是好！"鲍自安大喜道："如此行法正好。"雇了十辆骡轿、二十辆驴车，将衣箱包裹要紧之物搬于车上，阔大之物仍放船上湾着，待有了落脚地，再来搬运。闷桶里提出梅滔、老梅、王伦、贺氏四人，拿了四条市口袋装起，放在骡车之上。临吃饭之时，倒出来令他食用，食用之后仍又装起。花、鲍、消安师徒一众人等从旱路奔行。花振芳心急，赶路真快，每日要行到二更天气才宿店。

这一日，来到双官镇松林之间。见大路尸骸横起。花振芳道："朱家兄弟今日又有大财气，伤了许多人夫。"众人正在惊异，又听得四杰村一片吆喝之声，灯笼火把齐明。鲍自安道："好似交仗的一般，不知是哪方客商，入庄与他争斗也？也算大胆的英雄！"正说之间，离庄不远火光如日，看见一个和尚，被十数个人围在当中，东挡西遮，令人不解，因何围着和尚赌斗？且说消安、黄胖，看见一个和尚被十几个围住，心中就有几分不平之意，正是：

兔死狐悲，物伤其类。

但不知后事如何，且听下回分解。

第五十二回　四杰村余谦舍命救主人

却说黄胖、消安遂道："众位檀越，慢行一步，待俺师徒前去观望观望。"巴氏弟兄四人道："俺们也去走走。"只见六人下了驴车，奔上前来，及到跟前一看，竟是消计。黄胖大怒，大叫一声："师叔放心，俺黄胖来也！"朱彪见黄胖，丢了消计，来敌黄胖。黄胖举起禅杖，分顶打下来，朱彪合起双刀，向上迎架。黄胖哪一禅杖有千斤气力，朱彪哪里架得住？"喀喇"一声，打卧尘埃。朱龙虽战消计，见三弟被害，虚砍一刀，抽身就走。消计也不追赶，过来与师兄说话。

且说消安师徒、巴氏弟兄去后，鲍自安等又见施茶庵边也有一起人在那里敌斗。徐松朋暗道："怪不得人说山东路上难走，真个果然！"仔细观看，一人身上背着一人在围中冲杀。徐松朋惊异，说道："好像余谦？"不免前去观看。众人道："将车暂住，你我大家一同去看他一番！相离不远，看见他所背何人？"余谦正被朱虎同几个庄客围住在中间厮杀。那徐松朋紧走几步，拧拧枪杆，大喝："朱虎休要撒野！俺爷爷来也。"朱虎一见徐松朋到来，知余谦的救兵来了，脱身就跑，徐松朋托枪追赶前来。花、鲍、任、濮俱到其间，余谦慌慌张张，还在那里东一斧西一斧的乱砍。任正千连忙走至跟前，叫道："余谦，我等到了！"余谦的眼都杀红了，认定任正千就是一斧，任正千唬得倒退几步。花振芳又走上前来，叫声道："余大叔，我花振芳来了！"余谦哪里还认得人，也是一斧。花振芳也躲过，说道："他已杀疯了，怎么近前？"鲍自安道："他虽然杀疯，骆大爷自然明白，叫骆大爷要紧！"于是花振芳叫道："骆大爷，我花振芳同鲍自安、任大爷等俱在此。望对余大叔说声：莫要动手，朱家弟兄去了。"

骆宏勋在黄花铺被捉之时，所受铁木之伤尚未大好；今被朱家捉去，又打得寸骨寸伤。余谦驮在背上，东遮西挡，颠来晃去，亦昏过去了，二目紧闭，何曾看见花、鲍前来？亦料想来不及。虽然昏迷，却未伤两耳，心中明白，忽听得"花、鲍、任、徐俱到"，勉强将眼一睁，来人正在面前，余谦仍持斧乱砍。骆宏勋大哭，叫道："余谦贤弟，花、鲍二位老爹和任、徐、濮各位爷俱到；朱虎也不知去向，你不要使力了！”余谦耳边听得大爷说众人已到，把眼珠一定，将众人一看，叫了一声，倒卧尘埃。众人连忙上前，将骆宏勋两手松开，看了一看，骆宏勋微微有气，余谦全不动了。花振芳扶起骆宏勋，任正千扶起余谦。花振芳叫道：“宏勋！宏勋！醒醒！”停了片时，一口气出来，眼一睁，道声：“余谦贤弟在哪里？”正千道：“世弟，余谦在这里！”骆宏勋一见余谦面似黄纸，丝毫不动，大哭道：“贤弟呵，历城我遭难，督衙你伸冤，不惮千里路，江南把信传！暗地相随保护，随后不敢前。来日遇贼党，扒心下油煎；央求禅师相救，背我逃走到茶庵。几番我叫丢下，贤弟只摇头。顾我劳碌死，我命亦难全，要下黄泉路上稍停步，主仆同赴鬼门关！”众人听得骆宏勋诉哭余谦之忠，无不垂泪。花振芳道：“骆宏勋，你保重，莫要过伤自己。余谦乃用力太过，心血涌上来，故而昏去。稍刻吐出瘀血，自然苏醒，必无伤于命。”鲍自安道：“骆大爷，方才那禅师搭救，哪里去了？”骆宏勋道：“他乃消安师父的师弟消计师也。”将自己被吊在廊下，蒙他相救，驮我上屋而逃，奔至桥边，才交余谦；又遇朱家数十人围住，又蒙诸位相救之事说了，问道：“但不知此刻消计师胜败如何？”

正说之间，消安、消计、黄胖、巴氏兄弟俱皆来到。徐松朋见朱虎逃走，也不追他，亦自己回来。看见骆宏勋主仆如此情形，好不凄惨。过了一刻时辰，只听得“咯咯”一声，余谦吐出两块血饼，只是叫“嗳嗳”之声，不知如何？鲍自安道：“抬上骡轿，煨暖酒，刺山羊血和酒。”众人将他主仆抬上骡轿，刺了山羊血，各服之后，才与消计见礼。大家相谢。消计道：“均系朋友，何必为谢！”鲍自安问道：“骆大爷在恩县监中，怎至于此？”消计将余谦状告狄公。狄公进京，令恩县唐老爷押赴京都听审，被朱家兄弟杀了官兵，劫去骆大爷并贺世赖；余谦到庵中送信，故至他家放火，诓了朱家兄弟，唯剩了朱豹、贺世赖两个无用之人，方才解救之事说了一遍。鲍自安大喜道：“任大爷案内只缺此人。既在咫尺，何不顺便带去！”又道：“任大爷，跟我来。”任正千道：“领命！”鲍自安带两口刀，任正千也带两口朴刀，告别众人。消计道：“二位檀越，你们俱要记着：有树者正路，无树者是埋伏。”任正千、鲍自安二人多谢指引。

二人遂奔庄上而来，只拣有树者走。离护庄桥不远，早见二人在桥上站立。鲍自安却认得朱豹，但还有一个少年人却不相识。任正千指着那人道：“正是贺世赖。”鲍自安道：“任大爷稍候，待俺去捉来，你再拿他回去，切不可伤他性命，终久是你手中之物。贺世赖还要细细审问。”说罢，由护庄桥东边，轻轻的走过河来，看见大门首站了许多堂客，火光如昼，不敢上岸行走，恐被那堂客看见，惊走了贺世赖，遂在河坡下弯腰而行走到桥边。朱豹同贺世赖二人，见三个弟兄追那和尚，至此不回，正在发呆，一手扶着贺世赖，同立桥边观看。朱豹叫道："贺老爷，凡事不可自满，若杀骆宏勋，先前不知杀了多少！大家兄偏要吊起来，说什么先打一番杀他不迟，叫他零受零受，又要煎他心肝下酒，以至于和尚盗去。谅一个和尚，哪里走得脱？还是要捉回的，只是多了这一番事情。"贺世赖道："正是！"二人正在谈论，鲍自安用手在朱豹肩上一拍。朱豹道："是谁？"鲍自安道："做捷快事的到了！"说犹未了，头已割下。贺世赖正待逃脱，鲍自安道："我的儿，哪里走！"伸手抓下来，叫声："任大爷，捉去放在车上，也与他一裹衣穿穿，好与他妹妹、妹夫相会。"贺世赖方知王伦、贺氏先已被捉。任正千捉了前行，鲍自安也随车而来。

且说在门口所站的堂客，乃是朱家妯娌四个人，闻得一个野和尚盗去骆宏勋，丈夫等率领众人赶去，亦都出来观看。忽然见河内冒出一人上了岸，将朱豹割了首级，挟了贺世赖而去，俱皆大惊！朱豹之妻刘氏素娥，一身好枪棒，一见瞎丈夫被人杀坏，大哭一声："杀夫之仇，不共戴天！"提了两口宝剑，飞奔前来。朱龙、朱虎、朱彪三人之妻，俱各些微晓得点棍棒，见婶婶赶去，亦各持棍棒随后赶来。却说任、鲍杀了朱豹，捉了贺世赖，还未出庄，花、徐、濮、巴氏弟兄走上前来，鲍自安道："你等又来做什么？"花振芳道："我等静坐无味，留令婿的兄弟陪消安师徒，防守车辆。我们前来，一发将朱家男女杀尽，平了这个地方，怎再让他暗地伤人！"鲍自安道："也好。"又道："任大爷，你将贺贼送上车去，我同花振芳玩玩。"正说之间，一派火光之中，有四个堂客，各持枪刀赶来。正是：

方才朋友杀进去，谁知妯娌杀出来。

毕竟不知花、鲍一众，同朱氏妯娌谁胜谁败，且听下回分解。

第五十三回 巴家寨胡理怒解隙

却说花、鲍一众正走进来时，只见前面来了四个女人，各执枪棍前来。刘素娥大骂道："好强人，杀我丈夫，哪里走？看捉你！"花振芳正待迎敌，巴龙早已跳过去敌住刘素娥，巴虎斗住朱龙之妻，巴彪战住朱虎之妻，巴豹对住朱彪之妻。兄弟四人，妯娌四人，一场大战。花振芳道："我等三人，不可都在此一处，何不竟去搜他的老穴？"于是，花、鲍、徐三人奔入庄来。他家大门已是开着的，三人各执兵器进内，见一个杀一个，见两个杀一双，不多一时，杀得干干净净。将他家箱柜打开，拣值钱之物打起六七个包袱，提出庄门，放了两把火，将房屋尽皆烧毁。巴氏弟兄四人将朱家妯娌杀了，也奔到庄上来，会了花、鲍、徐三人，一家一个包裹，扛回车前，命车夫开车，直奔苦水铺而来。

不表众人上车，且说朱龙、朱虎兄弟二人躲在庄外，又见庄上火起，还只当是先前余草又烧着。心中十分焦躁，但又不敢前去搭救，怕众人前来找寻。又闻得车声响亮，知道他们起身去了，方出来一看，但见沿途：

东西路上滚人头，南北道前血流水。

折枪断棍尽如麻，破瓦乱砖铺满地。

只见庄里房屋尽皆烧毁，妻子家人半个无存。思想道："房屋烧去，金银必不能烧。"他二人等至天明，拿了挠勾挖开一看，一点俱无。二人哭了一场，逃奔深山削发为僧去了。

且说花振芳等人，一直不停走至次日早饭之时，早到苦水铺自己店中，将东西放下。众人入店，把骆宏勋主仆安放好了，花老自在那一间房中调养。住了五七日，骆宏勋主仆皆可以行动了。鲍自安道："主仆已渐痊了，我们大家商议，把他的事情分解分解。如今苦苦的住在此处，亦非长法。"便向花老儿道："骆大爷说，前在胡家凹起身之时，胡家兄弟原说等大家到时，叫人通个信与他，他兄弟二人亦来相帮。你可速差一个人先到胡家凹去，请他兄弟来就是了。"即便差人去了。至次日早饭时候，见二人一同至此，与众相见。众人见胡理七尺余长，瘦弱身躯，竟有如此武艺，所谓人不可貌相也。二人又看见骆宏勋主仆两个瘦弱面貌，焦黄异常，问其所以。方知在历城遭诬，四杰村遇仇，甚是惨叹。花振芳即忙备下酒饭，款待众人。

饮酒之间，鲍自安先开口说道："解祸分忧，扶难帮危，乃朋友之道也。我等既与骆宏勋为至交，又与巴九弟为莫逆，但巴、骆二人之仇已成，我等当想一法，代他们解释。"众人听说，一齐说道："先生年高见广，念书知礼，我等无不随从。"鲍自安道："古人有言：有智不在年高，无志空生百岁。又云：一人不如二人智。还是大家酌量。"众人又道："请老先生想一计策，我们大家商议。"鲍自安道："据在下的愚见，叫骆宏勋备一祭礼，明日我等先至巴九弟寨中。他虽有丧子之痛，大家竭力言之，说：骆大爷实系不知，乃无意而误伤其命，今日情愿灵前叩奠服礼。杀人不过头点地，巴九弟或者赏一个脸面。只是还有一件——"向巴氏兄弟四人道："四位贤弟，莫怪我说，闻九弟妇甚是怪气，九弟每每唯命是听。我等虽系相好，到底有男女之别，如何谆谆言之，要烦诸位善言大娘们去劝他才好。我意中实无其人，是以思想踌躇未决；且徐松朋家内与九奶奶素不相识，且非至戚，出口不好尽言。这须得与九奶奶情投意合之人方妙。"胡理是直性子人，答道："容易，家嫂与巴九嫂结拜过姐妹，舍侄女乃是她的女儿，叫她母女前去解劝，何如？"胡琏是一个精细之人，何尝不知他妻与她相好？但他是今日杀子之仇，恐怕说不下来，岂不被众人所笑！故未说出，不料他兄弟已经满口应允，他怎好推托？乃说道："世弟之事，怎敢不允！恐怕说不下来，反惹诸公见笑。"那鲍自安说道："见允是人情，不允是本分，我们尽了朋友之道就罢了！明日，徐大嫂子就陪胡大嫂子一同去走走。"众人道："甚好，甚好！"商议已定。花振芳办下酒礼，定于后日赴巴家寨讲和。胡琏用饭之后告别回家，后日来巴家寨聚齐。

及至后日早起，鲍自安道："猪羊祭礼在后，我等并男女先行，说妥时，再叫骆大爷进庄；若不妥，就不进庄了。他主仆身子软弱，恐受惊唬。"又唤濮天鹏之弟扮作家人，护着骆大爷行走。分派停当，鲍自安站起身来，同消安师徒人等仍坐三辆驴车，徐大娘、鲍金花一路，皆奔巴家寨而来。骆、濮四人坐了后边一辆骡车并祭礼，在后面慢慢而行。修素娘仍在店内等候。约中饭后，到了巴家寨外，只见后边三骑马飞奔而来，正是胡琏妻女三人。大家相见，一齐下马。鲍自安道："凡事轻则败，莫要十分大意，倘我等到庄门首，着人通信与巴九弟；九弟知我等众人因此事而来，推个不在家。这才叫作有兴而来，败兴而归！"遂向巴龙道："你们可先进去通说通说，允与不允在他，莫叫俺们在此守门。"巴氏兄弟道："也罢！等我们先进去好预备。"

四人便即走进去。哥哥到弟弟家，不用通报，直入中堂，只见桌上供着巴结的灵柩。叔侄之情，不由得大哭一阵。巴九夫妻也来陪哭，道："我儿，你伯父等在此，你可知否？"哭了一刻之后，巴龙劝道："贤弟与弟妇，也不必过痛。人死不能复生，哭也无益。如今江南鲍自安、胡家凹胡氏弟兄男女等人俱在庄外，快去迎接！"巴信夫妻听说，乃道："此等众人前来必是解围的，我不见他。大哥出去，就说我前日已出门去了。"巴龙四人齐道："鲍自安是结交之人，我们愚弟兄往日到他家，一住十日半月，并不怠慢；他今千里而来，拒之不见，觉乎没情！又有胡家兄弟，乃系相好邻里，且有胡大娘前至，若不见，遂不知礼了！"巴信夫妻闻得胡理这个冤家既来，怎不出去？遂同四个哥哥出来将众人请进；且又有胡家姐姐并干女儿全都来了，不得不出去。遂同了四个哥哥出来，将众人请进，男前女后，各叙寒温。

巴信一见花振芳，怒目而视，花振芳此刻只当不看见。巴信问道："鲍兄与胡兄，今日怎得俱约齐到敝舍，有何见谕？"鲍自安遂将骆宏勋黄花铺被诬，余谦喊冤，军门差提愚兄，今已移居山东，知令郎被骆宏勋误伤，特约胡家贤弟等一同前来造府相恕；今令骆宏勋办了祭礼，在令郎灵前磕头。杀人不过头点地而已，他既知罪，伏望贤弟看在众人之面，饶恕了则个。叫骆宏勋他日后父母事之等话，一一说了。巴信道："诸公光降，本当遵命；但杀子之仇，非他事可比，弟意欲捉住他，在儿子灵前点灯祭之，方出我夫妻二人心中之恨。今日既蒙诸公到舍下与他分解，只捉住他杀祭吾儿罢了。"胡琏说道："灯祭杀祭，同是一死，有何轻重？还望开一大恩。"巴信又道："人同此心，心同此理；以己之心，度人之心，则一理也！今日之事，若在列位身上，也不能白白的罢了。此事不必再提，我们还是说些闲话。方才听得鲍兄近移山东，不知尊府在何处？明日好来恭喜！"花振芳答道："还未择地，目下尚在苦水铺店内哩。"

巴信早要寻他不是，因他不开口，无从撩拨，只是怒目而视；今闻他答言，大骂道："老匹夫！我儿生生送在你手，今日你约众人前来解说，我不理你已是你万幸；尚敢前来接言么？拼了这个性命吧！"遂站起身来，竟奔花振芳。胡琏忙起身拦住。看官，你道这胡琏不过止劝，却撞了一个歪斜。因巴信力大，把胡琏撞了一个歪斜，几乎跌倒。鲍自安等人连忙阻住，方才解开。花振芳乃山东有名之人，从来未受人欺负，见巴信前来相斗，就有些动怒；若一与他较量，今日之事必不能成！只得又忍了，坐在一边，不言不语。但不知后事如何，且听下回分解。

第五十四回　花老庄鲍福笑审奸

却说花老坐在一旁气闷。那胡理见他将哥哥撞了一个歪斜，哪里容得住！便叫一声："巴九倚仗家门势力，相压吾兄么？你与骆宏勋有仇，我等不过是为朋友之情，代你两家分解，不允就罢了，怎么将家兄撞一个歪斜？待我胡二与你敌个高低。"说罢，就要动手。自安劝道："胡二弟，莫要错怪九弟，九弟乃无意冲撞令兄。但此乃总怪花振芳这奴才，就该打他几个巴掌。骆宏勋在江南，你三番五次要叫他往山东赘亲。若无此事，他怎与巴相公相遇？若不误杀巴相公，而骆大爷怎得又遇着贺世赖？据我评来，骆宏勋之罪皆花老奴才起之耳！巴九兄弟，你还看他是个姐夫，饶恕这老奴才吧！谅死的不能再活了，况骆大爷是你甥婿，叫他孝敬你就是了。"巴信道："我弟兄九人，只有一子。今日一死，绝我巴门之后！"鲍自安道："九弟尚在壮年，还怕不生么？我还有个法，日后骆大爷生子之时，桂小姐生子为骆门之后，花小姐生子为巴氏之后，可好？"巴信见胡琏等在坐，若不允情，也是不能够的。便说道："若丢开手，太便宜这畜生了！"众人见巴信活了口，立起身说道："九爷见允，大家打恭相谢。"巴信少不得还礼。

再说后边胡大娘、鲍金花、胡赛花，亦苦苦的哀告马金定，金定实却不过情，说道："蒙诸位见爱，不惮千里而来，我虽遵命，恐拙夫不允，勿怪我反悔。"鲍金花道："九奶奶放心，九老爷不允，亦不等于你老人家失信。"俱都起身拜过。

前后皆允了情，鲍自安丢个眼色，花振芳早会其意，差人去请骆姑爷过来行祭。不多时，骆宏勋在前，濮、余二人随后俱到。座上众人分付把祭礼摆设灵前，骆宏勋行祭已毕。巴信、金定大哭道："屈死的娇儿啊！父母不能代你报仇了。今蒙诸位伯伯、叔叔、大娘、婶婶前来解围，却不过情面，已饶了仇人。但愿你早去升天，莫要在九泉怨你父母无能！"鲍自安叫骆大爷过来叩谢九舅爷并九舅母，巴信夫妻哪里肯受！被众人将二人架住，让骆大爷向上磕了四个头。自安道："这就是了！"即时男客前厅，女客后边，巴信分付厨下办酒。不多时，酒席齐备，大家饮过，便告辞起身。花老道："我有一言奉告，不知诸公听从否？"众人道:“请道其详。”花振芳道:“此地离小寨不过三十里,诸位可同至舍下住一夜,明日我同鲍兄至苦水铺搬运物件,我借处空房暂住。”鲍自安道:“便是甚便,奈店内还有一女素娘,奈何?”花振芳道:“小店与家中一般,自有人款待,但请放心!”胡琏道:“我正要谒拜师母,一同去甚好。”胡理道:“小弟不能奉陪,家兄嫂皆去,舍下无人。且小弟来了四五日,不知小弟店内可有生意否?我要回去看看。倘有用处,一呼即至。”花振芳道:“胡二弟倒是真话,我不留你,你竟回去吧!”消安、消计亦要告辞,花振芳道:“骆大爷迭蒙大恩,毫厘未报。请到舍下,相聚几日再回去。”于是大家辞别巴信,众等仍坐轿车,竟奔老寨而来。

早有人通报花奶奶,说骆姑爷之事已妥,同众人不时就到。碧莲闻之,心才放下。花奶奶转达骆太太、桂小姐,婆媳亦才放心。花奶奶分付备办酒席,等候众人。未上灯时,大众方才到了客厅,大家坐下。吃罢之后,骆宏勋夜半后要来见母亲。花振芳道:“自家人,有何躲避?”相陪进内,桂凤萧、花碧莲陪坐在骆太太之侧。碧莲是认得宏勋的,桂小姐却未会过。碧莲一见他父亲陪了丈夫进来,便向桂小姐道:“姐姐,他进来了!”桂小姐方知丈夫进内,遂同碧莲躲入房中去了。骆宏勋到后堂,走至太太跟前,双膝跪下,哭道:“不孝孩儿拜见母亲!”太太亦哭道:“自闻你伤了巴相公之后,为娘的时刻提心吊胆,今日方知你在巴家寨内讲和。几时到得江南,何时相请众位至此的?”宏勋乃哭禀道:“孩儿何尝到江南?”又将黄花铺被贺世赖诬害,余谦告状,解送京中,在四杰村受朱氏之劫,余谦舍命相救,始遇鲍老爹等前来帮助,细细说了一遍。太太闻此番言语,大哭道:“苦命的儿呀!你为娘的哪里知道又受了这些苦楚!”叫声:“余谦我儿在哪里?”余谦在门外闻唤走进,双膝跪下,哭道:“小的得见太太,两世人也!”骆太太以手搀扶起来,道:“吾儿之命,是你救活,以后总是兄弟相称,莫以主仆分之。”又见余谦瘦了大半,太太珠泪不绝。前面酒席已摆停当,有人来邀骆大爷前边去用酒饭。用过之后,大家又谈笑了一会,各自安歇。

次日起来,吃过早饭,巴氏弟兄做东相陪,花、鲍同赴苦水铺,雇车辆搬运物件到花家寨。修素娘坐了一乘骡轿,花、鲍二人相随,来至寨中。花奶奶母女相迎,进内款待。花老爹又着人将巴仁、巴义、巴智、巴信、巴礼五个舅子、九个舅母等都请来聚会。大家畅饮了五日,消安师徒告辞。鲍自安道:“老师且慢,等我把件心事完了再走。”消安惊问:“有何心事尚未完?”自安道:“这件奸情事尚未审。”消安道:“此事于我和尚何干?”鲍老爹道:“内有虚实不一,故相挽留。”呼花振芳:“明日大设筵宴,我要坐堂审事。”花振芳道:“这个老奸徒奴才,又做身份了。”只得由他。

次日，厅上挂灯铺设，分男左女右，摆了十数余席；女席垂帘，以分内外。又将寨内的好汉，拣选了二三十名，站班伺候。客厅当中设了一张公座，诸事齐备。到时，任、徐、巴、骆、濮、消安师徒，叙齿坐在东边；骆太太、胡、巴二家女眷分坐西边；鲍自安道："有僭了！"即走入公座。分付将两起人犯带齐听审。下边答应一声。到地窖内将两个口袋提来，放在天井中间，俱皆倒出。自安叫先带贺世赖。贺世赖见如此光景，谅今日难保性命，直立而不跪，便大骂道："狗强盗，擅捉朝廷命官，该当何罪？"自安大笑道："你今已死在目前，尚敢发狂，还不跪下么？"贺世赖回说道："吾受朝廷七品之职，焉肯屈膝于强盗！"鲍自安说道："我看你有多大的官！"分付："拿杠子与我打他跪下！"下边答应一声："得令！"拿了一根棍子，照定贺世赖的腿弯之下一敲。正是：

饶你心似铁，管教也筋酥。

贺世赖"嗳哟"一声，就扑通跪在尘埃，哀告饶命。鲍自安道："你那个七品的命官往哪里去了？今反向我哀告也是无益了。有你对头在此，他若肯饶你，你就好了。任大爷过来问他。"正是：

悔却当初一念差，勾奸嫡妹结冤家。

今朝运败遭擒捉，大快人心义伸张。

话说任正千大怒，手执钢刀，走至贺世赖的面前，大喝一声，说道："贺贼！我哪块亏你，你弄得我家破人亡，我的性命被你害得死了又活。你今日也落在我爷的手里！你还想我释放？我且将你那狠心取了出来，看一看是甚么样子？"遂举刀照心一刺。正是：

惯行诡计玲珑肺，落得刀剜与众看。

毕竟任正千果挖他心否，且听下回分解。

第五十五回 宏勋花老寨日联双妻妾

却说任正千手拿钢刀，将贺世赖的心挖出，放入口内，咬了两口，方才丢地，仍入席而坐。鲍自安命将尸首拖出。又分付带贺氏、王伦，将二人提至厅上。彼已见贺世赖之苦，不敢不跪，哀告饶命。

任正千看见，心中大怒，又要动手。鲍自安道："任大爷莫乱，你坐坐去。待我问过口供再讲。"遂问道："贺氏，你多亏任大爷不惜重价赎出，你就该改邪归正，代夫持家。况任大爷万贯家财，哪点不如你意？又私通王伦，谋害其夫。快从实说来。"贺氏想道："性命谅必不能活也，让我将前后事同众说明，死亦甘心。"向任正千道："向日代我赎身时，我就说过，父母早亡，只有一个哥子，肩不能担担，手不能提篮，随我在院中吃一碗现成茶饭，他是要随我去的。你说我家事务正多，就叫他随去管份闲事。及到你家一年，虽他不是，偷盗你火盆，也不该骤然赶他出门！后来他在王家做门客，你又不该与他二人结义，引贼入门。先是一次，他谢我哥哥千金，又被余谦拿住。我不伤你，你必伤我，故而谋害。我虽有不是，你岂无罪？"一番话说得正千闭口无言，心中大怒，持刀赶奔前来就砍。鲍自安正色道："先就说过：莫乱堂规。任大爷何轻视吾也！在定兴时因何不杀？在嘉兴县府时又为何不杀？而今我捉的现成之人，你赶来杀他！"任正千说道："晚生怎敢轻视老爹！杀身仇人，见之实不能容。"鲍自安道："你且入坐，我自有道理。"任正千无奈，只得坐下。鲍自安道："我本来还要细细审王伦，任大爷不容，我也不敢再问了。"向消安道："此二人向蒙老师所化，今日杀斩存留，唯老师之命是听！"消安、消计先见任正千吃心之时，早已合眼在那里念佛哩。闻鲍自安呼名相问，将眼一睁，说道："贫僧向所化者，不过彼一时耳！今日之事，贫僧不敢多言。"仍合眼念佛。鲍自安又向王、贺道："论你二人之罪，该千刀万剐，尚不趁心；但因有消安老师之化，减等吧！"分付将二人活埋，与他个全尸首罢了。下边上来二人，将王、贺挟去。鲍自安道："梅滔、老梅前已盘过口供，不须再问。"分付领去绑在树上，乱箭射之。下边答应，亦将二人挟去。鲍自安退室，众人相还。鲍自安道声："有僭！"入席相饮。席散之后，消安师徒告别回五台山去了。

且说花振芳将后边宅子分作三院。鲍自安同女儿、女婿住后层，徐松朋夫妻住前层，花振芳同骆太太母子住中层，任正千、濮天雕住书房。虽各分房住，而堂食仍是花老备办。诸事分派已毕。胡琏同妻女亦告辞回家。过了月余，骆宏勋伤痕复旧如初，余谦痨伤亦痊愈。正值七月七夕之日，晚间备酒夜饮，论了一会牛郎，谈了一番织女，鲍自安想起骆大爷婚姻一事，乃道："骆大爷伤已痊愈，我有一句话奉告诸位：去岁十月间，骆大爷原是下杭州赘亲，遇见我这老混账留他玩耍，以至弄出这些事来，在下每每抱怨。因骆大爷伤势未痊，我故不好出口；今既痊可，当择吉日完姻，方完我心中之事。"任、徐齐道："正当如此！"花振芳更为欢喜，遂拿历书一看：七月二十四日上好吉日，于二十四日吉期成亲。花老好不慌忙，备办妆奁，俱是见样两副，丝毫不错，恐他人议论。骆太太亦自欢喜，桂小姐、花姑娘心中暗喜，自不必言。光阴似箭，不觉到了七月二十日，花振芳差人赴胡家，迎请胡家兄弟并胡大娘母女；又差人请九个舅子并九位舅母，都期于二十三日聚齐。众人闻言，二十三日聚全前来，花振芳备酒款待，临晚各自安歇。

次日早起，铺毡结彩，大吹大擂，胡大娘、胡姑娘搀扶桂小姐；巴大娘、巴二娘搀扶花姑娘；徐松朋、徐大娘领亲。骆宏勋换了一身新衣居中，桂小姐在左，花姑娘在右，叩拜天地，谒拜母亲，拜谢岳父、岳母，骆太太并花老夫妇好不畅快。拜罢之后，送入洞房，吃交杯酒，坐罗帐，诸般套数做完。骆宏勋复到前厅相谢冰人鲍、徐、任等，大家亦皆恭喜，畅饮喜筵。临晚，同送骆宏勋入洞房。骆宏勋虽死里逃生，一旦而得两佳人，不由的满脸堆笑。正是：洞房花烛夜，金榜题名时。夜中夫妻之乐，不必尽言。

三日分过长幼，花老又大设筵席款待诸亲。饮酒中间，鲍自安向众人言道："我流落江湖为盗，非真乐其事也。老拙同花兄弟已经年老，不足为惜，而诸公正在壮年，岂可久留林下？庐陵王现居房州，因奸谗弄权，不敢回朝。我等何不前去相投，保驾回朝，大小弄个官职，亦蒙皇家封赠。若在江湖上，就有巨万之富，他日子孙难脱强盗后人之名。"众人道："幼学壮行，原是正理；但生于无道之秋，不得不然耳！老师适言投奔庐陵王，亦是上策也；但毫无点功，突然前去，岂肯收留？"鲍自安道："我亦因此踌躇不定。"向花振芳道："我在江南时，一日几次通报。虽居家中，而天下异事无不尽知。从到山东，如在瓮中，一般外事，一点不闻。难道你寨子内，就不着几个人在外探听缓急之事？"花振芳道："那一日没有报？因诸公是客，不敢向众而报。皆候我至僻静处，方才通报。你若不信，听我分付。”遂对伺候之人道：“凡有报来，不许停留，直至厅上禀我。”那人答应一声，出去分付门上，仍回来伺候。未有半刻，只见一人长行打扮，走进厅上，向花老打了一个千，回说道：“小人在长安，探听得武三思到海外去采选药草，得了一宗异种奇花，花名谓之‘绿牡丹’。目今花开茂盛，女皇帝同张天佐等商议，言此花中华自古未有，今忽得来，亦为国家祥瑞事也。出了道皇榜，令天下人民，不论有职无职，士庶白衣人家，凡有文才武技女子，于八月十五日，赴逍遥宫赏玩，并考文武奇才女子，皇帝封官赏爵。以为花属女，既有奇花，而天下必有奇才之女，恐埋没闺阁，故考取封诰，以彰国家之淳化。目今道路上进京男女滔滔不绝。报老爹知道！”花振芳道：“知道了。”分付赏他酒饭，报子退下。鲍自安听了，大喜道：“我有了主意了！”众人忙忙动问，不知自安说出什么主意来，且听下回分解。

第五十六回　自安张公会夜宿三姑儿

却说鲍自安大喜道："有个主意。"众人道："有何主意？"鲍自安道："即挂皇榜考取天下才女，而天下进京者自然不少，我等进京亦无查考了。以应考为名，得便将奸佞杀他几个，以为进见之功；况狄公现在京中，叫他作个引进，我等出头则不难了！"众人道："我等一去，家眷物件怎样安排？"鲍自安道："口说无凭，拿一张红全简，骆大爷执笔。我等相好者，尽皆在此，愿去之人，书名于简，亦立出一个首领来，听他调遣。同心合意，方可前去；若不同心，则其事不行，皆因不一耳！"看官，这些人皆当世之英雄，生于荒淫之朝，不敢出头，无奈埋没于林下，岂昔真是图财之辈耳！今日一举，各自显姓扬名。正是有诗为证：

埋没英雄在绿林，只因朝政不相平。
今朝一旦扬名姓，管教竹帛显威名。

却说骆宏勋执笔在手，铺下红简，尊鲍自安为首，写道：鲍福、花振芳、胡琏、胡理、巴龙、巴虎、巴彪、巴豹、巴仁、巴义、巴礼、巴智、巴信、任正千、徐苓、骆宾侯、濮里云、濮行云。

骆宏勋将在坐之人写完。鲍自安道："还有一位忠义之人余大叔同行，不书名简上么？"众人道："正是！"骆宏勋又写上"余谦"，简上共十九位英雄。书毕之后，鲍自安道："凡书名于纸上的，皆是忠义之人。逢有患难，俱要同心解救，勿要畏缩而不前！"众人道："那个自然。"鲍自安道："刚才花振芳的报子道，皇榜于八月十五日考试。我等初间即到，方不慌迫！此刻已是七月二十五日了，各自回家，将细软物件打起包裹，桌椅条台并不值钱的粗物，仍封锁家中，连家眷一并进京，各寨喽罗，但愿随去而慕想功名者，跟随前去，不愿去者，每人与他百金，各去为农商，也是跟随一场。"又道："此去，潼关必得一人先为把守方妥。"众人道："老师，潼关防备正是须得一英雄先去，望老师量材点用。差哪个，哪个就前去！"鲍自安道："此大任，非胡二弟不可！我等尽赴长安。女眷中有武艺者进京，无武艺者不可前去，都交付胡二弟带赴潼关等候。包裹行李连寨内愿随喽兵,亦先赴潼关。胡大弟亦在潼关等候,俟我等进京得手反出来时,你可上前抵挡一阵,我们等候稍歇。"胡琏兄弟二人一一领命。鲍自安道:"再烦骆宏勋大爷将进京并留潼关女将,亦要开出名来。"

骆宏勋又提笔书名,写道:花奶奶、胡大娘、巴大娘、巴二娘、巴三娘、巴四娘、巴五娘、巴六娘、巴七娘、巴八娘、巴九娘、鲍姑娘、花姑娘、胡姑娘。进京者共十四位。又举笔开写留潼关者,写道:骆太太、徐大娘、修素娘、桂小姐。一共四位。

商议已定。次日,各自回家收拾物件,开发寨内喽兵。鲍自安亦着人自济南码头上,将所带来百十人唤来,公用调遣。未有五七日,各寨之人俱至老寨聚齐,计胡家凹带喽兵六百人,巴氏九寨共带两千一百余人,花家寨愿随去七百余人,共计喽兵三千四百余人。定于八月初三日起身。鲍自安道:"我等许多人口,许多车辆,不可同日起身。喽兵中拣选干办者数人,跟我们进京,赶车喂马,余者各把盘费,令他分开行走,在潼关聚齐,莫要路上令人犯疑。"众人深服其言。及至初三日前后,顺序起身,奔京的奔京,赴潼关的赴潼关,一行人众,纷纷不一。这正是:

各寨英雄离虎穴,一群好汉出龙潭。

鲍自安等在路非止一日。那日到了长安,进了城,只见长安城内人烟辐辏,好不热闹,天下也不知来了多少男女!众人行到皇城,才待举步进城,门兵拦住道:"什么人,望里乱走?"鲍自安道:"我等是送女儿来考的,欲寻歇店。"门兵道:"寻歇店在城外寻,此乃内皇城也,岂有歇店?你既来应考的,有现成的公会,房屋又大,又有米食,不要你备办,岂不省你盘费!反要自寻饭店,真是个痴子!"鲍自安道:"我等外地人不晓得,望从中指教。"门兵用手一指道:"那两头两个过街牌楼当中,那个大门不是公会么!你到门前,说是来应考的,就有人照应。"鲍自安道声:"多谢指教。"领了众人倒回来至牌楼,举目一看:大门上悬了一个金字大匾,上写"公会"二字。鲍自安道:"你们门外站立,待我进去。"将入大门,只见门里立一张大条桌,上放着一本号簿,靠里边坐着两个人,见鲍自安走进,忙问道:"寻谁?"鲍自安道:"借问一声,这是公会么?我们是送女儿来应考的。"那二人道:"你既是送考人,还有同伴来否?"鲍自安道:"却还有人,亦系亲戚,只算得一起。"那人道:"报名上来。"鲍自安自想道:"我两人之名无人不晓,若说真名姓,不大稳便,须要混他娘的头!"乃答道:"我姓包名裹,字万象,金陵建康人氏;那个系我妻弟,姓化名善,字劝恶,山东济南府人氏。那个系我一同相随到此。"那两个人写了个"孔曹严华"的个"华"字。鲍自安道:"不是这个字,他是化三千的'化'字。"那人连忙改过。花振芳在外暗骂道:"老奴才最会捣鬼,他自己弄出半个,将我弄掉半截。"那个人又问道:"几位应考的姑儿?"鲍自安道:"三个。"那人道:"多少送考的男女?"鲍自安道:"男连车夫共二十三个,女除应考三个外,还有十一个。"那人道:"三个应考姑儿,怎么就来了这些送考的男女?"鲍自安道:"长安乃建都盛京,外省人多有未至者;今乘考试,至亲内戚一则送考,二则看景致,故多来几个。"那人道:"不是怕你人多,只是堂食米粮,恐人犯疑。三人应考,就打三人的口粮,岂有打三四十人的米粮,难于报名!"鲍自安道:"只是有了下榻之所,米粮俺们自办罢了。"那人道:"且将人口点进,再为商议。"鲍自安道:"你们都进来,大叔要点名哩!"鲍金花在前,花碧莲居中,胡赛花随后。鲍自安指着道:"这三个亲身应考的。"上号的二人一见三位应考的姑儿,皆有沉鱼落雁之容,闭月羞花之貌;三位之中,头一位姑儿尤觉出色。上号人道:"这三位姑儿芳名亦要上号。"鲍自安道:"头一个是小女包金花,第二个是化碧莲,第三个胡赛花。"上号之人欢天喜地上了号簿,将众人男女点进,拣了一处大大房屋,叫他们住下。

看官,你说那上号之人因何见了三位姑娘就欢天喜地?只因张天佐兄弟二人,唯天佐生了一子,名唤三聘,定了武三思之女为妻,今岁已打算完娶,不料武三思之女暴病而亡。那武小姐生得极其俊俏,张三聘素曾见过,因此思想得病。张天佐自道:"我身居相位,岂不能代子寻一佳妇?"因启奏武后:做赛花教场,考试天下女子进京;又建一所公会,凡应考者,上号入内歇住,要拣选与武三思之女一样人品与儿子为妻。着了两个心腹家人:一名张得,一名张兴,专管上号。倘得其人,速来禀报,重重有赏!二人一见鲍金花生得身材人品,与武小姐仿佛,故此大喜。将众人点进之后,张得对张兴道:"你在此照应,我进府通报,并请公子亲自前来观看。"笑嘻嘻的竟自去了。正是:

欲获婵娟医人病,谁料佳人丧儿身。

毕竟不知张三聘果来点看鲍金花否,且听下回分解。

第五十七回 张公会假允亲事

却说张得离了公会，一直来到相府。正值张天佐在书房劝子道："你必将怀放开，莫要思虑，难道天下应试之女，就无一个似武小姐之貌者？"张三聘道："倘有其貌，而先定其夫，奈何？"张天住笑道："既已受聘之女，今日至此，说我与她做亲，还怕她不应允？"看官，似此等对答，即陇亩农夫父子之间，亦说不出口；而堂堂宰相应答如常，其无礼无法，乃至无忌之情已尽露矣！不表内里言论。

且说张得走进门来，张天佐看见问道："你不在公会上号，来府做什么？"张得上前禀道："今于初十日午间，来一起应考之人，虽居两处，皆系至戚，都算一起，共有三位姑娘前来应考，俱生得：面貌妖娆样，体态弱轻盈。单言三位姑娘之中：建康包裹之女包金花更觉出色。小的是往武皇亲家常来往的，武小姐每每见过的，此女体态面貌，恍若武小姐复生。特地前来通禀，请公子亲往观验！"张天佐大喜道："我说万中拣选，必不无人，今果然矣！"向儿子张三聘道："若你不信，亲去看看；如果中意，回来对我讲，我即差人说亲。"张三聘亦自欢喜，分付张得："先回公会伺候，我后边就去点名。"张得仍回公会，告诉张兴。张兴道："须得将此话通知包老儿，还怕他不愿意，做宰相的亲家翁？叫他将女儿换两件色衣，重新叫她梳妆梳妆。古人说：人穿衣服佛金装，马衬新鞍长雄壮。亲事定妥，相爷、公子自然另眼看我二人。这新娘知是我二人玉成，内里也抬举抬举我大嫂嫂并你弟媳妇，外边我二人行得动步，内里是他两个也盼得开榜。纪录加级在此一举也！"张得闻得此言，心花都开了。遂走到鲍自安在的那进房子，叩开门。鲍老正在那里打算男住那里几间，女住那里几间，忽闻叩门之声，问道："是谁？"张得答道："是我，请包老文至前边说句话。"鲍自安看是上号之人，忽以"老丈"相称，必有缘故。便答道："原来是上号大叔。"跟至前边，张得、张兴二人连忙拿了一张椅子，叫包老丈坐下。鲍自安道："二位大叔呼唤，有何见教？"二人道："有句话奉告你老人家，知考场因何而设，公会何人所造？"鲍自安道："设考场以取天下奇才，建公会以彰爱士之意，别有何说？"张得笑道："大概自是这等话，其实皆非也。实不相瞒，我家二位相爷，只有我家公子一人，年方十八岁，习得一身好弓马武艺，不大肥胖，瘦弱身躯，人呼他为‘瘦才郎张三聘’。自幼聘定白马银枪武皇亲小姐为妻，那小姐生得体态妖娆，原意今年完娶，不料武小姐暴病身亡。我家公子是看见过的，舍不得俊俏之容，日日思想，自此得病。我家相爷无奈，启奏皇上，设此考场取天下英女；又不惜千金兴建这个公会。凡来应考，俱入公会宿住，日发堂食柴米，来时总要上号点名。叫我二人见有仿佛武小姐之体态者，即刻报相爷，与他做亲。此事一妥，考时自然夺魁。适见令爱姑娘体态、面貌与小姐无二，我方才进府报过相爷。我家公子不信，要亲自来公会，以点名为由，自家亲看一看。亲事有成，你老人家下半世还愁什么呢！故我二人请你老人家出来，将令爱姑娘重新梳妆梳妆，换上几件色衣，公子来一看，必定中意！”

鲍自安闻得此言，计上心来，暗骂道：“奸贼！奸贼！我特来寻你，正无门而入。今你来寻我，此其机也。”遂答道：“我女儿生下时，算命打卦，都说她日后必嫁贵人。我还不信，据二位大叔说来，倒有八九分了。只是我庶民人家，怎能与宰相攀亲？”张得二人答道：“俗语说得好，会作亲来拣男女，不善作者爱银钱。这是他来寻你，非是你去攀他。你老人家速速进去，叫姑娘收拾要紧，我家公子不一刻即到！”

鲍自安辞别二人，走进门来，将门关上。众男女先见张得来唤，恐有别的异事，今见转回，齐来相问，鲍自安将张得之言说了一遍。鲍金花忙问道：“爹爹怎样回他？”鲍自安道：“我说你生来算命打卦，都说该嫁贵人。只得应承他来，叫你收拾好，待他来看。”鲍自安说罢，鲍金花见丈夫濮天鹏在旁，不觉满面通红。说道：“这是什么话！爹爹真是糊涂了。好好的堂客，都叫人家验看起来了。”鲍自安道：“我儿，不是这样讲。我等千里而来，所为者何人？要杀奸佞，以作进见之功。不入虎穴，焉得虎子。我欲借此机会，好杀奸贼也。那张三聘今以点名为由，不允他，他也是要见你们的，我故应之。你们只管梳妆见他，我只管随口应承。临期之时，如此如此。”鲍金花方改笑容，同花碧莲、胡赛花各去打扮得齐齐整整。金花打扮得比她二人更风流三分。

不言三姑娘打扮。只听得外边又来叩门，鲍自安道：“想必张三聘来也，你等房内避避，待我出去答话。”遂将门开了，正是张得。张得道：“公子已在厅中坐等，叫三位姑儿速去点名！”鲍自安道：“还没有告诉大叔，小女自幼丧母，娇慵之性过人，在路上行了几日，受了些风霜。我刚才对她们讲，叫她们点名，她们因鞋弓足小，难以行走，请公子进来点名吧！”张得回至公子前，禀道：“小的才去唤她们应考女子点名,她们说鞋弓足小,难以行走。请公子进内点名!”张三聘若是真来点名,唤不出来就要动怒;今不过借点名之由,看金花之容貌,闻他说“鞋弓足小”四个字,不但不动怒,反生怜爱之心。说道:“也罢!我进内点名。”张得引路来至天井中,就放了一张交椅,张三聘坐下,张得手拿册簿,叫:“包金花。”鲍金花轻移莲步,从张三聘面前走过,用眼角望了张三聘一望。正合着:

我是个多愁多病身,怎当得倾国倾城貌!

那张三聘一见了金花与武氏无异,早已中意;又见她眼角传情,骨软皮酥,神魂飘荡。张得又呼:“化碧莲、胡赛花。”二人也自面前走过。张得才待呼过考的男女之名,张三聘将头一摇。张得道:“过考人等免点。”张三聘笑嘻嘻起身走出,坐轿回府。张天佐问道:“验过了么?”张三聘笑而不言。张天佐见儿子神情,就知中意,遂将张得唤过,分付道:“你回公会,殷勤款待这起人,我随后差媒议亲。”张得领命,回至公会,请出鲍自安来,叫他打堂食米。鲍自安道:“我等人多,恐大叔难以报账,我自办吧!”张得笑嘻嘻的答道:“你姑娘已中了我家公子之意,相爷后边就遣媒来议亲了,不日就是我家相爷的亲家翁了。哪在乎这点堂食的食用!只管着人来取,要多少就拿多少去用,也不必拘数目了!”鲍自安暗暗笑道:“人不可一日无米粮。虽值钱有限,却有现成,省得着人去办。”于是说:“少刻着人来取。”不多少时候,两个人笑嘻嘻的走将回来。这一回有分教:

一朝好事成虚话,错把丧门当喜门。

毕竟不知来者何人,且听下回分解。

第五十八回　狄王府真诉苦情

却说张天佐见儿子中了意，着了两个堂候官儿作媒。张得又将鲍自安请出，两个官儿道了相爷之命，鲍自安一一都应承了。那两个官儿回来禀告张天佐，张天佐好生欢喜，说："今已初十日期，候于十三日下礼，十五日应考，十六日上好吉日，花烛喜期。"候张得又来通知，鲍自安道："十六日完姻罢了！只是礼可以不下，我系客中，毫无回复，奈何？"张得道："老丈何必拘这些礼数！相爷也无什么，说他图你家一个好姑娘。相爷来的礼，只管收受！"鲍自安道："相烦大叔说声：我带来的盘费甚少，连送礼、押礼的喜钱也是没有。这便怎了？"张得道："你老人家放心，搁在俺兄弟二人身上。不赏他，哪个敢要？再不然，先禀相爷，赏加厚些就是了！"鲍自安道："拜托！拜托！"又问道："先进城时，那时城门上都有兵丁，却是为何？"张得道："近来天下惶惶不安，强盗甚多。江南镇江府前有报来，劫了吏部尚书公子，杀了十数人，活捉去建康道并妾贺氏。你老人家贵府建康，自然亦闻此事。山东济南府亦有报来，劫去诬良一案，杀死解差五六十人，并杀死解官恩县知县唐建宗。你家舅老丈贵处是济南，谅必知道。现今各处行文访拿未获，我家相爷恐考场人乱，强盗混入京都，故各门差人防护，许进不许出。在京人民都有腰牌，不禁他们出入。若应考者出城，必在这里说明，我把个腰牌与他，方能出城哩！"用手一指道："那边不堆着好几堆么，老丈之人要出城容易，或我着人到城门上照应一声，或多拿几个牌子去。"鲍自安道："多承二位大叔照应，我丝毫无以相酬，只好对小女说，等过门之后，在公子面前举荐罢了！"这一句话儿正打在张得、张兴心窝，好不欢喜，更加十分殷勤，要一奉十，临晚多送几张床帐，并多送灯油蜡烛。一宿晚景不提。次日起，不待去打米粮，张得早已着人送米来，好不及时。正是：

贫居闹市无人问，富在深山有远亲。

众人吃过早饭之后，鲍自安道："今是十一日，无甚事。我与任、骆二位大爷同余大叔、濮天鹏、濮天雕六人，皆私娃案中之人，再令一人将私娃桶拿着，到狄公寓所，将此案代我女儿素娘清白清白，就让狄公算作你我的一个引进，明日好候张家下礼。”众人齐道：“使得！使得！”任、骆、余、濮同鲍自安告别家人，外着一个人扛着竹桶，临出门对花振芳道：“倘若张公有人来说什么，你只管一一应承。”花振芳领命，让众人出走，仍将门闩上。

鲍自安走到门前，张得、张兴即忙起身问道：“老丈欲往何处去？”鲍自安道：“一则从来未到此地，欲观观盛景；一则吉期已近，虽无大妆奁，琐碎物件也须置办置办。”张得道：“老丈京中不熟，我着一人领路何如？”鲍自安道：“不消，不消！”同众人离了公会。走未多远，借问来往行人：“狄千岁寓所何处？”那人答道：“狄千岁乃封王之人，有他的王府，在东门大街。山东做军门，不过一时钦差耳。”众人闻言，直奔东门大街而来。不一时，来到狄千岁府门，八字墙，挡军柱，甚是威严，门上悬了一匾，上有“钦王府”三字。但不知可是狄王府么，又借问行人，正是狄公之府。鲍自安向众人说道：“你等且在街旁站立，待我自己上前通说。如进内无事，自然有人传你们进去；倘有不测，不说你们同来，杀斩存留有我当之！”又想道：“余大叔乃奉差抓我之人，不可落后，倒要同我前去。”于是任、骆、濮并拿竹桶者五人，立在衙前等候。余、鲍二人行至王府大门，问道：“哪位老爷在此？”王府乃封锁衙门，虽有看门者，却封在里面，听得外边有人相问，门里问道：“何方来者？”余谦答道：“我乃诬良案原告余谦，奉千岁差同旗牌董超，赶江南捉拿鲍福，今日才到，望老爷通禀：鲍福现在府门伺候。”那人道：“诬良人犯被贼劫！董超已来两月，说你们后边即到，怎么此刻才来？在外等候，待俺禀报。”

不一时，只听是“咯通”一声响亮，府门大开，旗牌董超走出，向余、鲍二人见礼。说道：“老爹今日才到，余大叔怎又用老爹送行？晚生自那日同余大叔到历城，与余大叔约定缴令箭相会。及至进了衙门，见堂官大爷说，千岁已经进京。又发一支令箭，分付我等到此，一同进京。晚生出来找寻余大叔不见，回家等候，总不见余大叔驾到。过得三五日后，闻听得唐老爷于路被杀，内中独少骆大爷、贺世赖尸首，又平毁了四杰村一村人家。晚生不解是何人所杀？又候老爹十日之外，亦不见到。恐误限期，急速赶进京见千岁。千岁分付晚生在此等候，已经两月余。千岁无日不问，今来甚好，千岁已在大堂传见！”

鲍自安、余谦跟了董超进内，来至大堂，只见两边列了几十个内监。二人向王磕头。狄公问道：“余谦，你与董超同去，怎么不与他同来？你主被谁劫，杀死解官、解役，你必知情了！”余谦将茶馆等候董超，适遇唐老爷押解主人进京，小的不及通知董超，随后暗护，四杰村遇仇人朱氏之劫，央求五台山和尚消计放火相救,越房而出;小的舍命救主,偶遇鲍福搭救,小的同主人受伤过重,至今方好,特同鲍福前来叩见千岁等说了一遍。狄公方知唐建宗被害之故,又深幸骆宏勋不死,无愧见伊兄骆宾王也。又向鲍福问道:“本藩久闻你的恶名。你在江湖上共做了多少年的大盗?杀害了多少客商?从实说来!”

鲍自安道:“小人自二十岁上起手,今已六十二岁,在江湖上做了四十二年。前杀客商、过路官员也不少,哪里还记得数目!”狄公又问道:“闻得有官兵官役前去捉你,你怎敢大胆前来?莫非轻本藩之刀不利乎!”鲍自安道:“小的流落江湖,亦非乐意为盗。处于奸佞得志之时,不敢出头,无奈埋没耳!千岁干国之名,素著天下,非鲍福一人知之也!久欲谒见,吐小人不得已之愚衷!实无引进。今蒙拘提,冒死前来见驾,乞赐诛杀,死得其所,又何惧焉?”狄公道:“有道则仕,无道则隐,此系圣贤之高志也!你既不肯出,则由于无道之秋,亦当务田园、埋名姓,因何截劫江湖,杀之无厌而为强盗乎?”鲍自安道:“小人虽截劫江湖,杀人无厌,亦非不分贤愚,而尽图其财杀之也!凡遇公平商贾、忠良仕宦,从未敢丝毫惊恐;而小人断杀者,皆张、栾、王、薛等门中之人耳!”狄公听他说出张、栾、王、薛等党中这些人的名姓,将惊堂一拍,“呀”了一声,便起身来,分付左右:“将他二人带进二堂,待本藩细加鞫问。”说罢,往后去了。鲍自安心中暗想道:“此必是大堂不便于捉我,恐有处逃脱,待进二堂闭上宅门,方拿个稳当的哩!”两人闻得催促,正是:

法令已催难久立,欲从再诉苦中情。

话说狄千岁在后堂专候复问,鲍自安、余谦被催促进去,只得随进二堂,真个好不威风赫赫。正是:

提出卖法奸佞臣,打动干国忠良心。

毕竟鲍自安进了二堂吉凶如何,且听下回分解。

第五十九回　忠臣为主礼隐士

话说狄公因何问他道出奸贼姓名，连忙退堂？看官不知，那则天娘娘极有才干，虽然淫乱宫闱，而心中虑事甚明，看见张、栾、王、薛等一班臣僚，擅持国柄，肆行无忌，恐日后社稷有倾国之患，这一班人皆与他有私慝之情，又不好谆谆禁止。自己年近六十，亦无精神料理朝事，意欲召庐陵王还朝禅位，这班人必不能容太子回国。细思臣子之中，唯狄仁杰忠心耿耿，故召他进京，在便殿私授手诏，命他至房州迎请太子回朝。不料又被这班奸贼看破，各门严加防护，不许狄公出京。况往房州必由潼关，镇守总兵又系武三思次侄武卯。无人保护，如何能过去？前余谦盛称花、鲍二人素怀忠义之心，不得已流落江湖，所以差董超前来，以官司为名，实欲收伏此二人，以作保护之将，故在京等候。今闻已到，其心甚喜；又恐他野性未退，特坐大堂讯问，以探他们之心。哪知鲍自安直指张、栾、王、薛之名以对，狄公恐外人听见，走漏风声，以败己谋，假作动怒之状，带进二堂，好吐衷肠。

且说鲍自安、余谦进了宅门内，即放进，外班不许一个走入，遂将宅门关闭。鲍自安道："一毫不差！闭了宅门，拿老实的哩。"宅门以里，便是二堂，亦不见狄老爷坐于其间，又不知是何缘故？正在狐疑，内里走出一人，向余、鲍二人笑嘻嘻的说道："千岁在书房中，请你二人讲话哩。"鲍自安思道："书房非问事之所，又加一'请'字，就知有吉无凶了！"即放心随来人进书房。只见一个和尚同狄公在那里坐谈，见鲍自安来，俱立起来见礼，鲍自安连称："不敢！"狄公道："请坐！我有大事相商。"鲍自安谦让片时，只得坐下。余谦走至宾王前，请过安。宾王道："适间狄公进来说，你大爷未伤性命，我方才放心。"余谦又将四杰村舍命救主，鲍老爹路过相救，前后说了一遍。骆宾王向鲍自安谢道："舍弟每逢搭救，何以言报！"鲍自安道："朋友之交，应当如此，何以称谢！"狄公将武后投书，并二张等防备森严之事，告诉一遍。又道："我年老之人，但孑身无能，实不能胜此大任。隐士倘有妙策，迎请太子还朝，其功不小！"鲍自安遂将同众来京，杀奸斩佞，以作进见之功，正思无有引进之事，说了一遍。“今千岁出京之事，尽放在小人身上，潼关已先着金鞭胡琏抢夺。”又将张天佐作亲之事也说了一遍：“期于十六日完娶，亦期于那日杀贼；千岁大驾十四日先出城，小人差人护送。”狄公大喜道：“我在府中候你之信，第一要秘密，莫使奸佞看出破绽方好！”鲍自安道：“千岁放心，小人自有道理。”又将私娃之事，请问狄公。狄公将不夫见胎者骨软之验说了。鲍自安道：“私娃桶现在府外。”狄公道：“不必再验，恐惊人耳目，隐士自验罢了。”鲍自安深服其论，遂告辞。骆宾王向余谦道：“回寓对你大爷说：迎王之事大，我也不便会他了。”狄公又谆谆叮嘱鲍自安，鲍自安满口应承。狄公送至宅门。

余、鲍来至街上，相会众人，将问答之话说了一遍，些须买点物件、好看送张得二人，恐怕犯疑。回至公会，见了自家一众人等，将狄公之话细细说了一遍。又道：“他愿作引进，我已许他十四日着人送他出城，先赴潼关。”众人听见有了引进之人，无不欢喜。遂将私娃桶倒出一看，皆是些秽水，并无筋骨，方知素娘为真正节妇。狄公打发余、鲍二人去后，遂上表推病不朝。

且说次日，张家来了三四十人，端大盒无数，两个大红礼单上写：彩缎百匹、明珠十串、人参百斤、聘仪千两，余者皆是珊瑚、玛瑙、金银首饰、纱缎绫罗、冬夏衣裳。鲍自安爽快之极，只用两个字：“全收！”又不好空着盒子，回了些枝圆栗枣，喜钱丝毫未把，昨日已经说过了，早有张得、张兴二人支持去了。十三日，鲍自安令女儿金花：“照人数每人预备干粮口袋一个，将自带人参，并昨日收得张家人参照人分开，临期各人带一口袋，预备路上充饥。长安至潼关，有二百一十里路程，我等动身，这一路连做生意的都没有。”金花遵父之命，照人数缝办口袋。及十四日日落之时，鲍自安命余谦、濮天鹏二人至狄王府：“请他驾至东门以内等候，我后边就到。送你们出城之后，你二人就保他先赴潼关。外有一个小纸包，带与狄公，叫他照此行事。”余、濮二人接了纸包，赴狄王府去了。鲍自安又向众人道：“预先将马匹运出才好！明日反出城时，我等可以步行，而女眷不能行走，将跟来赶车的六个人先行吧！牲口运出十五匹，离城二十里有一大松林，在林内等候。狄公到时，与他一匹骑坐，余者等候女客。”分派已毕。鲍自安又至门口，与张得、张兴二人道：“小女有个奶公，亦随来看考，不料害起疮来，难保性命。今欲着人送他回去，特讨几个腰牌用用。”张得道：“有，有，有！用多少，老丈自拿。”鲍自安拿了十个。共是十六个，连车夫在内，牵了十五骑牲口，俱奔东门而来。及至东门，狄公早卧在街旁一块大石上，哼声不绝，左右两鬓上贴着两张大膏药。鲍自安走至眼前，发怒道：“不叫你来，你偏要来，弄得这个形像，又要着人送你哩！”狄公只是哼而不应。鲍自安道：“令人焦躁！还不起来出城，等待何时？”狄公爬了半日，才爬起来。走至门兵跟前，将十个腰牌与他一看，门兵见有腰牌为证，也就不细细查问，放他出去。之后，到得城外，拉过一匹马来狄公骑坐，余、濮二人步行随后，慢慢赴潼关而行。鲍自安仍进城而来，回到公会。

看官，狄公前日好好之人，今日因何面上贴着膏药，哼声不绝？他乃三朝元勋，京中连三尺之童，无一个不认得狄千岁。奸党既然早已防备，狄公岂能私自出城？故鲍自安包一个纸包，叫余谦带去，就是这两张膏药，贴在脸上，装成害疮之形，又兼日落时候，令人看不清楚，易于混出城去。鲍自安回到公寓，天已夜暮，大家早些安睡，预备明日下教场。

却说次日五鼓三点，女主登殿。八月十五日中秋大节，满朝文武朝驾已毕。武后道：“今日考选天下武士，擢拔才勇双全。命兵部尚书罗洪主考。”罗洪领旨，辞主出朝。武后回宫，群臣各散。张天佐早领人持帖至兵部府拜托：今科状元务取江南建康包金花。罗洪应允。

且说鲍自安天明起早，忙备早饭，大家用过。备了三匹骏马，鲍、胡、花三位姑娘打扮得齐齐整整；任、骆、徐、花、鲍、濮二十人，皆扮作牵马之夫，齐奔逍遥宫。及至武举场上，见宫门口五彩绸扎了一架牌楼，三个大金字：“武举场”。马路前边，尽是奇花异草，陪伴着绿牡丹，外有朱漆栏杆；当中一个演武厅，皆是五色绿绸扎就飞禽走兽、人物山水，内摆了许多古玩玉器。正是：要得真富贵，除是帝王家。正在观望，听得开道之声，主考罗洪骑马而来。三个大炮，罗洪到了演武厅，居中坐下，两旁分坐许多陪考官员。人役献茶之后，罗洪分付考本京才子。那长安也有几个应考之人，莫说“箭中天球”，连马都跑不全，不是跌下马来，就是半路歇马。及考到建康地方，鲍金花一马当先，左手持弓，右手取箭，三箭俱中天球。报喜连响不绝，满场无不喝彩。鲍金花正欲下马，到演武厅上报名，只听得又有女子声喊。正是：

素常演就文武艺，一朝货与帝王家。

不知喊叫是何女子，所喊何事，且听下回分解。

第六十回　奸臣代子娶煞星

话说鲍金花一看，只见花碧莲大叫道："姐姐且莫报名，待妹子一同报名。"上马也是一箭，连中三箭。胡赛花亦叫道："二位姐姐莫忙报名，等妹妹来也！"花、鲍二位姑娘勒马一边观看，胡赛花也是一马三箭，俱中天球。罗洪暗叹道："女子中尚有如此弓马，不知江湖上屈没了多少英雄！"分付将三名女子传上厅来。三人下马，任、骆、濮接过三人的马。三人上厅参见主考。罗洪道："免参。"外场三人，一般骑射，难辨优劣。演武厅旁，亦是五彩绸扎就一个官篷，摆设着文房四宝。当时命三人各作绿牡丹诗一首，以定次序。三人领命，遂入官篷，各作诗一首。不多一时，三人呈诗来至演武厅上缴卷。罗洪将三人之诗接过一看：章章锦绣，句句精神。可称为文武全才。三诗之中，胡赛花略次一分，而花、鲍难分上下。因有张天佐之托，不好更命，遂将取中之名，开列于后：

第一名包金花，第二名化碧莲，第三名胡赛花。

罗洪回朝奏主加封，科场已散。花、鲍等人领了三位姑娘，仍回公会。且说罗洪回朝启奏武后已毕，等龙虎日发榜。这且不言。

却说张天佐早已着人在教场打探，说今日主考所取者三位，皆是包老一起之人。张天佐大喜，打点次日娶亲，一夜何曾安眠！北方同西方与南方规矩不同，娶亲之日，女家多少男女送亲，男家俱要设席款待。张天佐弟兄欢喜，不必言。又拿帖拣选朝中契厚之人前来陪亲，你道所请之人是谁？开列于后：吏部尚书王怀仁、刑部侍郎王怀义、西台御史栾守礼、礼部兵马司薛敖曹、国舅武三思、兵马大元帅武寅。薛敖曹抱病辞回；武三思叔侄因自家女儿亡过，今日至张家，恐触目伤心，亦不肯来。不言张府打算娶亲。

且说鲍自安商议送女儿。鲍老等同众人用过饭，临晚吃酒时，男女设席于一房内。鲍自安道："送至京后慌忙，这几日未做一件正事，即今教场夺魁，皆冗事耳！事成则成，败则败，成败只在明日一天。明日张家来娶亲时，我们送亲男人一十二位，送亲女客亦一十二位。小女做新人，胡赛花姑娘做陪嫁的丫鬟。

胡姑娘怀中揣信炮一个,等张三聘入房来,小女得了手之时,胡姑娘点放信炮,我们听得信炮一响,一齐动手。我料他必请王、栾、薛、武一班奸贼来,王、栾、薛俱不足为念,只是武家叔侄英名素著,须要防他。可记着:动手时,多着人围着他二人,要紧!要紧!他来娶不是辰时,就是巳时,我等切不可早发新人,只推山东有此规矩:要开门钱。看他来时,即将大门关闭,向他要大大的开门钱;听凭多少,只叫他左添右添,三次四次,只管向他添钱。到下午时候,我等再慢慢的发人。及到他家,正是日落之时,叩天地,拜公婆,做这些事体及进房吃交杯酒等事后,天就黑了,这正是动手之时,我好脱逃!”向任、骆、徐三人道:“你们虽会登高,也会履险,到底未曾经过大敌,恐临时失机,反为不美!我有一差,相烦三位!”三人齐道:“愿听号令。”鲍自安道:“我们决定出东门。京城之中,比别处州县不同,防护人甚多。我等动手,他城门不关闭便罢,若关闭了门,三位可拦阻他,我等好出城。”三人领命,深服其分派有法。算计已定,大家安睡。

次日起来,先将干粮口袋派散,另给众人人参之外,又派些牛肉脯子,分付务要小心收好:“若有变起,那时忍饿莫怪我!”众人答应。

将到辰时,听得外边鼓乐喧天,炮声连连,谅必是娶亲的来了。鲍老道:“速关大门,我好做里边事。”花振芳真个将大门关上,拿了一张椅子,当门坐下。张家娶亲人来至门首,见门关闭,张得、张兴二人连忙赶至前来打门:“包老爹开门!”花振芳道:“打怎的!咱家山东有此规矩:凡新轿来时,将门关上,名为‘关财门’。大大与个喜钱,若少了还要加添,如此叫作‘添财’。今日行的山东礼。”张得二人道:“是舅老爹么?”花振芳道:“不是咱家,你当谁?”张得道:“容易,容易!先却不知,明日带来吧!”花振芳道:“明日再来抬人。”张得见如此说,速着人去取。一人跑到相府禀告如此。张天佐道:“少了拿不出来,须要四封二百两。”交与来人,来人跑到公会门首,交与张得。张得道:“舅老爹开门吧!”花振芳起身,将四封银子接了,仍又关上,说道:“还要大大加添!”张得无奈,又着人回相府,又取了二百两银子。花振芳又接过,又将门关上,又叫加添。如此四次,添了八百两银子。

天色下午已过,花振芳将门开放,众人走进。张得向鲍老道:“包老爹!请新人速速妆束,莫误良时!”鲍自安道:“自老妻去世,小女随我成人,从未离我半步。今嫁相府,舍不得我,只是啼哭,至今未起,我请母舅劝他。”张得道:“既新贵人离不得老爹,过门之后,老爹也在相府过活,难道侍奉不起么?婚姻终身大事,莫要错了吉时。”鲍老道:“什么吉时!新人到就是吉时了。”张得道:“如此说,快快为妙。”鲍老道:“是,是,是!”一催一促,日已西坠。金花内里扎束停当,外边罩上喜衣。鲍老自家抱她上轿时,故作难舍之状。张得使人放炮起身,鼓乐喧天,好不热闹。轿子起身后,鲍老等连忙扎束,各自暗带兵器,二十四位男女送亲,先已预备二十乘轿子。女人乘坐,男人步行,一直奔张府而来;新轿到时,送亲亦到。

张家请了二位搀亲的夫人,乃是两王之妻。新人下轿,搀扶至天井香案桌前,同张三聘叩拜天地。外有男女陪客迎接男女送亲等人,皆各分坐,女客进后。

且说新人参过天地,拜过公婆之后,搀进洞房,天已更余。回房吃过交杯酒,坐床撒帐。张三聘自初十日在公会中看见过鲍金花,回来后恨不得一时搂在怀中,延挨这五六日,真是茶思饭想,今二人坐床撒帐,哪里能按得住欲火?一见垂下帐来,温温存存用右手向鲍金花背后一搂。新人素亦知张三聘弓马纯熟,颇有英名,不稳当,也不敢下手。虽然坐帐,却暗暗观他,眼观帐外之人伸手从背后来摸,袖中顺刀早已顺出,直当他转身之时,照右胁下使尽生平力气一刺,张三聘"嗳哟"一声,跌在床下。搀扶女客还在帐外伺候,一见张三聘跌下床来,就知是金花动手。胡姑娘怀中取出信炮,走出房来,用火点着,一声响,前边佳人各执兵器,一场大杀。金花将罗帐一揭,王家妯娌几个堂客,还在哪里面,被金花一刀一个,杀出房来。大厅上陪客王、栾、张天佐弟兄,皆是文官,哪里还能支持?尽被杀死。虽有些家人,怎当得众英雄前后狠杀一阵!将张家并陪客之人,杀了七八十。那张家家人忙报大元帅武寅。武寅道:"京中强盗杀人,有关自己之性命!"掌号齐人。鲍老正在杀人,忽听号声,说道:"速走!速走!武家齐人!"于是俱纵上房子,向外一看,街上早已站了无数兵马。正是:

才将奸佞斩杀尽,又有奸党下兵来。

不知后事如何,且听下回分解。

第六十一回 闹长安鲍福分兵敌追将

却说鲍自安等上得房来，见街上站了许多的兵丁，皆弓上弦，刀出鞘，又见火光如同白日，无处奔逃。鲍自安道："还不揭瓦打这些狗头，等待何时！"众人闻听，俱各揭瓦，打出一条大街，望东门而走。且说武寅一边齐人，一边差兵丁速关城门，莫要放走强盗，城门关闭，不必细说。

且说东门门兵，闻得相府传有大元帅军令拿贼，叫关城门。任、徐、骆三人骑马而立，门兵道："你等进城，速速进去，我要关门哩！"任正千道："方才起更，怎么就关城门？我还要等个朋友，一同进城。"门兵焦急道："相府有贼杀人，大元帅军令，叫关城门，莫要放走强人。你进又不进，出又不出，是何缘故？"任正千道："相府有贼无贼，关你甚事！若是贼从此出门，叫你关了门，他们从何处出去？"门兵道："难道是你一伙人么？"任正千道："你既明白，就不该关了！"门兵听得此言，"嗳哟"的一声，跑的跑，逃的逃。任、骆、徐三人各执兵器，倚门而待。只听得城中锣声齐鸣，人声吆喝，喊叫不绝。不一时，又听得瓦片响亮，知他们揭瓦打路前来。话犹未了，众人自房上跳下，任、骆、徐迎上前来，鲍自安问道："城门口关否？"三人应道："开着哩！"鲍自安道："快快出城要紧！"离城已出多远，只听得炮响、阵鼓连天，知是元帅武寅率领人马追来。鲍自安忙问道："马在何处？"六人应道："俱各现成！"鲍自安道："我等分作两班对敌，男将前行。女将抵挡追兵，男一班，女一班，行得一二十里，再换女将。大家都有个喘息之空，且战且走，方能到得潼关！"于是，女将各人上马，抵挡追兵。鲍自安、花振芳率领众人依前法赶路。

行了一日两夜，到第二日早饭时候，正是男班对敌，女将趱行。离潼关五十里之遥，只见前边有六个人，三对厮杀，不知何事？走得相离不远，仔细一看，竟是余谦、濮天鹏同一个和尚与三个道士相敌。花碧莲大叫："余谦莫要惊慌，俺来也！"鲍金花也随后叫道："叔叔稍歇，待我擒贼。"不讲两员女将战住了两个小道士。且说那和尚斗了十数个回合，心中火起，禅杖一举，将老道士打死。余谦满心欢喜，同濮天鹏向前拜问："和尚上下？"和尚道："贫僧乃五台山红莲长老三徒弟，消月便是。"余、濮二人拜谢相救之恩，又将前时会得消安、消计之事说了一遍。消月道："贫僧游方于此，闻奸佞结党，捉拿狄公。贫僧知他素抱干国之忠，故前来相救。不料开了杀戒，罪过，罪过！"狄公上前拜谢，与消月席地而谈。余谦道："这雷胜远至今尚在栾家，复招了兵马，此来有谋杀之心，他与我等有仇。此必栾家有人指引！"展目一望：路旁松林之内，有人探望，见了人连忙转身。余谦说："林内林外必有栾家之人！"提着板斧入了林中一看，栾家人等俱在其中。余谦大怒，提斧砍来，一个不留，尽皆杀死。心中想道："华三千是他得意门客，难道不同他进京？便宜了这狗娘养的！"向林中一观：见向北半箭之路，有一人出大恭，才站起身来，向林中而来，正是华三千。余谦切齿，待等华三千。华三千低着头嘀咕暗想："余谦这厮，今日必遭毒害，谅他不能逃命了。他二人如何是他王家师徒三人的对手？"走到余谦面前，尚未看见。余谦叫道："我的儿，你来了么？"华三千见是余谦，真魂早从顶门飞出，见他倚树而立，手持双斧，似凶神一般，双膝跪下，道："余大叔饶命！"余谦道："我不杀你，你将今日因何来此拦我情由，说个明白！我再放你入林。快讲来！"三千道："晚生同栾大爷进京皆过此地，想必大叔同狄千岁亦必过，故欲相害。"余谦又问："三个道士何来？"华三千道："解围之后，栾大爷因此就留他师徒在府保家。他师徒三人，一年是一千五百两银子的修金。今日进京，恐北方路上难行，故而随同前来保护。"余谦道："奸邪无暴著之期，讵知天网恢恢，疏而不漏，今既自投罗网，尚思求免乎？"提起双斧，将华三千的头割下，又将舌头割下，余谦说道："总因你多舌之故。"华三千二目仍然望着余谦。余谦道："你一双贼眼，善观气色，见人喜怒。"用斧尖将眼一剜，两股清水流出。余谦走到狄公面前，将杀除奸臣之子栾镒万、华三千之事告诉一遍。

说话之间，鲍自安领众亦到。花碧莲见骆宏勋等俱到，心中想道："自成亲之后，丈夫还未见我之武艺，何不趁此以逞我勇也！"眼看一个破绽，一刀斩之。鲍金花暗想："她既斩了一个，我若再战不胜，必令人轻视了我！"亦抖擞精神，一刀诛之。众人问其所以。余谦将华三千所供之言说了一遍，众人无不畅快。又问："那长老是谁？"余谦道："即老爹所渴慕的消月师也！"鲍自安等连忙上前拜谢，并邀同赴潼关。消月道："此乃无意相遇，贫僧已入佛门，不便又开杀戒。潼关防护虽严，有众位英雄，何愁不破！贫僧就此告别。"众人苦留不住，消月用禅杖挑起行囊回五台山去了。看官，余谦保狄公前行不两日，因何又叫众人赶上？奈狄公年近六旬之人，在往日，每日行五六十里就撑不住，歇店歇得早，起身起得迟。鲍自安等虽说分挡追兵，都是昼夜不停前行，故此赶上。

闲话休说。消月起身之后，鲍自安向余谦、濮天鹏道："你二人仍保狄千岁前行，到了潼关，对胡大爷说，叫他快速前来抵挡抵挡，我等实在撑持不住了。再对胡二爷说：令他务将潼关夺下，勿使我等到时，前有关隘阻路，后有兵将追来，进退两难，将前功尽弃！"

狄公起身后，又听号炮之声相近，花妈妈道："你们前行，待我等抵挡一阵！"于是鲍自安领众前行，且战且走。日将落时，离关只有十五里之遥，又见前面来了一队人马，一共五六百人。鲍自安道："不好了，此必潼关武卯带兵前来，如何是好？"骆宏勋年轻眼亮，早已看见，向自安道："老爹莫要惊慌，前边来者，乃金鞭胡世兄也。"鲍自安道："既是他来，哪有这许多人马跟随，难道带喽兵前来么？"话犹未了，行至街前，正是金鞭胡琏。胡琏跳下了马相见，鲍自安见所带喽兵俱各持长棍，遂说道："他们都会棍法么？但不知阵法可知？"胡琏道："老爹不知，自到潼关，拣了五百喽兵，离关十里有一空庙，地方甚阔，朝夕操演，排江涉水而去，哪怕数万人，而吾何惧乎？诸公请赴潼关，俺对敌追兵去也！"胡琏领兵前去，鲍自安等奔关而来。正是：

英雄并力擒奸党，豪杰同心获佞臣。

不知众人可能进关否，且听下回分解。

第六十二回 夺潼关胡理受箭建大功

且说余谦、濮天鹏二人保护狄公,遇见胡琏,将鲍老所教之言说明。胡琏领兵去后,他二人跟随狄公到了潼关,胡理迎出,问众人动静。余谦道:"今晚至此,不然夜间即到了。请二爷速奔潼关,莫使前后受敌,反为不美!"胡理道:"容易,容易!"将狄公引进山窝。那胡理好能,总共带了三千五六百人,哥哥带去五百,还有三千多人马,俱屯在山窝里,而做饭连烟头都无,故能使潼关镇守之人毫不知觉。狄公见他分派有条,甚是敬重。胡理延至更余天气,分付喽兵,并向余谦道:"我今自去单夺潼关,你们在关外候信,闻我喊叫你们,你们就喊号向前,护住王爷;若不听见声音,切不可喊叫,使敌知觉,反难取关。"众人领命。胡理扎束停当,前后挂了两把朴刀,出了山窝,夺潼关去了。

且说守潼关之将武卯,闻报马连报,道有强人反出京城,奔关而来,哥哥武寅刻下追赶前来,就要点兵丁。副将王隐说道:"就有几百强盗,还怕帅爷捉拿不住?且必须过此地,关险路阻,强人插翅难飞!"武卯道:"此言有理!"整齐军马,上关防护,以观强人举动。于是,令两员副将、千百把总、守备,至关上观望。却说胡理来至关前,抬头一看,见关上灯球火把齐明,就知是武卯闻报,领了人马守关。潼关四围皆山,当中一个门,乃南北通衢。大道设一关隘,非由关上过,别无出路。胡理又想:"前曾看下一块地方,关左首有一棵大树。"即行到水边上了树,至树上一纵,又上了山峰。那山峰生得像些狼牙一般,若跌下真个碎尸万段。胡理上了三五个山峰。潼关原是无垛口的,胡理上了山峰,遍身是汗。山上茅草甚深,恐人看见,将身躲在墓穴中歇息。暗想道:"上是上来了!他有许多人在关上防守,一见我是生人,必要盘诘,岂容我自去关上。"正在无法,只听得坟墓那边一人问道:"你也出恭么?"胡理知他月光之下看不分明,只当自家人,遂答道:"出恭。"那人真当成自家人,毫不猜疑。胡理从他面前经过,一刀杀死,将他衣服剥下,自己穿上,又将腰刀取下,挂在自己身上。打扮得是个兵丁模样,一步一步,投进帅府。来到武卯背后。武卯同二副将只向关外张望,关内皆是自家人，却不提防。胡理将两口朴刀抽出，一刀对准武卯头顶，一刀用力砍向副将，砍二头落地。另一个副将说声："有贼！"胡理分过刀来，亦将其砍倒在地。千百把总、守备见事不好，俱抢路下关去，胡理也随下来。关上有几百兵丁，竟无一个杀上前，怕不敌胡理，也不敢杀。众人直奔关门。那个守备叫过问道："关已开了，还不放箭，等待何时？"话犹未了，箭如飞蝗射来。胡理背后倚定关门，面向众人，用两口朴刀上下左右相遮，两旁箭堆一二尺深，竟不能射他一箭。射有顿饭时候，兵丁所带之箭都已射完，只听得守备分付："速开库房，搬箭来用！"

胡理暗道："还不趁此无箭之时斩关，更待何时！"转身来将门锁斩断，左膀上已中了一箭，胡理疼痛难禁，不能打开关门，只得微开其空，大喊一声："关门已开，还不速进，等待何时！"鲍自安等已经到来，余谦将胡理分付之言相告，众人俱来关外等候。闻胡理之喊叫，即奔至关下，一拥而进，将千百把总、守备、兵丁人等，十杀七八，余者逃去。回转关下，见胡理卧倒尘埃，哼声不绝。众人见他两膀中了三箭，无不叹息。鲍自安道："关既得了，有安身之地，速着几人前至总镇府搜寻，好将胡二爷抬进调养。"巴氏九人入总镇府，将武氏男男女女、大大小小，杀个干干净净。

任正千驮着胡理到了总镇府，安放床上，将箭拔出，看箭已入肉二寸，胡理忽昏忽醒。狄公、余谦、濮天鹏等，带领众兵丁，将骆太太等俱保送入总镇府。狄公一见胡理如此形容，不觉泪下，赞道："勇力忠心，胡二将军！"将至半夜，胡琏同众女将先至。鲍自安见人口齐至，分付掩闭关门。胡琏夫妻同女儿赛花，一见胡理看看待死，好不凄惨！鲍自安命女儿金花速取刀伤药敷上，及至五更，呜呼哀哉！亡年二十七岁。后人有诗赞叹。诗曰：

壮士胡二将，英雄实堪扬。
不满八尺躯，胆气比众强。
只身斩关锁，迎王正唐纲。
身虽受箭死，名并日月长。

胡琏见兄弟身亡，哀痛不已，众人无不下泪。狄公道："速置棺木，将二将军高搁，待迎王还朝之后，再为封赠殡送。"胡琏感谢。遂备棺木成殓，安放庙中。

次日，鲍自安道："元帅武寅虽被合力打散，必仍要夺关。我等兵少将微，不可力敌，只宜谨守关口。歇息两日，好赴房州迎王。"众人遵命，不提。

却说元帅武寅，京中共有十万御林军，那夜虽未齐全，也带了有三万余人。赶出京时，先与鲍自安两班男女对敌，已折万余；后与胡琏对抗一阵，又折了万余人，只落了一万余人相随。欲带回京，重调人马，又恐皇上责备：你做了元帅，带了三四万的人马，折去一大半，连一个强盗也捉不住，自家难以回奏。只得重整残兵剩将，赶奔潼关，还望兄弟领兵来迎。及到潼关，闻兄弟已被杀死，关口已失，好不苦楚！便在潼关外扎下营盘，修本进京求救。

且说鲍自安等众人歇息了两日，商议道："今下房州，男将前去，女将在此等候。男将中也要留下一二人在此防护。我等中不知谁愿在此？"众人都千辛万苦，俱要迎王显功，都不答应。余谦道："我不去罢！"鲍自安道："余大叔有保狄千岁大功，岂有不去之理！"余谦道："我家大爷前去就是了。"狄公道："余谦不去也罢，我到房州，在驾前保奏，功犹在焉！"鲍自安道："既如此说，濮天鹏也不去罢！你两个人俱是保千岁出京之人，要不去，都不去。"濮天鹏遵命。鲍自安道："你二人在此，不可大意。武卯虽死，他家将尚有，倘暗地将关门开放，又是劳而无功。你二人分开班，一家一日巡关，凭武寅怎样叫战，总莫与他对敌。待等我们到日再作商量！"二人一一领命。各人收拾行李，次日同狄公赶房州去了。

余谦、濮天鹏遵鲍自安之命，一家一日巡关。武寅关外扎了营，他也不来攻打。那晚，余谦巡关，忽听武寅营中炮响连天，余谦大惊，上关一看：见武营灯火明亮，又添了数万人马。正是：

折枪折箭拔残兵，添兵益将长威风。

不知武寅营中，又添何处人马，且听下回分解。

第六十三回 狄钦王率众迎幼主

却说余谦看见武寅营中添兵益将，自家同濮天鹏防备甚严。

且说武寅本章进京，武后览表，也道当真是强盗作乱，不得不发兵剿除。遂发羽林军五万，差镇殿将军刘自成前去救援。一万人马，行营加添五万，共成六万大兵，自然壮观。次日，刘自成上马提枪，关前讨战。余、濮二人只是坚守不出。刘自成连讨了几日战，百般辱骂，并无敌将出关，只得回营，同武寅商议破关之策。武寅道："彼坚守不出，别无近路可上，似此如何是好？"刘自成即说道："除非元帅再行修表进京，请数架红衣大炮。此关左右有座高山，将炮架在山顶，以炮轰关。一炮不开，两炮；两炮不开，三炮，潼关虽固，谅数炮亦开！"武寅大喜，遂又修表进京请炮。数日之后，炮已请到，差人上山砌垒炮台。

余、濮二人闻听此言，甚是惊慌，倘被人打破潼关，叫我二人如何拒之？正在愁闷，报马报道："太子大驾同薛元帅率领十万大兵，离此有百里之遥，特报二位爷知道。"二人闻报，好不欢喜，谅他砌起炮台并架炮时，我们大兵亦到。真个炮台未了，庐陵王大驾已到，相离潼关有二十里之遥。二人率领众男女接出十里之外。只见花、鲍、任、骆，皆是全副披挂，盔甲光明，好不威武。迎至辇前，报名跪接。狄公马前启奏："此皆镇守潼关男女将。闻主上驾到，特来接驾！"庐陵王展龙目向下一观，见十数男女跪于道旁，皆有擒龙伏虎之气象。龙心大悦，问狄公道："此二人即卿所奏，保卿出京之余谦、濮天鹏么？"狄公道："正是此二人！"王道："暂赐行营总兵，待孤登宝之时，另行封赏。女卿尽随夫品，勿再另封。"狄公走到余谦、濮天鹏跟前道："旨下：余谦、濮天鹏二人，有保大臣迎驾之功，暂赐行营总兵之职，回朝再加封赐；赐封女将随夫品级，勿再另封。谢恩！"众男女齐呼："千岁，千岁，千千岁！"站起身来，让龙辇过去，各上骑行，随驾至关，放炮安营。余谦、濮天鹏亦到公馆，参见元帅薛刚。薛刚道："二位将军镇守潼关，武贼营中消息如何？"余、濮二人禀道："数日以前，伊营添了六万人马，屡屡讨战，末将只坚守不出。三日前，又请了数架红衣大炮，现今砌垒炮台，尚未架炮。末将等正待通禀,元帅大兵已到,今特禀知。”薛刚大惊道:“此炮共有二十四架,乃镇国之宝,从不擅动。内盛一担二斗药料,其力能打四十里之远。潼关虽固,岂能受得数炮?趁此未架,明日差将拒敌,要紧要紧!”于是各营埋锅造饭,一宿晚景休提。

次日清晨,用过早饭,薛刚奏道:“昨闻余谦、濮天鹏二人说:‘潼关外现有贼屯兵。须先捉此贼,再保驾进京。’”王道:“卿自主之。”薛刚领旨,即升大帐,问道:“哪个前去捉拿武贼?”一言未了,副先锋薛魁应道:“孩儿愿往!”披挂整齐,上马提锤,三声大炮,开放城门,二膝一催,早到武营,勒马讨战。武营中刘自成出马拒敌,来至营前一看,是雷公嘴的薛魁,早已吓得盔歪甲斜;既到阵上,哪有个不战的?身躯抖颤,问道:“闻小将军贤父子在房州保太子之驾,今何顺贼而拒皇上天兵?”薛魁道:“奸党肆行无忌,坏乱朝纲!前杀贼者,乃我狄千岁收服江湖上好汉,特杀奸贼,以作进见之礼,保护狄千岁到房州迎王驾,已至关中。你如识天时,即解甲卸盔,进关见驾,少免助奸之罪。尚敢驾前耀武扬威么?”刘自成乃奉旨前来,并非有意助奸,今闻太子驾到关中;且又知薛魁素日之厉害,乃答道:“下官系奉旨前来,并非助奸为恶。既然王驾在此,下官怎敢抗违?”遂下马丢枪,奔关中见主请罪。

薛魁乃提锤在营门骂阵,早有旗牌报与武寅,说刘自成投关去了。武寅好不惊慌,只得自己上马提枪,出营对敌。二马相交,武寅大骂道:“不知死活的反贼,向日脱钩,是你父子之万幸!近在房州皇土,闲置不问,就该顶戴圣恩!今又助贼夺关,前来对敌,岂非自投罗网?”薛魁道:“你既是皇亲,腰金勒玉,食禄万钟,就该替国家出力,报效圣恩为是,因何与那些奸佞羽党同卖国法?不要走,看吾擒你!”一锤就打中武寅前心,坠马而亡。薛魁一马当先进营,吆喝道:“我诛者是奸贼,尔等兵丁无罪。太子现在关中,还不归顺,等待何时!”众军齐齐跪下,道:“愿归麾下。”薛魁分付仍屯原营。令随营千总将各队兵册呈进关来。

次日,合兵一处,大元帅薛刚,分差各将去领各队,副先锋薛魁领本部人马,先到长安攻城;二队正先锋薛勇领本部人马接应,并捉拿奸贼的家眷;副元帅薛强领本部人马在前;庐陵王率领新收男女各将居中,自领大兵断后。次日,放炮起营。潼关乃系要地,不可一日无主,即将任正千实授潼关总兵为镇守。唯有鲍自安知任正千手中分文没有,将三官殿所劫那王伦的五六个包裹原包送出,与任正千使用,以应向日与花振芳赌胜复他家业之语。花振芳向日同巴氏弟兄所劫力王伦十五个包裹,与了任正千十个,留下五个,速着人至定兴,去把放火烧的去把庙重修一座，以复当日在林中所许之愿。任正千勉强受封，而不得与众人日聚，不免有些难舍之意。骆宏勋慰道："世兄有大任，不能远离了，逢有机会来相会！"大家洒泪而别。

且说头队先锋薛魁催促人马快行。行至次日午时，部下兵脚不停步，薛魁还嫌走得迟慢。众头目齐禀道："你老爷所骑，一日能行千里，小的们如何随得上？"薛魁道："你们也说得是，不若我自前走，你们随后赶来，省得惯坏了我的坐骑。"说罢，催马就行。先赶到长安，有二更之时，到了长安东门，薛魁哪里还等得人马到时再攻城池？自骑马提枪叫门道："城上听着！庐陵王千岁驾已回朝，速速开放城门，免你之罪！"看官，京城不比别的州县，城楼上一夜不断人行。守更之人，闻得下边有人喊叫"庐陵王驾已回朝"。忙问道："你系何人？"薛魁道："我乃副先锋薛魁！"门兵听说是薛魁，打了一个寒噤，众道："这位爷爷，反唐时节，他在京城杀了一日一夜，无一人敢近他前。多亏众百姓哀告道，以生民为念，求少爷出城吧！他才去了。今日至此，若不速速开门，打进来，莫想得活！"又一人道："必须先禀皇亲，再请下令箭来，我们才敢开门。"众人道："此言有理。"遂派一人速赴皇亲府内通禀。

却说薛魁见城上嘿然无声，也不开门，也不回答，焦躁道："该死的狗头，怎不言语了？若不开门，俺就用锤击门了。"众门兵道："少爷，钥匙在皇亲武爷那里，已有人去请了；就来，请少爷少停片刻！"薛魁听了门兵这一番话，心中暗暗自己想道："皇亲是武三思这个贼，我想这个狗养的，他若是听得我来叫门，不但不开城门，兴许还要暗算我？虽然不能把我怎样，到底枉自费了我的气力，耽误些工夫。我今且不要管他开与不开，待俺将此双锤击门而进便了。"算计已定，跳下征骑，举起双锤，照着城门只一下，只听得"噗咚"一声响亮，城门两扇分开左右。薛魁复上征骑，将锤一举，冲进了城门。未知后事如何，且听下回分解。

第六十四回　圣天子登位封功臣

却说薛魁用锤击开城门,那些守门兵丁,齐声喝:"不好了,打进城来了。快走,性命要紧!"一哄而散。

再言薛魁正往前进,遇武三思过来。薛魁迎上前来,亦不答话,举锤就打。且说薛魁部下人马四散,赶来已误了时。来到东门,城虽开着,但不知主将何往,只得扎下营盘。不多一时,二队正先锋的人马也到了,问薛魁部的人道:"你主将在哪里?"众人禀道:"我主将因我们行慢,先奔前来。小人等到时,城门已开,想是先进城去了。"薛勇大惊道:"今乃奉诏进京,不过诛奸戮佞;忠良之辈不可伤害。素知薛魁有粗,如他不分青白皂红,禁城之中,倘惊圣驾,其罪不小。况武三思英名素著,天下第一人,恐受其困。"连忙催动人马进城,及至大街之上,只见薛魁提锤找人厮杀。薛勇连忙吆喝道:"禁城不可乱动!"薛魁见薛勇来至,亦勒马而待。薛勇问其所以,薛魁道:"武三思这老儿,已被兄弟一锤打死。"薛勇道:"武三思既除,不可妄杀一人,速速领人马去围住奸贼府第,擒捉人口。"于是将王、栾、薛、武人口尽皆拿下。京城内不敢屯外镇之兵,恐惊圣驾,于是将众人家口,俱押出城外。

天明时,大兵已到,满京臣庶俱知太子驾临,皆朝服而迎。庐陵王道:"孤今进城朝母,众卿在营等候。钦王狄仁杰、大元帅薛刚二卿,随孤进朝。"众人领旨。

王乘龙辇,行到午门,黄门启奏武后,武后召见。王到金殿,山呼已毕,哭道:"儿臣久离膝下,今日得见皇娘,真万幸也!"武后道:"早因儿幼,为娘代你理国。今已成立,我又年老,故诏皇儿回朝禅位。"庐陵王谢恩。武后又宣狄仁杰至殿。武后道:"迎王还国,皆卿之力也。命卿酌议,立我儿日期。"狄公遵旨。是日乃九月二十八日,太史议定十月初二日上吉,复奏武后,武后准奏:十月初二日禅位。令翰林院编修召太子进宫宿歇,母子酌议朝事,诸卿退朝。

及至十月初二日，合朝文武早朝侍候，王登大宝。众臣朝贺，山呼已毕，改元大唐神龙元年，为中宗皇帝，大赦天下。大元帅薛刚奏道："张、栾、王、薛、武众家口，请皆发落！"天子道："尽皆听卿。"正在议论，只见内宫一个太监慌慌张张，驾前奏道："太后娘娘自缢驾崩！"天子大哭，京中群臣挂孝。次日，先颁喜诏，后颁哀诏。太后丧事已毕，安乐宫摆宴，大宴群臣。天子因有太后之丧，不便赴宴，敕大梁王狄仁杰主席。众臣正欢饮之间，只见一个内监手捧皇诏前来，众人跪接。那内官居中站立，开读圣旨道：

"奉天承运皇帝诏曰：臣无君，如衣无领；君无臣，如体乏手。我先皇帝驾崩，朕躬尚幼，先太后代执朝事。而我先太后幽娴贞静，里闻有余，外事岂所深知耶！不意被奸佞蒙蔽，逐朕外镇，不容还朝，几乎有失先帝之业。今除奸戮佞，迎朕回朝，复得基业者，皆卿等之力也。不正典刑，无以警戒奸谗；不行赏封，何以鼓舞忠义！张天佐、王怀仁、王怀义，先已被杀，家口正典，余党姑置不究。尔等诸臣，论功封赏：狄仁杰，原封钦王，无以加封，恩袭公爵，加禄万钟。薛刚，进封平西王，兼兵马大元帅。薛强，进封平国公，兼兵马副元帅。薛勇，进封无量大将军，兼正先锋。薛魁，进封无敌大将军，兼副先锋。福鲍，封安国公。花萼，封定国公。胡琏、巴龙、巴虎、巴彪、巴豹、巴仁、巴义、巴礼、巴智、巴信、徐芩、骆宾侯、濮万里，俱封总兵。濮行云，封总兵，有保朕迎大臣大功，加封卫武将军。余谦，封总兵，有保朕迎大臣大功，加封卫武将军。众女卿各随夫品。鲍金花，虽系闺女，有迎朕大功，恩赐一品夫人。花碧莲，虽系副位，有迎朕大功，恩赐一品夫人。胡赛花，有迎朕大功，照武探花之职，恩赐二品夫人。修素娘，宁死不失节烈，又有随迎朕大功，恩赐节义夫人，其子成立，另行封赏。胡理，只身夺关，以死报国，敕赐忠武侯，以礼安葬。在京诸臣，各安原职。既封之后，各安本职。钦此。"

宣读已毕，众人谢恩。宴罢，各归寓所。

次日早朝，狄仁杰奏道："五台山上消安、消计、消月，并徒黄胖四个和尚，皆有忠义之心，潼关解臣之危，原许陛下回朝之后，奏明加封。今陛下已登大宝，乞赐封赠，以彰圣恩！"天子准奏，差官至五台山宣诏消安等四众，四众接旨谢恩毕，款待天使，少不得备酒，留住一宵。次日天明，消安四众随了天使，一同进京，非止一日。那日早到，差官来至午门缴旨，黄门官启奏，皇上传旨宣消安等上殿。消安听宣，师徒四众来至金阶，山呼万岁已毕。主开金口问道："闻尔等师徒，素有禅规，更兼英勇，向日狄卿迎朕遇奸，若非圣僧解危，朕不知何日还